La Statuette Étrusque

MICHEL ROUVÈRE

DU MÊME AUTEUR

À l'ombre de l'échafaud
Un Rêve de Pierre
La Comtesse Wisigothe
La Cité des Sables
Le Vicomte de Lescran
Le Cercle Sacré

LE TEMPS DE L'INNOCENCE

Le braconnage

Hiver — printemps 308 av. J.-C.

Heiasun, une lance à la main, était planté sur les bords du lac Prile, à l'affût des poissons imprudents qui s'approchaient trop près de la surface. À dix ans, il n'avait pas son pareil pour les attraper du premier coup en projetant son trait d'un geste sûr qui faisait l'admiration des enfants pêchant comme lui malgré la surveillance attentive des vigiles de la cité. Lorsque de fines bulles crevèrent l'onde miroitante, il détendit son bras d'instinct, transperça une carpe de belle taille qu'il envoya rejoindre ses autres prises dans le panier posé derrière lui. Tout joyeux, il songeait aux bons repas que sa mère leur mitonnerait avec ces bêtes charnues, quand un appel dans son dos l'alerta. Jetant un coup d'œil par-dessus son épaule, il découvrit que la plupart de ses compagnons éparpillés sur le rivage s'étaient déjà volatilisés. Alors, il tassa la paille sur les produits de sa récolte illicite, rabattit le couvercle, puis s'enfuit dans les collines à toute jambe.

Il suivit des sentiers à peine tracés jusqu'à une zone de fourrés surplombant le lac qui lui permettaient de voir sans être vu. Des soldats fouillaient les abords du plan d'eau dans l'espoir de trouver quelque indice utile pour identifier les coupables, tout en grognant après ces jeunes criminels qui ne respectaient rien ni personne. Serrant le précieux récipient contre lui, le garçon tentait de contenir ses tremblements en priant pour que les vigiles abandonnent bientôt leurs recherches, mais les dieux ne semblaient pas disposés à l'exaucer. La moitié des hommes prit la direction des buttes avec l'intention de patrouiller dedans jusqu'à ce qu'ils aient déniché les braconniers. L'enfant recula pour se blottir au plus profond des buissons en retenant sa respiration, l'oreille aux aguets dans l'attente d'un bruit de pas. Avec gaucherie, il couvrit sa tête d'un morceau de tissu pour que ses cheveux blond doré ne soient pas repérables au milieu de la verdure, mais il ne pouvait repousser la conviction que des mains s'abattraient sur lui d'un instant à l'autre. Pourtant, il ne percevait que les sons furtifs des animaux vaquant à leurs occupations, ainsi que quelques éclats de voix sur le rivage.

Le temps semblait figé. L'angoisse pesait tellement sur Heiasun qu'elle lui donnait envie de crier pour apaiser ses nerfs. Soudain, un hurlement le fit sursauter, provenant de quelques dizaines de pas[1] sur sa droite, suivi aussitôt de gros rires de satisfaction. Le garçon risqua un bref regard hors de sa cachette pour identifier celui de ses compagnons qui venait d'être attrapé, mais frémit en reconnaissant un enfant plus jeune que lui, dont les parents étaient encore plus miséreux que les siens. La loi n'étant pas tendre pour les ressortissants des basses classes, le coupable serait écorché vif, tandis que son père et sa mère seraient mutilés, ce qui les rendrait incapables de veiller sur le reste de leur progéniture. Comme il ne pouvait rien faire pour aider le malheureux, Heiasun se renfonça dans les branches épineuses afin de ne pas être repéré à son tour. Il entendit les soldats se regrouper sur la rive, puis s'éloigner en traînant leur prisonnier qui sanglotait.

Au bout d'un long moment, le gamin se décida à sortir de son abri en jetant un coup d'œil inquiet autour de lui afin de s'assurer qu'aucun vigile ne rôdait plus dans les parages, mais il n'aperçut que quelques-uns de ses camarades qui retournaient vers les remparts de la cité en ordre dispersé. Préférant éviter qu'on l'interrogeât sur son chargement, Heiasun prit un sentier détourné qui le conduisit vers une petite porte peu fréquentée, où officiait un garde que ses parents connaissaient bien. Celui-ci lui adressa un bon sourire.

— Bonjour, mon garçon ! Ta mère te grondera en voyant tes habits déchirés. N'as-tu pas passé l'âge de jouer dans les arbres ?

L'enfant se redressa avec dignité en le fixant de ses prunelles vert émeraude.

— Je suis tombé dans les ronces.

Peu dupe, le vigile fit une grimace amusée.

— Et bien, j'espère que tu ne seras pas puni.

Heiasun courut jusqu'à sa maison en faisant voler la poussière du chemin sous ses sandales, soulagé d'avoir échappé aux soldats. Triomphant, il montra son butin à Culni Zichnei, sa mère, qui le félicita, puis il raconta son épopée en avouant la terreur qu'il avait ressentie. Elle commença à vider le panier, tout en soupirant.

---

[1] Un pas = 0,741 m

— Je sais que c'est très dangereux. Je tremble aussi chaque fois que tu y vas. Si tu n'en as plus le courage, je ne te le reprocherai pas. J'ai tellement peur de te perdre.

Le garçon versa l'eau d'un pichet dans un bassin, puis procéda à une rapide toilette.

— Il faut que je continue, sinon que mangerons-nous ?

Culni entama la préparation de la cena[2].

— Si seulement ton père pouvait gagner un peu plus d'argent.

Heiasun Churcles et ses parents n'étaient pas des esclaves, mais dans la ville étrusque de Roselle, appartenir à la classe des artisans libres ne représentait pas une assurance de prospérité, bien au contraire. Les consuls et les magistrats qui dirigeaient la cité ne leur offraient aucune possibilité de s'enrichir, afin de ne pas devoir partager le pouvoir avec eux. Comme les domestiques des aristocrates fabriquaient les objets de consommation courante, Cicu Churcles, qui était potier, ne vendait sa production qu'à des gens à peine plus aisés que lui.

Lorsqu'il revint de son atelier, celui-ci s'inquiéta aussi des risques que prenait son fils unique. Avec un soupir de découragement, il s'assit sur une natte pour déguster une carpe à la chair parfumée, accompagnée de quelques légumes que sa femme cultivait sur leur lopin de terre.

— J'aimerais trouver un travail mieux rémunéré, mais ce n'est pas facile. J'écoute tout ce qui se dit dans la ville, en espérant qu'une opportunité se présentera. On ne sait jamais. Pourtant, je préfère manger seulement ce que nous plantons plutôt que te perdre, Heiasun.

Le garçon croqua dans un oignon.

— Je fais très attention.

Sa mère repoussa une arête sur le bord de son écuelle.

— De toute façon, nous avons assez de poissons pour plusieurs jours. Attends un peu avant d'y retourner.

Le gamin but un peu d'eau.

— La prochaine fois, je chasserai. Cela nous changera.

Son père fronça les sourcils.

— Tu risques encore plus gros dans la campagne. En plus des vigiles, il y a les gardes des domaines privés, ainsi que les esclaves. Je ne pense pas que ce soit prudent.

L'enfant termina sa bouillie de céréales.

— Peut-être, mais il y a plus de cachettes.

Le lendemain, Heiasun alla se promener dans la cité afin d'apprendre le sort de son infortuné compagnon. Pour cela, il se dirigea vers le forum, le meilleur endroit pour y recueillir tous les potins circulant dans la ville. Alors qu'il touchait au but, des sandales claquèrent

---

[2] Dîner

sur les pavés derrière lui, puis une main se posa sur son épaule. Il se retourna en souriant à la petite fille essoufflée qui le rejoignait.

— Inutile de galoper comme ça, Larthia. Je ne m'évaporerai pas.

Elle s'immobilisa en haletant.

— Bonjour, Heiasun. Je pensais que tu passerais chez moi avant de venir ici.

Il s'adossa au mur d'une maison, le regard assombri.

— Les nouvelles que je cherche ne te plairont pas.

Elle pressa son flanc dans l'espoir de calmer son point de côté.

— Je sais. Thefri s'est fait prendre par les vigiles, n'est-ce pas ?

Il croisa les bras.

— Hélas !

Elle se redressa en le fixant avec intensité de ses prunelles bleues.

— Je tremble pour toi chaque fois que tu vas au lac.

Il se décolla de la paroi avec décision.

— Et bien, rassure-toi, je n'y retournerai pas tout de suite.

Tenant la main de son amie, le garçon pénétra sur le forum, louvoya entre les groupes qui stationnaient sur la grande place, tout en écoutant les conversations dans l'espoir de saisir une information utile. Pourtant, ces graves personnages ne semblaient s'intéresser qu'à la politique, aussi bifurqua-t-il en direction des étals montés à l'ombre des colonnes qui ceinturaient l'espace public. Là, on commentait avec animation l'arrestation de la veille. Une femme âgée à l'expression hautaine resserra son manteau autour d'elle.

— Encore un d'attrapé, c'est une bonne chose à mon avis.

Un commerçant ambulant qui n'appartenait pas à la cité opina avec vigueur.

— Si la loi n'est plus respectée, c'est la porte ouverte à l'anarchie.

Une jeune fille aux riches habits appuya ses paumes sur ses joues d'un air apitoyé.

— Le pauvre ! Que lui fera-t-on, selon vous ?

Une matrone bien en chair plaqua ses poings sur ses hanches.

— Oh ! Il sera mis à mort, bien sûr.

L'aristocrate d'âge mûr eut un sourire satisfait.

— Sa famille écopera d'une amende également. Et s'ils ne peuvent pas payer, on leur coupera la main droite.

La jeune fille écarquilla les yeux.

— C'est terrible ! Il est si jeune. Après tout, ce ne sont que quelques poissons.

La matrone parut outrée.

— Si on laisse ces voyous chaparder à leur aise, il n'y aura bientôt plus rien à glaner dans le lac. Ce seront les pêcheurs autorisés qui en pâtiront.

Larthia attrapa le bras d'Heiasun, puis l'entraîna à l'écart pour l'empêcher d'intervenir dans cette discussion qui le faisait bouillir de fureur. Ils s'accroupirent le long du mur de l'un des bâtiments administratifs qui entouraient le forum, où ne leur parvenait plus que le brouhaha indistinct des conversations. La petite fille étreignit son ami.

— À quoi bon t'énerver comme ça ? Ces gens ne nous connaissent même pas.

Le garçon donna un coup de poing rageur sur le sol.

— Ils ont moins de considération pour nous que pour leurs esclaves.

Larthia haussa les épaules.

— C'est normal. Les esclaves leur servent au moins à quelque chose. Ils ont une certaine valeur.

Les prunelles vertes du gamin flamboyaient.

— Mais nous, nous sommes libres.

Elle écarta les mains.

— Justement ! Nous n'avons aucun intérêt à leurs yeux.

Son ami grinça des dents.

— C'est inique !

La petite fille s'esclaffa.

— Tu ne veux quand même pas changer la société ? Les Dieux l'ont créée ainsi depuis la nuit des temps.

Un peu calmé, Heiasun fit la moue.

— Les Dieux sont du côté des riches.

Comme chaque fois qu'un braconnier était arrêté, son exécution mit une halte provisoire à la pêche illicite, d'autant que les vigiles patrouillaient tous les jours sur le rivage du lac. Respectant la prudence la plus élémentaire, le fils du potier se tenait tranquille, lui aussi, mais cela ne l'empêchait pas de flâner dans la campagne pour repérer les coins les plus giboyeux ainsi que les endroits où veillaient les gardes et les esclaves des latifundia[3]. Larthia, qui avait le même âge que lui, l'accompagnait dans ses pérégrinations lorsque sa mère pouvait se passer de son aide. Au contraire d'Heiasun, la petite fille était issue d'une famille nombreuse dont elle était l'aînée, mais son père, ancien esclave affranchi exerçant le métier de vannier, avait obtenu un lopin de terre assez grand pour subvenir aux besoins de sa progéniture sans trop de difficultés. Bien que ses parents ne vivent pas dans l'abondance, elle s'estimait privilégiée de se nourrir sans devoir braconner.

Alors qu'ils se baladaient tous les deux un après-midi, Larthia soupira en le voyant se pencher pour identifier l'entrée d'un terrier.

— Je voudrais tellement que tu cesses ce jeu dangereux.

Il se redressa avec une grimace dubitative.

---

[3] Grande propriété agricole

— Ça ne me paraît guère possible. La plupart des clients de mon père ne sont pas assez riches pour posséder de l'argent, si bien qu'ils le payent en nature. Et tu sais bien que les marchands ambulants refusent le troc. D'ailleurs, nous ne pourrions pas acheter de quoi manger tous les jours.

Angoissée, elle le fixa.

— Mais tu ne peux pas braconner toute ta vie.

Il arracha une feuille de fougère d'un air distrait.

— Je me formerai à un meilleur métier que celui de mon père. Et, tout d'abord, j'apprendrai à lire et à écrire.

Elle eut du mal à cacher son incrédulité.

— Comment feras-tu ?

Il reprit son chemin.

— Je l'ignore, mais je trouverai. Ensuite, lorsque je gagnerai assez, je t'épouserai.

Elle se figea d'un air extatique.

— Oh ! Ce sera merveilleux.

Heiasun sortit du bois dans lequel il avait repéré le terrier, puis s'engagea sur un sentier découvert qui longeait le mur d'enceinte d'une propriété, suivi par la petite fille tellement heureuse qu'elle ne semblait plus toucher le sol. En souriant, il s'arrêtait pour l'attendre lorsqu'une grosse patte s'abattit sur son épaule.

— Halte-là, mon garçon ! On ne braconne pas sur les terres du seigneur Aulus Latine.

L'enfant se retourna avec indignation.

— Mais je ne chasse pas !

Le vigile le toisa avec sévérité.

— Alors que fais-tu là ?

Heiasun désigna sa compagne.

— Je me promène avec mon amie.

Larthia offrit son regard limpide au garde.

— On ne fait rien de mal.

Le vigile observa leurs pauvres habits avec mépris.

— On verra ça. Et gare à vous si on trouve du gibier sur vous !

Le garde les entraîna dans la propriété sans ménagements, mais confia quand même la petite fille à des esclaves féminines pour la fouille. Le gamin était d'autant plus furieux de ces soupçons qu'il avait failli attraper le lièvre détecté dans le bois, mais avait préféré s'abstenir en présence de son amie. Maintenant, il tremblait de peur rétrospective en réalisant à quel point il aurait pu la mettre en danger s'il avait cédé à ses instincts. Serrant les poings pour ne pas laisser sa colère exploser, il regarda les hommes secouer avec dégoût sa tunique rapiécée, puis inspecter la petite bourse de toile attachée en dessous, sans rien y découvrir de répréhensible. Le garde lui rendit son vêtement.

— Bon ! Il semble que tu dises vrai, au moins pour cette fois.

L'enfant se rhabilla prestement.

— Je ne braconne jamais, c'est bien trop périlleux.

Le vigile le considéra d'un air de doute.

— Hum ! C'est bien, mais que je ne te revoie pas dans le coin. File !

Heiasun hésita.

— Et mon amie ?

L'homme lui désigna la sortie avec indifférence.

— Tu la retrouveras.

Le garçon passa la porte en contenant son inquiétude, mais il fut rassuré en voyant Larthia courir vers lui sur le sentier. Fou de joie, il l'enlaça, l'embrassa à perdre haleine, tout en riant et pleurant à la fois. Perplexe, elle l'étreignit.

— Allons, allons ! Calme-toi. Que t'arrive-t-il ?

Il s'écarta en la dévorant des yeux.

— J'ai eu si peur qu'ils te fassent du mal.

Elle rattacha sa chevelure auburn avec une mimique d'insouciance.

— Mais non ! Les femmes ont constaté que je n'avais rien sur moi, donc elles m'ont laissée partir. Et toi ?

Il haussa les épaules.

— La même chose ! Mais le garde a dit qu'il ne voulait plus me voir par ici.

Elle lui prit la main avec indifférence.

— Qu'importe ! Nous nous promènerons ailleurs.

En s'éloignant, ils ne remarquèrent pas le vigile qui sortait des fourrés pour regagner le domaine après avoir écouté leur conversation, si bien qu'ils ignorèrent toujours qu'ils avaient été innocentés. Ils marchèrent un moment en silence, puis Heiasun se mordit les lèvres.

— Quand même ! Si j'avais attrapé ce lièvre, comme j'en avais envie, je t'aurais attiré beaucoup d'ennuis.

Elle lui jeta un tendre regard.

— Alors, dépêche-toi de te trouver un métier rémunérateur.

Dans les jours qui suivirent, le garçon se remit à chasser, mais refusa que son amie l'accompagnât de peur qu'il leur arrivât une nouvelle mésaventure. Elle se désespérait de le voir ainsi risquer sa vie, tout en sachant qu'il mourrait de faim s'il ne se procurait pas de nourriture par ce moyen. Absorbés par ces soucis, les deux enfants n'écoutaient ni les rumeurs qui couraient dans Roselle ni les conversations de leurs parents concernant la situation du pays.

Un soir, alors qu'il procédait à sa toilette avant la cena, Cicu tourna vers son épouse ses prunelles d'un vert plus sombre que celles de son fils.

— L'un de mes clients m'a rapporté que la ville de Tarquinia vient de signer une trêve de quarante ans avec Rome.

Culni touilla son ragoût en faisant la grimace.

— Ces parvenus finiront par nous dévorer. Quand on pense au passé glorieux de l'Étrurie, c'est bien dommage que l'une de ses principales villes courbe ainsi la tête devant ce peuple sans culture.

Son mari se sécha avec vigueur.

— L'*Urbs* faisait partie de notre nation lorsque les Tarquins y régnaient.

Elle renifla de dédain.

— Peut-être, mais ils semblent l'avoir oublié. Aujourd'hui, ils cherchent surtout l'hégémonie sur tout le pays.

Le potier s'installa sur la natte qui constituait tout l'ameublement.

— Le *conciclium etruriae*[4] se réunira bientôt au *Fanum Voltumnae*[5] comme tous les ans. Nous verrons si les consuls décident de se soulever à nouveau contre l'envahisseur.

Sa femme porta une cuillère à sa bouche.

— Il faudrait une alliance de toutes les cités, mais je n'y crois pas trop.

Assis dans un coin de la pièce, Heiasun ne s'intéressait nullement à ce sujet trop éloigné de sa vie quotidienne. Tout en humant l'arôme de la viande qui cuisait, il repensait à la partie de chasse de l'après-midi, qui avait failli mal tourner. Il avait eu le bonheur de repérer un faisan dodu dans un taillis, mais alors qu'il fourrait l'oiseau dans le sac de toile dissimulé sous sa tunique, un esclave du domaine voisin l'avait surpris. Comprenant que sa seule chance de salut résidait dans la fuite, il avait détalé, tandis que l'homme donnait l'alerte. Aussitôt, plusieurs vigiles s'étaient déployés pour le prendre en tenaille, mais l'enfant s'était déjà réfugié dans les branches d'un arbre providentiel. Longtemps, les gardes avaient ratissé le secteur, furieux d'avoir perdu leur proie, sous le regard terrorisé du garçon qui retenait son souffle en priant pour qu'ils ne lèvent pas les yeux. Même après qu'ils aient abandonné la traque, Heiasun était resté dans sa cachette en attendant que ses jambes cessent de trembler, avant de regagner sa maison. C'est pourquoi ce soir-là, dans la relative sécurité du logis familial, l'enfant songeait aux admonestations de Larthia en se demandant combien de temps encore il réussirait à juguler sa peur pour continuer à braconner.

Dès le lendemain, le garçon décida de réaliser les projets dont il avait parlé avec son amie, si bien qu'au lieu d'aller chasser, il préféra arpenter les rues de la ville dans l'espoir de trouver un maître prêt à lui enseigner son métier. Pourtant, sa quête ne fut pas couronnée de succès. Les quelques hommes libres établis dans la cité végétaient sans avoir les moyens de former un successeur. Ils lui déconseillèrent de se lancer dans une activité aussi peu lucrative, mais s'avérèrent incapables

---

[4] Assemblée annuelle des dirigeants des douze villes principales

[5] Sanctuaire fédéral étrusque

de lui proposer une meilleure voie. En rentrant, Heiasun s'assit près de sa mère qui filait.

— Je ne sais vraiment plus quoi faire.

Surprise, elle le scruta.

— À quel sujet ?

Il écarta les bras.

— J'ai cherché un artisan qui me prenne comme apprenti, mais tout le monde m'a dit que c'était une mauvaise idée.

Elle fronça les sourcils.

— Veux-tu vivre dans la misère comme ton père ?

Il leva vers elle un regard chaviré.

— Non ! Mais que dois-je faire alors ?

Pour ne pas l'angoisser davantage, elle afficha une conviction qu'elle était loin de ressentir.

— Je l'ignore, mais nous trouverons bien.

Pourtant, le temps passa sans apporter le moindre espoir d'une vie meilleure au garçon qui continuait à défier les vigiles pour ne pas mourir de faim.

Alors que le printemps débutait, Cicu rentra de son atelier en pleine journée, avec une excitation qui ne lui était pas habituelle.

— Cette fois, c'est officiel ! Les Ombriens[6] se soulèvent contre Rome !

Culni abandonna son ménage pour s'approcher de lui.

— Qu'est-ce que cela change pour nous ?

Il eut un large sourire.

— Les consuls de la *dodécapole*[7] ont décidé d'envoyer des renforts pour soutenir la révolte. Pour cela, ils cherchent des volontaires, si bien que je me suis engagé. Ce sera bien payé.

Elle se planta devant lui avec anxiété.

— Mais si Rome gagne, nous risquons de subir des représailles. Et si tu es tué, que deviendrons-nous ?

Il posa les mains sur ses épaules.

— Tu toucheras quand même ma solde. Mais tu as raison. Il faut prévoir le cas où nous serions vaincus. C'est pourquoi je voudrais qu'Heiasun et toi alliez vous mettre à l'abri dans Tarquinia.

Elle noua ses bras autour du torse maigre de son conjoint.

— C'est plus près de Rome que Roselle. Pourquoi y serions-nous mieux protégés ?

Il caressa sa chevelure blonde.

— Parce que les Tarquiniens n'enverront pas de contingents à cause de la trêve qu'ils ont signée avec l'*Urbs*. Vous ne risquerez rien là-bas.

---

[6] Peuple voisin des Étrusques

[7] Fédération des douze cités états

Les préparatifs furent vite expédiés. Le cœur gros, Culni et son fils emballèrent leurs quelques affaires en se demandant si le collègue auquel Cicu les adressait serait vraiment content de les recevoir. L'angoisse de voir leur mari et père partir à la guerre rendait cet exil encore plus déchirant, mais pour Heiasun le pire était la séparation avec Larthia. Il alla la retrouver dans l'un de leurs endroits favoris pour lui faire ses adieux. Elle soupira en retenant ses larmes.

— Alors, je te perds définitivement. Tu ne m'épouseras jamais.

Il n'osa pas la prendre dans ses bras.

— C'est faux ! Je reviendrai, je te le promets.

Elle secoua la tête d'un air sagace.

— Non, tu m'oublieras dans ta nouvelle existence. C'est inévitable.

Il se frotta le menton.

— Peut-être que j'y trouverai une vraie chance d'exercer un métier enrichissant. Et lorsque je gagnerai bien ma vie, je viendrai te chercher. Tu m'attendras, n'est-ce pas ?

Elle se força à sourire.

— Bien sûr !

Tarquinia

Printemps 308 av. J.-C.

Heiasun errait désœuvré dans Tarquinia en regardant les étals d'un œil indifférent. Depuis son arrivée, les jours s'écoulaient avec une lenteur mortelle, au point qu'il regrettait même les dangereuses parties de chasse ou de pêche. Pourtant, il vivait bien mieux ici qu'à Roselle. Pumpu Alfi, l'ami de son père, qui avait perdu sa femme quelques années plus tôt, les avait installés dans sa maison en insistant pour qu'ils s'y sentent chez eux. Comme l'artisan gagnait bien sa vie, au contraire de Cicu, ses invités découvraient une aisance qu'ils n'avaient jamais connue, mais s'il ne devait plus prendre de risques pour se nourrir, l'enfant esseulé ne savait comment occuper ses journées. La première *none*[8], il avait visité la cité en s'étonnant de ne pas se heurter à cette méfiance que les habitants de Roselle affichaient envers les rejetons de la basse classe. Pumpu lui avait expliqué que, pour prévenir une éventuelle révolte plébéienne, les dirigeants tarquiniens veillaient à ce que tout le monde mangeât à sa faim dans leur ville, si bien qu'il n'y avait aucune acrimonie entre les citoyens. Alors, Heiasun avait pu admirer les monuments en toute tranquillité, s'était promené sur le forum sans rencontrer de regards hostiles, avait suivi les rives de la Marta, le fleuve qui coupait la cité en deux, avait observé la mer depuis les remparts, mais très vite, cela ne lui avait plus suffi. Au fond de lui se creusait un vide que l'absence de Larthia rendait de plus en plus douloureux, sans que cette vie oisive lui permît de le combler.

---

[8] Semaine étrusque qui comptait neuf jours

D'un pas lent, il regagna le logis du potier en s'étonnant, comme chaque fois qu'il y entrait, du luxe de la maison. Planté au milieu de la grande salle, il contempla les tabourets rangés le long du mur, les deux nattes jonchées de coussins qui se faisaient face, ainsi que la table basse entre elles. Sur sa droite ouvraient deux portes successives, la première donnant accès à la chambre qu'il partageait avec Culni, tandis que la seconde protégeait le lieu réservé au maître. Enfin, dans le prolongement du séjour se trouvait la cour privée dans laquelle l'on préparait les repas. Comparée à l'unique pièce meublée d'une seule paillasse, qui constituait la masure de ses parents, cette demeure paraissait très riche aux yeux du garçon.

Il rejoignit sa mère qui cuisinait à l'extérieur, tandis qu'elle lui souriait d'un air serein qu'il ne lui avait jamais vu.

— Tu me sembles bien triste. Pourtant, tu n'es plus obligé de risquer ta vie pour manger.

Avec un soupir, il alla s'asseoir sur le tas de bois.

— C'est vrai, mais je m'ennuie.

Elle l'enveloppa d'un regard affectueux.

— Ton amie te manque, n'est-ce pas ?

D'un geste machinal, il resserra ses bras autour de lui.

— Oui. Je voudrais tellement qu'elle soit ici.

Elle remua sa cuillère dans l'épais ragoût.

— Ce n'est que provisoire. Nous devrons rentrer chez nous lorsque cette guerre sera finie.

Songeur, il jeta un coup d'œil circulaire en se souvenant de la cour miteuse qu'il fallait partager avec les voisins.

— Je ne sais plus que souhaiter.

Culni goûta sa préparation.

— Profite de ces moments de calme. Cela ne durera pas.

Quelques jours plus tard, Pumpu reçut pour la cena Tarxi Cupures, artisan comme lui, ainsi que Nerinai, son épouse, afin de leur présenter ses invités. Tandis que les convives dégustaient l'excellent repas qu'elle avait mitonné, la mère d'Heiasun adressa un sourire à l'homme près d'elle.

— Exercez-vous le même métier que Pumpu ?

Une lueur d'amusement passa dans les yeux d'ambre clair.

— Pas tout à fait. Je suis mosaïste.

Intrigué, le garçon se pencha en avant.

— En quoi cela consiste-t-il ?

L'artisan esquissa des gestes dans l'air.

— Et bien, je taille des pierres pour obtenir des petits cubes de différentes couleurs que j'assemble pour former des dessins sur le sol des pièces des riches villas.

Les prunelles d'Heiasun se mirent à briller.

— Oh ! Ce doit être magnifique !

Flatté par l'enthousiasme du gamin, Tarxi reposa sa cuillère.

— Si tu veux, je t'emmènerai voir mon chantier actuel.

L'enfant extasié joignit les mains.

— J'adorerais ça.

Culni le contemplait avec amour, enchantée que son fils eût trouvé un sujet d'intérêt, même si cela risquait de ne pas l'occuper très longtemps. Elle espérait que, grâce à Pumpu, il pourrait rencontrer différents professionnels qui lui feraient découvrir leurs métiers. De cette façon, il parviendrait peut-être à se construire une existence meilleure que celle de ses parents. Elle revint à la conversation en réalisant que les convives parlaient justement du manque de perspectives pour les jeunes de leur milieu. Le mosaïste lança un coup d'œil vers son épouse.

— Finalement, je ne suis pas mécontent de n'avoir pas eu d'enfants.

Nerinai rejeta en arrière sa chevelure châtain.

— Tu gagnes bien ta vie, alors tu aurais pu former ton fils pour qu'il devienne ton successeur. Malheureusement, les Dieux n'ont pas daigné nous donner de descendance.

Le potier remplissait les gobelets de vin.

— Je suis bien aise que le mien ait trouvé un apprentissage dans l'industrie des métaux, bien que cela l'oblige à vivre loin de moi. Cela lui rapporte bien plus que mon métier.

Son ami but une gorgée.

— Si seulement nos *principes*[9] voulaient bien adopter des lois semblables à celles de Rome, qui ouvrent à la plèbe l'accès aux magistratures, nous aurions enfin l'espoir de subsister convenablement.

Pumpu eut une moue dubitative.

— J'ai bien peur que ce soit un rêve inaccessible.

Culni posa des fruits secs et des gâteaux au miel sur la table.

— Il est vrai que je m'inquiète pour mon fils, mais je n'aurais pas pu envisager ma vie sans enfant.

Nerinai, qui était gourmande, se jeta sur les douceurs.

— Comme je te comprends ! J'ai offert bien des sacrifices à Turan[10] pour qu'elle m'aide à concevoir, mais en vain.

Le lendemain, durant le jentaculum[11], la mère d'Heiasun observa l'homme de taille moyenne, mais bien charpenté, assis sur la natte en face d'elle. Elle appréciait son visage à l'expression ouverte, éclairé par des yeux noisette et encadré d'une courte chevelure châtain.

— Je te suis reconnaissante de m'avoir fait rencontrer tes amis.

Tout en mangeant sa bouillie de gruau, il lui adressa un bon sourire.

---

[9] Aristocrates qui dirigent la cité avec les consuls

[10] Déesse de la fertilité et de l'amour

[11] Petit-déjeuner

— C'est tout naturel. Je me doute que tu te sens isolée dans cette ville où tu ne connais personne, alors j'ai l'intention d'organiser d'autres soirées comme celle d'hier.

Peu à peu, Culni fut invitée par des femmes d'artisans qui se passaient le mot afin d'intégrer la nouvelle arrivante à leurs fréquentations. Chaque fois qu'elle rendait une visite de politesse, elle emmenait Heiasun dans l'espoir qu'il se vît offrir une opportunité d'apprendre un métier rémunérateur. Le garçon n'appréciait guère ces sorties durant lesquelles il devait rester assis à écouter sa mère et son hôtesse bavarder de choses futiles, tout en dégustant des pâtisseries trop sucrées qui l'écœuraient. Aussi inventait-il tous les prétextes pour s'en dispenser, quand il ne parvenait pas à s'échapper pendant qu'elle s'apprêtait. Mais, le plus souvent, il lui fallait se soumettre, enfiler l'une des tuniques neuves achetées par Culni avec la prime d'engagement que Cicu lui avait donnée avant leur départ, puis la suivre dans les voies encombrées vers un but qui ne l'attirait guère. Pourtant, quelques jours après la réception, alors qu'il attendait qu'elle eût fini de se pomponner, l'enfant eut la joie de voir apparaître Tarxi qui, se souvenant de sa promesse, venait le chercher pour l'emmener sur son chantier.

Trottinant dans les rues de la ville pour ne pas se laisser distancer par les grandes enjambées de son compagnon, Heiasun observait les bâtiments bordant le passage en se demandant lequel constituait le lieu de travail de l'artisan. Ils franchirent l'un des ponts sur le fleuve, traversèrent le cœur animé de la cité sans s'arrêter, puis continuèrent vers un quartier composé de villas luxueuses, dans lequel il n'avait jamais osé pénétrer. Le mosaïste se dirigea vers une vaste maison en construction qui fourmillait d'ouvriers appartenant à tous les corps de métier, allant du simple manœuvre au maître le plus qualifié. On y rencontrait bien sûr des maçons, des charpentiers, des couvreurs pour le gros œuvre, mais en entrant dans l'atrium, l'enfant vit aussi des peintres réalisant une fresque qui courait sur tous les murs de la pièce, tandis que des sculpteurs ornaient les chapiteaux des colonnes destinées au péristyle. Constatant qu'il se perdait dans sa contemplation, Tarxi attrapa le garçon par le bras pour l'entraîner vers une grande salle, dans laquelle des façonniers à quatre pattes plaçaient les petits cubes de pierre les uns à côté des autres avec soin. Heiasun écarquilla les yeux.

— Que font-ils ?

L'artisan désigna le fond de la pièce.

— Ils créent la mosaïque selon le plan que j'ai établi. Viens par là.

Il l'emmena dans la partie opposée à celle des travailleurs, afin qu'il eût une vue globale du dessin qui s'élaborait sur le sol. Émerveillé, l'enfant resta figé devant la composition en admirant les couleurs des tesselles[12] qui s'harmonisaient pour former un ensemble chatoyant.

— Que c'est beau ! Mais comment savent-ils où les poser ?

Le mosaïste déplia une toile de lin quadrillée sur laquelle apparaissait un croquis.

— Parce que j'en ai fait l'étude avant. Regarde ! Voilà l'image complète.

Le garçon effleura le tissu de l'index en s'arrêtant sur chaque carré.

— Ah, oui ! Je comprends. On peut compter les cubes en vérifiant leur forme avant de les tailler.

Tarxi l'observa avec étonnement.

— Tu es très vif et intelligent. Je dois toujours expliquer plusieurs fois à quoi sert ce dessin avant que mes nouveaux ouvriers en pénètrent le sens. Viens ! Je te montrerai une autre mosaïque terminée.

Ils traversèrent l'atrium pour gagner une pièce, dont les murs déjà peints représentaient un paysage de bord de mer très différent de celui que l'on apercevait du haut des remparts. Sur le sol, des dauphins s'ébattaient au milieu de diverses espèces de poissons environnés d'algues vertes et jaunes. Admiratif, Heiasun s'agenouilla pour mieux contempler les détails en s'émerveillant davantage sur la qualité du travail que la scène en elle-même. Il passa ses mains sur les tesselles et les joints avec tant de délicatesse qu'il semblait les caresser.

— Comment obtient-on un aspect aussi lisse et brillant ? Et avec quoi lie-t-on les morceaux ?

L'artisan s'esclaffa.

— Tu me parais insatiable. Si cela t'intéresse tant que cela, pourquoi ne demandes-tu pas à ta mère de t'envoyer en apprentissage ?

L'enfant soupira avec tristesse.

— Oh ! Je voudrais bien, mais il faudrait que je trouve un maître disposé à me prendre. J'en ai cherché à Roselle, sans succès, hélas !

Troublé par l'innocente spontanéité du garçon, le mosaïste demeura silencieux. Il réfléchit à ce qu'il répondrait si Heiasun enchaînait sur la question qui coulait de source. Pourtant, leurs pensées ne suivaient pas le même cours. Le gamin traça une ligne du doigt, le regard lointain.

— De toute façon, je ne crois pas qu'il y ait de mosaïstes chez nous. C'est bien dommage !

Tarxi sentit son cœur se serrer.

— Ne te décourage pas. Tu as beaucoup de qualités. Quelqu'un finira bien par s'en apercevoir.

L'enfant se remit debout d'un air incertain.

---

[12] Fragments composant la mosaïque

— Maman dit que l'on rentrera chez nous lorsque la guerre sera terminée, mais je n'en ai pas envie, même si Larthia me manque.

L'artisan se rapprocha.

— Qui est-ce ?

Le garçon fixa l'impluvium.

— Mon amie. Je voudrais trouver une bonne profession pour l'épouser.

Désireux de le réconforter, le mosaïste lui prit le bras pour le conduire hors de la salle.

— Je suis sûr que ça viendra.

Afin de contenter sa curiosité toujours en éveil, Tarxi montra l'ensemble de la demeure à Heiasun en lui expliquant la base de chacun des métiers représentés, mais il constata que son admiration pour chaque réalisation n'était pas aussi forte que celle qu'il exprimait pour la mosaïque. Alors, il le laissa observer le travail de ses ouvriers jusqu'à ce qu'il fût prêt à le raccompagner chez Pumpu. Ce soir-là, l'enfant amusa beaucoup le potier et sa mère en leur décrivant ses découvertes avec un luxe de détails qui leur coupa le souffle.

Quelques jours plus tard, Culni emmena son fils rendre visite à la femme d'un entrepreneur qui construisait des villas pour les riches aristocrates tarquiniens. Le garçon la suivit en traînant la jambe à la perspective d'un après-midi éprouvant à écouter des ragots sans intérêt, bien qu'il n'eût rien d'autre pour occuper son temps. Il fut impressionné par la demeure qui ressemblait à celle où l'avait conduit Tarxi en plus petit, si bien qu'en traversant l'atrium jusqu'à la salle de réception, il dévora des yeux les décorations qu'il apercevait par les portes ouvertes. Comme à son habitude, il s'assit dans un coin de la pièce pour compter les minutes longues comme des heures. En fonction de la cordialité des relations que sa mère établissait avec ces dames, il aboutissait à un nombre plus ou moins élevé. Pourtant, après les politesses d'usage, Sethra, leur hôtesse, se tourna vers lui avec un sourire engageant.

— J'imagine que ce jeune homme s'ennuiera ferme s'il doit suivre notre conversation. Je pense qu'il s'amusera beaucoup mieux avec mon fils.

Joignant le geste à la parole, elle frappa dans ses mains pour appeler une esclave, à laquelle elle ordonna d'aller chercher son enfant. Culni arrangea les plis de sa robe avec une mimique polie.

— C'est très aimable à vous.

La femme de l'entrepreneur lui retourna un regard amical.

— Nullement ! Je sais qu'il n'est pas facile de se trouver dans un endroit où l'on ne connaît personne. Ah ! Voici mon fils.

Heiasun se redressa en détaillant le nouvel arrivant avec intérêt. Le garçon semblait avoir le même âge que lui, mais se comportait avec une timidité surprenante pour l'héritier de tant de richesses. Il avait des cheveux bouclés d'un noir de jais et de grands yeux sombres à l'expression triste qui étonna le visiteur. Sa mère l'observa avec sollicitude.

— Aranth, veux-tu emmener ce jeune homme et veiller à son confort ?

— Oui, maman.

Il se tourna vers Heiasun pour l'inciter à le suivre avec un vocabulaire châtié qui stupéfia l'enfant. Ils traversèrent l'atrium dans sa longueur, jusqu'à une porte qu'Aranth poussa avant de s'effacer pour laisser son invité entrer le premier. Le garçon nota d'un coup d'œil l'ordre et la propreté qui régnaient dans la pièce, ainsi que les nombreux rouleaux de lin et de papyrus serrés dans un coffre, prouvant que son compagnon savait lire. Se retournant, il vit celui-ci donner des consignes à un domestique, puis s'avancer gauchement vers lui, alors il fit un geste circulaire.

— Est-ce ta chambre ?

Son hôte hocha la tête en lui indiquant une chaise en osier.

— Oui. Mais assieds-toi, fais comme chez toi.

L'enfant se posa avec précaution sur ce siège qui l'intimidait.

— Merci. Tu as de la chance d'avoir une chambre pour toi tout seul.

Aranth, qui s'était installé sur le lit, haussa les sourcils.

— Pourquoi ? N'est-ce pas ton cas ?

Heiasun eut un petit rire.

— Oh, non ! Chez moi, à Roselle, nous dormons tous dans la même pièce. D'ailleurs, notre maison n'en a qu'une. Ici, je ne partage ma chambre qu'avec ma mère, ce qui me paraît déjà le comble du luxe.

Pour dissimuler sa gêne d'être plus favorisé, son hôte détourna la conversation.

— Qu'êtes-vous venus faire à Tarquinia ?

L'enfant admirait les beaux objets en toute innocence.

— Mon père est parti à la guerre, mais craignant d'éventuelles représailles de Rome, il a préféré que nous nous mettions à l'abri dans votre cité.

Aranth opina avec chaleur.

— C'est plus sage.

Ils furent interrompus par des esclaves qui leur apportaient une collation et des rafraîchissements, auxquels les deux garçons firent honneur avec l'appétit de leur âge. Tout en dévorant, ils firent plus ample connaissance, curieux l'un et l'autre d'en apprendre davantage sur leurs existences respectives. Aranth écoutait Heiasun raconter le braconnage et les parties de cache-cache avec les vigiles, tout en s'étonnant que son père ne parvînt pas à gagner de quoi nourrir sa famille.

— Je ne pourrais jamais faire comme toi. J'aurais bien trop peur des soldats.

L'enfant but une gorgée.

— Je suis angoissé, mais si je ne le fais pas, nous mourrons de faim.

Le fils de l'entrepreneur, d'un an plus jeune, admirait l'assurance et la maturité de son visiteur, lui qui en était si dépourvu. De son côté, Heiasun songeait qu'il devait être bien agréable de vivre dans un environnement aussi préservé, mais ne ressentait aucune jalousie envers son hôte dont la tristesse l'intriguait. Mis en confiance par l'attitude réservée et l'ouverture d'esprit d'Aranth, il se surprit bientôt à lui avouer son rêve de devenir mosaïste. Celui-ci reprit un gâteau d'un air pensif.

— Il y en a un qui travaille avec mon père. Le meilleur de la ville, selon lui. Il s'appelle Tarxi Cupures. Pourquoi ne lui demanderais-tu pas de t'engager comme apprenti ?

Le garçon sursauta.

— Tarxi ? Je le connais ! Il m'a fait visiter son chantier en cours. C'est lui qui m'a donné envie d'exercer ce métier.

Son hôte désigna l'extérieur.

— Alors, va le solliciter.

L'enfant croisa les bras, comme pour contenir son désir.

— Je ne crois pas qu'il le ferait. D'ailleurs, il ne me l'a pas proposé. Et puis, je ne resterai pas ici assez longtemps pour ça.

Aranth se pencha en avant.

— Mais puisque tu ne trouves pas d'apprentissage à Roselle.

Heiasun se redressa avec fermeté.

— Non. Je ne peux pas abandonner mes parents. Que deviendraient-ils sans moi ?

À sa grande surprise, son ami baissa la tête d'un air coupable.

— Décidément, tu es bien meilleur que moi.

Perplexe, le garçon quitta son siège pour se placer près de lui.

— Pourquoi dis-tu cela ?

Aranth soupira.

— Mes parents attendent de moi que je reprenne l'entreprise de mon père, mais je n'en ai pas envie.

Interloqué, l'enfant eut un mouvement de recul.

— Comment ? Tu as la chance de ne pas avoir à t'inquiéter pour ton avenir, et tu la refuses !

Son hôte esquissa un pâle sourire.

— C'est exactement ce qu'ils me répètent. Vraiment, je ne dois pas être normal.

Ému par sa détresse, Heiasun fit taire son indignation.

— Que désires-tu faire ?

Aranth s'éclaira soudain.

— Ma passion, c'est la musique. Je voudrais l'interpréter pour les Dieux lors des cérémonies sacrées.

Sautant sur ses pieds, il alla chercher une flûte d'albâtre dont il se mit à jouer avec virtuosité. Surpris, son compagnon l'écoutait avec intérêt, tout en admirant l'agilité de ses doigts qui dansaient sur l'instrument. Il n'avait jamais prêté grande attention au jeu des musiciens lors des nombreuses fêtes religieuses, mais il devait reconnaître que cette mélodie légère et aérienne avait quelque chose d'envoûtant. Quand le silence revint, il fixa son ami transfiguré.

— Bien sûr, je n'y connais rien, mais il me semble que tu es excellent.

Toute lumière déserta le visage de son hôte, tandis qu'il rangeait sa flûte.

— Merci. Hélas ! Mes parents ne veulent pas en entendre parler.

Le garçon eut une moue dubitative.

— Je crois que la vie des artistes est encore plus dure que la nôtre. C'est ce que l'on dit, en tout cas.

Aranth se laissa tomber sur le lit d'un air malheureux.

— Tu as sûrement raison.

L'enfant passa un bras autour de ses épaules.

— Tu ne peux pas envisager de décevoir aussi cruellement tes parents.

Son ami frotta son front.

— Je ne sais pas.

À ce moment, un domestique apparut pour les avertir que leurs mères les demandaient, ce qui coupa court aux confidences. Mais avant de se rendre dans la salle de réception, les deux garçons se promirent de se revoir, aussi désireux l'un que l'autre de consolider cette relation qu'ils venaient de nouer. Sethra les considéra d'un air approbateur quand ils pénétrèrent dans la pièce.

— Et bien, je constate que vous vous êtes bien entendus.

Aranth opina.

— Oui, très bien. Est-ce que Heiasun pourra revenir, maman ?

Elle parut ravie.

— Bien sûr ! Autant que tu le veux.

Mal à l'aise, Culni n'osait regarder son fils.

— Il ne faudrait pas qu'il vous dérange.

Son hôtesse lui sourit avec chaleur.

— Mais pas du tout ! Aranth est trop solitaire, cela lui fera du bien de fréquenter quelqu'un de son âge.

Sur le chemin du retour, Heiasun resta silencieux. Il songeait à la situation incompréhensible de ce garçon qui ne manquait de rien, mais était beaucoup plus malheureux que lui. Pourtant, en le voyant ainsi écartelé entre ses aspirations et son devoir, il le plaignait. Enchantée par l'excellent après-midi, sa mère lui lança un coup d'œil malicieux.

— Serais-tu devenu muet ? Est-ce que cette invitation te déplairait, par hasard ?

L'enfant tressaillit.

— Non, pas du tout ! J'aime bien Aranth.

Elle le scruta avec amusement.

— Alors, pourquoi ne dis-tu rien ? Je t'ai connu plus bavard.

Il eut un geste vague.

— Je suis juste fatigué.

Toute la soirée, il resta distrait, si bien qu'il se retira de bonne heure en affirmant qu'il avait sommeil. En réalité, sa conversation avec le fils de l'entrepreneur lui avait fait prendre conscience de sa propre situation. Il se rendait compte qu'il ne désirait plus rentrer à Roselle où il n'avait aucun futur, malgré son amour toujours vif pour Larthia. La suggestion d'Aranth de se trouver un apprentissage à Tarquinia ne lui semblait plus aussi inenvisageable, quoiqu'il s'inquiétât pour ses parents qui dépendaient des fruits de ses braconnages pour survivre. Il pensa un moment à en parler à sa mère, mais y renonça de crainte qu'elle se sacrifiât pour assurer son avenir. Alors, il décida de se renseigner discrètement pour savoir si son père avait une chance de s'installer dans cette ville en y gagnant de quoi vivre.

Dès le lendemain matin, il se rendit dans l'atelier de Pumpu où il s'extasia sur des vases décorés.

— Tes produits sont magnifiques. Je suis sûr que tu es le meilleur potier de toute la cité.

L'artisan poursuivit son travail sans marquer de fierté.

— On le dit.

Heiasun passa une main sur la panse vernie d'une cruche.

— Tes confrères doivent être jaloux.

Le potier lissa le pichet qu'il fabriquait en s'esclaffant.

— Non, heureusement ! D'ailleurs, nous ne sommes pas nombreux, et chacun a sa spécialité.

Étonné, le garçon s'approcha du tour qui ralentissait.

— Ah, bon ! Dans une ville aussi grande, j'aurais cru que vous seriez beaucoup, au contraire.

Pumpu se redressa en saisissant un fil de fer pour couper le pied de l'objet.

— Nous réussissons à survivre correctement parce que nous nous partageons le marché, mais il n'y a pas beaucoup de demandes. C'est pourquoi je préfère que mon fils n'ait pas pris ma suite. Un potier de plus à Tarquinia nous réduirait tous à la misère.

L'enfant déçu se mordit les lèvres.

— Alors, c'est aussi difficile qu'à Roselle, n'est-ce pas ?

L'artisan se leva pour emporter le récipient qui irait rejoindre les autres dans le four en attendant qu'il les fasse cuire.

— Absolument ! C'est la même chose dans beaucoup de villes d'Étrurie, hélas ! Partout où les consuls et les *principes* veulent conserver leurs privilèges.

Heiasun n'insista pas, mais il se sentait découragé devant cette condamnation sans appel. Il partit marcher au hasard des rues sans rien voir de ce qui l'entourait, le cœur brisé par l'écroulement de ses rêves. Un voile gris recouvrait les bâtiments qu'il avait trouvés si beaux, tandis que les passants se changeaient en ombres inconsistantes, le laissant seul dans un désert sans limites. Il n'entendit pas que l'on criait son nom dans le brouhaha ambiant, mais une main posée sur son épaule lui fit reprendre pied dans la réalité. Surpris, il aperçut le forum derrière le visage inquiet d'Aranth.

— Que t'arrive-t-il ? Tu m'as l'air bien triste.

Il se ressaisit aussitôt.

— Oh ! Ce n'est rien !

Son ami le scruta d'un regard pénétrant.

— Je n'en suis pas si sûr. Viens à la maison cet après-midi, tu me raconteras tout ça.

Gêné, le garçon glissa ses doigts dans ses boucles blondes.

— Ce n'est pas la peine.

Aranth lui pressa le bras.

— Mais si ! Cela m'offrira la joie de profiter de ta présence.

Décelant un appel dans les prunelles sombres de son vis-à-vis, l'enfant céda.

— Bon, d'accord ! Que fais-tu ici ?

Son ami désigna le péristyle entourant la place publique.

— J'accompagne ma mère qui fait quelques emplettes. Cela me délasse des leçons de mon précepteur.

Heiasun le fixa avec envie.

— Tu en as de la chance ! Comme j'aimerais savoir lire, moi aussi !

Aranth eut un geste indifférent.

— Oh ! Je n'apprends pas que ça. Il y a également l'écriture, les mathématiques, la rhétorique, les langues étrangères, et j'en passe !

Découragé devant toutes ces connaissances hors de sa portée, le garçon soupira.

— Je n'imaginais pas qu'il puisse y avoir autant de choses.

Son ami lui sourit.

— Je te montrerai tout à l'heure.

Pourtant, lorsque Heiasun le rejoignit, au lieu de revenir sur ce sujet, son ami l'interrogea sur ce qui l'attristait à ce point, si bien que le gamin finit par lui confier son désespoir devant l'impasse dans laquelle il était enfermé. Les deux enfants s'évertuèrent à envisager toutes les solutions, même les plus invraisemblables, sans parvenir à découvrir un moyen efficace de renverser cette malédiction qui semblait s'attacher aux pas d'Heiasun. L'argent que Cicu rapporterait de sa campagne contre les Romains permettrait à la famille de subsister sans recourir au braconnage durant quelques mois, mais cela ne bouleverserait pas leur existence. D'autre part, même si ses parents acceptaient qu'il entrât en apprentissage à Tarquinia, le garçon se rendait compte qu'il avait peu de chance de trouver un maître. Cette ville, qu'il imaginait pleine d'opportunités, se révélait aussi peu accueillante que Roselle pour les gens de sa condition. Assis devant son bureau, Aranth jouait avec un calame.

— Je ne me doutais pas que la vie puisse être si difficile parfois.

Le visiteur contemplait les ouvrages qu'il ne saurait jamais lire.

— Bien sûr ! Toi, tu n'as pas les mêmes soucis. Je crois que je serais vraiment heureux si mon père vivait de son métier et prévoyait de me le transmettre.

Écrasé de culpabilité, son ami se voûta.

— J'ai vraiment honte de moi quand je vois ton dévouement envers ta famille. Je me fais l'effet d'un fils dénaturé.

Heiasun quitta son siège pour venir vers lui.

— Pas du tout ! Tu le serais si tu te désintéressais de tes parents et ne pensais qu'à toi, mais ce n'est pas le cas, bien au contraire.

Aranth soupira.

— J'aimerais tant que tu prennes ma place ! Mon père te formerait et te léguerait l'entreprise. Mais il ne faut pas rêver. Il ne l'envisagera jamais.

Le garçon lui posa une main sur l'épaule.

— C'est normal. Il désire te protéger. D'ailleurs, je n'accepterais en aucun cas. Je ne veux pas te déposséder.

Son ami tendit le bras vers sa flûte.

— Tout est si compliqué. Il n'y a que la musique qui soit simple.

Il se mit à jouer, tandis qu'Heiasun allait s'installer sur le lit en regardant la tristesse disparaître de ses traits, remplacée par un bonheur profond qui l'impressionna.

L'apprentissage

Été — automne 308 av. J.-C.

La vie quotidienne d'Heiasun et de sa mère s'était organisée selon un rythme tranquille en attendant le retour du père. Culni avait maintenant assez de relations pour occuper ses journées, entre les balades sur le forum et les réunions chez l'une ou l'autre, durant lesquelles s'échangeaient tous les potins de la ville. L'enfant, de son côté, continuait à fréquenter Aranth, avec lequel il se découvrait de plus en plus d'affinités malgré leurs différences. Le fils de l'entrepreneur lui avait fait rencontrer les quelques amis qu'il avait dans la cité, ce qui lui permettait de ne plus se sentir isolé au milieu des adultes. Le petit groupe de garçons et de filles jouait dans les rues et les espaces verts de Tarquinia, mais ne franchissait pas les murailles de crainte de tomber sur des soldats romains patrouillant parfois jusque-là. Cela étonnait le ressortissant de Roselle qui n'avait jamais envisagé ce danger lorsqu'il traînait autour des latifundia de sa région. Sa vie aventureuse impressionnait les compagnons d'Aranth qui n'avaient jamais connu qu'une existence douillette et protégée, aussi lui demandaient-ils souvent de leur raconter ses parties de chasse ou de pêche, en oubliant qu'il était considéré comme un voleur par les autorités de sa ville. Heiasun n'aimait guère se vanter de ces exploits qui n'avaient rien de glorieux, si bien que son ami intervenait pour dévier la conversation sur d'autres sujets. Le fils de l'entrepreneur avait cherché en vain un artisan susceptible de prendre le garçon en apprentissage parmi les relations de son père. Il s'en désolait tellement que le gamin se sentait obligé d'affirmer qu'il ne voulait pas demeurer là en abandonnant ses parents.

Lorsqu'ils ne sortaient pas avec la bande, les deux amis restaient dans la chambre d'Aranth où l'enfant s'efforçait d'enseigner la lecture et l'écriture à son camarade, ce qui aboutissait à des fous rires. En milieu d'après-midi, on leur servait un copieux goûter qu'ils dévoraient tout en bavardant, mais ils finissaient toujours par revenir sur leurs préoccupations.

Alors que l'été tirait à sa fin, Heiasun debout devant la fenêtre observait la rue d'un air distrait.

— Pumpu assure que la guerre s'achèvera bientôt. Cela signifie que mon père ne tardera pas à rentrer.

Occupé à ranger les rouleaux qu'ils avaient utilisés, son ami acquiesça sans lever la tête.

— Oui, cela ne m'étonne pas.

Le garçon pivota vers lui avec surprise.

— Pourquoi dis-tu ça ? Aurais-tu appris quelque chose concernant les batailles ?

Aranth s'interrompit, un ouvrage à la main.

— Pas du tout ! Mais nous sommes déjà à la fin d'hermi[13]. Les affrontements s'arrêtent en automne pour reprendre au printemps, c'est bien connu.

L'enfant s'adossa au mur d'un air sombre.

— Je ne savais pas. Alors, ce répit prendra réellement fin. Nous n'aurons pas de sursis.

Son ami se pencha à nouveau sur le coffre cylindrique en bronze.

— Que feras-tu ?

Heiasun eut un geste fataliste.

— Rentrer avec mes parents, je n'ai pas le choix. Mais je te regretterai.

Aranth referma le couvercle, puis se remit debout.

— Tu me manqueras aussi, mais nous avons un peu de temps devant nous. Les soldats ne sont pas là.

En attendant le retour de Cicu, son fils gravait chaque instant dans sa mémoire afin de feuilleter ses souvenirs quand il serait reparti. Il n'osait pas évoquer le sujet avec sa mère de peur qu'elle devinât sa répugnance envers l'existence misérable et dangereuse qui était la sienne à Roselle. Un soir, alors qu'ils étaient réunis autour de la cena, Pumpu plongea sa cuillère dans sa bouillie de céréales d'un air pensif.

— L'automne approche, nos soldats ne tarderont pas à nous revenir.

Le garçon réussit à ne rien montrer de son désespoir.

— Je croyais qu'il n'y avait aucun contingent tarquinien dans cette guerre.

Le potier lui sourit.

— Non, je parlais des guerriers étrusques en général.

---

[13] 21 août — 20 septembre (les mois sont donnés à titre indicatif)

Culni se servit de fèves cuites.

— J'espère que Cicu n'a pas été blessé.

Pumpu but un peu de vin en lui lançant un regard amical.

— Les Dieux l'auront protégé. Ils n'ont pu qu'être émus par ta ferveur à les prier pour lui.

Elle hocha la tête avec inquiétude.

— Je le souhaite de toutes mes forces. Sans lui, que deviendrions-nous ?

Son fils frémit en réalisant que leur situation pourrait encore s'aggraver.

— Je ne veux pas perdre mon père.

Pourtant, celi[14] passa sans apporter de nouvelles des troupes engagées aux côtés des Ombriens. Comme Culni se montrait de plus en plus anxieuse, Pumpu alla se renseigner auprès d'un magistrat qu'il connaissait afin de savoir où en était la campagne contre les Romains. Celui-ci lui confirma que les soldats étrusques n'étaient pas encore rentrés au pays. Alors, ils s'installèrent dans l'expectative, partagés entre l'impatience de revoir Cicu et l'angoisse du retour à Roselle.

Xesfer[15] débutait lorsque Tarxi vint frapper à la porte du potier. Avec un sourire amical, celui-ci s'écarta pour le laisser entrer, un peu étonné devant sa gaucherie inhabituelle. Le visiteur s'assit sur un tabouret, accepta le gobelet de vin que son ami lui tendait, tout en saluant Culni qui apparaissait.

— Ainsi, vous êtes toujours là.

Elle avança un siège.

— J'attends mon mari, mais les troupes n'arrivent pas.

Pumpu se plaça en face du mosaïste.

— Qu'est-ce qui t'amène ici ?

Mal à l'aise, Tarxi fixa son verre entre ses mains.

— J'ai beaucoup réfléchi depuis notre dernière entrevue. Cet enfant m'a impressionné par son enthousiasme devant mon métier. On trouve rarement une telle réaction chez les jeunes.

Son ami croisa les jambes.

— Il nous a parlé de tes créations avec un véritable émerveillement.

Le visiteur se tourna vers la mère du gamin avec brusquerie.

— Alors voilà ! Seriez-vous d'accord pour que je le prenne en apprentissage ?

Stupéfaite, elle mit quelques instants à se ressaisir.

— Bien sûr ! C'est une chance inespérée que vous lui offrez là.

Le mosaïste parut se détendre.

— Ne voulez-vous pas attendre d'en discuter avec votre mari ?

---

[14] 21 septembre — 20 octobre

[15] 21 octobre — 20 novembre

Culni secoua la tête avec assurance.

— Oh, non ! Ce n'est pas la peine. Il en sera enchanté, tout comme moi.

Le potier jeta un coup d'œil à Heiasun bouche bée.

— Qu'en penses-tu, mon garçon ?

L'enfant avait écouté cette proposition sans parvenir à en croire ses oreilles. Il avait abandonné depuis longtemps l'espoir de se trouver un maître, et voilà qu'il lui en tombait un du ciel, dans la profession qui l'attirait le plus. Il s'illumina.

— Oh, oui ! C'est mon rêve le plus cher.

Tarxi lui adressa le regard bienveillant de ses prunelles d'ambre clair.

— Alors, c'est entendu ! Tu viendras habiter chez moi où tu apprendras le métier, mais également à lire, écrire, compter, etc.

Le garçon fixa sa mère.

— Mais… mes parents… !

Culni le serra contre elle avec tendresse.

— Un apprenti vit chez son maître, c'est normal.

Les adultes entamèrent une sérieuse discussion afin de préciser les conditions de vie et de travail du futur élève, puis lorsqu'ils se furent mis d'accord, ils décidèrent qu'il emménagerait chez Tarxi aux prochaines *nundines*[16]. Heiasun silencieux était partagé entre la joie d'étudier la mosaïque et l'angoisse d'abandonner ses parents. Quand l'artisan fut reparti, l'enfant se planta devant sa mère.

— Mais que deviendrez-vous ?

Elle lui caressa la joue.

— Nous nous en sortirons très bien. Ne t'inquiète pas.

Il esquissa une grimace soucieuse.

— Comment vivrez-vous à Roselle puisque je ne serai plus là pour chasser et pêcher ?

Elle joua avec les boucles blondes emmêlées.

— Tu sais que je cultive des légumes et que nous obtenons de la farine en faisant du troc. Cela nous satisfera.

Il se recula avec agacement.

— Ça ne suffisait pas avant.

Elle lui sourit d'un air rassurant.

— Oui, mais nous ne serons plus que deux. À notre âge, nous avons moins de besoins que toi.

Lorsqu'il revoyait les maigres portions accompagnant la viande ou le poisson, il ne pouvait s'empêcher de douter, pourtant il n'insista pas.

— Si tu le dis…

Devant son expression dubitative, Pumpu intervint.

---

[16] Neuvième et dernier jour de la semaine, équivalent au dimanche.

— Des adultes se débrouillent toujours mieux s'ils n'ont pas d'enfant à nourrir.

Alors, un peu rasséréné, Heiasun laissa le bonheur l'envahir avec le seul regret qu'il fût trop tard pour rejoindre Aranth le soir même, afin de l'en informer. Il était si excité qu'il mit longtemps à plonger dans un sommeil peuplé de mosaïques, mais se réveilla plus heureux qu'il ne l'eût jamais été. Après le jentaculum, il traîna sans parvenir à s'occuper, tellement il était impatient que débutât l'après-midi pour se rendre chez le fils de l'entrepreneur qui travaillait avec son précepteur tous les matins. Enfin, dès qu'il eut avalé son repas, le garçon courut vers la maison de son ami. Celui-ci s'inquiéta quand il surgit tout essoufflé.

— Que t'arrive-t-il ? Rien de grave, j'espère !

L'enfant regarda son hôte fermer la porte de sa chambre.

— Non, au contraire. Tarxi me prend comme apprenti.

Aranth pivota avec stupeur.

— Comment ? Tu deviendras mosaïste ! Mais comment as-tu réussi un tel prodige ?

Avec un rire joyeux, Heiasun écarta les bras.

— Je n'ai rien fait du tout. Il est venu hier soir pour émettre sa proposition. Je n'y croyais pas.

Son ami lui donna une accolade chaleureuse.

— C'est merveilleux ! Je suis très heureux pour toi.

Le garçon se jeta sur le lit.

— Cela veut dire aussi que je vivrai ici. Nous pourrons continuer à nous fréquenter.

Aranth s'assit face à lui avec une expression plus gaie que d'ordinaire.

— C'est encore mieux. Où habiteras-tu ?

L'enfant fit un geste en direction de la fenêtre.

— Chez Tarxi. Il paraît que c'est la coutume.

Son ami battit des mains.

— Alors, tu seras tout près d'ici. Nous nous verrons souvent.

Heiasun se redressa d'un air songeur.

— Pas tant que ça, parce que j'aurai beaucoup de besogne. En plus du métier de mosaïste, j'apprendrai à lire, écrire et compter, comme toi. Mais nous nous rendrons visite aux *nundines*.

Aranth s'esclaffa.

— Toi, tu es toujours sérieux. Au moins, Tarxi sera content de toi.

Le futur apprenti le considéra gravement.

— Toi aussi, il faudra que tu travailles bientôt.

Toute lumière disparut du regard de son ami.

— Je sais. Mon père le répète souvent. Si c'était de la musique, j'en serais aussi heureux que toi.

Les derniers jours passèrent rapidement. Avant de laisser partir son fils, Culni tint à lui constituer une garde-robe complète afin qu'il n'eût pas à rougir de son dénuement devant ses nouveaux compagnons. À côté des tuniques qu'elle avait déjà achetées, elle lui trouva des sandales et des chaussures plus fermées pour l'hiver, ainsi qu'un manteau qui le protégerait du froid. Le garçon était content d'être bien habillé pour la première fois de sa vie, mais il ressentait un pincement au cœur quand il pensait à la séparation prochaine. Tant que son père n'était pas revenu, il pourrait voir sa mère lors des jours fériés, mais comme la saison s'avançait, cela ne durerait plus longtemps. Ensuite, il ne savait pas comment il réussirait à vivre sans ses parents.

Les *nundines* arrivèrent très vite. Au matin, il se lava avec plus de soin que d'habitude, sa mère lui coupa les cheveux, puis il enfila sa meilleure tunique et ses sandales neuves afin de se présenter au mieux devant son maître. Culni fit un baluchon de ses maigres affaires en retenant ses larmes pour ne pas alourdir la peine de son fils.

Tarxi apparut peu après midi avec un sourire amical qui réconforta l'enfant.

— Es-tu prêt, mon garçon ?

Avec timidité, Heiasun désigna le sac.

— Oui. Mon bagage est là.

L'artisan hocha la tête.

— Très bien. Alors, allons-y.

Le garçon se jeta dans les bras de sa mère, l'étreignit avec force, s'écarta avec regret lorsqu'elle le repoussa doucement, puis il embrassa le potier bourru au grand cœur qu'il avait appris à apprécier. Ému, Pumpu lui tapa sur l'épaule.

— Nous nous reverrons. Tu peux venir ici autant que tu le veux.

Culni caressa les cheveux de son fils.

— Et moi, je ne partirai pas sans t'avoir prévenu.

Le mosaïste se fit rassurant.

— Bien entendu ! Ma maison n'est pas une prison, et travailler ne t'empêchera pas de rencontrer les gens que tu aimes.

L'enfant se frotta les yeux.

— Je le sais bien.

Tarxi écourta les adieux en entraînant rapidement son nouvel apprenti dans la rue, où il prit la direction de sa demeure avec un bref signe de la main vers le potier et son invitée. Silencieux, Heiasun le suivit en s'efforçant de dominer sa peine, mais sa curiosité s'éveilla devant le chemin familier conduisant vers un quartier qu'il connaissait bien pour l'avoir arpenté de long en large avec Aranth. Dans cette partie de la ville habitaient les artisans qui vivaient bien de leur métier grâce au principe adopté par les aristocrates de faire appel à leurs compétences afin de maintenir la paix sociale, sans leur accorder le moindre privilège. Cela évitait que les basses classes meurent de faim comme à Roselle, tout en limitant les émeutes qui mettaient en péril l'organisation de la cité. Ils aboutirent devant une maison dont la façade était ornée d'une grande mosaïque représentant les jumeaux Apulu, dieu du soleil et de la lumière, et Aritimi, déesse de la chasse et de la virginité. Le garçon se figea.

— Oh ! Que c'est beau ! Est-ce toi qui as réalisé cette fresque ?

L'artisan se réjouit de le voir retrouver son enthousiasme.

— Mais oui. Cela permet à mes clients d'apprécier la qualité de mon travail dès qu'ils arrivent chez moi.

L'enfant passa sa main sur le mur décoré.

— Serai-je capable un jour d'en faire autant ?

Le mosaïste opina.

— Je l'espère bien. Si tu te montres sérieux dans ton apprentissage, tu y réussiras certainement.

Ils pénétrèrent dans l'atrium dallé de noir et blanc, au centre duquel était aménagé un petit bassin de récupération des eaux de pluie comme chez Aranth. Heiasun regarda toutes les portes qui entouraient la pièce, en s'émerveillant d'habiter dans une maison aussi luxueuse, lui qui n'avait jamais connu que la promiscuité des logis misérables. Tarxi se dirigea vers la gauche, poussa un battant, puis entra, suivi de son apprenti.

— Voici ta chambre.

Le mobilier était composé d'un lit en bois supportant un matelas moelleux, d'un coffre de bronze pour y ranger les vêtements et d'une table sur laquelle poser les objets de toilette. Dans un coin de la pièce, un petit autel en pierre attendait le Lare et les Pénates[17] de l'occupant du lieu, ce qui constituait une délicate attention de la part du mosaïste et de son épouse. Muet d'émotion, le garçon contemplait ce bel endroit sans parvenir à se convaincre qu'il y vivrait. Ce silence prolongé inquiéta l'artisan.

— Est-ce que quelque chose te déplaît ?

L'enfant écarta les bras.

— Oh, non ! C'est bien trop beau pour moi.

Rassuré, son maître eut un petit rire.

— Bien sûr que non. Laisse tes affaires ici pour le moment, et viens saluer mon épouse. Tu auras le temps de tout aménager à ta convenance plus tard.

Ils ressortirent dans l'atrium qu'ils traversèrent pour gagner le triclinium[18] au fond. Enchantée de veiller sur un enfant, même si ce n'était pas le sien, Nerinai pressa Heiasun contre ses formes replètes,

---

[17] Divinités particulières de chaque famille. Il y avait un Lare et deux Pénates par foyer.

[18] Salle de séjour

puis ils prirent place autour d'un copieux repas servi par des esclaves, ce qui déstabilisa encore davantage le gamin. Il s'allongea gauchement sur un lit d'apparat avec l'impression d'être en visite, comme lorsqu'il se rendait chez Aranth, avant de rentrer chez Pumpu le soir. La maîtresse de maison jeta un regard de reproche à son mari.

— Tu aurais dû convier la mère de ce garçon pour qu'elle voie comment son fils est installé.

Le mosaïste reposa sa cuillère.

— Je le ferai quand son père reviendra. Cela ne saurait tarder.

Elle tourna ses prunelles bleues vers l'enfant.

— J'espère que tu te plairas ici.

Il opina avec admiration.

— Oh, oui ! Votre demeure est aussi belle que celle des parents d'Aranth.

Nerinai haussa les sourcils.

— Qui est Aranth ?

Tarxi eut un geste vague.

— Le fils de Venel Pevtni, l'entrepreneur avec lequel je travaille. Les deux garçons sont amis.

Son épouse sourit à Heiasun.

— C'est très bien. Au moins, tu ne te sentiras pas trop isolé. Tu peux inviter ton ami ici autant que tu le veux.

L'enfant, qui n'aurait jamais osé requérir cette faveur, en fut ébloui.

— Merci.

Après le repas, il alla ranger ses quelques possessions dans la chambre où il résidait, plia ses vêtements avec soin pour les empiler dans le coffre en regrettant d'avoir si peu de choses à y caser. Quand il eut fini, il s'approcha de l'autel en se demandant si Tarxi s'attendait à ce qu'il apportât les figurines des divinités familiales en privant ses parents de leur soutien. Il avait toujours cru que le Lare et les Pénates assistaient tous les occupants du foyer, mais peut-être se trompait-il. Lors de leur départ de Roselle, sa mère avait emporté ses protecteurs qu'elle avait placés sur un petit autel dans la chambre que Pumpu avait mise à leur disposition. Le garçon s'assit sur le lit, le cœur serré, en pensant que plus personne ne le préservait, ce qui augurait mal de cet avenir qu'il avait rêvé radieux. D'un coup, cette chambre, pourtant pimpante avec ses peintures murales champêtres, lui parut terne, au point qu'il eut envie de s'enfuir en courant. À ce moment, Nerinai, qui entrait dans la pièce, s'inquiéta devant ses yeux pleins de larmes.

— Es-tu triste d'avoir quitté ta mère ?

Il frotta ses paupières.

— Non. Je n'ai rien à exposer sur cet autel. Est-ce que cela veut dire que les Dieux ne veillent plus sur moi ?

Elle se posa près de lui.

— Mais, pas du tout ! Si tu n'en as pas apporté, notre Lare et nos Pénates te défendront comme tous les habitants de ce logis. J'avais mis cet autel au cas où tu préférerais garder les tiens, c'est tout.

Il la fixa avec timidité.

— Alors, je ne risque rien ?

Elle se remit debout avec le gamin qu'elle ne dépassait que d'une demi-tête.

— Bien sûr que non. Viens ! Je te présenterai à nos Divinités personnelles.

Elle fit traverser l'atrium à Heiasun jusqu'au laraire supportant trois statuettes, puis elle lui tendit un pichet de vin et un calice en l'invitant à leur faire une libation afin de s'attirer leur faveur. Lorsque la cérémonie fut terminée, l'enfant se sentait rasséréné.

Le lendemain, un esclave le réveilla à l'aurore afin qu'il eût le temps de faire ses ablutions et de prendre son premier repas avant d'attaquer ses leçons avec son instructeur. Pourtant, lorsqu'il suivit Tarxi dans son tablinum[19], le garçon se demandait comment il avait eu l'outrecuidance de se croire capable d'étudier. À droite de la porte, une natte couverte de coussins indiquait l'emplacement du poste de travail du maître, tandis qu'au fond, une grande table placée sous la fenêtre voisinait avec des coffres remplis de rouleaux de papyrus et de toiles de lin. Le mosaïste montra une seconde natte ajoutée récemment sur la gauche, qui encombrait le passage, en enjoignant à l'enfant de s'y asseoir en tailleur. Il déposa une écritoire sur ses genoux, mais devinant sa nervosité, il lui adressa un sourire rassurant, tout en lui tendant une tablette qu'Heiasun fixa avec crainte.

— Que dois-je faire ?

L'artisan désigna une toile sur laquelle étaient dessinées les différentes lettres de l'alphabet étrusque.

— Rien de bien grave. À l'aide de ce stylet, tu recopieras ces caractères dans la cire.

L'apprenti n'osait pas saisir la petite tige de métal.

— Je ne saurai jamais.

Le mosaïste la plaqua sur sa paume.

— Tu n'y arriveras pas du premier coup, mais en t'y appliquant, tu verras que ce n'est pas aussi compliqué que ça en a l'air.

Le garçon examina le bout pointu.

— Et si je me trompe ?

Tarxi haussa les épaules.

— Et bien, tu recommenceras, voilà tout.

Très vite, l'enfant se prit au jeu en oubliant ses craintes. Tenant le stylet comme le lui avait montré son maître, il s'efforçait de reproduire

---

[19] Bureau

les signes tracés sur la toile, fronçait les sourcils lorsqu'il dérapait, mais y revenait avec patience jusqu'à ce que ses lettres soient parfaites. Chaque fois qu'il avait maîtrisé un caractère, Tarxi lui en donnait le nom, ainsi que le son qui y était associé, puis lui faisait répéter sa leçon autant de fois que nécessaire pour qu'elle fût retenue. Quand ils rejoignirent Nerinai pour le prandium[20], Heiasun était tout excité par ces nouvelles choses qui se révélaient à lui, si bien qu'il n'eut de cesse de lui faire partager son émerveillement. Elle s'en amusait, heureuse de lui voir une telle ardeur à apprendre, d'autant que son époux semblait satisfait, lui aussi, bien qu'il se gardât de le laisser paraître devant son élève.

Ils se rendirent ensuite sur le chantier en cours, que le garçon trouva encore plus beau que la première fois. Le mosaïste l'emmena sur le côté de la maison, là où certains de ses ouvriers fabriquaient les tesselles en taillant des pierres de différentes couleurs pour obtenir de petits cubes de dimensions identiques. L'enfant fut un peu désappointé en découvrant qu'il devait casser des cailloux au lieu de créer les jolis dessins qu'il admirait tant. Pourtant, comme il faisait confiance à son maître, il admit volontiers qu'il devait étudier tous les aspects de son futur métier, même les moins intéressants. C'est ainsi qu'il s'appliqua tout l'après-midi à taper sur des roches réformées pour les diviser en fragments de forme géométrique, mais à sa grande déception, il récolta surtout des éclats inutilisables qui s'éparpillaient autour de lui.

Quand ils furent réunis pour la cena, Nerinai le regarda dévorer avec appétit.

— Alors, as-tu aussi bien travaillé cet après-midi que ce matin ?

Heiasun eut une moue désabusée.

— Je suppose que oui.

Surprise, elle se figea, la cuillère à mi-chemin de sa bouche.

— Où est donc passé ton enthousiasme pour la connaissance ?

Tarxi prit un morceau de pain.

— Il s'exerce à la taille des tesselles.

Elle but une gorgée de vin.

— Et bien, c'est le début, n'est-ce pas ?

Le garçon opina d'un air résigné.

— Oui, mais c'est moins amusant que d'apprendre à écrire.

Elle lui lança un clin d'œil malicieux.

— Tu ne peux pas faire la besogne d'un maître artisan dès le premier jour.

Le mosaïste repoussa son écuelle vide, puis se redressa.

---

[20] Déjeuner

— Si tu ne perçois pas la substance dont sont composées les tesselles, si tu ne sais pas exactement comment elle réagit dans toutes les circonstances, ta mosaïque fera peut-être illusion quelque temps, mais elle se dégradera très vite. Tu dois façonner les différentes roches jusqu'à les appréhender à la perfection.

Les yeux de l'enfant brillèrent.

— Ah, oui ! Je comprends.

Il frappa du talon sur la mosaïque qui couvrait le sol.

— Si elle était mal faite, cela l'abîmerait.

Son maître l'observa avec bienveillance.

— Tu as saisi. Plus tard, lorsque tu maîtriseras la taille, tu pourras ciseler des morceaux de marbre. Mais comme ce matériau est coûteux, je préfère que tu ne le gâches pas.

Quand Heiasun, épuisé par ce premier jour de travail, fut parti se coucher, Tarxi confia à son épouse qu'il n'avait jamais eu d'apprenti qui s'instruisît aussi vite.

Les huit jours de la *none* passèrent comme un rêve pour le garçon qui s'adonnait à toutes les activités qu'on lui proposait avec un égal bonheur. Avec les tailleurs, il étudiait les blocs en notant les différences de composition même minimes, pour vérifier ensuite comment réagissaient les tesselles faites avec ces diverses roches. Il s'exerçait aussi à dessiner en respectant les proportions, afin d'être capable de créer un jour les modèles sur toile de lin qui servaient de bases aux mosaïques.

Lorsque arrivèrent les *nundines* suivantes, l'enfant se hâta de rendre visite à sa mère et à Pumpu, impatient de leur raconter tout ce qu'il avait déjà découvert en si peu de temps. Ceux-ci l'accueillirent avec plaisir, puis l'écoutèrent parler, sachant qu'ils ne pourraient pas se faire entendre avant qu'il eût été au bout de son récit. Le potier ébouriffa ses boucles blondes.

— C'est très bien. J'imagine que Tarxi est content de toi.

Heiasun écarta les mains.

— Oh ! Il ne dit pas grand-chose. Mais il ne m'a jamais réprimandé, alors je pense que je n'ai pas commis trop d'erreurs.

Sa mère l'enveloppa d'un regard ému.

— Je suis très fière de toi.

Pumpu croisa les bras d'un air grave.

— Maintenant, il faut que je t'annonce quelque chose. L'on m'a prévenu que les troupes ont été démobilisées. Ton père devrait arriver durant la prochaine *none*, selon toute probabilité.

Le garçon se tourna vers Culni avec un soupir.

— Cela signifie que vous partirez.

Elle acquiesça en cachant sa tristesse.

— Oui, mais nous irons te voir avant. Je suis heureuse de savoir que ton avenir est assuré.

L'apprenti écourta sa visite pour retrouver son ami Aranth, auquel il avait souvent songé durant ses leçons. L'enfant le reçut avec joie en affirmant que sa présence lui avait beaucoup manqué. Heiasun s'approcha du coffret contenant les rouleaux.

— J'ai commencé à lire et écrire, comme toi.

Son ami, qui farfouillait dans ses affaires, ne se retourna pas.

— Et alors ?

La voix du garçon vibra d'enthousiasme.

— C'est passionnant ! Comme tout ce que m'enseigne Tarxi, d'ailleurs.

Aranth releva la tête avec surprise.

— Ah, bon ? Moi, je trouve ça très ennuyeux.

L'apprenti s'esclaffa.

— Décidément, nous n'avons jamais le même avis. Moi, j'ai l'impression que je ne me lasserai jamais d'étudier. Mais c'est sans doute parce que je le désirais depuis très longtemps.

Son ami revenait avec une boîte.

— C'est possible. Moi, je n'ai pas eu l'occasion d'en avoir envie. On me l'a imposé très tôt.

Abandonnant ce sujet sur lequel leurs opinions divergeaient, les deux amis se lancèrent dans un jeu de société qu'ils affectionnaient.

Le deuil

Automne 308 — printemps 307 av. J.-C.

Heiasun se lavait avec volupté, heureux de sentir la poussière accumulée sur le chantier disparaître de sa peau. Tout en chantonnant, il se saisit du drap plié sur la banquette de pierre pour s'en frotter vigoureusement, avant d'attraper des vêtements propres. Nerinai, qui ne plaisantait pas sur l'hygiène, exigeait qu'il se présentât à table dans une tenue immaculée, afin de ne pas contaminer les aliments avec les saletés rapportées des constructions. Tandis qu'il enfilait sa tunique, le garçon repensait avec bonheur à ce moment où Tarxi, pourtant avare de compliments, s'était extasié devant le dessin qu'il avait réalisé d'une scène mythologique. L'artisan lui avait même affirmé qu'il le conserverait pour le proposer à ses clients, ce qui voulait dire qu'une mosaïque serait peut-être fabriquée à partir de sa création. Quittant la salle d'eau, l'enfant traversa l'atrium pour rejoindre le triclinium dans lequel il découvrit avec surprise deux invités inattendus.

— Maman ! Pumpu ! Venez-vous manger avec nous ?

Il s'immobilisa en remarquant les paupières gonflées de larmes de Culni.

— Que se passe-t-il ?

Le potier désigna un lit d'apparat.

— Assieds-toi, mon garçon. Nous avons une mauvaise nouvelle à t'apprendre.

Sa mère ne put retenir un sanglot.

— Ton père est mort.

— Papa ! Oh, non !

Toute joie envolée, Heiasun se jeta dans les bras de Culni en pleurant. Elle le garda longtemps serré contre elle, avant de l'écarter doucement pour essuyer ses yeux, en ravalant son affliction afin de le soutenir. Le garçon se raidit soudain en la fixant avec angoisse.

— Que deviendras-tu ?

Elle eut un geste indifférent.

— Je ne sais pas. Quelle importance ?

Pumpu enlaça la frêle silhouette.

— Ta mère restera chez moi. Ton père me l'avait confiée, alors j'ai bien l'intention de continuer à veiller sur elle. Ne t'inquiète pas pour ça.

Culni appuya la tête sur son large torse avec gratitude.

— Merci. Tu es un véritable ami.

Tarxi fourragea dans sa courte chevelure brune.

— S'il n'y avait pas de solidarité entre nous, comment survivrions-nous ? Ce ne sont pas nos *principes* qui nous aideraient.

Nerinai adressa un sourire compatissant à la veuve.

— Je comprends ta peine. Si je perdais mon époux, je serais très malheureuse, moi aussi. Viens me voir autant que tu le veux. Cela te distraira.

Les prunelles bleues de l'éplorée se noyèrent à nouveau.

— Vous êtes tous tellement gentils.

— C'est bien normal.

Lorsque le repas fut servi, la maîtresse de maison veilla à ce que la mère et le fils se nourrissent malgré leur deuil, tandis que les deux hommes s'efforçaient de les réconforter, tout en affirmant à l'enfant qu'il pouvait compter sur eux comme il l'aurait fait avec son père.

Les jours suivants furent difficiles pour Heiasun qui ne parvenait pas à retrouver l'enthousiasme l'ayant porté jusque-là. Il continuait à travailler avec application, absorbait tout ce qu'on lui enseignait, mais ne comprenait plus ce qui l'avait tant fasciné dans ce métier. Réalisant qu'il avait besoin de se changer les idées, Tarxi lui accorda quelques jours de congé, de crainte qu'il se dégoûtât de cet apprentissage qu'il avait tant désiré. La première visite du garçon fut pour Aranth qui se montra enchanté de le revoir aussi vite.

— Je ne m'attendais pas à ce que tu viennes avant les *nundines*. C'est une bonne surprise.

L'apprenti s'assit sur le lit.

— Pas tant que ça.

Aussitôt alerté, son ami se posa près de lui.

— Que t'arrive-t-il ? Je te trouve bien triste.

Heiasun se tordit les doigts.

— Mon père est décédé.

Aranth plaqua ses mains sur sa bouche.

— Grands Dieux ! Que s'est-il passé ?

Les coudes sur les genoux, le garçon fixait le sol.

— Il s'était enrôlé dans la guerre contre Rome aux côtés des Ombriens. Je te l'avais raconté.

Son ami l'observait d'un air soucieux.

— Alors, il est mort durant les combats ?

D'un ton morne, l'apprenti relata l'histoire sans relever la tête.

— Oui. Son compagnon qui est venu prévenir ma mère affirme qu'il s'est montré très courageux. Il était toujours en première ligne durant les affrontements, tuait de nombreux ennemis et se battait avec bravoure. Lors du dernier engagement, il a été blessé, mais il a refusé de quitter le champ de bataille. Seulement, comme il était diminué, les Romains l'ont abattu facilement.

Aranth passa un bras dans son dos pour le réconforter.

— Je suis vraiment désolé. Que ferez-vous maintenant, ta mère et toi ?

Heiasun haussa les épaules.

— Pumpu a dit qu'elle resterait chez lui parce qu'il a promis à mon père de veiller sur elle. Et moi, je continuerai chez Tarxi…

Son ami perçut le désenchantement dans sa voix.

— Cela n'a pas l'air de te faire plaisir. Pourtant, c'était ton rêve de devenir mosaïste.

Le garçon se redressa avec une moue de lassitude.

— Je sais, mais je n'ai plus de goût à rien. Je ne comprends plus ce qui m'attirait dans ce métier.

Aranth lui sourit avec optimisme.

— Je suis sûr que tu t'en remettras. En attendant, sortons retrouver les autres. Cela nous changera les idées.

La gaieté manifestée par leurs camarades se mua en étonnement devant l'indifférence d'Heiasun, mais quand ils apprirent son deuil, ils l'entourèrent avec compassion. Ils s'efforcèrent de lui remonter le moral, puis l'entraînèrent dans les rues de la ville pour s'y livrer à de nombreux jeux. Lorsque l'enfant rentra ce soir-là, il avait déjà les yeux plus brillants et le teint plus animé que les jours précédents. Le lendemain, il alla passer la matinée avec sa mère, navré de la voir si désemparée par la perte de son époux. Assis sur une natte, il avala une gorgée de la boisson chaude qu'elle lui avait préparée.

— Nous avons quand même une chance dans notre malheur. Grâce à Pumpu, nous ne serons pas séparés.

Elle resserra ses bras autour d'elle.

— Tu as raison, mais je me sens si seule.

Le nez dans son bol, il cherchait une remarque positive à exprimer.

— Papa serait content de savoir que nous sommes si bien soutenus et que nous ne finirons pas dans la misère.

Elle esquissa un petit sourire.

— Oui, c'est vrai.

Écrasé par la détresse de Culni qui s'ajoutait à la sienne, le garçon se hâta de rejoindre son ami après le prandium dans l'espoir de distraire sa peine. Aranth faisait preuve d'une délicatesse peu courante à son âge pour aider l'orphelin à surmonter son deuil. Pourtant, si sa sollicitude offrait un certain répit à Heiasun, celui-ci retrouvait son chagrin dès qu'il rentrait, au point que Nerinai l'entendait pleurer tous les soirs.

Aux *nundines* suivantes, comme son ami ne s'intéressait toujours à rien, Aranth décida d'adopter une nouvelle tactique. Profitant de ce jour de repos, il entraîna le garçon dès le matin au temple de Menrva, la déesse de la sagesse et des arts, pour y assister à la répétition des musiciens qui joueraient lors des festivités de l'après-midi. Heiasun les observa d'un air morne.

— On ne passera quand même pas la journée ici ?

Son ami lui posa une main sur l'épaule.

— Écoute, au lieu de grogner. Laisse-toi emporter par la mélodie, tu verras comme c'est beau.

Joignant le geste à la parole, Aranth s'allongea sur l'herbe en fermant les yeux pour mieux se dissoudre dans les sons harmonieux qui les effleuraient avec légèreté. Son camarade hésita à s'installer près de lui, puis, résigné, il s'efforça à son tour de suivre les volutes et les trilles s'envolant dans l'air translucide du matin. Ses pensées flottèrent un moment, mais échappèrent à son contrôle pour revenir sur la mort de son père dont rien ne viendrait combler l'absence. Pourtant, au contraire de ce qu'espérait son ami, chaque note augmentait sa peine au lieu de l'apaiser. Lorsque la douleur atteignit son paroxysme, il se redressa en contemplant son compagnon dont les traits exprimaient une pure extase.

— Comment peux-tu aimer ça ? Je m'en vais, reste si tu veux.

D'un bond, il fut sur ses pieds, avant de s'éloigner, le visage ruisselant de larmes qu'il ne songeait pas à essuyer, ce qui obligea Aranth à courir pour le rejoindre.

— Je ne saisis pas. La musique est la meilleure des thérapies, c'est bien connu. Les guérisseurs l'utilisent toujours en complément des remèdes.

Heiasun lui jeta un coup d'œil hargneux par-dessus son épaule.

— Je ne suis pas malade.

Son ami n'osa pas insister.

— D'accord ! Mais en entendant ces mélodies, tu peux comprendre pourquoi je désire tellement devenir concertiste, n'est-ce pas ?

L'affligé accéléra le pas.

— Au contraire ! J'avais l'impression que ces sons envahissaient tout mon corps.

Aranth lui attrapa le bras.

— Ne te sauve pas comme ça. Allons sur les remparts, si tu veux.

Les deux garçons aimaient à se promener sur le chemin de ronde pour contempler la campagne, jusqu'à ce qu'ils se trouvent un renfoncement désert dans lequel ils s'installaient pour bavarder loin des oreilles indiscrètes. Cédant à son compagnon, Heiasun se laissa entraîner jusque sur l'enceinte, mais le paysage lui parut gris et terne sous les lourds nuages qui encombraient le ciel. Aranth s'accouda à un créneau.

— Avoue au moins qu'il n'y a rien de plus beau que la musique.

Le garçon s'adossa au merlon voisin.

— Je ne peux pas dire cela. Je reconnais que j'apprécie de t'entendre jouer, mais il existe des choses bien plus admirables.

Son ami ne le regarda pas.

— Je ne conçois vraiment pas lesquelles.

Heiasun eut un geste vague.

— Des statues, par exemple, ou bien des peintures.

Aranth esquissa un rictus condescendant.

— Certaines sont jolies, mais pas aussi sublimes qu'une mélodie.

Le garçon se tourna vers lui avec stupeur.

— Tu es de mauvaise foi. As-tu déjà vu la scène qui orne le mur de la maison de Tarxi ?

Son ami fit la moue pour masquer son sourire.

— Oui, et alors ? C'est un décor banal.

Heiasun écarquilla les yeux.

— Comment ? C'est un travail extrêmement délicat, qui exige un dessin très précis, une recherche soigneuse des couleurs, une découpe minutieuse des tesselles, sans parler de la mise en place. Ça, c'est de l'art.

Aranth ne put cacher son amusement.

— Je te trouve bien éloquent d'un coup.

Le garçon écarta les bras.

— Bien sûr ! Tu me parles de la musique, mais il suffit de savoir poser ses doigts au bon endroit, alors que la mosaïque réclame de l'inspiration, de la technique, une excellente connaissance des matériaux…

Son ami haussa les épaules.

— Il en faut aussi pour composer une belle mélodie.

Heiasun secoua la tête.

— Ce n'est pas pareil. Les sons s'envolent et disparaissent, alors qu'une fresque demeure pour l'éternité. On peut l'admirer sans se lasser chaque fois que l'on entre dans la pièce.

Heureux de constater que son stratagème fonctionnait, Aranth porta le coup de grâce.

— D'accord, mais c'est une besogne bien fastidieuse.

Le garçon se campa face à lui.

— Certainement pas ! Au contraire ! Chaque étape est importante. Si l'on en rate une, la mosaïque n'est pas réussie. Mais lorsqu'on s'applique, c'est un émerveillement de la voir apparaître à mesure de la pose des tesselles.

Tandis qu'il parlait, les mains de l'apprenti s'agitaient dans l'air en reproduisant les mouvements qu'il évoquait. Ses larmes avaient disparu, remplacées par une expression passionnée que son ami ne lui avait plus connue depuis la mort de son père.

— Je croyais pourtant que tu n'avais plus de goût à travailler.

Interdit, Heiasun se figea, puis il reporta son regard vers le paysage qu'un rayon de soleil nimbait d'une lumière douce. Il lui sembla que le voile gris qui recouvrait tout depuis le décès de Cicu s'était envolé pour laisser la place à des couleurs éclatantes.

— Tu viens de réussir un miracle.

Aranth lui pressa le poignet.

— Je t'avais dit que la musique guérissait de tout.

L'apprenti s'appuya d'une épaule contre le mur en prenant conscience des manœuvres de son ami pour le pousser à défendre son métier.

— Non, c'est toi qui m'as rendu à la vie.

Son camarade observait avec joie la clarté qui revenait dans les prunelles vertes.

— Je n'ai pas fait grand-chose.

Heiasun l'étreignit avec émotion.

— Bien plus que tu ne crois. Je ressens à nouveau le désir de travailler.

Aranth eut un rire malicieux.

— Dommage ! J'étais content de profiter de ta compagnie tous les jours.

Lorsque l'apprenti rentra ce soir-là, Tarxi et Nerinai décelèrent aussitôt le changement qui s'était produit en lui. Il était plus vif, plus enjoué, souriait davantage, si bien qu'il se déclara prêt à reprendre ses cours dès le lendemain, au grand plaisir de son maître.

— C'est bien, mon garçon. La vie continue, qu'on le veuille ou non. Maintenant, tu dois te concentrer sur ton avenir.

Heiasun se livra à ses activités avec un regain d'enthousiasme. Il absorbait facilement les leçons qu'on lui prodiguait, sautait d'un exercice à l'autre sans jamais se lasser d'examiner toutes les facettes de ce métier qu'il aimait tant. Son bonheur retrouvé déteignit sur sa mère qui récupérait lentement de ce deuil difficile. Peu à peu, elle se remit à fréquenter les femmes d'artisans qu'elle avait rencontrées depuis son arrivée, avec la ferme intention de s'intégrer à cette société qui devenait sienne. Désireuse de l'aider à se sentir chez elle dans Tarquinia, Nerinai lui présenta toutes ses relations, imitée par Sethra, la mère d'Aranth, afin qu'elle ne fût plus considérée comme une visiteuse de passage.

Culni découvrait une vie plus aisée que celle qu'elle avait connue à Roselle avec Cicu, aussi commençait-elle à apprécier cet aspect positif de son veuvage, tout en vouant une profonde reconnaissance à Pumpu dont la générosité lui offrait ce nouveau départ.

Quelques mois après le décès de son mari, la mère d'Heiasun reçut une convocation qui l'inquiéta de la part d'un magistrat de la cité, alors elle en parla au potier.

— Pourquoi veut-il me voir à ton avis ? Est-ce qu'il peut m'interdire de résider ici ?

Il lui adressa un bon sourire.

— Je ne crois pas, dans la mesure où tu ne provoques pas de désordre dans la ville. Mais je t'accompagnerai, si tu préfères.

Elle opina avec soulagement.

— Oui, merci. Ta présence me rassure.

Ils furent accueillis dans l'un des bâtiments bordant le forum, mais durent patienter longtemps sur une banquette de pierre inconfortable pour être admis en présence du digne personnage. Celui-ci parut surpris de découvrir Pumpu, ce qui l'amena à consulter son dossier avant de se tourner vers Culni.

— Vous êtes bien Culni Zichnei, veuve de Cicu Churcles, potier à Roselle ?

Elle serra ses mains l'une contre l'autre.

— Oui, c'est moi.

Le potier pressa le bras de sa compagne.

— Cicu était mon ami, c'est pourquoi j'héberge son épouse, en souvenir de lui.

Le magistrat fourragea dans ses documents.

— Ah ! Très bien ! Très bien !

Culni se tordit les doigts.

— Ai-je fait quelque chose de mal ?

Le notable la fixa avec étonnement.

— Non, pas du tout. Je suis chargé de vous remettre le montant de la solde qui lui est due, en fonction de son engagement dans l'armée.

Il tendit à la veuve une bourse bien remplie accompagnée de quelques pièces de butin, constituant la part de son époux. Enchantée, elle rentra chez Pumpu en réfléchissant à ce qu'elle ferait avec cette manne qui lui tombait du ciel. Le potier s'assit sur un tabouret en acceptant le gobelet de vin chaud qu'elle lui offrait.

— Tu dois garder cet argent pour le moment, en attendant de savoir comment tu reconstruiras ton existence. Rien ne te presse.

Elle s'installa en face de lui.

— Tu as raison. Il faut aussi que je pense à mon fils.

Pumpu but une gorgée.

— Il n'a besoin de rien puisqu'il habite chez son maître. Ensuite, il aura un bon métier qui lui permettra de gagner sa vie.

Elle réchauffa ses mains sur son verre.

— Je l'espère, mais c'est également ce qu'imaginait Cicu lorsque nous étions jeunes.

Après en avoir discuté avec le potier, Culni se décida à se rendre à Roselle au printemps afin de récupérer les biens qu'elle avait laissés là-bas en croyant y retourner très vite. Comme elle ne voulait pas cheminer seule, elle avait prévu de demander à Heiasun de l'accompagner, mais Pumpu lui démontra que Tarxi n'apprécierait guère de devoir se priver de son apprenti pendant les six jours que durait le voyage aller-retour, sans compter le temps écoulé sur place. Alors, elle accepta que le potier délaissât son activité pour faire le périple avec elle, en s'émerveillant à nouveau de son dévouement sans bornes.

Ils partirent au début de velxitna[21], dans la charrette de Pumpu qui leur permettrait de rapporter le mobilier auquel Culni tenait. Comme la route côtière qu'ils suivaient desservait plusieurs grandes villes, elle était très encombrée. Des messagers dans des chars rapides à deux roues croisaient les commerçants ambulants proposant les marchandises précieuses qui plaisaient aux aristocrates. Des cavaliers richement habillés se frayaient un passage au milieu de la cohue, tandis que les gardes des somptueuses litières écartaient la foule sans ménagements. Des esclaves couraient pour les affaires de leurs maîtres, ou bien se hâtaient vers les champs des latifundia auxquels ils appartenaient, mais on ne rencontrait pas de paysans libres allant vendre leurs productions au marché qui n'avait lieu qu'aux *nundines*. Pourtant, ce fut une autre catégorie de voyageurs qui attira l'attention de la veuve.

— Des soldats. Crois-tu qu'il y ait une guerre en préparation ?

Le potier opina, tout en tenant ses rênes serrées.

— C'est fort possible. Tout le monde est exaspéré par les prétentions exorbitantes des Romains.

Elle arrangea un pli de sa robe.

— Est-ce l'Étrurie tout entière qui se soulève, cette fois ?

Il eut une moue dubitative.

— J'en doute. En tout cas, je n'en ai pas entendu parler.

Elle frémit au souvenir de son deuil.

— Pourquoi envoyons-nous de pauvres hommes se faire tuer pour une guerre qui n'est pas la nôtre ?

Il tourna la tête pour lui lancer le regard amical de ses prunelles d'ambre clair.

— Parce que si nos voisins écrasent Rome, nous pourrons alors nous libérer. Et cela nous épargne des représailles.

---

[21] Premier mois de l'année qui commence à l'équinoxe de printemps, 21 mars — 20 avril

Lorsque le soir tomba, ils montèrent leur tente dans la campagne en évitant de s'installer trop près d'un domaine, afin de ne pas être chassés par les gardes. Songeuse, Culni repensait au trajet qu'elle avait effectué avec son époux et son fils pour se rendre à Tarquinia moins d'un an auparavant, sans deviner que sa vie changerait à ce point.

Deux jours plus tard, ils entraient dans Roselle pour se diriger vers la maison qui constituait leur but. Tout en suivant les rues, Culni regardait autour d'elle avec étonnement, tellement dépaysée qu'elle finissait par se demander si elle avait réellement vécu là depuis son enfance. Cette cité n'était pas très différente de celle dans laquelle elle habitait désormais, pourtant les expressions hostiles des passants lui donnaient envie de fuir.

— J'ai l'impression d'être une étrangère dans ma propre ville.

Pumpu guidait son attelage avec précaution.

— Les gens sont-ils toujours aussi désagréables ?

Elle fit la grimace.

— Oh, oui ! Les *principes* encouragent la délation, si bien que tout le monde se soupçonne mutuellement.

Il eut un rire bref.

— C'est charmant ! Nous sommes quand même mieux à Tarquinia.

Elle s'offrit le luxe de fixer un notable au lieu de détourner les yeux.

— C'est certain.

La maison n'avait pas bougé, mais le potier remarqua des traces de coups autour de la serrure, ce qui l'inquiéta.

— J'ai peur que tu aies été cambriolée.

Elle haussa les épaules d'un air résigné.

— Cela ne m'étonnerait qu'à moitié.

Elle déverrouilla la porte pour constater avec soulagement que ses quelques possessions étaient intactes. Alors, désireuse de quitter la ville aussi vite que possible, elle entreprit de les dénombrer en mettant de côté ce qu'elle emporterait, tandis qu'elle entassait le reste dans un coin. Ne sachant comment la seconder, Pumpu regardait autour de lui.

— Cette demeure est à toi, n'est-ce pas ?

Elle ne leva pas la tête.

— Oui, mais personne ne voudra me l'acheter, si c'est ce que tu penses. Ils attendront simplement que je sois repartie pour s'y installer.

Il se hâta de l'aider à porter un grand coffre.

— Je m'en doute, hélas !

Ils se figèrent en entendant des pas au-dehors, puis se tournèrent vers l'entrée d'un même mouvement. Une fine silhouette se découpa en contre-jour sur le seuil, s'immobilisa un instant avant de se précipiter vers Culni en poussant un cri de joie.

— Vous êtes revenus, enfin ! Que je suis contente !

La mère d'Heiasun sourit.

— Bonjour, Larthia. Comment vas-tu ?

La petite fille rayonnait.

— Très bien.

Elle pivota vers le potier, mais se pétrifia en découvrant qu'il n'était pas celui qu'elle imaginait. Culni se rapprocha de son compagnon.

— Je te présente Pumpu Alfi, un ami très cher.

L'enfant jeta un regard circulaire.

— Enchantée. Où est Cicu ?

La mère d'Heiasun soupira.

— Laran[22] ne lui était pas favorable, il est mort dans une bataille.

Larthia joignit ses mains.

— Oh ! Je suis désolée. Qu'avez-vous fait d'Heiasun ?

Culni désigna le sud.

— Il est toujours à Tarquinia où il a trouvé un apprentissage. D'ailleurs, je ne reste pas non plus. Je ne suis venue que pour reprendre mes affaires, mais j'avoue que je suis surprise de les retrouver malgré les traces de coups sur la serrure.

La petite fille se redressa avec fierté.

— Comme vous ne rentriez pas, les gens d'ici ont essayé de forcer la porte pour vous voler. Mais je les en ai empêchés avec mes frères, et je leur ai expliqué que nous étions chargés de veiller sur la maison. Depuis, ils n'y ont plus touché.

La mère d'Heiasun embrassa l'enfant.

— Merci beaucoup. Grâce à toi, je peux récupérer ce qui m'appartient. Mais ce n'est plus la peine de te donner ce mal. Lorsque je repartirai, je laisserai le battant ouvert.

Larthia ravala ses larmes.

— Alors, je ne vous reverrai plus jamais. Heiasun avait promis de venir me chercher quand il aurait un métier, mais je suppose qu'il m'a déjà oubliée.

Culni sentit son cœur se serrer devant la détresse de la petite fille.

— Pas du tout ! Tu lui manques beaucoup, il me le répète souvent. Mais il lui faudra bien des années pour devenir maître artisan à son tour, donc tu devras être patiente.

L'enfant planta ses yeux dans ceux de son interlocutrice.

— Je l'attendrai, dites-le-lui.

La mère d'Heiasun approuva avec gravité.

— Il sera heureux d'apprendre que tu penses à lui.

Après le départ de Larthia, Culni termina son tri, mais comme il était trop tard pour reprendre la route le soir même, elle se résigna à acheter de quoi manger, avant d'installer deux couchages provisoires

---

[22] Dieu de la guerre

dans la pièce unique. Elle finissait de préparer le repas lorsque Pumpu la rejoignit en tenant un vase coloré dans les mains.

— Qu'as-tu l'intention de faire des créations de ton époux ?

Elle contempla l'objet qui lui rappelait tant de souvenirs.

— Je ne sais pas. Quel est ton avis ?

Il caressa le vernis avec amour.

— Il faisait de très belles céramiques. Si tu le désires, je me ferai un plaisir de les écouler pour toi à Tarquinia.

Elle tendit le bras en un geste de refus.

— Vends-les si tu veux, mais garde l'argent. C'est la moindre des choses après toute l'aide que tu m'apportes sans compter.

Le potier fronça les sourcils.

— Certainement pas ! Dans ce cas, je le mettrai de côté pour Heiasun.

Émue, elle se jeta à son cou.

— Tu es vraiment généreux.

Un peu gêné, il alla s'asseoir en changeant de sujet.

— Dis-moi, cette Larthia, je n'en avais pas entendu parler. Heiasun n'a jamais prononcé son nom, à ma connaissance.

Elle répartit sa bouillie de céréales dans deux écuelles.

— Au début, il affirmait qu'elle lui manquait, mais c'est vrai qu'il ne l'évoque plus beaucoup.

Il attaqua sa part avec une mimique de désapprobation.

— Alors, tu n'aurais pas dû lui donner d'espoir. Il finira par l'oublier totalement et elle en souffrira.

Elle but un peu de vin.

— Tu as raison, mais elle paraissait si triste. J'aime bien cette petite, elle est courageuse.

Le lendemain, ils entassèrent le mobilier et les quelques souvenirs de Culni dans la charrette, y calèrent les dernières poteries fabriquées par Cicu, puis reprirent la route. Alors qu'ils bifurquaient dans une rue adjacente, la mère d'Heiasun jeta un coup d'œil en arrière, le cœur un peu serré à l'idée de toutes les années qu'elle avait coulées dans ce logis. Si la vie n'avait pas toujours été facile, elle se rappelait avec tendresse les premiers temps de son mariage, durant lesquels son époux et elle avaient nourri tant d'espoirs. En décelant un mouvement furtif, elle donna un coup de coude à Pumpu.

— Regarde ! Ils n'auront pas attendu longtemps pour s'emparer de la maison.

Il tourna la tête pour observer les ombres qui se glissaient à l'intérieur.

— Cela n'a plus d'importance. Ton foyer est à Tarquinia désormais.

Elle lui adressa un sourire reconnaissant.

— C'est grâce à toi !

48

Le mariage

Printemps — été 307 av. J.-C.

Selon les désirs du potier, Culni s'était installée dans sa maison en modifiant l'aménagement afin de s'y sentir chez elle. Elle avait refait l'ameublement qui mélangeait le mobilier rapporté de Roselle avec celui déjà existant, puis elle avait utilisé une partie de l'argent donné par l'armée pour changer la décoration en y ajoutant des chaises en osier, des tabourets fixes et des coffres supplémentaires. Pumpu appréciait beaucoup son nouveau cadre de vie plus harmonieux et plus confortable, ainsi que les petits plats qu'elle lui mijotait au lieu des repas pris sur le pouce dont il se contentait auparavant. Quand Heiasun venait leur rendre visite, il se réjouissait de constater que sa mère et le potier vivaient dans une atmosphère sereine qui les rendait heureux. Alors qu'il était assis sur une natte auprès de son hôte, il regarda Culni sortir dans la cour pour surveiller son ragoût.

— C'est incroyable comme vous vous entendez bien, tous les deux.

Pumpu sourit.

— Ta mère est une perle. Lorsque ma femme est morte, j'ai eu beaucoup de peine, alors je me suis plongé dans le travail en oubliant tout le reste. Je me rends compte aujourd'hui que j'avais négligé mon environnement, au point que je végétais dans un endroit rustique, mais elle a changé tout ça en me redonnant un foyer.

L'apprenti frotta son menton d'un air songeur.

— S'occuper de ta maison lui permet de ne pas trop penser à mon père.

Le potier opina.

— Oui, je le comprends bien, mais cela nous convient à tous les deux.

Comme elle revenait en annonçant que le prandium était prêt, ils abandonnèrent le sujet pour commenter les nouvelles qui leur parvenaient par bribes. Pumpu remplit les gobelets de vin.

— La réunion annuelle des consuls aura bientôt lieu, comme à chaque printemps. Je me demande ce qu'ils prendront comme décision cette année.

Culni déposa les écuelles devant eux.

— Pourvu qu'ils ne décrètent pas encore une guerre.

Le potier plongea sa cuillère dans les fèves.

— Ils préféreront envoyer des contingents soutenir nos alliés. On dit que les Sabins s'agitent.

Elle distribua du pain.

— Pourquoi ne pourrions-nous cohabiter en paix ?

Pumpu fronça les sourcils.

— Parce que Rome ne rêve que de nous envahir. Pourtant, cette année, Lucius Volumnius Flamma Violens, l'un des deux consuls romains, a des aïeux étrusques. Il pourrait comprendre notre désir de rester indépendant.

Heiasun reposa son couteau.

— Rome était une ville étrusque à l'origine. Alors, pourquoi ne peut-elle vivre comme nous ?

Le potier but une gorgée d'un air dubitatif.

— Je n'en suis pas si sûr. On raconte qu'elle a été fondée par les rescapés d'un peuple venant de l'autre côté de la mer. Leur cité aurait été détruite à la suite d'une terrible guerre[23]. C'est peut-être pour cela qu'ils ne sont pas comme nous.

L'apprenti le fixa avec surprise.

— Je n'avais jamais entendu parler de cette histoire.

Pumpu haussa les épaules.

— Parce que certains prétendent que c'est une légende inventée par les Romains eux-mêmes pour justifier leurs désirs de conquête. Je crois que l'on ne saura jamais la vérité.

Comme personne dans leurs relations ne songeait à s'engager, la perspective d'un nouveau conflit larvé avec leur puissante voisine ne les troubla pas longtemps.

Heiasun se sentait maintenant tout à fait chez lui dans Tarquinia. Il adorait se promener dans les divers quartiers érigés autour du fleuve qui traversait la cité, dont il connaissait chaque recoin comme s'il y avait vécu toute sa vie. Sur la rive sud se trouvait le forum entouré des bâtiments publics dans lesquels étaient installées les administrations qui régissaient tous les aspects de l'existence des Tarquiniens. Non loin de là, sur la plus haute colline de la ville, était construit le temple de

---

[23] Troie

Tinia, roi des dieux, dont les colonnes blanches étaient visibles de toute l'agglomération. Les sanctuaires d'Uni[24], son épouse, et de Nethuns[25], son frère, formaient le groupe des divinités majeures que toute commune étrusque se devait de posséder. Pourtant, l'espace sacré contenait bien d'autres édifices consacrés à des figures du panthéon révérées par les habitants, dont les différentes fêtes ponctuaient chaque période de l'année. Les villas des notables étaient semées tout autour des temples et du quartier administratif, tissant ainsi un lien étroit entre le profane et le religieux. Le garçon aimait à déambuler entre ces magnifiques demeures dont il admirait les décorations extérieures, en jetant un œil par les portes ouvertes sur les atriums somptueux. Composé de maisons à l'aspect cossu, le secteur qu'il habitait, plus éloigné du cœur de l'agglomération, était occupé par des artisans aisés comme Tarxi ou Venel. Il existait un autre regroupement de façonniers, situé sur l'autre rive, là où résidaient Pumpu et Culni, mais celui-là était constitué de logis simples à deux ou trois pièces, sans atrium. Cela ne choquait pas l'enfant qui avait connu des conditions bien pires à Roselle, aussi ne remarquait-il que le confort du nouveau foyer de sa mère. Enfin, au pied des remparts septentrionaux, dans le bas de la cité, s'entassaient les bâtisses misérables dans lesquelles subsistaient les plus démunis grâce à la charité des nantis.

Depuis qu'il vivait à Tarquinia, Heiasun restait subjugué par la mer que l'on apercevait du haut des murailles. Bien qu'elle ne fût qu'à neuf milles[26] de Roselle, il ne l'avait jamais vue avant son voyage vers le sud. Cette grande étendue liquide, parfois calme comme le lac Prile, parfois furieusement agitée, qui changeait de couleur au gré de ses humeurs, l'inquiétait et l'attirait en même temps, surtout lorsqu'il découvrait des bateaux voguant dessus. Il s'usait les yeux sur l'ancien port que ne fréquentaient plus que quelques navires marchands à voiles, ainsi que de plus rares galères militaires à rames. Appuyé contre un créneau, Aranth le plaisantait sur cette fascination qu'il ne comprenait pas.

— Ce n'est que de l'eau.

L'apprenti ne tourna pas la tête.

— Peut-être, mais il y en a tant. On n'en voit pas le bout !

Son ami tendit le bras vers le large.

— Évidemment ! La mer est immense. N'as-tu jamais rencontré de marins ? Ils racontent qu'il y a beaucoup de terres au-delà de l'horizon. On prétend même qu'il existait une ville étrusque en face de Tarquinia, de l'autre côté de l'eau. Elle s'appelait Alalia[27].

---

[24] Reine des dieux et déesse du mariage

[25] Dieu des sources et de l'eau

[26] Un mille = 1,482 km

[27] Nom étrusque d'Aléria en Corse

Heiasun le fixa avec curiosité.

— Qu'est-elle devenue ?

Aranth haussa les épaules.

— Je n'en sais rien. Peut-être que les Romains l'ont détruite.

Toujours désireux de s'instruire, le garçon aborda ce sujet le soir même avec son maître, afin d'en apprendre un peu plus sur l'histoire de son peuple. Celui-ci sourit avec amusement.

— Décidément, tu m'étonneras toujours. Tu t'intéresses à tellement de choses. Alalia appartient à notre patrie, bien qu'elle ne fasse pas partie de la dodécapole. Nos ancêtres l'ont conquise grâce à une glorieuse bataille il y a deux siècles environ[28].

Heiasun reposa sa cuillère.

— Alors, pourquoi ne pouvons-nous vaincre Rome qui est bien plus près ?

Tarxi eut une moue désabusée.

— Parce que ce n'est plus la même époque. Notre puissance décline malheureusement. Certains augures ont annoncé la fin de la nation étrusque dans deux cents ans.

L'apprenti écarquilla les yeux.

— Mais pourquoi ?

Son maître prit son gobelet de vin.

— Ils affirment que l'existence de l'Étrurie ne doit durer que dix siècles selon un décret des Dieux. Mais que cela ne t'inquiète pas. Il y aura encore plusieurs générations d'Étrusques après nous.

Cette sombre prédiction ne troubla pas longtemps Heiasun qui vivait maintenant dans un environnement stable et rassurant, bien loin des soucis qu'il avait connus à Roselle. Il progressait dans son apprentissage en sautant avec bonheur d'une activité à l'autre sans jamais se lasser. Comme il comprenait vite et montrait beaucoup d'application dans chacune de ses tâches, son maître lui accorda un privilège qui correspondait à un niveau de formation plus élevé : il l'autorisa à collaborer à la pose d'une mosaïque sur un chantier en cours. Ne se tenant plus de joie, le garçon dévora des yeux le dessin sur toile qu'il contribuerait à reporter sur le sol. Tarxi le confia à Afuna, son poseur le plus expérimenté, en lui recommandant de suivre à la lettre les instructions que celui-ci lui donnerait, puis il s'en alla en promettant de repasser plus tard. Le gamin aimait observer l'ouvrier dont l'apparente nervosité faisait place à un calme impressionnant quand il se concentrait sur sa besogne. Celui-ci lui fit traverser la pièce.

— Nous nous installerons le long du mur du fond pour aligner les tesselles en rangs parallèles.

L'apprenti fixa son compagnon qui s'approchait d'un bord.

---

[28] 540 — 535 av. J.-C.

— Dois-je me mettre à côté de toi ?

Afuna désigna la paroi opposée.

— Non. Nous débuterons par les extrémités afin de nous rejoindre au milieu. Gare à toi si nos lignes ne sont pas exactement face à face.

L'élève se hâta de gagner son poste.

— Je ferai très attention.

Se souvenant des exercices effectués sur des planches de bois, Heiasun prit une pile de tesselles de la bonne couleur, puis s'agenouilla, prêt à poser les petits morceaux de roche les uns à côté des autres en les enfonçant dans le mortier frais. Son regard allait alternativement du modèle dessiné sur la toile, au sol sur lequel il le reproduirait, afin de bien respecter tous les paramètres. Mais il découvrit très vite que c'était moins simple qu'il n'y paraissait. Lors de ses leçons, le support utilisé était carré ou rectangulaire avec des bords rectilignes et des angles bien nets qui le guidaient dans la direction désirée. Par contre, la pièce dans laquelle il travaillait possédait des murs pas toujours droits et des coins arrondis ne lui permettant pas de s'aligner dessus. Inquiet de ne pas pouvoir suivre l'orientation prescrite, il préféra consulter son compagnon plutôt que se tromper.

— Afuna ! Peux-tu me donner un conseil ?

L'ouvrier vint courber sa silhouette sèche au-dessus de lui.

— Qu'y a-t-il ?

Le garçon lui décrivit son problème, ce qui amena un sourire approbateur dans les prunelles grises de son vis-à-vis.

— C'est très bien. Tu ne t'es pas lancé sans réfléchir dans la pose des tesselles, comme le font souvent les apprentis. Au contraire, tu as pris le temps d'analyser la situation et de découvrir les difficultés que tu rencontrerais. Je te félicite.

Confus devant ces compliments qu'il ne jugeait pas mérités, l'enfant baissa le nez en marmonnant qu'il ne voulait pas gâcher les beaux cubes colorés. Alors, pour dissiper son trouble, Afuna s'accroupit près de lui en expliquant comment compenser les défauts des parois afin de conserver toujours une ligne droite. Sous sa direction, Heiasun appliqua la méthode avec sérieux, en recommençant jusqu'à ce qu'il fût capable d'y parvenir seul. Cet obstacle surmonté, le garçon put se consacrer à la composition de la mosaïque avec une joie sans mélange.

Lorsque Tarxi revint quelques heures plus tard, Afuna lui raconta les débuts de son protégé, ce qui réjouit le maître artisan. Pendant un long moment, il détailla l'enfant qui travaillait avec tant de concentration qu'il ne l'avait pas entendu arriver, puis il s'approcha de lui pour contempler l'image qui se laissait deviner.

— C'est très bien, Heiasun. Je suis très fier de toi.

Le garçon sursauta.

— Oh, Tarxi ! Je ne savais pas que tu étais là.

Le mosaïste s'accroupit près de lui.

— Tu progresses vite et bien. Vraiment, tu ne me fais pas regretter de t'avoir pris comme apprenti.

L'enfant sourit.

— J'en suis heureux. Ce métier est encore plus intéressant que ce que j'imaginais.

L'artisan lui tapa sur l'épaule.

— Continue comme ça, et tu me dépasseras.

Cette année-là, les *calendes*[29] d'anpili[30] correspondaient avec les *nundines*, ce qui déplaisait à beaucoup de gens convaincus que cette conjonction rendait ce jour néfaste. Pour Heiasun, qui n'en avait cure, chaque jour de repos était une fête lui offrant la possibilité de rendre visite à ceux qu'il aimait. Après avoir déjeuné avec sa mère et Pumpu comme de coutume, il rejoignit Aranth afin de passer l'après-midi avec lui, en se réjouissant à l'avance des longues conversations et des jeux qu'ils partageraient. Pourtant, sa joie s'éteignit devant le sourire tremblé de son ami qui traversait l'atrium à sa rencontre. Détournant la tête sous son regard interrogateur, l'enfant se dirigea vers sa chambre sans même vérifier qu'il le suivait, avant de s'asseoir sur son lit, le dos tourné. Inquiet, Heiasun referma la porte, puis alla s'agenouiller aux pieds d'Aranth dont il découvrit le visage ruisselant de larmes.

— Que t'arrive-t-il ? Aurais-tu perdu quelqu'un de ta famille ?

Son ami essuya ses joues.

— Oh, non ! Je suis stupide.

L'apprenti se posa près de lui en glissant un bras autour de ses épaules.

— Mais que se passe-t-il alors ? Explique-toi !

Aranth prit une profonde inspiration.

— Comme j'ai eu dix ans la *none* dernière, mon père a décidé que j'entrerai en apprentissage dès demain.

Heiasun scrutait son profil.

— Dans son entreprise ?

Son ami s'efforça d'affermir sa voix.

— Oui. Je dois apprendre à construire des maisons.

L'apprenti s'alarmait de le sentir trembler.

— Ce n'est pas la fin du monde. Peut-être aimeras-tu ce métier ?

Aranth étendit devant lui ses mains blanches aux longs doigts fins, qui ne ressemblaient en rien à celles, épaisses et rugueuses, des bâtisseurs.

— Je ne pourrai plus pratiquer la flûte.

Heiasun resserra son étreinte.

---

[29] Premier jour du mois

[30] 21 mai — 20 juin

— Ça, tu n'en sais rien.

Son ami formait des volutes dans les airs.

— J'en suis sûr. Je n'aurai plus la même sensibilité dans les doigts.

L'apprenti adopta un ton persuasif.

— Tu joueras peut-être un peu moins bien, mais c'est tout. De toute façon, ce n'est pas le plus important.

Aranth grogna.

— Tu parles comme mon père, mais la musique, c'est toute ma vie.

Heiasun écarta les mèches noires qui se collaient sur la joue de son camarade.

— Ce n'est pas elle qui te nourrira.

Son ami ne l'écoutait pas.

— Je devrais peut-être m'enfuir. Je me réfugierais dans un temple.

L'apprenti sauta sur ses pieds.

— Tu ne peux pas faire ça, voyons ! Tu briserais le cœur de tes parents. D'ailleurs, aucun sanctuaire ne t'accueillera. Leurs supérieurs connaissent tous ton père.

Aranth se voûta, tandis que ses larmes coulaient à nouveau.

— Que ferai-je alors ?

Heiasun se planta devant lui.

— Tu étudieras ton futur métier en remerciant les Dieux de t'offrir une telle chance, et tu feras de la musique le soir pour te délasser.

Son ami baissa la tête.

— Tu ne comprends pas.

L'apprenti plaqua ses poings sur ses hanches.

— Oh, que si ! Mais je sais à quel point la vie peut être dure, c'est pourquoi je te déconseille toute action irréfléchie. Tu n'es pas habitué à te battre pour survivre. Si tu t'enfuis, tu le regretteras.

Aranth fit une moue boudeuse.

— On dirait que tu as l'âge de mes parents.

Heiasun s'esclaffa.

— Certainement pas ! Viens ! Sortons. Allons sur les remparts, si tu veux. Au fait, j'ai parlé de cette ville, Alalia, avec Tarxi. Je te raconterai en route.

Il entraîna son ami, qui avait encore les yeux humides, à travers l'atrium en bavardant gaiement sans paraître remarquer qu'il n'obtenait que des réponses brèves. En évitant les endroits où ils auraient pu rencontrer les gamins qu'ils fréquentaient, le garçon piqua droit vers les murailles. Peu à peu, tout en déambulant sur le chemin de ronde, l'enfant revint sur le sujet douloureux par le biais de son propre apprentissage, évoqua les bâtisseurs qu'il côtoyait sur les chantiers, vanta la qualité de leur travail et la diversité de leurs tâches. Aranth l'écoutait avec indifférence, tout en fixant les pavés.

— Si c'est tellement intéressant, pourquoi ne le fais-tu pas ?

Heiasun ne se troubla pas.

— Je l'aurais fait si on me l'avait proposé, et j'en aurais été très heureux. Même si ce n'était pas le métier que je préférais.

Son ami s'accouda sur le mur pour laisser son regard sombre errer au loin.

— Tu as toujours réponse à tout.

L'apprenti l'enlaça à nouveau.

— Allons ! Ne te renferme pas comme ça. Je comprends ta peine et ta frustration, mais il faut assurer ton avenir.

Aranth eut un rictus amer.

— Même si cela ne me convient pas ?

Heiasun s'adossa au merlon.

— Imagine un instant que tu t'enfuies pour devenir concertiste. Tu n'auras plus personne pour prendre soin de toi, te nourrir, te protéger. Tu n'auras même plus de toit sur ta tête. Si tu parviens à jouer pour les cérémonies religieuses, tu oublieras peut-être tout pendant le temps que durera ta musique, mais après ? Tu devras bien revenir aux dures réalités, comme trouver à manger et te loger avec le peu d'argent que l'on t'aura alloué.

Son ami secoua ses boucles noires.

— Ça ne se passe pas comme ça ! Il y a des interprètes attachés à un temple.

L'apprenti croisa les bras.

— Très peu. Les autres voyagent de ville en ville selon le calendrier liturgique. Certains se louent également auprès des aristocrates pour animer leurs fêtes privées. Je connaissais un harpiste d'un sanctuaire de Roselle, qui se demandait s'il ne repartirait pas sur les routes, tellement il était payé une misère.

Il y eut un long silence. Aranth regardait la mer, sur laquelle apparaissait un bateau propulsé par d'innombrables rames s'agitant en cadence. En se penchant, Heiasun vit quelques larmes rouler sur ses joues.

— Aranth ?

Son ami frotta ses paupières.

— Tu viens de détruire mon rêve.

L'apprenti posa une main sur son dos.

— Je suis désolé, mais je n'invente rien, tu sais. Il vaut mieux que tu sois prévenu avant de te lancer dans une aventure qui n'a rien d'exaltant. Tu es mon ami, je ne veux pas que tu souffres.

Aranth s'arracha à sa contemplation pour se diriger vers l'escalier menant aux rues animées de la ville, suivi par son camarade assez inquiet de l'effet de ses paroles. Il le rattrapa au pied des remparts et lui saisit le bras.

— Es-tu fâché ?

Son ami soupira.

— Non. Maintenant, il ne me reste qu'à emprunter la voie que mon père a tracée pour moi.

Heiasun se détendit.

— C'est le plus sage. D'ailleurs, avec un peu de chance, nous nous rencontrerons sur des chantiers. Ça me ferait plaisir.

Aranth esquissa une ombre de sourire.

— À moi aussi.

Lorsque l'apprenti retourna chez Tarxi ce soir-là, il se sentait à peu près sûr que son ami ne commettrait pas l'erreur de partir de son foyer pour échapper à cette formation dont il ne voulait pas. Pourtant, le lendemain, il ne cessa d'y penser, au point qu'il se concentra avec difficulté sur son travail. Après la cena, n'y tenant plus, il finit par demander l'autorisation de sortir en expliquant que c'était le premier jour d'apprentissage de son camarade, si bien qu'il désirait savoir comment cela s'était passé. Son maître la lui accorda volontiers, tout en précisant qu'il ne devait pas rentrer trop tard afin d'être en forme au matin. Le garçon se précipita vers la demeure de l'entrepreneur où son arrivée inopinée étonna toute la maisonnée, mais comme Venel et Sethra trouvaient son influence sur leur fils bénéfique, il fut bien accueilli. Il se rendit dans la chambre de son ami avec soulagement.

— Alors ? Comment s'est déroulée cette première journée ?

Aranth ne fut pas dupe de cet intérêt.

— Tu avais peur que je m'enfuie, n'est-ce pas ?

Heiasun se laissa tomber sur le lit.

— Je l'avoue. Mais raconte-moi quand même.

Assis sur une chaise près d'un coffre, son ami se tordit les doigts.

— Je ne suis qu'un lâche. Je n'ai pas le courage d'affronter cette vie que tu m'as décrite.

L'apprenti haussa les épaules.

— Ce n'est pas de la couardise, c'est de la sagesse. Il n'y a aucune vaillance à courir après la nourriture, crois-moi. J'en sais quelque chose.

Aranth prit un air coupable.

— C'est vrai que tu as connu ça.

Heiasun se redressa sans épiloguer.

— Oui. Alors, ce travail ?

Son ami ne put retenir une grimace.

— C'est sale. Il y a de la poussière partout. C'est fatigant et inintéressant.

L'apprenti se mit à rire.

— Cela commence bien !

Aranth s'éclaira un peu.

— Par contre, j'aime bien les calculs que mon père m'a montrés.

Heiasun se releva pour lui donner une tape affectueuse dans le dos.

— Voilà déjà un bon point. Tu verras, tu en trouveras d'autres.

Il rentra chez lui, rassuré sur le sort de son ami. Il savait que l'enfant ne s'épanouirait pas dans ce métier comme c'était son cas, mais il espérait qu'il l'apprécierait à la longue.

Après la fête du solstice d'été célébrée dans le temple d'Horta[31], Heiasun se rendit au banquet des artisans en compagnie de ses proches. Le temps était magnifique, si chaud qu'il transpirait sous sa légère tunique, mais il se sentait plus enjoué que jamais en considérant à quel point sa vie s'était améliorée depuis un an. Aranth marchait devant lui, les épaules voûtées, alors il pressa le pas pour le rejoindre, bien décidé à lui remonter le moral. Pumpu surgit près de lui en détournant son attention de son ami.

— Heiasun, puis-je te parler seul à seul ?

L'apprenti le fixa avec inquiétude.

— Que se passe-t-il ? Ma mère aurait-elle des ennuis ?

Le potier secoua la tête sans se détendre.

— Non, pas du tout. Rassure-toi ! Mais c'est d'elle effectivement que je souhaite t'entretenir.

Heiasun le scrutait d'un air intrigué.

— Je t'écoute.

Mal à l'aise, Pumpu jeta un vague coup d'œil sur les gens qui les précédaient.

— Tu sais comme nous nous entendons bien, n'est-ce pas ?

L'apprenti opina.

— Je l'ai constaté.

Le potier ramena son regard sur Heiasun.

— J'aimerais l'épouser, mais avant, je désire ton accord. Je ne voudrais pas que tu me reproches de prendre la place de ton père.

Heiasun sourit.

— Mon père est mort, et toi, tu la rends heureuse. Je l'ai bien vu. Je t'avoue même que j'espérais ce mariage.

Pumpu s'illumina.

— Alors, je lui présenterai ma demande dès ce soir.

Il étreignit le garçon avec affection en lui assurant qu'il veillerait toujours sur sa mère et sur lui, puis il le laissa rejoindre ses amis.

Culni fut assez surprise par cette proposition qu'elle trouva un peu rapide. Son deuil était encore récent, si bien qu'elle s'était contentée de vivre au jour le jour pendant que la douleur s'éloignait. Pourtant, en apprenant que son fils souhaitait cette nouvelle union, elle accepta d'y réfléchir. Il ne lui fallut pas longtemps pour admettre que Pumpu lui offrait tout ce qu'elle pouvait désirer, alors elle donna son accord au potier fou de joie.

---

[31] Déesse de l'agriculture

Les noces furent célébrées aux *ides*[32] d'acalva[33], mais comme la maison de Pumpu était trop petite pour y recevoir tous leurs amis, Tarxi avait suggéré d'organiser la fête chez lui. Un autel portatif avait été dressé dans l'atrium, autour duquel l'assistance se groupa en attendant l'arrivée des fiancés. Le prêtre y avait déposé une statuette d'Uni, la déesse des mariages, ainsi que les divers objets indispensables pour la cérémonie. Lorsque le couple apparut, il y eut des murmures admiratifs parmi les invités devant leurs riches tenues. Le potier arborait une tunique verte, agrémentée de motifs géométriques sur le col, les manches et le bas, ainsi qu'une toge courte en tissu léger, retenue par une fibule en bronze sur son épaule droite. Culni, quant à elle, était parée d'une robe longue, resserrée à la taille, au décor finement peint. Ses cheveux blonds nattés retombaient sur son dos, sous un chapeau à larges bords, tandis qu'elle exhibait un collier composé de disques de bronze repoussé, ainsi que des boucles d'oreille et des bracelets assortis. Heiasun sentit son cœur se gonfler de joie en la découvrant plus rayonnante qu'il ne l'avait jamais vue.

Un bref rappel de l'officiant ramena tout le monde au recueillement requis pour la cérémonie religieuse. Après les différentes invocations et libations qui devaient attirer la bénédiction des dieux sur le couple, les conjoints partagèrent le traditionnel gâteau d'épeautre, scellant ainsi leur union aux yeux des hommes. Puis, la gaieté reprit ses droits tandis que les convives se dirigeaient vers le triclinium dans lequel était servi le repas de fête. Heiasun leva son verre en direction de son beau-père avec un clin d'œil amusé.

— Je n'aurais jamais cru assister un jour au mariage de ma mère.

Pumpu lui sourit.

— Je suis heureux que tu le prennes comme ça. Maintenant, le prochain, ce sera toi.

L'apprenti se mit à rire.

— J'ai encore le temps.

Culni se pencha vers lui.

— À ce propos, j'ai omis de te dire que nous avons rencontré Larthia lorsque nous nous sommes rendus à Roselle.

Heiasun ne marqua guère d'intérêt.

— Ah, bon ! Comment va-t-elle ?

Sa mère le scruta avec attention.

— Bien. Elle n'a pas oublié ta promesse de retourner la chercher lorsque tu aurais un métier. En as-tu toujours l'intention ?

L'apprenti se frotta le menton.

— Je n'y pensais plus. Cela me paraît si loin.

---

[32] Jour de milieu de mois

[33] 21 juin — 20 juillet

Le potier hocha la tête.

— C'est bien ce qu'il me semblait.

Heiasun se tourna vers lui d'un air incertain.

— Crois-tu que je doive le faire ?

Pumpu saisit une cuisse de poulet.

— J'en doute. Lorsque tu auras enfin les moyens de prendre femme, son père l'aura mariée depuis longtemps. C'est ce que j'aurais fait si j'avais eu une fille, pour assurer son avenir.

Culni remit une mèche derrière son oreille.

— C'est vrai. Elle aura douze ans l'année prochaine, donc elle pourra convoler. Ses parents, qui ont tant de bouches à nourrir, n'attendront pas davantage.

Son fils opina en essayant d'imaginer son amie épouse et mère, mais cela lui paraissait trop éloigné de l'enfant qu'il avait connue pour qu'il y arrivât. Son attention fut vite détournée de ces pensées quand, du coin de l'œil, il aperçut Aranth qui s'isolait. Alors, il quitta sa place pour voler au secours de son ami en oubliant tout le reste.

L'attaque

Printemps — été 302 av. J.-C.

Thana Pumpnei se retourna avant de quitter le terrain.

— Presse-toi, Larthia ! Il se fait tard et nous devons encore préparer la cena.

La jeune fille attrapa son petit frère qui refusait de marcher.

— J'arrive !

Elle le cala sur sa hanche, saisit de l'autre main le panier plein de légumes qu'elle avait arrachés, puis se dépêcha de rejoindre sa mère. Ensemble, elles reprirent le chemin de la maison, saluèrent les gens qu'elles croisaient au passage, sans interrompre leur conversation portant sur la sœur de Larthia qui venait de se marier. À mesure que les filles de la nichée atteignaient l'âge légal, leur père se hâtait de les unir à des gendres triés sur le volet, qui possédaient assez d'aisance pour leur offrir une vie convenable. La seule ayant échappé à ce système était Larthia elle-même, qui avait éconduit tous ses prétendants. Comme, en Étrurie, la femme avait un statut égal à celui de l'homme, nul n'avait pu l'obliger à convoler, si bien qu'à seize ans elle vivait encore chez ses parents sans exprimer le désir d'en partir. Tout en serrant le petit contre elle, la jeune fille repensait à la visite qu'elle avait rendue à sa sœur le matin même.

— Elle semble heureuse.

Thana haussa les épaules.

— Bien sûr qu'elle l'est ! Son époux a du bien, elle habite dans une belle demeure. Que lui faudrait-il de plus ?

Larthia fixait la rue sans la voir.

— L'amour, peut-être ?

Sa mère eut une moue de dédain.

— Tu es une incorrigible rêveuse. Toutes ces chansons et ces poèmes t'ont fait perdre le sens des réalités.

La jeune fille sourit.

— Pas du tout ! Je sais faire la différence entre les deux.

Thana la toisa en exagérant son air méprisant à dessein.

— Alors, pourquoi ne te maries-tu pas ? Si quelqu'un veut encore de toi.

Le visage de Larthia se ferma.

— Parce que je n'en ai pas envie.

La jeune fille s'engouffra dans la maison pour mettre un terme à la conversation. Elle s'était souvent disputée avec ses parents à ce sujet, aussi était-elle consciente qu'il était inutile de revenir sur cette controverse stérile. Comme ils étaient incapables de trouver un terrain d'entente, ils s'étaient accordés sur un statu quo en éludant la question, ce qui n'empêchait pas Thana de l'évoquer chaque fois qu'elle le pouvait. Dans le quartier, l'on colportait de nombreuses rumeurs sur la célibataire, au point que certains lui attribuaient quelque tare honteuse, mais elle n'en avait cure.

Le lendemain, elle se rendit au temple de Menrva, comme elle le faisait presque chaque jour, sauf les *nundines*. Quelques années auparavant, alors qu'elle rentrait chez elle après avoir rendu visite à une amie, Larthia avait aperçu un groupe de vigiles rassemblés autour d'une frêle silhouette qu'ils bousculaient en riant. D'ordinaire, les enfants de Roselle évitaient le moindre contact avec ces soldats brutaux que rien n'arrêtait, mais cette fois, leur proie semblait tellement tétanisée que la jeune fille s'était précipitée à son secours sans réfléchir. Son indignation avait encore grandi lorsqu'elle avait reconnu la robe blanche des novices, si bien qu'elle avait repoussé les hommes d'armes avec fureur pour se placer entre eux et leur cible.

— N'avez-vous pas honte de vous en prendre à une prêtresse ? Vous ne respectez même pas les Dieux !

Comme Larthia sortait d'une famille dont les ressortissants n'avaient jamais eu maille à partir avec la justice, les soldats avaient compris qu'ils ne gagneraient pas si ses parents portaient plainte auprès des magistrats, si bien qu'ils avaient abandonné le terrain à contrecœur. La jeune fille s'était ensuite employée à réconforter leur victime terrifiée, à peine plus âgée qu'elle.

— Ils ne t'ennuieront plus. Viens, je te raccompagne. De quel temple dépends-tu ?

La religieuse lui avait lancé un regard admiratif.

— De celui de Menrva. Merci ! Tu es très courageuse.

Son interlocutrice avait fait la grimace.

— Pas vraiment, mais je ne pouvais pas les laisser faire. Je m'appelle Larthia Cupsnei.

La prêtresse avait esquissé un timide sourire.

— Moi, c'est Cai Maltunai. Je suis encore novice, mais plus pour très longtemps.

Tout en se dirigeant vers le sanctuaire, les deux jeunes filles avaient échangé des confidences. La religieuse avait raconté sa vie et les arts qu'elle pratiquait au service de la déesse, tandis que sa compagne avouait qu'elle avait toujours rêvé d'apprendre à lire et écrire. Lorsqu'elles avaient atteint l'enceinte sacrée, Larthia s'était arrêtée.

— Maintenant, tu n'as plus rien à craindre.

Cai avait posé son regard bleu pâle sur elle avec hésitation.

— Reviendras-tu ?

Surprise, la jeune fille avait secoué la tête.

— Je n'ai pas le droit d'entrer dans le temple.

La novice lui avait pris la main.

— Tu le peux, si tu es mon invitée. J'aimerais te revoir. Je pourrais t'initier à la lecture et à l'écriture, si tu veux.

Attirée par la lumière qu'elle décelait chez la prêtresse, Larthia n'avait pas résisté.

— Cela me ferait très plaisir.

Cai s'était illuminée.

— Alors, c'est entendu. Je donnerai ton nom au portier.

C'est ainsi qu'elle rendait visite à son amie presque tous les jours, sauf lorsqu'il y avait des cérémonies. La prêtresse lui avait inculqué les connaissances de base comme promis, puis les jeunes filles s'étaient lancées dans la pratique de plusieurs arts enseignés dans le temple. Elles composaient des poèmes, dont certains étaient mis en musique par la suite, ce qui les avait amenées à chanter, mais elles dessinaient également, de préférence des scènes mythologiques. Toutes ces activités comblaient Larthia en occupant son temps, ce qui lui permettait de supporter la pression de ses parents. Pourtant, ce jour-là, Cai s'inquiéta en la voyant pénétrer dans le bâtiment où elles s'adonnaient à leurs passions.

— Qu'y a-t-il ? Je te trouve bien triste.

La jeune fille s'assit sur un tabouret en soupirant.

— Depuis les noces de ma sœur, mes parents redoublent d'insistance pour que je convole aussi.

La religieuse commença à sortir le matériel.

— Ce doit être difficile. Mais j'admets que je ne comprends toujours pas pourquoi tu ne veux pas te marier. Que comptes-tu faire de ta vie ? Entrer dans un temple, comme moi ?

Larthia sourit.

— Ça ne me déplairait pas.

Cai la fixa avec espoir.

— Dans ce cas, fais ta demande auprès de notre supérieur.

La jeune fille contempla ses mains.

— Non, pas encore.

La prêtresse se planta devant elle.

— Mais qu'attends-tu enfin ?

Larthia rougit, puis avoua tout bas.

— Le retour de mon ami d'enfance.

L'air intéressé, sa compagne s'agenouilla devant elle.

— Raconte-moi ça.

Mal à l'aise, la jeune fille chiffonna sa robe.

— Lorsque nous avions dix ans, il est parti s'installer à Tarquinia où il a trouvé un apprentissage. Mais il m'a promis de revenir me chercher pour m'épouser quand il aurait un métier. Alors, je me réserve pour lui.

Perplexe, Cai se releva.

— Ne crois-tu pas qu'il t'a oubliée depuis cette époque ?

Larthia écarta les bras avec fatalisme.

— J'espère que non, mais si c'est le cas, je prononcerai mes vœux comme toi.

Son amie s'éloigna vers ses aménagements.

— Combien de temps encore comptes-tu patienter ? Comment sauras-tu s'il viendra ? As-tu de ses nouvelles ?

Les prunelles bleues de la jeune fille erraient sur le paysage qu'elle découvrait par la fenêtre.

— Hélas ! J'ignore tout de lui. Mais il me semble qu'il lui faut quelques années de plus pour devenir maître artisan.

La prêtresse fit la moue.

— Tu gâches ta belle jeunesse pour rien. Tu aurais dû accepter de te marier.

Larthia tressaillit.

— Non ! Je n'épouserai personne d'autre que lui.

Cai lui adressa un clin d'œil engageant.

— Alors, rejoins-moi. Nous passerons notre existence ensemble.

La jeune fille serra les lèvres avec obstination.

— Plus tard.

Sans montrer sa déception, son amie alla chercher un monceau d'ostracons.

— Tes parents sont-ils au courant de tes sentiments ?

Larthia se leva pour l'aider.

— Certainement pas ! Ils ne pourraient pas les comprendre.

La prêtresse eut un petit rire.

— C'est sûr ! Mais je réalise maintenant pourquoi tu écris de si beaux poèmes d'amour.

Tout en parlant, elle avait trié les supports sur lesquels les jeunes filles feraient les brouillons préparatoires de leurs dessins, avant de les reporter sur des toiles de lin. Ce jour-là, elles devaient illustrer certains événements de la vie du dieu Hercle dont la fête approchait. Cai mélangea les différents pigments qui produiraient les brillantes couleurs faisant honneur à la divinité, puis jeta un regard malicieux à son amie.

— Donnons-lui le visage de ton bien-aimé. Cela le fera revenir.

Larthia saisit un pinceau en soupirant.

— Encore faudrait-il que je sache à quoi il ressemble. J'ai vu partir un enfant, mais à seize ans, c'est un homme désormais.

La prêtresse haussa les sourcils.

— Ainsi, tu aimes un homme dont tu ignores même l'apparence. Vraiment, je ne te comprends pas.

La jeune fille opina.

— Je reconnais que c'est stupide. Pourtant, je ne peux rien y faire. J'ai tenté de l'oublier, mais c'est impossible.

Elles dessinèrent toute la journée, avec une pause pour se restaurer, sans que cela les empêchât de bavarder. Même dans le temple, l'on apprenait les nouvelles, si bien que les jeunes filles commentaient les rumeurs de la cité avec autant d'intérêt qu'elles en mettaient à leur travail. Comme rien n'évoluait à Roselle, il était toujours question des braconniers que les vigiles poursuivaient sans trêve. Les patriciens craignaient tellement de perdre la moindre parcelle de leurs privilèges, qu'ils imposaient un immobilisme total à l'économie locale sans se soucier de laisser la moitié de la population dans la misère la plus noire. Cai fignola l'œil du dieu, tout en faisant la grimace.

— J'ai entendu qu'un enfant a été attrapé hier sur les terres d'un latifundium. C'est navrant !

Larthia rinça son pinceau avant de changer de couleur.

— Je le connais. C'est le dernier fils d'une famille nombreuse, dont tous les garçons ont été condamnés à mort. Je remercie les Divinités tous les jours de m'avoir fait naître dans un foyer où l'on mange à sa faim.

La prêtresse se recula pour juger son croquis.

— C'est l'une des raisons qui m'ont poussée à entrer au temple. Mes parents ne pouvaient pas tous nous nourrir.

La jeune fille revoyait son ami à l'affût du moindre gibier.

— C'est aussi le motif pour lequel Heiasun est resté à Tarquinia. Ici, il n'avait aucun avenir.

Cai tourna la tête d'un air interrogateur, puis réalisa qu'il s'agissait de celui qu'aimait son amie.

— Tu me manqueras si tu pars avec lui.

Larthia leva une main.

— Attends ! Ce n'est pas fait.

La prêtresse attaqua le dessin du nez.

— Crois-tu qu'il y aura encore une guerre cette année ?

La jeune fille terminait la mise en couleur des vêtements.

— Je connais beaucoup de gens qui le souhaitent. Ainsi, les hommes peuvent s'engager pour le temps des hostilités en gagnant de quoi faire vivre leurs familles durant tout l'hiver.

Cai effaça un trait qui ne lui plaisait pas.

— Oui, mais cela pourrait nous attirer des ennuis.

Larthia sécha son encre.

— Je sais, mais nous n'y pouvons rien.

À son tour, la jouvencelle entama la phase délicate de représentation des visages. Parmi les jeunes vierges qui adoraient le dieu, elle avait trouvé amusant d'insérer son amie telle qu'elle l'avait vue lorsque celle-ci était devenue prêtresse de Menrva. Ce jour-là, la novice vêtue d'une longue tunique immaculée, une couronne de fleurs blanches sur ses cheveux blonds, avait tenu dans ses mains une lyre en bois précieux. Quand elle avait chanté l'hymne à la déesse qu'elle avait composé elle-même en s'accompagnant avec l'instrument sacré, toute l'assistance avait été émue par sa ferveur sincère. Au milieu des invités de la nouvelle ordonnée, Larthia avait été touchée par la profondeur des sentiments de son amie. Elle avait dû s'avouer que si elle envisageait, elle aussi, d'entrer au temple, ce n'était pas à cause d'une véritable attirance pour la vie religieuse, mais par dépit amoureux. Elle avait ressassé de nombreuses fois tous les arguments que Cai avait évoqués, mais elle ne parvenait pas à concevoir son existence sans Heiasun.

Chaque jour, elle voyait apparaître son visage flou dès son réveil, puis l'imaginait à son travail, en se reprochant de n'avoir pas interrogé Culni pour savoir quel métier il apprenait. Selon son humeur, elle lui attribuait la même qualification que son père, ou bien elle se le représentait vannier, menuisier, forgeron… Chaque fois qu'elle rencontrait un marchand itinérant originaire de Tarquinia, elle ne pouvait s'empêcher de lui demander s'il connaissait son ami, en se désolant de ne recevoir que des réponses négatives. Parfois, elle se disait qu'il l'avait remplacée, mais le croire amoureux d'une autre la déchirait, alors elle se hâtait de se persuader qu'il ne pouvait pas l'avoir oubliée. Mais surtout, elle mettait en scène son retour. Il arrivait chez elle, mal à l'aise, avec la crainte qu'elle ne l'eût pas attendu, jusqu'à ce qu'elle se jetât dans ses bras en affirmant qu'elle n'aimait que lui. Rassuré, il riait, puis lui annonçait qu'il venait la chercher pour l'emmener là-bas où tout était prêt pour leur mariage. Elle se répétait tellement cette histoire en peaufinant les détails, qu'elle finissait par se convaincre que c'était déjà advenu, si bien qu'elle revenait à la réalité avec difficulté. Cai se redressa en contemplant le tableau dans son ensemble, tout en lançant un coup d'œil taquin vers son amie.

— Cesse donc de rêver à ton roman chimérique.

La jeune fille fronça les sourcils.

— Ce n'est pas impossible ! Il apparaîtra un jour, j'en suis sûre.

La prêtresse l'observa avec compassion.

— Tu ne connaîtras que des désillusions si tu t'obstines ainsi.

Larthia écrasa son pinceau sur la toile avec hargne.

— Dans quelques années, je rirai de mes incertitudes. Il me dira que je n'avais aucune raison de douter.

Cai alla quérir des pigments pour refaire les couleurs qui manquaient.

— Arrête de prendre tes désirs pour la réalité !

Malgré l'incrédulité et les avertissements de son amie, la jeune fille rentra chez elle ce soir-là avec un sentiment de légèreté qu'elle n'avait pas éprouvé depuis longtemps. Maintenant qu'elle lui avait avoué son secret, elle savourait le bonheur de parler de son amour avec celle qui était devenue plus proche d'elle que sa propre famille. Prononcer le nom du jeune homme qui hantait ses rêves semblait le rendre plus présent, en affermissant sa conviction qu'il viendrait la chercher bientôt. Elle s'occupa gaiement de ses frères et sœurs, puis seconda sa mère en se disant qu'elle finirait bien par être maîtresse de maison, elle aussi. Pourtant, lorsqu'elle fut couchée, les souvenirs qu'elle avait réveillés durant sa conversation avec Cai l'empêchèrent de trouver le sommeil. Allongée sur sa paillasse, auprès des petits dont la respiration régulière lui parvenait, elle tenta de ressusciter l'image d'Heiasun dans sa mémoire, mais s'arrêta à sa chevelure dorée comme le soleil et ses yeux verts pailletés d'or, sans réussir à retracer les traits de son visage. Elle était certaine qu'il était devenu un bel homme attirant tous les regards, ce qui la fit trembler à l'idée des nombreuses jeunes filles capables de le détourner de son amie d'enfance.

Au printemps, les discussions roulèrent sur la guerre, que certains craignaient, alors que d'autres la désiraient. Des contingents furent formés, comme presque tous les ans, puis allèrent rejoindre ceux des autres villes étrusques pour des affrontements dont on ne savait presque rien, seulement ce que les soldats racontaient à leur retour, ce qui était bien peu. Larthia redoutait toujours que l'un de ses frères s'engageât, au risque de grossir les rangs de ceux qui ne revenaient pas, mais pour le moment aucun d'entre eux ne l'avait envisagé.

Lors du solstice d'été, la jeune fille assista à la grande fête en l'honneur d'Horta avec d'autant plus de fierté que certains de ses poèmes avaient été choisis pour être chantés par les musiciens sacrés. Pourtant, elle ne l'avait pas révélé à ses parents qui sauteraient sur l'occasion pour lui reprocher, une fois de plus, de se consacrer à des activités futiles au lieu de songer à se marier. Après le banquet, elle alla se promener sur les bords du lac déserté ce jour-là, pour y rêver à son amour.

Le mois de turane[34] commença dans une fournaise inhabituelle obligeant les paysans, comme les esclaves des latifundia, à procéder aux moissons le matin de bonne heure et tard le soir, afin de ne pas être déshydratés par le soleil brûlant. Dans la ville aussi, les habitants, qui ralentissaient la cadence de travail, restaient à l'abri aux heures les plus chaudes en s'adonnant aux joies de la sieste. Ce fut pourtant l'un de ces après-midi étouffants que les soldats romains choisirent pour s'introduire dans Roselle en profitant de la somnolence des guetteurs, après avoir traversé des campagnes désertes. Lorsque l'alarme fut enfin donnée, Larthia qui se trouvait au temple, allongée sur l'herbe à l'ombre d'un portique avec Cai, se redressa brusquement, inquiète pour les siens. Son amie la fixa avec étonnement.

— Que fais-tu ?

La jeune fille se tourna à demi.

— Il faut que je rentre pour m'assurer que tout va bien chez moi.

Cai lui saisit le bras.

— Surtout pas ! Si les soldats romains sont dans la ville, circuler dans les rues est devenu dangereux. Reste ici, ta famille est sûrement à l'abri.

Larthia hésita.

— Le penses-tu vraiment ?

La prêtresse s'assit à son tour.

— Bien sûr ! Avec cette chaleur, ils devaient faire la sieste. Donc, ils sont dans leur maison.

La jeune fille réfléchit un instant, puis opina.

— Oui, tu as sans doute raison.

Elles rejoignirent le personnel religieux, ainsi que les visiteurs se trouvant dans l'enceinte sacrée, pour attendre des nouvelles de cette invasion imprévue. Comme toujours dans ces cas-là, les pires rumeurs se propageaient en affolant tout le monde, bien qu'elles soient dénuées de fondement. Les prêtres s'efforçaient de rassurer l'assistance en affirmant que même ces barbares romains n'oseraient pas s'attaquer à la demeure d'un dieu, mais certains se terraient quand même contre les colonnes ornant la façade du temple en tremblant de peur. Soudain, une femme courut vers eux, avec un enfant dans les bras et un autre qu'elle traînait derrière elle.

— Aidez-moi ! Les soldats veulent nous tuer.

Un religieux s'avança.

— Ici, vous ne risquez rien. Vous êtes en sécurité.

Une prêtresse fit asseoir la mère terrifiée.

— Que s'est-il passé ?

La réfugiée ne parvenait pas à lâcher ses rejetons.

---

[34] 21 juillet — 20 août

— Ils se répandent dans les rues, le glaive à la main, et se jettent sur tous les gens qu'ils rencontrent. Ce sont des loups sans pitié.

Larthia se rapprocha, le cœur battant.

— Pénètrent-ils dans les maisons ?

La mère avait le nez dans les cheveux de son fils.

— Je ne sais pas, je ne les ai pas vus faire.

Une autre religieuse esquissa une moue de mépris.

— En fait, ils ne s'attaquent qu'à des cibles faciles.

Cette affirmation, qui ne reposait sur rien, provoqua une avalanche de murmures approbateurs suivis de remarques dédaigneuses qui déclenchèrent une surenchère allant jusqu'aux injures. Comme la jeune fille interloquée fixait son amie, Cai lui sourit.

— Laisse-les dire. Ils ne cherchent qu'à chasser leur peur.

Un cri interrompit ces bravades inutiles.

— Regardez ! Quelque chose brûle !

Tournant la tête dans la direction indiquée, l'assistance put constater qu'un panache de fumée noire montait dans le ciel sans nuages. Mastarna, le supérieur du temple s'écarta du groupe.

— Je vais essayer de me renseigner.

L'un de ses adjoints s'avança entre les colonnes.

— Cela semble venir du forum.

Le grand prêtre fit la grimace.

— Pourvu que ce ne soit pas le siège du gouvernement.

Ils observèrent le prélat qui s'éloignait, avec la crainte qu'il se fît massacrer par les soldats romains, mais personne n'osa l'accompagner. Lorsqu'il eut disparu, un lourd silence s'installa, tandis que Larthia se tordait les doigts en pensant à ses frères et sœurs disséminés dans la cité. Elle priait pour qu'aucun d'entre eux ne se lançât dans une action d'éclat qui risquerait de lui coûter la vie. Son amie lui posa une main réconfortante sur l'épaule.

— Je me représente tous les membres de ma famille à l'abri dans leurs maisons. S'angoisser pour ce qui n'est pas, ne nous mènera nulle part.

La jeune fille soupira.

— J'envie ta sérénité.

Cai lui sourit.

— Je m'en remets aux Dieux. Ils nous protégeront.

Larthia leva les yeux vers le ciel pur.

— Comme je voudrais en être sûre.

L'attente s'éternisa, mais Mastarna finit par réapparaître aussi calmement qu'il était parti. Aussitôt, tout le monde s'agglutina autour de lui afin d'entendre les nouvelles qu'il rapportait.

— C'est un bâtiment administratif qui brûle, mais il n'y avait personne à l'intérieur. L'un de nos magistrats m'a affirmé que les Romains ne sont pas nombreux et que nos soldats sont en train de reprendre la situation en main. Seulement, il demande que personne ne sorte tant que les ennemis sont encore dans la place. Soyez patients et ne vous inquiétez pas trop, tout reviendra dans l'ordre rapidement.

Les prêtresses puisèrent dans les réserves pour servir une collation à tous les gens bloqués dans le temple, ce qui allégea l'atmosphère. Bientôt, l'assistance se répandit sur les pelouses en bavardant comme si de rien n'était. Debout devant l'un des bâtiments, Larthia les contemplait avec stupéfaction.

— Est-ce vraiment fini ?

Cai lui saisit le poignet.

— Espérons-le ! Viens t'asseoir à l'ombre.

L'ambiance était si calme dans l'espace sacré, que tout le monde semblait avoir oublié les affrontements qui se déroulaient dans la ville, à quelques pas de là. Pourtant, les présents se figèrent quand une grande clameur retentit, bientôt suivie de hurlements rappelant que la bataille n'était pas terminée, mais nul ne montra le moindre doute quant au succès final. Un homme brandit le poing.

— Ce sont les nôtres qui leur donnent une bonne leçon !

L'on approuva, tandis que le silence revenait sur les occupants du temple qui reprirent leurs conversations tranquilles. Larthia se tourna vers son amie en dressant l'index.

— Écoute ! On n'entend plus les oiseaux.

Assise à l'ombre d'un arbre, Cai scruta le feuillage.

— Tu as raison. Ils n'aiment pas le fracas des armes.

La jeune fille frissonna en contemplant à son tour l'enchevêtrement de branches.

— C'est un mauvais présage.

La prêtresse gronda d'un air mécontent.

— N'interprète pas les signes. Seuls les augures le peuvent.

L'inquiétude de Larthia se révéla vaine. Les heures suivantes n'apportèrent plus la moindre cause d'alarme, à tel point que la jeune fille finit par décider de rentrer chez elle en supposant que la bataille était terminée.

Elle s'engagea dans les voies désertes, constata que le travail n'était pas reparti malgré les ombres qui s'allongeaient, mais conclut que les habitants préféraient prendre le temps de se remettre de leurs frayeurs. Dans cette partie de la ville, les bâtiments ne semblaient pas avoir souffert des incursions des soldats, les ruelles familières offraient leur aspect habituel aux regards, bien que toutes les ouvertures soient closes. Elle en déduisit que sa demeure était intacte, elle aussi, ce qui l'amena à se représenter les retrouvailles lorsqu'un bruit derrière elle lui fit tourner la tête. La chaussée paraissait toujours aussi vide, mais en plissant les yeux, elle saisit un mouvement furtif dans un coin sombre. Persuadée qu'il s'agissait d'un pauvre hère qui se terrait là par peur des ennemis, elle continua son chemin avec sérénité, en s'attendant à en croiser d'autres. Pourtant, les mêmes frôlements se reproduisirent un peu plus loin, toujours à quelques pas derrière elle, ce qui commençait à l'intriguer. En se retournant à nouveau, elle vit briller un morceau d'armure, aussitôt elle réalisa que ce ne pouvait pas être des soldats étrusques. Alors, elle se mit à courir droit devant elle avec l'espoir d'atteindre sa maison pour s'y réfugier, mais se sachant découverts, les Romains se ruèrent vers elle sans plus se cacher.

Comme ses poursuivants se rapprochaient, Larthia bifurqua à droite, puis à gauche pour les dépister, en priant pour rencontrer les défenseurs de la cité qui la délivreraient de cette menace. Elle entendait les soudards s'interpeller avec de gros rires, sûrs de leur victoire, ce qui augmentait encore sa terreur. À force de changer de direction trop vite pour se repérer, la jeune fille ne reconnaissait plus rien autour d'elle. Sentant ses agresseurs sur ses talons, elle tourna dans une ruelle étroite en accélérant l'allure bien qu'elle fût à bout de souffle, mais elle s'arrêta net devant le mur qui fermait l'impasse. Elle n'eut pas le temps de chercher une issue, qu'une violente bourrade la projeta contre la paroi. Affolée, elle se débattit contre les mains qui la maintenaient, tandis que d'autres arrachaient sa robe légère. Elle se mit à pleurer en suppliant ces monstres, jusqu'à ce qu'une voix moqueuse résonnât à son oreille.

— De quoi te plains-tu ? Les femmes étrusques sont toutes des prostituées, c'est bien connu.

En riant, l'un des soldats enroula sa robe autour de sa tête, lui enfonça un pan du tissu dans la bouche, puis ils la couchèrent sur le sol pour la violer chacun à leur tour en s'amusant de ses gémissements étouffés.

Elle entendit le son assourdi de leurs pas s'éloigner, sans avoir la force de bouger. Tout son corps lui faisait mal, mais c'était surtout la honte qui la submergeait. Il lui semblait qu'elle ne pourrait plus jamais se débarrasser de la sensation des mains de ces hommes sur elle, si bien qu'elle ne souhaitait plus que s'engloutir dans la mort le plus vite possible. La chaleur la faisait suffoquer, au point qu'elle finit par arracher le tissu qui l'aveuglait. Elle cligna des yeux dans la lumière encore vive de cette fin d'après-midi, se redressa en se mordant les lèvres pour ne pas crier tellement chaque mouvement était douloureux, puis regarda autour d'elle de peur que quelqu'un la vît nue, mais il n'y avait personne. Alors, elle s'enveloppa comme elle le put dans sa robe déchirée avant de se recroqueviller sur elle-même, si malade d'humiliation que ses larmes se tarissaient.

Les conséquences

Été 302 av. J.-C.

La nuit était tombée depuis longtemps sur le quartier désert et silencieux quand Larthia releva la tête en balayant d'un air égaré les silhouettes fantomatiques des bâtisses sous la lune. Elle frissonna malgré la chaleur encore forte, puis se remit debout avec une grimace tellement la douleur était insupportable. Bouleversée, elle ne désirait plus que se réfugier dans la maison de ses parents pour s'y pelotonner sur sa paillasse. Alors, elle se dirigea vers la sortie de l'impasse en boitillant, s'arrêta à l'angle de la rue afin de s'orienter, mais sursauta en découvrant qu'elle était tout près de son but. Elle suivit le court chemin en chancelant, une main posée sur le mur pour maintenir son équilibre. La crainte s'insinua en elle devant les demeures barricadées qui bordaient la voie à l'idée de trouver sa porte fermée. Devrait-elle attendre le lever du soleil sur le seuil de son logis sans protection ?

Quand la petite bâtisse apparut, un peu en retrait des autres, la jeune fille fut soulagée en apercevant le carré de lumière que projetait sur le sol le battant ouvert. Elle s'avança vers son foyer d'une démarche incertaine, tandis que ses parents surgissaient dans l'entrée en entendant ses pas. Sa mère plaqua les paumes sur sa bouche.

— Larthia ! Que t'est-il arrivé ?

Son père se précipita vers elle pour la soutenir, puis la guida vers la salle dans laquelle Thana amoncelait des coussins sur la natte pour la recevoir. La blessée s'étendit dessus, tandis que sa mère apportait une bassine d'eau pour nettoyer ses plaies. De son côté, Haltu alla remplir un gobelet de vin qu'il fit avaler à sa fille dans l'espoir de la réconforter. Trop choquée pour pouvoir parler, Larthia fondit en larmes avec la vague sensation qu'elle ne méritait pas les attentions qu'on lui témoignait. Son père l'enveloppa dans une couverture afin d'apaiser ses frissons, puis s'assit près d'elle en la serrant dans ses bras.

Lentement, la jeune fille cessa de trembler, mais incapable d'affronter le regard de ses parents, elle resta blottie contre Haltu avec la conviction qu'il la rejetterait lorsqu'il apprendrait sa déchéance. Celui-ci caressa ses cheveux avec une douceur qui ne lui était pas habituelle.

— Dis-nous qui t'a agressée. Que s'est-il passé ?

Elle chiffonna la tunique de son père d'un geste nerveux.

— Non !

Il se pencha pour déposer un baiser sur sa joue.

— Allons, ma chérie ! Je devine que c'est difficile, mais nous devons savoir.

À force d'insistance, ses parents réussirent à lui arracher quelques précisions sur le lieu où elle se trouvait lorsque l'alerte avait été donnée. Thana hocha la tête.

— Nous nous doutions que tu étais au temple. Seulement, nous nous sommes inquiétés en ne te voyant pas rentrer. Quand l'as-tu quitté ?

Elle répondit avec répugnance, mais ils revinrent à la charge jusqu'à ce qu'elle cédât. D'une voix heurtée, elle raconta son calvaire, tandis que ses larmes inondaient à nouveau son visage, mais à sa grande surprise, la colère de son père se tourna contre les soldats romains qu'il aurait volontiers tués de ses propres mains. Furieuse, elle aussi, contre ces barbares, Thana joignit ses efforts à ceux de son mari pour réconforter leur enfant. Quand Larthia se fut apaisée, ils l'envoyèrent se coucher avec l'espoir que le sommeil lui apporterait un oubli bienvenu.

La jeune fille se glissa sans bruit dans la chambre au milieu de ses frères et sœurs endormis, se pelotonna sur sa paillasse en s'emmitouflant dans ses couvertures malgré la chaleur ambiante, mais ne put s'assoupir. Les images de ces minutes qui avaient fait basculer sa vie à jamais défilaient sur l'écran de ses paupières closes. Il lui semblait encore sentir les mains des soldats sur son corps, avec l'impression qu'elle ne parviendrait pas à se débarrasser de cette souillure. Elle se remit à pleurer en silence jusqu'à ce qu'elle sombrât dans une somnolence pleine de cauchemars.

Au matin, toute la fratrie poussa les hauts cris en découvrant dans quel état elle se trouvait. Le plus âgé de ses frères présents sous le toit paternel serra les poings de fureur.

— Qui t'a battue ainsi ?

Haltu intervint pour épargner Larthia encore secouée.

— Les soldats romains qui ont envahi notre ville hier après-midi. Votre sœur a eu la malchance de les rencontrer en essayant de rentrer à la maison.

L'une de ses petites sœurs lui saisit la main.

— Heureusement qu'ils ne t'ont pas tuée !

La jeune fille se força à sourire.

— Oui, tu as raison.

Thana lui apporta une décoction contre la douleur, tout en jetant un coup d'œil à sa nichée.

— Nous la soignerons si bien qu'elle guérira vite.

Aussitôt, les enfants se précipitèrent pour prendre en charge toutes les tâches ménagères afin que leur sœur pût se reposer. Soulagée, Larthia réalisa qu'ils étaient encore trop jeunes pour deviner toute l'étendue de ce que les soudards lui avaient infligé. Elle accepta donc de se laisser dorloter en savourant le simple plaisir de délasser ses membres endoloris, tandis que les gamins se relayaient auprès d'elle. Lorsque sa mère tentait d'éloigner un enfant trop bavard, la blessée protestait que ce flot de paroles l'aidait à repousser ses pénibles souvenirs. La nuit, elle écoutait la respiration régulière de ses frères et sœurs en enviant leur sérénité, tandis que l'agression se rejouait dans son esprit. Quand elle s'assoupissait enfin, elle courait dans un tunnel obscur vers une issue invisible sans parvenir à semer les pas qui résonnaient dans son dos, alors elle se redressait d'un coup de rein avec un gémissement, ce qui ne manquait pas de réveiller au moins l'un des dormeurs.

Thana se rendit vite compte que sa fille avait des cernes de plus en plus marqués.

— Je ne comprends pas. Les remèdes que je t'administre, à base de sève de pin et de colchique, activent ta cicatrisation et calment tes douleurs, pourtant je te trouve plus mal en point que le jour où tu as été attaquée. Y a-t-il quelque chose que tu ne m'aurais pas dit ?

Larthia soupira d'un air las.

— N'est-ce pas suffisant ? Non, il n'y a rien.

Sa mère s'assit près d'elle en la scrutant de ses prunelles bleues.

— As-tu un sommeil paisible ?

La jeune fille eut un rictus amer.

— Non, je ne dors presque pas. Lorsque je m'assoupis, je fais des cauchemars.

Thana hocha la tête.

— Voilà le problème. À partir de ce soir, je te donnerai une infusion de valériane avant que tu ailles te coucher. Cela te permettra de passer une bonne nuit.

Larthia fixait la fenêtre sans la voir.

— Si tu le penses.

Sa mère posa une main sur son bras.

— Dans les *nones* qui viennent, il faudra s'assurer que tu n'es pas enceinte.

La jeune fille sursauta.

— Oh, non ! Ce n'est pas possible.

Thana devint grave.

— J'ai bien peur que si. C'est un risque à ne pas négliger.

Larthia se mit à sangloter.

— Je ne veux pas.

Sa mère la serra contre elle pour la réconforter, tout en se demandant comment elle pourrait l'aider. Une grossesse serait d'autant plus gênante que sa fille était déjà l'objet des commérages du quartier, mais surtout elle la placerait au ban de la société. Les femmes étrusques avaient beau être plus libres que les romaines, une mère célibataire était considérée comme une dépravée.

Larthia se rétablissait peu à peu. Elle commença à bouger davantage, reprit une partie de ses activités, mais ses proches veillaient à ce qu'elle ne se fatiguât pas outre mesure. Comme elle retrouvait des forces, elle envisagea de retourner au temple où Cai devait s'inquiéter de ne pas la voir, tout en redoutant les explications qu'elle devrait fournir à son amie pour son absence prolongée. Pourtant, elle attendit de ne plus avoir de traces de son agression avant de se montrer, afin de ne pas éveiller la curiosité de ses voisins.

Un soir, Haltu s'assit sur la natte constituant le seul ameublement de la pièce principale, accepta le gobelet de vin que lui tendait l'une de ses filles, puis se tourna vers sa femme.

— J'ai appris le motif de cette invasion imprévue des Romains.

Thana sortit la vaisselle avec un soupir désabusé.

— Leur faut-il vraiment une raison pour faire le mal ?

Son mari but une gorgée.

— En fait, ce sont les *principes* d'Arezzo qui ont appelé Rome à l'aide pour mater une révolte plébéienne qu'ils n'arrivaient pas à contenir. Alors, le dictateur Marcus Valerius Corvus s'y est rendu à la tête d'une centurie pour protéger les membres de la famille des Cilnii de la colère populaire.

Son épouse disposa les écuelles et les cuillères sur la table.

— En quoi ce qui s'est passé dans cette ville très éloignée de chez nous explique-t-il ces horreurs ?

Haltu fourragea dans sa courte chevelure châtain.

— Et bien, il semble que le détachement romain n'ait eu aucune difficulté à rétablir l'ordre, ce qui a frustré les soldats, si bien que leur chef a décidé de faire un détour par notre cité pour nous punir d'envoyer des contingents soutenir la rébellion des autres peuples contre Rome. Ils se sont défoulés chez nous, en quelque sorte, mais se sont repliés dès que nos défenseurs sont intervenus parce qu'ils ne cherchaient pas l'affrontement direct.

Thana fit une moue de mépris.

— Ces barbares ne respectent vraiment rien.

Son mari haussa les épaules.

— Nos consuls ont émis une protestation officielle auprès de leurs homologues romains, mais cela ne changera rien.

Lorsque sa mère l'assura que l'on ne devinait plus la moindre marque sur son visage, Larthia se résolut à sortir de sa maison. Elle commença par se rendre sur le lopin de terre de ses parents en compagnie de Thana et certains de ses frères et sœurs, puis enhardie par cette expérience, elle osa suivre les rues jusqu'au temple de Menrva. En la voyant arriver, Cai se précipita vers elle.

— Mais où étais-tu donc passée ? Je me suis inquiétée pour toi. Aurais-tu eu des ennuis ?

La jeune fille baissa les yeux.

— Hélas, oui !

Son amie lui saisit le poignet.

— Viens par ici, tu me raconteras tout cela.

Elles s'installèrent dans un coin tranquille du domaine sacré, loin des oreilles indiscrètes. Là, dans un environnement détaché des contingences de la vie profane, Larthia put évoquer la laideur de cet acte dégradant sans trembler, tandis que la prêtresse l'écoutait avec horreur.

— C'est une chose abominable ! Un crime honni des Dieux. Ils en seront durement châtiés, sois-en sûre.

La jeune fille serrait ses mains sur ses genoux.

— Je l'espère. Je croyais que mes parents me renieraient, mais au contraire, ils m'ont beaucoup soutenue.

Cai eut une mimique d'indignation.

— Évidemment ! Ce n'est pas de ta faute, quand même.

Larthia laissa son regard se perdre dans le lointain.

— Tu sais comme moi que c'est une déchéance. Combien de femmes dans le même cas ont été obligées d'épouser leur violeur pour réparer leur honneur ?

La prêtresse opina.

— Oui, c'est vrai. Maintenant, tu ne pourras plus te marier.

La jeune fille tressaillit.

— Oh ! Je n'avais pas pensé à ça. Je ne pourrai pas convoler avec Heiasun.

Cai posa une main sur l'épaule de son amie.

— Il est à souhaiter finalement qu'il ne vienne pas te chercher.

Larthia essuya une larme.

— Que deviendrai-je ?

La prêtresse fronça les sourcils d'un air soucieux.

— Je l'ignore. Tu ne peux plus postuler au temple.

La jeune fille eut un sanglot.

— Et tu ne sais pas le pire. Ma mère m'a dit que je risquais d'être enceinte.

Cai se mordit les lèvres.

— Tu ne dois en parler à personne, sinon tu pourrais bien être bannie de la ville.

Larthia s'efforça d'affermir sa voix.

— À part mes parents, il n'y a que toi qui es au courant.

La prêtresse utilisa l'après-midi à tenter de réconforter son amie, tout en reconnaissant que sa situation était critique. Lorsque la jeune fille la quitta, elle l'encouragea à revenir aussi souvent qu'elle le souhaitait, en assurant qu'elles pouvaient continuer leurs activités coutumières sans problème.

Larthia passa les *nones* suivantes dans la crainte d'une grossesse indésirable, tout en essayant de se comporter comme à l'accoutumée, afin de dépister la curiosité des commères du quartier. Elle avait repris ses visites quotidiennes au temple, aidait sa mère à tenir sa maison et à cultiver ses légumes, mais elle restait triste. Alors que naguère, elle rêvait que ses parents cessent de lui parler mariage, maintenant elle regrettait leur silence qui confirmait qu'elle n'avait plus d'avenir.

Au bout d'un mois, le couperet tomba : la jeune fille était bel et bien enceinte. Effondrée, elle se terra dans un coin de la chambre commune en sanglotant, incapable de faire face à ce nouveau coup du sort. Thana vint s'asseoir auprès d'elle, l'air grave.

— Il faut que tu sois forte.

Sans relever la tête, Larthia gémit.

— C'est un cauchemar sans fin. En quoi ai-je contrarié les Dieux ?

Sa mère se tapota les lèvres.

— Peut-être sont-ils mécontents que tu n'aies pas convolé comme tu l'aurais dû. De toute façon, nous devons nous accommoder de la situation et prendre les mesures qui s'imposent.

La jeune fille lui adressa un regard mouillé.

— Que faire ?

Thana posa une main sur son épaule.

— J'y réfléchirai, mais sache que je te soutiendrai de toutes mes forces. Fais-moi confiance. En attendant, tu dois te comporter comme d'habitude, afin que nul ne le devine.

Larthia se rencogna en resserrant ses bras autour de ses genoux.

— Je ne pourrai jamais.

Comme la douceur ne l'aiderait pas, sa mère adopta un ton ferme.

— Il le faudra bien pourtant. Tu ne tiens quand même pas à ce que tout le monde se détourne de toi ?

La jeune fille se remit à pleurer.

— Je voudrais mourir.

Thana l'attira contre elle avec tendresse.

— Tu surmonteras cette épreuve, je te l'assure.

Poussée par sa mère qui ne la laissait pas s'enfermer dans sa détresse, Larthia parvint à sauvegarder les apparences, mais ses rêves s'étaient transformés en cauchemars. Désormais, elle frissonnait à l'idée qu'Heiasun pût désirer l'épouser, alors qu'elle l'avait tant souhaité naguère. La scène qu'elle avait si souvent imaginée devenait une vision d'horreur. Elle se voyait fuir, écrasée par le poids de sa honte, sous le regard plein d'incompréhension de l'homme qu'elle aimait.

Thana, de son côté, ne restait pas inactive. Il fallait soustraire sa fille aux yeux indiscrets avant que son ventre commençât à s'arrondir, alors elle cherchait où elle pourrait la loger pendant sa grossesse. Elle avait le parti de trouver une masure dans la campagne, pas trop éloignée de Roselle, ce qui lui permettrait d'aller ravitailler Larthia tous les jours, mais, outre que la jeune fille risquait de déprimer ainsi isolée durant des mois, elle n'aurait aucune protection contre les rôdeurs ou les soldats romains. La future mère avait également la possibilité de s'installer dans une autre ville étrusque, en se faisant passer pour une veuve de guerre, ce qui exciterait la compassion de ses nouveaux concitoyens, mais ne connaissant personne ailleurs qu'à Roselle, Thana hésitait à l'envoyer dans l'inconnu. Comme elle n'avait jamais fréquenté les parents d'Heiasun, que seule sa fille côtoyait, elle ne pensa pas à la diriger vers Tarquinia, ce qui lui épargna de se heurter à un refus catégorique.

En parallèle de ces recherches, la mère éplorée envisageait d'autres solutions dont elle n'osait même pas parler à son mari. Il s'agissait de se débarrasser de l'enfant indésirable malgré l'interdit qui frappait ce genre de pratique. Un matin, elle se rendit en secret dans une officine située au fond d'une ruelle, où l'on ne posait pas de questions. Coiffée d'un chapeau à larges bords qui ombrait son visage, elle avait drapé une fine étoffe sur ses épaules, dont elle utilisait un pan pour voiler ses traits, ce qui ne parut pas surprendre son interlocuteur. Celui-ci l'écouta formuler sa requête, puis d'une voix onctueuse, il lui assura qu'il pouvait satisfaire ses exigences moyennant finances. Elle frémit devant le prix annoncé, mais elle nota les modalités avant de demander un délai de réflexion.

Thana fit ses comptes, consulta Haltu sur la somme qu'ils pouvaient dégager pour aider Larthia, puis se décida à en parler à sa fille. Elle profita d'un matin où elles se trouvaient seules sur leur parcelle pour aborder le sujet avec délicatesse.

— Je m'interroge sur la meilleure manière de résoudre ton problème.

La jeune fille soupira, tout en sarclant la terre autour des plantations.

— Il n'y en a pas tellement. Je devrai m'exiler.

Sa mère arracha des mauvaises herbes avec nervosité.

— Il faut te cacher au moins jusqu'à l'accouchement.

Larthia tourna la tête vers elle.

— Et après ? Comment expliquerai-je l'existence de cet enfant ? Non, je ne pourrai jamais revenir à Roselle.

Thana se mordilla les lèvres.

— À moins qu'il n'y ait pas de bébé.

Effarée, la jeune fille sursauta.

— Voudrais-tu que je l'étouffe à la naissance ? Ce serait un crime comparable à ce qu'ils m'ont fait.

Sa mère leva les mains pour attester de sa bonne foi.

— Non, ce n'est pas ce que j'ai dans l'idée. Je pensais plutôt à une fausse couche.

Larthia haussa les épaules.

— Évidemment, je pourrais supplier Thalna[35] de me délivrer de cette grossesse encombrante, mais je n'ai guère d'espoir.

Thana se pencha à nouveau sur sa plate-bande.

— Si on rajoute certains ingrédients à la prière, ce sera plus efficace.

La jeune fille se redressa en la fixant.

— Un avortement ! Est-ce ce que tu envisages ?

Sa mère s'assit sur ses talons.

— Je me suis renseignée, et l'on m'a donné le nom d'une magicienne qui se livre à ces pratiques. C'est assez cher, mais le résultat est garanti, paraît-il.

Larthia n'en croyait pas ses oreilles. Une telle proposition venant de Thana semblait irréelle.

— Mais c'est interdit.

Le visage de sa mère se durcit.

— Ça l'est aussi de violer une femme, mais ces monstres n'ont pas été punis, et c'est toi qui devrais en subir les conséquences. Est-ce juste ?

La jeune fille opina d'un air songeur.

— Oui, tu as raison.

Thana la dévisagea avec espoir.

— Alors, es-tu d'accord ?

Larthia jouait machinalement avec son outil.

— N'est-ce pas risqué ?

Pour la convaincre, sa mère avoua ce qu'elle n'avait jamais dit à ses filles mariées.

— Un accouchement l'est tout autant.

La jeune fille fut un peu surprise de ce revirement, mais n'insista pas.

— Bon ! C'est entendu. Mais tu m'accompagneras, n'est-ce pas ?

Thana sourit.

— Bien sûr !

Elle retourna seule dans le bouge pour y régler tous les détails, un peu tremblante à l'idée que l'on pourrait les dénoncer, mais déterminée à sauver sa fille coûte que coûte. Le jour venu, elle quitta la ville avec

---

[35] Déesse des naissances

Larthia sous le prétexte d'arpenter la campagne pour y trouver un refuge où installer la future mère. Les deux femmes gagnèrent une forêt
à environ un mille de la cité, au milieu de laquelle se situait le repère de
la magicienne. Elles s'attendaient à un endroit ressemblant aux scènes
orgiaques représentées dans les temples pour illustrer les Enfers, mais
au lieu de découvrir une harpie échevelée, elles virent une jeune femme
bien coiffée, vêtue d'une robe rouge, qui les accueillait sur le seuil d'une
modeste demeure. Celle-ci leur sourit en les invitant à entrer, comme
n'importe quelle maîtresse de maison.

— Ne soyez pas nerveuses. Je n'ai encore mangé personne. Asseyez-
vous et racontez-moi ce qui vous arrive. Laquelle d'entre vous est enceinte ?

La jeune fille s'installa sur des coussins multicolores en soupirant.

— Moi.

Leur hôtesse prit place en face d'elle.

— Laissez-moi deviner. Vous vous êtes disputée avec votre fiancé,
mais vous aviez déjà consommé votre future union ?

Les yeux de Larthia se remplirent de larmes.

— S'il ne s'agissait que de cela.

Thana intervint pour relater l'agression qu'avait subie sa fille, ainsi
que ses conséquences, ce qui indigna la magicienne.

— Je vois, hélas, souvent des jeunes filles imprudentes qui viennent
me demander de réparer le résultat de leurs erreurs, ce que je n'approuve pas même si je le fais. Mais vous, c'est différent. Je vous aiderai
avec joie.

Larthia essuya ses joues trempées.

— Merci.

Leur hôtesse se leva pour inspecter la mixture contenue dans une
fiole, la secoua, puis la versa dans un gobelet en céramique qu'elle apporta à Larthia.

— Buvez !

La jeune fille avala le breuvage liquoreux, tandis que sa mère l'observait avec curiosité.

— Qu'est-ce ?

La magicienne eut un sourire rassurant.

— Un mélange de plusieurs plantes, dont la plus importante est l'absinthe. C'est elle qui décrochera l'embryon.

Larthia lui rendit le verre.

— Est-ce tout ?

Leur hôtesse alla nettoyer le récipient, puis reparut.

— Non, ce serait trop simple. Nous attendrons que la potion fasse
effet. Je vous préviens : vous éprouverez des crampes qui peuvent être
violentes.

Thana fronça les sourcils.

— Ne pouvez-vous calmer le mal ?

La magicienne reprit sa place.

— Non, sinon ce ne serait plus efficace. Je préfère que vous restiez ici jusqu'à ce que tout soit fini. Certaines de mes patientes développent de la fièvre, comme après une naissance.

Les trois femmes entamèrent donc la conversation comme s'il s'agissait d'une visite de courtoisie, ce qui semblait assez étonnant à la jeune fille et sa mère.

Larthia ne fit pas attention aux signes avant-coureurs jusqu'à ce qu'elle ressentît les douleurs familières qui revenaient chaque mois. Alors, elle posa une main sur son ventre en grimaçant.

— Je crois que ça commence.

Thana scruta son visage.

— As-tu très mal ?

La jeune fille secoua la tête.

— Pas plus que d'habitude.

Leur hôtesse se pencha en avant.

— Ne vous y fiez pas. Cela continuera.

Les contractions augmentèrent rapidement, au point que Larthia se mit à se tordre en gémissant, soutenue par sa mère qui se désolait de son impuissance. D'un ton rassurant, la magicienne affirma qu'avec des spasmes d'une telle intensité, ce serait bientôt fini, pourtant Thana ne parvenait pas à y ajouter foi. Soudain, la jeune fille perçut un flot poisseux et chaud qui se déversait sur ses jambes, tandis que la souffrance diminuait. Sa mère poussa un cri en voyant la flaque de sang s'agrandir sur le sol, serra sa fille contre elle de peur de la perdre, mais s'étonna du sourire de leur hôtesse qui venait de s'agenouiller devant elles.

— Voilà, c'est fait. Maintenant, vous saignerez normalement. Comment vous sentez-vous ?

Larthia avait l'impression de flotter.

— Bien, je crois.

Avec l'aide de Thana, la magicienne conduisit la jeune fille vers le lit préparé pour elle, la dénuda pour la laver, puis la rhabilla avec les vêtements de rechange qu'on lui avait conseillé d'apporter. Ensuite, elle lui fit avaler une décoction brûlante, avant d'éloigner sa mère pour qu'elle pût se reposer. Larthia ne tarda pas à plonger dans un profond sommeil.

Lorsqu'elle se réveilla, l'après-midi tirait à sa fin. Elle se redressa en regardant autour d'elle sans rien reconnaître, jusqu'à ce que leur hôtesse apparût, accompagnée de Thana.

— Avez-vous bien dormi ?

La jeune fille opina avec étonnement.

— Oui, très bien.

La magicienne lui palpa le front.

— Laissez-moi voir. Vous sentez-vous fiévreuse ?

Larthia fit la moue.

— Non, je ne crois pas.

Leur hôtesse lui sourit.

— Alors, c'est parfait. Vous pouvez rentrer chez vous.

Sur le chemin du retour, les deux femmes débattirent de ce qu'elles diraient à Haltu pour justifier la perte de l'enfant. Comme Larthia était jeune et en bonne santé, un avortement spontané semblait à exclure, donc elles devaient trouver une cause irréfutable. Sa mère marcha un moment en silence, puis lui jeta un coup d'œil.

— Le mieux est de prétendre que tu t'es cognée.

Larthia esquissa une grimace dubitative.

— Ça ne paraît pas très plausible. Je ne suis quand même pas maladroite à ce point.

Thana essuya son front en sueur.

— Pourtant, un choc serait la meilleure explication. C'est le motif le plus courant de fausses couches.

D'un large geste, la jeune fille désigna les champs qui longeaient le sentier.

— Mais contre quoi veux-tu que je me sois heurtée ?

Absorbée par la discussion, elle avait oublié de regarder où elle posait les pieds, si bien qu'elle tomba dans un trou en s'égratignant les bras et les jambes sur les pierres coupantes.

Sa mère tendit la main pour la relever.

— Et bien, voilà notre réponse. Tu as perdu ton enfant à la suite d'une chute.

Larthia acquiesça en pressant la cheville qu'elle venait de se tordre, alors Thana la serra contre elle pour l'aider à regagner la ville en boitillant.

84

Les jeux

Été — hiver 302 av. J.-C.

Haltu Cupsna tressait les joncs dont il ferait des paniers, tout en conservant un air soucieux qui ne lui était pas habituel. Tandis que ses doigts agiles s'activaient tout seuls, il songeait à sa fille aînée dont l'avenir s'était assombri depuis quelques *nones*. Il n'était pas vraiment dupe de la miraculeuse fausse couche qui lui avait évité l'exil, mais s'imaginait seulement que sa chute avait été provoquée dans ce but. Sachant qu'il ne les approuverait pas, les deux femmes s'étaient bien gardées de lui avouer la vérité, pourtant ce secret rongeait la jeune fille qui se renfermait de jour en jour. Elle s'était rendue avec sa mère au sanctuaire de Thalna pour lui apporter une offrande qui effacerait son geste sacrilège, ce qui ne l'avait guère apaisée. Écrasée par le poids de sa culpabilité, Larthia rejoignait moins souvent Cai de peur de lui attirer les foudres de sa déesse qui ne devait pas apprécier qu'elle s'accointât avec une infanticide. Alors, elle restait dans la demeure familiale pour se consacrer au ménage, ou bien gagnait leur lopin de terre où elle soignait les légumes. Thana ne tarda pas à s'en aviser.

— Depuis quand n'es-tu pas allée au temple ?

La jeune fille accroupie s'appliquait à nettoyer le sol immaculé.

— Je ne sais plus. Pourquoi ?

Sa mère l'observa d'un air préoccupé.

— Ton amie doit se demander pourquoi tu la boudes ainsi.

Larthia interrompit son travail pour s'asseoir sur ses talons.

— Avant, tu n'aimais pas que je la fréquente, et maintenant tu m'y pousses.

Thana se rapprocha, les poings sur les hanches.

— Je m'inquiète de te voir passer des journées entières enfermée dans la maison. Tu devrais sortir davantage.

La jeune fille rougit.

— Je suis doublement impure, ma présence souille le temple.

Sa mère s'agenouilla devant elle.

— Sornettes ! Tu as offert un sacrifice à Thalna qui l'a accepté. Donc, tu es purifiée à présent.

Larthia plongea ses prunelles bleues dans celles de même couleur qui lui faisaient face.

— Le crois-tu vraiment ?

Thana lui retourna un regard affectueux.

— Mais naturellement.

Un peu rassérénée par l'affirmation de sa mère, la jeune fille se décida à rendre visite à son amie, tout en se demandant comment elle lui annoncerait la fin brutale de sa grossesse. Cai l'accueillit avec amitié avant de l'emmener dans un endroit tranquille.

— Tu ne viens plus très souvent. J'imagine que bientôt tu m'oublieras définitivement, hélas !

Un peu gênée, Larthia détourna la tête.

— Non, ce ne sera pas nécessaire.

La prêtresse haussa les sourcils.

— Ta mère se serait-elle trompée ?

La jeune fille tritura sa robe.

— Hélas, non. Mais j'ai perdu l'enfant.

Cai sourit.

— C'est une chance. Pourtant, cette bonne nouvelle ne semble pas te rendre heureuse.

Larthia hésita.

— Dis-moi, si l'on a commis une faute, mais que l'on apporte un don en expiation et que le Dieu l'accepte, cela signifie-t-il que l'on est purifié ?

Intriguée, la prêtresse la scruta.

— Bien entendu ! Qu'as-tu donc fait ?

Incapable d'avouer la vérité, la jeune fille se tordit les doigts.

— Je suis tombée. Mais cette chute n'était pas tout à fait involontaire.

Pensive, Cai arracha un brin d'herbe.

— Cela afin de décrocher l'enfant.

Larthia se recroquevilla.

— C'est très mal, je le sais.

La prêtresse croisa les mains sur son ventre.

— Les circonstances étaient très particulières. D'ailleurs, si Thalna avait voulu que cet enfant naisse, il se serait accroché.

La jeune fille fixait l'arbre qui leur dispensait son ombre.

— J'ai offert un sacrifice à la Déesse.

Cai s'éclaira.

— Alors, tu es pardonnée, n'en doute pas.

Larthia se détendit.

— Merci. Tu me rassures. Je n'osais plus venir de peur de souiller le temple de ma présence.

La prêtresse lui pressa le poignet avec affection.

— Tu es quelqu'un de bien, les Dieux en sont conscients.

La jeune fille eut une mimique amère.

— Peut-être, mais ils n'accepteront quand même pas de m'accueillir dans un de leurs domaines, hélas !

Cai repoussa sa chevelure blonde.

— Ici, ce n'est pas possible, mais tu pourrais postuler au sanctuaire de Turan.

Les yeux de Larthia s'agrandirent d'horreur.

— Pour devenir prostituée sacrée ? Oh, non !

La prêtresse parut surprise par cette vive réaction.

— Au moins, cela te donnerait un statut. Tu devrais y réfléchir.

La jeune fille plaqua ses bras contre sa poitrine.

— Tu ne sais pas ce que c'est. C'est tellement abominable. Je ne veux plus jamais qu'un homme me touche.

Cai lâcha l'herbe qu'elle avait déchiquetée.

— C'est vrai que je l'ignore. Je désirais seulement t'aider.

Comme cette conversation rendait Larthia nerveuse, la prêtresse enchaîna sur les préparatifs des prochaines festivités en requérant l'appui de son amie pour terminer ses dessins qui étaient loin d'être prêts. Réconfortée par ce changement de sujet, la jeune fille accepta volontiers, heureuse de s'adonner à cette activité qui lui avait procuré tant de joies dans un passé pas si lointain. Elles coulèrent un excellent après-midi à bavarder en peignant, si bien que Larthia promit sans hésiter de revenir le lendemain. Lorsqu'elle rentra chez elle, sa mère fut enchantée de lui voir un air plus animé que durant les dernières *nones*.

— J'étais sûre que cela te ferait du bien.

La jeune fille se laissa tomber sur les coussins.

— J'y retourne demain. Elle m'a demandé de la seconder dans l'achèvement de ses croquis.

Thana frotta ses mains de satisfaction.

— C'est parfait. Vas-y ! Je me débrouillerai sans toi.

Grâce à son amie, Larthia retrouva un peu d'équilibre entre sa famille et ses visites au temple, mais elle savait qu'elle devait se trouver une place dans la société, ce qui s'avérait difficile après ce qu'elle avait subi. Son père n'en parlait pas, mais il se faisait beaucoup de soucis pour elle, tandis que Thana s'efforçait de rendre la vie quotidienne aussi normale que possible. Jamais la jeune fille n'avait répété à ses parents la suggestion de Cai, qui lui semblait encore pire que l'agression des soldats romains, mais elle la voyait parfois apparaître dans les cauchemars qui continuaient à la tourmenter.

L'effervescence qui régnait dans le sanctuaire à l'approche des festivités était palpable, au point que Larthia s'en étonna.

— C'est une cérémonie ordinaire. Pourquoi tout le monde s'énerve-t-il autant ?

La prêtresse la considéra avec amusement.

— La célébration des fêtes d'automne sera grandiose cette année. Le *princeps*, Avile Vethina, organise de grands jeux auxquels toute la population est conviée. Ne le savais-tu pas ?

La jeune fille écarquilla les yeux.

— Mais non !

Cai posa une main sur son bras.

— Tu devrais y aller avec ta famille, cela te distrairait.

Avec une moue dubitative, Larthia opina.

— J'en parlerai à mes parents.

Haltu n'aimait guère ces divertissements souvent violents, si bien que sa fille s'attendait à un refus, mais à sa grande surprise, il accepta sans hésitation. Alors, désireuse de profiter de cette occasion inespérée, Thana acheta une robe neuve pour elle et Larthia en affirmant qu'elles ne pouvaient pas paraître en public avec des tenues défraîchies. Afin de ne pas désavantager ses frères et sœurs, la jeune fille agrémenta de nœuds et de broderies leurs meilleurs vêtements. Tous ces préparatifs excitaient l'impatience des plus jeunes qui n'avaient jamais assisté à un tel spectacle, si bien qu'ils ne cessaient d'interroger leur sœur à ce sujet. L'un d'eux s'assit à ses pieds, alors qu'elle cousait sur un tabouret.

— Où ont lieu ces jeux ?

Elle ne leva pas la tête de son ouvrage.

— En général, ils se déroulent dans le cirque au pied de la colline.

Une petite fille s'approcha en serrant contre elle une poupée de chiffon.

— En quoi consistent-ils ? Y a-t-il des chants et des danses ?

Larthia opina, tout en piquant son aiguille dans le tissu.

— C'est possible, mais ce n'est pas sûr. Il y a de nombreux types d'attractions différentes.

Un à un, les membres de la fratrie s'installaient en demi-cercle autour de la jeune fille.

— Quels sont-ils ?

Comprenant qu'ils ne la laisseraient pas tranquille avant qu'elle leur eût tout expliqué, Larthia déposa sur ses genoux la robe qu'elle brodait, puis jeta un coup d'œil circulaire sur son auditoire.

— Il peut y avoir des combats de boxe ou de lutte, des compétitions de lancer de disques et de javelots, du saut en longueur ou de la course à pied. On admirera des courses hippiques, ou bien des ballets, des jeux d'adresse, des tirs à la corde, etc. Cela dépend de ce que le seigneur Vethina a commandé.

L'un des garçons se redressa, les prunelles brillantes.

— Moi, j'aimerais voir de la lutte !

Un autre se pencha vers sa sœur.

— Est-ce qu'il y aura un mât de cocagne ? Pourrons-nous y monter ?

Elle écarta les mains en signe d'ignorance.

— Je ne sais pas ce qu'il y aura, mais de toute façon, vous devrez rester sur les gradins. Ce sont les athlètes du *princeps* qui concourront, pas vous.

Les gamins se renfrognèrent.

— Dommage !

Au matin du grand jour, la jeune fille et sa mère eurent beaucoup de mal à contenir l'énervement des enfants pendant qu'elles les préparaient. Lorsque tout le monde eut revêtu ses habits de fête, la famille se dirigea vers le cirque au milieu de la foule qui y convergeait de tous les points de la ville. Des vigiles postés tout autour de l'édifice canalisaient l'assistance pour que chacun gagnât sa place en empruntant les entrées dédiées à sa classe sociale. Comme Haltu faisait partie des artisans libres, les siens n'avaient accès qu'aux extrémités du cirque, mais aux meilleurs gradins, les plus près de la piste. Les deux femmes étalèrent les épais tissus qu'elles avaient apportés sur les banquettes de pierre afin de les rendre plus confortables, puis surveillèrent l'installation des plus jeunes avant de s'asseoir à leur tour. Tandis que le père faisait la leçon à ses rejetons pour qu'ils se tiennent tranquilles, Larthia observa les degrés qui se remplissaient dans un joyeux brouhaha. Au centre du long côté opposé était érigée une estrade sur laquelle siégerait l'organisateur des jeux ainsi que ses proches, face à une tribune identique qui abriterait les magistrats de la cité. Autour de ces positions privilégiées se regroupaient les grandes familles de Roselle, ainsi que leurs invités, puis les religieux des différents temples, au-dessus desquels se fixaient les riches habitants de la ville n'appartenant pas à l'aristocratie. Dans le quart de cercle faisant pendant au sien, la jeune fille reconnaissait des artisans que ses parents fréquentaient, surplombés par des paysans libres. Enfin dans les derniers étages se tassaient les esclaves que leurs maîtres avaient autorisés à venir, quelquefois en récompense d'une bonne action, mais surtout pour les avoir sous la main s'ils avaient besoin de quelque chose.

Des trompettes annoncèrent l'arrivée des magistrats, ainsi que du seigneur Vethina, ce qui propagea un murmure d'excitation dans les rangs de la foule. Ils saluèrent l'assistance en s'assurant que tous les regards étaient braqués sur eux, puis s'établirent avec majesté, tandis qu'un prêtre s'avançait au centre de l'arène pour adresser aux dieux l'invocation qui attirerait leur bénédiction sur ces réjouissances. Le silence recueilli laissa place à des chuchotements fiévreux jusqu'à ce que des jockeys montés à cru sur leurs chevaux apparaissent à l'entrée de la piste. Aussitôt, des cris d'enthousiasme les accueillirent, tandis que tous se penchaient en avant pour observer la course. Le *princeps* sourit avec satisfaction en constatant qu'il avait eu raison de choisir ce type de spectacle, les compétitions hippiques étant le plus apprécié des divertissements.

Des sifflets d'encouragement retentirent dès que le départ fut donné, des hommes se levèrent pour mieux hurler leur soutien à leurs favoris, alors que d'autres se disputaient sur les qualités des candidats. Larthia se hâta d'apaiser le différend qui opposait deux de ses frères, en leur rappelant qu'ils risquaient de rater la suite des jeux s'ils ne se tenaient pas tranquilles. D'ailleurs, l'épreuve était déjà finie. Les perdants quittaient le cirque sous les huées de l'assistance, pendant que le vainqueur recevait un énorme chaudron des mains de jeunes prêtresses, comme prix de sa victoire. Ils furent remplacés par de nouveaux cavaliers menant un deuxième cheval par les rênes. Cette fois, ils concouraient chacun à leur tour, puisqu'ils devaient passer d'une monture à l'autre en plein galop pour faire la preuve de leur agilité.

Un entracte succéda à cette compétition afin que les spectateurs se dégourdissent les jambes. Haltu se tourna vers sa fille aînée.
— Cela te plaît-il, ma chérie ?
Elle acquiesça gaiement.
— Oh, oui ! C'est amusant.
Il s'éclaira.
— Alors, c'est bien. J'aime te voir sourire ainsi.

Cette remarque anodine permit à Larthia de comprendre pourquoi son père avait accepté cette sortie inhabituelle. Elle croisa le regard affectueux de sa mère, qui lui confirma l'intention de ses parents de lui procurer un peu de distraction. Aussitôt, elle eut l'impression d'être une malade que l'on essayait de divertir pour lui faire oublier qu'elle était condamnée. Mais les trompettes rappelaient le public, alors elle repoussa son angoisse pour s'intéresser aux jeux qui reprenaient. Des jongleurs se répandirent sur la piste en se livrant à toutes sortes d'acrobaties qui provoquaient les rires de la foule, auxquels la jeune fille se joignit tellement certaines scènes étaient cocasses.

Lorsque les bateleurs s'en allèrent, un frisson d'anticipation parcourut l'assistance devant l'entrée des *triges*, chars attelés à trois chevaux, qui disputeraient une course toujours spectaculaire. Les auriges[36] campés sur leurs véhicules portaient chacun une tunique de couleur différente afin d'être bien identifiés par la galerie. Ils avaient noué leurs

---

[36] Conducteurs de chars

rênes derrière leur dos, ce qui leur donnait une plus grande liberté de mouvement. L'on retint sa respiration pendant qu'ils s'avançaient au pas pour se placer les uns à côté des autres, puis ils s'élancèrent sous des vociférations bien plus importantes que lors de la compétition précédente. Un vent de folie semblait souffler sur le cirque, tandis que les concurrents se précipitaient vers le virage qu'il fallait savoir négocier pour avoir une chance de gagner.

En les voyant foncer vers eux, la jeune fille eut un geste de recul.

— À cette vitesse, ils se rompront le cou.

Son père, qui n'était pas aussi passionné que ses voisins, lissa sa chevelure châtain.

— Mais non ! Ils ont l'habitude.

Les équipages passèrent sous leurs yeux avec une facilité qui la laissa pantoise, puis ils accélérèrent vers l'autre extrémité de la piste. C'était l'aurige en bleu qui était en tête devant le rouge et le vert, tandis que le jaune restait à la traîne, aussi excitait-il ses chevaux en faisant claquer son fouet pour rattraper son retard. Le premier négocia le virage avec maestria, mais les deux suivants trop près l'un de l'autre s'accrochèrent, pendant que s'élevaient des exclamations inquiètes dans le public. Aussitôt, les conducteurs s'écartèrent pour rétablir leur stabilité, ce qui les obligea à ralentir un peu. Désireux de profiter de cette maladresse, l'attardé cravacha ses bêtes pour rejoindre ses adversaires, en oubliant qu'il approchait du bout de la ligne droite. Il aborda la courbe à trop vive allure, si bien qu'une roue décolla, tandis que l'attelage déséquilibré faisait déraper le cheval extérieur qui entraîna son voisin dans sa chute. Affolé, le troisième se cabra, alors que l'aurige tentait de saisir son couteau pour trancher ses rênes, mais il fut projeté en l'air avant d'avoir réussi. Il retomba au milieu des débris de son char, tandis que les animaux paniqués lui assenaient des coups de sabot dans l'espoir de se libérer. Des esclaves se précipitèrent pour porter secours au malheureux dont le sang se répandait dans le sable sous les yeux horrifiés de l'assistance qui s'était levée d'un bond.

Larthia porta les mains à son visage.

— Oh ! C'est affreux !

Haltu passa un bras autour des épaules de sa fille.

— Tu comprends maintenant pourquoi je n'aime pas ces jeux. Ils se terminent souvent mal.

En bas, l'on s'activait à nettoyer la piste. Deux hommes emportaient sur une civière le corps du conducteur qu'ils n'avaient pas pu ranimer, pendant que d'autres emmenaient les deux chevaux rescapés, mais le troisième, qui avait un membre brisé, fut achevé sur place. Malgré l'accident, la course avait continué, si bien que le vainqueur reçut son prix sous les acclamations, sans que l'on accordât d'attention aux domestiques qui recouvraient de sable les parties souillées. Le spectacle se clôtura par un ballet accompagné de chants que les plébéiens reprirent en chœur dans une joyeuse ambiance.

Au milieu de la cohue pour atteindre la sortie, Larthia observa ses voisins en se demandant si elle était la seule à penser encore au malheureux qui avait perdu la vie pour les divertir, mais les rares allusions à l'aurige qu'elle put saisir n'exprimaient aucune compassion. Peu désireuse de rappeler ce mauvais souvenir à ses frères et sœurs, elle évita d'exhaler son indignation sur le chemin du retour. Pendant la soirée, elle s'amusa de leur enthousiasme qui les poussait à se couper la parole pour évoquer les attractions qu'ils avaient préférées. Pourtant, quand ils furent couchés, elle ne put s'empêcher de revenir sur ce qui l'avait choquée.

— J'ai beaucoup apprécié le spectacle, jusqu'à ce terrible accident.

Son père se carra sur la natte.

— Cela arrive trop souvent, hélas ! On croirait que nos concitoyens ne se complaisent que dans la violence. Lors des compétitions de lutte ou de boxe, les athlètes ont beau être accompagnés d'un musicien qui joue durant le combat, ils se frappent si rudement qu'ils finissent en sang, quand il n'y en a pas un qui meurt.

La jeune fille rangea les écuelles que sa mère venait de laver.

— Quand nous sommes sortis, j'ai entendu quelqu'un dire que ce trépas n'avait aucune importance parce que cet aurige n'était qu'un esclave.

Haltu vérifia que la porte était verrouillée pour la nuit.

— Oui, tous les participants appartenaient à Vethina. Le décès de son conducteur n'a pas dû beaucoup le toucher. Il a les moyens de le remplacer.

Larthia s'approcha pour l'embrasser avant d'aller se coucher.

— Finalement, je n'aime pas non plus ces jeux.

Le lendemain, elle se rendit au temple de Menrva pour en parler avec Cai qu'elle supposait au courant des événements. La prêtresse s'assit dans l'herbe derrière les bâtiments.

— Je sais. J'y étais.

La jeune fille s'installa près d'elle.

— Comment ? Mais je ne t'ai pas vue.

Cai sourit.

— C'est assez normal, il y avait tant de monde. Nous étions groupés autour de notre supérieur, un peu au-dessus de la tribune des magistrats.

Larthia attrapa une feuille morte d'un air distrait.

— Alors, tu as assisté à l'accident de ce malheureux.

La prêtresse resserra son manteau en frissonnant.

— Oui, c'est terrible. Espérons qu'Aita[37] et son épouse, Tujltha[38], l'accueillent en leur royaume.

La jeune fille jeta un coup d'œil vers les toits que l'on apercevait.

— Je le souhaite de tout mon cœur. Peut-être pourrions-nous faire une libation en sa faveur aux Dieux infernaux ?

Cai la dévisagea avec incompréhension.

— Oh, voyons ! Nous ne pouvons pas faire ça pour un esclave. Comment veux-tu faire, d'ailleurs ? Il n'a même pas de nom.

Larthia lâcha les morceaux de la feuille déchiquetée.

— Oui, c'est vrai. Tu as raison.

Après le répit offert par ce divertissement, autour duquel l'ensemble de la population avait communié, les tensions sociales réapparurent, comme toujours. Les magistrats avaient tellement peur que la révolte plébéienne d'Arezzo donnât des idées aux basses classes de Roselle, qu'ils avaient renforcé les effectifs des vigiles afin d'empêcher toute revendication. Cette lourde atmosphère n'atteignait pas la jeune fille qui affrontait ses propres difficultés, dans lesquelles tout le reste se fondait. Elle ne supportait plus la sollicitude de ses parents, mais elle n'avait aucun moyen de quitter leur maison pour s'établir dans son foyer personnel. Même l'exil dans une autre ville étrusque ne lui permettrait pas de se construire une existence stable, à moins de se prétendre veuve, ce qui lui répugnait. Elle éprouvait une véritable répulsion à la pensée de s'abandonner aux bras d'un homme, aussi rêvait-elle de découvrir une façon de vivre débarrassée de la tutelle masculine.

Alors qu'elles étaient en train de préparer le potager pour la saison froide, sa mère soupira.

— Je m'inquiète pour toi. Que deviendras-tu ?

Larthia essuya son front d'un revers de main.

— Je n'en sais rien, hélas !

Thana la détailla d'un air soucieux.

— Aucun homme n'acceptera de t'épouser.

La jeune fille fit une grimace.

— Je le désire encore moins qu'avant. Ne pourrais-je passer ma vie sans conjoint ?

Sa mère ne parut pas choquée par la question.

— Pour cela, il aurait fallu que tu entres dans un temple, mais ce n'est plus possible non plus.

Larthia s'absorba dans son travail.

— Pourtant, cette magicienne que nous sommes allées voir ne semblait pas mariée. Peut-être pourrais-je faire quelque chose comme ça ?

Thana sursauta.

---

[37] Dieu des Enfers

[38] Déesse protectrice des morts

— Elle est désavouée par les hommes et les Dieux, tu ne peux pas vouloir une telle vie ! Elle pourrait bien être arrêtée et mise à mort pour ses pratiques interdites. Et je t'assure qu'elle n'aura pas droit aux Champs-Élysées. Elle résidera en compagnie de Tuchulcha et Vanth[39].

La jeune fille releva la tête.

— Et moi, crois-tu que les Dieux m'accueilleront ?

Sa mère l'enveloppa d'un regard affectueux.

— Mais bien sûr ! Ils savent que tu n'as rien fait de mal.

Lorsqu'elles reprirent le chemin de leur maison, Larthia se sentait soulagée d'avoir pu exprimer ses craintes, mais son avenir ne s'était pas éclairci pour autant.

L'hiver obligea les habitants de la ville à se calfeutrer dans leurs logis. Chez les Cupsna, comme chez leurs voisins, l'on se serrait autour des braseros qui n'offraient guère de protection contre les courants d'air, tandis que dans les riches villas, des esclaves nourrissaient les bouches des fours produisant la vapeur qui circulaient dans les hypocaustes[40]. Frigorifiée dans ses vêtements trop minces, Larthia pensait à ce système de chauffage central dont lui avait parlé Heiasun, en songeant qu'il devait être bien agréable de profiter d'une douce chaleur dans la demeure. Elle continuait à se rendre au temple de Menrva où elle appréciait les moments passés avec son amie, qui lui permettaient d'oublier ses soucis pendant quelque temps. Les jeunes filles s'installaient dans une dépendance servant d'atelier, où l'on croisait des prêtres et des prêtresses pratiquant tous les arts. Larthia corrigeait des imperfections dans son dessin, qu'elle était seule à voir.

— C'est curieux. Ici, je ne ressens pas le froid comme dans ma maison.

Cai essuya son pinceau en souriant.

— C'est normal. Le chauffage est allumé.

La jeune fille se tourna vers elle avec surprise.

— Comment ? Avez-vous des hypocaustes ?

La prêtresse mélangea un peu de terre ocre à de l'eau.

— Mais oui. Dans tous les bâtiments appartenant au domaine sacré.

Larthia reprit son travail.

— Quelle chance !

Cai étala sa préparation sur la toile.

— Tous les sanctuaires de la ville sont ainsi équipés.

Cette découverte poussa la jeune fille à rendre plus souvent visite à son amie pour passer un moment au chaud avant de retourner dans la glacière qu'était sa demeure. Pourtant, lorsqu'elle voyait ses frères et sœurs se blottir les uns contre les autres en grelottant, elle regrettait de ne pouvoir leur faire partager ce privilège. Un soir, alors qu'elle tentait

---

[39] Démons étrusques

[40] Système de chauffage par le sol, inventé par les Étrusques et repris par les Romains

de réchauffer sa plus jeune sœur en la serrant contre elle sous une mince couverture, sa mère tendit les mains vers le brasero avec nervosité.

— Il m'est venu une idée. Tu pourrais postuler au temple de Turan.

Larthia réagit sans réfléchir.

— Toi aussi !

Étonnée, Thana se tourna vers elle.

— Comment ça, « moi aussi » ?

La jeune fille se mordit les lèvres.

— Cai m'a suggéré la même chose il y a quelques mois, mais j'ai refusé.

Haltu se racla la gorge.

— Ce serait pourtant l'unique solution. J'y pense depuis longtemps, mais je n'osais pas t'en parler.

Larthia se mit à sangloter, tandis que sa sœur l'enlaçait pour la consoler.

— Non ! Je ne veux plus jamais qu'un homme me touche.

Sa mère se rapprocha en adoptant un ton persuasif.

— Je sais que c'est difficile après ce que tu as vécu, mais c'est le seul endroit qui t'acceptera. D'ailleurs, tu verras que beaucoup de prostituées sacrées ont subi des agressions analogues à la tienne.

Son père croisa ses jambes en tailleur.

— Là-bas, tu pourras exprimer ce qui t'est arrivé, et l'on t'aidera à surmonter ce traumatisme.

La jeune fille enfouit son visage dans ses mains.

— Vous ne comprenez pas.

Thana s'agenouilla devant elle.

— Mais si, au contraire. Promets-moi au moins d'y réfléchir.

Découragée, Larthia se frotta les paupières.

— Si tu veux.

Les jours s'écoulèrent sans que le sujet fût abordé, mais l'espoir qu'elle lisait dans les prunelles de ses parents renforçait le mal-être de la jeune fille. Elle avait l'impression que les Enfers s'ouvraient devant elle pour l'engloutir sans qu'elle eût la moindre chance de retrouver la lumière. Accablée, elle se mit en quête d'une autre issue, mais toutes les portes se fermaient devant elle, alors écrasée par les attentes des siens, Larthia recourut à son amie en priant pour qu'elle lui permît d'échapper à ce piège.

Elle attaqua une nouvelle toile d'un air concentré.

— Mes parents ont eu la même idée que toi.

La prêtresse, qui triait ses minerais, leva les yeux.

— Quelle idée ?

La jeune fille chercha le courage d'exprimer ce qui lui faisait tellement horreur.

— Ils suggèrent que je postule au sanctuaire de Turan, mais je ne veux pas.

Cai la considéra un instant, mais comme elle ne se retournait pas, son amie adoucit sa voix.

— Tu devrais pourtant y réfléchir. Ce n'est sûrement pas aussi terrible que tu l'imagines. Je connais plusieurs prêtresses de ce temple, qui me semblent pleinement épanouies.

Larthia traça un trait d'un geste nerveux.

— Ma mère dit que certaines d'entre elles ont subi le même genre d'agression que moi.

La prêtresse fixait la chevelure auburn.

— Je n'en ai vu aucune qui soit aussi déprimée que toi, bien au contraire. Sans doute les a-t-on aidées à surmonter ce drame. Tu devrais essayer. Après tout, tu as tout le temps du noviciat pour changer d'avis.

Avec un soupir, la jeune fille pivota sur elle-même.

— J'avais espéré que tu me donnes des arguments pour refuser, mais tu m'en fournis pour accepter.

Cai contourna la table pour étreindre son amie.

— Parce que c'est de la sagesse. C'est Menrva elle-même qui m'inspire.

Lorsque Larthia découragée regagna sa maison, elle se garda bien de faire part de cet échange à ses parents. Pourtant, les paroles de son amie l'avaient fait réfléchir, si bien qu'elle se sentait déchirée entre la répulsion née de son agression, qui la poussait à fuir, et la raison qui l'incitait à saisir cette planche de salut.

La maladie d'Aranth

Printemps 301 av. J.-C.

En souriant, l'ouvrier leva la tête, sachant déjà, avant que le moindre mot fût prononcé, qui venait d'arriver sur le chantier. Il suspendit un instant son travail pour détailler le jeune homme dont les cheveux dorés semblaient apporter le soleil dans la pièce, il admira son allure dégagée, sa prestance qui lui valait l'intérêt des jeunes filles du quartier, avant de s'arrêter sur le regard vert, pétillant de gaieté. Lorsque Heiasun entrait quelque part, il était impossible d'ignorer sa présence, mais quand il s'agissait d'une construction, sa motivation était telle qu'elle entraînait l'adhésion de toute l'équipe sans qu'il eût besoin de parler. L'employé lui lança un clin d'œil malicieux.

— Te voilà enfin ! Je pensais que tu ne viendrais pas aujourd'hui.

Le jeune homme ne s'en formalisa pas.

— Tarxi m'a retenu pour décider du thème que l'on mettrait dans le triclinium.

Il se débarrassa de son manteau avant de s'avancer vers la mosaïque qu'il composait avec Afuna, mais se figea en jetant un coup d'œil acéré à la partie déjà élaborée, dans laquelle il désigna un endroit de la dernière rangée.

— Quelque chose ne va pas là.

L'ouvrier se releva pour se placer près de lui.

— Quoi donc ?

Heiasun se pencha en pointant son doigt sur plusieurs morceaux.

— Ne le vois-tu pas ? La nuance de rouge n'est pas correcte.

Afuna plissa les yeux.

— Vraiment, aucun détail ne t'échappe. Je ne l'avais pas remarqué.

Le jeune homme procéda à un rapide inventaire des tesselles empilées dans un coin, en fronçant les sourcils d'un air mécontent.

— La fabrication ne nous a pas livré les bonnes couleurs. Je vais les trouver. Nous ne pouvons pas continuer la pose si nous n'avons pas le matériel adéquat.

Il s'enroula dans son épaisse toge avant de sortir d'un pas décidé sous le regard amusé de l'ouvrier. Il plaignait ses collègues qui affronteraient la réprobation du jeune mosaïste, dont le ton glacial se révélait bien pire que la colère tonitruante du maître. Afuna se pencha sur la mosaïque en cours pour enlever les morceaux non conformes, tout en se remémorant les années d'apprentissage de son protégé.

Dès l'abord, Heiasun s'était montré un élève doué, passionné par ce métier, mais surtout tellement heureux d'avoir l'occasion d'étudier qu'il ne rechignait à aucune tâche, au contraire de beaucoup d'apprentis qui récriminaient sans cesse. Au lieu de se lancer à l'aveuglette, il avait examiné chaque aspect de la besogne en cherchant les solutions avant de se heurter aux problèmes, si bien qu'il avait progressé très vite. Devant ses capacités hors du commun, Tarxi ne s'était pas arrêté aux matières de base, mais il l'avait aussi initié à la conduite d'un chantier, puis à la direction d'une entreprise comme la sienne, sans se soucier de son jeune âge. C'est ainsi qu'à juste dix-sept ans, le jeune homme était devenu non seulement un ouvrier mosaïste qualifié, mais également un contremaître de valeur, très apprécié de ses subordonnés. Il supervisait seul la construction sur laquelle l'équipe œuvrait, tout en rendant compte de ses actions à son maître qui lui laissait toute liberté dans la gestion des tâches, sans jamais le contrôler.

Un courant d'air froid annonça le retour d'Heiasun, les bras chargés de tesselles de toutes les couleurs. Afuna dressa la tête.

— Alors, les as-tu grondés ?

Le jeune homme repoussa la porte d'un coup de pied.

— Pas trop. Ils s'étaient déjà aperçus de leur erreur. Je leur ai seulement fait remarquer qu'ils auraient pu nous prévenir pour nous éviter du labeur inutile.

Il déposa les morceaux de roche à l'écart des précédents afin de ne pas les mélanger, puis tria les différentes nuances.

— Ils viendront chercher les ratés et nous en rapporter d'autres. Mais en attendant, nous avons déjà de quoi commencer à travailler.

Il s'accroupit sur le sol pour s'attaquer à la suite de la composition avec un bel enthousiasme. L'ouvrier sourit en baissant la tête, afin de ne pas laisser paraître l'admiration qu'il éprouvait devant la motivation toujours intacte d'Heiasun malgré ses hautes fonctions. Bien d'autres à sa place seraient devenus prétentieux, arrogants, voire méprisants envers les employés, mais le jeune homme n'avait conscience que de ses propres imperfections qu'il s'efforçait sans cesse de corriger. Il n'oubliait pas les difficiles premières années de sa vie, si bien que sa réussite dans une cité dont les dirigeants ne voulaient pas voir la classe moyenne s'élever lui semblait bien précaire. C'était sans doute la raison pour laquelle il se révélait si mal à l'aise devant les compliments qu'on lui adressait.

Afuna alignait ses tesselles avec application.

— Sors-tu ce soir ?

Heiasun ne leva pas la tête.

— Je l'ignore. Je n'ai pas eu de nouvelles d'Aranth. J'espère qu'il va bien.

L'ouvrier lui jeta un rapide coup d'œil.

— Il est sûrement très occupé.

Le jeune homme fronça les sourcils.

— En général, cela ne l'empêche pas de m'envoyer un message.

Afuna se redressa.

— Cesse donc de t'inquiéter comme ça. Tu n'es pas responsable de lui, que je sache.

Heiasun sourit.

— Parfois, j'en ai l'impression.

L'amitié entre les deux garçons s'était resserrée au fil du temps, chaque fois que le jeune mosaïste avait dû soutenir son ami qui supportait mal la profession qu'on lui avait imposée. Il fallait bien avouer qu'Aranth semblait un peu trop délicat pour un tel ouvrage, surtout lorsqu'il devait déplacer de pesantes charges ou bien se livrer à des besognes peu ragoûtantes, comme creuser dans la boue pour aplanir un terrain. Au début, les ouvriers, qui l'avaient pris en pitié, se précipitaient pour effectuer les plus durs travaux à sa place, mais Venel s'était fâché en l'apprenant, convaincu que son fils ne s'aguerrirait jamais si on ne lui en offrait pas l'occasion. Alors, malgré la sollicitude de ses collègues, l'enfant avait dû affronter seul tous les aspects du métier, jusqu'à des tâches trop ardues pour lui, selon les ordres de son père. Quand il s'était blessé en essayant de pousser un bloc de pierre plus lourd que lui, sans oser demander à ses compagnons de lui donner un coup de main, l'entrepreneur s'était adouci. Depuis, un équilibre précaire s'était instauré sur les chantiers où le jeune homme s'efforçait d'accomplir les mêmes corvées que les autres employés, malgré sa santé fragile qui lui avait valu plusieurs malaises inexpliqués. Chaque fois, Heiasun avait volé au secours de son ami pour le réconforter de son mieux, sans jamais lui suggérer d'abandonner son apprentissage. Il lui avait proposé quelques aménagements pouvant l'aider à effectuer son labeur avec moins de difficultés, mais il le décourageait toujours lorsque l'adolescent reparlait de son vieux rêve de musique.

Les jeunes gens se rejoignaient aux *nundines*, mais aussi certains jours après le travail sans s'attirer la réprobation des adultes sachant que la besogne du lendemain ne s'en ressentirait pas. Depuis quelque temps, les amis avaient pris l'habitude de sortir ensemble le dernier soir de la *none*, afin de s'amuser un peu. Ils se rendaient dans une taverne où ils retrouvaient la plupart des camarades avec lesquels ils jouaient dans les rues de la ville lorsqu'ils étaient enfants, mais ne rentraient pas ivres morts comme certains d'entre eux.

Le mosaïste posa son ultime carré.

— De toute façon, j'irai chez lui ce soir.

Il se leva pour accueillir l'ouvrier apportant les nouvelles tesselles dans un petit chariot qu'il traînait derrière lui. Après une vérification minutieuse pour s'assurer que les couleurs étaient les bonnes cette fois, Heiasun aida son compagnon à décharger les cailloux avant de lui faire remporter ceux qui ne convenaient pas, mais seraient conservés pour un usage ultérieur. Puis, il s'attela à sa tâche avec un sérieux et une concentration qui excluaient toute conversation, ce qui ne gênait nullement Afuna habitué aux manières du jeune homme.

En ce début d'année, le printemps se laissait désirer, si bien que le mosaïste dut s'emmitoufler chaudement dans son manteau pour affronter les frimas sur le court trajet qui le séparait de la villa des Pevtni. D'ordinaire, Aranth s'arrangeait pour lui envoyer un messager afin d'organiser leur soirée, mais ce jour-là, il n'avait reçu personne, ce qui avait éveillé son inquiétude. Il scruta le visage de l'intendant qui lui ouvrit la porte, mais celui-ci restait impassible en toute circonstance, si bien qu'il s'élança vers la chambre de son ami sans savoir à quoi s'attendre.

Comme il le redoutait, il trouva le jeune homme allongé sur son lit, pâle et épuisé, bien qu'il fît l'effort de sourire pour l'accueillir. Heiasun s'approcha de lui.

— Que t'arrive-t-il ? Je me doutais qu'il se passait quelque chose en ne voyant pas ton émissaire.

Le malade fit glisser sa main sur le duvet.

— J'ai fait un malaise sur le chantier ce matin.

Le mosaïste s'assit en réprimant une quinte de toux provoquée par la fumigation qui remplissait la pièce de vapeur, remarqua une représentation de Tinia, le dieu suprême, sur un petit autel portatif, avant de s'intéresser au remède posé sur la table de chevet.

— Quelle est cette potion ?

La voix d'Aranth était faible.

— Un mélange à base d'oxyde de fer. Ils pensent que je souffre d'anémie.

Heiasun fit la grimace.

— Chaque fois, ils émettent un diagnostic différent, mais cela ne te guérit que partiellement. Il faudrait trouver la cause profonde de tout cela.

Le jeune homme attacha sur lui un regard trop brillant.

— Cette raison, tu la connais aussi bien que moi.

Le mosaïste prit un air sévère.

— Certainement pas ! Si tu étais parti sur les routes pour jouer de la musique, ce serait pire encore. Ici, au moins, tu es à l'abri, et l'on te soigne.

Le malade fixa le plafond.

— Mais je serais heureux.

Heiasun mêla ses doigts aux siens.

— Je suis sûr que non. Tu serais peut-être déjà arrivé aux Enfers. Je préfère te garder longtemps auprès de moi. Tes parents pensent la même chose, tu le sais bien.

Aranth soupira.

— Bon. Mais je t'abandonne encore pour ce soir.

Le mosaïste haussa les épaules.

— Tant pis ! Dis-moi, quel praticien a-t-on appelé ?

Le malade eut une moue d'indifférence.

— Un prêtre du temple de Tinia. Il a récité les formules liturgiques pendant plusieurs heures.

Intrigué, Heiasun remarqua une amulette qu'il n'avait jamais vue au cou de son ami.

— Reviendra-t-il ?

Aranth battit des paupières.

— Oui. Il a promis qu'il me rendrait visite chaque jour jusqu'à ce que je puisse me lever.

Le mosaïste se pencha pour prendre en main le pendentif représentant Hercle terrassant l'Hydre de Lerne.

— Je ne te connaissais pas ce talisman.

Le jeune homme semblait à bout de force.

— Il me l'a mis… pour chasser… les démons.

Aussitôt, Heiasun se remit debout.

— Je te laisse te reposer. Je repasserai demain pour savoir comment tu te sens.

Il reprit la direction de la maison de Tarxi d'un air sombre. Ce n'était pas la première fois que son ami tombait malade, mais comme personne ne paraissait capable de découvrir la cause de ces malaises à répétition, cela l'angoissait. Chaque traitement permettait au jeune homme de se rétablir pour un moment, jusqu'à ce que cela recommençât sans raison apparente. Découragé, le mosaïste préférait rentrer pour couler une veillée tranquille entre son maître et Nerinai, plutôt que se rendre dans une taverne dans laquelle il devrait supporter la joie bruyante de ses camarades. Alors, il déposa son manteau dans sa chambre, puis revint dans l'atrium avec le livre qu'il venait d'entamer. La maîtresse de maison l'observa avec étonnement.

— Déjà de retour ?

Heiasun opina.

— Oui, je n'ai pas envie de sortir ce soir.

Tarxi reposa le gobelet de vin qu'il sirotait.

— Comment va Aranth ?

Le mosaïste s'installa sur une curule avec un soupir.

— Pas bien ! Mais comment sais-tu qu'il est malade ?

Son maître eut un geste vague.

— J'ai vu son père cet après-midi.

Heiasun fronça les sourcils.

— Tu aurais pu m'en parler.

Tarxi eut un sourire d'excuse.

— Désolé ! Je te pensais au courant.

Le mosaïste passa une partie des *nundines* auprès de son ami afin de le divertir en essayant de dissimuler son inquiétude, mais le malade était trop perspicace pour se laisser abuser.

— Comment s'est déroulée ta soirée ?

Heiasun plia sa toge d'un air détaché.

— Oh ! Je suis resté à la maison. Je n'avais pas envie de subir ce bruit assourdissant ni ces plaisanteries de bas étage.

Un léger rictus étira les lèvres d'Aranth.

— Bien sûr ! Une veillée tranquille de temps en temps, cela ne fait pas de mal.

Le mosaïste se dirigea vers les coffres de rangement.

— Exactement ! Désires-tu que l'on fasse un jeu de société ?

Le malade le suivait des yeux.

— Non, c'est trop fatigant.

Heiasun se pencha pour farfouiller dans les rouleaux de lin.

— Alors, je te lirai un poème. Tu aimes bien ça d'habitude.

Aranth fit la grimace.

— Veux-tu arrêter un instant ? Inutile de faire semblant. Je sais que tu te fais du souci pour moi.

Le mosaïste se retourna.

———

— Mais non ! Je te trouve déjà mieux qu'hier soir. Tu guériras en un rien de temps, tu verras.

Le malade tapota le duvet.

— Jusqu'à la prochaine fois.

Répondant à son appel, Heiasun revint vers le lit.

— Il n'y a aucune raison. Pourquoi dis-tu ça ?

Aranth plongea ses prunelles sombres dans celles de son ami.

— Pour la même cause qui t'a fait rester chez toi au lieu d'aller t'amuser. Même si tu apprécies ton métier, tu as besoin de te détendre en te changeant les idées, mais tu ne l'as pas fait parce que tu étais trop anxieux. Arrête de me mentir !

Le mosaïste s'assit auprès de lui en soupirant.

— D'accord ! Mais qu'est-ce que cela t'apportera ?

Le malade lui saisit le poignet.

— Mes parents affichent un optimisme qui sonne faux, c'est assez pénible comme ça. J'aimerais au moins pouvoir compter sur toi pour ne pas travestir la vérité.

Heiasun secoua la tête.

— Mais je ne sais rien.

Les traits d'Aranth se creusaient à nouveau.

— Personne ne sait rien, pas même le médecin, mais je préfère que l'on ne me raconte pas d'histoires.

En reprenant son travail le lendemain, le mosaïste fit preuve d'un mutisme plus prononcé que d'habitude, ce qui n'étonna guère Afuna au courant de la maladie de son ami. Pourtant, au fil des jours, l'humeur du jeune homme s'éclaira à mesure que s'amélioraient les informations en provenance de la maison de l'entrepreneur. À la fin de la *none*, comme Aranth s'était relevé, Heiasun décida d'assister au repas hebdomadaire préparé par sa mère, qu'il avait déserté aux *nundines* précédentes. Culni l'accueillit avec bonheur.

— Cela me fait plaisir de te voir. Si tu es là, je suppose que cela veut dire que ton ami va mieux.

Perplexe, son fils l'embrassa.

— Vraiment, les nouvelles se propagent très vite dans cette ville.

Pumpu s'avança à son tour pour le saluer.

— Pas vraiment. Il n'y a qu'une seule raison susceptible de t'empêcher de venir nous rendre visite, c'est ton ami. Alors, comme nous ne t'avons pas vu aux dernières *nundines*, je me suis renseigné à son sujet.

Le jeune homme sourit.

— Le mystère est éclairci.

Il s'installa dans la pièce riante, se débarrassa de son manteau en reprochant par jeu à sa mère de trop chauffer, tandis qu'elle apportait un pichet de vin et des gobelets.

— À notre âge, on a froid plus rapidement que les jeunes.

Il prit le verre qu'elle lui tendait.

— Nous n'avions pas de chauffage à Roselle.

Elle servit son époux, puis posa les mains sur ses épaules.

— C'est vrai, mais c'était difficile. J'ai vraiment pensé mourir gelée certains hivers. Maintenant, grâce à Pumpu, je peux me vautrer dans le luxe.

Heiasun adressa un regard affectueux au potier qu'il aimait beaucoup. Depuis leur mariage, il avait vu sa mère s'épanouir bien plus qu'il ne l'aurait cru possible, si bien qu'il vouait à son beau-père une reconnaissance sans limites. Il se souvint de la salle de séjour et de la chambre au sol éventré durant des *nones*, pendant que Venel y passait les conduits de l'hypocauste. Pendant le premier hiver où elle avait vécu chez lui, Pumpu avait multiplié les braseros pour que Culni n'eût pas froid, puis il était allé négocier avec l'entrepreneur afin que celui-ci lui construisît un chauffage central. Comme la plupart des artisans tarquiniens, Venel ne faisait pas de bénéfices sur les ouvrages qu'il effectuait pour ses confrères, par solidarité, ce qui avait permis au potier d'offrir ce confort à son épouse. C'était l'un des premiers chantiers sur lesquels Aranth était intervenu au début de son apprentissage, mais aussi la première fois qu'il avait été victime d'un malaise au travail. Ces réminiscences firent frissonner le jeune homme, alors pour l'égayer, Pumpu changea de sujet.

— J'ai entendu parler de toi.

Heiasun lui lança un clin d'œil malicieux.

— À quel propos ? Serait-ce mes frasques ?

Le potier s'esclaffa.

— Cela m'étonnerait de toi. Le fils du seigneur Spurinna a l'intention de se faire bâtir une villa. Lorsque je suis arrivé pour livrer mes réalisations, son père lui recommandait de choisir Tarxi comme mosaïste et d'exiger que ce soit toi qui diriges le chantier.

Le jeune homme s'appuya aux coussins derrière lui d'un air gêné.

— Au moins, je ne manquerai pas de besogne.

Radieuse, Culni joignit les mains.

— Je suis très fière de ta réussite.

Heiasun leva les bras en geste de protestation.

— J'ai encore beaucoup de choses à apprendre.

Pumpu le considéra avec tendresse.

— Tu es trop modeste.

Après le prandium, le jeune homme retraversa la cité pour se rendre auprès de son ami. Sur le forum, de nombreux patriciens campagnards étaient venus s'informer des dernières décisions arrêtées par les magistrats, puis discutaient avec passion des décrets qui ne leur plaisaient pas. Des paysans avaient installé leurs étals entre les colonnes dans l'espoir de vendre leur production aux ménagères, parmi lesquelles déambulaient des promeneurs qui se divertissaient des marchandages animés. Plongé dans ses pensées, Heiasun se fraya un passage au milieu de la foule, indifférent à ces scènes qui se renouvelaient toutes les *nundines*.

Aranth arriva au-devant de lui dans l'atrium.

— Je me demandais si je te verrais aujourd'hui.

Le mosaïste eut un sourire amusé.

— Je suis allé manger chez mes parents. Essaierais-tu de jouer les enfants gâtés avec moi ?

Le malade prit la direction de sa chambre avec un geste fataliste.

— Non, mais je trouve les journées très longues.

Heiasun lui posa une main sur l'épaule.

— Tes parents ne te tiennent-ils pas compagnie ?

Aranth opina.

— Si, bien sûr. Seulement, ce n'est pas la même chose que toi.

Le mosaïste scruta le profil de son ami.

— Quand pourras-tu reprendre le travail ?

Le malade fit la moue.

— Le médecin a insisté auprès de mon père pour qu'il attende encore une *none*, afin que je sois bien guéri. Il pense que j'ai recommencé trop vite les autres fois.

Heiasun s'étonna de sa déception.

— Ce n'est peut-être pas une mauvaise idée.

Aranth ouvrit la porte, puis s'effaça pour laisser entrer son ami.

— Oh ! Moi, je m'en moque. Ce n'est pas comme si j'aimais ce métier, mais je ne sais pas comment m'occuper. Je tourne en rond entre ces murs, pourtant je suis certain que mes parents ne me permettront pas de sortir.

Le mosaïste déposa sa toge sur un coffre.

— Sans doute pas en début de *none*, mais peut-être vers la fin ? De toute façon, je te promets de venir tous les soirs.

Le malade s'éclaira.

— Merci.

Il alla s'installer sur une curule, puis regarda son ami en fronçant les sourcils.

— Je te trouve bien soucieux. Aurais-tu des ennuis ?

Heiasun s'assit près de lui.

— Non, pas du tout. Pumpu m'a raconté que les Spurinna veulent faire construire une nouvelle villa.

Aranth parut surpris par ce changement de sujet.

— Je suis au courant. C'est probablement notre entreprise qui sera choisie pour l'ériger. Pourquoi ?

Le mosaïste serra ses mains l'une contre l'autre.

— Il semble que Tarxi sera sollicité pour la mosaïque, et que je devrai diriger le chantier.

Le malade le fixa sans comprendre.

— C'est une bonne nouvelle, non ?

Heiasun secoua la tête.

— Cette notoriété trop rapide m'inquiète. Je suis encore très loin d'être un maître artisan.

Aranth lui donna une tape amicale sur le bras.

— Ne sois pas trop modeste. Tu es le meilleur, tout le monde le dit. Ce que je ne serai jamais, soit dit en passant.

Mal à l'aise, le mosaïste ne releva pas.

— En tout cas, si c'est ton père qui construit, nous aurons l'aubaine de nous retrouver sur le même chantier.

Les yeux du malade brillèrent.

— … ce qui ne nous était jamais arrivé auparavant.

Heiasun n'évoqua pas le projet des *principes* devant Tarxi de peur d'obtenir la confirmation qu'ils l'avaient requis pour diriger la mise en place des sols, selon ce qu'affirmait Pumpu. Il préféra se concentrer sur le travail en cours qui exigeait encore plusieurs *nones* de labeur avant d'être achevé. Chaque soir, comme il l'avait promis, il passait un moment avec son ami qui reprenait des forces de jour en jour, ce qui lui faisait espérer qu'il se remettrait vraiment.

Malgré ses demandes réitérées, Aranth n'eut pas l'autorisation de quitter la maison avant la fin de la *none* de peur de compromettre ses chances de rétablissement. La veille des *nundines*, le médecin qui l'examinait au quotidien le déclara enfin guéri, à la grande joie du jeune homme qui attendit l'arrivée de son ami avec impatience. Le mosaïste se réjouit en apprenant la nouvelle, mais fut assez surpris quand Venel apparut sur le seuil de la chambre. L'entrepreneur se montra d'accord pour qu'ils sortent à condition que son fils respectât les consignes d'Heiasun qu'il estimait plus raisonnable. Peu convaincu de posséder une telle influence, le jeune homme promit malgré tout de veiller sur le convalescent.

Alors qu'ils s'éloignaient de la demeure, le mosaïste tourna la tête vers son ami.

— Qu'as-tu envie de faire ? Une balade dans la ville ou un tour dans les tavernes ?

Aranth offrit son visage à la brise encore fraîche.

— Les deux. Je ressens vraiment le besoin de prendre l'air.

Heiasun opina.

— Très bien. Commençons donc par nous promener.

Ils flânèrent dans les rues tranquilles de leur quartier en saluant les rares passants qui rentraient chez eux, puis s'engagèrent dans les artères plus animées du centre-ville. Malgré l'heure déjà tardive, il y avait beaucoup de monde sur le forum où se pressait une foule bigarrée. Les marchands avaient fermé boutique, mais on rencontrait des hommes et des femmes en grande tenue qui déambulaient entre les colonnes en attendant de se rendre à la représentation du jour, ballet ou pièce de théâtre. Des gens aux vêtements plus modestes se regroupaient pour bavarder en profitant de la douceur de la soirée pour retarder le moment de regagner leurs maisons, tandis que des apprentis s'interpellaient en brandissant des pichets de vin aux trois quarts vides. Le mosaïste se retourna en sentant une main sur son épaule, pour se retrouver face à l'un de leurs camarades avec lesquels ils sortaient souvent.

— Venez-vous à la taverne ?

Heiasun repoussa la suggestion d'un geste.

— Un peu plus tard. Nous faisons un tour d'abord.

Son interlocuteur les scruta l'un après l'autre.

— Bon, mais ne traînez pas. Certains ont déjà beaucoup bu.

Les deux amis traversèrent le forum pour gagner le quartier des temples plus aéré grâce aux jardins des sanctuaires. De loin en loin, des torches éclairaient les dernières cérémonies religieuses de la journée, tandis que les garçons observaient les lumières dans un silence complice. Aranth savourait l'air frais avec une sensation de légèreté qu'il éprouvait rarement, jusqu'à ce que le mosaïste estimât qu'ils avaient assez marché. Alors, ils se dirigèrent vers leur taverne habituelle située dans une ruelle tranquille, où ils retrouvèrent leurs compagnons. Accoutumé à leurs absences imprévues, nul ne leur posa de questions, mais on les accueillit avec joie en s'écartant pour qu'ils puissent s'asseoir. Dans une ambiance déjà bruyante, les voix s'entrecroisaient tandis que l'on s'interpellait de table en table, parfois avec acrimonie. Le vin qui coulait à flots rougissait les visages en faisant monter le ton au moindre désaccord, si bien que le patron devait intervenir pour éviter les bagarres. Devant un tel bouillonnement, Heiasun jeta un coup d'œil à son ami en se demandant s'il était sage de rester là, mais celui-ci ne semblait pas perturbé par tout ce vacarme.

L'un de ses camarades se pencha par-dessus la table pour être entendu.

— On ne parle plus que de toi !

Le mosaïste haussa les sourcils.

— De moi ?

Son interlocuteur hocha la tête avec vigueur.

— Oui ! L'atelier de sculpture où je travaille a été sollicité par les Spurinna pour la villa du fils. C'est ainsi que j'ai appris que tu dirigerais la pose des mosaïques.

Heiasun but une gorgée pour se donner une contenance.

— Alors, tu en sais plus que moi. Tarxi ne m'en a rien dit.

Son camarade eut une moue dubitative.

— Bah ! Je ne te crois pas.

Il se tourna vers Aranth.

— C'est ton père qui fera la construction, n'est-ce pas ?

Le jeune homme opina.

— Oui, effectivement !

Son interlocuteur sourit.

— Alors, nous nous verrons sur le chantier.

Le voisin du convalescent se leva en brandissant un pichet de vin.

— Arrêtez de nous ennuyer avec vos bâtisses ! Ce soir, c'est la fête !

Il tendit sa carafe à Aranth en insistant pour que celui-ci en prît, mais le jeune homme s'était contenté d'un demi-gobelet qu'il n'avait pas terminé. Pourtant, son refus offensa l'ivrogne qui se fâcha, bredouilla des mots sans suite, gesticula d'un air menaçant. Son voisin le fit asseoir pour essayer de le calmer, tandis qu'Heiasun décidait de rentrer, inquiet pour son ami qu'il trouvait fatigué.

Le jeune homme le suivit d'un pas lent dans les rues endormies.

— Je n'avais jamais remarqué à quel point ce genre de soirée pouvait être épuisant.

Le mosaïste le scruta d'un air soucieux.

— Ce n'est que ta première sortie. Nous n'aurions peut-être pas dû venir.

Aranth haussa les épaules.

— Au moins, cela m'a changé les idées.

Le projet

Printemps 301 av. J.-C.

Assis en scribe dans le tablinum de Tarxi, Heiasun se penchait avec concentration sur le papyrus recouvrant l'écritoire qu'il tenait sur les genoux. Il dessinait la future mosaïque qui ornerait l'une des deux salles de réception de la villa de Tite Spurinna, si absorbé qu'il en oubliait les enjeux que représentait cette commande. Depuis que Pumpu lui avait parlé de ce chantier, les rumeurs s'étaient multipliées jusqu'à ce que son maître lui annonçât qu'il était requis pour diriger la pose des sols de la demeure. La famille Spurinna étant l'une des plus influentes de la cité, le jeune homme pouvait y gagner la reconnaissance professionnelle, mais s'il ne répondait pas aux attentes de son client, sa carrière s'écroulerait avant de débuter. Pourtant, s'il redoutait de perdre le fruit de ses années de labeur acharné, il cherchait surtout à se surpasser pour ne pas nuire à la réputation de Tarxi. Pour ces vastes pièces dans lesquelles tous les notables de Tarquinia seraient reçus, il avait soumis plusieurs thèmes de décoration, sachant que ce serait ses mosaïques qui donneraient le ton des peintures murales, selon le désir de leur commanditaire. Il avait proposé les habituelles scènes mythologiques, ainsi que des scènes champêtres, mais la fortune des Spurinna émanant surtout du commerce avec les pays étrangers, il avait aussi suggéré des vues maritimes. Cette originalité avait plu à son client, ce qui avait comblé sa propre passion pour la mer, mais soulevait maintenant des problèmes de perspective et de proportions.

Nerinai, qui pénétrait dans le tablinum, sourit en constatant qu'il ne bougeait pas.

— Je comprends que tu t'enthousiasmes pour ton travail, mais es-tu obligé de te priver de nourriture ?

Le jeune homme sursauta.

— Oh ! Tu m'as fait peur. Quelle heure est-il donc ?

Elle désigna la fenêtre.

— Le soleil a largement dépassé le zénith. Viens avant que le prandium soit froid.

Il déposa son écritoire en étirant ses muscles raidis par la longue station immobile.

— Où est Tarxi ?

Elle s'arrêta avant de franchir la porte.

— Il est rentré depuis longtemps. Ne l'as-tu pas entendu ?

Il se mit debout pour la rejoindre.

— Mais non.

Durant le repas, les deux hommes ne parlèrent que de mosaïque, au grand dam de la maîtresse de maison que ce sujet ennuyait. Heiasun confia ses difficultés à son maître qui s'engagea à regarder ses esquisses avant de repartir pour son chantier. Le jeune homme s'enquit de l'avancée des travaux dans la villa qu'il avait dû abandonner pour se consacrer à cette nouvelle commande. L'artisan leva une main rassurante.

— Oh ! Tout va bien. Tu avais tellement bien organisé les équipes que je n'ai presque rien à faire. Il me suffit de continuer ce que tu avais commencé. Je suis très fier de toi, tu finiras par me dépasser.

Gêné, Heiasun baissa le nez vers son écuelle.

— Quand même pas !

Tarxi saisit son gobelet de vin.

— À ce propos, j'ai entendu parler d'un autre jeune artisan prometteur. Il s'agit de ton ami Aranth. On raconte que c'est lui qui a dessiné les plans de la future villa de Tite Spurinna, et que ce projet a beaucoup plu à notre difficile client.

Le jeune homme s'éclaira.

— Je n'étais pas au courant. Il faut que j'en discute avec lui aux prochaines *nundines*. Mais pourquoi dis-tu que Tite est difficile ? Il n'a jamais été comme ça avec moi.

L'artisan eut un geste vague.

— Parce qu'il est très capricieux, c'est de notoriété publique. Je souhaite que tu n'aies jamais à supporter ses sautes d'humeur.

Heiasun fit une grimace soucieuse.

— J'espère le contenter si mes croquis ne sont pas complètement ratés.

Désireuse d'alléger l'atmosphère, Nerinai fit signe à un esclave de servir les desserts.

— Ta mère me rendra visite cet après-midi.

Le regard lointain, le jeune homme repoussa le plat qu'on lui présentait.

— Ah ! Tant mieux.

La maîtresse de maison mordit dans un gâteau.

— Je verrai peut-être Sethra également.

Un peu agacé par ce bavardage, Tarxi se leva.

— C'est bien. Allons examiner tes esquisses, Heiasun.

Grâce aux conseils avisés de son maître, le jeune homme put rectifier ses erreurs, ce qui lui permit de progresser enfin de manière satisfaisante. À mesure qu'il avançait, il rencontrait d'autres problèmes qui l'obligeaient à innover sur les formes et les couleurs, au point qu'il inventa de nouvelles méthodes pour répondre à ses besoins. L'artisan admirait tout autant son imagination fertile que l'étendue de ses compétences. Pourtant, devant le dessin qui s'élaborait, Heiasun commençait à se demander s'il parviendrait à le reporter sur le sol, tellement les découpes nécessaires paraissaient impossibles à réaliser. Un soir, pendant la cena, il finit par s'ouvrir de son inquiétude à son mentor.

— Que se passera-t-il si mon esquisse lui plaît, mais que je ne réussis pas à recréer la même chose en mosaïque ?

Tarxi se servit de fèves.

— Tu dois être capable de concrétiser ta proposition, sinon il ne faut pas la faire.

Le jeune homme se mordit les lèvres.

— Je ne pourrai jamais reproduire ces volutes.

L'artisan plongea sa cuillère dans sa bouillie de céréales.

— Alors, ôte-les de ton croquis.

Heiasun regarda le gobelet qu'il tenait à la main avec une moue dubitative.

— Mais ce sera beaucoup moins beau.

Tarxi s'essuya la bouche avant de se pencher vers son protégé.

— Songe que ton client voudra reconnaître exactement ce que tu lui as montré. Si tu as des doutes, tu dois faire tes expériences avant.

Le jeune homme releva la tête.

— Très bien ! Je finirai mon épure, puis j'irai sur le chantier pour effectuer des essais sur tout ce qui me paraît irréalisable.

L'artisan sourit.

— C'est comme ça que tu y arriveras.

Durant le reste de la *none*, Heiasun poursuivit ses esquisses en tentant d'anticiper sur les difficultés, mais chaque fois qu'il croyait s'en sortir, de nouveaux problèmes surgissaient, si bien qu'aux *nundines* suivantes, il ne rêvait plus que d'oublier son travail pour quelques heures. Dans la taverne où il retrouvait ses compagnons, il laissa le vacarme ambiant lui vider la tête, puis il s'offrit une grasse matinée avant d'aller déguster le prandium chez ses parents comme de coutume. Quand il rejoignit Aranth en début d'après-midi, celui-ci l'entraîna dehors pour profiter de la douceur printanière. Ils flânèrent le long du fleuve selon leur itinéraire habituel qui les mena sur les remparts, où ils s'accoudèrent à un créneau pour contempler la mer. Le mosaïste plissa les yeux.

— C'est dommage. C'est un peu loin pour bien voir les bateaux d'ici.

Son ami eut un petit rire amusé.

— Tu es vraiment passionné. Je me demande pourquoi tu n'es pas devenu marin.

Heiasun se pencha davantage.

— Non, je n'avais aucune envie de quitter ma mère. Surtout après son veuvage. Mais comme je suis en train de dessiner des navires, il me faudrait un meilleur modèle que cette image distante.

Aranth se détourna à demi.

— Et bien, allons jusqu'au port.

Le mosaïste le fixa avec stupeur.

— Est-ce possible ?

Son ami haussa les sourcils.

— Mais oui ! Pourquoi pas ?

Comme il s'éloignait, Heiasun le rejoignit.

— Parce que je croyais que l'on n'avait pas le droit de sortir de la ville.

Aranth sourit.

— C'était lorsque nous étions enfants, pour ne pas inquiéter nos parents. Mais maintenant, nous sommes adultes.

Enchanté, le mosaïste suivit son ami jusqu'à la porte la plus proche, d'où ils empruntèrent la voie empierrée qui reliait le port à la cité. Tandis que son regard impatient ne quittait pas l'étendue liquide devant eux, certains commentaires de Tarxi lui revinrent en mémoire.

— J'ai entendu dire que c'est toi qui as dessiné les plans de la villa, et que Tite les a beaucoup appréciés.

Aranth fit la grimace.

— Les rumeurs vont vite. Oui, c'est vrai.

Heiasun lui donna une tape amicale sur l'épaule.

— C'est formidable ! Tu vois que tu peux exceller dans ton travail. Je suis sûr que ton père ne les a pas beaucoup corrigés.

Son ami opina sans enthousiasme.

— En fait, il n'y a pas touché du tout. À l'origine, c'était un croquis que j'avais fait pour le plaisir, en m'écartant du schéma classique d'une demeure. Quand mon père est tombé dessus par hasard, il m'a suggéré de le proposer aux Spurinna qui sont connus pour leur originalité.

Le mosaïste accéléra le pas dans sa hâte d'arriver.

— Alors, nous œuvrerons tous hors des sentiers battus.

Aranth, qu'il avait distancé, courut pour le rattraper.

— Pourquoi ?

Heiasun repoussa le souvenir de ses essais infructueux pour ne pas assombrir leur balade.

— Parce que je m'attaque à quelque chose qui n'a jamais été fait en mosaïque, moi aussi.

Son ami lui lança un clin d'œil complice.

— Tout ira ensemble, si je comprends bien.

Le mosaïste le considéra avec affection.

— Si l'on continue comme ça, tu finiras par prendre goût à ton travail.

Aranth soupira d'un air lointain.

— Je n'en sais rien.

Heiasun le prit par le bras.

— Voyons ! N'es-tu pas content que ton projet ait été choisi ?

Son ami eut une moue désabusée.

— Je ne crois pas que cela change quoi que ce soit.

Avec des gestes aériens, le mosaïste reproduisait la pose des tesselles.

— N'est-ce pas merveilleux de voir tes esquisses devenir réalité ? Moi, je trouve ça magique.

Aranth repoussa ses cheveux noirs que le vent faisait voler.

— J'aime bien dessiner, mais ensuite cela se transforme en chantier comme les autres. C'est toujours bruyant et poussiéreux.

Heiasun s'esclaffa.

— Décidément, tu es irrécupérable.

Comme ils arrivaient au port, il reporta son attention sur les embarcations qui l'occupaient. Deux navires marchands élevaient leurs mâts aux voiles repliées à une hauteur vertigineuse, tandis que des négociants discutaient le prix de la cargaison avec l'armateur. Un peu plus loin étaient amarrés des petits bateaux de pêche à la voilure carrée, que leurs propriétaires avaient désertés après avoir vendu tous leurs poissons, tandis qu'au milieu du bassin manœuvrait une trirème[41] qui s'apprêtait à prendre la mer. Le mosaïste n'avait pas assez d'yeux pour tout voir.

— Quel dommage que je n'aie rien sur moi pour les croquer !

Son ami tendit le bras.

— Tu n'auras qu'à revenir en milieu de *none*. Tu y trouveras un peu plus de monde.

Heiasun détailla les quais aux pierres disjointes.

— Il est vrai que ces cales semblent faites pour accueillir beaucoup plus de navires. Pourtant, je suis étonné de les voir en si mauvais état. Pourquoi ne sont-elles pas mieux entretenues ?

Aranth s'amusait toujours de la curiosité que manifestait le jeune homme à tous les sujets.

---

[41] Galère à trois rangs de rameurs

— Mon précepteur m'a appris que notre flotte était bien plus florissante dans les temps anciens, mais il paraît qu'aujourd'hui notre commerce s'étiole.

Le mosaïste s'accroupit pour examiner le bassin qui s'ensablait.

— Mais pourquoi ?

Son ami fit un effort pour se souvenir des leçons qui l'ennuyaient.

— Parce que nous avons perdu des batailles qui ont détruit la plupart de nos bateaux, et que nos magistrats préfèrent s'intéresser à d'autres domaines que les échanges maritimes.

Heiasun se releva en époussetant sa tunique.

— C'est navrant.

Peu désireux de parcourir toute la jetée, Aranth fit demi-tour.

— Bah ! Je ne sais pas. Ces histoires sont bien compliquées.

Les jeunes gens revinrent vers la ville en abandonnant le sujet, mais comme toujours, le mosaïste se sentait frustré des renseignements succincts que lui donnait son ami. Pourtant, il ne put en parler à Tarxi selon son intention, à cause de la présence d'invités qui prirent la cena avec eux ce soir-là.

Quelques jours plus tard, Heiasun se rendit sur le chantier afin de vérifier que son projet était réalisable. Avant tout, il devait s'assurer d'avoir les matières premières correspondant aux couleurs qu'il avait mises dans son dessin. Alors, il dépassa l'atelier qui fabriquait les tesselles, pour aller fouiner dans la réserve de galets à la recherche des nuances qui convenaient. Grâce au rangement par gammes, il s'arrêta face aux tons qu'il désirait, mais il eut beau examiner les minerais l'un après l'autre, aucun n'approchait ce qu'il avait en tête. Découragé, il s'apprêtait à abandonner quand une dernière pile attira son attention. En levant sa lampe à huile, il sentit son cœur battre plus fort face au chatoiement qu'il n'espérait plus. Il en préleva quelques échantillons pour commencer ses expériences, mais en sortant sur le terre-plein devant le bâtiment, il découvrit avec stupeur que les reflets n'étaient plus ceux qu'avait révélés son lumignon. Pendant un instant, il demeura figé, puis il remit les cailloux à leur place avant de quitter le chantier sans un mot, convaincu qu'il devrait reprendre son projet dans son intégralité.

Dans le calme du tablinum, il s'efforça d'imaginer un décor plus simple à réaliser, mais son inspiration paraissait tarie. Lorsqu'ils se retrouvèrent pour la cena, Tarxi l'observa avec affection.

— Tu es parti bien rapidement.

Son élève eut un soupir morne.

— Je me suis fourvoyé. Mes recherches n'ont mené qu'à la catastrophe. Pourtant, j'étais sûr d'avoir trouvé la bonne couleur, mais en exposant les roches au soleil, ce n'était plus du tout ce qu'il fallait. J'ai été trop ambitieux. Cela m'apprendra à me croire meilleur que je ne le suis.

L'artisan lui adressa un sourire réconfortant.

— Tu ne dois pas te décourager aussi vite. Tu avais oublié que la lumière artificielle modifie la perception des teintes, cela arrive à tout le monde. Demain, tourne-toi plutôt vers les marbres. Ils procurent plus de variété dans les nuances.

Heiasun s'éclaira.

— Tu as raison. J'aurais dû y penser.

Tarxi prit son gobelet de vin.

— Nul n'est infaillible. Souviens-toi de tenir compte de ces contraintes quand tu composes tes assortiments.

Rasséréné par cette conversation, le mosaïste rejoignit le chantier le lendemain avec davantage de confiance. Il pénétra dans la réserve des marbres où il découvrit rapidement les couleurs qu'il cherchait, ainsi que des roches rares offrant des textures et des reflets inhabituels qui lui autoriseraient des juxtapositions encore plus originales. Enchanté par cette première réussite, il se rendit dans l'atelier, récupéra des chutes dans le coin où on les entassait, puis entreprit de tailler dedans des tesselles aux formes chantournées comme l'on n'en avait jamais vu. Pourtant, les outils dont il disposait ne lui permettaient pas d'obtenir les arabesques de son croquis, si bien qu'il alla chez le forgeron qui fabriquait leur matériel pour lui demander autre chose. Un peu surpris, Mamarce Fulvus exposa des échantillons de sa production.

— Vous possédez déjà tout l'équipement existant pour le travail de la mosaïque. Sinon, voici les instruments qu'emploient les autres corporations, mais cela m'étonnerait que tu y trouves ton bonheur. Que cherches-tu exactement ?

Heiasun détailla les objets présentés en reconnaissant qu'ils ne lui convenaient pas.

— Le mieux est que je te montre ce que je veux en faire.

Joignant le geste à la parole, il sortit quelques morceaux de roche de sa bourse de cuir, les posa sur un établi, puis traça dessus le plus compliqué de ses dessins.

— Voilà l'une des formes que je désire obtenir.

Perplexe, l'artisan examina l'esquisse.

— Tu te crées des écueils inutiles, à mon avis. Je n'ai rien qui soit adapté à ce travail, alors je te façonnerai des outils sur mesure. Voyons un peu !

Le forgeron se saisit d'une tablette de cire, sur laquelle il ébaucha les contours d'une pince qui n'avait rien de commun avec celles que possédait le jeune homme. Ravi que Mamarce eût si bien compris ses besoins, Heiasun émettait quelques suggestions afin de rendre l'instrument encore plus efficace. L'artisan reposa son document en souriant.

— Très bien ! Je t'en fais plusieurs. Tu les auras demain.

Dès qu'il eut son nouveau matériel, le mosaïste reprit ses essais avec d'autant plus de passion que ses difficultés semblaient enfin se résoudre. Il commença par des formes simples, puis les compliqua peu à peu, heureux de réaliser sans peine les découpes qu'il désirait. Près de lui, les ouvriers qui produisaient des cubes standards s'étonnaient de voir apparaître des silhouettes bien plus tarabiscotées que ce qu'ils connaissaient. Ce problème réglé, Heiasun poursuivit ses expériences en se rapprochant toujours plus de l'aspect exact de son modèle. Souvent, Tarxi venait l'observer sans que le jeune homme concentré sur son travail s'en aperçût. L'artisan admirait ses audacieuses créations en songeant que l'élève avait dépassé le maître bien plus tôt qu'il ne l'espérait.

Lorsqu'il fut certain de ne pas se heurter à des impossibilités, le mosaïste abandonna le chantier pour terminer son dessin en fignolant chaque détail afin qu'il correspondît au niveau d'exigence de son client, puis il le soumit à Tarxi qui contempla longuement le papyrus.

— C'est magnifique ! Cela me rappelle le port de Tarquinia lorsque j'étais enfant.

Assis en tailleur dans le tablinum, Heiasun opina.

— J'y suis allé avec Aranth. Mais pourquoi y a-t-il si peu de bateaux dedans ?

L'artisan s'installa à sa place réservée avec un geste vague.

— Ah ! Dans les temps anciens, nous avons été une grande puissance maritime, mais hélas, c'est fini.

Son protégé le scruta avec curiosité.

— Que s'est-il passé ?

Tarxi posa l'esquisse près de lui avec précaution.

— Le tyran de la cité de Syracuse, située sur une île très au sud d'ici[42], a défait notre flotte lors d'une grande bataille navale[43]. La presque totalité de nos navires a été détruite, ce qui a réduit à néant notre commerce avec les Grecs et les Carthaginois. Depuis, nos *principes* se sont tournés vers la production locale et le travail de la terre, mais ce n'est pas suffisant pour maintenir notre prospérité. L'on raconte que c'est l'une des principales causes de nos difficultés actuelles.

Heiasun joignit ses mains sur ses jambes croisées.

— Pourquoi ?

L'artisan s'appuya contre les coussins.

— Nos riches notables préfèrent garder leurs biens en les cachant de peur qu'on les vole, plutôt qu'afficher leur fortune. C'est pourquoi ils achètent peu de choses, si bien que nous gagnons à peine de quoi vivre.

---

[42] La Sicile

[43] La bataille de Cumes en 474 av. J.-C.

Ils ont tellement peur de perdre ce qui leur reste en valeur et pouvoir, qu'ils ne veulent surtout pas permettre aux classes moyennes d'accéder à des postes de magistrats.

Le jeune mosaïste jeta un coup d'œil sur son matériel près de lui.

— Pourtant, Tite Spurinna se fait construire une villa. C'est une excellente opportunité pour nous.

Tarxi fit la moue.

— Cela fait partie de leur politique. Ils créent quelques chantiers comme celui-là, afin que les artisans ne meurent pas de faim. Ainsi, ils pensent que nous ne nous rebellerons pas pour obtenir davantage, comme c'est arrivé dans d'autres cités.

Heiasun se montra surpris.

— Y a-t-il vraiment eu des révoltes ?

L'artisan jouait avec un stylet pris sur son écritoire.

— Mais oui ! L'année dernière, il s'est produit un soulèvement plébéien à Arezzo contre la puissante famille des Cilnii. Le pire est que ces *principes* ont appelé les Romains à l'aide.

Le jeune mosaïste écarquilla les yeux.

— Nos ennemis ! Y sont-ils allés ?

Tarxi eut une mimique dédaigneuse.

— Ils ne voulaient pas rater une telle opportunité. Ils ont maté l'émeute sans difficulté, paraît-il.

Heiasun se frotta le menton d'un air songeur.

— Je ne comprends pas.

L'artisan se remit debout.

— Moi non plus, je l'avoue. Nos magistrats semblent considérer que nous constituons un plus grand danger pour eux que les Romains. C'est inconcevable !

Le lendemain, le jeune mosaïste alla montrer son projet définitif à son client avec la crainte qu'il fût trop original pour être accepté. Pourtant, Tite s'enthousiasma aussitôt pour le dessin, mais s'enquit de la possibilité d'en faire une réplique exacte en mosaïque. Heiasun lui expliqua qu'il était capable de recréer la même image au détail près, d'un ton si convaincant qu'il emporta l'adhésion du notable. Lorsqu'il apprit ce résultat, Tarxi félicita son élève pour ses multiples talents de dessinateur, de mosaïste et de négociateur.

Comme il fallait habiller les sols de toutes les pièces, le jeune homme se procura une copie du plan que son ami avait tracé, afin de choisir le thème le plus approprié pour chacune, sans se soucier de la complexité des représentations. En découvrant ses croquis, l'artisan lui fit remarquer qu'il était seul à savoir denteler des tesselles aussi finement, ce qui risquait de leur poser problème au moment de la réalisation.

— Tu n'imagines quand même pas effectuer la taille sans aide ? Cela durerait une éternité. Tu dois concevoir des décors plus sobres pour les lieux privés.

Heiasun tapota son écritoire.

— Il suffirait de former nos ouvriers.

Tarxi secoua la tête.

— Je doute qu'ils soient tous capables d'exécuter une tâche si minutieuse. D'ailleurs, nous n'avons pas le temps de les instruire entre la fin du chantier actuel et le début de l'autre.

Avec un soupir, le jeune mosaïste fourragea dans ses papyrus.

— Bon ! Je les simplifierai.

L'artisan désigna la fresque marine.

— Ne prévois des découpes soignées que dans les pièces de réception. Ailleurs, c'est moins important.

Résigné, Heiasun reprit ses esquisses pour les rendre plus faciles à transposer, tout en conservant l'originalité de ses thèmes, mais il garda les plus élaborées pour les endroits où les visiteurs pénétreraient.

À la requête de Pumpu, toujours curieux de ses progrès, il emporta certains de ses croquis à l'occasion d'un prandium chez ses parents. Culni admira les images, puis le potier les plaça devant la fenêtre pour les détailler.

— Ces mosaïques seront magnifiques. Je n'en ai jamais vu avec de telles couleurs.

Le jeune homme écarta les bras.

— J'ai eu beaucoup de mal à les trouver. J'ai dû effectuer de nombreuses recherches avant d'y arriver, parce que personne ne l'avait tenté avant moi.

Sa mère l'observait avec amour.

— Je suis extrêmement fière de toi. Tu es le meilleur mosaïste de la ville.

Heiasun fit la moue.

— Certes, non ! J'ai tellement de chemin à parcourir.

Lorsqu'il soumit ses esquisses à l'approbation de son client, le jeune mosaïste s'attendait à des discussions sur le choix des sujets, la manière de les traiter, ainsi que leur répartition dans les pièces, aussi fut-il très surpris de recevoir une acceptation globale, sans la moindre demande de modification. Assis devant le bureau sur lequel les papyrus étaient étalés, Tite Spurinna lissait sa chevelure châtain, tandis que son ventre rebondi saillait par-dessus la ceinture de sa tunique colorée. De ses prunelles bleues, il scruta l'artisan, étonné de son mutisme.

— Qu'y a-t-il ? Mon accord te déplairait-il ?

Heiasun se ressaisit aussitôt.

— Pas du tout ! J'en suis très heureux, au contraire.

Le *princeps* sourit.

— Peut-être pensais-tu que je critiquerais tes projets, mais j'ai foi en toi. Tu as d'excellentes idées qui changent des thèmes classiques, alors je préfère te laisser toute liberté pour créer.

Le jeune mosaïste s'inclina.

— Je m'efforcerai d'être digne de votre confiance.

Heiasun annonça la nouvelle à son maître sans lui cacher les doutes qui l'assaillaient au moment de se lancer dans cette aventure. S'il ne parvenait pas à réaliser les fresques promises, sa réputation serait ruinée, ce qui l'obligerait à s'exiler à nouveau. Pour le réconforter, Tarxi lui rappela les résultats positifs de ses expériences, qui garantissaient sa réussite. Rassuré, le jeune mosaïste se rendit chez Aranth avec l'intention de l'entraîner dans une taverne pour célébrer cette première commande, mais son ami ne se montra guère enthousiaste.

— Je suis fatigué. Pourquoi ne veux-tu pas attendre les *nundines* pour sortir ?

Heiasun s'assit sur le lit.

— Parce que c'est la première fois que je conçois seul un décor entier et que toutes mes propositions ont été acceptées sans discussion. Te rends-tu compte de ce que cela signifie ?

Aranth jouait avec son bracelet d'un air distrait.

— Bien sûr ! Cela donnera du travail à ton entreprise pour un moment. C'est bien, mais cela ne justifie pas de faire la fête.

Le jeune mosaïste s'esclaffa.

— Espèce de rabat-joie ! Moi, je trouve ça miraculeux de voir que le fruit de mon imagination peut plaire. J'ai hâte de me lancer dans la composition de ces mosaïques.

Son ami soupira.

— Tu as de la chance. J'aimerais tant ressentir autant de passion que toi pour mon métier.

Heiasun se pencha en avant.

— Il faudrait que tu t'y intéresses vraiment.

Aranth releva les yeux.

— J'essaie pourtant. Je t'assure ! Mais je n'y arrive pas.

Le jeune mosaïste se mit debout.

— Allons, viens ! Nous ne rentrerons pas tard, je te le promets.

Son ami l'imita.

— Bon, d'accord.

Les jeunes gens se dirigèrent vers une taverne à la réputation irréprochable pour éviter les bagarres d'ivrognes qui se multipliaient dans certains quartiers. Ils y retrouvèrent quelques camarades qui s'étonnèrent de les voir un soir de *none*, ce qui n'était guère dans leurs habitudes. Gaiement, Heiasun raconta comment il avait remporté son premier succès en s'écartant des sentiers battus avec l'accord de son commanditaire. Ses amis le félicitèrent, soulignèrent qu'ils avaient toujours cru en son talent, avant de prédire que c'était le début d'une grande réussite.

Ils passèrent une joyeuse soirée. L'on chanta et l'on but avec entrain, mais le jeune artisan, tout à son bonheur, ne se rendit pas compte que certains de ses compagnons étaient dévorés de jalousie.

La mort de Culni

Été 301 av. J.-C.

Heiasun se hâtait le long des rues d'un air soucieux, sans rien remarquer autour de lui. Pourtant, en traversant le forum, il fut abordé par plusieurs passants qui voulaient bavarder un moment avec lui dans le seul but d'être vus en sa compagnie maintenant que sa réputation commençait à se répandre dans la ville. Le jeune homme leur répondit avec amabilité, mais s'éloigna en prétextant un rendez-vous urgent.

En réalité, il allait chez Pumpu pour rendre visite à sa mère, comme tous les jours depuis qu'elle était tombée malade lors de la fête d'Horta au solstice d'été. Tout en marchant, il revivait avec angoisse le jour qui avait assombri sa vie. Il avait rejoint ses parents pour le prandium, puis ils avaient gagné le temple où ils avaient devisé avec les amis qu'ils avaient retrouvés sur place, en attendant le début des cérémonies. Au moment où le prêtre procédait au sacrifice d'un agneau nouveau-né, Culni s'était appuyée contre son époux avec un soupir ressemblant à un râle. Heiasun et Pumpu l'avaient assise dans l'herbe pour qu'elle se remît, convaincus qu'il s'agissait d'un malaise provoqué par la chaleur, mais elle respirait avec peine en se plaignant de fortes douleurs dans la poitrine. Alors, les deux hommes l'avaient ramenée chez elle dans la litière que Venel leur avait prêtée pour l'occasion, puis ils avaient fait quérir un religieux pour la soigner. Depuis, la malade végétait, trop faible pour se redresser, sans que les différents remèdes aient d'influence sur son état.

Le jeune mosaïste ouvrit la porte de la maison, où il découvrit le potier sur une natte dans la pièce principale. Celui-ci leva les yeux vers lui d'un air abattu.

— Ah, c'est toi.

Heiasun s'approcha.

— Comment va-t-elle ?

Pumpu haussa les épaules.

— Il n'y a aucun changement, hélas !

Le jeune homme lui posa une main dans le dos.

— Le guérisseur est-il venu ?

Le potier opina d'un air morne.

— Oui. Il a récité ses formules magiques, effectué des fumigations comme tous les jours, mais rien ne paraît avoir d'effet. J'ai déposé une offrande au temple d'Apulu pour lui demander de la sauver.

Heiasun fit quelques pas dans la salle.

— C'est une excellente idée. J'en ferai autant. Puis-je la voir ?

Pumpu s'appuya en arrière.

— Pour le moment, elle dort. Comme elle avait toujours très mal dans la poitrine, le prêtre lui a fait avaler une infusion de valériane pour la calmer.

Le jeune mosaïste s'assit auprès de son beau-père en acceptant un verre de vin pour se rafraîchir après sa traversée de la cité. Devant la faiblesse persistante de sa mère, il craignait qu'elle ne se rétablît pas, d'autant que le praticien ne semblait pas savoir de quoi elle souffrait. Il repensa à son ami Aranth dont les fréquents malaises déroutaient aussi les guérisseurs, en se demandant si la médecine étrusque, tant vantée par les étrangers qui venaient se soigner chez eux, n'avait pas usurpé sa réputation. Le souvenir des sanctuaires renommés où l'on exerçait le thermalisme lui revint soudain.

— Peut-être devrait-elle aller faire une cure ?

Le potier soupira.

— J'ai posé la question au prêtre, mais il dit qu'elle ne supporterait pas le voyage. Quel dommage que l'on n'ait pas de source thérapeutique à Tarquinia !

Heiasun fit tourner son verre dans ses mains.

— Le mieux serait encore qu'ils trouvent ce qu'elle a.

Son ton acerbe alerta Pumpu qui l'étreignit avec affection.

— Ils utilisent toutes leurs connaissances. Les blâmer ne l'aidera pas à se rétablir. Si c'est la volonté des Dieux, nous n'y pouvons rien.

Le jeune mosaïste baissa la tête.

— Je suppose que tu as raison, mais c'est difficile à accepter.

À cet instant, une voix faible leur parvint, émanant de la chambre. Ils se levèrent d'un même mouvement pour rejoindre la malade qui sourit en découvrant son fils auprès de son mari. Heiasun s'agenouilla près d'elle, mêla ses doigts aux siens avec tendresse.

— Comment te sens-tu, maman ?

Elle fit une grimace.

— Pas mieux. Aucun de leurs remèdes ne calme cette douleur.

Le jeune homme porta la main de Culni à ses lèvres.

— Cela viendra. Tu dois être courageuse. Je t'assure que tu guériras.

Elle ne paraissait guère convaincue.

— Je l'espère…

Comme elle s'essoufflait vite, les deux hommes lui conseillèrent de ne pas parler. Heiasun lui conta les anecdotes amusantes qu'il glanait sur les chantiers jusqu'à ce qu'elle s'assoupît à nouveau, épuisée par la douleur lancinante.

Le jeune mosaïste rentra peu après, découragé de n'avoir pas constaté d'amélioration dans l'état de sa mère. Il s'installa dans l'atrium avec Tarxi et son épouse qui lui demandèrent des nouvelles.

— Rien ne change. Elle a toujours mal et reste très faible.

L'artisan se carra dans sa curule.

— Il faut souvent du temps pour se remettre d'un tel malaise. Tu dois garder l'espoir.

Heiasun refusa d'un geste la boisson que lui proposait un esclave.

— J'essaie, mais c'est difficile quand je la vois souffrir à ce point.

Nerinai grignotait des figues confites.

— J'irai lui rendre visite demain. J'aime beaucoup ta mère et cela me navre de la savoir malade.

Le jeune homme lui adressa un regard de gratitude.

— Merci, c'est gentil. Je suis sûr que cela lui fera plaisir.

Le lendemain, Heiasun travaillait dans le tablinum à reporter ses dessins sur de grands tissus de lin quadrillés qui serviraient de modèles pour la pose des mosaïques, lorsque Aranth fit irruption dans la pièce avec une vivacité qui ne lui était pas habituelle. Le jeune homme se redressa avec étonnement.

— Que t'arrive-t-il ?

Son ami s'approcha de lui.

— J'ai appris que ta mère est malade. Est-ce grave ?

Heiasun s'assit sur ses talons.

— Nous l'ignorons. Les prêtres n'ont pas déterminé de quoi elle souffre.

Aranth lui pressa le bras.

— C'est terrible. Sache que je suis avec toi, quoi qu'il advienne.

Le jeune mosaïste ne put s'empêcher de sourire.

— Tant que tu te portes bien. Quand je ne m'inquiète pas pour toi, il faut que ce soit elle qui me donne des soucis. Ce doit être mon destin de m'angoisser pour les autres.

Son ami se posa près de lui.

— Ta mère est bien plus importante que moi. Je suis désolé de n'être pas venu plus tôt, mais je pensais que son malaise lors de la fête était dû à la chaleur.

Heiasun soupira.

— J'aurais bien voulu que ce soit le cas, crois-moi. Et toi, comment te sens-tu ?

Aranth eut un geste indifférent.

— Oh, bien ! Nous avons commencé les fondations de la villa de Tite. Ce n'est guère intéressant.

Le jeune homme lui lança un clin d'œil malicieux.

— C'est même sale et poussiéreux, n'est-ce pas ?

Son ami ne releva pas la plaisanterie.

— Je n'y suis pas encore allé. Pour le moment, je travaille avec mon père sur les comptes et la gestion du chantier.

Heiasun l'observa avec affection.

— C'est bien ! Ce genre de tâche te convient mieux.

Aranth opina.

— Je le pense aussi.

Il se pencha vers la grande toile étalée devant eux, pour détailler le dessin qui la couvrait en partie.

— Seras-tu bientôt prêt pour la pose ?

Le jeune mosaïste effleura son œuvre avec passion.

— J'ai assez de modèles achevés pour occuper tous nos ouvriers. J'attends que tes équipes aient terminé les premières pièces.

Son ami sourit.

— Je reconnais que j'inspecterai plus volontiers le chantier en sachant que je t'y rencontrerai.

Heiasun acquiesça, les yeux brillants.

— Ce sera un plaisir pour moi aussi.

Quelques jours plus tard, en se rendant chez ses parents, le jeune homme trouva sa mère en meilleure forme. Ses douleurs dans la poitrine avaient disparu, si bien qu'elle respirait plus facilement. Il se tourna vers Pumpu avec espoir.

— Les médecins auraient-ils enfin découvert ce qu'elle a ?

Le potier eut une moue dubitative.

— Je l'ignore, mais ils ont changé son médicament. Elle prend maintenant une décoction à base de digitales.

Heiasun jeta un coup d'œil vers la porte de la chambre.

— Pourvu que ce soit le bon remède !

Comme le traitement semblait efficace, que Culni s'asseyait dans son lit à mesure qu'elle reprenait des forces, le jeune mosaïste put se consacrer à sa besogne en oubliant ses alarmes. Il suivait la progression de la construction pour savoir quelles pièces seraient terminées les premières. Les poseurs ayant besoin des murs pour se guider, il savait qu'il ne pourrait pas intervenir avant. Il partageait donc son temps entre la confection des modèles sur toile de lin et les visites au chantier où les ouvriers des autres corps de métier l'accueillaient avec amabilité. C'est ainsi qu'il rencontra Aranth occupé à contrôler l'avancement des travaux et leur conformité avec son plan. Celui-ci sourit.

— Ça commence.

Heiasun acquiesça gaiement.

— Ce n'est que le début et j'en suis ravi. Chaque fois que je viens ici, je pense à toi.

Son ami lui retourna un regard complice.

— Moi aussi. J'imagine tes magnifiques mosaïques sur ces sols inégaux.

Le jeune homme eut un petit rire.

— Oui, il faudra bien les lisser avant de poser nos tesselles. Quand crois-tu que les premières pièces seront disponibles pour nous ?

Aranth se mordit les lèvres.

— Pas avant plusieurs *nones*, j'en ai peur.

Heiasun croisa les bras.

— Et bien, nous attendrons. Cela me permettra de bien finaliser mes préparatifs.

Son ami écarquilla ses prunelles sombres.

— Je te trouve bien accommodant. Est-ce parce que nous sommes amis ?

Le jeune mosaïste lui lança un clin d'œil amusé.

— Même pas ! Chaque corps de métier se heurte à ses propres problèmes. Il me paraît stupide de s'énerver pour ça. Bientôt, ce sera à notre tour de gérer les ajournements en comptant sur l'indulgence de nos confrères.

Aranth le fixa avec admiration.

— Voilà une excellente mentalité que l'on rencontre rarement sur un chantier. Je comprends pourquoi tout le monde aime travailler avec toi.

Dans les jours qui suivirent, Heiasun se consacra à ses dessins sans retourner dans la future villa qui ne progressait pas assez vite à son gré. Même s'il avait l'opportunité d'y retrouver son ami, il lui semblait que c'était du temps volé à son labeur, d'autant qu'il lui suffisait de lui rendre visite le soir s'il le désirait. Comme Tarxi s'inquiétait de le voir s'enfermer dans le bureau, il lui expliqua les retards de construction, puis lui montra les modèles déjà prêts et ceux qui attendaient encore d'être transcrits sur toile. L'artisan se sentit soulagé.

— Je comprends. Tu utilises ce contretemps pour avancer ton travail, c'est bien. Je craignais que tu t'isoles à cause de tes soucis personnels.

Le jeune mosaïste sourit.

— Oh, non ! Ma mère va mieux, par bonheur. Nous pensons qu'elle se rétablira.

Tarxi lui donna une tape amicale dans le dos.

— Je sais, et j'en suis très heureux.

Pourtant, l'état de Culni cessa peu à peu de s'améliorer pour finir par stagner. Elle prenait ses remèdes, ne s'asseyait dans son lit que si on le lui permettait, mais ne regagnait pas assez de forces pour se lever. Pumpu inquiet demandait chaque jour au prêtre pourquoi les médicaments faisaient moins d'effet, mais celui-ci se montrait incapable de lui répondre. Heiasun voyait ses espoirs décliner à nouveau.

— Je ne comprends pas. Elle se sent quand même mieux. Pourquoi ne peut-elle pas s'en sortir ?

Le potier se décourageait, lui aussi.

— Si le médecin l'ignore, comment en aurais-je l'explication ?

Heiasun affirmait à sa mère d'un ton optimiste qu'elle se remettrait avec le temps, mais il savait qu'elle n'y croyait pas plus que lui. Il se rendit au temple d'Apulu pour offrir un sacrifice au dieu guérisseur en échange de la vie de Culni, en vain. La malade recommença à s'affaiblir sans que le praticien parvînt à enrayer la rechute. Fou d'angoisse, le jeune homme n'avait plus la tête à travailler, au point qu'il oubliait de se déplacer sur le chantier pour en évaluer la progression. Bien qu'il connût la situation, Tarxi fut obligé de se fâcher pour le forcer à se concentrer sur ses tâches malgré la peur qui lui nouait le ventre.

Le matin des ides de turane[44], le jeune mosaïste profita de la relative fraîcheur du début de journée pour aller visiter la villa. Il franchit l'ouverture entre les deux murets ébauchant le futur porche d'entrée, s'avança vers l'étendue jonchée de débris qui serait l'atrium, en regardant où il posait les pieds. Immobile au centre de l'aire, il jeta un coup d'œil circulaire pour repérer les parties qui montaient le plus vite, puis se dirigea vers les pièces du fond en notant le couloir qui accéderait à un jardin ceint d'un péristyle encore à l'état d'ébauche. De part et d'autre de ce passage se construisaient quatre salles de taille moyenne, parmi lesquelles l'on trouvait la salle de séjour privée, ainsi que le bureau dans lequel Tite Spurinna donnerait audience à sa clientèle. De l'autre côté de l'espace vert seraient érigés les salons de réception dédiés aux fêtes débridées qu'affectionnait le maître de maison, mais pour le moment, seule une zone mal équarrie annonçait qu'il y aurait un bâtiment à cet endroit.

Heiasun s'arrêta sur le seuil de l'unique pièce ayant ses quatre murs en hochant la tête d'un air approbateur devant la dalle de pierre bien lisse, sur laquelle ses ouvriers poseraient leurs tesselles, mais il sursauta lorsqu'une main s'abattit sur son épaule.

— Du calme ! Je ne voulais pas te faire peur.

Le jeune mosaïste se retourna vers Aranth qui venait d'arriver sans bruit.

---

[44] 3 août

— Je ne t'ai pas entendu approcher. J'étais en train d'admirer l'excellente besogne de tes hommes.

Son ami opina en contemplant le sol.

— Je me doutais qu'il te faudrait une surface bien plate, alors j'ai vérifié moi-même qu'ils ne faisaient pas de trous.

Heiasun parut un peu surpris.

— Tu t'investis davantage dans ton travail que je l'aurais cru.

Aranth esquissa un sourire malicieux.

— Que ne ferais-je pas pour toi ?

Les prunelles vertes du jeune mosaïste s'égarèrent sur la fenêtre encore sans volet.

— Merci.

Son absence de réaction alerta son ami.

— Comment se porte ta mère ?

Heiasun soupira.

— Mal ! Elle s'affaiblit de jour en jour sans que nous sachions que faire, hélas !

Inquiet, Aranth le scruta.

— Peut-être les médecins trouveront-ils un nouveau remède ?

Le jeune mosaïste frotta son front avec lassitude.

— Je n'ai plus guère d'espoir.

Son ami lui prit le bras.

— Mais tu m'avais dit qu'elle allait mieux.

Désemparé, Heiasun luttait contre les larmes.

— C'était le cas, mais cela n'a pas duré. Maintenant, je crains le pire.

Désireux de le distraire, Aranth l'emmena inspecter la maison, détailla les difficultés auxquelles son équipe s'était heurtée, puis souligna les réalisations dont il était le plus fier. Le jeune mosaïste le suivait en s'efforçant de s'intéresser à ses explications, sans parvenir à se défaire de son angoisse. Planté au milieu de l'atrium, son ami désigna l'*implu-vium*[45] ainsi que les trous creusés à intervalles réguliers tout autour.

— Je me suis écarté des normes courantes en érigeant des colonnes qui permettront de donner une pente plus douce au toit. Ainsi l'on devrait recueillir davantage d'eau de pluie dans le bassin.

Heiasun opina d'un air absent.

— C'est une bonne idée.

Aranth se tourna vers le couloir du fond.

— Le jardin offrira un plan d'eau ornemental habité par des poissons. Quant au péristyle, tu l'agrémenteras d'une mosaïque, n'est-ce pas ? Quel sera son thème ?

---

[45] Bassin servant à récupérer l'eau de pluie

Le jeune mosaïste regardait l'*impluvium* sans le voir, les sourcils froncés comme s'il venait de découvrir un défaut rédhibitoire dans sa conception.

— Heiasun ! Tu ne m'écoutes pas !

Le jeune homme sursauta.

— Oh, pardon ! Que disais-tu ?

Son ami se rapprocha de lui.

— Je te demandais ce que représenterait la mosaïque du péristyle.

Heiasun jeta un coup d'œil égaré sur l'atrium.

— Comment ? Mais il n'y en aura pas.

Aranth adopta un ton patient.

— Je parle du jardin.

Le jeune mosaïste hésita.

— Ah, oui… En fait, je ne m'en souviens plus.

Son ami réfléchissait à la meilleure manière de l'égayer un peu lorsqu'un homme apparut sur le seuil, balaya le chantier des yeux sans oser y pénétrer. S'attendant à ce qu'il s'agit d'un fournisseur, Aranth s'avança au-devant de lui.

— Que désirez-vous ?

L'inconnu l'observa d'un air incertain.

— Je cherche Heiasun Churcles. L'on m'a dit que je le trouverais ici.

Le jeune mosaïste rejoignit son ami.

— C'est moi. Que me voulez-vous ?

Mal à l'aise, le messager triturait sa tunique.

— Pumpu Alfi m'envoie vous annoncer que votre mère est au plus mal.

Heiasun pâlit.

— Par tous les Dieux ! Je cours la voir. Aranth, peux-tu prévenir Tarxi ?

Son ami lui donna une tape affectueuse dans le dos.

— Bien sûr ! Dépêche-toi, je m'occupe de tout.

Le jeune homme traversa la ville d'un pas rapide, sans avoir conscience des nombreux saluts qu'on lui adressait. Taraudé par la crainte d'arriver trop tard, il ne parvenait pourtant pas à croire que Culni était sur le point de mourir. Enfin, il tourna dans la rue où la maison du potier montrait sa porte ouverte, par laquelle s'échappaient les lamentations des pleureuses. Heiasun ralentit, le cœur battant, puis se figea sur le seuil sans apercevoir Pumpu au milieu des femmes accroupies. L'une d'elles l'avisa.

— Entre vite, mon garçon ! Les Dieux ont voulu que tu accoures à temps.

Il pénétra dans la pièce d'un air hagard.

— Où est Pumpu ?

La pleureuse le poussa vers la chambre.

— Auprès d'elle. Vas-y !

Il franchit l'issue en jetant un coup d'œil inquiet vers le lit. Le visage émacié, la malade respirait avec difficulté, mais une ombre de sourire vint jouer sur ses lèvres lorsqu'elle le vit, tandis que sa main glissait sur le drap. Il s'agenouilla à son chevet pour l'embrasser, avant de prendre conscience de la présence du potier.

— Je suis heureux que mon messager t'ait trouvé aussi rapidement.

Le jeune homme hocha la tête, puis se pencha à nouveau vers sa mère.

— Tiens bon, maman. Tu t'en sortiras.

La commisération qui s'exprima dans ses yeux lui prouva qu'elle savait à quoi s'en tenir sur son état, mais qu'elle s'angoissait surtout pour lui. Heiasun ne put retenir ses larmes à l'idée qu'elle deviendrait bientôt l'un de ces spectres qui errent sur les bords de l'Achéron, le fleuve des Enfers, en attendant que Charun[46] les transportât sur l'autre rive. Il prit sa main entre les siennes avec beaucoup de douceur tellement elle lui semblait fragile, puis s'assit sur le sol en silence.

Le temps était suspendu dans cette chambre où dansaient déjà Vanth et Tuchulcha, les divinités infernales. De loin en loin, l'une des femmes réunies dans l'autre pièce passait la tête par le battant entrouvert, puis elle retournait se joindre aux prières qui aideraient la mourante à trouver son chemin dans l'au-delà. Immobile au chevet de Culni, le jeune homme était emporté dans un tourbillon de pensées impossibles à démêler. Il n'espérait plus sa guérison, pourtant il était incapable d'imaginer la vie sans elle. Le souffle rauque de la malade devenait un râle continu sans qu'il devinât que la fin approchait, tellement il s'était perdu dans une éternité obscure où plus rien n'existait.

Pumpu le secoua avec douceur.

— C'est fini, mon garçon. Cela ne sert plus à rien de rester ici.

Heiasun le fixa sans le voir.

— Maman…

Le potier enlaça ses épaules.

— Elle est partie rejoindre les Dieux.

Le jeune homme prit soudain conscience du silence qui s'était établi dans la chambre, alors il s'effondra contre Pumpu en sanglotant. Celui-ci lui murmura des paroles de consolation jusqu'à ce qu'il fût calmé, puis il le fit lever pour le ramener parmi les vivants. Dès qu'ils parurent, un homme se détacha du groupe des voisins et des proches qui s'étaient rassemblés dans le séjour. Sans même s'en rendre compte, Heiasun passa des bras du potier à ceux du mosaïste auquel il s'accrocha avec désespoir.

— Tarxi…

---

[46] Le passeur divin dont les Romains ont fait Charron

L'artisan le serra contre lui avec affection.

— Je suis là. Je comprends ta peine et je te soutiendrai. Appuie-toi sur moi.

À son tour, Nerinai vint embrasser l'orphelin avec tendresse, puis elle le fit asseoir devant la table chargée de victuailles en insistant pour qu'il mangeât un peu. Le jeune homme n'avait rien absorbé depuis le début de la journée, mais il repoussa la nourriture avec dégoût. Une voix familière frappa ses oreilles.

— Tu devrais quand même avaler quelque chose, sinon tu tomberas malade. Crois-moi, je le sais.

Interloqué, Heiasun tourna la tête.

— Aranth ! Es-tu vraiment là ?

Son ami lui adressa un sourire compatissant.

— Je ne t'abandonnerais pas dans de telles circonstances.

Le jeune homme passa une main sur son visage en soupirant.

— Je n'arrive pas à croire que ce soit réel.

Comme Aranth menaçait de prendre sa cuillère pour le faire manger, Heiasun se résolut à grignoter quelques bouchées, tout en s'étonnant de l'affluence qui envahissait la demeure si paisible d'habitude. Un défilé de gens dont il ne connaissait pas la moitié s'écoulait devant lui, mais leurs condoléances ne l'atteignaient pas. Sethra et Venel l'étreignirent avec chaleur en assurant qu'il serait toujours le bienvenu chez eux, tandis que Pumpu contenait sa propre peine pour mieux le réconforter. Le jeune homme remerciait, écoutait les éloges de sa mère, approuvait les dispositions du potier pour les funérailles, avec la sensation que ce n'était pas lui qui parlait. Voyant que son esprit était ailleurs, son ami l'entraîna hors de la maison afin de lui procurer un peu de calme.

— Ils sont bien gentils, mais trop envahissants.

Heiasun s'adossa à un mur en se tenant la tête.

— Je n'y comprends rien. Ce n'est pas possible. Ma mère n'est pas morte. Que se passera-t-il maintenant ?

Aranth l'enlaça.

— Ne te fais pas de soucis pour elle. Elle s'est toujours montrée douce et généreuse. Aita et Tujltha l'accueilleront volontiers au banquet qu'ils président. Elle y retrouvera ses ancêtres et peut-être même ton père.

Les larmes du jeune homme ruisselaient à nouveau.

— Mais que deviendrai-je sans elle ?

Son ami resserra son étreinte.

— Tu continueras à habiter chez Tarxi et Nerinai, ils te l'ont dit. Ta vie ne changera pas, je t'assure.

Lorsque les jeunes gens regagnèrent le logis un peu plus tard, le mosaïste s'approcha d'Heiasun dont les cernes l'inquiétaient.

— Rentrons à la maison. Tu as besoin de prendre un peu de repos. Pumpu s'occupera de tout ce soir, et nous reviendrons demain pour les funérailles.

Le jeune homme fixa la porte de la chambre.

— Je ne la laisserai pas.

Pumpu lui posa une main sur l'épaule.

— Tu ne peux plus rien faire pour elle. Nos voisines se relaieront auprès de ta mère toute la nuit en guise de pleureuses, afin de la guider sur les chemins de l'Au-delà. Je ne les remercierai jamais assez de leur dévouement.

Résigné, Heiasun suivit Nerinai et son époux vers leur demeure qui était aussi devenue la sienne au fil des ans. Il s'installa dans le triclinium, envahi par un sentiment de vide de plus en plus intense à mesure qu'il prenait conscience de sa perte. Malgré l'affection dont le couple l'entourait, il fut incapable de toucher aux plats de la cena. Alors, Tarxi parvint à lui faire avaler une décoction de plantes apaisantes, puis il l'envoya au lit pour récupérer avant les épreuves du lendemain.

Au matin, ils rejoignirent la maison du potier, où l'on avait déjà déposé la défunte sur une planche de bois ornée de fleurs, que des volontaires emporteraient jusqu'au cimetière. Malgré la grisaille dans laquelle il baignait, le jeune homme s'étonna du nombre important de personnes rassemblées pour rendre un dernier hommage à Culni. Il marcha auprès de Pumpu, juste derrière les porteurs, longea des rues qu'il ne reconnaissait pas jusqu'à l'une des portes de la ville, mais les murailles franchies, il regarda avec effroi la nécropole grandir devant lui.

Au milieu de la vaste esplanade, un cercle noirci accueillait le bûcher prêt à recevoir la dépouille. Frémissant à l'idée que les flammes dévoreraient bientôt sa mère, Heiasun détourna les yeux vers l'urne en terre cuite fabriquée par son beau-père, dans laquelle on enfermerait les cendres de Culni. Pourtant, lorsque le feu s'éleva, il s'éloigna en courant, incapable d'assister à la crémation, puis s'effondra dans l'herbe en sanglotant. Aranth, qui l'avait suivi, l'entoura de ses bras.

— Je comprends ce que tu ressens.

Longtemps, ils demeurèrent immobiles en s'efforçant d'ignorer les craquements lointains, au point que l'urne funéraire était scellée quand ils rejoignirent le reste de l'assemblée. Ils prirent place à l'une des tables préparées pour le banquet rituel, où le jeune homme ne mangea guère plus que la veille. Par contre, pour la première fois de sa vie, il chercha l'oubli dans le vin en buvant plus que de raison.

Retour chez Pumpu

Automne 301 — été 300 av. J.-C.

Tite Spurinna avait tout lieu d'être satisfait. La construction de sa villa avançait à grands pas, au rythme des équipes de bâtisseurs qui s'y succédaient sans heurts. Les différents corps de métier coordonnaient leurs interventions dans un climat cordial qui excluait les chicaneries habituelles sur les chantiers. Il suivait Venel qui lui faisait visiter sa future demeure en lui indiquant quelle solution avait été apportée à chaque problème. Les pièces autour de l'atrium étaient couvertes, le sol de certaines était achevé, alors que la deuxième partie de l'habitation était encore loin d'être terminée. Le notable rencontra au passage des ouvriers mosaïstes occupés à poser des tesselles sur les dalles aplanies.

— J'admire la façon dont vous dirigez ce chantier. Sur les maisons de mes amis, je n'entends parler que de disputes qui ralentissent le travail, mais ici, jamais.

L'entrepreneur eut un geste vague.

— Ce n'est pas moi qui supervise cette construction. J'ai délégué cette tâche à mon fils.

Le *princeps* parut surpris.

— Alors, c'est lui qui fait régner une telle concorde entre les employés.

Venel leva les mains.

— En partie seulement. En réalité, ils sont deux à administrer le chantier : Heiasun et Aranth. Je dois avouer qu'ils gèrent bien mieux les difficultés que Tarxi et moi.

Tite sourit.

— Ils méritent des félicitations.

L'entrepreneur s'engagea dans le couloir reliant les cours intérieures, son client sur les talons, puis traversa l'espace découvert autour duquel s'élevaient des colonnes qui ne soutenaient encore rien. Au bord du futur bassin, il identifia aussitôt le jeune homme blond assis en tailleur, la tête penchée vers l'écritoire posée sur ses genoux, qui effectuait quelques corrections sur son papyrus à demi déroulé. Venel obliqua sur la droite, en direction des pièces les plus avancées, mais au lieu de le suivre, le notable fonça sur Heiasun.

— Je veux vous remercier pour le travail soigné que vous accomplissez ici.

Le jeune homme sursauta, puis fixa le *princeps* d'un regard indifférent.

— Merci, mais je ne fais que mon devoir.

Tite fut un peu dérouté par un tel manque d'enthousiasme.

— Vraiment, vous pouvez être fier de votre réussite. Jamais je n'ai entendu parler d'un chantier mené avec autant de doigté.

L'entrepreneur, qui était revenu sur ses pas, saisit le bras de son client pour l'entraîner vers les salles les plus proches sans lui laisser l'occasion de protester. Il le poussa dans la première qui s'offrit à lui, en réalisant un peu tard que la cuisine n'intéressait guère le futur maître des lieux. Celui-ci pivota vers lui d'un air étonné.

— Qu'y a-t-il ? Pourquoi m'éloignez-vous ainsi de ce jeune homme ? Je ne le mangerai pas.

Venel se rapprocha en baissant la voix.

— Il a perdu sa mère l'été dernier, et ne s'en remet pas. L'unique chose qui lui importe encore est son travail, mais il fuit toute conversation inutile.

Une expression de compassion passa dans les prunelles bleues du notable.

— Je comprends. Alors, il doit être très esseulé.

L'entrepreneur opina.

— Il n'accepte que la compagnie de mon fils. C'est le seul qui parvienne à le distraire de sa peine. Continuons notre inspection.

Avec précaution pour ne pas se tordre une cheville sur le sol jonché de débris, les deux hommes longèrent le péristyle en visitant chaque pièce que le maître d'œuvre commentait. Alors qu'ils se trouvaient dans l'une des salles de réception dont les murs montaient à peine, Venel se rendit compte que le *princeps* ne l'écoutait plus. Il se tourna pour découvrir que celui-ci contemplait avec attention le jardin dans lequel Aranth rejoignait le jeune mosaïste avec un sourire amusé.

— Que corriges-tu encore ? Tu sais bien que tes dessins sont parfaits.

Heiasun agita la main au-dessus de son papyrus.

— Bien sûr que non. Il y avait des détails maladroits qui ne me plaisaient pas.

Son ami désigna le couloir.

— Je désire te consulter au sujet de la dalle de la salle d'eau. Veux-tu m'accompagner ?

Le jeune mosaïste se leva sans protester, rangea son matériel, puis emboîta le pas de son ami d'une démarche traînante qui surprenait chez quelqu'un de son âge. Tite apitoyé le suivit des yeux.

— C'est un fait qu'il ne respire pas la joie de vivre. Pensez-vous qu'il aimerait venir à une de mes fêtes ? Avec votre fils, bien entendu.

L'entrepreneur cacha sa stupeur devant cet intérêt marqué de la part d'un aristocrate.

— C'est très généreux de votre part, mais j'en doute. Aucun des deux n'apprécie les soirées mondaines.

Le notable se tapota les lèvres d'un air songeur.

— Qu'est-ce qui pourrait l'aider, alors ?

Venel fourragea dans ses cheveux aussi noirs que ceux de son fils.

— Je crois surtout qu'il faut laisser le temps faire son œuvre.

À son grand soulagement, le *princeps* acquiesça.

— Oui, bien sûr.

De leur côté, les jeunes gens scrutaient le sol de la pièce d'eau, calculaient la pente requise pour un écoulement correct, tout en s'assurant que la pierre était bien nivelée. Heiasun s'accroupit pour caresser la roche du plat de la main, ce qui lui permettait d'éprouver la finesse du grain et les minuscules aspérités invisibles à l'œil nu. Aranth observait ses gestes.

— Notre client paraît satisfait. Mais on dirait que tu l'intrigues beaucoup.

Le jeune mosaïste ne leva pas la tête.

— Ah, bon ? Moi, je n'ai rien remarqué.

Aranth eut un sourire navré.

— Cela n'a rien d'étonnant. En ce moment, tu ne vois rien que ton travail. Pourtant, il nous détaillait dans le jardin.

Heiasun frotta un endroit qui lui semblait trop rugueux.

— Ce n'est peut-être pas moi, mais toi qui l'intéresses.

Son ami s'adossa au mur.

— Certainement pas ! Je l'ai rencontré lorsqu'il est arrivé. Il s'est montré aimable, sans plus.

Le jeune mosaïste se releva d'un air absent.

— Qu'importe de toute façon ? Ce sol me paraît bien préparé, nous pouvons commencer la pose.

Découragé, Aranth se redressa sans insister.

— Très bien.

Depuis la mort de Culni, il avait tout essayé pour sortir Heiasun de son chagrin, en vain. Le jeune mosaïste s'était accroché à son métier comme à une bouée de sauvetage, en faisant abstraction de tout le reste. Tarxi avait expliqué à son ami que ce travail était le seul domaine dans lequel le jeune homme avait évolué sans sa mère, si bien qu'il pouvait l'exercer sans risquer d'attiser sa douleur. Les mois s'étaient écoulés depuis le drame, mais Heiasun ne parvenait toujours pas à reprendre une vie normale. Aranth ne réussissait même pas à l'entraîner dans l'une des tavernes où ils avaient l'habitude de retrouver leurs amis. Marcher dans les rues constituait déjà une épreuve, aussi le jeune homme se refusait-il à aller jusqu'au forum pour ne pas revoir les lieux où il s'était promené avec Culni. Il n'était pas non plus retourné chez Pumpu depuis les funérailles, au grand désespoir du potier qui l'aimait comme un fils.

En traversant la cour, Aranth examina son ami d'un regard en coin.

— Demain, ce sont les *nundines*. Nous pourrions pousser jusqu'au port pour admirer les bateaux.

Il se désola en constatant que cette proposition alléchante ne faisait pas réagir Heiasun qui gardait une expression lointaine.

— Je ne sais pas. Nous verrons…

Comme souvent durant cette période, Nerinai et Tarxi avaient un invité pour la cena. Comme ils estimaient que la présence d'autres personnes dans le logis pouvait le distraire, ils ne choisissaient pas que des proches du jeune homme, pourtant en entrant dans le triclinium ce soir-là, le jeune mosaïste découvrit Pumpu qui était déjà venu plusieurs fois afin de conserver les liens établis entre eux. Heiasun éprouvait beaucoup d'affection pour son beau-père, alors il l'embrassa avant de s'allonger à ses côtés en lui demandant des nouvelles. Le potier eut un triste sourire.

— Je survis. La maison me paraît bien vide malgré le dévouement de mes voisins. D'autant que tu ne me rends plus jamais visite.

Le jeune homme fixa la fenêtre.

— J'ai honte de me comporter de façon si égoïste, mais je ne peux même pas envisager de refaire ce trajet trop familier.

Tarxi but un peu de vin.

— Peut-être devrions-nous y aller tous ensemble ? Ce serait plus facile pour toi.

Pumpu opina avec espoir.

— C'est une bonne idée. Pourquoi ne viendriez-vous pas manger le prandium demain ?

Heiasun frissonna.

— Cela me fait peur.

Son maître l'enveloppa d'un coup d'œil amical.

— C'est tout à fait normal, mais tu dois dépasser cette crainte, sinon tu n'y arriveras jamais.

Le potier posa une main sur l'épaule de son beau-fils.

— Veux-tu que j'invite également Venel et sa famille ?

Le jeune homme jeta un regard éperdu vers Tarxi.

— Est-ce vraiment nécessaire ?

Le mosaïste se pencha vers lui en adoptant un ton persuasif.

— Je pense que cette visite chez Pumpu est indispensable, et la présence de ton ami ne pourra être que bénéfique.

Heiasun baissa la tête avec résignation, tandis que le potier s'éclairait.

— Alors, c'est entendu.

Le lendemain, Nerinai et son époux entraînèrent le jeune homme le long des rues qu'il connaissait bien, sans lui laisser le loisir de rebrousser chemin malgré sa réticence, mais au moment d'aborder le forum, il se pétrifia, incapable de faire un pas. Tarxi se rapprocha de lui.

— Allons ! Tu constateras que ce n'est pas si terrible.

Il enlaça son protégé, puis le fit avancer entre les colonnes qui bordaient la place publique en le serrant contre lui. Son épouse commentait d'un ton léger les scènes qui se déroulaient sous leurs yeux, dans le but de dédramatiser la situation. Comme tous les jours chômés, les ruraux avaient envahi la ville pour y vendre leurs produits, mais également pour se tenir au courant des nouvelles en se plaignant que les décisions des magistrats avantageaient toujours les citadins à leur détriment. Heiasun marchait tête basse, sans rien voir de cette animation, alors pour rompre cet isolement néfaste, Nerinai attira son attention sur deux hommes qui se disputaient.

— Crois-tu qu'ils se battront ?

Le jeune homme jeta un rapide coup d'œil aux belligérants avant de s'en désintéresser.

— Non, je ne pense pas.

Elle posa une main sur son bras.

— Oh ! Regarde là-bas, ces jeunes gens déguisés. Comme ils sont drôles !

Il suivit la direction qu'elle indiquait.

— Oh, oui…

Elle poursuivit sans le laisser se replier sur lui-même.

— Cette jeune fille est très belle. N'est-ce pas l'une de tes amies ?

Ainsi sollicité en permanence, Heiasun fut bien obligé d'accorder une vague considération à son entourage. Il contempla les êtres vivants qui s'agitaient devant lui, sans y découvrir le fantôme qui le hantait. Perplexe, il balaya la place du regard en cherchant pourquoi il fuyait cet endroit familier où se côtoyaient toutes les couches de la société. Heureux d'avoir trouvé le remède, Tarxi adressa un sourire complice à son épouse dans le dos du jeune homme, puis entraîna celui-ci plus loin. Pourtant, lorsque le pont sur la Marta apparut devant eux, Heiasun eut un mouvement de recul. Sans le lâcher, son maître l'obligea à s'engager sur les planches de bois qui enjambaient le cours d'eau, jusqu'à ce que le jeune homme lui échappât pour aller s'appuyer contre le parapet. Accroché à la rambarde, comme s'il avait peur de tomber, le jeune mosaïste contemplait les rives sur lesquelles il s'était si souvent promené avec Culni, tandis que les larmes inondaient ses joues sans qu'il en eût conscience. Avec douceur, son mentor l'arracha à ces réminiscences néfastes pour l'emmener dans les quartiers du nord, mais en abordant la rue où habitait Pumpu, Heiasun ralentit le pas. Le visage tendu, les yeux fixés sur la façade, il avançait vers la porte avec circonspection, comme si elle recelait un piège mortel. Il n'eut pas le temps de s'en approcher qu'une silhouette en surgit pour se jeter sur lui avec vivacité.

— Aranth ! Tu m'as fait peur.

Son ami l'étreignit avec tendresse, puis lui saisit le bras.

— Viens donc, que je te fasse les honneurs de cette demeure. Je la connais bien pour y avoir travaillé.

Il lui fit franchir le seuil avant de se lancer dans des présentations inutiles d'un ton plaisant afin d'alléger l'atmosphère, puis sans le laisser s'asseoir, il l'emmena faire le tour de la maison en affectant de lui montrer ses premières réalisations. Nerinai et Sethra avaient réaménagé la chambre dans laquelle Culni avait rendu l'âme, afin que le potier pût s'y réinstaller sans être tourmenté par ce souvenir. Le jeune homme contemplait ce décor dont rien ne lui rappelait son deuil, tandis que sa tristesse s'atténuait à son insu. Quand il rejoignit ses proches, il prit conscience pour la première fois des efforts qu'ils déployaient pour l'aider à se remettre. La froide grisaille dans laquelle il vivait depuis les funérailles commençait à fondre au contact de la chaleur de leur amitié, au point qu'il se surprit à sourire par moment. Aranth appuya son épaule contre la sienne.

— Je suis heureux de retrouver cette lumière dans ton regard. C'est devenu tellement rare ces derniers temps.

Heiasun reposa son gobelet avec un soupir.

— Je ne sais pas comment je pourrai vous rendre un jour tout ce que vous faites pour moi.

Son ami lui donna une tape fraternelle.

— C'est parce que nous t'aimons.

Ce fut le début de la renaissance du jeune homme. Maintenant qu'il avait réussi à suivre l'itinéraire familier sans s'effondrer, il reprit ses visites régulières afin d'exprimer son affection à Pumpu enchanté. Voyant cela, Aranth insista jusqu'à ce qu'il acceptât de sortir dans des tavernes, où ils rejoignirent leurs amis également disposés à soutenir l'orphelin. Dans la foulée, Heiasun fut entraîné par son ami dans des balades qui passaient par les berges du fleuve avant d'aboutir sur les remparts, quand ils ne poussaient pas jusqu'au port pour admirer les quelques navires qui y faisaient escale.

Le travail bénéficia, lui aussi, de cette amélioration. Au lieu de se perdre dans des corrections infimes, le jeune homme dirigeait à nouveau son équipe pour accélérer la mise en place des revêtements de sol. Il passait d'un secteur du chantier à l'autre, surveillait la fabrication des cubes de pierre, vérifiait les couleurs, puis s'assurait que leur juxtaposition donnait bien le résultat escompté. Lorsqu'il venait visiter sa demeure, Tite Spurinna s'émerveillait d'entendre sa voix grave résonner dans les cours, alors qu'il l'avait connu si taciturne. Il détaillait la mosaïque de sa future chambre, quand il tendit l'oreille en souriant à Venel.

— Ce jeune homme semble aller beaucoup mieux.

L'entrepreneur opina.

— Oui, enfin. Ce ne fut pas sans mal. Nous arrivons déjà au milieu de l'hiver.

Le notable croisa les mains dans son dos.

— Il était très attaché à sa mère, je suppose ?

Venel écarta les bras.

— Elle était la seule famille qui lui restait.

Le *princeps* s'approcha de la porte.

— Je comprends. C'est une chance qu'il ait des amis fidèles comme vous.

Tarxi et son épouse, qui aimaient Heiasun comme leur fils, se réjouissaient également de le voir retrouver une vie plus conforme à son âge. Ils n'étaient jamais aussi heureux que lorsque le jeune homme recevait un groupe d'amis dans leur maison, ce qui prouvait qu'il s'y sentait chez lui.

Les températures baissèrent tellement qu'il devint impossible de fabriquer les mortiers, si bien qu'il fallut suspendre les travaux. Heiasun s'impatientait à l'idée du retard qu'ils prendraient, alors qu'Aranth appréciait de demeurer au chaud au lieu de grelotter sur le chantier. Assis sur son lit, il regardait son ami faire les cent pas dans sa chambre.

— Pourquoi t'énerver comme ça ? Nous ne pouvons qu'espérer le bon vouloir des Dieux.

Le jeune mosaïste pivota vers lui d'un air de reproche.

— N'as-tu vraiment aucune conscience professionnelle ? Notre client attend sa villa qui devrait être beaucoup plus avancée.

Aranth s'adossa contre des coussins.

— Ce n'est pas de notre faute. Nous ne commandons pas au climat.

Heiasun revint vers lui.

— C'est vrai, mais n'as-tu pas hâte que le travail reprenne ?

Son ami fit la moue.

— Je n'aime pas ce métier, tu le sais bien. L'heure viendra bien assez tôt de retourner sur le chantier pour m'y couvrir de poussière.

Désarmé, le jeune mosaïste pouffa de rire.

— Tu es incorrigible !

Aranth se redressa.

— Parlons de choses plus agréables. Veux-tu m'accompagner au temple de Menrva pour y écouter un extraordinaire harpiste ce soir ?

Heiasun se posa près de lui.

— Si ça peut te faire plaisir.

La musique ne le passionnait guère, mais il avait appris à l'apprécier en escortant son ami à toutes les occasions où se produisaient des artistes. Comme il avait toujours dissuadé Aranth de quitter la voie tracée par son père, il se sentait un peu responsable de la frustration éprouvée par son camarade dans l'exercice d'une profession qu'il détestait, c'est pourquoi il lui offrait cette compensation. Sachant à quel point l'équilibre était fragile, il s'employait sans cesse à le consolider, même si cela impliquait qu'il renonce à ses propres loisirs pour se consacrer à son ami.

L'arrivée du printemps apporta des températures plus douces, mais aussi des pluies diluviennes qui retardèrent encore davantage le labeur. Pourtant, Heiasun put installer une équipe dans les pièces qui possédaient déjà leur toit, ce qui lui permit de progresser un peu. Présent sur le terrain tous les jours afin de contrôler la pose, il n'hésitait pas à mettre la main à l'ouvrage lorsque l'un des ouvriers tombait malade à force de travailler sous des abris précaires.

Les *nones* s'écoulaient sans que le ciel parvînt à se dégager des nuages qui l'encombraient. Enveloppé dans son épaisse toge, le jeune mosaïste examinait d'un œil critique les dernières tesselles fixées, lorsqu'une silhouette fluide apparut dans l'atrium en tournant sur elle-même comme pour chercher quelqu'un. Surpris, Heiasun s'approcha de la porte sans réussir à reconnaître le visiteur à travers le rideau de pluie. Il haussa la voix pour dominer le crépitement de l'averse.

— Puis-je vous aider ?

L'interpellé s'avança en écartant le tissu cachant ses cheveux.

— Ah, tu es là !

Alarmé, le jeune mosaïste saisit le bras de son ami pour l'entraîner à l'abri.

— Aranth ! Mais tu es fou ! Que fais-tu là ?

Celui-ci secoua ses boucles trempées.

— J'ai honte de ne rien faire, alors que tu viens travailler tous les jours.

Heiasun le scruta avec angoisse.

— Pour le moment, mes ouvriers sont encore en mesure de s'occuper dans les salles déjà couvertes, mais si ce temps dure encore quelques *nones*, je devrai interrompre à nouveau la besogne. Pour toi, c'est différent. Tes hommes sont incapables d'accomplir quoi que ce soit sous un tel déluge. Tu n'aurais pas dû affronter ces trombes d'eau. Tu pourrais contracter l'une de ces affections qui déciment mes équipes.

Aranth lui adressa un sourire rassurant.

— Toi aussi, tu cours ce risque.

Le jeune mosaïste alla chercher un morceau de toile huilée assez grand pour les protéger tous les deux.

— Je suis bien plus solide que toi. Viens près de moi ! Je te raccompagne.

Par chance, malgré les craintes d'Heiasun, son ami ne tomba pas malade à la suite de cette imprudence. Le mois de velxitna[47] se termina mieux qu'il n'avait commencé, en offrant aux Tarquiniens un temps splendide, comme si les dieux voulaient se racheter après les rigueurs de l'hiver. Sur le chantier, les ouvriers mettaient les bouchées doubles pour rattraper leur retard sous la surveillance d'Aranth et d'Heiasun qui œuvraient ensemble pour plus d'efficacité.

La vie reprenait son cours tranquille, tandis que la villa s'élevait sans heurts. Le soir, le jeune homme aimait à s'installer dans l'atrium en compagnie de Tarxi et son épouse. Alors qu'ils étaient déjà au mois d'anpili[48], le mosaïste croisa ses jambes en observant son protégé.

— L'un de mes fournisseurs m'a rapporté une information qui risque de faire trembler nos magistrats. Une nouvelle loi vient d'être votée à Rome. Elle force les collèges des pontifes et des augures à s'ouvrir à la plèbe.

Heiasun s'appuya contre le dossier de sa chaise.

— Crois-tu que cela se répandra jusque chez nous ?

L'artisan eut une moue dubitative.

— Ça m'étonnerait beaucoup. Nos *principes* sont bien trop jaloux de leurs prérogatives pour les lâcher comme cela.

Nerinai, qui cousait, releva la tête.

— C'est vrai. À Rome, l'un des deux consuls est obligatoirement issu de la plèbe, mais ce n'est pas le cas chez nous. Ils appartiennent toujours à la noblesse.

Tarxi prit le gobelet de vin posé sur une petite table près de lui.

— De toute façon, nous n'avons pas accès au *cursus honorum*, et ce n'est pas près de changer.

Le jeune homme haussa les épaules.

— Bah ! Tant que nous avons du travail, c'est tout ce qui compte. Il ne me viendrait pas à l'idée de briguer un poste de magistrat.

L'artisan but une gorgée.

— Si notre système maintient la paix sociale, c'est qu'il n'est pas mauvais. Pour obtenir toutes ces concessions, les plébéiens romains se sont battus au point d'aboutir à la guerre civile. Je ne vois pas ce qu'il pourrait y avoir de bon là-dedans.

---

[47] 21 mars — 20 avril

[48] 21 mai — 20 juin

Heiasun aurait voulu en discuter avec Aranth, mais son ami ne montra aucun intérêt pour cette nouvelle qui ne les concernait pas. Depuis quelque temps, le jeune mosaïste le trouvait distrait, au point de ne rien retenir de ce qu'on lui disait. Même dans le travail, il omettait des détails importants, mais n'exprimait qu'indifférence lorsqu'on le lui faisait remarquer. Inquiet, Heiasun l'entraîna dans la cuisine pour avoir une explication.

— Mais enfin, que t'arrive-t-il ? Y a-t-il quelque chose qui te tourmente pour que tu oublies tout ainsi ?

Aranth s'adossa au mur.

— Mais non ! Il n'y a rien.

Le jeune mosaïste se planta devant lui.

— Je ne te crois pas. À quoi penses-tu ?

Son ami laissait son regard errer sur les parois nues.

— À rien, je t'assure.

Soupçonneux, Heiasun scruta ses traits.

— Ne serais-tu pas en train de manigancer quelque chose, par hasard ? T'enfuir de chez toi, par exemple ?

Aranth eut une mimique ironique.

— Merci pour ta confiance. Je ne manigance rien du tout. J'ai négligé deux ou trois choses, ce n'est pas si important.

Stupéfait, le jeune mosaïste eut un mouvement de recul.

— Tu ne te rends pas compte. Ce ne sont pas deux ou trois choses, mais tout ce que l'on te dit. Serais-tu malade ?

Son ami se frotta le front.

— Je crois que je suis un peu fatigué. J'ai parfois l'impression d'évoluer dans le brouillard.

Aussitôt alarmé, Heiasun posa les mains sur ses épaules.

— Pourquoi ne l'as-tu pas dit plus tôt ? Tu dois te reposer. Il ne faudrait pas que ton état s'aggrave.

Aranth resta chez lui durant quelques jours avec l'accord de son père que ces absences inexplicables angoissaient aussi. Pourtant, dès qu'il revint sur le chantier, il fut évident que cette pause n'avait pas suffi à lui redonner la concentration nécessaire pour son travail. Il discutait avec le jeune mosaïste au sujet de décisions importantes qu'il oubliait dès qu'il avait quitté la pièce. Devant cette situation qui ne s'arrangeait pas, Venel fit appel à un prêtre-guérisseur afin qu'il déterminât ce qu'avait son fils. Accoutumé depuis l'enfance à la fréquentation des médecins, Aranth se soumit avec résignation, mais le praticien fut incapable de découvrir quels démons tourmentaient le jeune homme. Il se livra, malgré tout, à une conjuration pour le délivrer de cette maladie, lui confia quelques amulettes à porter, puis lui conseilla de faire un sacrifice à Apulu en assurant que cela le rétablirait à coup sûr. Bien qu'un peu sceptique, Aranth se rendit au temple en compagnie de son père pour apporter une offrande assortie d'un don généreux au dieu. Quand il l'apprit, Heiasun approuva la démarche.

— C'est une bonne chose. Je suis sûr qu'Apulu te protégera.

Quelques jours plus tard, le jeune mosaïste quittait l'une des pièces de réception dans laquelle ses ouvriers terminaient la pose du revêtement de sol, lorsqu'il aperçut son ami debout au bord du bassin encore vide du jardin. Intrigué, il le rejoignit en s'interrogeant sur ce qu'il pouvait bien trouver d'intéressant à cet endroit.

— Que fais-tu là ? Est-ce que tu m'attendais ?

Aranth tourna la tête vers lui d'un air lointain, comme s'il sortait d'un rêve.

— Pardon ?

Heiasun fronça les sourcils en contenant ses craintes.

— Je te demandais ce que tu faisais là.

La voix de son ami n'était plus qu'un murmure.

— Je ne sais pas…

Il leva une main vers son visage en chancelant, aussitôt le mosaïste tendit les bras pour le rattraper, mais le jeune homme s'était déjà effondré à ses pieds. Affolé, Heiasun s'agenouilla.

— Aranth !

Il serra son ami contre lui, tout en avisant les ouvriers les plus proches.

— Allez chercher de l'aide !

Un quart d'heure plus tard, il accompagnait les hommes ramenant chez lui le malade qui n'avait toujours pas repris connaissance.

La prêtresse

Été — automne 298 av. J.-C.

Vêtue d'une robe rouge sur laquelle s'étalaient des oiseaux peints, Larthia suivit ses compagnes jusqu'à l'autel en tenant à deux mains le vase à libation afin qu'il ne répandît pas son contenu sur le sol. Elle récita les prières à Turan comme tous les matins, puis versa le liquide consacré dans la rainure qui le canalisait vers le réceptacle. Quand le récipient fut vide, elle rejoignit le petit groupe de prêtresses qui attendaient que leur supérieure prononçât les derniers mots de la cérémonie avant d'aller prendre leur jentaculum. Tanaquil Apuniie se pencha vers elle avec un sourire.

— Je meurs de faim.

La jeune femme lui adressa un regard affectueux sans répondre pour ne pas troubler l'office, mais dès que la grande prêtresse les eut libérées, elle dévala comme les autres la volée de marches qui menait vers l'extérieur, pour courir vers le réfectoire. Habillées de tenues de toutes les couleurs, elles offraient l'aspect d'un buisson de fleurs en mouvement sur l'immense pelouse entourant le temple, tandis qu'elles se dirigeaient vers l'une de ses dépendances. Outre une grande salle à manger, la demeure contenait également les chambres des servantes de la déesse, ainsi que plusieurs salles d'eau. Mais afin d'éviter les odeurs tenaces, les cuisines étaient érigées un peu à l'écart, ce qui infligeait aux esclaves d'incessants allers-retours entre les deux bâtisses. Plus loin, près de l'entrée du domaine, une construction comportait les salons et les chambres où les prêtresses recevaient leurs clients. Enfin, tout au fond, derrière le sanctuaire, se dressait le dernier bâtiment qui abritait les salles dans lesquelles les jeunes femmes se réunissaient pour s'adonner aux activités qui leur plaisaient durant leurs heures de loisir.

Larthia s'attabla avec ses compagnes pour attaquer de bon appétit le jentaculum que leur apportaient les domestiques. Elle remercia d'un sourire la servante qui posait devant elle un bol de soupe, avant de tourner son attention vers le joyeux babil de ses amies en oubliant que quelques années plus tôt, elle avait jalousé cette esclave et ses pareilles, dont la position lui paraissait enviable. Après le drame qui avait brisé sa vie quatre ans auparavant, elle n'avait pas pu résister longtemps à l'insistance conjuguée de ses parents et de sa meilleure amie, qui la poussaient à entrer au temple de Turan comme prostituée sacrée. Alors, accompagnée de sa mère, elle s'y était présentée en cachant son angoisse devant cette existence qui la rebutait. La grande prêtresse, Urgulania Partunus, avait écouté avec bienveillance le récit de Thana, tandis que la jeune fille se recroquevillait en contenant le désir de s'enfuir pour échapper à ces souvenirs traumatisants. Avec un sourire bénin, la supérieure avait rassuré la mère éplorée en affirmant que la plupart de ses pensionnaires avaient aussi connu des situations difficiles, mais que l'aide de la déesse ainsi que le soutien de leurs camarades leur avaient permis de se reconstruire une vie sereine dans l'enceinte du sanctuaire. Bien qu'incrédule, Larthia n'avait pas eu d'autre option que d'entrer comme novice au service de Turan.

Les premiers temps avaient été pénibles. Elle devait se consacrer à ses fonctions envers la déesse sans sortir du domaine sacré ni recevoir de visites. Tout d'abord, elle avait appris la liturgie, les prières pour chaque circonstance, la façon de se tenir devant la divinité, ce qui ne lui déplaisait pas. Mais ensuite, il y avait eu les leçons pour savoir comment se comporter avec les hommes qui fréquentaient le temple, en répétant les exercices jusqu'à ce qu'elle fût en mesure de satisfaire ses futurs clients. Cette éducation l'écœurait jusqu'à la nausée malgré le soutien de ses compagnes, mais comme on ne lui laissait pas le choix, elle finit par en maîtriser toutes les finesses.

Lorsque les enseignantes l'avaient autorisée à prononcer ses vœux définitifs, elle avait enfin revu sa famille au cours d'une grande fête donnée en son honneur. C'est à cette occasion qu'elle avait découvert à quel point ses parents étaient fiers de montrer à leurs relations la réussite de leur fille devenue prêtresse de Turan. D'abord perplexe devant cette attitude, elle avait compris que son nouveau statut lui conférait un certain prestige aux yeux des plébéiens, tout en soulageant ses parents de leurs soucis à son égard. Alors, elle s'était rendu compte que sa situation comportait des avantages auxquels elle n'avait pas encore prêté attention.

Le contact avec ses premiers clients avait été aussi abominable qu'elle l'avait imaginé, mais à sa grande surprise, elle s'y était très vite habituée. Certaines de ses camarades, dont Tanaquil avec qui elle avait lié amitié, lui avaient fait part de leur peu de considération pour ces hommes qui les fréquentaient sous prétexte de ferveur religieuse. Comme il fallait faire un don substantiel à la déesse pour jouir des faveurs de l'une de ses prêtresses, ils étaient tous issus des hautes classes, pourtant ces *principes* suffisants faisaient piètre figure aux yeux des jeunes femmes. Larthia aussi en était venue à les mépriser, tout en s'arrangeant pour les faire parler dans l'espoir de recueillir des confidences dont elle pourrait tirer profit.

En quittant le réfectoire, la jeune femme s'arrêta un instant sur la pelouse pour regarder le domaine inondé de soleil. Tanaquil s'immobilisa près d'elle.

— Que fais-tu aujourd'hui ?

Larthia eut un geste vague.

— J'irai faire un tour au temple de Menrva cet après-midi. Il y a longtemps que je n'ai pas vu Cai.

Son amie haussa les sourcils.

— N'as-tu pas de clients ?

La jeune femme leva l'index.

— Un seul, ce matin : Vel Tanna.

Tanaquil fit la grimace.

— Ce gros porc ? Il me dégoûte avec ses boutons partout.

Larthia eut une moue indulgente.

— Bah ! Il m'amuse. Il est tellement ridicule. On en fait ce qu'on veut lorsqu'on sait le prendre.

Son amie pouffa de rire.

— C'est vrai ! Il croit tout ce qu'on lui dit.

Songeuse, la jeune femme fixa le bâtiment que l'on apercevait derrière le sanctuaire.

— Je pense que j'aurai le temps de terminer ma peinture avant le prandium. Et toi ? Que feras-tu ?

Tanaquil examinait ses ongles bien polis.

— Je continuerai à préparer les décorations pour la fête de la *none* prochaine. Mes deux clients viennent cet après-midi.

Larthia s'éloigna avec un signe amical.

— On se retrouve dans la salle des dessins, alors.

Son amie agita la main.

— Entendu.

En début d'après-midi, pour se protéger de la chaleur de turane[49], Larthia mit un chapeau avant de se diriger vers le temple de Menrva en se délectant à l'avance de l'agréable moment qu'elle passerait en compagnie de son amie. Les prêtresses étaient d'autant plus proches

---

[49] 21 juillet — 20 août

qu'elles participaient ensemble aux célébrations incluant leurs établissements respectifs. Tout au long du parcours, les gens la saluaient avec déférence, tandis qu'elle leur répondait avec amabilité. Au détour d'une rue, elle aperçut l'une de ses sœurs qui se précipita vers elle, un grand sourire aux lèvres.

— Larthia ! Quelle chance de te rencontrer ! Comment vas-tu ? Tu as une mine superbe.

La prêtresse l'embrassa.

— Tu es resplendissante, toi aussi.

Mariée depuis peu, la jeune femme rougit.

— C'est parce que j'attends un enfant.

Larthia joignit les mains.

— Toutes mes félicitations. Ton union est bénie des Dieux.

Sa sœur opina d'un air pénétré.

— Je le crois aussi.

La prêtresse croisa les bras.

— As-tu vu nos parents ces derniers temps ? Comment se portent-ils ?

La jeune femme eut un geste fataliste.

— Aussi bien que possible pour leur âge.

Larthia soupira.

— Je sais qu'ils vieillissent. Je leur rendrai visite très bientôt.

La prêtresse prit congé de sa sœur pour continuer son chemin jusqu'à sa destination. Enchantée, Cai l'entraîna vers un endroit excentré du domaine sacré, ce qui l'étonna.

— Aurais-tu quelque secret à me confier ?

Son amie se mit à rire.

— Pas du tout, mais les musiciens s'exerceront tout l'après-midi, ce qui risque d'être bruyant. Ici, nous serons au calme.

Larthia s'assit à l'ombre d'un arbre.

— Je comprends.

Cai se posa près d'elle.

— Cela fait bien longtemps que tu n'es pas venue. Tu m'as manqué.

La jeune femme cueillit une pâquerette d'un air distrait.

— Je sais. J'aurais dû me libérer plus tôt, mais je n'ai pas vu les *nones* s'écouler.

Son amie s'appuya d'une main dans l'herbe.

— Il règne une certaine inquiétude dans la ville. L'as-tu remarquée ?

Larthia secoua la tête.

— Je ne suis pas beaucoup sortie, ces derniers temps. Mes clients ne parlent que de guerre et de batailles contre Rome, mais je ne suis pas sûre qu'il y ait quoi que ce soit de réel là-dedans.

Cai se tapota les lèvres.

— Ce pourrait être une explication.

La jeune femme eut une mimique de mépris.

— Je n'y crois guère. Ils passent leur temps à fanfaronner, mais ils s'enfuiraient à toute jambe si des soldats romains arrivaient.

Son amie s'esclaffa.

— Ce sont pourtant les magistrats censés nous protéger. Es-tu certaine de ne pas en savoir davantage ? Je pensais qu'ils te confiaient tous leurs secrets.

Larthia arrachait les pétales de la fleur.

— Je n'écoute que d'une oreille leurs vantardises, mais j'essaierai d'obtenir quelques détails plus précis.

Quelques jours plus tard, la jeune femme rendit visite à ses parents, comme elle l'avait promis à sa sœur. Thana et Haltu s'acheminaient vers la vieillesse après avoir réussi à établir tous leurs enfants, à leur grande satisfaction. L'artisan continuait à faire des paniers pour des clients aussi âgés que lui, mais comme leurs rejetons pourvoyaient à leur subsistance, il ne s'inquiétait plus s'il ne les vendait pas. Sa femme, quant à elle, entretenait toujours son jardin dont elle rapportait les légumes qu'elle cuisinait, en offrant le surplus à ses enfants. Ils furent ravis de recevoir leur fille qui venait assez peu depuis qu'elle était entrée au temple. Thana ouvrit les bras.

— Ma petite Larthia ! Comment vas-tu ?

La prêtresse l'étreignit avec tendresse.

— Mais très bien.

Sa mère la détailla.

— Alors, je suis contente. Tu vois que nous avions raison de t'inciter à devenir prêtresse de Turan.

Larthia embrassa son père en repoussant les douloureux souvenirs des premiers mois.

— Oui, maman. Je le sais bien.

Haltu l'observait avec amour.

— Au moins, toi, tu es à l'abri. Si jamais les Romains nous envahissent, ils n'oseront pas toucher à la maison d'un Dieu.

La prêtresse s'assit près de lui.

— Ce n'est pas pour tout de suite.

Son père croisa les jambes.

— On raconte pourtant que l'armée romaine marche sur l'Étrurie.

Larthia opina.

— Elle la traverse même. Selon ce que j'ai appris, pour faire face à la coalition de nos troupes avec celles des Gaulois et des Samnites, les consuls romains se sont réparti les opérations. Cnaeus Fulvius se charge du front méridional, et Cornelius Scipio affrontera l'armée du nord, dans laquelle se trouvent les nôtres.

Haltu fronça les sourcils.

— Alors, ils passeront par ici.

La prêtresse tendit le bras.

— Il semble que nos soldats soient plus au nord. Les Romains éviteront sans doute les villes pour ne pas être retardés.

Sur un tabouret en face d'elle, Thana tritura sa robe avec nervosité.

— Pourvu qu'ils ne recommencent pas comme il y a quelques années !

Larthia frissonna à ce souvenir.

— J'aimerais autant.

Pendant les *nones* suivantes, Roselle, comme la plupart des cités étrusques, se barricada derrière ses murs, tandis que les gardes scrutaient la campagne dans la crainte de voir surgir les ennemis. Cette situation mettait en péril beaucoup de familles pauvres dont les enfants ne pouvaient plus pêcher dans le lac ou chasser près des latifundia. Pourtant, trop inquiets pour eux-mêmes, les nantis ne songèrent ni à les aider ni à se réjouir de l'arrêt du braconnage.

Aux calendes d'hermi[50], les guetteurs placés au-dessus des portes de la ville aperçurent de longues files de personnes qui convergeaient vers les entrées de la cité. Des cavaliers richement habillés escortaient des litières arborant les armes des familles nobles, suivis par de nombreux esclaves portant les plus précieuses des possessions de leurs maîtres. Aussitôt prévenus, les consuls montèrent sur les remparts afin de découvrir ce que voulaient tous ces gens. Il s'avéra que les campagnes se vidaient de leurs habitants dans la crainte d'exactions de la part des soldats romains que l'on disait tout proches. Roselle accueillit les réfugiés en mettant tout le monde à contribution, même les plus humbles, pour loger les arrivants qui avaient eu l'heureuse idée d'apporter autant de nourriture qu'ils avaient pu en récolter. Les temples recueillirent les plus indigents, si bien que l'on vit les pelouses bien entretenues se transformer en dortoirs à ciel ouvert.

Comme ses compagnes, Larthia se dévouait pour les réfugiés, tout en faisant face à un surcroît d'activité causé par l'arrivée massive d'hommes qui venaient rarement en ville. Elle en profitait pour glaner des renseignements sur les événements qui se produisaient dans le pays, navrée de constater que la situation n'était guère brillante pour l'Étrurie.

La foule qui s'était répandue dans la cité gêna l'organisation des fêtes religieuses de la fin d'été, mais grâce à l'entraide entre les clergés des sanctuaires, elles se déroulèrent selon les rites prescrits. Pourtant, la promiscuité alourdissait l'atmosphère de Roselle, des rixes éclataient chaque jour pour des raisons futiles, les habitants supportaient mal de voir leurs maisons envahies. Même les prêtresses s'exaspéraient devant les réfugiés qui souillaient leur domaine sans la moindre considération pour l'endroit sacré dans lequel on les accueillait par faveur exceptionnelle. Lorsqu'elles avaient un moment de libre, les jeunes femmes se

---

[50] 21 août

retrouvaient dans le bâtiment où elles pratiquaient leurs loisirs, pour exprimer leurs griefs envers leurs hôtes indélicats.

Enfin, Turan exauça leurs vœux. Au début de celi[51], l'on apprit que les troupes romaines avaient quitté le sol étrusque, si bien que les habitants de la campagne purent rentrer chez eux. Larthia et ses amies remirent leur temple en ordre dans une ambiance festive, puis elles reprirent leur vie habituelle avec délectation.

La jeune femme se hâta de rendre visite à Cai, dont le temple avait connu les mêmes déboires que le sien, puis à ses parents qui avaient aussi hébergé des réfugiés. Inquiète, elle balaya la pièce du regard sans découvrir de dégradations.

— Comment cela s'est-il passé ?

Son père sourit.

— Très bien. Nous ne nous sommes pas heurtés aux mêmes problèmes que certains de nos voisins.

Thana apporta à boire.

— L'on nous a confié deux esclaves d'un latifundium voisin. Un homme et une femme d'un certain âge, qui se sont montrés très polis et discrets. Ils craignaient de nous déranger.

Larthia but une gorgée de vin.

— Comment les avez-vous nourris ?

Sa mère eut un petit rire.

— Ils avaient tellement de provisions que ce sont eux qui nous ont fourni de quoi manger durant tout leur séjour.

La prêtresse reposa son gobelet.

— Alors, c'est bien.

Haltu se pencha vers elle.

— Avez-vous rencontré des soucis au temple ?

Elle s'appuya contre des coussins.

— Hélas, oui ! Nous avons eu des gens très corrects comme vos esclaves, mais d'autres ne respectaient rien. Ils semblaient considérer comme normal ce que l'on faisait pour eux. C'est une bénédiction qu'ils soient partis.

Son père leva les yeux vers le plafond.

— Espérons qu'ils ne reviennent pas.

Larthia soupira.

— Ce n'est pas si sûr. Ils n'ont dû trouver que des ruines en rentrant chez eux.

Haltu haussa les sourcils.

— Comment sais-tu cela ?

Elle croisa ses mains sur ses genoux.

---

[51] 21 septembre — 20 octobre

— Un soldat m'a raconté ce qui s'est passé. L'armée de Cornelius Scipio a rencontré celle des Gaulois et des Étrusques réunis à Volterra, mais l'issue de l'affrontement est restée indécise. Alors, durant la nuit, nos guerriers ont déserté le champ de bataille, persuadés qu'ils n'auraient pas le dessus. Furieux, Scipio a ravagé les campagnes avec ses troupes pour se venger, en demeurant à l'écart des villes.

Son père eut une moue de dédain.

— Ce n'est guère glorieux de la part de nos soldats.

La jeune femme hocha la tête.

— C'est le moins que l'on puisse dire, et cela ne nous attirera que des ennuis.

Larthia ne se trompait pas. Beaucoup de réfugiés avaient retrouvé leurs domaines en cendres et leurs champs dévastés par le passage de l'armée romaine, mais avant de s'enfuir, ils avaient pris soin de cacher ou d'emporter leurs biens les plus précieux. Ces précautions permirent aux seigneurs ruraux de reconstruire leurs latifundia sans grande difficulté, puis d'acheter de nouvelles semences pour cultiver leurs parcelles. Par contre, les paysans qui avaient tout perdu dans l'aventure étaient incapables de remettre leurs exploitations en route. Certains trouvèrent à s'employer dans les grands domaines voisins, mais les plus nombreux n'eurent d'autre solution que de s'exiler. Les notables de Roselle qui possédaient une maison secondaire se hâtèrent d'aller l'inspecter. La plupart ne découvrirent que des ruines jonchées de cadavres ou désertes quand les Romains s'étaient approprié leurs esclaves. Pourtant, ce désastre ne fut pas une catastrophe pour tout le monde. En faisant rebâtir leurs propriétés, les *principes* offrirent du travail à beaucoup d'artisans, puis ils recrutèrent les enfants des familles pauvres de la cité pour reconstituer leurs domesticités, ce qui les sauva de la misère.

Lorsqu'elle rendait visite à ses parents, Larthia se réjouissait de constater la relative prospérité de ces familles dont elle avait tant déploré la situation critique. Elle se souvenait trop bien de son ami Heiasun qui risquait sa vie pour ne pas laisser ses parents périr de faim, ce qui l'avait sensibilisée à ce problème. Consciente de sa chance, elle s'était toujours efforcée d'aider les nécessiteux, auxquels elle donnait des légumes en cachette de sa mère, afin de leur épargner le braconnage qui les menait à la mort.

Elle y pensait en se prélassant au soleil avec Cai.

— Au moins, la lâcheté de nos soldats aura apporté un peu de bien aux malheureux.

Son amie se tourna vers elle d'un air étonné.

— Quel rapport y a-t-il entre les deux ?

La jeune femme écarta les bras.

— Les magistrats qui ont reconstruit leurs maisons de campagne ont dû se procurer de nouveaux domestiques. Ils ont donc acheté leurs enfants à de nombreuses familles pauvres de la cité.

Cai eut une moue dubitative.

— Crois-tu vraiment qu'ils soient heureux de devenir esclaves ?

Larthia acquiesça avec vigueur.

— Mais oui ! Désormais, ils auront à manger tous les jours. Ils devront travailler, bien sûr, mais c'est beaucoup moins dangereux que de braconner. Dans la plupart des cas, ils seront bien traités. Les maîtres prennent soin de leurs esclaves afin d'en obtenir un service irréprochable. Je t'assure, leur sort s'est largement amélioré.

Son amie la fixa d'un air pensif.

— Alors, c'est pour ça que leurs parents les ont vendus ? Pas parce qu'ils ne les aimaient pas ?

L'animation colorait de rose les joues de la jeune femme à l'évocation de ce sujet qui l'avait toujours préoccupée.

— Certainement pas ! Ils sont soulagés au contraire que leurs enfants ne s'exposent plus à être condamnés à mort. De leur côté, ils vivront mieux avec l'argent qu'ils ont reçu, d'autant qu'ils ont moins de bouches à nourrir.

Cai jouait avec un brin d'herbe d'un geste machinal.

— Je n'avais pas considéré la situation de ce point de vue.

Larthia ôta un pétale tombé sur sa robe pour ne pas la tacher.

— Fais-moi confiance, je connais bien le problème. Mon ami Heiasun a risqué sa vie pendant des années pour nourrir ses parents. J'ai tellement tremblé pour lui que j'étais contente d'apprendre qu'il avait trouvé un apprentissage, même si c'était loin de moi.

Son amie scruta ses traits avec attention.

— Tu n'as jamais eu de ses nouvelles, n'est-ce pas ?

La jeune femme s'assombrit.

— Non.

Cai jeta un coup d'œil circulaire.

— C'est vraiment dommage que tu aies tant tardé à poser ta candidature au temple de Menrva.

Larthia haussa les épaules.

— Que veux-tu ? Quand on est jeune, on croit que les rêves deviendront réalité. Tu m'avais dit que j'avais tort, mais j'ai refusé de t'écouter. Je ne peux le reprocher qu'à moi-même.

Son amie tritura une mèche de ses cheveux blonds, puis releva les yeux.

— Le regrettes-tu ?

La jeune femme sourit.

— Plus maintenant. Ma vie n'est pas si désagréable, même si je ne l'ai pas choisie. L'on me respecte, c'est beaucoup plus que je ne pouvais espérer après ce que ces soldats m'ont fait.

Cai lui pressa le bras avec affection.

— Alors, j'en suis heureuse.

Larthia était sincère. En quelques années, elle avait gravi les différents échelons de la hiérarchie religieuse, si bien qu'à vingt ans, elle faisait partie du collège des grandes prêtresses du temple de Turan, ce qui était rarissime. Lors des cérémonies, elle siégeait aux côtés de ses compagnes, toutes issues de la noblesse, sans rencontrer d'opposition tellement ses compétences étaient indéniables. Elle appartenait également au conseil d'administration, dans lequel l'on appréciait autant ses judicieuses propositions que sa réserve. En résumé, elle avait réussi le tour de force de faire l'unanimité dans ce milieu où l'on complotait sans cesse pour obtenir des distinctions aussi honorifiques que celles des magistrats de la cité.

Pourtant, la jeune femme n'était pas ambitieuse. Jamais elle n'avait sollicité la moindre faveur. Elle s'était contentée de remplir son sacerdoce aussi bien que possible, tout en révérant la déesse avec une ferveur sincère. Aussi avait-elle été la première surprise à chaque nomination, mais surtout gênée devant les hautes fonctions qui lui étaient confiées au détriment de prêtresses bien mieux nées qu'elle. Urgulania s'était employée à apaiser ses scrupules en lui expliquant que lui attribuer de si lourdes responsabilités n'avait rien d'un privilège. Alors, Larthia s'était appliquée à prouver qu'elle possédait les capacités requises pour ces rangs, avec un tel talent que nul n'avait murmuré.

Pourtant, elle n'était pas dupe des sourires mielleux que certaines lui adressaient, si bien qu'elle restait sur ses gardes. Elle s'efforçait de conserver une attitude irréprochable en toute circonstance, sachant qu'au moindre faux pas, ses rivales se feraient une joie de la jeter à bas de son piédestal. Pour l'instant, sa supérieure la protégeait, mais à cinquante-deux ans, elle n'était plus toute jeune, ce qui rendait l'avenir incertain. Déjà, les plus ambitieuses tenaient des conciliabules secrets dans l'espoir de réunir assez de soutiens pour obtenir ce poste prestigieux, sans envisager la charge de travail qu'il comportait. La jeune femme était très sollicitée, mais elle refusait de révéler à qui elle donnerait sa voix, tout en ignorant ceux qui tentaient de la corrompre. Tanaquil la plaisantait souvent à ce sujet lorsqu'elles étaient seules.

Alors qu'elles venaient de sortir du temple, la prêtresse regarda l'une de leurs compagnes s'éloigner après avoir adressé des compliments dépourvus de sincérité à son amie.

— Je te trouve très courtisée actuellement.

Larthia passa entre les colonnes de la façade.

— Bah ! Je n'y fais pas attention.

Tanaquil eut un petit rire.

— Tout le monde t'aime, n'est-ce pas merveilleux ?

La jeune femme fit la moue.

— Si seulement c'était vrai !

Tout en s'engageant sur la pelouse, son amie lui posa une main sur l'épaule.

— Ne t'inquiète pas. Elles ne peuvent pas te faire de mal.

Larthia soupira.

— Pas pour le moment, mais si l'une de ces filles arrogantes devient notre supérieure, je serai déchue de ma place dans le collège, ainsi que dans le conseil administratif.

Tanaquil la fixa avec angoisse.

— J'espère bien que non.

Songeuse, la jeune femme humait le fumet appétissant s'échappant du réfectoire.

— Au fond, ce ne serait pas si grave. Je n'ai jamais ambitionné de me trouver dans une telle position. Tant que l'on me laisse demeurer en paix dans le temple, cela me suffit.

Son amie repoussa sa longue chevelure brune.

— Ne dis pas ça ! Ton action est déterminante pour nous toutes. Le sanctuaire irait à vau-l'eau si l'on en abandonnait la responsabilité à des filles aussi incompétentes.

Larthia s'amusa d'une telle indignation.

— Nous verrons bien. Urgulania est en excellente santé pour le moment. Je souhaite qu'elle vive encore longtemps.

Alors que l'automne s'avançait, le calme précaire de Roselle fut rompu par l'arrivée des notables ruraux qui n'avaient pas reconstruit leurs domaines. Après avoir essayé par tous les moyens de retrouver leur vie d'antan, ils venaient chercher refuge contre les frimas dans la cité. Ces gens qui ne connaissaient qu'une existence facile s'attendaient à ce que leurs pairs leur fournissent un toit et des revenus comparables à ceux qu'ils possédaient avant le passage des Romains. Pourtant, ils déchantèrent face à l'indifférence que suscitaient leurs malheurs dans une ville où les miséreux abondaient. Alors, après avoir erré dans les rues où toutes les portes se fermaient devant eux, ils échouèrent dans les temples qui acceptèrent de les accueillir à nouveau, mais pour un temps limité.

Les prêtresses écoutaient leurs doléances en s'efforçant de les réconforter sans avoir d'issue à leur offrir. Comme les réfugiés s'accrochaient à leur ancienne position sociale, le problème semblait insoluble. Alors qu'elle traversait le domaine en direction de son logement après un rendez-vous, Larthia fut abordée par l'un de leurs hôtes indignés.

— Je suis allé visiter la maison dont on m'avait parlé. Figurez-vous que ce n'est guère plus qu'un taudis comprenant deux pièces minuscules, sans atrium ni commodités. Il faut faire la cuisine dans une cour. Qui donc pourrait résider là-dedans ?

Elle esquissa un sourire.

— Environ la moitié des habitants de Roselle.

L'homme eut une moue méprisante.

— Les basses classes, voulez-vous dire ? Sans doute, mais cela ne nous concerne pas. Accepter ce galetas serait déchoir.

Elle fit appel à toute sa patience.

— Peut-être, mais vous n'avez plus de revenus. Avec quels moyens vous procurerez-vous une demeure plus chère ?

Il eut un geste de découragement.

— Oh ! Je sais ! Pourquoi ne nous offre-t-on pas de charges générant des bénéfices ?

Elle croisa ses mains sur son ventre.

— Vous-même, avez-vous partagé vos biens avec des malheureux lorsque vous le pouviez ?

Il haussa les épaules.

— Bien sûr que non ! J'avais déjà assez de monde à entretenir.

Elle écarta les bras.

— Alors, pourquoi voulez-vous que les autres le fassent ?

Ce raisonnement déplut à son interlocuteur qui s'éloigna en grommelant, tandis que la jeune femme reprenait son chemin avec un peu d'agacement.

Quelques jours plus tard, après avoir tenu conseil avec ses confrères des autres temples, Urgulania réunit tous ceux qu'elle hébergeait dans le sanctuaire. Devant ses prêtresses qui cachaient leur joie, elle expliqua aux réfugiés qu'elle n'avait plus les ressources pour subvenir à leurs besoins, puis elle leur conseilla de se trouver une activité rémunératrice, mais à la seule idée de travailler, beaucoup firent la grimace. Ils protestèrent qu'ils n'avaient pas trouvé de logements décents, sans parvenir à fléchir la détermination de la supérieure. Alors, pour ne pas se retrouver dans la rue avec leurs enfants, les anciens notables furent bien obligés de s'installer dans les masures qu'ils avaient dédaignées.

Le vote

Printemps — été 297 av. J.-C.

Larthia écarta doucement une petite fille à la robe déchirée, mais aux cheveux bien nattés, qui tendait une main timide dans l'espoir de recevoir une aumône, puis continua son chemin sans accorder d'importance aux cris des jeunes garçons qui se battaient pour obtenir la meilleure place. Avec tristesse, elle songea que la mendicité avait beaucoup augmenté depuis quelques mois à cause des ravages perpétrés par les Romains dans le pays. Elle atteignit le forum, se faufila entre les groupes stationnant un peu partout, en se demandant avec exaspération si l'esplanade publique était quelquefois déserte, puis bifurqua vers le péristyle. À chaque pas, des quidams l'interceptaient pour échanger quelques mots, sans oser aborder le sujet qui agitait le microcosme des notables de Roselle. La jeune femme répondait avec amabilité, mais expliquait avec un sourire d'excuse qu'elle était attendue, ce qui lui permettait de se débarrasser des fâcheux. Sous le regard curieux des oisifs toujours à l'affût des ragots, elle s'engouffra dans une petite échoppe blottie à l'ombre des colonnes. Le marchand se porta à sa rencontre avec empressement.

— Bienvenue, Madame. Que puis-je pour votre service ?

Elle s'amusa de l'air innocent que démentait le ton grandiloquent du commerçant. Il affectait de ne pas la connaître, pourtant elle était certaine qu'il se hâterait de confirmer les rumeurs qui circulaient déjà dès qu'elle aurait tourné les talons. Sans relever, elle annonça qu'elle venait chercher l'encens commandé pour le temple de Turan, puis elle s'intéressa aux bibelots exposés sur des étagères, à la recherche d'un calice pour remplacer celui qu'une novice avait brisé par maladresse.

L'achat des objets du culte était l'apanage du doyen, tout le monde le savait, mais Urgulania étant alitée, cette mission avait été confiée à la prêtresse par le conseil administratif, ce qui n'avait rien d'anodin. Lorsqu'elle indiqua au vendeur celui qu'elle avait choisi, il le sortit en silence, mais son regard était éloquent. Larthia l'observa pendant qu'il emballait la coupe avant de la joindre à la réserve d'encens, puis elle s'en alla d'un pas vif, impatiente de ne plus être au centre de l'attention.

Depuis que la supérieure était tombée malade en apiras[52], il régnait un climat d'excitation dans le personnel du sanctuaire. La prêtresse déjà âgée ne semblait pas devoir guérir de ce mal qui laissait les médecins impuissants, si bien que l'on spéculait sur l'identité de sa remplaçante, tandis que les intrigues s'épanouissaient de plus belle. Beaucoup de religieuses estimaient que Larthia possédait les meilleures compétences pour diriger la maison de la déesse malgré sa naissance obscure, mais elles se heurtaient aux préjugés d'une grande partie de la population, choquée à l'idée qu'une plébéienne pût devenir doyenne. Gênée par cette célébrité qu'elle n'avait pas cherchée, la jeune femme s'efforçait de poursuivre ses activités en refusant d'évoquer l'avenir. Comme la coutume voulait que cette fonction fût réservée aux enfants des *principes*, elle n'avait jamais envisagé d'être propulsée aussi haut. Pourtant, la différence entre les servantes de Turan et leurs consœurs des autres temples rendait cette éventualité moins inconcevable. Les filles de la noblesse entraient au service de la déesse à la suite de mésaventures similaires à celle de Larthia ou contre l'avis de leurs familles, ce qui les déclassait de facto. C'est pourquoi l'accession à ce poste d'une jeune fille issue d'un milieu modeste déplaisait moins aux dirigeants que si elle avait fait partie d'un clergé plus prestigieux.

Dès qu'elle eut franchi la porte du domaine, Tanaquil surgit devant elle.

— Alors ? Nous as-tu déniché un nouveau calice ?

Larthia s'esclaffa.

— Je te trouve bien impatiente. Oui, j'en ai un. Viens avec moi, je le rangerai avec les autres objets. Nous le consacrerons demain.

Son amie lui emboîta le pas.

— Il ne faut plus laisser cette fille toucher à quoi que ce soit, sinon nous devrons tout changer.

La jeune femme secoua la tête d'un air bénin.

— Ne sois pas trop dure. Cela arrive à tout le monde de commettre une erreur. Elle apprendra à se montrer plus attentionnée, c'est tout.

Tanaquil la considéra avec une lueur de réprobation dans ses prunelles noisette.

— Tu es trop indulgente. As-tu fait des rencontres en ville ?

---

[52] 21 avril — 20 mai

Larthia opina avec une moue de dédain.

— Bien sûr ! Il y a toujours foule sur le forum. Je me demande si ces gens ont d'autres occupations que de traîner là.

Son amie lui jeta un regard perçant.

— Certains d'entre eux t'ont-ils parlé ?

La jeune femme se mit à rire.

— Beaucoup trop ! J'ai cru que je ne parviendrais jamais à m'en sortir.

Tanaquil ne s'égaya pas.

— Que t'ont-ils dit ?

Larthia sourit avec espièglerie.

— Rien qui t'intéresse. Ils n'ont pas osé, ce qui m'a bien arrangée. Même le marchand m'a fixée d'un air entendu.

Son amie joignit les mains.

— Comme je voudrais être sûre que le collège te choisira comme supérieure.

La jeune femme haussa les épaules.

— Même si cela était, les magistrats pourraient invalider ma nomination, tu le sais bien.

Tanaquil replaça une mèche brune derrière son oreille.

— Ils ne prendront pas cette peine pour notre temple.

Songeuse, Larthia contemplait le sanctuaire vers lequel elles se dirigeaient.

— Je sais qu'ils ne s'en soucient guère, mais ils pourraient le décider pour l'exemple.

Son amie fronça les sourcils.

— Ce serait injuste. Mais toi, tu abordes ce sujet avec tant de calme. Comme si cela ne te concernait pas.

La jeune femme la considéra avec affection.

— Je n'ai jamais souhaité tout cela. Si l'on me désigne comme supérieure, je gérerai ce domaine de mon mieux, sinon je continuerai ma vie habituelle sans me sentir lésée.

Tanaquil grimpa les marches d'un air perplexe.

— Tu es une curieuse fille.

Larthia franchit les colonnes de la façade.

— Pourquoi ? Parce que je ne brigue pas les honneurs ? Ils me paraissent plus redoutables que désirables.

Son amie la suivit à l'intérieur du sanctuaire.

— Nos prétentieuses demoiselles devraient bien prendre exemple sur toi.

Tandis que dans la cité, l'on discutait avec fièvre de cette nomination improbable, la jeune femme ne changeait rien à son existence. Elle priait avec ferveur, recevait ses clients sans faire allusion à ce sujet, puis visitait ses relations comme d'habitude. Pourtant, elle ne passait plus inaperçue lorsqu'elle rejoignait Cai au temple de Menrva, où tout le monde la saluait avec déférence. Alors qu'elles étaient installées dans la chambre de la prêtresse où elles prenaient une boisson chaude, celle-ci enveloppa son amie d'un coup d'œil amusé.

— Même chez nous, l'on ne parle plus que de toi.

Larthia reposa son bol.

— Pourtant, si je ne suis pas choisie, l'on m'oubliera vite.

Cai avala une gorgée.

— Certains pourraient même se sentir mécontents de t'avoir témoigné trop de respect. Tu risques de voir des gens te tourner le dos.

La jeune femme croisa ses mains sur ses genoux.

— Pourtant, je n'y suis pour rien. Je n'ai jamais demandé que l'on se comporte autrement envers moi.

Son amie opina.

— C'est vrai, mais cela n'y changera rien.

Larthia observait le paysage par la fenêtre.

— Je prie simplement pour que ma situation ne devienne pas trop difficile dans notre temple.

Cai la scruta d'un air sagace.

— Tu ne crois pas vraiment qu'ils te désigneront comme supérieure, n'est-ce pas ?

La jeune femme ramena son attention vers elle.

— Non. Nos dirigeants craindraient trop d'encourager les rêves des plébéiens. Cela ouvrirait la voie aux revendications.

Quand la prêtresse se rendait chez ses parents, les voisins qu'elle connaissait depuis son enfance plongeaient dans de profondes courbettes sur son passage. Elle se sentait gênée de ces marques de considération qu'elle ne pensait pas mériter, mais n'osait rien exprimer devant les regards pleins d'optimisme qu'on lui adressait. Assise dans la pièce au mobilier pauvre, où ses riches vêtements détonnaient, elle fixa son père.

— Ils me font de la peine. J'ai l'impression qu'ils s'imaginent que ma promotion améliorera leur condition.

Haltu croisa les bras.

— C'est le cas. Qu'une jeune fille issue de leur milieu devienne supérieure d'un temple leur semble porteur de grandes espérances.

Elle fit la grimace.

— Alors, ils seront bien déçus en apprenant que je n'ai pas été choisie.

Thana s'approcha d'un air mécontent.

— Ne dis pas ça. Tu n'en sais rien.

Larthia leva la tête vers sa mère.

— Bien sûr que si ! Voyons, maman ! Nos *principes* ne laisseront jamais faire ça, d'autant qu'il y a quelques filles de la noblesse qui briguent la place. Si je suis désignée, elles crieront au scandale et feront intervenir leurs pères.

Thana soupira devant ces arguments censés.

— Je serais pourtant bien heureuse que tes compétences soient reconnues.

La jeune femme se mit debout en adoptant un ton ferme.

— Cela n'arrivera pas.

Sans tenir compte des cabales qui se nouaient autour d'elle, la jeune femme rendait visite à Urgulania chaque jour, ce qui faisait d'autant plus plaisir à sa supérieure que l'on ne se souciait plus guère d'elle. Les domestiques la soignaient avec dévouement, les médecins venaient l'examiner tous les matins, mais ceux qui l'avaient entourée par intérêt commençaient à s'impatienter en attendant son décès. Alors que Larthia était assise à son chevet, la mourante lui confia son profond désir qu'elle lui succédât, tout en déplorant de ne pas pouvoir influer sur la décision.

— Tu dois te battre. Le sanctuaire a besoin de gens compétents pour le diriger, quelles que soient leurs origines.

La jeune femme prit la main décharnée entre les siennes.

— Je veux le bien du temple, moi aussi. Mais crois-tu que provoquer la colère des magistrats soit une bonne chose pour notre domaine ?

Les lèvres de la grande prêtresse se plissèrent.

— Ils seront peut-être moins contrariés que tu l'imagines.

Nullement convaincue, Larthia se redressa.

— Je ne ferai rien. Si l'on me choisit, je remplirai mes devoirs avec sérieux, c'est tout.

Urgulania bougea sa tête sur l'oreiller pour mieux l'observer.

— Tu souffriras de voir le sanctuaire mal administré.

La jeune femme eut un geste fataliste.

— Et bien, j'essaierai d'aider notre future supérieure, si elle l'accepte.

Fatiguée, la malade n'insista pas.

— Hélas, je ne partirai pas rassurée.

En quittant le bâtiment des logements, Larthia aperçut des enfants auprès de l'entrée du domaine. Intriguée, elle s'approcha pour constater qu'il s'agissait de miséreux mal vêtus, mais bien coiffés, qui demandaient l'aumône. Au milieu des braconniers et des mendiants ordinaires de Roselle, ceux-là tranchaient par leur timidité et leur bonne éducation rappelant que leurs familles n'avaient pas toujours été pauvres. La jeune femme était émue par ces gamins dont la vie avait été brisée par les soldats romains, si bien qu'elle leur souhaitait de mieux réussir que leurs parents dont les capacités d'adaptation limitées l'exaspéraient. Pourtant, elle n'eut pas le temps de les rejoindre, que deux prêtresses surgirent pour refouler les enfants sans pitié, en refusant de leur donner l'obole. Indignée par l'attitude de ces nobles qui n'avaient jamais connu les difficultés de l'existence, Larthia les renvoya à leurs tâches, puis emmena les gamins à la cuisine où elle leur offrit assez de nourriture pour toute leur famille.

Alors qu'elle traversait la pelouse en direction des salles de loisir, la jeune femme vit Tanaquil sortir de l'ombre des arbres.

— J'ai suivi toute la scène. Tu as bien fait.

Larthia soupira.

— Ces pauvres petits m'émeuvent.

Son amie acquiesça en souriant.

— Je le comprends, mais ce qui m'a surtout sauté aux yeux c'est que tu te comportes déjà comme notre supérieure. D'ailleurs, ces deux mijaurées n'ont pas osé désobéir à tes ordres.

La jeune femme la fixa avec stupeur.

— Ne dis pas ça. Je n'ai agi que par charité. Ne confonds pas tout.

Tanaquil balaya la remarque d'un geste.

— Cela ne change rien. Si j'avais fait la même chose, elles m'auraient envoyée promener.

Larthia frotta son front avec lassitude.

— Je suis fatiguée de n'entendre parler que de cette histoire. Même Urgulania, quand je lui rends visite, me presse de tout faire pour être choisie. C'est insupportable.

Son amie passa un bras autour de ses épaules.

— Si tu nous écoutais au lieu de n'en faire qu'à ta tête, cela irait mieux.

La jeune femme se redressa.

— Certainement pas ! Je ne veux pas me mêler à tous ces complots dérisoires.

Après trois mois d'une lente agonie, Urgulania Partunus, grande prêtresse de la déesse de l'amour, rejoignit ses ancêtres aux Enfers. On lui organisa des funérailles à la mesure de son prestige, tandis que toutes les servantes de Turan prenaient le deuil, mais bien peu d'entre elles éprouvaient une peine sincère. Pendant la crémation, Larthia entendit des murmures excités bruisser autour d'elle en agitant le petit groupe, tel le vent dans une forêt. Elle échangea un regard indigné avec Tanaquil, aussi choquée qu'elle de ce manque de recueillement pendant une cérémonie funèbre, mais n'osa rien dire de peur que son attitude fût mal interprétée. Durant le banquet qui suivit, la jeune femme se garda bien de prendre part aux conversations qui roulaient sur le sujet de la succession, tout en s'efforçant d'ignorer les coups d'œil que lui lançaient ses compagnes.

Le repas tirait à sa fin, les derniers rites étaient accomplis avant la fermeture de la tombe collective dans laquelle on inhumait les urnes contenant les cendres des religieuses du temple de Turan, lorsqu'un homme brun vint s'asseoir auprès de Larthia. Elle reconnut avec plaisir Mastarna, le grand prêtre de Menrva, qu'elle avait souvent rencontré en allant visiter Cai.

— C'est un jour bien triste pour notre cité. Urgulania était une femme de grande valeur, que beaucoup de gens appréciaient.

La jeune femme opina en ravalant ses larmes.

— Elle me manquera plus que je ne saurais le dire.

La voix grave du prélat était voilée par l'émotion.

— Elle vous aimait beaucoup, elle me l'a souvent dit. Sachez que vous pourrez toujours compter sur mon soutien.

Un peu surprise, elle le dévisagea.

— Je vous remercie.

Sur le chemin du retour, Tanaquil marcha auprès de son amie en retenant à grand-peine son excitation.

— C'est formidable qu'il ait pris la peine de venir te trouver devant tout le monde. Tu bénéficies là d'un appui important.

Larthia secoua la tête.

— Il s'est juste montré aimable.

Son amie glissa un bras sous le sien.

— Pas du tout ! Il a précisé qu'il t'épaulerait. Tu deviendras notre supérieure, crois-moi.

L'on entrait dans la période de deuil protocolaire, durant laquelle les pensionnaires du temple devaient prier chaque jour pour aider la défunte à atteindre sans encombre la demeure des dieux infernaux. En dehors des cérémonies quotidiennes obligatoires, les prêtresses ne pouvaient ni recevoir leurs clients ni se livrer à leurs occupations habituelles, si bien qu'au lieu de calmer les esprits, cette oisiveté imposée exacerba l'ambition des religieuses. Loin de cette effervescence, la jeune femme préférait passer du temps avec sa famille, ce qui lui arrivait rarement, mais elle ne rendait pas visite à Cai pour qu'on ne l'accusât pas de chercher des appuis à l'extérieur de sa communauté. Elle aimait aussi se balader avec Tanaquil dans la campagne qui offrait un air moins lourd que dans la ville en ce début d'été. Les deux amies bavardaient en se moquant parfois des manœuvres transparentes de leurs camarades, sans évoquer la nomination pour ne pas gâcher leur plaisir. Un après-midi, Larthia reconnut avec émotion le bois qu'elle avait traversé avec Heiasun tant d'années plus tôt, tandis que les souvenirs lui revenaient du lièvre qu'il avait failli attraper et de la promesse qu'il lui avait faite sans savoir qu'il ne la tiendrait pas. Troublée, elle accéléra le pas pour échapper à ces réminiscences douces et amères à la fois, mais en atteignant la lisière des arbres, elle se figea. Tanaquil la rejoignit, un peu essoufflée d'avoir couru.

— Que t'arrive-t-il ?

La jeune femme tendit le bras.

— Regarde ! Là, il y avait un grand latifundium, mais il n'en reste plus rien.

Son amie suivit la direction qu'elle indiquait avec indifférence.

— Ce sont les soldats romains qui l'ont ravagé l'année dernière.

Les prêtresses s'avancèrent jusqu'à ce qu'elles découvrent des pans de murs noircis, perdus au milieu des herbes folles qui avaient envahi le domaine. Larthia écarta les ronces qui lui griffaient les jambes, en cherchant à reconnaître la maison dans laquelle on l'avait emmenée, ainsi que les jardins qu'elle avait admirés, mais elle abandonna devant les morceaux de brique éparpillés qui ne permettaient pas d'identifier les emplacements des portes ni les limites entre les terrasses et les pelouses.

— C'est terrible.

Tanaquil jeta un coup d'œil circulaire.

— Peut-être que les occupants ont pu se mettre à l'abri dans la cité avant l'arrivée des Romains.

La jeune femme se frotta le menton d'un air songeur.

— Je crois me souvenir que cela appartenait à un certain Aulus Latine.

Son amie la scruta avec étonnement.

— Comment es-tu au courant ?

Larthia entreprit de regagner le chemin au milieu des gravats.

— Parce que j'y suis venue lorsque j'étais petite.

Tanaquil enjamba un tas de pierres.

— Latine, dis-tu ? Attends… Mais oui ! Je savais bien que ce nom ne m'était pas inconnu. L'un de mes clients m'en a parlé après le passage des Romains.

La jeune femme tourna la tête.

— A-t-il survécu ?

Son amie fit la grimace en se tordant la cheville dans un trou.

— Je l'ignore. Mon client m'a raconté qu'il a été surpris par l'arrivée de nos ennemis, si bien qu'il n'a pas eu le temps de mettre sa maisonnée à l'abri. Selon mon informateur, il est possible que les soldats l'aient emmené à Rome en esclavage avec sa famille.

Larthia frémit.

— Et son personnel ?

Son amie fixait le sol pour éviter d'autres pièges.

— Ils les auront certainement tués. Ils n'allaient pas s'encombrer d'un tel troupeau.

La jeune femme eut une moue méprisante.

— Ce sont vraiment des barbares.

Après cette découverte qui l'avait choquée, Larthia préféra rester dans les limites de la cité afin de ne pas rencontrer de nouvelles destructions. Pourtant, les promenades dans les rues n'étaient pas toujours agréables. Tous ceux qui comptaient à Roselle connaissaient la prêtresse, mais si certains les saluaient avec empressement, d'autres étaient polis sans plus, enfin les derniers détournaient la tête quand ils les croisaient, avec un dédain qui confortait la jeune femme dans sa conviction qu'elle ne serait jamais supérieure du temple. Tanaquil s'efforçait de lui prouver le contraire, mais ses arguments ne portaient pas.

— Tu ne dois pas t'inquiéter de ces gens impolis. Tiens-les pour quantité négligeable.

Larthia contemplait les maisons d'un air absent.

— Ce sont des notables, voyons.

Son amie balaya la remarque d'un geste.

— Peut-être, mais ils n'ont aucun pouvoir dans la cité. Les magistrats et les *principes*, eux, se montrent très affables avec toi, c'est ça l'important.

La jeune femme eut une mimique sceptique.

— Cela ne veut rien dire. Ils sont mieux éduqués, c'est tout.

Tanaquil lui sourit.

— Je ne crois pas.

Larthia accéléra le pas.

— Ces personnes se connaissent toutes, leurs intérêts sont liés. Penses-tu vraiment qu'elles mettraient leur solidarité en péril pour moi ?

Son amie courut pour la rattraper.

— Nous verrons bien.

Alors que les jeunes femmes passaient dans une voie longeant le forum, Tanaquil saisit le bras de Larthia pour l'entraîner dans une encoignure en posant un doigt sur ses lèvres. Surprise, son amie l'interrogea du regard, mais elle se contenta de désigner deux quidams en grande discussion dans une ruelle venant de la place publique. Suivant la direction qu'elle indiquait, la prêtresse reconnut l'une de ses camarades parlant d'abondance avec un homme issu de la petite noblesse. Tanaquil se rapprocha de son oreille.

— Je crois que c'est la plus acharnée de tes adversaires, et lui nous observe toujours avec une expression méchante. Je me demande ce qu'ils complotent.

Larthia fit la moue.

— Peut-être rien du tout. Ne vois pas le mal partout.

La prêtresse glissa un petit objet brillant dans les mains de son interlocuteur. Celui-ci hocha la tête en empochant le cadeau, puis fit demi-tour tandis que la religieuse balayait les environs d'un œil soupçonneux avant de s'éloigner. Tanaquil prit un air entendu.

— Elle craint de se faire remarquer. As-tu noté ce qu'elle lui a donné ?

Appuyée contre le mur, la jeune femme luttait contre une peur insidieuse.

— On aurait dit un bijou, mais cela ne signifie rien.

Son amie la fixa avec inquiétude.

— Serais-tu vraiment naïve ? Elle l'a payé pour un service. J'espère que tu ne cours aucun danger.

Larthia se ressaisit.

— Sûrement pas ! Tu affabules.

Tanaquil tendit le bras.

— Alors, pourquoi cette rencontre furtive ?

La jeune femme quitta leur cachette d'un pas ferme.

— Au pire, elle l'aura convaincu de mobiliser ses pairs contre moi.

Son amie la suivit, sourcils froncés.

— De toute façon, je n'aime pas ça. Sois prudente !

Au fil des jours, Larthia fut surprise de ne pas constater de changement d'attitude chez ses compagnes, même celles issues de la noblesse. Aucune d'entre elles ne lui manifestait d'hostilité, comme si elles craignaient d'en subir les conséquences plus tard, ce qui étonnait la jeune femme. La prêtresse qu'elle avait aperçue près du forum n'avait jamais eu d'affinités avec elle, mais elle continuait à se montrer bonne camarade, ce qui faisait dire à Tanaquil qu'elle n'était pas certaine du résultat de ses manœuvres. Quant à celles qui désiraient que Larthia devînt leur supérieure, elles ne révélaient pas non plus leur inclination, mais conservaient des manières amicales envers leur consœur. Elle exprima sa perplexité devant son amie, alors qu'elles revenaient vers leurs logements.

— C'est curieux. Je m'attendais à ce que nos relations se tendent à l'approche du vote, mais il n'en est rien.

Tanaquil ouvrit les mains.

— Nous savons toutes que si le domaine se transforme en terrain d'affrontement, les magistrats rétabliront l'ordre.

La jeune femme se mordilla les lèvres.

— Oui, bien sûr ! Mais avec cette excitation et ces complots futiles, les factions pourraient apparaître davantage.

Son amie plissa le nez.

— Si nous affichons nos préférences, cela pourrait se retourner contre nous après la nomination de notre future doyenne. Alors, tout le monde reste prudent.

Larthia demeurait songeuse.

— Oui, sans doute. Mais je crois que ça n'empêchera rien, au moins pour certaines d'entre nous.

Tanaquil lui jeta un coup d'œil espiègle.

— Aurais-tu l'intention de te venger ?

La jeune femme fit la moue.

— Ne dis pas de bêtises ! Je pense que la prochaine supérieure me reléguera au plus bas niveau.

Son amie se rapprocha.

— Sauf si c'est toi.

La jeune femme haussa les épaules, puis s'éloigna sans répondre.

Le terme de la période de deuil arriva, ce qui soulagea le personnel du temple qui attendait avec impatience la fin de cette incertitude. Selon la règle, les chefs des autres clergés vinrent présider la réunion du collège des grandes prêtresses, afin de s'assurer que rien n'influerait sur le scrutin. Larthia eut un pincement au cœur en entrant dans cette pièce où elle siégeait pour la dernière fois, mais elle prit sa place sans rien montrer de ses sentiments. En s'installant, elle croisa le regard affectueux de Mastarna, ce qui lui donna l'espoir d'échapper aux brimades de sa future supérieure grâce à sa protection. Comme ses compagnes, elle écouta en silence le discours du doyen rappelant que seul l'intérêt de la communauté devait guider leur choix, puis elle vota sans enthousiasme. Elle sélectionna la prêtresse issue de la noblesse qui lui paraissait la moins incompétente, tout en souhaitant qu'elle acceptât les conseils. Assise dans son coin, elle attendit le dépouillement sans illusion, mais lorsque le nom de l'élue fut proclamé, il lui fallut un moment pour comprendre pourquoi l'assemblée applaudissait en la fixant. Le président lui sourit.

— Mes félicitations ! Vous avez été désignée à l'unanimité moins une voix. La vôtre, je suppose.

Elle plaqua une main sur sa poitrine.

— Moi ? Mais comment est-ce possible ?

Il écarta les bras avec cordialité.

— Tout le monde sait que vous êtes la plus qualifiée pour succéder à Urgulania. Bienvenue parmi nous, chère collègue.

Une petite collation avait été préparée, qui permit à la jeune femme de se remettre de ses émotions, puis elle se rendit dans le bureau qui devenait le sien pour conférer avec les supérieurs des autres temples afin qu'ils l'aident à prendre la mesure des tâches qui lui incombaient.

Vetia

Printemps 295 av. J.-C.

Tite Spurinna leva sa coupe d'un geste incertain, cligna des paupières en une parodie maladroite d'œillade à l'adresse d'une jeune fille indifférente, puis avala son vin cul sec en s'étranglant. Heiasun lui tapa dans le dos avec réprobation.

— Tu ne devrais pas boire autant. Viens donc t'asseoir !

Il entraîna le *princeps* vers l'un des lits de banquet disposés en ovale dans le triclinium, mais il l'empêcha de s'allonger pour qu'il ne s'étouffât pas. Du fond de la pièce, l'un des invités s'esclaffa.

— Hé, Tite ! On ne supporte plus la boisson !

Le maître de maison appuya ses coudes sur ses genoux d'un air maussade.

— Fiche-moi la paix !

Le jeune mosaïste lui posa une main sur l'épaule.

— Ne le rembarre pas comme ça, voyons. Nul ne t'oblige à te saouler.

Tite soupira en s'adossant aux coussins.

— Tu as raison, bien sûr, comme toujours. Je voudrais me coucher.

Heiasun se détourna.

— Alors, je renvoie tout le monde. Reste tranquille, je reviens.

Le jeune homme traversa le jardin, franchit le couloir menant à l'atrium où il dénicha l'intendant de la villa qui surveillait le bataillon d'esclaves au service des fêtards. Il lui demanda de ramener le calme dans la demeure selon le désir de son maître, puis retourna vers le *princeps* qui sommeillait en s'efforçant de ne pas ronfler.

— Voilà ! Ils se retirent. Essaie de ne pas dormir avant quelques minutes pour qu'ils puissent prendre congé.

Tite se redressa en grognant.

— Qu'ils fassent vite.

Dès que les derniers convives eurent passé la porte, Heiasun confia Tite à ses valets qui se chargèrent de le coucher, puis il partit à son tour de cette villa qu'il avait contribué à bâtir, en repoussant comme toujours les tristes souvenirs qu'elle éveillait en lui.

Pendant ce chantier qu'ils dirigeaient ensemble, Aranth, son ami le plus cher, avait été terrassé par l'ultime crise du mal qui le rongeait depuis des années. Le jeune homme ne pouvait pas pénétrer dans le jardin sans revoir la silhouette fragile debout au bord du bassin le jour où le drame s'était produit. Cela faisait déjà cinq ans, mais il n'oubliait pas les pénibles moments qui avaient suivi. Il n'avait pas quitté le chevet d'Aranth, mais celui-ci n'était pas sorti du coma, au grand désespoir de ses proches. Une *none* plus tard, malgré les soins des guérisseurs, le malade avait rejoint les dieux.

Ce décès survenant un an après celui de sa mère avait failli détruire Heiasun qui était demeuré prostré dans sa chambre pendant plusieurs *nones,* sans avoir conscience de la présence des gens qui l'entouraient. En souvenir de son fils, Venel avait entrepris de le rétablir dans l'espoir de surmonter son propre chagrin, mais ses efforts étaient restés vains. Mis au courant de ces événements par les artisans qui avaient dû remplacer les deux jeunes gens, Tite Spurinna avait décidé d'aider Heiasun qu'il appréciait beaucoup. Faisant fi de la douceur déployée par les proches du jeune homme, il l'avait forcé à sortir de son lit à chacune de ses visites quotidiennes jusqu'à ce qu'il tînt debout. Puis, sans se soucier des regards réprobateurs, il avait traîné le jeune mosaïste dans des fêtes débridées qui ne convenaient guère à son caractère réservé. Chez lui, Heiasun demeurait enfermé dans le mutisme, mais durant ces soirées où il s'enivrait avec application, il atteignait un stade où il parvenait à exprimer sa douleur. Tarxi et Nerinai, qui s'inquiétaient de voir le *princeps* le ramener ivre mort, avaient été assez surpris de constater que le remède fonctionnait. Peu à peu, ils avaient pu à nouveau parler avec le jeune homme qui avait arrêté de boire à mesure qu'il se remettait. Pourtant, il avait continué à accompagner Tite dans ses sorties, en partie par gratitude, mais aussi parce que sa personnalité l'intriguait. C'est ainsi qu'au fil du temps, ils avaient noué une amitié solide au-delà de leurs conditions respectives.

Par la suite, Heiasun avait vécu d'autres bouleversements assortis de nouveaux deuils. Venel avait vendu sa société à un maçon dès que les chantiers en cours avaient été terminés, puis il avait quitté la ville avec son épouse pour une destination que nul ne connaissait. Comme les constructions de son successeur étaient pleines de malfaçons, quand elles ne s'écroulaient pas, Tarxi avait rapidement cessé de travailler avec lui. Quelque temps plus tard, le maître-mosaïste, qui souffrait de douleurs dans le dos, s'était lui aussi retiré, mais au contraire de l'entrepreneur, il avait eu la chance de transmettre sa firme à Heiasun qui maintenait la réputation de la maison en assurant à ses clients un service de qualité. Grâce à lui, l'artisan avait eu la satisfaction de voir son activité se poursuivre jusqu'à son décès l'année précédente. Au bout de quelques *nones*, Nerinai l'avait suivi dans la tombe en léguant tous ses biens au jeune homme qu'elle avait aimé comme son fils.

De tous les gens qui l'avaient entouré depuis son installation à Tarquinia, le jeune mosaïste n'avait plus que Pumpu, le fidèle potier à qui il rendait visite au moins une fois par *none*, parfois plus, en fonction de ses obligations. Lorsqu'il était devenu propriétaire de la villa, Heiasun avait proposé à son beau-père de venir habiter avec lui, mais celui-ci ne désirait pas quitter le quartier où il avait vécu toute sa vie auprès de ses amis. Le brave homme espérait qu'une jeune fille réussirait enfin à attirer l'attention de son beau-fils, mais il se désolait de n'en voir aucune apparaître.

Désormais, Heiasun consacrait la plus grande partie de son temps à son métier, en se partageant entre le travail administratif dans son tablinum et la gestion des ouvriers dont les plus âgés l'avaient vu arriver jeune apprenti. Certains soirs, il retrouvait son groupe d'amis dans les tavernes de la ville, mais le nombre de participants diminuait à mesure des mariages. Les célibataires plaisantaient les nouveaux conjoints qui n'osaient pas contrarier leurs épouses pour sortir, tout en sachant qu'ils en feraient autant après leurs propres noces. En parallèle de ces soirées, le jeune homme se rendait dans la villa de Tite Spurinna pour des veillées tranquilles ou des fêtes sans limites selon le désir du notable qui balançait entre les extrêmes. Bien que les rumeurs malveillantes insinuent le contraire, le *princeps* n'avait aucun goût pour la débauche. Il appréciait la présence de jeunes femmes décoratives dans ses réceptions, mais il les traitait avec une parfaite correction même quand il avait trop bu. Comme cela se pratiquait dans la noblesse, Tite avait été fiancé dès l'enfance avec une demoiselle de son rang, qu'il épouserait quand elle serait nubile. C'est pourquoi il menait joyeuse vie en attendant de se marier, prendre le poste de magistrat transmis par son père, puis diriger la cité avec ses pairs. Heiasun avait décelé très tôt cette honnêteté et ce sérieux derrière l'apparence frivole du noble, ce qui expliquait la raison de leur amitié.

Le jeune homme rentra chez lui sans bruit, traversa l'atrium jusqu'à sa chambre en évitant de réveiller son valet à cette heure avancée. Il s'allongea sur son lit, le cœur un peu serré par les souvenirs qui le poursuivaient, fixa le plafond sans se résoudre à éteindre sa lampe de peur que l'obscurité fît ressurgir des fantômes. Incapable de trouver le sommeil, il tourna ses pensées vers son travail en réfléchissant à ses tâches administratives, avant d'hésiter à se déplacer sur le chantier pour contrôler la besogne de ses ouvriers. En ce moment, l'entreprise contribuait à la réalisation d'une extension sur une villa existante, ce qui exigeait beaucoup de soin et de doigté pour ne pas déranger les occupants. Une silhouette se dessina devant ses yeux en surimpression de la demeure. Lors de son premier rendez-vous avec son client, il avait rencontré sa fille, Vetia Tarchnei, jeune fille de vingt ans à la beauté triomphante et au caractère bien trempé. La demoiselle avait été fiancée par ses parents au fils d'un couple ami, mais elle l'avait pris en grippe, si bien qu'elle refusait de l'épouser. Heiasun avait admiré son courage qui la poussait à défier l'ordre établi, puis il avait été sensible à sa plastique, lui qui n'avait connu que des étreintes furtives avec des femmes plus âgées, malheureuses en ménage. Pourtant, il la savait intouchable comme toutes les héritières de la noblesse, aussi avait-il conservé une attitude distante à son égard. D'ailleurs, avec son épaisse chevelure rousse qu'elle laissait libre sur ses épaules et ses prunelles noires, il la trouvait un peu trop flamboyante pour être attiré vers elle.

Lorsque Tite avait appris qu'il travaillait chez les Tarchna, il avait embrayé sur le sujet de la fille rebelle, dont tout le monde glosait dans la cité.

— La belle Vetia cause bien des soucis à son père. Qu'elle refuse d'épouser ce rustre de Murina Tolumni ne m'étonne guère, mais elle ne semble pas pressée de dénicher un autre prétendant. J'ignore si c'est vrai, mais on raconte qu'elle n'est pas farouche. Il paraît qu'elle aurait jeté son dévolu sur des ouvriers intervenant chez son père.

Installé dans le salon privé de son ami, le jeune mosaïste s'était reculé sur sa curule.

— Les mauvaises langues sont légion dans la ville. Pense à tout le mal que l'on dit de toi.

Le *princeps* avait reposé sa coupe avec un sourire amusé.

— Tu la défends bien vite. T'aurait-elle tapé dans l'œil ?

Heiasun avait haussé les épaules.

— Pas du tout ! Mais je peux t'assurer qu'elle n'a jamais fait d'avance à mes employés.

Peu de temps après cette conversation, alors qu'il se trouvait sur le chantier, le jeune homme avait vu arriver la demoiselle d'un pas décidé, les yeux rivés sur lui.

— J'aimerais vous consulter au sujet de la mosaïque de ma chambre. Voulez-vous venir avec moi ?

Un peu surpris, il l'avait suivie, non pas vers la partie habitée de la maison, mais vers le pavillon d'été planté au milieu du jardin. Là, il avait compris qu'elle se moquait de son futur décor. Il avait commencé par la repousser avec gêne en invoquant tous les arguments raisonnables qui s'opposaient à ces désirs, mais il n'avait réussi qu'à augmenter la détermination de la jeune fille. Lorsqu'elle lui avait révélé que les rumeurs n'étaient pas si fausses qu'il le croyait, puis l'avait assuré que leur liaison serait sans lendemain, il avait cédé sans grand enthousiasme. Pourtant, ses remords avaient très vite disparu devant le paradis qu'elle lui avait fait découvrir.

Depuis, plusieurs fois par *none*, ils se retrouvaient dans les divers recoins de l'immense demeure pour dépister les curieux. Heiasun déplorait l'attitude de Vetia qui ne se cachait pas vraiment, sans penser aux conséquences, mais ses tentatives pour l'amener à plus de sérieux étaient restées vaines. Souvent, en se rhabillant après leurs ébats, il y revenait.

— Tu connais les racontars malveillants que l'on colporte sur ton compte. C'est déjà une mauvaise chose, mais qu'arrivera-t-il si l'on prouve qu'ils sont vrais ? Plus aucun homme ne voudra t'épouser.

Elle se recoiffait avec une moue d'indifférence.

— Ils sont bien bêtes. Qu'est-ce que ça change ?

Il rajustait sa toge, puis se plantait devant elle.

— D'accord, mais c'est ainsi que fonctionne notre société. Tu seras déshonorée quoi que tu dises. Sois plus vigilante !

Impressionnée par son air grave, la jeune fille promettait de faire attention, puis elle commettait de nouvelles imprudences que ses domestiques rattrapaient de leur mieux.

Après une courte nuit agitée, le jeune homme se rendit à son bureau où il étudia un projet qu'un ami de Tite venait de lui soumettre. Il s'agissait de la rénovation d'une villa inhabitée depuis au moins une génération, dans laquelle le noble désirait s'installer. Dans les pièces de réception, le sol était composé de pierres mal assemblées, tandis que partout ailleurs, l'on ne trouvait que de la terre battue ; le toit était en piteux état et l'on devait refaire le plâtre des parois avant de les orner de fresques au goût du jour. Dans ces circonstances, les exigences de chaque métier n'étaient pas les mêmes que dans une construction neuve, aussi le mosaïste devait-il adapter ses plans à la situation. Comme chez Tite, les peintures murales suivraient le décor des dalles, si bien qu'il revenait à Heiasun de déterminer les thèmes généraux.

Plongé dans ces tâches passionnantes, le jeune homme ne vit pas s'écouler la matinée, au point qu'il sursauta lorsque son intendant vint lui annoncer que le prandium était servi. Tout en se dirigeant vers le triclinium, il décida de ne pas se rendre sur le chantier pour avancer ses dessins préliminaires qu'il désirait présenter au plus tôt à son nouveau client, mais également pour éviter de rencontrer Vetia. Au lieu de s'allonger, il s'installa sur le bord d'un lit, comme toujours quand il était seul, puis piocha dans les plats, tandis que son regard errait dans la pièce. Lorsqu'il avait hérité de cette maison, il avait mangé le midi dans son bureau quand il n'était pas dehors, tandis que le matin et le soir c'était dans sa chambre. Il avait fallu que son intendant lui en fît la remarque pour qu'il réalisât à quel point il répugnait à utiliser cette salle dans laquelle il avait partagé tant de bons moments avec Nerinai et Tarxi. Alors, il s'était résigné à y prendre ses repas pour ne pas laisser ses souvenirs lui en interdire l'accès à jamais, mais il ne s'y plaisait pas. Pumpu, à qui il s'était confié, lui avait conseillé de refaire les peintures du triclinium, ainsi que du cubiculum[53] de son ancien maître, dans lequel il n'était pas entré depuis la mort de Nerinai. Heiasun s'efforçait donc de concevoir un aménagement qui lui conviendrait mieux, mais il n'y parvenait pas, alors qu'il créait si facilement des décors pour les autres.

Il terminait de manger quand son intendant lui annonça qu'une visiteuse demandait à le rencontrer en privé. Intrigué, il faillit ordonner qu'on l'introduisît dans son bureau, mais il aperçut une silhouette familière derrière l'esclave, alors il se leva en renvoyant le domestique, puis ferma la porte avant de se tourner vers la jeune fille.

— Que fais-tu ici, Vetia ?

Elle se rapprocha d'un air aguichant.

— Cela fait longtemps que tu n'es pas passé à la villa. Tu me manques.

Il fit un pas en arrière.

— Tu n'aurais jamais dû venir. C'est déraisonnable. Maintenant, les gens se douteront de quelque chose.

Elle se figea.

— Pourquoi ? Ne puis-je rendre visite à l'entrepreneur qui réalise ma chambre ?

Il croisa les bras.

— Tu sais bien que non. S'il s'agissait de mon travail, tu me transmettrais tes remarques par le truchement de mes ouvriers, ou bien si c'était plus grave, tu le dirais à ton père qui me convoquerait. Mais en aucun cas, tu ne te présenterais toi-même.

Elle eut une moue espiègle.

— Tant pis ! J'avais tellement envie de te voir. Seulement, je constate que ce n'est pas ton cas. Tu ne sembles pas heureux de ma présence.

Le jeune homme soupira.

— Je le serais si tu ne courais aucun danger.

Peu concernée par cette inquiétude pourtant légitime, Vetia noua ses bras autour du cou d'Heiasun en l'embrassant, mais il la repoussa d'un air soucieux.

— Pas ici ! Mes domestiques n'auraient rien de plus pressé que de répandre la nouvelle.

---

[53] Chambre à coucher

Elle le fixa avec incrédulité.

— Alors, je me suis déplacée pour rien ?

Il opina en se dirigeant vers la sortie.

— J'en ai peur. Viens ! Allons dans mon bureau pour donner le change, puis tu partiras.

Elle ne bougea pas.

— Tu ne m'aimes pas.

Il s'immobilisa, la main sur la poignée.

— Non, et toi, non plus. Ne fais pas semblant, Vetia. Nous passons d'excellents moments ensemble, mais ça s'arrête là. Il vaut mieux, d'ailleurs, parce que notre histoire n'aurait aucun avenir.

Résignée, elle le rejoignit.

— C'est vrai, mais tu n'es pas comme les autres.

Sans écouter ces propos qui lui déplaisaient, le jeune homme l'entraîna vers son tablinum en parlant des mosaïques et peintures murales de la future chambre, comme si cette visite n'avait pas d'autre but. Il pénétra dans la pièce en s'assurant que la porte restât ouverte, gagna la table basse au fond, puis se mit à farfouiller dans ses papyrus pour se donner une contenance. La jeune fille s'approcha, mais laissa le meuble entre eux afin de dissiper toute équivoque.

— C'est bizarre. J'aurais cru que ta maison serait mieux décorée.

Il releva la tête.

— Ce n'est pas moi qui l'ai aménagée, j'en ai hérité récemment.

Elle fit la grimace.

— Tu devrais t'en occuper, ta salle à manger est sinistre.

Il eut un geste vague.

— Je sais, mais je n'ai pas d'inspiration pour les thèmes.

Elle sourit.

— Tu en as tellement pour tes clients qu'il n'en subsiste plus pour toi. Je te proposerai des idées si tu veux.

Il avait à nouveau les yeux sur ses documents.

— Pourquoi pas ? Si tu me promets de ne plus jamais te montrer ici.

Elle se détourna en adoptant un ton acerbe.

— Volontiers ! Tu es si ravi de me voir que ce ne sera pas un sacrifice.

Sous les regards intrigués des domestiques, Vetia traversa l'atrium en s'efforçant de cacher sa contrariété pour ne pas alimenter les ragots.

Lorsque la jeune fille fut partie, Heiasun se laissa tomber sur la natte qui lui servait de poste de travail, puis enfouit sa tête dans ses mains pour tenter de se calmer. Cette fois, elle avait dépassé les bornes. Il était impossible que cette visite injustifiable passât inaperçue, aussi s'attendait-il à ce que le père de la demoiselle vînt lui demander des explications, sans compter les rumeurs qui enfleraient de plus belle. Même si tout le monde connaissait les penchants de Vetia, l'on prétendrait quand même qu'il l'avait séduite parce qu'un plébéien n'avait jamais raison contre un noble. Il voyait déjà ses clients se détourner de lui, tandis que son entreprise périclitait faute de nouvelles commandes.

Un bruit au-dehors l'arracha à ses pensées moroses. Il se redressa pour dissimuler son désarroi, attrapa son écritoire, mais il ne reconnaissait plus les esquisses tracées sur le papyrus. Avec peine, il reconstitua le cheminement ayant donné naissance à ces traits inachevés qu'il lui semblait avoir abandonnés depuis des siècles. Son calame[54] à la main, il s'efforça de continuer le dessin, mais la scène qui s'était imprimée si nettement dans son esprit se perdait maintenant dans le brouillard. Alors découragé, il décida de retourner dans la villa à rénover, afin de vérifier que ses projets s'adaptaient bien à la distribution des pièces.

Dans l'atrium, il rencontra son intendant surveillant les esclaves qui nettoyaient l'impluvium souillé par les grosses pluies des jours précédents. Celui-ci lança un coup d'œil complice au jeune homme sidéré, avant de reporter son attention sur les domestiques. Le mosaïste se ressaisit.

— Je sors. Si l'on me cherche, je serai dans la future maison de Larezu Haspnas.

L'homme opina avec respect.

— Bien, maître. N'ayez crainte, je gérerai les imprévus.

Tout en jetant une toge légère sur ses épaules pour se protéger de la fraîcheur de l'air, Heiasun s'interrogea sur la signification de ces paroles. Qu'avait compris le régisseur de ses relations avec Vetia ? Et quelle contenance avait-il l'intention d'adopter à ce sujet ? En soupirant, le jeune homme prit la direction de son prochain chantier avec la sensation que le contrôle de sa vie lui échappait. N'ayant pas grandi dans une famille possédant des esclaves, il ne savait pas comment se comporter avec eux, bien qu'il eût pris soin de calquer son attitude sur celle de Tarxi et Nerinai depuis qu'il vivait chez eux. Pourtant, toutes ces années ne lui avaient pas rendu leur fréquentation plus aisée, si bien qu'il préférait s'en remettre à son intendant pour la gestion du personnel.

Dans les rues calmes de ce quartier huppé, le mosaïste eut l'impression que tous les gens qu'il croisait le scrutaient avec curiosité, comme s'ils étaient déjà au courant de la visite de Vetia, bien que ce fût peu probable. Alors, pour échapper à ces regards qu'il ne parvenait plus à interpréter, il se hâta vers son but, mais en arrivant devant la bâtisse, il réalisa qu'il était venu pour rien. Comme il n'en était qu'à la conception du projet, son client ne lui en avait pas encore confié la clef. Il hésita un instant, puis pesa sur la poignée en songeant que le propriétaire de

---

[54] Roseau taillé en pointe que l'on trempe dans l'encre pour écrire sur papyrus.

cette ruine n'y accordait peut-être pas assez d'importance pour la verrouiller. Avec un sourire, il constata qu'il ne s'était pas trompé, puis il y pénétra.

Pensif, il se planta au milieu de l'espace rectangulaire envahi de mauvaises herbes qui pouvait passer pour un atrium, bien qu'il ne contînt pas d'impluvium. L'endroit avait dû faire office de cour desservant toutes les pièces d'habitation, sans le moindre bout de toit pour se protéger de la pluie ou du soleil. La maison ne respectait pas le plan classique qui plaçait les salles de réception à l'opposé de la porte. Le triclinium se situait à gauche de l'entrée, accolé à un local dont la fonction restait indéfinie, puis venait ce qui ressemblait à un bureau. Dans le fond, une série de cubes exigus représentait sans doute les chambres, tandis que sur la droite, l'on trouvait une salle d'eau en piteux état, puis une cuisine toute noircie, enfin une grande pièce dans laquelle les esclaves devaient dormir pêle-mêle.

Celui qui avait fait construire cette demeure devait être de petite noblesse, mais depuis, ses descendants avaient obtenu des postes dans la haute magistrature, ce qui avait accru leur fortune. Au fil des générations, ils avaient racheté des terrains autour de la maison d'origine, sur lesquels ils avaient édifié une luxueuse villa entourée de jardins, mais ils avaient toujours conservé cette modeste bâtisse. Perplexe, Heiasun se demanda pourquoi le dernier rejeton de la famille avait décidé de réhabiliter le berceau de ses ancêtres pour l'habiter, alors qu'il hériterait du palais de son père.

— Que faites-vous ici ?

Cette voix derrière lui fit sursauter le jeune homme qui se retourna.

— Oh ! Excusez-moi.

Larezu Haspnas sourit avec cordialité.

— Maître Churcles ! Je ne vous avais pas reconnu. Souhaitiez-vous me parler ?

Heiasun fit un geste circulaire.

— Pas vraiment. En fait, je désirais revoir cet endroit afin d'affiner mes propositions. Mais je ne voulais pas vous déranger.

Son client s'approcha en exhibant un objet brillant.

— Il n'y a pas de problème. Faites le tour, prenez tout votre temps. Je vous laisse la clef. Lorsque vous aurez terminé, soyez assez aimable pour la rapporter à mon intendant. Et surtout, n'hésitez pas. Si vous en avez encore besoin, il vous suffit de la demander.

Le jeune homme opina.

— Merci.

Un peu troublé, il regarda son client quitter la demeure, puis il alla inspecter les pièces en jouant avec l'objet qu'il tenait à la main. Lors de sa première visite, il avait déjà relevé les dimensions que devrait respecter chacune de ses créations, il avait questionné Larezu sur ses projets pour la maison, ainsi que ses goûts en matière d'aménagement, si bien qu'il ne lui restait rien à faire. Il n'était venu là que pour échapper à l'inquiétude qu'avait éveillée le passage de Vetia chez lui, avec l'espoir que cela lui permettrait de retrouver sa concentration. Pourtant, après avoir tourné dans quelques salles sans réussir à faire ressurgir les images qu'il avait conçues pour habiller les sols, il s'immobilisa avec découragement. Ses yeux se fixèrent sur la clef entre ses doigts, tandis qu'il s'étonnait de son poids et de sa taille, avant de noter son aspect brillant, comme neuf, ce qui indiquait qu'elle servait souvent. À nouveau, il s'interrogea sur ce que représentait cet endroit pour ses propriétaires sans comprendre que l'on pût s'attacher à une bâtisse dans laquelle on n'avait jamais vécu.

Heiasun releva la tête avec l'impression de se réveiller en sursaut. Alors, il sortit de la pièce miteuse, traversa la cour intérieure pour gagner la porte, en se maudissant d'avoir perdu autant de temps. Il ne devait pas se laisser déstabiliser par le comportement irresponsable de Vetia, au risque de confirmer les rumeurs en apportant des preuves là où il n'y avait que des soupçons. Après tout, la visite éclair de la jeune fille ne démontrait pas qu'ils soient amants. Ils pourraient toujours prétendre qu'elle lui transmettait de nouvelles consignes, mais en se montrant perturbé, il démentirait de lui-même cette interprétation. Alors, il afficha son assurance habituelle pour rendre la clef à l'intendant en le chargeant de remercier son maître, puis reprit le chemin de son foyer d'un pas tranquille.

Le lendemain, il arriva sur le chantier en redoutant l'accueil de Vetia qui était capable de lui faire une scène publique, mais l'un de ses ouvriers se précipita à sa rencontre pour lui signaler un problème. Soulagé, il accompagna l'homme jusqu'à la mosaïque incriminée, écouta les divers intervenants, vérifia par lui-même que l'on ne pouvait poursuivre suivant les critères définis, puis proposa des modifications susceptibles de remédier au défaut. Le différend réglé, le mosaïste fit le tour des pièces dans lesquelles se trouvaient ses employés, constata que le travail se déroulait selon les prévisions, mais il se figea sur le seuil de la chambre. Patiente, elle l'attendait, assise sur des coussins qu'elle avait fait apporter par ses domestiques. Il fronça les sourcils devant l'épaisse fourrure qui recouvrait toute la partie achevée du revêtement de sol.

— Ôte-moi cette couverture de là. Je ne peux pas contrôler si la pose est correcte.

Elle lui sourit.

— Bonjour, mon chéri. Toi aussi, tu m'as manqué.

Elle se leva avec des mouvements langoureux, tandis qu'il protestait.

— Vetia ! Ce n'est vraiment pas le moment.

Elle se rapprocha.

— Au contraire ! Tu as terminé ta tournée d'inspection et résolu tous les problèmes. Maintenant, tu peux bien te détendre un peu.

Joignant le geste à la parole, elle ferma la porte, puis enlaça son amant avec fougue pour l'entraîner vers la fourrure moelleuse, sans qu'il eût le courage de la repousser.

Un peu plus tard, elle s'appuya sur ses avant-bras, contempla avec tendresse le visage du jeune homme allongé sur le dos.

— Penses-tu toujours que l'on n'aurait pas dû ?

Il soupira.

— Cela fera encore jaser.

Elle déposa un baiser sur son épaule nue.

— Mais le regrettes-tu ?

Il lui caressa la joue.

— Non. Tu es une excellente amante.

Satisfaite, elle posa sa tête sur le torse de son compagnon avec une sensation de bien-être. Il n'était pas le premier, loin de là, mais jamais encore elle ne s'était attachée à un amant de passage. Si elle les choisissait exprès dans le milieu des artisans, c'était parce qu'il ne pouvait y avoir de sentiments entre eux, d'autant qu'ils ne demeuraient jamais longtemps dans son entourage. C'était le physique avantageux d'Heiasun qui l'avait d'abord attirée. Jamais elle n'avait rencontré quelqu'un possédant de tels cheveux d'or et des yeux d'un vert aussi éclatant, mais sa personnalité hors du commun l'avait impressionnée à tel point qu'elle se sentait inférieure à lui dans bien des domaines. La perspective de voir le chantier se terminer la tourmentait chaque jour davantage, pourtant elle n'osait pas lui demander une estimation du temps qui leur restait de peur de s'effondrer.

Elle fit glisser son index sur la peau lisse du jeune homme.

— Je suis désolée de t'avoir contrarié hier. Je te promets que je ne le ferai plus. Me pardonneras-tu ?

Il plongea ses doigts dans la chevelure rousse.

— Je ne t'en veux pas.

Elle avait perçu la lassitude dans sa voix, alors elle resserra son étreinte.

— Tu n'as pas à t'inquiéter : tout le monde ignore que je suis allée chez toi.

Avec une grimace amère, il songea aux domestiques des deux maisons, ainsi qu'aux passants qu'elle avait croisés dans la rue.

— Alors, c'est bien. Mais essaie de réfléchir aux conséquences avant de te lancer dans de telles actions.

Sachant qu'il était inutile de tenter de lui ouvrir les yeux, il repoussa la jeune fille avec douceur, puis attrapa ses vêtements en annonçant qu'il devait partir.

La rupture

Automne 295 av. J.-C.

— Vous formerez deux équipes : l'une qui travaillera dans le triclinium et l'autre dans la petite salle qui lui fait suite. Installez-vous, je repasserai plus tard pour voir comment se déroule la mise en place.

Tournant les talons, Heiasun traversa la cour qui commençait à ressembler à un véritable atrium, franchit le trou pratiqué dans le mur d'enceinte pour offrir un accès direct aux jardins, puis gagna l'endroit où l'on avait implanté l'atelier de création des tesselles. Sur son passage, les hommes échangeaient des sourires complices, heureux de ne plus lui trouver un air aussi soucieux que les mois précédents, mais se gardaient bien de faire le moindre commentaire. Bien qu'ils en aient deviné la raison, ils avaient évité d'en parler afin de ne pas conforter les rumeurs qui circulaient. Au contraire, ils avaient répondu par le mépris aux allusions proférées par leurs collègues au sujet de leur patron, en soulignant que le mosaïste était un homme droit et sérieux comme Tarxi avant lui.

En ce début d'automne, l'entrain du jeune homme n'avait rien de factice, mais découlait du soulagement d'avoir mis un terme à une situation devenue insupportable. Durant les mois d'été, alors que la chaleur avait ralenti tous les travaux, il s'était débattu entre les exigences grandissantes de sa maîtresse et ses propres tentatives pour sauvegarder sa réputation. Il avait usé de toute sa persuasion pour l'empêcher de revenir chez lui, mais il avait dû sacrifier sa liberté. Chaque jour, il s'était rendu sur un chantier presque terminé où il n'avait rien à faire dans le seul but de la contenter, sachant qu'elle ne lui permettrait de partir que lorsqu'il aurait justifié chaque minute de son temps passé loin d'elle. Paniquée à l'idée de le perdre, Vetia avait essayé de raffermir son emprise sur lui par tous les moyens, au point qu'elle le faisait surveiller par ses domestiques de crainte qu'il rencontrât une autre femme. C'est pourquoi la fin des travaux dans la demeure des Tarchna avait sonné pour lui comme une libération. Après avoir reçu la somme promise des mains du maître de maison, il était allé voir la jeune fille pour lui signifier la rupture de leur relation, sans se laisser attendrir par ses larmes. Depuis il revivait, heureux de redécouvrir le simple plaisir de se consacrer à son métier l'esprit libre, en s'étonnant d'avoir accordé autant d'importance aux petits soucis que lui rapportaient ses employés. Quand il effectuait les libations quotidiennes sur son laraire, il remerciait les dieux de lui avoir épargné la chute que sa liaison aurait pu engendrer. Pourtant, il s'interrogeait sur le silence qui avait entouré l'affaire alors que tant de monde était au courant. Il lui arrivait de scruter ses ouvriers en se demandant ce qui les avait poussés à se taire. Était-ce la peur de perdre leur gagne-pain ou éprouvaient-ils une certaine affection à son égard ? De la même manière, lorsqu'il était chez lui, certains regards que lui lançaient ses domestiques l'intriguaient, mais craignant de se méprendre, il n'en laissait rien paraître. Ses esclaves lui étaient-ils plus dévoués qu'il le croyait ?

Parvenu près des tailleurs, il répondit aux sourires qu'on lui adressait, contrôla les premières tesselles produites, procéda à quelques ajustements, puis retourna vers la maison en réfection, non sans avoir exprimé sa satisfaction aux façonniers ravis. Il longea le couloir construit entre deux chambres, avant de s'arrêter pour observer les changements déjà perceptibles. Un creux dans le centre de l'atrium annonçait le futur impluvium, tandis que la nouvelle charpente débordait des murs afin de canaliser l'eau de pluie vers le bassin. Des coups sourds et réguliers, accompagnés du crépitement des pierres sur le sol, révélaient que l'on abattait des cloisons, tandis que des hommes accroupis devant de grands récipients préparaient de la chaux pour blanchir les parois. Des manœuvres s'activaient autour de la salle d'eau qu'ils débarrassaient des anciens aménagements avant de la doter du confort moderne. Heiasun les suivait d'un regard absent tout en réfléchissant à la proposition qu'il avait soumise à son commanditaire. Partout où il était passé, il avait constaté que les peintures ornant ce genre de pièce avaient tendance à s'écailler à cause de l'humidité ambiante. Alors, il avait eu l'idée de les remplacer par de la mosaïque afin que les décorations ne s'abîment plus, ce qui avait été accepté avec enthousiasme par son client. Pourtant, au moment de réaliser ce projet, il se mettait à douter du résultat, comme chaque fois qu'il se lançait dans des innovations.

Un appel venant du triclinium l'arracha à ses pensées, alors il traversa la cour en évitant les matériaux qui traînaient, pour rejoindre l'ouvrier qui l'attendait sur le seuil de la pièce, heureux de se consacrer à des problèmes plus immédiats.

Le jeune homme rentra harassé de ce premier jour de chantier, mais très satisfait de la besogne abattue, ainsi que des bonnes relations qu'il avait pu établir avec ses collègues-artisans. Il sourit à son intendant qui arrivait à sa rencontre dans l'atrium.

— Je me laverai avant la cena, fais-moi préparer la salle d'eau.

Le domestique se contenta d'opiner.

— Vous avez de la visite, maître.

Heiasun, qui se détournait déjà vers sa chambre, suspendit son geste.

— Qui donc ?

L'esclave avait perçu son inquiétude, alors il adopta un ton rassurant.

— Votre beau-père. Je l'ai introduit dans le triclinium.

Soulagé, le mosaïste fit demi-tour.

— Parfait ! Je le rejoins. Apprête quand même la salle d'eau.

Il se rendit dans la salle à manger où il salua Pumpu avec affection, puis s'assit auprès de lui en attendant que son bain fût prêt. Le potier le détailla.

— Alors, que deviens-tu ? Tu commences un nouveau chantier, m'a dit ton intendant.

Le jeune homme s'appuya contre des coussins.

— Oui, je l'ai mis en place aujourd'hui. Il s'agit de la restauration d'une vieille maison pour Larezu Haspnas.

Pumpu hocha la tête.

— C'est bien. Il n'a pas de fille, lui au moins.

Heiasun, qui avait tout raconté à son beau-père, passa une main sur son visage avec lassitude.

— Ne m'en parle pas. Je suis bien content que ce soit terminé.

Le potier croisa ses jambes.

— As-tu de ses nouvelles ?

Le mosaïste haussa les épaules.

— Non, et j'espère bien ne jamais en recevoir.

Pumpu se frotta le menton d'un air pensif.

— Elle n'est pas si mauvaise, mais son père aurait intérêt à la marier rapidement.

Le jeune homme s'esclaffa.

— C'est certain, mais son époux devra la surveiller, sinon elle le trompera avec le premier venu.

Comme l'intendant apparaissait sur le seuil, Heiasun se leva en s'excusant auprès de son hôte, puis s'éclipsa tandis qu'un domestique servait à boire au potier pour le faire patienter. Quand son beau-fils l'eut rejoint, celui-ci jeta un coup d'œil circulaire.

— Je vois que tu as fait recouvrir la décoration des murs.

Le mosaïste s'installa sur son lit d'apparat en acceptant le gobelet de vin que lui tendait un serviteur.

— Oui, ils seront bientôt repeints.

Pumpu s'allongea face à lui.

— As-tu trouvé comment réaménager la pièce ?

Le jeune homme avala une gorgée.

— À vrai dire, c'est Vetia qui m'en a suggéré l'idée. Je changerai aussi les meubles.

Le potier piocha dans le plat posé devant lui.

— C'est une bonne chose. Ainsi, cette maison deviendra vraiment la tienne.

Affamé après sa journée bien remplie, le mosaïste l'imita.

— Tu as raison. Maintenant que j'ai commencé, j'embellirai toutes les pièces.

Tout en mangeant son poisson, Pumpu fixa ses prunelles noisette sur Heiasun avec un peu d'hésitation.

— L'on m'a apporté une mauvaise nouvelle aujourd'hui.

Le jeune homme reposa sa cuillère avec inquiétude.

— De quoi s'agit-il ?

Pumpu traça des lignes dans la sauce.

— Tu sais que mon fils travaille sur l'île d'Elbe où il est forgeron, n'est-ce pas ?

Le mosaïste glissa ses doigts dans ses boucles blondes.

— Oui. Je t'ai souvent dit que j'aimerais le rencontrer, d'ailleurs.

Le potier s'adossa à ses coussins.

— Ce ne sera pas possible. Il est mort.

Heiasun tressaillit.

— Oh ! Je suis désolé. Que lui est-il arrivé ?

Pumpu eut un geste vague.

— Un accident, m'a-t-on expliqué sans me donner de précisions.

Le jeune homme se leva pour embrasser son beau-père.

— Je suis là. Tu pourras toujours compter sur moi.

Le potier s'éclaira.

— Je n'en doute pas. Dès le premier jour, je t'ai considéré comme mon deuxième enfant, et cela ne changera pas. En réalité, je suis plus proche de toi que je l'étais de lui.

Pendant le reste de la soirée, le mosaïste s'efforça de distraire Pumpu de son chagrin en lui racontant les plus amusantes des anecdotes du chantier.

Au même moment, non loin de là, Vetia se réfugiait dans sa chambre pour fuir la conversation des convives dont la fadeur l'écœurait. Depuis qu'Heiasun l'avait quittée, elle n'avait plus de goût à rien, ne sortait plus, ne recevait plus. Elle passait la plus grande partie de ses nuits à pleurer. Le jour, elle errait dans le jardin comme une âme en peine en renvoyant ses servantes avec agacement. Pourtant, sachant que ses parents la blâmeraient si elle révélait son mal, elle tentait de calmer leur inquiétude en affirmant qu'elle allait bien. Au cours de ses insomnies, elle avait dû s'avouer que cette liaison avait représenté à ses yeux davantage que des rapports charnels, au point qu'elle était tombée amoureuse. Dans leur société, une fille de la noblesse ne pouvait s'abaisser à épouser un artisan, quelles que soient ses qualités. Pourtant, elle n'aurait reculé devant rien pour surmonter cet obstacle, elle aurait piétiné les convenances comme ces amazones qu'elle admirait, si cela lui avait permis de vivre avec l'homme de ses rêves. Elle se voyait passionaria brandissant l'étendard de la liberté de la femme, mais une évidence insoutenable venait doucher son exaltation : il ne l'aimait pas. Elle s'était jetée dans ses bras alors qu'il ne la regardait même pas, en lui promettant que seuls les corps seraient engagés dans cette relation pour obtenir qu'il couchât avec elle. Alors, si elle avait joué avec le feu, elle ne pouvait blâmer qu'elle-même.

Aux *nundines* suivantes, Heiasun alla passer la journée chez Tite Spurinna, content que le *princeps* n'eût pas organisé de fête comme il le faisait souvent. Les températures étant douces, les deux amis s'installèrent dans le jardin pour bavarder. Le notable se pencha vers la petite table sur laquelle était posé un plat rempli de gâteaux au miel.

— Mon ami Larezu affirme qu'il est très satisfait de la façon dont tu diriges les travaux.

Le jeune homme sourit.

— J'en suis heureux. Mon unique but est de lui plaire.

Tite croqua dans la friandise avec un clin d'œil taquin.

— Tu es très doué, je l'ai bien constaté sur cette villa. Mais je risque de devenir jaloux si tu fais mieux chez les autres que chez moi.

Le mosaïste haussa les sourcils.

— Que veux-tu dire ?

Le *princeps* essuya ses doigts poisseux sur un carré de tissu.

— Il m'a parlé de ton idée de mettre des mosaïques sur les murs de la salle d'eau. Je suis sûr que ce sera magnifique.

Heiasun esquissa une grimace soucieuse.

— Si ça tient. J'ai peur que l'eau finisse par désagréger mes joints.

Le notable saisit sa coupe de vin.

— Tu sauras bien éviter ça.

Le jeune homme jouait avec sa ceinture.

— Je l'espère.

Tite poussa le plat vers son ami qui refusa d'un geste.

— Dis-moi, as-tu revu la belle Vetia ?

Il avait vite deviné le piège dans lequel était tombé le mosaïste, qui lui avait tout avoué. Celui-ci se recula.

— Non, heureusement.

Le *princeps*, qui était très gourmand, reprit une douceur.

— L'on raconte qu'elle est malade et que ses parents s'angoissent beaucoup.

Heiasun écarquilla les yeux.

— Crois-tu que ce soit de ma faute ?

Le notable secoua la tête en éparpillant des miettes partout.

— Certainement pas ! Elle fait son malheur toute seule. Si, au moins, cette histoire pouvait lui faire comprendre qu'elle doit se ranger tant qu'il en est encore temps, ce serait une bonne chose. Ne te laisse surtout pas attendrir.

Le jeune homme se mordilla les lèvres.

— Je n'en ai pas l'intention.

Tite se lécha les doigts.

— Il paraît que Murina Tolumni est allé chez elle à plusieurs reprises, mais qu'elle n'a jamais accepté de le recevoir. Il en a été très vexé.

Le mosaïste but une gorgée.

— Qu'ils se débrouillent entre eux. Moi, je ne veux plus en entendre parler.

Le *princeps* approuva.

— Tu as bien raison.

Quelques jours plus tard, alors qu'il discutait avec l'entrepreneur de la pente du sol dans la salle d'eau, Heiasun vit arriver son client accompagné de Tite qui venait visiter le chantier. Amusé, il leur fit les honneurs du lieu, les entraîna d'une pièce à l'autre en expliquant les projets pour chacune, puis il leur montra ses dessins afin qu'ils puissent imaginer les futurs décors. Son ami contempla les ouvriers à quatre pattes d'un air déçu.

— Dommage ! J'aurais aimé admirer au moins le début des mosaïques.

Le jeune homme eut un petit rire.

— Tu es passé trop tôt. Pour le moment, nous devons préparer les supports afin de placer les tesselles sur une surface bien lisse.

Le *princeps* sourit.

— Et bien, je reviendrai.

Larezu lui posa une main sur l'épaule.

— Tu sais que tu es le bienvenu ici quand tu le désires.

Vetia ne se remettait pas. Plus elle s'efforçait d'oublier Heiasun, plus l'image du jeune homme la hantait, à tel point qu'elle se demandait si elle n'en deviendrait pas folle. Le besoin de le voir la tourmentait tant, qu'elle finit par y céder en espérant que cela lui permettrait de retrouver le repos. Elle enfila une robe simple de couleur sombre, rassembla ses longs cheveux roux en un chignon serré qu'elle enferma sous un bonnet de servante, avant de s'envelopper dans un grand châle. Pendant que ses esclaves dissimulaient son absence, la jeune fille se glissa hors de la maison, puis suivit les rues jusqu'au domaine de la famille Haspnas en baissant la tête pour ne pas être reconnue. Elle dut faire le tour de la propriété pour trouver l'endroit où se situait le chantier, mais eut la chance de découvrir un renfoncement bien placé, d'où elle pouvait observer la porte de la villa en toute discrétion. Alors, elle se fondit au milieu des ombres pour patienter en regardant les intervenants entrer et sortir, s'interpeller ou plaisanter, sans deviner sa présence. L'attente s'éternisa pendant des heures, au point qu'elle hésitait à partir, convaincue qu'il n'était pas sur le chantier, lorsque celui dont elle rêvait apparut sur le seuil, plus rayonnant que jamais. Le souffle court, Vetia dut mobiliser toute sa volonté pour ne pas courir vers lui. Elle s'appuya plus fort contre le mur en dévorant des yeux, sa silhouette musclée, ses épaules larges, sa taille mince, mais surtout son visage fin sous ses boucles blondes, éclairé par ses prunelles vertes pailletées d'or. Avec bonheur, elle écouta résonner sa voix grave qui la remuait jusqu'aux tréfonds de l'âme.

Inconscient de cet espionnage, Heiasun se détendait avec ses ouvriers qui savouraient cette pause rendue obligatoire par les chaleurs inusitées de celi[55]. Un long moment, ils bavardèrent, tandis qu'une outre d'eau fraîche passait de main en main. Puis, le jeune homme donna le signal de reprise du travail, au grand dépit de la jeune fille qui se désola quand il disparut dans la villa avec son équipe. Alors, elle rentra chez elle en souhaitant que personne ne se fût étonné de cette promenade.

Quelques jours plus tard, Vetia revint dans la ruelle, tel un papillon attiré par la flamme d'une bougie. Au lieu de la libérer, la vue de son ancien amant avait irrité le manque en lui rappelant ce qu'elle avait perdu. Cachée dans son renfoncement, elle tremblait du désir de se jeter dans ses bras, tandis que ses larmes coulaient à l'idée de la réprobation qui se peindrait sur le visage du jeune homme s'il la découvrait. Alors, elle s'incrustait un peu plus dans la paroi, priait pour qu'il s'attardât devant elle, mais dès qu'il pénétrait dans la maison, la douleur la ravageait. Obsédée par le besoin de le revoir, elle se plantait presque chaque jour face au mur d'enceinte derrière lequel il travaillait, en oubliant que ses parents s'étonneraient de ses absences.

Pourtant, ce ne fut pas son père qui lui demanda des comptes, mais un visiteur qui s'était frayé un chemin jusqu'à elle malgré les barrières

---

[55] 21 septembre — 20 octobre

qu'elle avait érigées. Il apparut un après-midi à la porte du pavillon d'été où elle fuyait le soleil. La jeune fille sursauta.

— Murina ! Que fais-tu ici ?

Il s'appuya d'une épaule à une colonne.

— Je viens prendre de tes nouvelles puisqu'il paraît que tu es malade.

Elle fit la moue.

— L'on murmure n'importe quoi. Je me porte très bien.

Il l'enveloppa d'un regard ironique.

— Tu m'en vois ravi. Pourquoi, dans ce cas, refuses-tu de me recevoir ?

Agacée, elle posa le rouleau qu'elle lisait près d'elle.

— Parce que c'est inutile. Je t'ai déjà précisé que je ne t'épouserai pas, il n'y a rien de plus à ajouter.

Il se campa devant elle, les poings sur les hanches.

— Évidemment, je ne suis pas ouvrier, moi ! Je ne suis qu'un fils de riches. Comme toi, d'ailleurs.

Elle écarquilla ses prunelles noires.

— Qu'est-ce que tu racontes ? Tu ne me plais pas, c'est tout.

Sourcils froncés, il brandit un index menaçant.

— Parce que je n'ai pas les cheveux dorés ni de beaux yeux verts. C'est à cause de lui, n'est-ce pas ?

Elle observa le jardin en affectant un air de profond ennui.

— Je ne vois pas de qui tu parles.

Le timbre du visiteur monta dans les aigus.

— Ce jeune mosaïste est venu travailler ici, et tu as craqué sur lui. On soutient même que tu es allée chez lui.

Elle contempla la silhouette maigre, les rares mèches châtain qui ne cachaient pas le crâne, ainsi que les prunelles grises, en recouvrant son dégoût d'une apparente indifférence.

— Je l'ai à peine regardé. D'ailleurs, les agrandissements sont finis depuis un moment. Laisse-moi tranquille !

Il serra les poings.

— Je saurai bien me débarrasser d'un tel rival.

Elle s'offrit le luxe de le toiser avec dédain.

— Tu es ridicule. Comme s'il était envisageable que j'épouse un artisan. Je me trouverai bientôt un prétendant sérieux, crois-moi.

Convaincu par cet argument imparable, Murina se calma, puis s'éloigna d'un pas lent, en cherchant comment obtenir qu'elle respectât la promesse qui lui avait été faite. Il n'était pas amoureux d'elle, mais Vetia était un brillant parti, aussi s'était-il vanté de sa bonne fortune devant les jeunes nobles qui la convoitaient, c'est pourquoi cette rupture brutale l'humiliait. Comme ses pairs ne l'appréciaient guère, ils ne manqueraient pas de se gausser de lui lorsqu'elle choisirait l'un d'entre eux pour le remplacer. Pourtant, il devait reconnaître que se voir préférer un ouvrier aurait été pire que tout, si bien que la remarque de la jeune fille le rassurait.

À côté du chantier qu'il menait pour Larezu Haspnas, Heiasun avait commencé à rénover sa propre maison, en y trouvant davantage de plaisir qu'il ne l'aurait cru. Comme il était d'usage dans ce cas-là, ses confrères lui avaient envoyé quelques-uns de leurs employés en ne lui faisant payer que le coût des matériaux, ce qui lui permettait d'achever ses travaux à moindres frais. La salle à manger était terminée, si bien qu'il s'était attaqué à l'ancienne chambre de Tarxi. Pumpu découvrit le nouveau triclinium à l'occasion d'une cena.

— Cette pièce est magnifique. Tu l'as embellie avec beaucoup de goût.

Le jeune homme sourit.

— Merci. J'avoue que je m'y sens plus chez moi, maintenant.

Le potier baissa la tête.

— Je constate que tu n'as rien modifié par terre. Ne désirais-tu pas changer le décor ?

Le mosaïste, qui portait sa cuillère à sa bouche, suspendit son geste.

— Non. Je ne voulais surtout pas toucher à l'œuvre de Tarxi. J'aurais cru accomplir un sacrilège.

Pumpu prit son gobelet.

— Je comprends. C'était ton maître, après tout.

Songeur, Heiasun contemplait les peintures.

— En réalité, je n'ai pas l'intention de remplacer les sols de la maison, sauf dans ma propre chambre dans laquelle je mettrai une mosaïque. J'ai toujours eu envie d'en avoir une.

Le potier opina avec un regard affectueux.

— Tu aurais bien tort de te priver.

Son amour pour son beau-fils s'était encore accru depuis que celui-ci l'avait entouré d'attentions pour l'aider à surmonter la mort de son fils, en passant chez lui presque tous les soirs pendant plusieurs *nones* afin de lui apporter le réconfort de sa présence.

Ce soir-là, allongé sur son lit, le jeune homme repensa à son arrivée dans cette demeure qui lui avait paru si luxueuse, à la tendresse que Nerinai lui avait prodiguée, à la gentillesse de Tarxi, puis s'amusa de la déception du garçon qu'il était devant la pierre nue formant le sol de sa chambre. Souvent, avant de s'endormir, il avait imaginé des décors luxuriants pour habiller la pièce, tout en se disant que son maître ne l'autoriserait jamais à les réaliser. Mais maintenant qu'il était propriétaire de cette villa, il pouvait laisser libre cours à ses désirs sans remords.

Le mois de xesfer[56] débutait lorsqu'en quittant le chantier à la tombée de la nuit, le mosaïste aperçut du coin de l'œil une ombre mouvante dans la rue, mais il n'eut pas le temps de se retourner, qu'elle avait disparu. Intrigué, il continua sa route en se demandant s'il avait bien vu ou s'il s'agissait d'un jeu de lumière, mais un frôlement suspect l'alerta. Alors, bien décidé à identifier celui qui le suivait ainsi, il accéléra l'allure pour semer son poursuivant, tourna dans une ruelle étroite qu'il dévala en courant, avant de bifurquer dans une nouvelle voie où il se plaqua contre le mur, juste après l'intersection. Pourtant, personne ne se montra, comme si l'individu avait abandonné sa traque en se sachant découvert. Après quelques minutes d'attente, il s'apprêtait à reprendre le chemin de sa maison quand une silhouette féminine s'avança dans le carrefour d'un pas hésitant. Heiasun supposa qu'elle était perdue, aussi se redressa-t-il pour lui proposer son aide, mais un rayon de lune dessina des traits qu'il connaissait. Furieux, il bondit vers elle.

— Vetia ! Que fais-tu ici ?

Elle sursauta.

— Oh ! Tu m'as fait peur.

Il fronça les sourcils.

— C'est toi qui me suis, n'est-ce pas ? Pourquoi ?

Déstabilisée, elle agita les mains en un geste de protestation.

— Je… Non ! Bien sûr que non !

Il la toisa, tout en adoptant un ton sec.

— Ne mens pas ! Sinon pourquoi te déguiserais-tu ainsi ?

Elle tendit les bras vers lui.

— Tu me manques. Ma vie n'a plus de sens sans toi.

Il haussa les épaules.

— Ne dis pas n'importe quoi. C'était une histoire sans lendemain, tu le sais bien.

Elle frémit devant l'expression glaciale de ses prunelles vertes.

— Nous n'aurions pas dû commencer. C'est de ma faute, j'en suis consciente. Mais maintenant, je t'aime.

Il recula d'un pas.

— C'est absurde. Je ne suis rien pour toi. Tu dois te ressaisir. Traîner dehors comme cela ne t'apportera rien de bon.

Déchirée par la dureté dont il faisait preuve, elle ravala ses larmes.

— Je ne peux pas t'oublier. J'ai essayé, mais j'en suis incapable.

Il se détourna.

— Ne compte pas sur moi, Vetia. Ta vie et la mienne n'ont rien en commun. Rentre chez toi et restes-y !

Agacé par ces jérémiades de petite fille gâtée, le jeune homme s'éloigna sans un regard en arrière, avec l'espoir qu'elle ne viendrait plus

------

[56] 21 octobre — 20 novembre

l'importuner. Dans les jours qui suivirent, comme il se méfiait malgré tout, il scruta les endroits qu'il fréquentait, se retourna dans la rue pour vérifier qu'elle n'était pas dans les parages, puis rassuré de ne pas la voir, il en déduisit qu'elle avait compris à quel point elle se rendait ridicule. Pourtant, il se trompait. La rudesse qu'il lui avait manifestée avait blessé la jeune fille au point qu'elle s'était enfermée dans sa chambre pour pleurer, mais au bout d'une *none*, le manque devint intolérable. Alors, elle se cacha à nouveau devant le chantier, en se promettant de ne plus le filer afin qu'il ne découvrît pas sa présence.

Ce matin-là, le mosaïste éprouva une sensation désagréable sans pouvoir définir en quoi elle consistait. Nerveux, il s'efforça de se concentrer sur son travail, mais ne put se détendre malgré l'ambiance de bonne camaraderie qui régnait entre les équipes. À mesure que le temps passait, ce sentiment l'oppressait davantage, jusqu'à ce qu'il se surprît à jeter un coup d'œil inquiet autour de lui comme si on l'espionnait. Alors, une lueur se fit jour en lui. Il sortit de la villa pour examiner les environs à la recherche d'une silhouette sombre. Très vite, il la devina dans le renfoncement où elle se dissimulait, si bien qu'il marcha vers elle d'un air exaspéré, puis s'appuya au mur d'une main en baissant la voix pour qu'on ne l'entendît pas de la maison.

— Qu'est-ce que tu fais encore là ?

Elle se tordit les doigts.

— Je… Je ne peux pas faire autrement. S'il te plaît, ne me rejette pas.

Il désigna l'extrémité de la rue.

— Rentre chez toi, tout de suite. Je ne veux plus te voir. Tu comprends ? Plus jamais !

Elle lui adressa un regard suppliant.

— Mais je ne t'importune pas. Je t'en prie, ne m'éconduis pas.

Il se redressa, le visage fermé.

— Ta seule présence me rend nerveux. Cette surveillance permanente est insupportable. Reste dans ton monde.

Elle effleura son bras en tremblant.

— Je suis si seule.

Il s'écarta sans se laisser attendrir.

— Et bien, trouve-toi un mari et oublie-moi.

Le cœur serré, elle obéit à son geste impérieux qui la renvoyait vers sa maison, tandis qu'excédé, il la suivait des yeux pour s'assurer qu'elle partait bien. Elle savait que c'était terminé. Désormais, il vérifierait qu'elle ne se cachait pas dans les parages, si bien qu'elle était condamnée à s'étioler chez elle.

Elle marchait d'un pas lent, plongée dans un désespoir si profond qu'elle finissait par envisager sans frémir de faire don de sa vie aux dieux infernaux. Aveugle à ce qui l'entourait, elle sursauta lorsqu'une main se referma sur son bras. Murina la fixait avec autant de hargne qu'Heiasun.

— Ah, ah ! Je t'y prends !

Elle se dégagea.

— Lâche-moi ! Qu'est-ce qui t'arrive ?

Il pinça le tissu de la robe trop simple.

— Que fais-tu toute seule dans les rues, ainsi déguisée ?

La colère l'envahit face à cet individu qu'elle haïssait.

— De quoi te mêles-tu ? Je fais ce que je veux. Va-t'en !

Il agita l'index dans la direction d'où elle venait.

— Je t'ai vue avec lui. Tu m'as menti. C'est cet homme que tu aimes.

Elle réprima un frisson de crainte pour esquisser une mimique moqueuse.

— Décidément, tu y tiens. Je l'ai rencontré par hasard, c'est tout.

Il tordit ses lèvres en un rictus ironique.

— Un hasard qui fait bien les choses.

Elle se détourna pour reprendre sa route.

— Je n'ai pas de comptes à te rendre. Nous ne sommes plus fiancés. D'ailleurs, ton attitude présente me prouve que j'ai eu raison de refuser de t'épouser. Avec des manières aussi odieuses, aucune femme ne voudra de toi.

Il l'attrapa pour la faire pivoter face à lui.

— C'est ce que nous verrons. En attendant, ton père m'avait fait une promesse, et j'entends bien qu'elle soit respectée.

Elle le repoussa avec dégoût.

— En aucun cas ! Nos fiançailles sont rompues. C'est de notoriété publique. J'ai déjà reçu quelques propositions.

Il serra les poings.

— De ton ouvrier, je suppose ? Mais je saurai bien y mettre un terme. Je ne souffrirai pas qu'il m'humilie de cette façon.

Elle le toisa d'un air méprisant.

— Il n'a jamais été question de lui. Je parle d'hommes épousables.

Il rougit de fureur.

— Ne mens pas ! J'ai bien remarqué comment tu le regardes. Il n'encombrera pas longtemps mon chemin.

À nouveau, elle s'énerva devant tant de bêtise.

— Laisse-le tranquille et cesse de m'espionner ! Maintenant, je rentre chez moi. Je te défends de me suivre.

Elle s'éloigna d'un pas rapide, à la fois exaspérée par la vanité de cet homme et angoissée pour Heiasun qui risquait de subir le contrecoup de cette jalousie maladive. Tout en se hâtant vers sa demeure, elle réfléchissait à la meilleure manière de le protéger. Il lui apparut très vite qu'elle devait se trouver un nouveau prétendant dans les plus brefs délais, afin de prouver à Murina que le jeune homme ne représentait rien pour elle. Mais au contraire de ce qu'elle avait affirmé, personne ne s'était encore déclaré, alors malgré sa détresse, il fallait qu'elle redevînt la jeune fille pleine d'entrain, appréciant la vie sociale, qu'elle était avant de rencontrer le mosaïste. Cela ne la tentait guère, mais elle était prête à tous les sacrifices pour celui qu'elle aimait.

La vengeance

Automne 295 av. J.-C.

La rénovation de l'ancienne chambre de Tarxi était terminée, si bien qu'Heiasun s'y était installé pendant les travaux dans son propre cubiculum, mais il ne s'y sentait pas à l'aise. Il n'avait jamais mis les pieds dans cette pièce durant sa jeunesse, sauf lorsque son maître s'était alité quelques jours avant sa mort, puis quand Nerinai avait vu son heure venir, si bien qu'il ne pouvait l'associer qu'à des souvenirs pénibles. C'est pourquoi il pressait les ouvriers qui composaient sa mosaïque comme il ne le faisait jamais sur un chantier, à leur grande surprise. Pourtant, il se montrait plutôt décontracté, plaisantait volontiers avec ses employés, en oubliant la nervosité qui l'avait empoisonné pendant plusieurs jours après son algarade avec Vetia. Malgré tout, il restait sur ses gardes. Chaque fois qu'il sortait dans la rue devant la villa en rénovation, il ne pouvait s'empêcher de regarder dans la direction du renfoncement pour s'assurer qu'elle n'y était pas ; il se retournait souvent lorsqu'il marchait dans la ville en traquant la moindre silhouette féminine ; enfin, il s'inquiétait si un visiteur imprévu se présentait à sa porte. Pour le moment, elle n'était pas réapparue, mais il redoutait de la retrouver sur son chemin si elle continuait à se sentir incapable de vivre sans lui, alors il demeurait vigilant, tout en entretenant l'espoir d'être enfin débarrassé d'elle.

De son côté, la jeune fille avait réalisé son projet en triomphant de ses réticences, à la grande joie de ses parents qui s'angoissaient de la voir s'enfermer sans raison. Elle avait renoué avec ses amis en refusant de s'expliquer sur sa période de déprime ; elle s'était rendue à quelques fêtes dans lesquelles elle s'était laissé conter fleurette par de jeunes héritiers ; maintenant, elle préparait une réception dans sa maison, mais elle n'avait pas invité Murina. Ses domestiques, soulagés de n'avoir plus à couvrir ses absences, se réjouissaient qu'elle reprît goût à la vie. Pourtant, ce n'était que poudre aux yeux. Vetia ne supportait pas cette agitation qui lui donnait envie de tout envoyer promener pour s'enfuir aussi loin que possible. Seule la conviction d'agir pour le bien d'Heiasun en le protégeant de la jalousie de Murina lui permettait de donner le change.

Elle était occupée à décorer les nouvelles pièces dont l'inauguration lui avait fourni le prétexte à sa fête, lorsqu'elle fut rejointe par Ramtha Zicu, son amie d'enfance. Petite et vive, celle-ci repoussa ses tresses brunes en contemplant la salle de ses prunelles bleues.

— C'est très joli.

La jeune fille se força à sourire.

— Merci. Je suis contente que cela te plaise.

Ramtha longea les murs pour admirer les peintures.

— En fait, je suis surtout heureuse de constater que tu vas mieux. Tu m'inquiétais vraiment.

Vetia haussa les épaules.

— Bah ! Il ne fallait pas te faire de soucis pour ça. Tu vois, c'est passé.

Son amie lui jeta un rapide coup d'œil.

— Que t'est-il arrivé ?

Avec elle, la jeune fille ne pouvait pas éluder la question, alors elle se rabattit sur la réponse la plus évidente.

— C'est à cause de Murina qui ne cesse de me harceler. Je ne peux plus le supporter.

Ramtha revint vers elle.

— Ah bon ? Je pensais qu'il s'agissait de ce jeune artisan.

Vetia se concentra sur les fleurs qu'elle arrangeait, tout en simulant l'indifférence.

— Lequel ?

Son amie s'approcha pour l'aider.

— Tu sais bien. Celui qui est si beau. J'ignore son nom. Il est mosaïste, il me semble.

La jeune fille redressa la tête d'un air perplexe.

— Quel rapport entre lui et moi ?

Ramtha esquissa une mimique malicieuse.

— Je connais ton penchant pour les ouvriers. Et celui-là en vaut vraiment la peine.

Vetia comprit que son amie ne la croirait pas si elle niait.

— Il m'a plu, c'est vrai. Mais c'est terminé depuis un bon moment déjà.

Ramtha la scruta avec curiosité.

— Et cela ne t'ennuie pas ?

La jeune fille ne devinait pas elle-même où elle puisait le courage de paraître blasée, alors que tout son être réclamait Heiasun.

— Mais non. De toute façon, c'est fini tout ça. J'ai l'intention de me ranger, et de me marier très vite. C'est la seule manière d'être enfin débarrassée de Murina.

Son amie noua un ruban autour de la composition florale qu'elle venait d'achever.

— Tu as raison. D'ailleurs, à vingt et un ans, il est grand temps d'y songer.

Vetia s'esclaffa.

— Cela te va bien de dire ça. Tu es encore célibataire, toi aussi.

Ramtha prit ses fleurs pour les accrocher au mur.

— Mais je suis fiancée. Nous pensons organiser les noces au printemps prochain.

La jeune fille afficha une expression réjouie.

— Félicitations ! Qui sait ? Nous convolerons peut-être en même temps.

Vetia fit taire sa panique à l'idée de ses futures épousailles, pour poursuivre la décoration de la pièce avec l'aide de son amie qui continuait à babiller.

***

Deux jours plus tard, Heiasun pénétra en trombe dans sa maison, laissa tomber sa toge trempée, tandis que son intendant l'enveloppait dans un grand drap pour le sécher. Depuis le matin, les nuages n'avaient cessé de déverser leur trop-plein sur Tarquinia, au point de transformer les rues en torrents, où par endroit les hauts trottoirs étaient submergés. Restant à l'abri de l'avancée du toit, le mosaïste longea l'atrium, au milieu duquel l'impluvium débordait, pour gagner la salle d'eau où un esclave le lava à l'eau chaude avant de lui donner des vêtements secs. Il rejoignit ensuite le triclinium pour s'y détendre un peu en attendant la cena, heureux d'avoir terminé sa journée de travail que le mauvais temps rendait harassante. Il s'était à peine étendu sur l'un des lits d'apparat que le régisseur entra dans la pièce, porteur d'un rouleau qu'il lui tendit. Étonné, le jeune homme regarda le sceau, puis il sourit en reconnaissant celui de Tite Spurinna qui l'invitait à une fête le lendemain soir. Il remit la missive à l'esclave pour qu'il l'emportât dans son bureau.

— Tu lui répondras que je viendrai avec plaisir.

Le domestique s'inclina.

— Bien, maître.

Le lendemain, la pluie avait cessé, mais de lourds nuages noirs encombraient toujours le ciel, tandis que l'air saturé d'humidité donnait aux gens l'impression de se mouvoir dans une étuve. Les ouvriers respiraient mal dans cette atmosphère qui les couvrait de sueur au

197

moindre effort, mais le travail se poursuivait. En passant d'un endroit à l'autre, Heiasun écoutait les doléances des différentes équipes sans être en mesure d'y remédier. Dans la salle de réception, l'un de ses poseurs grognait.

— Les joints ne sèchent pas.

Le mosaïste se pencha pour observer ce qu'il lui montrait.

— Je sais. Concentrez-vous plutôt sur l'ajout des tesselles.

Le jeune homme pénétra dans la future chambre du maître, où un peintre fixait le mur d'un air découragé.

— Je ne peux rien faire, le plâtre n'est pas posé.

Heiasun s'immobilisa près de lui en opinant.

— Il fait trop moite pour qu'il prenne. Vous devrez attendre que le temps change.

Le mosaïste traversa l'atrium pour gagner la salle d'eau, où un ouvrier s'escrimait sur la paroi.

— Je n'arrive pas à chauler les cloisons. La chaux coule en me laissant de grandes traces liquides.

Le jeune homme considéra le résultat qui faisait penser à un barbouillage d'enfant.

— Faites autre chose. Si cette humidité persiste la *none* prochaine, nous allumerons l'hypocauste.

Il finit par renvoyer les hommes chez eux bien avant la fin de l'après-midi, fatigué d'entendre des récriminations permanentes, puis rentra dans sa propre demeure, où il eut tout le loisir de se préparer pour la fête.

L'intendant de Tite l'accueillit d'un air amical, puis le conduisit au fond du jardin où les deux salles de réception étaient ouvertes, ce qui prouvait que l'on attendait une foule d'invités. Heiasun se faufila au milieu d'une assistance déjà importante, pour rejoindre le maître de maison qui trônait au centre de l'une des pièces. Celui-ci sauta sur ses pieds en le voyant arriver.

— Voilà mon très cher ami ! Alors, comment vas-tu ?

Le mosaïste sourit.

— Mais très bien.

Tite se réinstalla en le faisant asseoir auprès de lui, tandis que les hôtes s'égaillaient dans les deux salles en formant des groupes mouvants au gré des courants qui agitaient ce microcosme. Profitant de chaque moment de tranquillité, le *princeps* se penchait vers son ami pour lui glisser une remarque caustique au sujet d'un convive ou lui demander son avis sur un autre. Le jeune homme lui répondait sur le même ton, s'amusait des mêmes choses, tout en étant conscient que leur complicité ne plaisait pas à tout le monde. Au hasard des déplacements de l'assistance, il lui arrivait de croiser des regards hostiles ou méprisants.

Alors que l'on se pressait autour des serviteurs qui apportaient à boire, Tite se tourna vers Heiasun.

— Vetia est guérie, semble-t-il.

Le mosaïste le fixa avec surprise.

— Comment le sais-tu ?

Le *princeps* but une gorgée.

— Elle s'est montrée à plusieurs fêtes, et l'on annonce qu'elle organise une grande réception dans la maison de ses parents.

Le jeune homme posa une main sur l'accoudoir de sa curule.

— Y seras-tu invité ?

Le notable secoua la tête.

— Je ne crois pas. Nous ne nous sommes jamais fréquentés. D'ailleurs, tu as pu constater qu'elle ne vient jamais ici.

Heiasun contempla la salle d'un air pensif.

— Je suis content pour elle.

Tite l'enveloppa d'un regard affectueux.

— Et moi, je suis soulagé pour toi. Elle ne t'empoisonnera plus la vie. L'on raconte qu'elle se laisse volontiers courtiser.

Le mosaïste accueillit la précision avec indifférence.

— Tant mieux. Je lui souhaite d'être heureuse.

La cena tirait à sa fin, les domestiques apportaient les desserts, lorsque l'un des convives se leva pour aller chercher un pichet de vin d'une démarche mal assurée. Revenant au milieu des lits de banquet, il brandit le récipient d'un air triomphant, mais renversa une partie de son contenu.

— Qui… qui en veut ?

Agacé, Tite se redressa sur un coude.

— Couche-toi ! Les esclaves sont là pour faire le service.

L'ivrogne se tourna vers lui en vacillant, mais son regard tomba sur son voisin, ce qui amena un sourire rusé sur son visage. Il tendit la carafe d'un air qui se voulait engageant.

— Allez He… Heia… sun ! Un p'tit coup !

Le jeune homme adopta un ton poli pour ne pas envenimer la situation.

— Non, merci.

Pourtant, son interlocuteur ne l'entendait pas ainsi.

— Tu fff… fais le fier, hein ?

Le *princeps* s'énerva.

— Laisse-le tranquille !

Heiasun savait apprécier un bon vin lorsqu'il recevait des amis, mais il évitait d'en prendre lors des soirées de Tite, afin de ne pas perdre le contrôle de ses actes au milieu de ces gens dont beaucoup lui étaient hostiles. C'est pourquoi, en général, il se contentait d'un seul verre qu'il faisait durer tout le repas. Un convive un peu plus sobre se tourna vers le maître de maison.

— Pourquoi le défends-tu comme ça ? Personne ne lui veut de mal.

Le notable n'eut pas le temps de répondre que l'ivrogne se penchait pour souffler son haleine chargée au visage du mosaïste.

— Tu… tu préfères… la ppp… piquette ? Dans les bbb… basses classes, on… on bbb… boit…

Tite le vrilla d'un coup d'œil glacial.

— Va te coucher !

Oscillant d'avant en arrière, l'homme renversa le pichet au-dessus du gobelet d'Heiasun avec un sourire victorieux, ce qui provoqua la colère du *princeps*. D'un air furieux, il se retourna pour ordonner à ses esclaves de jeter dehors le perturbateur, sans tenir compte des expressions de désapprobation sur les visages de ses invités. L'ivrogne quitta la pièce en poursuivant ses railleries.

— On ne tou… touche pas au mi… mignon de Tite !

Le notable vit rouge.

— Je ne veux plus jamais te voir !

Gêné, le mosaïste lui posa une main sur le bras.

— Oublie ça.

Tite fronça les sourcils.

— Certainement pas ! On ne se comporte pas ainsi sous mon toit.

Personne ne fit de commentaires, mais cet incident alourdit l'ambiance, à tel point que bien des convives s'en allèrent de bonne heure, en s'arrangeant pour ne pas adresser la parole au jeune homme. Quand il n'y eut plus personne, Heiasun eut un triste soupir.

— Je ne devrais peut-être plus venir à tes soirées.

Le *princeps* passa un bras autour de ses épaules.

— Ne te laisse pas abattre pour si peu. Ce n'est que la marque de leur stupidité. Notre amitié m'est plus précieuse que leur fréquentation. Pourquoi devrais-je la cacher ?

Le mosaïste le fixa d'un air soucieux.

— Comme tu veux, mais cela risque de t'attirer des ennuis.

Le notable lui décocha un sourire réconfortant.

— Je n'imagine vraiment pas lesquels. Cesse donc de t'inquiéter.

Le lendemain, le jeune homme mit à profit le repos hebdomadaire pour se rendre sur les remparts, où il n'était pas retourné depuis la mort d'Aranth. D'un pas lent, il suivit le chemin de ronde, regarda la campagne sans la voir, jusqu'à ce qu'il atteignît la partie qui faisait face à la mer. Alors, il s'appuya au muret pour contempler le paysage, le cœur lourd au souvenir de tout ce qu'il avait vécu avec le fils de l'entrepreneur, ce qui lui fit réaliser à quel point il était seul depuis sa disparition. Il appréciait la compagnie de Tite, mais il lui manquait un ami avec lequel il aurait pu partager tous les aspects de sa vie, comme c'était le cas avec Aranth. Avec un vague sourire, il pensa à Pumpu qui rêvait tant de le voir trouver une compagne pour rompre sa solitude, mais les couples qu'il fréquentait n'offraient pas d'exemples attirants. Aucun des amis de sa jeunesse ne semblait expérimenter une véritable communion avec son épouse, si bien qu'il en concluait que ce genre de relation n'existait pas entre hommes et femmes, bien que cela lui parût désirable. Pourtant, un vieux souvenir s'agitait au fond de sa mémoire, qui lui donnait l'impression d'avoir connu une telle expérience, mais il ne parvenait pas à le préciser. Au moment où il se redressait pour reprendre sa promenade, l'image d'une petite fille lui traversa l'esprit en le rejetant à une période presque effacée de sa vie. Durant son enfance, il avait bien goûté une telle amitié avec une fille dont il avait oublié le nom, mais ils étaient très jeunes, tous les deux, alors les différences liées au sexe ne s'étaient pas encore manifestées. Amusé, il songea qu'il ne la reconnaîtrait pas s'il la croisait, mais cela ne le troubla guère.

***

La fête de Vetia fut l'un des événements de la saison. Après sa disparition, tout le monde se précipita chez elle dans l'espoir d'apprendre ce qui avait bien pu lui arriver. L'on s'attendait à trouver la jeune fille languissante, mais elle se montra plus enjouée encore que lors de ses sorties précédentes, au point d'accueillir ses invités avec une joie rieuse qui faisait plaisir à voir. Comme elle tournait le sujet en plaisanterie chaque fois que quelqu'un l'abordait, personne ne parvint à savoir ce qui l'avait poussée à s'enfermer pendant si longtemps. Sa meilleure amie laissa entendre que son fiancé éconduit n'était pas étranger à cette attitude inexplicable, mais comme elle ne donnait pas de détails, la question resta en suspens. Vetia ne se priva pas de badiner avec les jeunes gens présents en rappelant qu'elle avait rompu avec Murina, afin que l'on comprît qu'elle était disponible pour un engagement sérieux, ce qui en intéressa beaucoup.

Son plan marcha mieux encore qu'elle l'avait imaginé. Quelques jours plus tard, un haut magistrat de la cité la demanda en mariage pour son fils. Il s'agissait de Teithurna Marcni, un jeune homme réservé dont elle prisait la grande intelligence, si bien qu'elle accepta la proposition transmise par son père, malgré la peine qu'elle lui causait. Ce serment qu'elle ne briserait pas l'éloignait à jamais de l'homme qu'elle aimait, tout en prouvant à Murina que ses soupçons n'étaient pas fondés, ce qui était le but qu'elle poursuivait. Alors, elle se promit d'être une épouse exemplaire pour ce jeune homme qui ne devait pas souffrir de n'être qu'un pis-aller.

Le lendemain, Teithurna lui rendit visite pour préparer leurs accordailles, mais il se montra si radieux et si maladroit qu'elle en vint à subodorer qu'il fût amoureux d'elle. Bien qu'il ne possédât pas la beauté rayonnante d'Heiasun, elle appréciait sa chevelure châtain, ses

201

yeux noisette, tout en reconnaissant qu'avec sa haute taille et sa silhouette bien découplée, il ne manquait pas d'allure. Lorsqu'ils eurent réglé les détails de leur engagement, il s'enhardit à lui prendre la main.

— J'ai été très heureux de constater que tu allais bien l'autre soir.

Elle sourit sans s'écarter.

— Je suis flattée que tu t'intéresses autant à moi.

Mal à l'aise, il regarda autour de lui.

— Que t'est-il arrivé pour que tu t'enfermes ainsi ?

Elle décida d'établir tout de suite leurs relations sur une apparente confiance.

— Murina me harcelait tellement à cause de la rupture de nos vœux que je n'en pouvais plus.

Il la scruta avec curiosité.

— Est-ce la seule raison ?

Elle opina en laissant paraître son angoisse.

— Absolument ! Il me fait peur. Je crois qu'il pourrait devenir dangereux.

Il caressa ses doigts avec douceur.

— Ne t'inquiète pas. Dès que notre engagement sera officiel, il ne pourra plus rien contre toi.

Elle soupira.

— J'en serai infiniment soulagée.

La jeune fille cacha son amusement en voyant Teithurna se redresser, gonflé d'orgueil à l'idée qu'il la protégeait, mais peu désireuse de le blesser, elle ne fit pas de commentaires. Elle avait vraiment hâte que ses fiançailles soient publiées afin d'éloigner le péril d'Heiasun, mais elle devait respecter les convenances voulant que leurs pères se chargent de l'annoncer, au lieu de diffuser la nouvelle elle-même.

L'hiver n'était pas encore arrivé que le froid s'était déjà installé avec son cortège de vents et de pluies verglaçantes, ce qui rendait la circulation difficile sur les pavés glissants. Lors des *nundines*, le mosaïste rendit visite à Tite qui avait attrapé un vilain rhume, si bien qu'il devait garder la chambre jusqu'à sa guérison. Allongé dans son lit, le *princeps* l'accueillit avec joie.

— Heureusement que tu viens me voir. Mes prétendus amis, qui ne ratent pas une seule de mes fêtes, semblent avoir oublié le chemin de ma maison.

Le jeune homme s'assit à son chevet en souriant.

— J'apprécie ta compagnie même quand tu es alité.

Le malade lui pressa le poignet.

— Oui, je sais que ton amitié est sincère.

Heiasun avisa une statuette dorée sur la table.

— C'est joli. Je ne l'avais jamais remarquée.

Tite contempla l'objet avec tendresse.

— Je l'ai acquise il y a quelques jours. Elle est en or massif. C'est une représentation de la Déesse Turan.

Le mosaïste se tourna vers son ami d'un air surpris.

— Tout en or ? Elle doit valoir une fortune.

Le *princeps* opina.

— C'est le cas. Je ne la montrerais pas à tout le monde de peur qu'on me la vole, mais tant que je suis cloué au lit, je préfère la garder près de moi pour l'admirer.

Le jeune homme fit la grimace.

— Alors, ne reçois pas n'importe qui.

Le malade lui adressa un clin d'œil malicieux.

— Aucun risque puisque personne ne vient.

Comme les toitures de la maison à rénover étaient terminées, les ouvriers jouissaient de conditions plus confortables, d'autant qu'Heiasun avait obtenu de Larezu Haspnas qu'il allumât l'hypocauste pour que les matériaux soient plus faciles à travailler. Depuis qu'il était libéré du poids que Vetia faisait peser sur sa vie, le mosaïste s'adonnait à ses multiples tâches avec bonheur, des projets qu'il mettait en forme pour les clients attirés par sa renommée grandissante, jusqu'à la direction de ses employés sur le chantier.

Alors qu'il avait rendu visite à un commanditaire, le jeune homme passa chez Pumpu pour prendre de ses nouvelles avant de rentrer. Le potier, qui avait toujours bon pied bon œil, l'accueillit avec plaisir.

— J'entends beaucoup parler de toi en ce moment.

Assis dans la petite salle, Heiasun fit la moue.

— Je ne suis pas sûr que ce soit une bonne chose.

Son beau-père se pencha pour poser une main sur son genou.

— Cela prouve que tu es un excellent artisan. Je suis certain que ta pauvre mère serait aussi fière que moi.

Le mosaïste soupira.

— La réussite ne plaît pas à tout le monde. J'ai l'impression que certains de mes amis me jalousent.

Pumpu haussa les épaules.

— Bah ! Ne t'en inquiète pas. Les gens envieux sont légion, tu ne dois pas leur accorder d'importance.

Le jeune homme ne s'attarda pas chez le potier, mais en suivant les rues, il revint sur le sujet qui le tarabustait depuis quelque temps. Devait-il développer son entreprise ou refuser des clients pour ne pas se faire d'ennemis ? Il était incapable de définir la meilleure option. Plongé dans ses pensées, il sursauta lorsqu'une voix joyeuse l'en arracha, alors il releva la tête pour découvrir qu'il se trouvait sur le forum, face à Vetia.

— Bonjour, Heiasun. Tu parais bien songeur.

Il retint un mouvement de recul en se demandant ce qu'elle lui voulait encore.

— Oh ! Bonjour, Vetia. Je réfléchissais.

Elle sourit.

— Je vois ça.

En se rapprochant, elle baissa le ton.

— Rassure-toi, je ne t'ennuierai plus. Je suis fiancée.

Il écarta les bras, mais fit un pas en arrière.

— Félicitations !

Sans montrer à quel point l'attitude distante du mosaïste la blessait, elle afficha un bonheur qu'elle n'éprouvait pas.

— Je pourrais te retourner le compliment. J'ai entendu dire que tu es très sollicité en ce moment.

Il hocha la tête d'un air soucieux.

— Oui, mais j'hésite entre embaucher de nouveaux ouvriers ou décliner des chantiers. J'ai peur de m'attirer beaucoup de jalousies si je développe encore mon affaire.

Elle croisa ses mains sur son ventre.

— C'est possible. Pourtant, si tu refuses des clients, personne ne t'en sera reconnaissant. Tes concurrents les récupéreront, mais ils te mépriseront de n'être pas un bon chef d'entreprise.

Le jeune homme s'éclaira.

— C'est vrai. Je n'avais pas pensé à ça. Merci, Vetia, pour tes conseils avisés.

Elle opina avec une expression sereine.

— Ce fut un plaisir.

Heiasun la salua, puis s'éloigna d'un pas rapide, tandis qu'elle le suivait des yeux avec la sensation que son cœur éclatait. Quand il eut disparu, elle se détourna afin de regagner sa maison, tout en s'efforçant d'enfermer ses sentiments au plus profond d'elle-même, mais elle se promit d'éviter désormais le mosaïste pour ne pas raviver sa peine.

— Ah, ah ! Je t'y prends !

La jeune fille sursauta, tandis que son visage se fermait.

— Murina ! Tu m'as fait peur.

Le noble désigna le forum.

— Oseras-tu encore prétendre qu'il n'y a rien entre cet artisan et toi ? Vous venez d'arranger un rendez-vous, je suppose.

Elle ne put contrôler sa fureur.

— Mais pas du tout ! Je l'ai salué poliment. C'est tout !

Il la fixa d'un air mauvais.

— C'était une bien longue conversation pour un simple bonjour.

Agacée, elle fit le geste de le renvoyer.

— Mais cesse de m'espionner.

Il plaqua ses poings sur ses hanches.

— Tu m'as repoussé pour cet homme, mais je saurai bien m'en débarrasser.

Elle eut un rire moqueur.

— Tu n'as vraiment rien compris. Je me suis promise à un autre.

Il s'avança vers elle.

— Qui ? Je ne te crois pas.

Elle le toisa avec un écrasant dédain.

— Je dois attendre que nos pères en fassent l'annonce officielle, tu le sais bien. Laisse-moi tranquille, tu n'obtiendras rien de moi.

Le visage de Murina se tordit de colère.

— Nous verrons.

Sur ces paroles menaçantes, il s'éloigna sous le regard angoissé de Vetia. Elle jeta un coup d'œil autour d'elle, prête à se précipiter vers Heiasun pour le prévenir du danger, mais le mosaïste avait disparu. Alors, elle se dirigea vers sa demeure avec l'intention de harceler son père pour qu'il révélât son futur mariage au plus vite, afin de mettre le jeune homme à l'abri des sombres projets de Murina.

Pourtant, elle ne put obtenir gain de cause. Pour redorer la réputation de sa fille écornée par la rupture de ses précédentes fiançailles, son père voulut faire de ce nouvel engagement un événement important. Alors, il organisa avec le père de Teithurna une réception qui aurait lieu le jour de la fête de Tinia au solstice d'hiver, ce qui obligeait Vetia à ronger son frein encore deux *nones* avant d'être délivrée de ses craintes.

***

Quelques jours plus tard, Murina se rendit chez Tite Spurinna. Comme tout le monde, il était au courant de l'amitié que le *princeps* entretenait pour Heiasun, mais il savait aussi que beaucoup de leurs pairs ne l'approuvaient pas, surtout après l'incident qui s'était produit lors de la dernière soirée. L'intendant le conduisit à la porte de la chambre du maître de maison, puis s'éloigna pour assurer son travail, sans plus s'intéresser à ce visiteur qu'il ne connaissait pas.

Nul ne vit l'ancien fiancé de Vetia repartir, ce qui n'avait rien d'étonnant dans cette vaste villa où les esclaves n'avaient guère le temps de musarder. Dès qu'il fut rentré chez lui, Murina envoya l'un de ses domestiques à la recherche d'Heiasun, puis s'installa dans son tablinum en se frottant les mains de jubilation.

Le mosaïste était sur le chantier lorsque l'esclave arriva, un peu essoufflé d'avoir couru partout pour le trouver. Assis en tailleur, son écritoire sur les genoux, le jeune homme leva la tête d'un air surpris.

— Que me voulez-vous ?

Le serviteur s'inclina.

— J'ai une requête à vous transmettre : vous devez vous rendre tout de suite auprès de votre ami, Tite Spurinna.

Aussitôt inquiet, Heiasun déposa son matériel près de lui.

205

— Pourquoi ? Son état a-t-il empiré ?

Le domestique écarta les bras en signe d'ignorance.

— Je ne sais pas, je devais juste vous apporter ce message.

Le mosaïste se remit debout.

— Merci.

Tandis que le jeune homme se ruait chez son ami, l'esclave retourna auprès de son maître pour lui rendre compte de sa mission, ce qui réjouit fort Murina.

Heiasun fut reçu par l'intendant perplexe, qui affirma n'avoir pas envoyé d'émissaire, alors par précaution, le mosaïste gagna la chambre de Tite, convaincu que son ami rirait de son angoisse. Pourtant, il avait à peine ouvert la porte que le silence régnant dans la pièce figea son sang dans ses veines. En retenant son souffle, il louvoya entre les meubles, mais se pétrifia devant le spectacle qui s'offrait à lui. Tite gisait sur ses draps ensanglantés, la gorge tranchée, ses yeux exorbités fixant le plafond. Affolé, le jeune homme se précipita vers lui, incapable de comprendre ce qui s'était passé.

Des pas résonnèrent au-dehors, des hommes portant l'uniforme des vigiles pénétrèrent dans la chambre, puis une main s'abattit sur l'épaule du mosaïste.

— Heiasun Churcles, je vous arrête pour meurtre.

La prison

Automne 295 av. J.-C.

Heiasun ouvrit les yeux, jeta un regard circulaire en cherchant les repères familiers de sa chambre sans rien reconnaître dans cette pièce inconnue, mais la vue des murs nus et des barreaux devant la fenêtre percée sous le plafond le ramena à la réalité. Alors, il se redressa en frissonnant, puis resserra sa toge autour de lui pour se protéger du froid qui régnait dans la cellule. Découragé, il retraça l'enchaînement des événements qui l'avaient conduit en prison, sans comprendre comment il avait pu en arriver là.

Sans écouter ses protestations, les vigiles lui avaient attaché les mains dans le dos en lui intimant l'ordre de cesser de nier l'évidence. Il les avait suivis avec l'espoir de rencontrer un responsable devant lequel il pourrait s'expliquer, mais les gardes s'étaient contentés de l'enfermer dans cette pièce glaciale meublée d'un matelas posé à même la pierre. Lorsque, bien plus tard, on lui avait donné un repas frugal, il avait interrogé le geôlier pour savoir ce qui lui adviendrait, mais celui-ci avait répondu avec un haussement d'épaules qu'il l'ignorait. La nuit avait été interminable, coupée par de courtes périodes d'un sommeil agité dont il sortait épuisé et courbaturé.

La porte s'ouvrit sur le gardien qui lui apportait à manger, alors que le mosaïste arpentait le réduit pour se réchauffer.

— J'ai froid. N'y a-t-il pas de chauffage dans ce bâtiment ?

Le geôlier s'esclaffa en déposant un bol de soupe sur le sol.

— Du chauffage ! Et pourquoi pas des menus fins aussi ? Ce n'est pas une auberge pour criminels ici.

Le jeune homme pâlit.

— Je n'ai tué personne.

Le gardien se détourna avec un sourire railleur.

— Ce n'est pas ce que l'on m'a dit.

Heiasun se laissa retomber sur la paillasse en réalisant avec horreur que toute la ville devait le considérer comme un assassin. Sa réputation était détruite, quant à sa vie, elle ne tenait plus qu'à un fil puisqu'un meurtre était toujours puni de mort. Il ne pouvait espérer aucune clémence de la part des magistrats qui seraient d'autant plus désireux de le condamner que la victime faisait partie de leur caste. À leurs yeux, il avait commis un crime odieux en égorgeant le notable qui lui faisait l'honneur de son amitié, alors aucun d'entre eux ne voudrait envisager qu'il fût innocent. Comment pourraient-ils douter des déclarations des vigiles, alors que lui-même ne comprenait pas ce qui s'était passé ? Lorsqu'il était arrivé, les domestiques de la villa croyaient encore leur maître vivant. Or, il n'avait pas eu la présence d'esprit de se faire accompagner par l'intendant qui aurait pu témoigner en sa faveur. Dans ces conditions, comment parviendrait-il à prouver sa bonne foi ? Et de qui venait le message qui l'avait attiré sur les lieux ?

Avec un soupir de découragement, le jeune homme repoussa le bol de soupe apporté par le geôlier. L'appétit coupé, il songea qu'il n'aurait plus l'occasion d'apprécier un repas, seul ou en agréable compagnie. D'ailleurs, il n'avait plus d'amis. Avec un frisson de terreur, il se recroquevilla en s'efforçant de ne pas penser au sort qui l'attendait. Le meurtre d'un magistrat étant considéré comme particulièrement grave, il serait enterré vivant, à moins qu'on ne l'enfermât dans un sac avec un coq et un serpent avant de le jeter dans le fleuve. Quoi qu'il en soit, il connaîtrait une fin horrible qui lui faisait souhaiter mourir sur-le-champ puisqu'il n'avait plus aucun espoir.

Lorsque le gardien découvrit qu'il n'avait pas touché à sa soupe, il se moqua de lui sans pitié.

— Ne veux-tu pas manger ?

Assis sur le matelas, les bras noués autour de ses jambes repliées, Heiasun soupira.

— Je n'ai pas faim.

Le geôlier reprit le bol.

— Tu t'imagines peut-être fléchir les juges en faisant la grève de la faim, mais tu te trompes. Ils n'apprécient guère les jérémiades.

Le jeune homme détourna la tête en silence, sachant qu'il ne gagnerait rien à répondre à ces provocations. Le gardien le considéra d'un air ironique.

— Dis-moi si je dois t'apporter un repas ce midi, que je ne me fatigue pas pour rien !

Sans bouger, le prisonnier se contenta d'un murmure.

— Je ne crois pas que ce soit nécessaire.

Le geôlier franchit la porte.

— Au moins, tu es honnête.

Heiasun retomba dans ses pensées déprimantes, tandis que les événements repassaient en boucle dans sa tête au point de le rendre fou, alors il se mit à retracer sa vie depuis ses premières années à Roselle pour empêcher son esprit de vagabonder. Au souvenir de Pumpu qui s'était toujours montré si bienveillant envers lui, son cœur se serra avec la sensation d'avoir trahi sa confiance, bien qu'il ne fût pas coupable. Quand la fragile silhouette d'Aranth surgit devant ses yeux, il songea que son ami n'aurait jamais ajouté foi à cette accusation, alors plus que jamais, il ressentit la douleur de l'absence. Mais lorsque l'image de Tarxi se présenta tel un reproche muet, le jeune homme se plia en deux comme sous l'effet d'un coup. Ses larmes jaillirent soudain, tandis que des sanglots incontrôlables le secouaient.

Il pleura longtemps avant de s'effondrer sur sa paillasse, à la limite de la suffocation. Peu à peu, il se calma, mais resta allongé sans bouger, dans un état second entre sommeil et veille. Quand le gardien apporta le prandium, il se contenta de déposer son plateau avant de repartir, sans chercher à le faire réagir. Heiasun le suivit d'un regard morne, vaguement étonné de le revoir alors qu'il avait annoncé ne plus vouloir lui donner à manger. Son retour un peu plus tard ne fut pas perçu par le prisonnier qui le confondit avec les silhouettes déformées tournant sans fin dans la brume de son esprit.

Le jeune homme ne comprit pas pourquoi on le secouait. Ramené sans douceur à la réalité, il ne savait pas s'il avait rêvé ou si le geôlier revenait dans la cellule pour la troisième fois. Il se passa une main sur le visage.

— Qu'y a-t-il ?

Le gardien le dominait de toute sa taille.

— Lève-toi, le vigile chargé de l'enquête attend de t'interroger.

Heiasun s'appuya sur un coude.

— Il ne voudra même pas m'écouter.

Le geôlier le fixait sans aménité.

— Tu n'as pas le choix. Tu dois le rencontrer pour répondre à ses questions. C'est la loi.

Résigné, le prisonnier se mit debout, tandis que le gardien lui saisissait le bras pour le conduire le long des couloirs, jusqu'à une petite pièce dans laquelle se trouvaient deux curules face-à-face, dont l'une d'elles était déjà occupée par un homme qu'il n'avait jamais vu.

— Heiasun Churcles ?

Le jeune homme opina.

— Oui.

L'enquêteur désigna le deuxième siège.

— Assieds-toi. Pourquoi as-tu tué Tite Spurinna ?

Heiasun sursauta.

— Mais ce n'est pas moi !

Le vigile fronça les sourcils.

— Pourquoi mens-tu ? Mes collègues t'ont pris sur le fait, alors que tu étais penché sur lui.

Le jeune homme n'avait plus d'espoir, mais il décida de se battre jusqu'au bout.

— En entrant dans sa chambre, je l'ai découvert baignant dans son sang. J'ai cherché s'il était encore vivant. D'ailleurs, je n'avais pas d'arme sur moi. Vous pouvez vérifier.

L'enquêteur haussa les épaules.

— La belle affaire ! Tu as pu la jeter avant notre arrivée. Qu'as-tu fait de la statuette ?

Heiasun écarquilla les yeux.

— Quelle statuette ?

Le vigile eut un geste vague.

— Un bibelot en or. C'est pour le voler que tu l'as tué, n'est-ce pas ?

Le jeune homme réalisa soudain.

— Quoi ? La figurine de Turan ? Mais je ne l'ai pas. Je ne la lui aurais jamais subtilisée. Il y tenait tellement.

L'enquêteur se pencha en avant.

— Il t'a surpris à la dérober. C'est ça ?

Heiasun s'énerva.

— Mais vous ne m'écoutez pas ! J'ai reçu un message sur le chantier qui me demandait de me rendre chez lui le plus vite possible. Croyant que sa maladie s'était aggravée, j'y ai couru et je l'ai trouvé mort.

Le vigile eut une mimique moqueuse.

— Aucun esclave de Tite Spurinna n'est allé te chercher.

Le jeune homme serra ses mains l'une contre l'autre.

— Je sais. Son intendant me l'a dit. J'ignore qui m'a prévenu et pourquoi.

L'enquêteur prit un air triomphant.

— Parce que personne ne l'a fait. Tu as inventé ce prétexte pour t'introduire chez lui.

Heiasun tendit le bras vers l'extérieur.

— Interrogez mes ouvriers. Ils ont vu l'émissaire.

Le vigile fit la grimace.

— Ils te sont dévoués, ils raconteraient n'importe quoi pour te sauver.

Le jeune homme frotta son front avec désespoir.

— Ce n'est pas vrai ! Mais c'est un cauchemar ! J'appréciais Tite. Jamais je ne lui aurais fait de mal.

L'enquêteur se carra sur son siège.

— Qui aurait pu le tuer alors ? Il n'avait pas d'ennemis. On te découvre seul dans sa chambre sans raison valable, et comme par hasard, une statuette précieuse a disparu. Personne parmi les gens qu'il fréquentait n'était ruiné au point de lui dérober ce bibelot. Toi, tu ne trouves pas mieux que de nous servir une vague histoire de messager fantôme pour te justifier. C'est un peu gros.

Avec lassitude, Heiasun posa ses coudes sur ses genoux.

— Moi non plus, je n'ai pas besoin d'argent. Mon entreprise marche très bien.

Le vigile le toisa d'un air hostile.

— Peut-être, mais la fréquentation de Tite t'a donné des envies de luxe.

Le jeune homme secoua la tête.

— Pas du tout. Je suis très heureux avec ce que j'ai.

L'enquêteur croisa les bras.

— C'est ce que tu prétends. On fouillera ta maison. Gare à toi si l'on y retrouve la statuette.

Le vigile appela le gardien qui ramena Heiasun dans sa cellule sans un mot. Le jeune homme se laissa tomber sur sa paillasse avec découragement, en songeant que cet interrogatoire n'avait servi à rien puisqu'il était condamné d'avance. La perquisition de sa demeure ne permettrait pas aux soldats de mettre la main sur la figurine qui n'avait jamais été en sa possession, mais ses accusateurs n'en démordraient pas pour autant. Comme les membres de la caste supérieure étaient au-dessus de tout soupçon, les ressortissants de la jeunesse dorée qui venaient aux réceptions de Tite ne seraient jamais inquiétés. Il était le coupable idéal qui arrangeait tout le monde, en offrant une revanche éclatante à ceux qui détestaient le voir fréquenter Tite, si bien que l'on n'arrêterait jamais le véritable meurtrier.

***

Ramtha Zicu surgit comme un ouragan dans la chambre de Vetia pour se précipiter vers son amie assise devant sa coiffeuse.

— Il faut que tu interviennes, et vite !

La jeune fille tourna la tête au grand dam de l'esclave qui la peignait.

— Mais de quoi parles-tu ? Qu'y a-t-il de si urgent ?

Son amie posa une main sur le bord de la table.

— Comment ? N'es-tu pas au courant ? Ton mosaïste est en prison.

Vetia tressaillit.

— Quoi ? Heiasun ! Mais pourquoi ?

Ramtha pianota sur le plateau.

— Il est accusé d'avoir assassiné Tite Spurinna, avec lequel il était ami.

La jeune fille haussa les sourcils.

— Tite Spurinna est mort ?

Son amie opina.

— On l'a égorgé hier soir. Les vigiles ont découvert le mosaïste auprès de lui et l'ont arrêté.

Vetia fit la moue.

211

— C'est ridicule ! Heiasun est incapable de tuer quelqu'un. Encore moins son ami !

Ramtha écarta les bras.

— Tout le monde le croit, pourtant.

Sans même vérifier que ses cheveux étaient bien attachés, la jeune fille se leva.

— Je m'en occupe. Merci de m'avoir prévenue, Ramtha.

Vetia commença par aller trouver son père pour apprendre la version officielle de l'affaire. Celui-ci estimait que ce n'était pas un sujet de conversation pour une demoiselle, mais connaissant sa fille, il finit par lui raconter l'histoire dans ses moindres détails afin qu'elle cessât de le harceler. Elle le laissa parler en cachant ses sentiments, reconnut qu'il ne fallait pas accorder trop de confiance aux membres des basses classes, évita de suggérer que le mosaïste pût être innocent, puis remercia son père pour ces informations. Pourtant, dès qu'elle eut regagné sa chambre, elle se lança dans la conception d'un plan pour découvrir la vérité.

Sachant qu'elle avait un délai très court avant que l'on condamnât le jeune homme, Vetia se rendit le matin même sur le chantier pour y rencontrer les artisans qui pouvaient la renseigner. Comme ils avaient vu leur patron la repousser, elle eut beaucoup de peine à les convaincre qu'elle ne cherchait que son bien, alors elle se planta devant Afuna qui contrôlait des tesselles.

— Écoutez ! Je suis la seule à être disposée à l'aider, alors vous feriez mieux de me révéler tout ce qui pourra me permettre de le disculper.

Très inquiet pour Heiasun qu'il aimait beaucoup, l'ouvrier se décida à saisir cette chance. Il se redressa en abandonnant son travail.

— Bon, très bien. Que voulez-vous que je vous précise ?

La jeune fille ne perdit pas de temps.

— Est-ce qu'un messager est vraiment venu lui demander de se rendre chez Tite ?

L'artisan opina.

— Absolument ! Cet homme semblait essoufflé. Je crois qu'il avait couru un peu partout pour le trouver.

Vetia se mordilla les lèvres d'un air spéculatif.

— Il ne connaissait pas exactement l'endroit où il se tenait alors… Mais les domestiques de Tite, eux, l'auraient su, n'est-ce pas ?

Afuna jouait avec un cube de pierre.

— Certes !

La jeune fille jeta un vague coup d'œil sur les murs chaulés.

— Pouvez-vous me le décrire ?

L'ouvrier n'eut pas à réfléchir.

— Un homme assez âgé, aux cheveux gris mi-longs et mal peignés. Des vêtements râpés, pas comme ceux d'un esclave de grande maison. Oh ! Et il boitait aussi.

Vetia frémit.

— En êtes-vous sûr ?

L'artisan se remit à sa tâche.

— Certain !

La jeune fille le remercia, puis repartit d'un air soucieux. Le messager miteux qu'il venait de dépeindre lui rappelait quelqu'un, mais elle ne parvenait pas à préciser ce souvenir. Comme il était l'heure du prandium, elle rentra chez elle afin de ne pas attirer l'attention de ses parents sur ses activités. Pourtant, elle rongea son frein durant le repas, heureuse que personne ne remarquât son silence grâce aux nouvelles dont son père leur faisait part.

— L'Étrurie est dans une situation délicate. Cette année, nous avions envoyé un fort contingent pour aider les Samnites contre les Romains. Des Gaulois et des Ombriens s'étaient également joints à cette coalition tellement puissante qu'elle en a fait trembler Rome. Alors, pour se débarrasser de nous, le consul Fabius Maximus Rullianus a expédié deux corps de réserve dans notre pays. Ils ont ravagé le territoire de Clusium, si bien que nos soldats, ainsi que les Ombriens, ont quitté le champ de bataille pour revenir protéger nos terres. Les Romains en ont profité pour vaincre les Samnites et les Gaulois qui n'étaient plus assez nombreux.

La mère de Vetia reposa sa cuillère.

— Qu'y a-t-il de si grave ? Les troupes ont-elles fait tant de dégâts ?

Son époux avala un peu de vin.

— Il ne s'agit pas seulement de ça, mais lorsqu'ils auront soumis les Samnites, les Romains risquent de vouloir se venger de l'aide que nous avons fournie à leurs ennemis.

Elle fit signe aux esclaves de resservir à boire.

— Tarquinia a-t-elle envoyé des renforts ?

Il secoua la tête.

— Non. Nos consuls ont signé des accords qui nous empêchent de guerroyer contre les Romains.

Elle sourit, tandis que les domestiques apportaient les desserts.

— Alors, nous ne craignons rien, c'est déjà ça.

Il fit une grimace soucieuse.

— Rome est une alliée dangereuse. Je ne suis pas sûr que nous ayons tellement à y gagner.

Elle prit un gâteau au miel.

— Bah ! Pensons à des choses plus gaies. Au mariage de Vetia, par exemple. Nous n'avons plus beaucoup de temps d'ici le printemps prochain.

Le père de la jeune fille adressa un regard indulgent à son épouse qui était parfaite dans les détails de la vie quotidienne, mais ne s'intéressait qu'à son petit monde, sans comprendre les répercussions que la situation internationale pouvait avoir sur son existence.

Dès que ses parents se furent retirés pour leur sieste, Vetia fila chez Tite dans l'espoir de s'entretenir avec son intendant. Elle trouva la villa plongée dans le deuil, ainsi qu'une multitude de visiteurs venus rendre un dernier hommage au *princeps* avant ses funérailles. Alors, elle se joignit à la foule, passa dans la chambre où était exposée la dépouille pour y exprimer sa dévotion, puis gagna l'une des salles de réception où des rafraîchissements étaient servis. Son gobelet à la main, elle observait les allées et venues dans le jardin, tout en cherchant à identifier celui qu'elle voulait voir. Un jeune homme de ses relations l'avisa avec surprise.

— Vetia ! Que fais-tu là ? J'ignorais que tu connaissais Tite.

Elle eut un geste vague.

— Je ne faisais pas partie de ses familiers, mais je l'avais déjà rencontré. Et puis surtout, la façon horrible dont il est mort m'a choquée. J'estime de mon devoir de venir lui présenter mes respects.

Son interlocuteur se rapprocha avec curiosité.

— C'est tout à ton honneur. La rumeur court que tu te maries bientôt. Est-ce vrai ?

Elle lui donna une petite tape sur le bras d'un air taquin.

— Tu sais bien que je ne peux rien révéler. Lorsque ce sera le cas, mon père l'annoncera officiellement. D'ici là, prends ton mal en patience.

Il la détailla d'un œil rieur.

— Allons ! À moi, tu peux le raconter. Je ne le répéterai pas, je te le promets.

Elle se détourna.

— Excuse-moi ! J'ai un mot à dire…

Elle avait aperçu l'intendant qu'elle avait identifié à son attitude autoritaire envers les autres domestiques, alors elle posa son gobelet au hasard, puis sortit dans le jardin qu'elle traversa en hâte pour rattraper l'homme.

— Je voudrais te parler en privé.

Surpris, il l'introduisit dans le bureau de son maître en refermant le battant. Elle fit quelques pas.

— J'ai l'impression que les circonstances du drame ne sont pas claires.

Le régisseur acquiesça.

— Oh ! Madame a raison. Les vigiles sont persuadés que cet artisan est coupable, mais je ne crois pas. C'était peut-être le seul véritable ami de mon maître.

Elle s'adossa au mur.

— Que s'est-il passé exactement ?

L'intendant croisa les bras.

— Il est arrivé d'un air affolé, m'a demandé si l'état du maître s'était aggravé, pourquoi je lui avais envoyé un messager, mais je n'avais expédié personne. Alors, il est allé dans la chambre, sans que je puisse le suivre parce que les vigiles frappaient déjà à la porte.

Vetia fronça les sourcils.

— Qui les a prévenus ?

Le régisseur écarta les mains.

— Je ne sais pas, mais ce n'est personne de la maison.

La jeune fille voyait le piège se dessiner.

— Est-ce que quelqu'un est venu rendre visite à Tite avant le mosaïste ?

L'intendant réfléchit.

— Oui, un jeune monsieur que j'avais rarement rencontré. Je l'ai conduit chez mon maître, mais j'ignore quand il est reparti.

Elle retint son souffle.

— Comment se nommait-il ?

Le régisseur se frotta le crâne.

— Attendez… Que je me souvienne… Ah, oui ! Tolumni.

Elle avait beau le pressentir, elle tressaillit quand même.

— Quoi ? Murina Tolumni ?

L'intendant sourit.

— C'est ça.

La jeune fille se redressa.

— Merci, tu m'as bien aidée.

Vetia rentra chez elle découragée. Maintenant, elle se rappelait l'homme qu'Afuna lui avait décrit. Il s'agissait d'un domestique de Murina, qu'il employait à ses basses besognes. Elle n'avait plus de doutes, c'était bien son ancien fiancé qui avait tué Tite et volé la statuette dans le but de faire accuser Heiasun, mais elle savait que les magistrats ne voudraient jamais l'écouter. Pour prouver l'implication de cet homme abject, il faudrait qu'elle démontrât qu'il était en possession de la figurine, mais il était bien trop malin pour la cacher dans un endroit où l'on pourrait la découvrir. Elle se réfugia dans sa chambre où elle s'assit sur son lit en nouant ses bras autour de ses jambes repliées, à la fois désespérée et déterminée à sauver le mosaïste coûte que coûte. À force de tourner et retourner tous les éléments dans sa tête, elle finit par conclure qu'il lui était impossible d'établir l'innocence du jeune homme, alors elle comprit qu'elle devait oublier la légalité.

Elle se remit debout avec décision, changea sa robe chamarrée pour une plus sommaire, jeta par-dessus un manteau à capuche sombre, puis sortit en prévenant ses esclaves qu'elle ne savait pas à quelle heure elle rentrerait. D'un pas rapide, elle s'engagea dans des rues populaires où personne ne faisait attention à elle, afin de ne pas être remarquée sur le forum. Pourtant, elle ne connaissait pas cette partie de la ville, si bien qu'elle se perdit à plusieurs reprises avant d'arriver à destination. Un instant, elle hésita devant la façade toute simple, puis se résolut à frapper, amusée par la perplexité de l'homme qui lui ouvrit.

— Que puis-je pour vous ?

Elle sourit.

— Vous êtes Pumpu, n'est-ce pas ?

Il lança un coup d'œil vers son atelier.

— Oui. Désirez-vous des poteries ?

Elle secoua la tête.

— Non, je viens vous parler d'Heiasun.

Stupéfait, le potier la fit entrer dans sa maison. Elle fit quelques pas dans la pièce à l'ameublement sommaire.

— Je m'appelle Vetia Tarchnei. Peut-être m'a-t-il mentionnée ?

Pumpu devint aussitôt circonspect.

— Ah, oui. Mais je croyais que c'était fini.

Elle retint sa tristesse devant cette réaction.

— Ça l'est. Je me marierai bientôt. Mais c'est de ma faute s'il est en danger, voilà pourquoi je veux l'aider.

Le potier lui désigna un tabouret, puis s'installa en face d'elle.

— Comment ça ?

Elle croisa ses jambes en se demandant comment on pouvait vivre avec si peu de confort.

— Mon ancien fiancé, Murina Tolumni, s'est mis dans la tête que je l'ai repoussé à cause d'Heiasun, et que je lui reviendrai s'il s'en débarrasse. C'est lui qui a tué Tite, attiré Heiasun sur les lieux et prévenu les vigiles pour qu'ils le prennent sur le fait.

Pumpu se tapota le menton.

— Et que faites-vous de cette statuette qu'on l'accuse d'avoir volée ?

La jeune fille soupira.

— Je suis persuadée que c'est Murina qui l'a, mais je n'ai aucun moyen de le prouver.

Le potier s'adossa au mur derrière lui.

— Comment croyez-vous pouvoir l'aider ?

Elle se pencha vers lui.

— J'y ai longuement réfléchi et j'ai conclu qu'il n'y a aucun recours légal pour le sauver. Nous devons le faire évader très vite.

Pumpu ne parut ni choqué ni surpris.

— Hélas, c'est impossible !

Elle plongea ses prunelles noires dans celles de son vis-à-vis.

— Non. Avec votre appui et celui de ses ouvriers, on doit pouvoir y arriver. Je connais le plan de la prison. La nuit, il n'y a pas beaucoup de gardes. J'obtiendrai du geôlier qu'il m'ouvre, ensuite les hommes devront le neutraliser.

Le potier la fixa d'un air spéculatif.

— Ainsi, vous voulez agir dès ce soir ?

Elle opina.

— Oui. Pendant que vous irez convaincre ses employés, je me chargerai de trouver un véhicule, des vivres et de l'argent pour qu'il puisse fuir rapidement.

Pumpu ne put s'empêcher de sourire.

— Décidément, rien ne vous arrête.

Vetia baissa la tête avec tristesse.

— Je l'aime vraiment, je vous l'avoue. C'est pourquoi j'ai accepté ce mariage, pour le mettre à l'abri des manigances de Murina. Hélas, trop tard !

Le potier savait qu'elle lui apportait l'unique chance de préserver celui qu'il considérait comme son fils.

— Bon, d'accord. Je pense comme vous qu'il est déjà condamné.

Soulagée, Vetia développa son plan devant Pumpu en précisant tous les détails, traça une carte circonstanciée des bâtiments de la prison, puis fixa le lieu et l'heure du rendez-vous, tandis que le potier l'écoutait avec attention en s'émerveillant de l'intelligence de la jeune fille.

***

Incapable de trouver le sommeil, Heiasun se tournait et se retournait sur la paillasse, en proie à des terreurs amplifiées par la nuit. Après qu'il eût réintégré la cellule, son estomac n'avait cessé de se crisper, au point qu'il était resté replié sur lui-même, les mains pressées sur son abdomen, convaincu qu'il devait cette douleur à l'angoisse. À sa grande surprise, le gardien apitoyé s'était agenouillé devant lui, puis avait insisté pour qu'il avalât son repas en lui affirmant qu'il n'aurait plus mal s'il mangeait. Il avait fini par céder avec indifférence, en songeant que tout cela n'avait plus d'importance, mais il s'était quand même senti mieux. Maintenant, il revenait sans cesse à l'interrogatoire qui avait détruit ses derniers espoirs. Sa culpabilité arrangeait trop de gens pour qu'il fût innocenté, si bien que le procès ne pouvait aboutir qu'à sa condamnation.

Il dressa soudain l'oreille en entendant des bruits inhabituels dans le couloir. Des frôlements furtifs lui parvenaient, bientôt suivis par des chuchotements qui glissaient le long des murs, tandis qu'un froid de glace l'envahissait. Paniqué, il se blottit sur le matelas, enfouit sa tête dans sa toge pour ne pas distinguer les ombres des démons, Tuchulcha et Vanth, venus reconnaître leur proie.

Le battant pivota avec une lenteur sinistre pour éviter les grincements. Le prisonnier n'osait bouger de peur de découvrir les dieux infernaux qui s'apprêtaient à lui infliger des tourments pires encore que ceux auxquels il était promis. Une main bien réelle se posa sur son

217

épaule, le secoua avec douceur, tandis qu'une voix familière murmurait son nom. Stupéfait, il se redressa en dévisageant Vetia à la lueur sourde d'une chandelle. Elle plaqua un doigt sur ses lèvres.

— Viens, il faut partir très vite.

Sidéré, il s'assit.

— Mais… que signifie…

Elle le fit lever.

— Ne discute pas, je t'expliquerai.

Elle lui saisit le poignet pour l'entraîner vers la porte grande ouverte. Tout en parcourant le couloir à vive allure, le jeune homme apercevait les visages de ses ouvriers qui protégeaient leur fuite, les armes à la main. Ils sortirent du bâtiment sans encombre, mais continuèrent leur course folle à travers les rues désertes. De temps en temps, l'un des hommes les abordait pour leur indiquer dans un murmure où se trouvaient les patrouilles afin qu'ils les évitent, puis s'évanouissait de nouveau dans la nuit. Pourtant, Heiasun sentait leur présence silencieuse autour de lui, comme un rempart contre la malveillance.

L'enceinte dressait sa masse sombre devant eux, mais Vetia ne ralentit ni ne dévia sa trajectoire. En s'approchant, le jeune homme devina un rectangle plus clair à la base des murailles, vers lequel ils semblaient se diriger. Il s'agissait d'une petite porte que l'on n'avait pas jugé utile de faire surveiller, alors qu'aucun ennemi ne menaçait la cité. De l'autre côté, sur un chemin herbeux, attendait une charrette attelée, auprès de laquelle se tenait Pumpu assez nerveux. Il étreignit Heiasun.

— Les Dieux soient loués ! Vous êtes là. Tu dois prendre la route tout de suite.

Le jeune homme observa ses anges gardiens.

— Mais vous ?

Le potier conservait ses mains sur les épaules de son beau-fils.

— Nous restons pour donner le change. Il ne faut pas qu'ils te courent après.

Vetia se rapprocha.

— C'est Murina qui a tué Tite, puis t'a attiré dans ce piège. Tu n'as aucune chance de t'en sortir, il fera tout pour obtenir ta mort.

Heiasun tourna la tête vers elle.

— Mais pourquoi ?

Elle fit la moue.

— Il nous a aperçus ensemble, alors il s'imagine que je l'ai repoussé à cause de toi. Je n'ai pas pu lui ôter cette idée de l'esprit. Tu ne dois jamais revenir.

Le cœur serré à l'idée de ne plus le voir, Pumpu insista à son tour.

— Va t'installer dans une ville où tes compétences seront appréciées, mais pas trop près d'ici.

La jeune fille lui montra les vivres et vêtements qu'elle avait mis dans la charrette, puis lui tendit une bourse de cuir bien garnie.

— Avec ça, tu peux démarrer une nouvelle vie. Adieu, Heiasun.

Très ému, il embrassa Vetia puis Pumpu, remercia les hommes qui s'étaient regroupés autour d'eux, puis grimpa dans le véhicule en excitant le cheval assez réticent à cette marche dans l'obscurité.

Une obscure menace

Hiver — printemps 293 av. J.-C.

Glissant avec soulagement le dernier rouleau de papyrus dans le grand coffre réservé à cet usage, Larthia se leva avant de s'étirer pour détendre ses membres endoloris par une longue station assise. Elle se servit une eau fraîche qui étancha la soif dont elle n'avait pas eu conscience tant qu'elle était penchée sur ses documents. Son verre à la main, elle s'approcha de la fenêtre, contempla d'un air rêveur le panorama qui s'étendait devant elle. Depuis son bureau, elle embrassait d'un coup d'œil la pelouse bien entretenue, le bâtiment dans lequel les prêtresses recevaient leurs clients, ainsi que le sanctuaire de la déesse. Seuls les communs situés à l'arrière du domaine lui échappaient, mais il lui suffisait de sortir pour les apercevoir. Elle avait encore bien des choses à faire avant que le soleil se couchât, pourtant, après s'être fatigué les yeux sur les dossiers administratifs, elle était encline à s'octroyer un peu de repos. Depuis qu'elle était devenue supérieure du temple de Turan quatre ans auparavant, elle n'avait connu aucun répit tant il y avait de travail à effectuer pour diriger un tel domaine.

Avec un petit sourire ironique, elle se remémora les mois qui avaient suivi sa nomination. Le premier instant de stupeur passé, elle avait ressenti une grande inquiétude devant le choix de ses consœurs, persuadée que le résultat du vote serait invalidé par les magistrats de la cité. Elle s'en était ouverte au doyen de Menrva, mais il lui avait affirmé qu'elle n'avait aucun souci à se faire à ce sujet, sans la rassurer. Lorsqu'elle était sortie du bâtiment où s'était déroulée la réunion du collège, tout le personnel du temple l'avait acclamée, même les prêtresses issues de la noblesse.

Aidée par ses collègues des autres sanctuaires, elle avait pris en main la gestion du domaine qu'Urgulania avait dirigé avec droiture, si bien qu'elle n'avait procédé à aucun changement. Pendant qu'elle s'initiait à ses nouvelles fonctions, Tanaquil avait surveillé les anciennes prétendantes au titre de supérieure afin de vérifier qu'elles ne complotaient pas pour nuire à son amie. En apparence, celles-ci se tenaient tranquilles, trop heureuses que Larthia ne leur tînt pas rigueur de leur hostilité larvée, ce qui n'avait pas convaincu la prêtresse. Quelques *nones* plus tard, Tanaquil avait aperçu l'une de ses consœurs qui quittait le domaine sacré de manière si furtive qu'elle en avait éveillé sa méfiance. Sans hésitation, la jeune femme avait suivi la prêtresse en se remémorant ce jour où Larthia et elle l'avaient déjà surprise auprès du forum, en compagnie d'un homme auquel elle avait offert un bijou. Ne se sachant pas observée, la conspiratrice s'était dirigée droit vers le lieu où l'attendait le même interlocuteur qui affichait une mine dépitée, à la grande joie de Tanaquil. Celle-ci s'était approchée pour entendre la conversation, ce qui l'avait encore davantage réjouie. L'homme tripotait sa toge avec nervosité.

— Je n'ai pas de bonnes nouvelles. Personne ne veut intervenir dans cette affaire.

La prêtresse avait plaqué ses mains sur ses hanches avec indignation.

— Comment ? Laisseront-ils une plébéienne à la tête d'un des plus importants temples de la cité ?

Son interlocuteur avait haussé les épaules.

— Ce n'est pas leur avis. Ils affirment que le sanctuaire de Turan ne mérite pas qu'ils se commettent dans des tractations difficiles, d'autant que le grand prêtre de Menrva la soutient.

Elle avait fait la moue.

— Mais ils m'avaient promis…

L'homme avait tendu un bras.

— Ils ont dit qu'ils verraient ce qu'ils pourraient faire. Ils ne se sont jamais engagés à te nommer supérieure. D'ailleurs, lorsque j'ai posé la question, ils m'ont répondu que tu n'avais pas les compétences nécessaires pour diriger ce temple. Tu n'as rien à regretter : de toute façon, tu n'aurais pas été choisie.

Elle avait rougi.

— C'est trop fort ! Je le dirai à mon père.

Son interlocuteur l'avait toisée sans aménité.

— Il le sait déjà, et espère que cela te calmera un peu. Ce sont ses propres termes.

Furieuse, la prêtresse avait fait demi-tour si vite que Tanaquil n'avait eu que le temps de se plaquer dans un renfoncement pour n'être pas aperçue.

Enchantée, la jeune femme avait rapporté cette conversation à Larthia, ce qui l'avait soulagée tout en lui prouvant qu'elle ne risquait pas de voir sa nomination contestée. La nouvelle supérieure s'était rendu compte que les prêtresses issues de la classe patricienne avaient été mises au courant de cette décision, ce qui leur avait donné des mines renfrognées durant quelques jours. Pourtant, comme elles ne pouvaient plus rien changer à la situation, elles avaient fini par s'adapter plus ou moins rapidement selon leur nature. Depuis, Larthia se consacrait à ses nombreuses tâches, assistait aux réunions avec ses confrères des autres temples, sans chercher à s'immiscer dans le milieu très fermé des notables de Roselle, ce qui lui attirait l'approbation de la plupart des *principes*.

Voyant les prêtresses se diriger vers les salles d'eau, la supérieure s'arracha à ses rêveries, reprit un peu à boire, puis regagna son appartement afin de se préparer pour la cérémonie vespérale. Ses fonctions l'exemptaient de l'obligation de recevoir des clients, bien qu'en certaines circonstances, elle acceptât les hommages de quelques hauts magistrats, mais elle n'en avait pas moins gardé l'habitude de se laver chaque jour avant de se rendre au temple. Ce soir, cela lui était d'autant plus indispensable qu'elle était priée à une réception organisée par les consuls, si bien qu'elle enfilerait ses plus beaux vêtements après le coucher de la déesse. Tanaquil la rejoignit sur le chemin du temple.

— N'es-tu pas excitée ?

La jeune femme fit la grimace.

— Je suis surtout terrifiée. J'ai peur de commettre un impair.

Son amie lui posa une main sur l'épaule.

— Pas toi ! Tu sais comment te comporter en toute circonstance. D'ailleurs, ne t'inquiète pas. Si les consuls t'ont invitée, c'est parce qu'ils t'apprécient.

Larthia secoua la tête.

— Pas du tout ! Ils ont seulement convié les supérieurs de tous les temples de la cité.

Tanaquil la scruta d'un air perplexe.

— Dans quel but ?

Songeuse, la jeune femme observa le paysage.

— Je l'ignore.

Son amie resta un instant silencieuse.

— Peut-être veulent-ils organiser une grande cérémonie ?

Larthia lui lança un rapide coup d'œil.

— Un hommage général à tous les Dieux réunis ? Cela n'a lieu que si la ville court un grave danger. Je ne l'ai jamais vu faire.

Tanaquil frissonna.

— Alors, j'espère que ce n'est pas le cas.

Afin de tenir son rang, la supérieure se fit coiffer et maquiller par les plus douées de ses jeunes recrues dans l'art de plaire, puis elle revêtit une robe brodée aux couleurs chatoyantes qu'elle recouvrit d'un manteau rouge à revers, avant de se parer de bijoux à l'effigie de Turan. Satisfaite de l'image que lui renvoyait son miroir de bronze, elle monta dans la litière qu'elle utilisait rarement, pour se laisser conduire au palais de l'un des consuls, dans lequel se déroulait la fête. Mastarna l'accueillit avec un sourire.

— Ma chère, vous êtes éblouissante.

Elle eut un rire charmeur.

— Voulez-vous arrêter tout de suite, vilain flatteur !

Depuis qu'elle dirigeait le domaine de Turan, elle avait des rapports réguliers avec cet homme qui n'avait cessé de la soutenir, si bien qu'une profonde amitié s'était développée entre eux au fil du temps. Dans tous les aspects officiels de ses fonctions, Larthia avait apprécié sa présence qui lui avait permis d'afficher une assurance qu'elle était loin de ressentir. Sa haute silhouette carrée la réconfortait tout autant que la lumière qui brillait dans ses prunelles sombres. Ce soir encore, lors de cette réception, elle se sentait heureuse de le savoir près d'elle pour lui éviter un faux pas.

Pourtant, la soirée se déroulait comme toutes celles auxquelles la supérieure avait assisté depuis sa nomination, malgré une atmosphère d'attente partagée par tous les convives. Les consuls jouaient leur rôle d'hôtes, prodiguaient des compliments à leurs invités, tout en leur faisant les honneurs d'un souper fin concocté par le meilleur cuisinier de Roselle.

Pourtant, après que les desserts eurent été servis, les divertissements habituels n'eurent pas lieu. Aucune danseuse, aucun musicien, aucun jongleur ne se montrèrent. À la place, l'un des deux consuls se leva pour s'adresser à ces gens les plus influents de la cité.

— Je suis désolé de gâcher cette belle soirée, mais nous avons reçu des nouvelles inquiétantes pour notre ville.

Comme dans un numéro bien rodé, son collègue prit le relais.

— Nous avons besoin de votre aide afin d'empêcher la panique de se répandre dans Roselle lorsque les rumeurs commenceront à circuler...

— ... et si les menaces venaient à se préciser, il faudrait organiser l'exode de tous les habitants.

Le grand prêtre de Menrva se pencha en avant.

— Que craignez-vous exactement ?

L'un des consuls fit quelques pas.

— L'année dernière, les villes d'Arezzo, Volsinies et Pérouse ont été contraintes de signer un accord avec Rome pour devenir ce qu'ils appellent des cités « fédérées ». Elles ont perdu leur autonomie, doivent obéir aux lois romaines au lieu de garder les leurs, fournissent des contingents à l'armée romaine, etc.

Son collègue donna un coup de poing sur la table.

— Bref ! Elles ne sont plus étrusques.

Mastarna fronça les sourcils.

— Pensez-vous que cela nous arrivera ?

L'un des consuls secoua la tête.

— Au contraire ! Rome n'a jamais cherché à nous contacter pour nous proposer un quelconque traité. Pourtant, nous savons qu'elle poursuit son rêve d'hégémonie sur tout le territoire.

Le second écarta les bras.

— Cela ne peut signifier qu'une seule chose : Rome veut nous envahir. C'est pourquoi nous devons nous préparer au combat.

Un autre supérieur pianotait sur le plateau.

— Pourquoi Roselle ?

Le consul qui arpentait la pièce revint se planter devant eux.

— Les principales cités du sud, comme Tarquinia, Caere et Veies sont déjà alliées de Rome depuis longtemps. Celles de l'est viennent d'entrer dans leur ligue. Donc, il ne reste que les villes côtières comme la nôtre. Il ne faut pas oublier que le fer que nous extrayons sur l'île d'Elbe les intéresse beaucoup. À Roselle même, les manufactures de lances, épées, couteaux, casques et boucliers qui fournissent nos armées, sont un objectif stratégique pour eux. Ils préféreront nous détruire pour supprimer notre suprématie dans ce domaine plutôt que d'essayer de nous rallier à leur cause.

Larthia s'appuya contre son dossier en adoptant un ton calme.

— Donc, nous courons un grand danger.

Les consuls la fixèrent d'un air approbateur devant sa sérénité.

— Sans doute ! Mais si nous leur montrons que nous ne sommes pas disposés à nous laisser faire, ils choisiront peut-être de renoncer et de nous proposer une alliance. Après tout, ils savent que nous sommes très bien équipés.

Le grand prêtre de Menrva posa son coude sur la table.

— Devons-nous préparer une grande cérémonie pour l'ensemble du panthéon ?

Les consuls s'alarmèrent.

— Pas encore, cela provoquerait une panique incontrôlable dans la population. Mais nous y aurons peut-être recours plus tard.

La jeune femme échangea un regard avec son ami.

— Nous prierons, au moins, chacun de notre côté afin que les Dieux nous protègent.

L'un des consuls les observa tour à tour.

— Oui, mais faites-le discrètement. Ne mettez dans la confidence que les personnes dont vous êtes sûrs.

Mastarna fit la grimace.

— Naturellement, mais ne négligez pas les Dieux ! Vous pouvez vous apprêter autant que vous le voulez, vous n'avez aucune chance de victoire si vous ne les rangez pas de votre côté.

Le second consul opina.

— Nous avons prévu de leur offrir les sacrifices qui conviennent, ne vous inquiétez pas. D'ailleurs, nous sommes déjà allés implorer Laran.

Le grand prêtre jouait avec un couvert qui n'avait pas été débarrassé.

— C'est bien, mais il faut continuer.

Après avoir discuté sur les mesures à adopter pour protéger la cité et sa population, les invités prirent congé les uns après les autres pour regagner leurs domaines respectifs, en arborant un air soucieux qui ne s'accordait guère avec un retour de fête. Dès son arrivée, Larthia se rendit dans sa chambre en ignorant les quelques lumières encore allumées, dont celle de Tanaquil qui devait l'attendre. Elle avait besoin de réfléchir au calme sur les nouvelles que venaient de leur annoncer les consuls. Elle éteignit sa lampe à huile afin de faire croire qu'elle dormait, puis s'allongea sur son lit, les yeux ouverts dans l'obscurité, en s'interrogeant avec anxiété sur le sort réservé à sa ville. Elle ne se rappelait que trop l'incursion brutale des soldats romains neuf ans auparavant, ainsi que leurs conséquences désastreuses pour elle et pour bien d'autres. En frissonnant à ce souvenir, elle repensa aux ravages que ces brutes avaient causés dans la campagne quatre ans plus tôt, quand ils avaient tout brûlé sur leur passage, tué ou réduit en esclavage ceux qu'ils rencontraient. Le résultat de ces exactions était encore visible dans la cité où le nombre de mendiants s'était augmenté des gens qui avaient tout perdu. Personne n'osant plus vivre hors des remparts, la densité de population dans la ville était devenue telle que les vigiles avaient du mal à faire régner l'ordre dans certains quartiers. Dans ces conditions, que pourraient faire les supérieurs des temples et leurs collèges de religieux pour canaliser une telle foule, surtout si elle était prise de panique devant les assaillants ? Bien sûr, les hommes des hautes classes se battraient, mais les autres ne savaient même pas tenir une épée. Les magistrats avaient toujours réglementé l'autorisation de posséder une arme, dans le but de maîtriser les révoltes plébéiennes, ce qui risquait maintenant de leur nuire.

Longtemps, Larthia se tourna et se retourna dans son lit sans parvenir à trouver le sommeil, tant elle s'angoissait devant les dangers qui menaçaient la cité. Lorsqu'elle sombra enfin, ce fut pour se perdre dans des cauchemars aboutissant à la scène mille fois revécue de son propre drame. Elle se redressa, hagarde, alors que l'aube pointait à peine, mais elle préféra se lever pour ne plus être harcelée par ses démons. Elle devait se montrer sereine devant le personnel qui ne comprendrait pas qu'elle rentre abattue d'une telle réception. Alors, elle se fit laver et masser en plaisantant sur les dégâts occasionnés par une nuit trop courte, puis se rendit au temple d'un air naturel pour dépister les curiosités.

À la sortie du sanctuaire, Tanaquil lui prit le bras.

— Alors, raconte ! Je t'ai attendue longtemps cette nuit, mais tu n'es pas venue.

La jeune femme esquissa un sourire d'excuse.

— J'ai bien vu ta lumière, mais j'étais trop fatiguée pour te rejoindre.

Son amie fit quelques pas sur la pelouse.

— Comment s'est passée cette réception ?

Larthia la suivit.

— Oh, très bien ! Nous avons eu droit à une cena de grande qualité, comme je n'en avais encore jamais dégusté.

Tanaquil se retourna pour la scruter de ses prunelles noisette.

— Quelle était la raison de cette soirée ?

La jeune femme remarqua que d'autres prêtresses les écoutaient.

— Elle était destinée à rendre hommage aux Dieux en honorant les premiers de leurs serviteurs.

Son amie eut une moue de déception.

— C'est tout ?

Larthia eut un petit rire.

— Mais oui. Qu'imaginais-tu donc ?

Tanaquil désigna le domaine.

— Je me disais que les consuls annonceraient peut-être des dons importants pour nos temples.

Amusée, la jeune femme secoua la tête.

— Eh bien non ! Une autre fois, peut-être.

Comme les prêtresses allaient se consacrer à leurs occupations, Larthia s'éloigna en direction de son bureau pour examiner les dossiers du jour, en repoussant le soin de prévenir les plus sérieuses d'entre elles, dont son amie.

Les *nones* s'écoulèrent avec calme sur la cité, dans laquelle seules les élites s'inquiétaient de l'avenir. Aux calendes de velxitna[57], la nouvelle année fut célébrée avec le faste requis, sans que la moindre rumeur menaçante vînt assombrir la fête. De son côté, Larthia fit un rapide compte-rendu aux religieuses sur lesquelles elle pouvait s'appuyer, tandis que celles-ci émettaient des objections semblables à ses propres remarques sur l'efficacité de leur démarche devant une foule paniquée. Pourtant, comme elle devait obéir aux consuls, elle prépara l'encadrement de la population, voire son exode selon l'évolution de la situation, tout en priant les dieux pour qu'ils préservent la ville de ce danger.

---

[57] 21 mars

Dans le courant du mois, les supérieurs se rassemblèrent dans le temple de Tinia afin de définir une action commune en cas de conflit avec Rome. L'un d'eux se pencha pour scruter ses collègues.

— Même en réunissant tous nos effectifs, nous ne sommes pas assez nombreux pour contenir la multitude si elle s'affole.

Leur hôte opina.

— C'est aussi mon avis.

Tandis que les autres approuvaient, Mastarna écarta les bras.

— Alors, que pouvons-nous faire ? Les consuls nous ont demandé de maintenir le calme.

Le grand prêtre de Tinia haussa les épaules.

— Nous ferons notre possible en affirmant au peuple que les Dieux sont de notre côté, afin de les rassurer, même si les présages sont mauvais. Mais s'il faut fuir, nous nous occuperons en priorité du personnel de nos temples, sans refuser ceux qui requerront notre protection. Il ne faut pas oublier que le plus important est de mettre nos Dieux à l'abri des Romains, sinon c'est toute la nation étrusque qui périra.

Larthia croisa ses mains sur son ventre.

— Chacun pour soi, en quelque sorte.

Leur hôte la fixa sans aménité.

— Avez-vous une quelconque objection ?

Elle secoua la tête d'un air serein.

— Pas du tout ! Comme nous tous ici, je m'inquiète pour ceux dont j'ai la charge, et je sais que nous sommes incapables de sauver tout le monde. Je remplirai ma mission première qui est de protéger Turan de nos ennemis.

La supérieure du temple d'Uni resserra son manteau en frissonnant.

— Mais que diront les consuls ?

Mastarna fit la moue.

— Si l'on devait en arriver là, il régnerait une telle pagaille dans la cité que plus personne ne saurait qui fait quoi.

Le grand prêtre de Velch[58] tapa du poing sur l'accoudoir de sa curule.

— J'estime, quant à moi, que le maintien de l'ordre revient plutôt aux vigiles qu'à nous.

Leur hôte balaya les visages qui exprimaient tous la même opinion.

— Bon ! Puisque nous sommes tous d'accord, nous nous en tiendrons là. Par contre, vous devrez vous assurer que nul dans votre personnel ne part à la recherche des membres de sa famille, sinon ce sera rapidement l'anarchie.

Mastarna esquissa une mimique sévère.

— … et nous ne le ferons pas, nous-mêmes.

---

[58] Dieu du feu et des métaux

En regagnant le domaine de Turan, la jeune femme sentit son cœur se serrer à la pensée de ses parents, ainsi que de ses frères et sœurs, qu'elle n'avait pas revus depuis longtemps malgré l'amour qu'elle leur portait. Elle n'avait pas le droit de les mettre au courant du danger qui planait sur leurs têtes pour ne pas créer ces rumeurs que ses collègues et elle craignaient tant. Si le pire arrivait, elle ne pourrait rien faire pour les sauver, alors elle se promit de leur rendre visite très bientôt, en espérant que ce ne serait pas la dernière fois qu'elle leur parlerait.

Larthia était à peine installée dans son bureau, une écritoire sur les genoux, que Tanaquil pénétra dans la pièce en lui jetant un coup d'œil inquiet.

— Qu'avez-vous décidé ?

La jeune femme reposa son calame.

— Nous avons suivi le bon sens. Nous privilégierons le personnel des temples avant la population. Notre devoir est de mettre nos Dieux hors de portée des barbares. Ce sont les magistrats qui doivent gérer le peuple. Pas nous !

Son amie s'approcha de la fenêtre.

— Cela semble évident. Pourtant, je me sens coupable envers tous ces pauvres gens.

Larthia soupira en contemplant la silhouette replète de sa confidente.

— Moi aussi. À ce propos, il n'y aura pas de passe-droits pour nos familles.

Tanaquil se mordit les lèvres.

— Ce sera difficile à faire accepter par tout le monde.

La gorge nouée, la jeune femme acquiesça.

— Je sais, mais je montrerai l'exemple.

Son amie se retourna.

— Alors, nous refoulerons tous ces malheureux sans pitié ?

Larthia s'obligea à sourire.

— Mais non. Nous n'irons pas les chercher, mais nous accueillerons ceux qui viendront se mettre sous notre protection et nous les emmènerons si nous parvenons à fuir.

Pourtant, le printemps était calme. Aucune rumeur de conflit n'arrivait jusqu'à Roselle, si bien que ses habitants menaient leur vie quotidienne avec optimisme, dans les travaux des champs que le beau temps favorisait, dans le commerce qui restait florissant, ou dans la métallurgie qui produisait des armes de grande qualité. Les consuls envoyaient des espions pour surveiller les troupes romaines, mais ceux-ci étaient incapables de découvrir dans quelles directions les bataillons se déploieraient. Ils réussissaient bien à s'introduire dans les camps militaires, à se fondre parmi les soldats, à converser avec les responsables, sans que quiconque semblât connaître les objectifs de la prochaine campagne.

Alors, Larthia profita de cette sérénité précaire pour mettre son projet à exécution en s'octroyant un après-midi de congé afin de rendre visite à ses parents. Ceux-ci se montrèrent enchantés de la voir. Son père l'étreignit avec chaleur.

— Cela fait bien longtemps que tu n'es pas venue. Nous ne sommes plus assez bien pour toi.

La jeune femme se serra contre lui.

— Ne dis pas ça. C'est surtout que je n'ai plus guère le loisir de me promener.

À son tour, sa mère l'embrassa.

— Je comprends, bien sûr. Pourtant, tu nous manques.

Larthia l'enveloppa d'un regard affectueux.

— C'est réciproque. Je pense souvent à vous.

Thana l'entraîna vers un tabouret.

— Es-tu heureuse, au moins ?

La jeune femme s'installa en arrangeant les plis de sa robe.

— Bien sûr ! J'ai beaucoup de travail, mais je crois que mes collègues et mes subordonnées m'aiment bien. J'ai quelques amies proches qui me soutiennent.

Pendant qu'Haltu sortait un bon vin pour fêter la visite de sa fille, Larthia demanda à sa mère des nouvelles de ses frères et sœurs en s'étonnant d'apprendre qu'elle avait de nouveaux neveux et nièces.

— Il faudra que j'aille les voir un de ces jours.

Thana opina.

— Cela leur fera autant plaisir qu'à nous. Tout le monde regrettait que tu ne sois pas au courant de ces naissances.

Son père lui tendit un gobelet.

— Sais-tu si nos consuls enverront un contingent de soldats à nos alliés cette année ?

La jeune femme frémit.

— Je n'en ai pas la moindre idée.

Haltu s'assit en face d'elle.

— Mais tu t'es bien rendue à une soirée organisée par nos dirigeants, n'est-ce pas ?

Larthia eut un petit rire.

— Je constate que les rumeurs circulent dans la cité. C'est exact, mais ils voulaient honorer les Dieux à travers nous. C'était une fête, pas un conseil de guerre.

Thana but une gorgée.

— Nous pensions que cette invitation recouvrait peut-être quelque chose de particulier, aussi avons-nous été surpris que rien ne se passe ensuite.

La jeune femme écarquilla ses prunelles bleues.

— Où êtes-vous allés chercher une telle idée ?

Son père écarta les mains.

— Tout le monde le croyait.

Larthia fit la grimace.

— On dirait que les habitants de Roselle n'ont rien d'autre à faire que de commenter les moindres faits et gestes de leurs voisins.

Sa mère sourit.

— C'est un peu vrai, surtout lorsqu'il s'agit des notables.

La jeune femme repoussa la douleur qui l'envahissait.

— Et bien, vous savez maintenant que ce n'était qu'une simple réception, sans plus.

Lorsqu'elle regagna son temple en fin d'après-midi, Larthia avait le cœur gros d'avoir menti à ses parents, mais elle se désespérait surtout de ne rien pouvoir faire pour les sauver du désastre que ses pairs appréhendaient. Comme elle redoutait d'être interrogée de la même façon si elle se rendait chez ses frères et sœurs, elle préféra différer ces visites en souhaitant que la situation se dénouât sans heurts. En pénétrant dans son appartement, elle se promit d'envoyer quelqu'un chercher Cai dès le lendemain afin d'en discuter avec elle, certaine que son supérieur l'avait mise au courant de la menace. Depuis qu'elle dirigeait le sanctuaire de Turan, la jeune femme n'avait plus beaucoup de temps à passer avec son amie, alors elle la faisait parfois venir, sachant qu'elle avait l'approbation de son confrère.

Lorsqu'elle arriva après le prandium, la prêtresse lui sauta au cou avec émotion.

— Je suis heureuse que tu m'aies requise. Avec ce qui se prépare, je craignais de ne pas te revoir.

Larthia lui désigna une curule, tandis qu'elle servait deux gobelets de vin.

— Rien ne prouve que nous risquions quelque chose.

Cai haussa les épaules.

— Allons ! Tu sais, comme moi, de quoi sont capables les soldats romains.

La jeune femme se retourna.

— Oui, mais nous pouvons nous défendre.

Son amie prit le verre qu'elle lui tendait.

— Nous le ferons, bien sûr, mais je ne crois pas que nous en sortions sans dégât.

Larthia se plaça près d'elle.

— Comment peux-tu dire une chose pareille ?

Cai appuya une main sur son ventre.

— Je le sens au plus profond de moi.

La jeune femme eut une moue dubitative.

— Mais tu n'es pas prophétesse. Laisse les augures faire leur travail.

Son amie posa son gobelet sur une petite table.

— Et bien, ce n'est pas sûr. Notre grand prêtre a demandé que je passe quelques *nones* avec notre devineresse qui se fait vieille et cherche une remplaçante. Il pense que je pourrais avoir le don.

Larthia lui pressa le poignet.

— Mes félicitations ! Mais attends au moins d'être formée avant d'émettre des oracles.

Cai soupira en repoussant sa chevelure blonde.

— Je voudrais vraiment me tromper à ce sujet. Pourtant, il me semble que si nous devons fuir, nous ne nous reverrons plus.

La jeune femme la fixa d'un air sceptique.

— Cela me paraît peu vraisemblable. Si nous survivons, nous nous réfugierons au même endroit.

Son amie secoua la tête.

— Pas du tout ! Aucune ville ne pourrait accueillir autant de religieux. Nous serons obligés de nous séparer.

Songeuse, Larthia opina.

— Tu n'as pas tort. Je n'avais pas pensé à ça.

Après le départ de Cai, la jeune femme reprit son travail en contenant son angoisse. Au lieu de la réconforter, la visite de son amie l'avait démoralisée, même si elle savait que cette prophétie n'était pas vraiment fiable. Pourtant, elle en tint compte dans son organisation, en préparant la fuite du personnel du temple afin d'être capable de réagir sur l'instant. De cette façon, elle conservait l'espoir de sauver au moins ceux dont elle avait la charge.

Les préparatifs

Printemps — été 293 av. J.-C.

Une jeune prêtresse pénétra dans le bureau de Larthia un après-midi d'anpili[59], alors que la chaleur annonçait l'été avec près d'un mois d'avance.

— Des visiteurs te demandent.

La jeune femme haussa les sourcils.

— Moi personnellement ?

La religieuse opina.

— Absolument ! Tanaquil est allée les recevoir, mais ils ne veulent parler qu'à toi.

Larthia soupira en reposant son calame.

— Bon, amène-les-moi.

Elle terminait de ranger les documents sur lesquels elle travaillait lorsque la prêtresse revint accompagnée par deux couples avec leurs enfants. Avec un mouvement de surprise, la supérieure reconnut deux de ses sœurs, ainsi que leurs familles.

— C'était vous, les visiteurs. Entrez, cela me fait plaisir de vous voir. J'espère que vous ne m'apportez pas de mauvaises nouvelles, au moins ?

L'une des jeunes femmes sourit.

— Pas du tout. Nous attendions ta visite, mais comme tu n'apparaissais pas, nous avons décidé de venir te présenter nos enfants.

Larthia se leva.

---

[59] 21 mai — 20 juin

— Je n'ai pas eu le temps d'aller jusque chez vous, mais nos parents m'ont informée de ces naissances.

La seconde berça son nourrisson qui geignait.

— Nous le savons, c'est pourquoi nous t'avons amené nos bébés.

La supérieure les conduisit dans son triclinium personnel, envoya un esclave leur chercher des rafraîchissements, puis s'installa auprès d'eux afin de les écouter raconter leurs joies et leurs peines. Tandis que ses sœurs détaillaient les événements de leur vie quotidienne, la grande prêtresse songea que cette existence paraissait bien étriquée en comparaison des devoirs qui étaient les siens. Pourtant, c'était bien de cela qu'elle avait rêvé lorsqu'elle envisageait de partager les jours d'Heiasun, sans même imaginer qu'il pût y avoir autre chose de plus exaltant. Elle se tourna vers ses beaux-frères pour les interroger sur leurs métiers ainsi que les rumeurs qui leur revenaient aux oreilles, afin de s'assurer que rien n'avait encore filtré. L'un d'eux dodelina de la tête.

— La vie n'est pas toujours facile, mais le plus grand problème est la multiplication des miséreux dans notre ville.

L'autre fronça les sourcils.

— On se demande pourquoi les magistrats ne les expulsent pas.

Larthia s'appuya contre son dossier.

— Où voudrais-tu qu'ils aillent ?

Le premier tendit le bras vers l'extérieur.

— Maintenant qu'il n'y a plus de danger, ils pourraient penser à reconstruire leurs villas hors des murs.

Cette remarque répondait aux préoccupations de la supérieure en lui démontrant que nul ne soupçonnait la vérité, mais elle se sentit mal de ne pas protéger les siens.

— Ils n'ont pas d'argent pour le faire.

Le second reposa son gobelet de vin en se léchant les babines.

— La ville pourrait les aider à remettre leurs champs en culture.

Larthia contint un frémissement.

— Vous devriez faire une suggestion en ce sens à nos magistrats.

Son interlocuteur se redressa avec fierté.

— Nous sommes en train d'essayer d'obtenir le plus de voix possible en faveur de ce projet, puis nous le présenterons à une réunion publique.

La supérieure saisit son verre pour dissimuler sa gêne.

— C'est une bonne idée.

Elle savait que les *principes* n'enverraient personne vivre hors des remparts avec la menace romaine qui planait, pourtant, elle ne pouvait pas désapprouver ses beaux-frères sans leur laisser deviner ses secrets.

Lorsque ses visiteurs furent repartis, elle resta un long moment assise, tiraillée entre la frustration éveillée par cette conversation et les souvenirs presque oubliés que ses sœurs avaient ressuscités en lui racontant leur quotidien sans attrait. Elle se demandait ce qu'il était advenu de son amour de jeunesse, s'il avait réalisé son rêve d'être artisan, enfin s'il était marié. Cette éventualité ne lui faisait plus mal depuis longtemps, au contraire elle lui souhaitait d'avoir trouvé le bonheur dans cette cité lointaine. Pourtant, ce fut avec un pincement au cœur qu'elle se découvrit incapable de faire ressurgir l'image du garçon dans sa mémoire, tout en s'avouant qu'elle ne reconnaîtrait pas l'homme qu'il était devenu. Alors, elle se leva en repoussant ces pensées déprimantes, mais songea que Tarquinia pourrait bien se révéler une destination judicieuse si elle devait mettre sa déesse et son personnel à l'abri des soldats romains.

Alors que le mois s'avançait, la préparation d'une cérémonie en l'honneur de Turan obligea la grande prêtresse à consulter l'oracle, selon la règle. Elle se purifia, revêtit les habits dédiés à cet office, puis se rendit dans le sanctuaire de la prophétesse pour y sacrifier l'offrande consacrée à la divinité. Le rite accompli, elle attendit les paroles sacrées délivrées par l'interprète, mais en décelant un avenir bien pire que tout ce qu'elle avait imaginé, Larthia porta les mains à sa bouche pour retenir un cri d'horreur.

— Es-tu certaine de ce que tu m'annonces ?

La devineresse soupira.

— Hélas, oui ! Cela ne fait que confirmer ce que la Déesse m'avait déjà permis d'entrevoir.

La supérieure plongea son regard dans celui de son interlocutrice.

— Surtout, n'en parle à personne.

La prophétesse opina d'un air grave.

— Bien sûr ! Tu es la seule autorisée à recevoir les oracles.

Larthia se dirigea vers son bureau en évitant de courir pour ne pas alerter les prêtresses. Elle s'installa sur sa natte, mais ignora les documents qui réclamaient son attention, pour méditer sur les réponses de l'oracle, tout en s'interrogeant sur la manière dont elle devait se comporter face à cette situation. Un instant, elle songea à demander audience aux consuls afin de leur transmettre cette prophétie, puis elle réalisa qu'elle ne devait pas entreprendre cette démarche seule. L'on risquait de ne pas la prendre au sérieux à cause de ses origines plébéiennes, à moins que les hauts magistrats lui opposent des présages annonçant le contraire. Alors, elle décida de se rendre dès le lendemain au temple de Menrva afin d'en discuter avec le grand prêtre dans l'espoir d'infirmer cette prédiction grâce aux augures des autres sanctuaires. Dans l'intervalle, elle s'obligea à se conduire comme d'habitude pour ne pas affoler le personnel du temple. Pourtant, Tanaquil la scruta en sortant du coucher de la déesse.

— Tu ne m'as pas l'air en forme. Aurais-tu reçu de mauvaises nouvelles ?

La jeune femme secoua la tête.

— Non, personne n'est venu de la part des autorités.

Sans deviner la feinte, son amie posa une main sur son bras.

— Tu n'es pas malade, au moins ?

Larthia réussit à sourire.

— Bien sûr que non. Ne te fais pas de soucis pour moi, je vais bien.

Tanaquil se dirigea vers la porte du réfectoire.

— Si tu le dis…

Peu convaincue, la prêtresse ne cessa d'observer sa supérieure durant la cena, en notant qu'elle grappillait dans les plats sans vraiment se nourrir, alors elle se promit d'alerter leur médecin si l'état de la jeune femme ne s'améliorait pas.

Le lendemain matin, Larthia accomplit ses devoirs avec la sensation de perdre son temps dans des occupations insignifiantes face à la gravité de la menace qui pesait sur eux. Après le prandium dont elle n'avala que quelques bouchées, elle fit avancer sa litière, afin que les passants ne devinent pas l'angoisse sur son visage en la croisant dans les rues. Derrière les rideaux clos, elle put se plonger dans ses sombres pensées sans témoins, mais en arrivant au temple, elle adopta une attitude sereine plus conforme à sa fonction.

Un jeune prêtre l'accueillit avec déférence, puis la conduisit à son supérieur sans s'étonner de cette visite surprise. Installé à son bureau, Mastarna se leva quand elle entra.

— Larthia ! Je ne m'attendais pas à vous voir.

La jeune femme jeta un coup d'œil par-dessus son épaule pour vérifier que la porte était bien fermée.

— Il faut que je vous parle de choses très graves.

Le grand prêtre l'emmena vers deux curules sur lesquelles ils s'assirent.

— Je vous écoute.

Elle serra ses mains l'une contre l'autre.

— J'ai consulté l'oracle pour la fête de Turan, mais ce qu'il m'a révélé est si terrible que je n'ose y croire.

Il l'observa d'un air songeur.

— Vous aurait-il annoncé la destruction de la ville de Roselle ?

Elle haussa les sourcils.

— Comment le savez-vous ?

Il eut un geste vague.

— Parce que notre prophétesse a vu la même chose.

Elle se mordit les lèvres.

— Par tous les Dieux ! Alors, c'est vrai.

Il opina d'un air sérieux.

— J'en ai bien peur.

Elle triturait sa robe avec nervosité.

— Avertissons-nous les consuls dès maintenant ?

Mastarna se releva pour faire quelques pas dans la pièce.

— À vrai dire, j'avais l'intention de contacter nos collègues pour qu'ils me communiquent ce que leurs oracles prédisent avant d'affoler nos dirigeants. Votre visite renforce ma détermination.

Elle leva vers lui un regard suppliant.

— Faites-le rapidement. Il faut nous organiser très vite si nous voulons sauver un maximum de monde.

Il sourit malgré son inquiétude.

— Ne rêvez pas, Larthia. Les consuls refuseront que l'on rende publique cette prophétie.

Elle frissonna.

— Ne pouvons-nous rien faire, alors ?

Il écarta les bras.

— Rien de plus que ce que nous avons déjà prévu, hélas ! Maintenant que nous sommes prévenus de ce qui nous attend, nous devrons fuir la cité dès que les soldats ennemis seront en vue.

Elle eut une moue incrédule.

— En abandonnant tous ces malheureux ?

Il dressa un index.

— Notre devoir est de préserver nos Dieux, ainsi que ceux dont nous avons la charge. Pas toute la cité.

Horrifiée, elle se redressa.

— En emportant nos Divinités, nous les condamnons.

Il se planta devant elle avec fermeté.

— Non ! Ce sont les Dieux, eux-mêmes, qui ont scellé le sort de la ville. Pas nous ! Mais s'Ils nous ont avertis, c'est parce qu'Ils veulent que nous Les mettions à l'abri. Nous ne pouvons pas nous dérober à une telle obligation.

Larthia regagna son temple avec encore plus d'anxiété devant ce qui menaçait les habitants de sa ville. Les arguments de Mastarna étaient incontestables, elle le savait, mais elle souffrait à l'idée d'être impuissante à protéger les innocents. La pensée de sa propre famille lui tordait le cœur, tout en lui prouvant qu'elle devait taire cette prédiction pour éviter que les membres de son personnel tentent de sauver leurs proches en provoquant une panique générale dans la cité.

Dès son retour, elle commença à étudier les mesures à prendre pour anticiper leur fuite sans mettre la puce à l'oreille des pensionnaires du temple. Elle se rendit dans les entrepôts où elle contrôla que l'établissement possédait la nourriture nécessaire pour le trajet qu'elle prévoyait, puis elle ordonna au responsable surpris de maintenir les niveaux constants. Ensuite, elle vérifia les accessoires de voyage en évoquant son désir d'emmener les prêtresses à la réunion annuelle de Voltumna, afin de cacher ses véritables intentions. Soulagée, elle constata qu'il y avait assez de tentes, de couvertures, et de coffres pour convenir à tout le personnel, ainsi que les chariots pour les transporter. Une telle caravane ne passerait pas inaperçue, mais elle espérait convaincre les soldats qu'elle venait de bien plus loin que Roselle, si elle parvenait à faire sortir tout le monde de la ville sans être repérée. Elle réalisa soudain que tous les temples de la cité en feraient autant, alors elle douta de soustraire au moins les siens au carnage. Pourtant, sans se laisser abattre, elle tourna son attention vers les objets du culte et la statue de Turan qu'elle devait absolument préserver pour éviter que leurs ennemis les emportent à Rome, ce qui les priverait de protection divine. Alors, elle s'assura que la réserve du temple contenait les écrins permettant d'emballer ces bibelots afin qu'ils les accompagnent dans leur fuite. Lorsqu'elle eut achevé ses préparatifs, elle attendit que l'inévitable s'accomplît en priant chaque matin la déesse pour qu'elle l'aidât à sauver ceux qui lui avaient consacré leurs vies.

Quelques jours après sa visite au temple de Menrva, Larthia vit arriver Mastarna qui venait lui raconter l'entretien que le supérieur du temple de Tinia et lui-même avaient eu avec les consuls.

— Tous les oracles de Roselle ont annoncé la même catastrophe.

La jeune femme lui indiqua un siège.

— C'est, hélas, ce que je craignais.

Il accepta un gobelet de vin.

— Moi aussi. Les consuls nous ont écoutés avec une grande attention en nous affirmant qu'ils tiendraient compte de nos avertissements, mais ils ont ajouté que cela ne changeait rien aux dispositions que nous avons prises. Tous ceux capables de tenir une arme combattront les Romains, si bien qu'ils ne doivent pas savoir que c'est une bataille perdue d'avance. Quant aux autres, ils doivent ignorer jusqu'au bout le danger qui les menace afin d'éviter que le désordre s'installe dans la ville. Nous ne pouvons rien faire de plus.

Larthia soupira.

— Je m'en doutais. J'ai commencé à organiser notre évacuation sans rien dire à personne.

Le grand prêtre faisait tourner son verre entre ses doigts.

— J'en ai fait autant. J'espère que les Romains n'arriveront pas par surprise, ce qui nous empêcherait de mettre nos plans à exécution.

La jeune femme pressa ses paumes contre sa poitrine.

— Je prie Turan tous les jours.

Mastarna opina d'un air sombre.

— Nous en appelons tous à nos Dieux, mais est-ce que ce sera suffisant ?

L'été débuta sans que les préparatifs fiévreux des supérieurs des temples de la cité aient encore éveillé l'attention de leurs concitoyens. Même au sein des sanctuaires, les religieux et les domestiques menaient leur vie coutumière en ignorant que cela ne durerait plus très long-temps. Pourtant, après une nouvelle consultation des oracles, Larthia et ses collègues savaient que la catastrophe était imminente.

Rien ne se déroula comme ils l'avaient imaginé. La jeune femme était étendue dans son lit, tellement lasse de ne pas trouver le sommeil qu'elle envisageait de se relever, lorsque des bruits inhabituels l'alertè-rent. Elle se redressa, mais n'eut pas le temps de sauter de sa couche que la porte s'ouvrait, tandis qu'une ombre se glissait jusqu'à elle. Af-folée, elle crut que son cauchemar recommençait, qu'il s'agissait de sol-dats romains prêts à la violenter, mais une voix familière vint chasser sa terreur pour la remplacer par une angoisse bien réelle.

— Maîtresse ! Un messager des consuls nous a prévenus qu'une armée romaine marche sur nous. Elle sera là au matin, selon eux.

Elle bondit.

— Alors, il faut procéder sans délai. Quelle heure est-il ?

L'esclave lança un coup d'œil vers la fenêtre.

— Le jour se lèvera dans deux heures.

Elle traversa la pièce en direction de sa malle à vêtements.

— Nous n'avons pas une seconde à perdre. Réveille tout le monde !

Comme elle n'avait plus le loisir d'appliquer son plan, la grande prê-tresse enfila une robe légère sans fioritures, jeta par-dessus un grand manteau noir à capuche, puis elle vida le coffret qui contenait ses bi-joux rituels dans un sachet en cuir qu'elle glissa dans une poche inté-rieure. Ensuite, elle sortit de sa chambre pour se rendre dans les ré-serves, suivie par les domestiques encore engourdis, qui n'y compre-naient rien. Larthia tendit le bras.

— Emballez toute la nourriture en faisant des petits colis que chacun pourra porter. Faites vite !

Tandis qu'ils obéissaient sans poser de questions, la jeune femme alla à la rencontre des prêtresses qui s'étonnaient de ce réveil brutal. Certaines n'étant même pas habillées, la supérieure leur recommanda de revêtir rapidement des tenues sombres afin de n'être pas repérables de loin. Puis, elle se dirigea vers le sanctuaire pour ranger les objets du culte dans leurs étuis, avant de les emporter vers l'endroit où les do-mestiques entassaient les bagages. Tanaquil surgit près d'elle.

— Nous expliqueras-tu ce qui se passe ?

Larthia se retourna.

— Dès que tout le monde sera réuni.

Sans insister, son amie regarda avec curiosité le ballet des esclaves en s'interrogeant une fois de plus sur cette activité incompréhensible, tandis que ses compagnes arrivaient une à une.

Lorsque le personnel au complet fut rassemblé devant le bâtiment des communs, la supérieure prit la parole d'un ton sonore afin que tous l'entendent.

— Le désastre que nous redoutions est sur nous. Les soldats romains sont en route pour détruire notre cité. Ils seront ici au matin, donc nous devons partir tout de suite.

Une voix s'éleva de la forêt de visages indistincts.

— Comment ? Mais le peuple de la ville ! Nous n'abandonnerons pas Roselle sans essayer de sauver ses habitants, quand même !

La grande prêtresse secoua la tête.

— Nous ne pouvons rien pour eux. J'ai la charge de vous protéger de ces démons ainsi que de soustraire Turan à leurs exactions, et c'est ce que je tenterai de faire.

Un autre timbre monta dans les aigus.

— Et nos familles ? Il faut les prévenir !

Larthia adopta un ton ferme.

— Non ! Vous resterez avec moi, sinon vous répandrez la terreur dans toute la cité. Pour celles qui sont issues de la noblesse, sachez que vos pères connaissent cette menace, et qu'ils ont prévu de se battre contre les Romains. Chacun d'entre nous doit accomplir son devoir.

Près de la jeune femme, Tanaquil demeurait calme pour donner l'exemple.

— Alors, que ferons-nous ?

La supérieure étendit les bras.

— Nous n'avons pas le temps d'atteler les chariots, donc nous partirons avec ce que nous pouvons porter. Les circonstances rendent notre départ plus dangereux que je ne l'attendais. Les ennemis sont tout près, si bien qu'il ne sera pas facile de leur échapper. Les autres temples sont aussi en train d'évacuer, donc faites bien attention de ne pas vous tromper de groupe.

Son amie eut un mouvement de surprise.

— Pourquoi ? N'allons-nous pas tous au même endroit ?

Larthia désigna l'assemblée.

— Bien au contraire ! Nous nous séparerons afin d'être moins identifiables. D'autre part, aucune ville ne pourrait accueillir autant de réfugiés.

Songeuse, Tanaquil observa ses compagnes.

— Vers où nous dirigerons-nous ?

La jeune femme jeta un coup d'œil vers le ciel toujours noir.

— J'ai choisi Tarquinia qui est à deux jours de voyage vers le sud.

Son amie fit la moue.

— Ne risquons-nous pas de rencontrer les Romains ?

La supérieure se détourna à demi.

— Oui, c'est pourquoi nous passerons par la porte nord, puis nous ferons un grand détour pour leur échapper. Que chacun se charge d'un paquet, et partons vite.

Religieuses et domestiques obéirent, tellement assommés par l'urgence de la situation qu'ils en étaient incapables de réagir. Lorsque tous les colis eurent été enlevés, Larthia prit la tête de la colonne en brandissant sa torche afin d'être visible. Ils quittèrent sans bruit le domaine qui avait été leur foyer pendant si longtemps, le cœur serré à l'idée qu'ils n'y reviendraient jamais, puis s'engagèrent dans les voies silencieuses. En traversant le quartier dans lequel habitaient les notables, les fuyards remarquèrent que nombre de fenêtres étaient éclairées, certaines leur permettant d'apercevoir des hommes en train de revêtir leurs équipements de combat. À cette vision qui rendait la guerre si proche, de jeunes prêtresses frissonnèrent en réalisant qu'elles seraient tuées si leur supérieure ne parvenait pas à les mettre en lieu sûr.

Arrivée à un carrefour, la jeune femme s'immobilisa en distinguant des lumières mouvantes, alors elle voila son propre lumignon, tandis que ses compagnons retenaient leur souffle. Une ombre tenant un flambeau apparut de l'autre côté de la rue, scruta les environs avec attention, puis tourna la tête dans sa direction. Soulagée, la grande prêtresse reconnut Mastarna, alors elle s'avança sans se cacher en répondant par un sourire au salut muet de son confrère. Au lieu de marcher auprès de lui, elle entraîna son groupe dans la direction des remparts afin de ne pas mélanger les effectifs des deux temples. Pendant qu'elle cheminait en fixant les pavés, des pas légers se rapprochèrent d'elle, si bien qu'elle leva les yeux.

— Cai ! Pourquoi n'es-tu pas avec ton supérieur ?

Son amie eut un triste sourire.

— Je ne pouvais pas partir pour toujours sans te faire mes adieux.

Larthia soupira en retenant ses larmes.

— Tu me manqueras plus que je ne saurais dire.

Cai posa une main sur son épaule.

— Toi aussi. Mais je sens dans mon cœur que tu survivras. Je prierai pour toi.

La jeune femme fronça les sourcils.

— Ne joue pas les prophétesses.

Son amie lui ouvrit les bras.

— C'est pourtant ce que je suis. Prends soin de toi !

Elles s'étreignirent avec émotion à la perspective de ne plus se revoir, puis la grande prêtresse accéléra le pas, tandis que Cai retournait vers Mastarna.

À l'approche des portes, Larthia se montra plus circonspecte. Elle observa les environs en se demandant comment elle ferait sortir ceux qui l'accompagnaient sans être vus, mais une étrange surprise l'attendait. En débouchant de la dernière rue, elle découvrit que devant les battants de bois grand ouverts, des soldats portant des torches veillaient à la bonne évacuation des religieux. Alors, avec sa suite, elle prit son tour dans la longue file des fugitifs.

Le cœur serré, elle franchit les vantaux, puis s'écarta sur le côté jusqu'à ce que les siens l'aient rejointe, les yeux fixés sur les taches claires que formait chaque groupe en s'éloignant. Sans bouger, elle sentait les membres de son personnel s'agglutiner autour d'elle en tremblant à l'idée qu'ils ne pouvaient plus compter que les uns sur les autres pour survivre. Alors qu'elle s'apprêtait à donner le signal du départ, une main dans son dos la fit sursauter. Mastarna se hâta de s'excuser.

— Je ne voulais pas vous faire peur. Je désire seulement vous souhaiter bonne chance.

Elle opina d'un air tendu.

— Merci, à vous aussi. Je prierai pour votre sauvegarde.

Il l'enveloppa d'un regard chaleureux.

— Et moi, pour la vôtre. J'espère de tout cœur que vous trouverez un nouveau foyer au bout de votre route.

Il l'embrassa, puis s'éloigna en lui adressant un sourire affectueux. Un peu revigorée par cette amitié, la jeune femme commença sa longue marche, suivie des seuls compagnons qui lui restaient.

Les remparts se dressaient encore derrière eux que déjà des grognements s'élevaient de la petite troupe devant cette progression difficile au milieu d'une campagne qu'ils ne voyaient pas. Certaines prêtresses se plaignaient de se tordre les chevilles dans des ornières, d'autres gémissaient de frayeur au moindre frôlement suspect en resserrant leurs robes autour d'elles. L'intendant se porta à la hauteur de la supérieure.

— Ne pourrions-nous pas allumer une torche ?

Elle fronça les sourcils.

— Non, ce serait dangereux.

Comme des protestations étouffées se faisaient entendre, elle s'arrêta en attendant que les siens soient réunis autour d'elle, puis elle désigna les alentours.

— Regardez ! Qu'apercevez-vous ?

Tanaquil se frappa le front.

— Les autres groupes.

Larthia acquiesça.

— Exactement ! Contrairement à nous, ils n'ont pas pris la précaution de se vêtir de sombre, ce qui les rend repérables même de nuit. Nous sommes beaucoup moins visibles qu'eux, et vous voudriez une lumière pour avertir nos ennemis de notre position ?

Tout le monde approuva à contrecœur, tandis que l'intendant hochait la tête.

— Vous avez raison.

Une prêtresse fit la grimace.

— Mais les Romains ne sont pas là pour le moment.

La supérieure se tourna vers elle d'un air sévère.

— Comment le sais-tu ?

La religieuse parut interloquée.

— On ne les voit pas.

Larthia dressa l'index.

— Cela ne signifie pas qu'ils sont absents. Au contraire, cela doit nous inciter à redoubler de prudence. Ils peuvent très bien être à l'affût.

La prêtresse baissa le nez.

— Je n'y avais pas pensé.

Comme plus personne n'intervenait, la supérieure en fut soulagée.

— Bon ! Maintenant, allons-y ! Et en silence, je vous prie.

Ils reprirent leur marche au milieu des végétaux qui semblaient pousser n'importe où, en se demandant s'ils étaient sur un chemin ou bien s'ils traversaient des champs laissés à l'abandon. La plupart des fugitifs souhaitaient que le jour se levât enfin pour pouvoir s'orienter, mais Larthia, quant à elle, regrettait de n'avoir pas été prévenue plus tôt, ce qui lui aurait permis de s'éloigner davantage de la ville sous le couvert de la nuit. Tout en posant ses pieds avec précaution afin de ne pas tomber dans un trou invisible, elle jetait des regards angoissés vers les taches mouvantes qui s'apercevaient de loin, en espérant que les ennemis ne surgiraient pas à l'improviste.

Elle ramena son attention vers ses proches lorsqu'un cri étranglé se fit entendre tout près. Inquiète, elle suivit la direction d'où provenait le bruit, pour découvrir une jeune novice, tout juste entrée au temple, assise dans l'herbe en se tenant la jambe.

— Que t'arrive-t-il, Velxai ?

La jeune fille tendit le bras.

— J'ai heurté quelque chose de dur, par là.

La jeune femme se pencha.

— Es-tu blessée ?

La novice sourit avec courage.

— Non, je ne crois pas.

Tandis qu'elle se remettait debout avec l'aide de quelques-unes de ses compagnes, la grande prêtresse s'avança du côté qu'elle lui avait indiqué, jusqu'à ce qu'elle butât à son tour contre ce qui ressemblait à un muret de pierres. Intriguée, elle se courba pour le palper, puis réalisa qu'il s'agissait des ruines d'une maison comme l'on en trouvait beaucoup depuis le dernier raid des Romains. Alors, elle avertit son groupe, puis entreprit de contourner l'obstacle en priant pour ne pas en rencontrer d'autres sur sa route.

L'exode

Été 293 av. J.-C.

Une mince bande grise à l'horizon annonçait le jour naissant lorsque des cris éclatèrent loin derrière le groupe de Larthia. Aussitôt, elle intima à ses compagnons l'ordre de se tapir où ils étaient en demeurant immobiles et silencieux tant qu'elle n'aurait pas identifié la raison de ce remue-ménage. Elle se glissa jusqu'à un petit promontoire à peine décelable dans l'obscurité, où elle put bénéficier d'une vue dégagée sur les environs. Glacée d'horreur, elle aperçut des points blancs qui s'éparpillaient en tous sens, pourchassés par des silhouettes sombres jetant de brefs éclairs quand le métal de leurs armures accrochait la lueur des torches. Alors, elle pivota pour embrasser le paysage à la recherche des troupes ennemies qu'elle découvrit beaucoup plus proches qu'elle ne l'imaginait. Comme ils ne les avaient pas repérés, les soldats étaient tournés vers les murs encore invisibles de la cité qu'ils s'apprêtaient à encercler, tandis que certains lançaient des coups d'œil intéressés vers l'endroit où se déroulait la chasse à l'homme. Sachant qu'elle bénéficiait d'un répit, la jeune femme rejoignit les siens auprès desquels elle s'accroupit en baissant le ton.

— Les Romains sont tout près de nous dans cette direction. Alors, nous nous écarterons d'eux sans bruit, afin qu'ils ne nous voient pas lorsque le jour se lèvera. Faites passer le message.

Sans attendre, elle se redressa pour entamer la progression qui devait reculer le danger, en essayant de repousser l'angoisse qui la tenaillait sur le sort de ses coreligionnaires. Elle adressa une prière à Turan pour qu'il ne s'agît pas de Mastarna et de son groupe, puis elle entraîna les siens à travers la campagne, tandis que la nuit qui blanchissait rendait leur protection de plus en plus illusoire.

Elle commençait à se dire que la lumière ne tarderait pas à les dénoncer lorsqu'elle buta contre un muret à moitié écroulé, avant-garde d'une propriété abandonnée dont les parois principales étaient encore en assez bon état. Perplexe, elle contempla les ruines en se demandant si elle ne devait pas y loger ses compagnons le temps que les soldats s'éloignent, tout en songeant que cet abri pourrait se transformer en piège s'ils devinaient leur présence. La décision s'imposa d'elle-même quand une voix masculine venant des rangs ennemis lui parvint.

— J'ai entendu du bruit par là. Il pourrait bien y avoir d'autres fugitifs dans ces broussailles.

Aussitôt, elle entraîna son groupe derrière les cloisons encore debout de la villa, en faisant taire les plus jeunes qui pleuraient de frayeur. Un deuxième timbre se fit moqueur.

— Tu as rêvé. Moi, je n'ai rien perçu.

Larthia retint son souffle avec l'espoir qu'on les oublie, mais le premier soldat s'obstina.

— Je sais ce que je dis. J'en référerai au décurion.

La grande prêtresse profita du silence revenu pour visiter la demeure abandonnée en restant toujours à l'abri des murs, jusqu'au moment où elle découvrit l'ancienne salle de réception presque intacte et assez éloignée des Romains pour offrir une bonne protection. Alors, elle alla chercher ses compagnons qu'elle conduisit dans cet abri aussi sûr que possible, tout en laissant des hommes à surveiller les ennemis afin de n'être pas prise au dépourvu. Puis, tandis que les plus âgées consolaient les benjamines, elle retourna vers l'entrée de la villa pour examiner la situation. Une voix autoritaire se mit à crier.

— Ça suffit ! Nous avons localisé les fugitifs que nos hommes sont en train d'attraper. Cessez d'imaginer que toute la ville s'est enfuie !

Le militaire incrédule s'esclaffa.

— Ce sont des animaux que tu as distingués, mon vieux.

À nouveau, l'officier intervint.

— Restez en formation ! Je ne veux plus vous entendre !

Risquant un œil par la fenêtre éventrée, Larthia vit le décurion toiser ses hommes d'un regard impérieux, tandis que ceux-ci baissaient la tête comme des écoliers sermonnés. Alors, soulagée, elle rejoignit le groupe en laissant les guetteurs surveiller l'armée qui, dans le petit jour, se révélait bien plus imposante qu'elle ne l'aurait cru. En s'asseyant à même le sol, elle adressa un sourire encourageant à ses compagnons.

— Ils ignorent notre présence. Si nous ne faisons pas de bruit, ils passeront leur chemin sans nous inquiéter.

Elle fit ouvrir un paquet de nourriture afin que chacun pût bénéficier d'un jentaculum revigorant, sans oublier les hommes qui veillaient à leur sécurité, auxquels elle porta elle-même une collation. Tout en mangeant sa part, Tanaquil se pencha vers son amie.

— Que ferons-nous ?

La supérieure eut un geste fataliste.

— Patienter. Nous ne pouvons pas prendre le risque de continuer notre route tant qu'ils sont aussi près. C'est triste à dire, mais nous devons attendre qu'ils soient trop occupés par l'attaque de la ville pour regarder autour d'eux.

Velxai eut un sanglot.

— Mes parents !

Larthia s'adossa au mur derrière elle.

— Il ne faut pas penser à ça, sinon nous n'y arriverons jamais. Nous ne pouvons rien faire pour eux, mais peut-être réussirons-nous à échapper au massacre si nous sommes prudents.

Elle-même s'interdisait de laisser l'image des membres de sa famille s'imposer à son esprit, sachant que cela lui couperait bras et jambes. Elle tourna ses prunelles bleues vers l'azur de même couleur.

— Ils espèrent sûrement que nous, au moins, sommes hors de portée de ces démons.

À ce moment, l'un des guetteurs vint leur annoncer que l'armée s'ébranlait, si bien que la jeune femme se mit à nouveau debout pour s'en rendre compte par elle-même.

Maintenant que le jour était levé, l'on distinguait dans le lointain les murailles de Roselle hérissées de casques et de lances qui indiquaient sans risque d'erreur que tous les défenseurs étaient sur le pied de guerre. Beaucoup plus près, à quelques dizaines de pas de la villa, se tenaient les attaquants formant des lignes régulières dont on ne voyait pas les extrémités. Aux yeux de la grande prêtresse, cela ressemblait à une mer mouvante d'armures menaçant d'engloutir la cité. Pendant qu'elle regardait, des ordres se propagèrent le long des rangs en provoquant des courants internes qui firent avancer cette marée humaine en direction des remparts. Ce n'était pas un spectacle bien agréable, pourtant elle eut l'impression de mieux respirer à mesure que les soldats s'éloignaient de ses protégés. Sans oser se demander ce qu'il était advenu des malheureux qui avaient été repérés, ni même s'interroger sur la situation de ceux qu'elle connaissait, Larthia attendit que les Romains soient arrivés au pied de l'enceinte. Puis, elle rassembla son monde qu'elle guida vers une sortie localisée sur l'arrière de la propriété, afin de profiter le plus longtemps possible de la protection des murs.

Devant eux, en direction du sud, s'étendait une forêt qui ne désirait que leur offrir la fraîcheur de ses sentiers, sur lesquels personne ne les verrait. Alors, ils traversèrent d'un pas vif le terrain découvert qui précédait cet abri, tandis que la supérieure et les hommes de surveillance s'assuraient que les ennemis ne les avaient pas aperçus. Même quand ils se furent fondus dans la verdure, les fugitifs ne s'enhardirent pas à crier victoire, si bien qu'ils continuèrent leur route en sursautant au moindre frôlement suspect. À travers l'épaisseur des arbres leur parvenaient les cris des belligérants et le fracas des armes qui parlaient de carnage et de destruction.

Ils marchèrent ainsi toute la matinée. Le vacarme de l'affrontement avait fini par se taire, supplanté par les bruits plus doux de la nature, sans apporter le moindre soulagement dans leurs cœurs alourdis par la honte de cet exode sans gloire. Chacun remâchait ses griefs en silence, mais surtout se reprochait de n'avoir rien tenté pour sauver ses proches, même si cela semblait impossible.

Lorsque la lisière de la forêt apparut devant eux, Larthia décida de bivouaquer à l'ombre des futaies avant de s'engager dans cette campagne inconnue, qui leur réservait peut-être des embûches imprévues. Ils s'installèrent donc un peu partout, sur des racines qui affleuraient, des troncs d'arbres abattus ou des souches encore en place, puis se passèrent les victuailles de main en main dans une ambiance pesante. Une prêtresse issue de la noblesse releva la tête d'un air belliqueux.

— Tu nous as prises par surprise. C'est comme ça que tu as pu nous obliger à partir sans prévenir nos familles. Imagines-tu que nous te remercierons ?

La supérieure lui retourna un regard glacial.

— Je n'attends rien de votre part. Je ne fais que mon devoir. Ton père était au courant du danger qui menaçait la cité ainsi que de nos projets de fuite qu'il approuvait. Je crois plutôt qu'il se serait fâché si tu ne m'avais pas obéi.

Une religieuse plébéienne fit la moue.

— Comme d'habitude, les notables savaient, mais pas les autres.

Larthia mordit dans sa viande froide.

— Nous avons fait en sorte que cela ne se répande pas pour ne pas provoquer de panique générale. Les élites étaient prêtes à combattre pour protéger la ville. Que pouvions-nous faire de plus ?

Son interlocutrice fronça les sourcils.

— Permettre aux pauvres gens de s'échapper également au lieu de les laisser massacrer.

La supérieure secoua la tête.

— Aucune agglomération n'aurait pu accueillir autant de monde. Ils auraient été pourchassés et tués de toute façon.

La plébéienne attrapa l'outre d'eau.

— Crois-tu que cela puisse nous donner bonne conscience ?

Larthia soupira.

— Moi aussi, j'ai abandonné les miens dans la cité sans les prévenir des périls qu'ils couraient. Que cela me plaise ou non, j'ai dû me plier à la règle. Il n'y a pas eu de passe-droits.

Tanaquil se redressa.

— Arrêtez un peu ces récriminations qui ne mènent à rien. N'oubliez pas que nous ne sommes pas encore sauvés.

La supérieure se leva avec un sentiment de gratitude pour son amie.

— C'est juste. C'est le moment de reprendre la route.

Le petit groupe quitta l'ombre des arbres pour s'avancer sur un chemin inondé de soleil, tout en observant les alentours avec la crainte de voir surgir des soldats romains qui risqueraient de leur faire un mauvais parti. Sachant que sans un équipage important, ils ne pourraient pas prétendre accomplir un voyage innocent, Larthia restait sur le qui-vive, désespérée de ne pas progresser aussi vite qu'elle l'avait imaginé.

Malgré le beau temps, la campagne déserte présentait aux regards les cicatrices mal refermées des exactions perpétrées par les Romains lors de leurs incursions en territoire étrusque. Pour une fois, la jeune femme se réjouissait de cette situation qui leur évitait de rencontrer des gens devant lesquels il aurait fallu justifier leur déplacement. Se guidant au soleil, elle s'inquiétait de ne pas aller tout à fait dans la bonne direction, mais n'osait rectifier leur trajectoire de peur de frôler une villa d'où l'on pourrait les apercevoir.

Comme les prêtresses n'étaient guère habituées à un tel traitement, ils furent obligés de faire plusieurs pauses pour les laisser se reposer, ce qui ralentissait encore leur allure, au grand dam de leur supérieure. Pourtant, quand même les plus courageuses furent épuisées, elle donna l'ordre aux domestiques de leur trouver un endroit pour passer la nuit à l'abri des soldats. Ceux-ci se mirent en quête d'un refuge à l'écart du sentier afin d'être moins visibles, où ils découvrirent une maison encore pourvue de son toit, mais abandonnée depuis longtemps.

Pour la première fois depuis leur fuite, les voyageurs mangèrent avec appétit le repas qui leur fut servi, puis tandis que Larthia organisait les tours de guet afin d'éviter toute mauvaise surprise durant leur sommeil, les prêtresses se répartirent dans les pièces encore intactes de la demeure. La jeune femme visita chacune d'elles, réconforta l'une, aida une autre à soigner ses pieds abîmés par l'interminable marche, écouta les plaintes d'une troisième, avant de s'allonger à son tour auprès de Tanaquil. Pendant encore un moment, l'on entendit des murmures excités, puis peu à peu le silence les enveloppa.

La lumière de l'aurore s'infiltrant dans la villa les réveilla en douceur. La grande prêtresse s'étira avec volupté, étonnée d'avoir si bien dormi alors que rien n'avait atténué la dureté du sol sur lequel elle était couchée. Elle se redressa, promena son regard autour d'elle, constata que ses compagnes semblaient reposées, si bien qu'elles pourraient attaquer sans peine la route qui leur restait.

L'intendant apparut pendant que les domestiques servaient le jentaculum.

— J'ai trouvé une citerne remplie d'eau.

Larthia sourit.

— Nous referons nos réserves.

Il opina.

— C'est déjà fait, mais il y a tellement d'eau que vous pouvez l'utiliser pour faire votre toilette.

Tanaquil battit des mains.

— Bonne idée ! Je me sens pleine de poussière.

Un peu plus tard, propres et fraîches, les religieuses regagnèrent le chemin où ne rôdait aucun danger selon les éclaireurs. Larthia imposa un rythme soutenu afin de couvrir le plus de distance possible avant que la chaleur devînt étouffante, mais ses compagnes peu accoutumées à de tels exercices physiques ne purent le suivre longtemps. Certaines boitaient déjà à cause de leurs écorchures de la veille, d'autres se plaignaient de douleurs dans les jambes, d'autres encore estimaient leurs paquets trop lourds à porter, si bien qu'elle dut ordonner une halte.

Le soleil approchait de son zénith, lorsque l'un des guetteurs désigna des murailles à peine visibles dans le lointain. La jeune femme eut une moue de dépit.

— Saturnia ! À cette vitesse-là, nous n'atteindrons jamais Tarquinia ce soir.

Tanaquil, qui déambulait auprès d'elle, tourna la tête.

— De quoi parles-tu ?

La supérieure tendit le bras.

— Ne vois-tu pas les remparts à notre gauche ?

Son amie plissa les yeux.

— Ah, oui ! Tout là-bas.

Larthia observait le chemin d'un air soucieux.

— C'est Saturnia. Nous sommes trop à l'est. Il nous faut piquer droit au sud pour trouver notre but.

Tanaquil fixait toujours la ville qui disparaissait.

— Est-ce ce détour qui nous a retardés ?

La jeune femme changea de côté le colis qu'elle portait comme tous les membres du groupe.

— Pas seulement. Saturnia est à une journée de marche de Roselle. Or, nous avons mis une journée et demie pour l'atteindre. Nous avançons trop lentement.

Son amie prit une expression avisée.

— Tu crains que nos provisions s'épuisent, n'est-ce pas ?

La supérieure se mordilla les lèvres.

— Pas vraiment. J'avais prévu large. Mais nous ne serons en sécurité qu'à Tarquinia. Les soldats peuvent toujours nous tomber dessus en retournant vers Rome.

Tanaquil balaya les environs d'un œil inquiet.

— Nous aurions dû partir vers le nord.

Larthia évita une racine.

— Non. La plupart de nos confrères l'ont fait. Nous ne pouvons pas tous aller au même endroit. Il n'y a pas assez de villes pour accueillir autant de religieux.

Le périple se poursuivit sans aléas. Comme la grande prêtresse s'efforçait de rectifier leur trajectoire, ils durent quitter le sentier pour traverser les champs, dont certains étaient prêts à moissonner. Devant ces paysages riants, les exilés comprirent que les Romains avaient moins sévi ici que chez eux. Des villas en parfait état parsemaient la campagne, des esclaves veillaient aux cultures ou surveillaient les troupeaux, et des marchands parcouraient les chemins sans montrer la moindre crainte. La vie animée de la région rassurait les fugitifs, alors que leur supérieure s'inquiétait des regards étonnés que le passage de sa troupe suscitait chez la plupart des gens qu'ils coudoyaient. Un commerçant itinérant d'humeur causante s'arrêta auprès d'eux pour connaître la raison d'un tel déplacement.

— Dites-moi, c'est l'intégralité du personnel de votre temple que vous emmenez en voyage.

Larthia cacha sa contrariété sous un air cordial.

— C'est le cas, effectivement.

Le marchand accorda son pas au sien.

— D'où venez-vous comme ça ?

D'un geste nonchalant, elle désigna l'est.

— Nous sommes originaires de Volsinies.

Il hocha la tête avec admiration.

— C'est un sacré chemin. Que faites-vous par chez nous ?

Elle croisa les bras.

— Nous nous rendons à Talamone pour un regroupement avec nos sœurs de cette cité.

Le commerçant haussa les sourcils.

— Je ne savais pas que cela se faisait entre sanctuaires.

Elle sourit.

— Cela arrive parfois, mais pas souvent.

Le marchand se détourna pour rejoindre son convoi.

— Et bien, que les Dieux veillent sur votre route.

Avec soulagement, la jeune femme le salua.

— Merci, nous prierons pour vous.

La grande prêtresse poussa sa petite troupe afin de s'éloigner au plus vite. Elle redoutait que ce genre de rencontre revînt aux oreilles des soldats romains, ce qui attirerait leur attention sur ses protégés. Lorsque le fâcheux ne fut plus en vue, Tanaquil s'approcha de son amie avec une mimique entendue.

— Heureusement qu'il n'a pas demandé quel Dieu nous servons.

La supérieure se mordilla les lèvres.

— Je ne pense pas que je lui aurais révélé la vérité. J'ignore s'il existe des temples de Turan à Volsinies et à Talamone.

Son amie opina.

— Il aurait mieux valu prétendre que nous sommes des prêtresses d'Uni. Elle est implantée partout.

Larthia fixa la route d'un air lointain.

— Je préfère en dire le moins possible. Pourvu que l'on ne croise pas trop de curieux comme lui.

Pourtant, ces scènes qui se reproduisaient ne constituaient pas la seule menace. Les regards étonnés par ces religieuses qui couraient les chemins étaient tout aussi dangereux. De plus en plus, la supérieure craignait que leur présence fût rapportée aux ennemis par des gens n'imaginant pas l'horreur qu'elles fuyaient. Quitter la voie pour vagabonder à travers champs ne représentait pas une meilleure solution à cause des esclaves au travail sur les terres des latifundia, qui se souviendraient de leur passage si on les interrogeait. Alors, elle se contenta de faire accélérer le pas dans l'espoir d'atteindre Tarquinia le soir même, mais lorsque le soleil baissa sur l'horizon, le groupe n'était pas encore auprès de Vulci située à une demi-journée de marche de leur but.

Résignée à supporter une nouvelle nuit sur la route, la jeune femme envoya les domestiques à la recherche d'un refuge dans les parages, en rêvant sans trop y croire à une ruine semblable à celle de la veille. Pourtant, quand les hommes revinrent bredouilles, elle accepta leur suggestion de s'abriter dans une forêt proche qui leur permettrait au moins de se dissimuler. Elles s'installèrent du mieux qu'elles le purent dans une clairière à l'écart des sentiers, sous la protection de leurs esclaves qui en fermèrent tous les accès avant d'établir des tours de garde.

L'une des religieuses étala son manteau en grommelant.

— C'est vraiment une couche indigne de nous.

Larthia, qui s'allongeait au pied d'un arbre, lui jeta un rapide coup d'œil.

— De quoi te plains-tu ? Cette mousse est bien plus moelleuse que le sol de la maison dans laquelle nous nous sommes assoupies la nuit dernière.

La prêtresse s'étendit d'un air renfrogné.

— Peut-être, mais nous avions des murs et un toit.

Sa voisine encore debout scrutait l'herbe avec dégoût.

— Je suis sûre qu'il y a plein de bestioles là-dedans.

Excédée, la supérieure s'appuya sur un coude.

— Si vous aviez marché plus vite au lieu de récriminer tout le temps, nous serions arrivées à Tarquinia. Taisez-vous maintenant !

Le calme s'établit, bientôt rythmé par la respiration régulière des dormeuses. Mais quelques trop courtes heures plus tard, la jeune femme fut arrachée au sommeil par un domestique agenouillé près d'elle.

— Réveillez-vous, maîtresse.

Elle tourna la tête en luttant pour reprendre pied dans la réalité.

— Que se passe-t-il ?

Il posa un doigt sur ses lèvres.

— Chut ! Pas si fort. Des soldats romains viennent par ici.

Larthia sauta sur ses pieds en constatant avec soulagement que les esclaves étaient déjà en train de secouer toutes les prêtresses qui se relevaient en frissonnant autant de peur que de la fraîcheur de la nuit. Avec autorité, la supérieure entraîna le groupe sous le couvert des arbres, où elle éparpilla ses effectifs en leur recommandant de se tapir dans tous les creux qu'ils trouveraient. Elle-même se glissa au milieu d'épaisses broussailles, puis attendit, le cœur battant, l'arrivée des ennemis.

Aucun bruit ne trahit leur approche, mais soudain ils apparurent sur ce qui était encore la couche des religieuses quelques instants auparavant. De brefs reflets jouaient sur leurs armures et leurs casques tandis qu'ils battaient les végétaux avec leurs glaives dans l'espoir de débusquer leurs proies. Blottie dans le noir, la grande prêtresse, comme tout son personnel, retenait son souffle en évitant le moindre mouvement qui pourrait aiguiller les soldats dans sa direction. Au bout d'un moment, l'officier perdit son calme.

— Ils sont forcément là ! Nos renseignements étaient très précis.

Non loin de la jeune femme, un guerrier contempla les fourrés d'un air dubitatif.

— Pensez-vous vraiment qu'il s'agisse de fugitifs de Roselle ?

Le gradé s'appuya d'une main contre un tronc.

— Cela y ressemble bien. Des religieux ne se lancent pas sur les routes sans grand équipage et avec tous leurs domestiques. Ils affirment aux uns qu'ils se rendent à Talamone, à d'autres que leur but est Vulci. Rien que cela doit nous mettre la puce à l'oreille.

Le subordonné fit la moue.

— Que viendraient-ils faire par ici ?

L'officier eut un geste large.

— Il semble que tous les temples de la cité se soient vidés quelques heures avant l'attaque. Les religieux se sont éparpillés dans toute l'Étrurie pour protéger leurs Dieux. Sans doute cherchent-ils à rejoindre une ville dans laquelle ils trouveront refuge.

Le soldat haussa les épaules avec incrédulité.

— Mais laquelle ? Nous contrôlons pratiquement toutes les cités du sud.

De frustration, le gradé donna un coup dans l'arbre.

— On ne peut pas se fier aux Étrusques. Ils n'ont aucun sens moral. Mais je pense quand même qu'ils n'auront pas le culot de rallier Veies, Caere, ni même Tarquinia. Ils peuvent, par contre, se diriger vers Tuscania ou Faleries. Alors, nous patrouillerons sur ces chemins et nous les retrouverons bien.

Pendant ce temps, le reste de la troupe continuait à fouiller chaque buisson autour de la clairière, mais comme ils ne voulaient pas allumer de torches de peur d'effaroucher leur gibier, ils n'osaient pas s'aventurer trop loin dans les sous-bois. En scrutant la pénombre, Larthia se rendait compte que leurs ennemis devenaient invisibles dès qu'ils quittaient le clair-obscur de l'espace découvert, aussi en concluait-elle qu'il en était de même pour les siens. Elle adressa une fervente prière à Turan pour qu'aucun de ses compagnons ne perdît son sang-froid, sachant que le premier qui bougerait trahirait le groupe tout entier.

Longtemps, elle entendit les Romains battre les fourrés, mais ils ne s'approchèrent jamais assez d'un membre de son personnel pour le pousser à une action désespérée. Pourtant, elle se demandait avec angoisse ce qu'il adviendrait lorsque l'aube révélerait leur présence à ces hommes sans pitié. Tout en réfléchissant avec fièvre, la jeune femme observait les reflets indiquant les mouvements des soldats, jusqu'à ce qu'elle fronçât les sourcils d'un air intrigué. Leur nombre avait-il augmenté ou bien n'était-ce que pure imagination de sa part ?

L'officier se retourna.

— Tout le monde est-il revenu ?

Elle comprit qu'elle ne s'était pas trompée au moment où un subordonné opinait.

— Oui, centurion. Les hommes n'ont rien trouvé.

Le gradé soupira.

— Bon, tant pis ! Il se fait tard. Nous bivouaquerons ici pour le reste de la nuit, puis nous rallierons Tuscania demain matin.

La supérieure contint son espoir, tandis que les soldats s'installaient là où elles avaient dormi, en échangeant des plaisanteries. Peu à peu, les conversations laissèrent la place à des ronflements qui se propagèrent jusqu'à former un bruit régulier couvrant les sons plus doux de la vie sauvage. Alors, la grande prêtresse sortit de sa cache, rassembla ses compagnons, s'assura qu'ils étaient tous enveloppés dans leurs manteaux sombres afin de ne pas être devinés dans l'obscurité, puis elle contourna la clairière pour prendre la direction du sud, en essayant de ne pas écraser de branche.

L'un des veilleurs postés à la lisière des arbres dégaina son glaive.

— Halte ! Qui va là ?

Les fugitifs se figèrent en réprimant leur envie de courir. Une voix railleuse répondit à la question.

— Ce n'est que le vent. Tu as rêvé.

Le silence persistait, alors le guetteur rangea son arme.

— Oui, tu as raison.

Soulagée, Larthia reprit sa marche, suivie de son personnel, sans provoquer d'autres réactions de la part des Romains.

Dès qu'ils eurent quitté la forêt, ils accélérèrent le pas, désireux de mettre le plus de distance possible entre eux et leurs poursuivants. En tête du convoi, la jeune femme réfléchissait à la conversation qu'elle avait surprise, en réalisant pour la première fois qu'elle ne pouvait pas se présenter à la porte de Tarquinia avec sa petite troupe. Les dirigeants de cette ville n'accepteraient pas d'accueillir des gens recherchés par leurs alliés, quel qu'en fût le motif, de peur de représailles. Par contre, s'ils étaient au courant de l'attaque de Roselle, ils seraient peut-être enclins à fermer les yeux sur l'accroissement inexpliqué des effectifs du temple de Turan. C'était donc à elle de prendre contact avec la supérieure de ce sanctuaire afin de lui exposer leur situation, en espérant qu'elle se révélerait miséricordieuse pour ceux qui avaient tout perdu.

Ils firent une pause au lever du jour, puis repartirent sans que les prêtresses songent à se plaindre, après avoir constaté que le danger n'était pas écarté. Pourtant, malgré leur vaillance, la fatigue d'une nuit écourtée se mit à peser sur leurs épaules dès le milieu du jour, si bien qu'ils ralentirent le pas à leur corps défendant. Au lieu de les hâter, la grande prêtresse se montra compatissante, ce qui en surprit beaucoup. Mais quand elle désigna une forêt à quelque distance de la route, en suggérant d'y faire halte, de nombreux regards incrédules se tournèrent vers elle. Sans en tenir compte, elle s'engagea sous les ombrages jusqu'à ce qu'elle trouvât un lieu assez protégé pour installer les siens. Tanaquil s'assit au pied d'un arbre en la fixant.

— Qu'est-ce qui te prend ? Tu nous bousculais pour aboutir plus vite, mais aujourd'hui, on dirait que tu n'es plus pressée. Pourtant, les soldats qui nous poursuivent ne tarderont pas à nous tomber dessus.

Larthia se posa près d'elle.

— N'as-tu pas aperçu les remparts un peu plus loin ? Nous sommes arrivés.

Son amie écarquilla les yeux.

— Alors, pourquoi n'entrons-nous pas dans la ville ?

La jeune femme eut un triste sourire.

— Nous ne pouvons pas y pénétrer comme ça. Les consuls nous feraient arrêter ou expulser. J'irai seule rencontrer la supérieure du temple de Turan pour lui demander asile. J'espère venir vous rechercher ce soir ou demain.

Pensive, Tanaquil hocha la tête, puis détailla sa supérieure avec anxiété.

— Prends au moins quelques hommes avec toi.

La grande prêtresse lui pressa le bras d'un air amical.

— Bien sûr ! Ne t'inquiète pas.

Larthia s'accorda un court repos, puis elle expliqua ses projets à son personnel, recruta quelques domestiques parmi les plus costauds avant d'entamer la dernière partie du voyage.

LES CICATRICES DE L'EXISTENCE

Faleries

Automne 293 av. J.-C.

Le garçon courait à toute allure dans les rues de Faleries, tellement pressé d'arriver au but qu'il en oubliait son essoufflement et la tension douloureuse des muscles de ses jambes. Ses yeux se mirent à briller lorsqu'il aperçut le mur de la villa qui exhibait la plus belle fresque que la ville eût connue. Tout joyeux, il franchit le seuil d'un bond, traversa l'atrium au sol couvert d'une mosaïque découpée en carrés noirs encadrant différentes figures animales autour d'un impluvium pavé de bleu, puis il enfila le couloir menant au jardin. D'un regard circulaire, il scruta la pelouse soignée qui entourait un bassin peuplé de poissons, mais constatant qu'il n'y avait personne sur les bancs de pierre semés au milieu des buissons de fleurs, il plissa les paupières pour inspecter le péristyle sans plus de succès. Alors, il longea les colonnes d'un pas hâtif pour gagner le tablinum du maître situé sur la droite, dont il ouvrit la porte à toute volée, impatient de délivrer la grande nouvelle. Assis en tailleur, une écritoire sur les genoux, Heiasun sursauta.

— Laru ! Combien de fois devrai-je te rappeler de frapper avant d'entrer ?

L'esclave ne parvint pas à prendre un air contrit.

— Pardon, maître. Mais j'ai la réponse de Thefarie Vipiiennas ! Il m'a dit de vous transmettre son accord pour la proposition que vous lui avez faite.

Le jeune homme contemplait la tache qu'il avait faite sur son croquis.

— C'est une bonne nouvelle, mais cela ne justifie pas que tu fasses ainsi irruption dans mon bureau.

Il glissa son calame dans un godet d'eau pour se saisir d'un morceau de tissu qu'il posa sur l'encre répandue afin d'en absorber le plus possible, avant de gratter le papyrus avec douceur. Lorsqu'il eut réparé les dégâts, il leva la tête en réalisant que le domestique le regardait faire avec beaucoup d'attention.

— Qu'attends-tu ? Y a-t-il encore autre chose que tu veuilles m'apprendre ?

Mal à l'aise devant la sécheresse du ton, le serviteur débita sa phrase d'un trait.

— Il a dit qu'il aimerait vous rencontrer cet après-midi si cela vous convient.

Le mosaïste reprit son pinceau.

— Ici, ou chez lui ?

Laru se tordit les doigts.

— Il n'a pas précisé.

Heiasun lui jeta un coup d'œil découragé.

— Et tu n'as pas pensé à le lui demander. Parfois, il me semble que tu n'as rien dans l'esprit. Bien, nous verrons après le prandium. Laisse-moi, maintenant.

L'enfant sortit de la pièce en songeant que son maître était bien difficile à satisfaire malgré ce qu'affirmaient les autres domestiques, tandis que le jeune homme se replongeait dans le dessin qu'il était en train de fignoler.

Lorsque l'intendant vint lui annoncer que le repas était servi, Heiasun quitta le tablinum pour se diriger vers la salle à manger située du côté opposé, tandis que ses prunelles erraient sur la villa qui lui tenait lieu de foyer. Il suivit le péristyle, dépassa la salle de réception occupant tout le fond, avant de pénétrer dans le triclinium aux meubles bien plus précieux que ceux qu'il possédait à Tarquinia. Installé sur l'un des lits d'apparat, il piocha dans le premier plat posé devant lui, tout en se perdant comme souvent dans la contemplation des peintures murales qui représentaient des rivages marins encadrant un port rempli de bateaux. C'était cette décoration qui l'avait attiré dès l'abord vers cette demeure dont il n'imaginait pas devenir propriétaire. Pourtant, chaque fois qu'il la regardait, son cœur se serrait au souvenir des jours heureux passés à déambuler avec Aranth dans la candeur de sa jeunesse.

Il grappilla sans appétit dans les plats en s'absorbant une nouvelle fois dans ses douloureuses réminiscences. Sa fuite nocturne de Tarquinia avait été difficile. Tout en poussant le cheval qui n'aimait guère avancer sans rien voir, il avait tenté de mettre un peu d'ordre dans le tourbillon de ses pensées. Il avait toujours su que sa situation était désespérée, mais partir sans pouvoir faire éclater son innocence le blessait d'autant plus que son évasion apparaîtrait comme un aveu de culpabilité aux yeux des Tarquiniens. Pourtant, il reconnaissait qu'il était impossible de combattre les préjugés des patriciens qui l'avaient déjà condamné, surtout si c'était un piège monté contre lui qui l'avait envoyé en prison.

Lorsque le jour s'était levé, il avait déjà parcouru un bon bout de chemin vers l'est, sans avoir la moindre idée de l'endroit où il se réfugierait. Il s'était arrêté au bord du sentier pour se restaurer et reposer un peu le cheval, tout en se disant qu'il finirait bien par trouver une cité sur sa route. Un instant, il s'était demandé si la vie y serait aussi difficile pour les plébéiens qu'à Tarquinia, mais la réponse lui importait peu. Cette rupture brutale avec tout ce qui avait constitué son existence le rendait indifférent à son propre sort, comme si plus rien ne pouvait le toucher. Il avait perdu son foyer, le travail qui le passionnait, sa réputation, Pumpu qu'il considérait comme un deuxième père, ses relations, mais surtout, l'ami qu'il avait appris à apprécier malgré leur différence de statut avait été assassiné par sa faute. Pendant un moment, il avait songé à revenir sur ses pas pour se livrer tellement la mort lui paraissait plus tentante que cet exil forcé, mais la pensée des risques que ses amis avaient courus pour le sauver l'avait dissuadé de réduire à néant tous leurs efforts. Alors, il avait repris la route en laissant le cheval avancer au pas vers une destination qu'il n'était pas pressé d'atteindre, tout en saluant les gens qu'il croisait pour ne pas attirer l'attention par une attitude furtive.

Il prenait le prandium au sommet d'une colline quand il avait aperçu un détachement de soldats venant de la même direction que lui, qui scrutaient les alentours comme s'ils cherchaient quelque chose. Convaincu que c'était lui qu'ils poursuivaient, il avait sauté sur ses pieds, attrapé la bride du cheval qu'il n'avait pas dételé, puis l'avait entraîné vers un petit bois situé à quelque distance du chemin. Il s'était enfoncé aussi loin que possible sous les arbres, avait attaché l'équidé à un tronc, avant de revenir vers la lisière pour suivre les mouvements des militaires, mais avec une grimace, il avait découvert que de son poste d'observation, il ne voyait plus qu'une courte portion de la voie. Pourtant, il n'avait pas bougé en attendant le passage des soldats.

Par chance, ils s'étaient arrêtés à l'endroit où lui-même venait de bivouaquer. L'officier avait soupiré en s'asseyant dans l'herbe.

— Et bien, on peut dire qu'il nous aura fait courir.

L'un de ses subordonnés, qui distribuait les vivres, avait levé les yeux vers lui.

— Croyez-vous que nous le trouverons ?

Le gradé avait pris sa part.

— Si ce n'est pas nous, ce sera l'une des autres patrouilles. Nous quadrillons toutes les routes qui partent de la cité, il n'a aucune chance de nous échapper.

Un autre guerrier avait cessé de mordre dans son pain.

— Jusqu'où devons-nous aller comme ça ?

Son supérieur l'avait toisé d'un regard impérieux.

— Jusqu'à ce que je décide que ça suffit. Lorsqu'il deviendra évident qu'il n'a pas pu arriver aussi loin, nous ferons demi-tour.

Après avoir donné sa portion à chacun, le premier s'était installé près de ses camarades.

— A-t-il beaucoup d'avance sur nous ?

L'officier avait secoué la tête.

— Je n'en sais rien. Nous ignorons à quelle heure il s'est évadé.

Des grognements découragés s'étaient élevés, que l'officier avait fait taire en ordonnant à ses hommes de se hâter de manger pour ne pas perdre trop de temps, pendant qu'à plat ventre dans les broussailles, Heiasun les observait d'un air songeur.

Lorsque les soldats s'étaient éloignés, le jeune homme avait rejoint sa charrette d'un pas lent, pas vraiment étonné de ce qu'il avait entendu. Il avait dételé le véhicule qu'il avait poussé de côté, avait relâché un peu la longe de l'animal, puis s'était construit un abri de fortune dans lequel il prévoyait de passer le reste de la journée et peut-être la nuit suivante. Après la conversation qu'il avait interceptée, il lui semblait flagrant qu'il ne pouvait pas repartir avant que les soldats soient revenus, mais il craignait qu'ils laissent des guetteurs le long du chemin. Assis sur le sol, le dos contre un tronc, il avait fermé les yeux tandis que la fatigue s'ajoutait au découragement qui l'avait envahi devant les militaires lancés à sa poursuite. Il avait dû s'avouer qu'au milieu de toutes les émotions qui l'avaient bouleversé, il n'avait pas un instant imaginé qu'on le pourchasserait, bien que cela parût une évidence. La justice ne permettait pas aux criminels de lui échapper ainsi. Il avait frissonné à l'idée que ce qualificatif lui fût appliqué, tout en sachant qu'il devait penser comme ses accusateurs pour avoir une chance de leur glisser entre les mains.

Quelques heures plus tard, il s'était éveillé, recroquevillé sur la mousse au pied de l'arbre, au point qu'il s'était redressé avec peine. Il s'était étiré, puis il était retourné vers l'orée du bois afin de guetter les soldats, en espérant qu'ils n'étaient pas déjà revenus. Alors que le soir commençait à tomber, la petite troupe était reparue d'un pas moins rapide que le matin, en jetant des regards abattus sur les alentours, tandis qu'Heiasun les contemplait d'un air désenchanté. Bien sûr, il s'était senti soulagé de constater qu'ils étaient aussi nombreux qu'à l'aller, ce qui signifiait que l'officier n'en avait pas laissé pour surveiller son passage, mais il s'était dit que les juges tarquiniens n'en resteraient pas là. Il lui avait semblé de plus en plus illusoire de vouloir s'établir dans une ville étrusque, tellement il était convaincu que les *principes* de Tarquinia préviendraient leurs homologues afin que nul ne lui donnât asile. Découragé, il avait regagné son abri de fortune dans lequel il s'était installé pour la nuit.

— Maître ?

L'intendant se tenait devant lui, inquiet de ne pouvoir obtenir son attention. Le jeune homme tressaillit.

— Oui, qu'y a-t-il ?

— Thefarie Vipiiennas désire vous rencontrer. Je l'ai fait entrer dans votre bureau.

Heiasun sauta sur ses pieds.

— J'y vais tout de suite.

Tandis qu'il se dirigeait vers la sortie, l'intendant soucieux le suivit des yeux en se demandant pour la millième fois quel lourd fardeau pouvait bien tourmenter son maître. Depuis qu'il le servait, il l'avait souvent vu plonger si profondément dans ses pensées qu'il était à peu près impossible de l'en arracher. Parfois, lorsqu'il passait près de la porte de sa chambre le soir, il l'entendait sangloter, mais n'avait jamais osé pénétrer dans la pièce pour tenter de le réconforter tellement le jeune homme demeurait distant envers tout le monde.

Debout près de la fenêtre, le patricien sourit quand Heiasun arriva.

— Votre projet m'a enthousiasmé.

Le jeune homme ignora la natte garnie de coussins qui constituait son poste de travail pour gagner le fond du tablinum où deux chaises voisinaient avec une table haute. Il indiqua un siège à son visiteur, puis s'assit en face de lui.

— J'en suis ravi.

Le notable écarta les bras.

— J'ai consulté certains de mes amis qui ont déjà fait appel à vous, ils m'ont montré les belles mosaïques que vous avez réalisées pour eux. Vraiment, je suis impatient de découvrir ces magnifiques décors de mes propres yeux.

L'artisan ne s'amusa pas de ces louanges exagérées.

— Quand voulez-vous démarrer le chantier ?

Thefarie se pencha en avant.

— Dès que possible. Avez-vous besoin que l'entrepreneur ait commencé ses travaux ?

Heiasun opina.

— Bien entendu ! J'œuvre toujours en étroite collaboration avec lui.

Le patricien se redressa en soupirant.

— Alors, ce ne sera pas avant deux *nones*. Il m'a dit qu'il ne serait pas disponible avant les calendes de celi[60].

---

[60] 21 septembre

Le jeune homme se leva pour prendre une tablette de cire dans un coffre.

— Très bien. Je l'inscris.

Le notable observa le mosaïste avec curiosité. Ses amis qui avaient déjà engagé Heiasun lui avaient expliqué qu'il ne souriait que rarement, mais il trouvait quand même que son interlocuteur ne semblait pas en grande forme. Perplexe, il nota les cernes bleuâtres sous ses yeux, son visage tendu et l'insondable tristesse de son regard.

— Vous portez-vous bien ?

Le jeune homme lui jeta un coup d'œil surpris.

— Mais oui, bien sûr ! N'ayez crainte, votre maison sera terminée dans les temps.

Thefarie secoua la tête.

— Ce n'était pas ce qui me souciait.

Le mosaïste déplia un plan sur tissu de lin.

— Venez donc m'indiquer dans quelles pièces vous voulez des mosaïques.

Ce n'était pas le premier client qui nourrissait des inquiétudes à son sujet, aussi avait-il pris l'habitude d'éviter toute conversation personnelle pour ne pas avoir à répondre à des questions embarrassantes.

Lorsque le patricien fut reparti, Heiasun se plongea dans le travail pour tenir ses tourments à distance comme il le faisait chaque jour, en espérant que la peine finirait par s'adoucir. Mais quand il eut refermé la porte de sa chambre sur la nuit, les souvenirs revinrent l'assaillir avec force sans qu'il pût les repousser.

Après les alarmes que lui avaient infligées les soldats, il avait continué sa route le lendemain en priant pour qu'ils ne réapparaissent pas, ce qui lui permettrait de se mettre hors de portée. Alors que le soir tombait, il avait distingué les remparts d'une ville inconnue dont il n'avait pas osé s'approcher, convaincu qu'il était encore trop près de ses poursuivants. Pourtant, lorsqu'un paysan s'était arrêté pour le saluer, il l'avait interrogé pour savoir où il était.

— La cité que vous apercevez là-bas est Faleries.

Songeur, il avait contemplé la muraille.

— Je crois en avoir entendu parler. C'est une ville étrusque, n'est-ce pas ?

L'homme avait fait la moue.

— Pas vraiment. Elle ne fait pas partie de la dodécapole. C'est juste une cité alliée.

Il avait remercié l'agriculteur, puis avait établi son campement à l'écart de la route afin d'être moins visible au cas où les soldats reviendraient, mais il avait eu du mal à trouver le sommeil. Longtemps, il avait balancé entre le désir d'entrer dans la ville pour y chercher refuge et la crainte que ses consuls soient en relation avec ceux de Tarquinia.

Pourtant, le lendemain, il avait calculé que ses poursuivants étaient repassés trop vite pour être venus aussi loin, alors il s'était décidé à tenter sa chance.

Il avait poussé son cheval vers la porte, le ventre noué tellement il redoutait d'être interpellé par les gardes, mais ceux-ci l'avaient observé avec indifférence. Alors, il s'était engagé dans les rues de la cité en tournant au hasard à droite ou à gauche jusqu'à ce qu'il réalisât qu'il ne savait pas où aller. Découragé, il avait arrêté son attelage sur une petite place, puis s'était assis par terre, le dos au mur, en priant les dieux de rompre le fil de cette vie dont il ne voulait plus.

Une main se posant sur son épaule l'avait fait sursauter. Il avait relevé la tête, convaincu qu'il s'agissait d'un vigile, mais le regard pétillant de malice qui s'était plongé dans le sien n'appartenait pas à un membre des forces de l'ordre. Un peu surpris, il avait noté la silhouette bien en chair, les cheveux châtains encadrant un visage rond qui respirait la bonhomie, et les prunelles bleues fixées sur lui.

— Êtes-vous malade ?

Avec effort, le jeune homme s'était arraché à ses tourments.

— Non. Je vous remercie.

Il s'attendait à ce que le quidam tournât les talons, mais celui-ci n'avait pas bougé.

— D'accord, pourtant je suis certain que vous avez besoin d'aide.

L'exilé avait esquissé un signe de dénégation avant de se figer en voyant son interlocuteur s'agenouiller devant lui.

— Vous ne pouvez nier ce qui est aussi flagrant. Que vous arrive-t-il ?

Cette gentillesse avait eu raison d'Heiasun bien plus sûrement que l'agressivité qu'il redoutait de la part d'un étranger. Il avait fondu en larmes, à sa grande honte, mais l'inconnu s'était employé à le réconforter jusqu'à ce qu'il fût un peu calmé, puis il lui avait souri.

— Je me nomme Velthur Saltna. Si vous vous sentez mieux, venez avec moi. Ma demeure est tout près. Je pense qu'il vous faut du repos.

Le jeune homme n'avait pas eu le courage de refuser, si bien qu'il s'était remis debout, tandis que Velthur le soutenait, puis il s'était laissé guider jusqu'à une villa édifiée un peu plus loin dans la rue. Là, sans lui poser la moindre question, le maître de maison l'avait conduit dans une chambre pour qu'il s'allongeât. Un peu plus tard, un esclave lui avait apporté une décoction qui lui avait offert un sommeil réparateur.

Il s'était réveillé en début d'après-midi, avait d'abord eu un peu de mal à rassembler ses idées dans cet endroit qu'il ne reconnaissait pas, puis il était sorti dans l'atrium d'un pas hésitant. Il n'avait pas atteint l'impluvium que son hôte surgissait d'une pièce située dans le fond en l'enveloppant d'un coup d'œil attentif.

— Allez-vous mieux ?

L'exilé avait acquiescé en fixant le vestibule, mais Velthur lui avait attrapé le bras.

— Alors, venez prendre une collation. Je suis sûr que vous mourez de faim.

Heiasun s'était retourné vers lui, un peu perplexe.

— Mais non. J'ai tout ce qu'il faut.

Réalisant soudain qu'il avait abandonné son cheval et sa charrette dans la rue, il avait froncé les sourcils en se demandant s'il les retrouverait, mais le maître de maison semblait lire dans ses pensées.

— Ne vous inquiétez pas pour votre attelage. Je l'ai fait emmener à l'abri dans mon écurie.

Avant que le jeune homme eût pu réagir, il l'avait déjà entraîné dans son triclinium où des esclaves leur avaient servi à manger. Installé sur un lit d'apparat, l'exilé avait grappillé dans les plats sans appétit, puis avait levé les yeux.

— Pourquoi faites-vous tout cela pour moi ?

Son hôte, qui n'était guère plus âgé que lui, l'avait enveloppé d'un regard bienveillant.

— Parce que vous m'êtes sympathique. Acceptez-vous de me donner votre nom ?

Le mosaïste avait frémi, tout en sachant que son interlocuteur ne pouvait pas avoir entendu parler de lui.

— Heiasun Churcles.

Velthur avait paru soulagé d'avoir obtenu une réponse.

— Vous n'êtes pas de Faleries, n'est-ce pas ?

Le jeune homme s'était assombri.

— Non.

Il craignait que le maître de maison insistât pour connaître son histoire, aussi s'était-il recroquevillé quand celui-ci s'était penché vers lui.

— Est-ce que je me trompe si je dis que vous n'avez aucun endroit où loger ?

Un peu déstabilisé, l'exilé s'était contenté d'opiner, si bien que son hôte avait poursuivi.

— Alors, restez ici. Vous avez constaté par vous-même qu'il y a de la place. J'habite seul, donc votre présence ne me dérangera pas. Au contraire, cela me fera plaisir.

Heiasun avait regardé la porte en se rendant compte qu'il n'avait plus le courage de continuer son errance. Devinant son incertitude, Velthur avait tant argumenté que le jeune homme avait fini par céder. Ravi, le maître de maison avait aussitôt lancé des ordres pour que l'on déchargeât le véhicule de son invité avant qu'il changeât d'avis.

Plus tard, alors qu'ils étaient dans le salon de la villa, l'hôte s'était tourné vers l'exilé d'un air engageant.

— Puisque l'on vivra sous le même toit pendant un moment, peut-être pourrait-on se tutoyer ?

Heiasun, qui observait ses mains posées sur ses genoux, n'avait pas bougé.

— Si tu veux.

Il n'avait pas vu la lueur de joie dans les prunelles bleues. Velthur avait attendu un instant, puis comme le jeune homme ne réagissait toujours pas, il s'était aventuré un peu plus loin.

— Quel âge as-tu ?

Cette fois, l'exilé avait tressailli d'un air craintif.

— Vingt-trois ans.

Le maître de maison s'était hâté de le rassurer en affichant une expression réjouie.

— Moi, j'en ai vingt-six. Nous sommes proches.

Heiasun s'était contenté de hocher la tête, si bien que son hôte s'était creusé les méninges pour trouver quelque chose à dire.

— Je suis entrepreneur. Je construis des bâtiments, si tu préfères.

Le jeune homme avait haussé les sourcils devant cette coïncidence.

— Ah, bon ? Moi, je suis mosaïste.

Velthur avait écarquillé les yeux.

— Oh ! C'est formidable ! Nous n'avons plus de mosaïste dans la cité depuis que le nôtre est mort sans héritier. Pourquoi ne t'établirais-tu pas ici ?

Devant l'air perdu de l'exilé, il avait compris que cette proposition était trop rapide, alors il lui avait affirmé qu'il avait tout le temps d'y réfléchir. Par la suite, il l'avait conduit sur ses chantiers, tout en le présentant à ses clients qui s'étaient tout de suite montrés intéressés. Comme rien ne l'appelait ailleurs, Heiasun était resté dans la cité où sa réputation ne cessait de croître. Après avoir monté son entreprise, il avait cherché un logement à acheter, au grand dam de son ami qui ne désirait pas le voir partir.

Un an après son arrivée, le jeune homme avait effectué la rénovation des sols d'une vaste villa en excitant l'admiration de son client, un magistrat déjà âgé. Celui-ci l'avait emmené visiter une autre demeure sous prétexte d'obtenir son avis. Le mosaïste l'avait examinée d'un œil professionnel, puis s'était tourné vers son commanditaire.

— Les sols sont en parfait état. Il serait inutile de les restaurer, à mon avis.

Le notable avait eu un petit rire.

— Vous êtes un remarquable artisan, maître Churcles, mais j'aimerais votre opinion sur cette maison. Croyez-vous qu'elle serait agréable à habiter ?

Étonné, Heiasun avait jeté un coup d'œil circulaire.

— Certainement ! Mais pourquoi me demandez-vous ça ?

Le magistrat avait fait quelques pas dans l'atrium.

— Voyez-vous, j'ai perdu mon fils unique il y a quelques années. J'avais fait construire cette villa comme cadeau de mariage pour lui et sa future épouse, mais ils n'ont pas eu le temps d'en profiter. J'aurais dû m'en séparer, mais comme elle me rappelait les derniers moments passés avec lui, je n'en ai pas eu le courage.

Le jeune homme l'écoutait d'une oreille distraite sans comprendre pourquoi son client lui racontait cette histoire, mais celui-ci s'était immobilisé en le fixant.

— J'estime que le prix réclamé pour le travail effectué sur mon domicile ne rend pas justice à votre talent, alors comme j'ai appris que vous êtes hébergé par maître Saltna, j'ai décidé de vous offrir cette demeure.

Le mosaïste en était resté bouche bée.

— Mais… c'est beaucoup trop !

Le notable avait secoué la tête.

— En aucun cas ! Vous, au moins, vous saurez apprécier cette maison à sa véritable valeur. Je ne pourrais pas en faire meilleur usage.

Heiasun avait repensé aux peintures du triclinium qui l'avaient tant attiré quand il était passé dans cette pièce, alors constatant que le magistrat était vraiment résolu à lui faire don de la villa, il avait accepté en se forçant à exprimer la gratitude qui convenait.

Quelques jours plus tard, il s'était installé dans le logis où il n'avait dû apporter que ses effets personnels. Velthur avait fait grise mine au début, puis il s'était habitué à rendre visite à son ami, tout en regrettant qu'il n'utilisât jamais la salle de réception. Le jeune homme vivait dans la solitude, fuyait toute vie sociale et conservait une distance qui empêchait ses relations de nouer amitié avec lui. Sur les circonstances qui l'avaient amené à Faleries, il s'était contenté de raconter à l'entrepreneur qu'il n'y avait pas de travail pour lui là où il avait grandi, sans jamais mentionner le nom de Tarquinia. Il lui avait révélé qu'il était né à Roselle où son père était potier, avant d'évoquer son apprentissage avec un maître-mosaïste en se gardant bien de préciser qu'il avait changé de ville entre-temps. Velthur devinait l'existence d'un épisode douloureux dans le passé de son ami, mais il n'avait pas insisté, tout en entretenant l'espoir qu'un jour il lui ferait assez confiance pour le lui narrer.

Les yeux fermés, Heiasun voyait défiler les gens qu'il aimait dans des scènes familières. Sa mère et Pumpu dans la petite masure du potier, Aranth jouant de la flûte avec un air d'extase, Tarxi à genoux devant une mosaïque inachevée, Nerinai présidant au repas dans leur salle à manger. Son cœur se serrait à l'idée qu'il les avait tous perdus, mais lorsque l'image de Tite baignant dans son sang s'imposait à son esprit, il ne pouvait retenir ses sanglots, incapable d'affronter la conviction que son ami avait été assassiné par sa faute. Les révélations de Vetia avaient éveillé son ressentiment envers cette fille de riches, capricieuse et gâtée, qui en jetant son dévolu sur lui avait provoqué cette cascade de drames. Pourtant, sa rancune n'avait pas tenu longtemps devant les remontrances de sa conscience lui susurrant qu'il avait accepté ses avances au lieu de les repousser, ce qui le rendait tout aussi coupable qu'elle. Au creux des heures les plus noires, lorsque son découragement atteignait le paroxysme, il regrettait que ses amis l'aient fait évader, en le condamnant à une peine bien pire que la mort.

Cela faisait maintenant deux ans qu'il était à Faleries où il avait recréé son entreprise de mosaïque sans que la justice tarquinienne l'eût inquiété une seule fois. Il avait été accueilli sans problème dans cette cité dont les règles étaient bien moins rigides pour les plébéiens que celles de Tarquinia ou de Roselle. Ici, nul n'aurait été choqué qu'il devînt proche d'un notable comme il l'avait été avec Tite, mais il se méfiait trop des jalousies silencieuses pour recommencer la même erreur. D'ailleurs, il n'avait envie de fréquenter personne à part Velthur, dont il avait agréé l'amitié discrète sans même être capable de lui offrir la sienne en retour, tellement il avait enfoui ses sentiments au plus profond de lui-même pour parvenir à survivre.

Comme tous les matins, le jeune homme s'extirpa de son lit avec peine sous les yeux pleins de sollicitude de son valet qui le réveillait au lever du jour selon ses directives. Il rejoignit la salle d'eau où il se fit laver et masser pour effacer les séquelles d'une nuit remplie de cauchemars, puis se força à prendre un solide jentaculum avant d'affronter le travail de la journée. Pourtant, il était installé depuis peu dans son bureau lorsque Velthur surgit en contenant une agitation inhabituelle. Surpris, le mosaïste le regarda tourner en rond dans la pièce.

— Que t'arrive-t-il ?

Son ami lui jeta un coup d'œil scrutateur.

— As-tu appris ce que les Romains ont osé faire ?

Heiasun reposa son calame.

— Mais non ! De quoi s'agit-il, cette fois ?

L'entrepreneur vint s'asseoir sur la natte auprès de lui.

— Je crois que cela te fera de la peine.

Le jeune homme haussa les sourcils.

— Comment cela pourrait-il me concerner ?

Velthur tergiversa un instant, puis se lança.

— Ils ont détruit ta ville natale. Je suis désolé !

Le mosaïste eut une seconde d'incertitude avant de réaliser de quoi il parlait.

— Quoi ? Roselle !

Son ami avait noté son temps de réaction, mais il le mit sur le compte de la douleur.

— Oui. Ils ont massacré presque la totalité de la population. Selon mes sources, il y aurait eu plus de quatre mille morts et blessés, les autres ont été réduits en esclavage.

Heiasun soupira.

— Ces monstres ne reculent devant rien.

Avec hésitation, l'entrepreneur lui posa une main sur l'épaule dans un geste qui se voulait réconfortant.

— Je crains que tes proches aient péri durant cette attaque.

Le jeune homme repensa aux ombres de son enfance, mais aucun nom ne lui revint.

— Oui, je le suppose aussi.

Velthur n'était guère rassuré par le calme du mosaïste.

— Je suis navré de te l'avoir annoncé, mais j'ai estimé qu'il valait mieux que ce soit moi plutôt que l'un de tes clients.

Heiasun hocha la tête.

— Merci, Velthur. Tu es un véritable ami.

L'entrepreneur le détailla d'un air soucieux.

— Est-ce que ça ira ? Désires-tu que je reste ?

Le jeune homme reprit son calame.

— Non, non ! C'est inutile. Je me sens bien, ne t'inquiète pas. Je sais que tu as beaucoup de besogne. Dépêche-toi de la terminer sinon notre futur client, Vipiiennas, perdra patience.

Velthur se leva.

— D'accord ! Je repasserai après le travail.

Le mosaïste était déjà penché sur son esquisse.

— Comme tu veux.

Son ami quitta le tablinum avec un sentiment d'impuissance. Il était sûr que cette catastrophe avait atteint Heiasun, mais comme il ne se livrait pas, il était impossible de l'aider. Il aperçut l'intendant de l'autre côté de l'atrium, alors il le rejoignit.

— Je viens d'apporter une mauvaise nouvelle à ton maître. J'aimerais que tu vérifies qu'il va bien. De toute façon, je reviendrai dans la soirée, mais s'il y a quoi que ce soit dans la journée, envoie quelqu'un me prévenir.

Le domestique opina.

— Je n'y manquerai pas.

Un peu rassuré, l'entrepreneur se décida à gagner son chantier.

Sans se rendre compte que son pinceau séchait, le jeune homme était plongé dans des souvenirs presque oubliés, que l'annonce de ce désastre avait fait ressurgir. Il se revoyait braconner autour du lac ou dans la campagne parsemée de latifundia, faire la course avec les vigiles, puis se cacher en tremblant pour échapper à la condamnation à mort. Durant des années, il avait enfreint la loi dans le seul but de nourrir sa famille, mais il était parvenu à s'en sortir, alors que tant de ses compagnons d'infortune y avaient laissé leurs vies. Pourtant, lorsque grâce à la générosité de Pumpu et Tarxi, il avait enfin obtenu une qualification lui permettant de vivre décemment, on l'avait jeté en prison pour un crime qu'il n'avait pas commis. Avec un soupir, il s'arracha à ces réminiscences douloureuses, plongea son calame dans l'eau pour l'assouplir, puis reprit son travail. Il ne s'avisa pas de l'ombre qui l'observait par la fenêtre du bureau, mais qui s'écarta en constatant qu'il semblait surmonter le choc.

Ce soir-là, Velthur trouva le mosaïste plus en forme qu'il ne l'avait craint en le quittant le matin. Heiasun paraissait un peu distrait, il ne suivait guère la conversation, ce qui n'était pas une nouveauté, mais se remarquait davantage ce jour-là, pourtant il n'était pas effondré comme le redoutait son ami. Installé dans le triclinium en attendant la cena, le jeune homme posa son gobelet de vin.

— Sais-tu pourquoi ils ont détruit Roselle au lieu de lui imposer un traité d'alliance comme ils l'ont fait à beaucoup d'autres cités étrusques ?

L'entrepreneur se frotta le menton.

— Je l'ignore. Peut-être est-ce parce que les artisans de Roselle fabriquaient des armes de très bonne qualité qui équipaient nos troupes.

Le mosaïste fixait les peintures murales sans les voir.

— Que s'est-il passé exactement ?

Velthur changea de position.

— Selon les rares personnes qui ont pu s'échapper, ils sont arrivés au début du mois d'acalva[61] alors que rien ne le laissait prévoir. Ils ont encerclé la ville à l'aube, puis attaqué avant que les défenseurs aient eu le temps de se préparer. Pourtant, les habitants ont lutté jusqu'au bout, si bien que les assaillants n'ont réussi à investir la cité que dans la soirée.

Il y eut un silence, puis Heiasun s'arracha à ses pensées avec effort.

— Est-ce durant la bataille qu'ils ont tué autant de monde ?

Son ami but quelques gorgées.

— Hélas, non ! Une fois maîtres de la place, ils se sont livrés aux pires exactions. On raconte qu'ils ont mis le feu à tous les temples de la ville, par exemple.

Le jeune homme fronça les sourcils.

— Ces sauvages ne respectent vraiment rien.

L'entrepreneur l'observait avec attention.

— C'est aussi mon avis. Avais-tu des religieux parmi tes relations ?

Le mosaïste lissa un pli de sa toge d'un air absent.

— Non, mais j'imagine qu'ils ne se sont pas arrêtés là. Toutes les couches de la population ont dû subir leurs outrages.

---

[61] 21 juin — 20 juillet

Velthur acquiesça en cherchant comment atténuer la peine de son ami.

— Sans doute ! Tes anciens amis ont sûrement péri de mort violente. À moins qu'ils aient été réduits en esclavage et emmenés à Rome.

Heiasun frissonna.

— Le trépas est préférable à une vie de misère.

Son ami se reprocha d'avoir été maladroit.

— Tu as raison.

Il ne pouvait pas se rendre compte que le jeune homme éprouvait une profonde compassion pour tous les habitants de Roselle sans en distinguer aucun puisqu'il n'y connaissait plus personne depuis des années. L'entrepreneur hésita en contemplant le mosaïste dont les prunelles s'égaraient dans le lointain, puis il adoucit sa voix.

— Y avais-tu encore de la famille ?

Heiasun ne le regarda pas.

— Non. Mes parents sont morts et je n'ai jamais eu de frères ni de sœurs.

Velthur n'osa pas insister, sachant à quel point le jeune homme détestait parler de lui, mais il ne pouvait s'empêcher de se poser des questions. Depuis son arrivée, quelque chose semblait peser sur le mosaïste, comme si un événement dramatique avait brisé sa vie. Le décès de ses parents, qu'il évoquait pour la première fois, constituait peut-être la cause de sa douleur, ou bien il pouvait être advenu quelque chose de grave avec l'un ou l'autre de ses amis, à moins qu'il ne s'agît d'une histoire de femme. Au bout de deux ans, l'entrepreneur commençait à se demander si Heiasun parviendrait un jour à reconstruire son existence qui n'était pour le moment qu'une coquille vide. Les esclaves avaient servi le repas, mais le jeune homme n'avait pas touché à son écuelle. Velthur mordit dans une cuisse de lapin.

— En tout cas, c'est une chose abominable. Souhaitons que cela n'arrive pas chez nous.

Il douta que le mosaïste l'eût entendu, mais celui-ci finit par remuer les lèvres.

— Tu as raison. Nul n'est plus à l'abri de ces monstres sans pitié.

Son ton fit réagir son ami.

— Qu'y a-t-il ?

Heiasun passa une main sur son visage.

— Oh, rien. Je pensais simplement…

L'entrepreneur se pencha en avant.

— À quoi ?

Le jeune homme parut revenir à l'instant présent.

— Quelqu'un m'a dit un jour que les oracles ont annoncé la fin de l'Étrurie au bout de dix siècles. Peut-être en sommes-nous plus proches que nous le croyons.

Velthur frémit.

— J'espère bien que non. Si notre pays disparaît, qu'y aura-t-il à la place ?

Le mosaïste haussa les épaules.

— Probablement serons-nous absorbés par Rome.

Effaré, son ami le dévisagea.

— Alors, tu envisages froidement que nous puissions perdre notre nationalité, notre culture, notre langue pour devenir romains ?

Heiasun s'appuya davantage contre ses coussins.

— Pas du tout. Cela me fait aussi peur qu'à toi. Mais c'est une éventualité qu'il faut prendre au sérieux, hélas ! Je suis sûr que c'est le but ultime de nos ennemis.

Inquiet de le voir si fatigué, l'entrepreneur abandonna un instant la conversation pour le presser de manger un peu. Le jeune homme accepta de grappiller dans les plats, ce qui était désormais sa façon de se nourrir. Un peu rassuré, Velthur revint à l'impensable.

— Nous effacer de la surface de la Terre. Non ! Les Dieux ne les laisseront pas faire.

Le mosaïste but un peu de vin.

— Tu oublies que lorsque les Romains ont battu Veies[62], il y a déjà longtemps, Uni a décidé de quitter son sanctuaire pour aller s'installer dans un temple bien plus beau à Rome. Depuis cette époque, nos ennemis la révèrent sous le nom de Junon.

Son ami écarquilla les yeux.

— J'ignorais ce détail. Comment sais-tu autant de choses ?

Heiasun se recula en dédaignant le dessert.

— Je me suis toujours intéressé à l'histoire de notre pays. Je crois que, de plus en plus, les Dieux nous abandonnent pour soutenir les Romains. Nous ne les avons sans doute pas honorés comme il le faut.

---

[62] 401 av. J.-C.

Le drame

Automne 293 av. J.-C.

Planté au milieu du terrain défoncé, Heiasun regardait autour de lui en essayant d'imaginer la maison qui s'y élèverait bientôt. Selon les désirs de Thefarie Vipiiennas, cette villa n'aurait pas un plan classique dans lequel toutes les pièces ouvraient sur l'atrium, mais n'offrirait que trois côtés à angle droit donnant sur le jardin. Le bâtiment du fond comporterait les salles de réception, triclinium, tablinum, ainsi qu'une grande antichambre dans laquelle la nombreuse clientèle du maître attendrait son bon vouloir. L'aile de gauche abriterait les chambres ainsi qu'une vaste salle d'eau ressemblant à des thermes miniatures, tandis que celle qui lui faisait face serait dédiée aux communs et aux logements du personnel. Outre les pièces de réception, toutes les chambres auraient leur propre mosaïque, ainsi que les murs et le sol de la salle d'eau, ce qui signifiait de longs mois de travail. Pourtant, le jeune homme n'en était pas heureux pour autant. Il était satisfait de fournir de l'ouvrage à ses employés, c'était même la seule raison pour laquelle il s'appliquait à la tâche, mais cela ne parvenait pas à combler le gouffre dans lequel s'était engloutie sa vie. Du matin jusqu'au soir, il se concentrait sur son métier, accomplissait les besognes les plus ingrates comme les plus gratifiantes sans y trouver le moindre plaisir, pourtant il savait que c'était l'unique façon de tenir à distance les souvenirs qui le tourmentaient. Il redoutait plus que tout le désœuvrement qui ouvrait la porte au désespoir, c'est pourquoi il appréhendait l'arrivée des *nundines,* bien que Velthur s'arrangeât toujours pour l'entraîner dans quelque activité qui lui permettait de s'occuper l'esprit.

Son ami vint se planter près de lui.

— J'ai fini de relever les mesures.

Le mosaïste sursauta.

— Ah ! Bien…

L'entrepreneur le dévisagea.

— Je ne voulais pas te faire peur. À quoi donc pensais-tu ?

Heiasun écarta les bras.

— J'essayais de visualiser la villa.

Songeur, Velthur jeta un coup d'œil circulaire.

— Oui. Elle aura un aspect inhabituel.

Le jeune homme opina.

— Je n'en ai jamais vu de telles.

Navré de son ton lointain, son ami s'efforça de l'égayer.

— Moi, non plus. Mais un peu de nouveauté ne me déplaît pas. Au moins, cela nous change du train-train quotidien.

Comme l'automne était là avec son cortège de pluies, le mosaïste resserra sa toge autour de lui en frissonnant, puis se détourna pour prendre le chemin de la sortie. L'entrepreneur courut pour le rejoindre.

— Est-ce que cela ne t'amuse pas de travailler sur quelque chose d'aussi peu conventionnel ?

Heiasun tourna vers lui un regard indifférent.

— Oh ! Euh… Si ! Bien sûr.

Un brusque agacement envahit Velthur.

— Il y a des moments où je me demande si tu es capable de t'intéresser à quelque chose.

Le jeune homme baissa la tête.

— Excuse-moi.

Un peu honteux de son emportement, son ami lui adressa un sourire affectueux en réglant son pas sur le sien le long des voies qui les ramenaient chez eux. Comme le silence s'éternisait, il tenta de relancer la conversation.

— Heureusement que les trottoirs sont hauts.

Le mosaïste acquiesça.

— Oui, sinon nous aurions les pieds mouillés.

La pluie incessante avait transformé les rues en torrents qui s'engouffraient avec bruit dans les bouches d'égout placées à intervalles réguliers. Chaque fois qu'ils croisaient une dame, les deux amis s'écartaient pour lui laisser le côté du mur afin qu'elle ne fût pas éclaboussée par les roues des chariots qui projetaient de l'eau dans toutes les directions. Comme ils étaient bien connus dans la cité, certaines s'arrêtaient pour échanger quelques mots, tout en dévorant Heiasun des yeux, mais l'entrepreneur se désolait de constater qu'il ne semblait pas s'en rendre compte. Des notables leur adressaient également quelques paroles aimables sans cette condescendance que le jeune homme avait ressentie à Tarquinia, ce qui l'étonnait toujours.

Le lendemain, alors que le mosaïste était retourné sur le terrain à la demande de Velthur pour vérifier certains points de détail avant que les bâtisseurs posent les premiers sols qui serviraient de support à ses mosaïques, son ami vint vers lui d'un air ennuyé. Accroupi sur la terre humide, Heiasun leva vers lui un regard surpris.

— Que t'arrive-t-il ? Aurais-tu rencontré des problèmes ?

L'entrepreneur fit la grimace.

— Pas sur la construction. J'ai reçu ce matin une lettre m'annonçant que ma mère est au plus mal.

Le jeune homme se releva.

— Oh ! Je suis désolé.

Velthur eut un geste vague.

— Nous n'avons jamais été très proches, mais je suis quand même obligé de me rendre auprès d'elle.

Le mosaïste opina.

— Oui, c'est tout naturel.

Soucieux, son ami le scruta.

— Cela signifie que je ne serai pas là aux prochaines *nundines*. Crois-tu que tu t'en sortiras malgré tout ?

Heiasun n'hésita pas.

— Bien sûr ! Ne t'inquiète pas pour moi.

Un frisson glacé lui courut le long de l'échine à la perspective de se retrouver seul et désœuvré une journée entière, pourtant il ne voulait pas empêcher l'entrepreneur de rejoindre sa mère.

Comme le temps s'était amélioré, Velthur partit la veille des *nundines* après le travail, en prévoyant de revenir le lendemain avant la tombée de la nuit. Ce soir-là, lorsqu'il fut rentré chez lui, le jeune homme se sentit écrasé par une solitude pire que d'ordinaire. Il passa une très mauvaise nuit, mais fut incapable de rester au lit après le lever du jour.

Pendant la matinée, il tourna en rond dans sa maison, prit un livre qui l'ennuya très vite, déambula dans le jardin, mais à aucun moment il n'envisagea de flâner dans les rues au risque que quelqu'un l'entraînât dans une taverne sous prétexte de réjouissances. Pourtant, les regards inquiets des domestiques qui suivaient tous ses gestes l'irritaient tellement qu'il décida de se promener dans la campagne pour leur échapper quelques heures. Tout en marchant vers les remparts, le mosaïste réalisa qu'il n'était pas sorti de la cité depuis son arrivée deux ans plus tôt, comme si la ville constituait son refuge contre le monde extérieur. Il franchit les murailles par une autre porte que celle par laquelle il était entré le premier jour, salua au passage les gardes qui surveillaient l'accès, puis s'avança sur la route du nord. Comme chaque jour férié, il y avait foule sur le chemin. Des petits propriétaires venaient vendre leur production sur le marché, des esclaves de latifundium autorisés par leurs maîtres à cultiver quelques arpents en faisaient autant, tandis que des commerçants ambulants les bousculaient pour obtenir la meilleure place. À Faleries, la plèbe avait gagné le droit d'avoir ses propres représentants, c'est pourquoi de nombreux habitants des environs profitaient de ce jour chômé pour aller sur le forum recueillir les dernières nouvelles ou se concerter pour les prochaines élections. Heiasun rencontra des patriciens qui répondaient à des invitations de leurs pairs vivant hors des murs, ou se promenaient comme lui en savourant la relative douceur de l'air. Sous les yeux étonnés des campagnards, beaucoup de ces notables s'arrêtèrent pour échanger quelques mots avec lui, ce qui prouvait à quel point ils l'estimaient. Pourtant, très vite, le jeune homme étouffa au milieu d'une telle affluence, si bien qu'il s'écarta de la route pour trouver un peu de calme. Le long de sentiers à peine tracés, il s'éloigna de plus en plus des lieux fréquentés sans faire attention à la direction qu'il suivait.

Il marchait tête baissée, en jetant de temps à autre un coup d'œil machinal autour de lui sans discerner le paysage. Maintenant qu'il était seul, il replongeait dans ses souvenirs en déroulant à nouveau la machination qui l'avait conduit en prison. Pour Murina, c'était jouer sur du velours d'exacerber l'esprit de classe qui poussait les notables à se soutenir les uns les autres en excluant ceux qui leur étaient inférieurs. Bien des amis de Tite, qui ne supportaient pas de voir un artisan à ses fêtes, s'exaspéraient de constater cette amitié contre nature selon leurs préjugés, à tel point qu'ils ne pouvaient que se réjouir de son arrestation. Alors, en assassinant l'unique personne qui aurait pu faire pencher la balance en faveur du mosaïste, l'ex-fiancé de Vetia s'assurait l'appui de la totalité des magistrats. La seule qui connaissait la vérité ne pouvait pas la révéler sans y perdre sa réputation, c'était là-dessus que comptait le meurtrier.

Heiasun soupira. Pour atténuer le mal qu'elle avait attiré sur lui, la jeune femme avait réussi à le faire évader malgré les risques qu'elle encourait si elle était démasquée, mais elle ne lui avait pas offert la liberté pour autant. Comme les magistrats n'ignoraient pas qu'il avait bénéficié de complicités pour organiser sa fuite, le jeune homme tremblait pour Pumpu et ses anciens ouvriers en se demandant s'ils avaient été inquiétés après son départ. Même quand il parvenait à se convaincre que Vetia les avait protégés, il ne se sentait plus vivant. À Faleries comme à Tarquinia, il dirigeait une entreprise florissante, il possédait une maison plus belle que celle léguée par Tarxi, il jouissait de l'amitié de Velthur et de la considération générale, mais il n'avait plus de goût à rien. Pour la première fois, il comprenait la tristesse d'Aranth obligé de mener une vie qui ne lui apportait aucun bonheur. Tout le monde admirait sa réussite, bien des gens devaient l'envier, pourtant il aurait volontiers laissé sa place à qui voulait la prendre. Ce métier qu'il avait tant aimé, qui lui avait offert de si grandes joies, il l'exerçait maintenant par devoir, parce que des ouvriers dépendaient de lui, mais il n'en retirait plus aucun plaisir. Il s'avouait même que la sollicitude de son ami lui pesait, bien qu'il s'accrochât à lui par réflexe pour repousser ce fardeau trop lourd.

Le mosaïste ne réalisa qu'il venait de traverser un bois que lorsqu'il en émergea de l'autre côté, ébloui par la luminosité de cet après-midi d'automne qui contrastait avec la pénombre des arbres. Il se trouvait sur une éminence surplombant la campagne, d'où il apercevait les toits de petites constructions enfouies dans des replis de terrain, ainsi que quelques vastes propriétés disséminées au milieu des champs. Devant lui, une souche semblait l'inviter à se reposer devant ce paysage paisible, au charme rehaussé par les teintes dorées de la nature. Il s'installa sur ce siège improvisé en laissant son regard errer jusqu'à l'horizon, tandis que l'abîme continuait à se creuser en lui.

Le décor riant qu'il avait sous les yeux tranchait avec le désert qu'était devenue sa vie. Il tenta de se représenter les mosaïques dont il avait commencé les esquisses pour la villa de Thefarie Vipiiennas, mais elles ne chantaient plus dans son esprit comme cela se produisait lorsqu'il était à Tarquinia. Il n'avait plus le goût d'assortir les couleurs, ne s'évertuait plus à obtenir de nouvelles nuances répondant mieux à ce qu'il imaginait, et avait perdu cette faculté d'innover qui avait fait sa réputation passée. Malgré tout, il essaya encore de concevoir les prochains thèmes qu'il illustrerait, mais rien ne lui paraissait assez intéressant pour qu'il se penchât dessus, convaincu que son client n'en voudrait pas. Les yeux baissés, il jouait avec la ceinture de sa tunique, tout en voyant se dérouler devant lui une interminable suite de jours aussi vides et ternes que ceux qu'il avait déjà traversés depuis son arrivée. Si la justice de Tarquinia avait dû le rattraper, ce serait fait depuis longtemps, mais il finissait par regretter que les magistrats n'aient pas poussé leurs recherches puisque seule la mort pourrait le délivrer de ses tourments.

Par réflexe, il sortit de sa gaine le couteau dont il ne se séparait jamais, caressa le manche en corne sculptée en se remémorant le jour lointain où Tarxi lui en avait fait cadeau. Il l'avait tellement utilisé que la lame était usée par les nombreux aiguisages qu'il lui avait fait subir, étant donné qu'il s'en servait aussi bien pour manger que pour gratter les joints lorsque la pose laissait entrevoir des imperfections. Pourtant, il coupait très bien, son propriétaire l'avait souvent constaté à ses dépens lors d'un geste maladroit dont ses doigts se souvenaient encore. Par chance, le jour de l'assassinat de Tite, Heiasun était parti du chantier si vite qu'il l'avait oublié, ce qui lui avait évité une circonstance aggravante, mais surtout lui avait permis de le récupérer lors de son évasion. Le jeune homme passa son pouce sur le fil, tandis qu'une image se formait dans son esprit. Ce serait si facile. La fin de la route et un tel soulagement.

Alors, sans vouloir réfléchir davantage, il prit le manche de l'arme, appuya la lame sur son poignet droit, sans frémir quand elle s'enfonça dans la chair tendre. Lorsqu'il ne put aller plus profond, il la retira en ignorant le sang qui s'écoulait à flots, puis recommença sur son poignet gauche.

Le couteau glissa de ses mains, tandis que deux ruisseaux vermeils abreuvaient l'herbe à ses pieds. Il se pencha en avant, vit le sol monter vers lui sans comprendre, mais plus rien n'avait d'importance.

Pourtant, il n'était pas seul comme il le croyait. Un regard l'observait avec attention. Inquiet de le voir aussi désorienté, son intendant avait décidé de le suivre lorsqu'il était sorti, afin de s'assurer qu'il ne lui arriverait rien. Réalisant soudain ce qu'il venait de faire, le domestique bondit vers lui au moment même où il s'affaissait dans l'herbe. L'homme s'agenouilla près de lui, déchira ses propres vêtements pour en faire des bandes de tissu qu'il appliqua sur les blessures, en serrant fort pour arrêter l'hémorragie. Alors qu'il relevait les yeux, il découvrit que le mosaïste le fixait.

— Qu'avez-vous fait là, maître !

Heiasun ne répondit pas. Il promenait ses prunelles voilées autour de lui sans rien reconnaître. Ayant fait le maximum pour empêcher le sang de couler, l'esclave aida le jeune homme à se mettre debout, tout en le soutenant pour qu'il ne retombât pas. Puis, il reprit le chemin direct qui menait vers la ville aussi vite que possible, bien que le mosaïste trébuchât sans cesse.

L'intendant commençait à s'angoisser en constatant qu'ils avançaient de moins en moins vite, aussi se demandait-il s'il ne devrait pas porter le blessé qui ne tenait plus sur ses jambes. Un coup d'œil sur les poignets d'Heiasun augmenta encore son anxiété devant les bandages rougis, tellement gorgés de sang qu'ils gouttaient sur ses mains. Désespéré, il contempla le ruban de terre qui s'étendait à perte de vue, en songeant que le trajet ne lui avait pas paru aussi long à l'aller malgré les détours qu'ils avaient effectués. Pourtant, il savait que son maître mourrait s'il ne l'amenait pas chez un médecin dans un délai très court.

Un grondement sourd résonna dans leurs dos, mais le domestique n'eut pas le temps de se retourner qu'un chariot s'arrêtait près d'eux, tandis qu'une voix les interpellait.

— Que se passe-t-il ? Est-il malade ? Avez-vous besoin d'aide ?

Soulagé, l'esclave leva la tête.

— Il est blessé. Il faut le conduire en ville au plus vite.

Un serviteur l'aida à porter le mosaïste dans le chariot, sous l'œil curieux de Cneve Thanursiannas, un magistrat bien connu à Faleries. Il eut un mouvement de surprise en reconnaissant le jeune homme.

— Mais c'est notre maître-mosaïste ! Que lui est-il arrivé ?

Embarrassé, l'intendant ne savait que répondre de crainte de faire du tort à son maître en révélant sa tentative de suicide. Mais le patricien enjamba le siège du cocher sur lequel il était assis, pour venir s'agenouiller auprès du blessé dont il nota aussitôt les poignets ensanglantés. Il jeta un coup d'œil au couteau que l'esclave avait glissé dans sa ceinture.

— Est-ce lui qui s'est fait ça ?

Le domestique opina.

— Hélas, oui !

Tandis que le chariot fonçait vers la cité selon les directives du *princeps*, celui-ci changea les bandages d'Heiasun, puis s'efforça de juguler l'hémorragie en appuyant fortement sur les blessures.

Lorsqu'ils s'arrêtèrent devant la maison du mosaïste, l'intendant rameuta quelques esclaves qui portèrent le jeune homme dans sa chambre, tandis qu'il remerciait le notable pour son aide, mais celui-ci décréta qu'il ne partirait pas avant d'être rassuré sur le sort du blessé. Il envoya l'un de ses hommes quérir le meilleur médecin de la ville, puis s'installa au chevet d'Heiasun en incitant les domestiques à continuer le traitement qu'il avait dispensé au jeune homme durant tout le trajet.

Dès qu'il arriva, le praticien prépara un emplâtre à poser sur les blessures du mosaïste, tout en félicitant Cneve de ses initiatives qui lui permettraient peut-être de sauver le désespéré. Puis, lorsqu'il lui eut prodigué les premiers soins, il examina le blessé avant de formuler une liste d'instructions à respecter dans l'espoir de le maintenir en vie. Le *princeps* suivait ses gestes avec attention de ses prunelles noisette.

— S'en sortira-t-il ?

Le guérisseur eut une moue dubitative.

— Je ne peux pas l'affirmer, c'est trop tôt. Déjà, s'il passe la nuit, on pourra espérer davantage. Pourquoi a-t-il fait cela ?

Le magistrat écarta les mains en signe d'ignorance.

— Je n'en sais rien. Je ne le connais que parce qu'il a travaillé sur la maison de l'un de mes amis, mais je n'ai jamais eu l'occasion de lui parler. Il a une excellente réputation en ville. Tout le monde chante ses louanges, pourtant je l'avais trouvé bien triste.

Le médecin se frotta le menton.

— Il vaudrait mieux ne pas le laisser seul. Il risque de réduire à néant tous nos efforts lorsqu'il reprendra conscience.

Cneve glissa ses doigts dans sa chevelure blond clair.

— Je m'en assurerai.

Le praticien rassembla ses affaires.

— Parfait ! Je reviendrai demain matin pour voir comment il va.

Après le départ du guérisseur, le notable fit comparaître l'intendant afin d'organiser la surveillance d'Heiasun dans les heures suivantes. Le domestique n'hésita pas.

— Je veillerai à ce qu'il y ait toujours deux hommes auprès de lui, pour qu'il ne puisse pas se faire de mal.

Le *princeps* eut une grimace soucieuse.

— A-t-il de la famille ou des amis près d'ici ?

L'esclave eut un geste vague.

— Il n'a pas de famille. Velthur Saltna, l'entrepreneur, est son seul ami.

Cneve déplia sa longue silhouette sèche.

— Alors, prévenez-le. Je pense qu'il a surtout besoin de réconfort.

L'intendant se retourna vers la porte.

— J'envoie tout de suite quelqu'un chez lui.

Le magistrat regagna son logis, sachant que sa présence ne ferait aucun bien au jeune homme qui ne le connaissait pas, mais avant de partir, il précisa qu'il ferait prendre de ses nouvelles dès le lendemain. Tout en quittant la maison, il réfléchit à la manière dont il pourrait aider le mosaïste lorsque celui-ci irait mieux.

Velthur venait juste d'arriver après un voyage éprouvant qui lui avait apporté la preuve que sa mère ne l'aimait pas, lorsque le messager l'informa du drame. Catastrophé, il se précipita chez son ami en redoutant le pire. L'intendant l'introduisit dans la chambre où il s'approcha du lit sur la pointe des pieds.

— Que s'est-il passé ?

Le domestique raconta en détail la filature à laquelle il s'était livré, ainsi que la conclusion de la promenade. L'entrepreneur lui donna une tape amicale sur l'épaule.

— Tu as fait ce qu'il fallait. C'est un miracle que Thanursiannas se soit trouvé sur le chemin au bon moment. Ce sont les Dieux qui l'ont conduit là.

Heureux de ces félicitations, l'esclave sourit.

— Je le crois aussi. Sans lui, mon maître serait mort.

Velthur contempla le visage trop pâle du blessé, en s'étonnant de l'expression sereine qu'il ne lui avait jamais vue.

— Je savais que je ne devais pas le laisser seul. Depuis que je le connais, je redoute qu'il en arrive là.

L'intendant écarta les bras.

— Nous nous occupons de lui. Le *princeps* a dit qu'il aurait besoin de réconfort, c'est pourquoi je vous ai prévenu dès ce soir, mais j'ai bien l'impression que cela ne sert à rien pour le moment.

L'entrepreneur s'assit dans la curule qu'avait utilisée Cneve.

— Qu'importe ! Je passerai la nuit auprès de lui. Ainsi, je serai là lorsqu'il ouvrira les yeux.

Le domestique se détourna.

— Alors, je vous fais préparer une paillasse.

Velthur acquiesça d'un air absent.

— Merci.

Cette nuit-là, l'entrepreneur se réveilla sans cesse pour vérifier que son ami était encore vivant, mais il s'angoissait davantage à l'écoute de la respiration irrégulière d'Heiasun.

Lorsque le médecin revint, il estima que la présence de Velthur constituait une aide positive. Après avoir examiné le blessé, il put rassurer son ami.

— Je le trouve beaucoup mieux qu'hier soir. Je pense maintenant qu'il s'en sortira, mais il aura besoin de votre soutien pour ne pas recommencer. Savez-vous ce qui l'a poussé au désespoir ?

L'entrepreneur secoua la tête avec regrets.

— Hélas, non ! Il ne se livre pas.

Le praticien se tapota les lèvres.

— Il faudrait pourtant l'amener à parler, sinon j'ai peur que mes soins ne servent à rien.

Velthur fronça les sourcils d'un air de doute.

— J'essaierai, mais je crains qu'il m'envoie promener.

Vers le milieu de la matinée, alors que l'entrepreneur avait pris ses dispositions pour que les ouvriers continuent leur ouvrage sans nécessiter sa présence, Cneve Thanursiannas se présenta à la porte du mosaïste. Velthur s'avança à sa rencontre, assez intrigué par l'intérêt que montrait ce haut personnage pour le drame de son ami. Le magistrat lui adressa un sourire affable.

— Ainsi, c'est vous l'ami de ce jeune homme. Je me rappelle que vous travailliez avec lui sur la maison de mon collègue.

L'entrepreneur s'inclina.

— Je suis très honoré que vous vous souveniez de moi.

Le *princeps* eut un geste en direction de la chambre.

— Comment va-t-il ?

Velthur se détourna pour traverser l'atrium.

— Le médecin qui est passé ce matin dit qu'il s'en sortira, mais il n'est toujours pas réveillé. Venez le voir, si vous voulez.

Ensemble, ils pénétrèrent dans la pièce où reposait le mosaïste, puis se plantèrent chacun d'un côté du lit, les yeux sur le visage de craie du blessé. Cneve se pencha.

— Au moins, il ne saigne plus, semble-t-il.

L'entrepreneur approcha des sièges.

— C'était déjà le cas lorsque je suis arrivé hier soir. Le médecin a changé ses pansements.

Le notable s'assit.

— Il est le meilleur praticien de la ville, c'est pourquoi je l'ai choisi. Mais je crois que votre présence vaut mieux que tous les traitements médicaux.

Installé en face de lui, Velthur le fixa avec curiosité.

— C'est vous, n'est-ce pas, qui m'avez fait appeler ?

Le *princeps* posa sa main sur le bras inerte d'Heiasun.

— Oui. Je pense qu'il a besoin de réconfort par-dessus tout.

L'entrepreneur détaillait toujours son vis-à-vis.

— Pourquoi vous intéressez-vous tant à lui ?

Cneve contempla les traits du blessé d'un air songeur.

— Je ne sais pas. La seule fois où je l'ai rencontré, il m'a paru sympathique, mais j'ai été frappé par sa tristesse. Je voudrais l'aider, si je le peux.

Velthur restait perplexe.

— C'est très aimable à vous.

Le notable se leva.

— Nullement ! Cela me semble tout naturel. Je repasserai ce soir pour prendre de ses nouvelles.

L'entrepreneur avait mangé avec peu d'appétit, puis s'était assoupi dans un fauteuil auprès du lit lorsqu'un faible gémissement le ramena à la réalité. Il se pencha vers son ami, soulagé de lui voir enfin les yeux ouverts.

— N'as-tu pas honte de me faire peur comme ça ? Comment te sens-tu ?

Le jeune homme le regarda sans comprendre.

— Velthur ? Mais…

Anticipant sa réaction, l'entrepreneur appuya les mains sur ses épaules pour l'empêcher de bouger, au moment où le mosaïste essayait de se redresser. Celui-ci retomba en arrière, tandis que ses traits se contractaient au souvenir de sa tentative ratée.

— Oh, non !

Son ami affermit sa prise.

— Reste tranquille ! Tu risques de te faire saigner.

Heiasun souleva ses avant-bras pour le repousser.

— Laisse-moi.

Velthur ne le lâcha pas.

— Certainement pas ! Je ne te quitterai que lorsque tu seras guéri. Ne crois pas que je te permettrai de recommencer.

Le jeune homme tâcha de se dégager.

— Il n'y a pas d'issue…

L'entrepreneur secoua la tête.

— Ça, c'est ce que tu imagines, mais tu n'es pas seul. Je t'aiderai, et pas seulement moi.

Déjà à bout de force, le mosaïste s'abandonna sans plus lutter, si bien que son ami put se réinstaller auprès de lui, tout en demeurant sur le qui-vive. L'un des domestiques postés dans la chambre se glissa hors de la pièce pour prévenir l'intendant que le maître était réveillé, si bien que le serviteur arriva peu après en apportant le remède préconisé par le médecin. Pourtant, Heiasun détourna la tête lorsqu'il voulut le lui faire boire. Cette fois, Velthur se fâcha.

— Ça suffit ! Il faut que tu te soignes pour te rétablir.

S'asseyant au bord du lit, il cala le blessé contre lui, pressa le récipient sur ses lèvres pour l'obliger à avaler la décoction amère, puis le rallongea avec douceur. Il plongea son regard dans les prunelles vertes en posant sa main sur l'amulette que le médecin avait passée au cou de son patient.

— Ceci n'est efficace qu'en complément des prescriptions.

Le jeune homme fit la grimace.

— Tu es un vrai tyran.

L'entrepreneur sourit sans répondre.

Tandis que la pluie battait le toit sans relâche, le calme envahit la chambre où le mosaïste somnolait sous l'effet du médicament, pendant que son ami réparait les dommages d'une nuit agitée.

Le soir tombait lorsque Cneve reparut comme il l'avait annoncé, pour demander des nouvelles du blessé. Il se montra enchanté d'apprendre qu'Heiasun s'était réveillé dans l'après-midi, et qu'il allait bien selon l'avis du médecin qui était revenu l'examiner. Ce fut donc d'un pas assuré qu'il pénétra dans la pièce sous l'œil abasourdi du jeune homme.

— Je suis ravi de constater que vous vous portez mieux.

Le mosaïste l'observait avec stupeur.

— Mais… qui êtes-vous ?

Velthur, qui s'était levé pour accueillir le notable, se retourna vers son ami.

— Je te présente Cneve Thanursiannas. C'est grâce à lui que tu es en vie.

Aussitôt, le visage d'Heiasun se ferma.

— Ah !

Le *princeps* s'approcha du lit.

— Vous le regrettez, n'est-ce pas ? Mais un jour, cela changera. Vous verrez.

Le jeune homme baissa à demi ses paupières.

— Si vous le dites…

Le latifundium

Automne 293 av. J.-C.

Velthur s'étira sous les rayons encore tièdes du soleil.

— Hum ! Qu'il fait bon ici !

Heiasun jeta un coup d'œil circulaire.

— Il est vrai que cet endroit ressemble au paradis.

Ils étaient assis sur les rochers d'une rocaille artificielle plantée au milieu d'un parc bien dessiné, dont les riches teintes d'automne rehaussaient encore la beauté. Derrière eux s'apercevait dans le lointain une villa aux murs immaculés contrastant avec l'ocre chaud des tuiles. Tout près, sur leur droite, s'élevait le pavillon d'été dont ils avaient dédaigné les attraits pour s'installer en plein air, tandis qu'à leur gauche s'étendait une pelouse qui rejoignait le mur d'enceinte du domaine. Devant eux, enfin, des fontaines de marbre alternaient avec des statues éparpillées entre des buissons défleuris qui menaient à un bois abritant un petit temple dédié à la nymphe Végoia. L'entrepreneur remua pour trouver une position plus confortable.

— Cneve s'est montré vraiment généreux de nous inviter à séjourner dans son latifundium.

Le jeune homme eut une moue dubitative.

— C'est bien ce qui m'intrigue. Pourquoi fait-il tout ça pour moi ?

Son ami écarta les bras.

— Parce qu'il t'apprécie tout simplement. Pourquoi chercher autre chose ?

Le mosaïste fronça les sourcils.

— Mais enfin, il ne me connaissait pas. Cela n'a pas de sens !

Velthur dressa l'index.

— Il t'avait déjà rencontré.

Heiasun balaya l'objection d'une main.

— Une seule fois ! Sur un chantier. Et je l'avais seulement salué.

Son ami l'enveloppa d'un regard affectueux.

— Il a été ému par ton geste de désespoir. Peut-être se sent-il des affinités avec toi. Qui sait ?

Le jeune homme haussa les épaules sans répondre, puis détourna la tête comme chaque fois que son ami abordait ce sujet délicat. Il se fermait dès qu'il était question de sa tentative de suicide, aussi l'entrepreneur ne relâchait-il jamais sa surveillance de peur qu'il recommençât. Velthur n'était jamais rentré dormir chez lui. Lorsqu'il devait s'absenter pour régler un problème sur un chantier, les domestiques du mosaïste ne quittaient pas leur maître d'une semelle jusqu'à son retour.

Cneve aussi s'était montré attentif aux moindres faits et gestes d'Heiasun. Il passait chaque jour prendre de ses nouvelles, s'arrêtait pour bavarder un peu avec lui malgré la méfiance dont faisait preuve le jeune homme. Cet espionnage de tous les instants avait fini par taper sur les nerfs du mosaïste qui avait l'impression d'être emprisonné dans sa propre maison, si bien qu'il s'était rebellé. Planté au milieu de l'atrium, il avait reproché à son ami les soins dont il l'entourait comme s'il s'agissait de maltraitance, puis il lui avait ordonné de s'en aller, ce que ce dernier s'était bien gardé de faire. Alors, perdant tout contrôle, Heiasun avait voulu sortir son couteau, mais il s'était figé en réalisant qu'on le lui avait retiré par précaution. Il était resté une seconde immobile, puis s'était effondré, la tête dans les mains, secoué de sanglots. Lorsque l'entrepreneur avait attrapé ses épaules, inquiet de le sentir trembler, le jeune homme l'avait repoussé avec hargne. Aidé par les domestiques, Velthur avait réussi à lui faire ingurgiter une potion calmante, puis à le ramener dans sa chambre pour qu'il se reposât, mais par la suite, le mosaïste s'était encore davantage refermé sur lui-même. Mis au courant de cette histoire, le magistrat avait proposé à l'entrepreneur de venir séjourner dans son latifundium avec Heiasun jusqu'à ce que le jeune homme retrouvât son équilibre.

Les deux amis étaient là depuis une *none*, mais Velthur soucieux ne constatait pas d'amélioration dans l'état du mosaïste malgré les attentions dont il était l'objet. Il frémit lorsque son regard tomba sur les cicatrices encore gonflées qui barraient les poignets d'Heiasun. Alors, il se décida à attaquer le problème de front.

— Me diras-tu enfin ce qui te tourmente si fort ?

Le jeune homme frissonna.

— Non ! Cela ne te concerne pas.

L'entrepreneur sentit son cœur se serrer en voyant le mosaïste si perturbé, mais il savait que c'était nécessaire.

— Maintenant si ! J'ai été patient jusque-là, mais il est temps de crever l'abcès.

Heiasun se leva dans le but de s'éloigner.

— Tu te montres trop curieux.

Velthur sauta sur ses pieds pour lui attraper le bras.

— Ah, non ! Tu ne t'en tireras pas comme ça.

Le jeune homme se débattit.

— Laisse-moi tranquille !

Son ami affermit sa prise en évitant de lui faire mal.

— Non ! Je n'ai pas l'intention de passer ma vie à te surveiller pour que tu ne recommences pas tes bêtises.

Le mosaïste tentait toujours de se libérer.

— Et bien, arrête dès aujourd'hui ! Au moins, cela me permettra de respirer !

L'entrepreneur plongea ses prunelles bleues dans celles de son vis-à-vis.

— … ou plutôt de cesser définitivement ! Je ne te lâcherai pas, Heiasun ! Et Cneve, non plus ! Au lieu de t'en plaindre, tu devrais comprendre que c'est le signe d'une amitié sincère.

Le jeune homme pâlit en abandonnant la lutte.

— Je sais. J'en ai fait autant, moi aussi, il y a longtemps.

Craignant de le voir s'effondrer, Velthur l'attira contre lui.

— Allez ! Viens me raconter ça.

Le mosaïste se laissa ramener vers les rochers sur lesquels il s'assit à nouveau, les épaules voûtées, la tête baissée, sous le regard inquiet de son ami. Comme il restait silencieux, l'entrepreneur se saisit de sa dernière remarque pour dévider le fil de son passé avec l'espoir de parvenir par ce biais jusqu'à la cause de sa détresse.

— Ainsi, tu as usé de ton amitié pour soutenir quelqu'un… ?

La voix d'Heiasun n'était qu'un murmure.

— Oui. Je me croyais plus solide que je ne le suis.

Velthur fit preuve de toute la douceur possible.

— Que lui était-il arrivé ?

Avec un peu d'hésitation, le jeune homme évoqua Aranth, buta parfois sur les mots, se troubla lorsque les souvenirs revenaient avec trop de force, tandis que son ami glissait quelques réflexions anodines pour l'aider à avancer. Lorsque le mosaïste prononça le nom de Tarquinia, alors qu'il s'était toujours présenté comme originaire de Roselle, l'entrepreneur eut du mal à ne pas laisser paraître son étonnement. Pourtant, comme c'était la première fois qu'Heiasun parlait de son passé, Velthur se garda bien de l'interrompre de peur qu'il se refermât à nouveau.

Le jeune homme se tut après avoir relaté le décès d'Aranth d'un ton calme prouvant qu'il s'en était remis. Son ami réalisa qu'il ne s'agissait pas de la source de ses tourments, aussi se creusa-t-il la tête pour trouver comment continuer.

— Je comprends ta peine. N'avais-tu pas d'autres personnes sur qui t'appuyer ?

Le mosaïste contemplait le jardin d'un air absent.

— Il y avait Pumpu.

L'entrepreneur le scrutait pour détecter la moindre de ses réactions.

— Qui était-il ?

Heiasun repoussa ses cheveux qui volaient devant sa figure.

— Le second mari de ma mère. Je l'aimais beaucoup.

Velthur avait l'impression de tâtonner dans le brouillard.

— Est-il mort ?

Le jeune homme frémit.

— J'espère que non.

Devant la crainte qui se peignait sur les traits du mosaïste, son ami réfléchit avant de poursuivre.

— Et, à part lui ?

Heiasun posa ses coudes sur ses genoux d'un air morne.

— Tarxi était encore là.

Velthur nota que toute expression s'était effacée du visage du jeune homme.

— Tarxi ?

Le mosaïste jouait avec sa ceinture d'un geste machinal.

— Le maître qui m'a tout appris.

Son ami redoutait de faire fausse route. Il faillit revenir sur l'allusion à Pumpu, la seule qui eût percé un instant la carapace d'indifférence d'Heiasun, mais quelque chose le poussa à continuer.

— Alors, ils n'étaient que deux à te soutenir lorsque tu as perdu ton ami ?

Le jeune homme se mit à trembler.

— Il y avait Tite aussi.

Devant sa pâleur subite, l'entrepreneur réalisa qu'ils avaient atteint le cœur du problème. Alors, il passa un bras autour des épaules du mosaïste, puis avec patience, il lui arracha l'histoire, lambeau par lambeau, jusqu'à ce qu'il eût reconstitué la machination qui l'avait brisé.

— C'est abominable ! Cet homme est un monstre. Je comprends que tu te sentes aussi mal. Mais ne t'inquiète pas, ici tu es en sécurité.

Appuyé contre lui, Heiasun ne releva pas la tête.

— Quelle importance ? Quand j'étais en prison, j'avais peur de mourir, mais dès la nuit de mon départ, je me suis rendu compte que c'était préférable à ce vide qui n'en finit pas.

Velthur resserra son étreinte.

— Pourtant, tu es venu jusqu'ici pour essayer de reconstruire ta vie.

Le jeune homme frissonna.

— J'ai eu envie de faire demi-tour, mais en me souvenant de tous ceux qui ont pris des risques insensés pour me sauver, j'ai su que je ne pouvais pas les trahir. Alors, j'ai continué.

Son ami sentait son angoisse augmenter.

— Tu as recréé une entreprise qui marche bien.

Le mosaïste se dégagea, puis il passa une main sur son visage.

— Je ne travaille que pour ne pas penser. La mosaïque est ma seule compétence, mais cela me dégoûte…

Le cœur serré devant cette détresse dont il n'avait jamais soupçonné la profondeur, l'entrepreneur considéra Heiasun en se demandant comment il réussirait à lui redonner le goût de vivre. Mais constatant à quel point cette conversation l'avait ébranlé, il préféra en rester là pour le moment.

— Je te trouve bien pâle. Il vaudrait mieux que tu t'allonges.

Il enlaça le jeune homme qui se laissa conduire vers la maison sans protester, tellement épuisé qu'il trébucha à plusieurs reprises. Arrivé dans la chambre, il s'écroula sur son lit, tandis que Velthur lui ôtait sa toge, puis glissa dans le sommeil sous le regard soucieux de son ami assis dans un fauteuil auprès de lui. L'entrepreneur n'avait songé qu'à faire parler le mosaïste, convaincu qu'il découvrirait sans difficulté le remède à ses tourments quand il en connaîtrait la cause, mais il se rendait compte qu'il en était loin. Alors, il se promit de répéter cette confession à Cneve dans l'espoir que celui-ci eût une solution à proposer.

Le lendemain, Velthur nota avec anxiété qu'Heiasun lui répondait à peine, pourtant il n'en montra rien. Il suivit la routine mise au point avec le personnel afin que le jeune homme ne fût jamais seul, mais dut se fâcher pour que celui-ci avalât un peu de son jentaculum. Comme le temps exécrable ne leur permettait pas de sortir dans le parc comme la veille, ils se dirigèrent vers l'un des salons de la villa. Alors qu'il s'installait dans un fauteuil garni de coussins, l'entrepreneur surprit le coup d'œil rancunier que lui lançait le mosaïste. Il comprit soudain la cause de ce mutisme.

— Tu m'en veux, n'est-ce pas ?

Heiasun alla se planter devant la fenêtre.

— Je suppose que tu es content de toi ?

Velthur se tordit les doigts avec nervosité, mais ce geste passa inaperçu de son ami.

— Pas du tout ! Je suis profondément navré pour toi. Je désire tellement t'aider.

Sans se retourner, le jeune homme frotta son front en soupirant.

— On ne peut plus rien y changer. Si seulement, je parvenais à l'oublier.

L'entrepreneur se pencha en avant.

— Je ferai n'importe quoi pour que tu surmontes cette épreuve.

Le mosaïste pivota sur lui-même.

— Je sais que tu as de bonnes intentions, mais arrête de m'emprisonner ainsi !

Velthur s'appuya contre son dossier.

— Tu t'empresserais de recommencer. Ce ne serait pas agir pour ton bien.

Un instant, il crut qu'Heiasun s'énerverait à nouveau, mais la fugitive étincelle s'éteignit dans les prunelles vertes. Il alla s'installer sur une curule.

— Que s'est-il produit ? J'étais seul à cet endroit, je m'en souviens bien. Comment Cneve est-il passé par là ?

Soulagé, son ami lui sourit.

— En réalité, c'est ton intendant qui t'a suivi parce qu'il s'inquiétait pour toi. Lorsque tu t'es effondré, il a essayé de te ramener vers la cité, mais il n'aurait pas réussi s'il n'avait pas croisé le véhicule de Cneve sur le chemin.

Interloqué, le jeune homme le fixa, puis il se voûta.

— Décidément, tout le monde m'espionne.

L'entrepreneur lui donna une tape amicale sur le genou.

— Tu n'es pas isolé dans cette ville comme tu l'imagines. Il faudrait juste que tu ouvres les yeux pour t'en apercevoir. Si tu acceptais enfin notre amitié, ce serait un bon début.

Le mosaïste ne répondit pas. Il tourna ses prunelles vers les fenêtres à travers lesquelles il distinguait le parc sous la pluie, puis il s'absorba dans la contemplation des ruisseaux qui se formaient le long des statues avant de disparaître dans la terre. Velthur eut une illumination.

— Je comprends pourquoi tu te méfies de Cneve, mais Faleries n'est pas Tarquinia. Nul ne te reprochera tes relations avec lui.

Sans un mot, Heiasun observait le paysage noyé de brume, mais son visage tourmenté révélait à quel point il était vulnérable. Navré, son ami ne savait plus que dire pour lui apporter un peu de répit, si bien qu'il accueillit l'entrée de l'intendant comme une distraction bienvenue. Celui-ci venait leur annoncer l'arrivée prochaine du maître de maison qui prévoyait de passer quelques jours avec eux avant de regagner la cité. L'entrepreneur fut ravi à l'idée de discuter des nouveaux développements avec le magistrat, dont il escomptait qu'il pourrait mieux aider le désespéré que lui-même.

— Voilà une excellente nouvelle ! Je me réjouis de le revoir.

Comme son exclamation n'avait pas fait réagir le jeune homme, il le rejoignit pour poser les mains sur ses épaules.

— N'es-tu pas content que Cneve nous rende visite ?

Le mosaïste ne bougea pas.

— Pardon ?

Velthur approcha les lèvres de son oreille.

— Cneve sera là aux *nundines*.

Heiasun opina d'un air absent.

— Oui… C'est sa villa, après tout…

Son ami le secoua avec douceur.

— Voyons, Heiasun ! Est-ce tout ce que ça t'inspire ? Il se donne beaucoup de peine pour te soutenir. Pourtant, je trouve que tu te montres bien peu reconnaissant. Qu'as-tu contre lui ?

Le jeune homme ne semblait pas reprendre pied.

— Mais rien.

L'entrepreneur se redressa en cachant ses alarmes.

— Alors, c'est bien imité.

Le mosaïste prit soudain sa tête dans ses mains avec un sanglot.

— Oh, je ne sais pas ! Je ne parviens même plus à comprendre ce que je ressens. Tout se mélange dans mon esprit. Je ne distingue plus le bien du mal.

Anxieux, Velthur l'attira contre lui.

— Laisse-toi guider. Nous, nous connaissons ce qui est le mieux pour toi.

Son ami était loin de se sentir aussi sûr de lui qu'il voulait le faire croire. Le jeune homme paraissait tellement égaré que l'entrepreneur se demandait s'il réussirait à le guérir, même avec l'aide efficace du *princeps*. Pourtant, il se refusait à baisser les bras, bien qu'il fût incapable de discerner quelle attitude il devait adopter.

Quand arriva l'heure du prandium, la pluie qui tombait toujours annonçait un après-midi interminable sans possibilité de promenade, au grand dépit de Velthur qui ne savait comment occuper son ami. Allongé sur un lit d'apparat, il surveillait Heiasun qui avait tendance à chipoter dans les plats sans rien avaler des repas appétissants préparés par le cuisinier de la villa. La seule façon qu'il avait inventée pour que le malade ingurgitât un peu de nourriture était de détourner son attention en l'incitant à parler, si bien que le jeune homme portait les mets à sa bouche d'un geste machinal. Ce jour-là, après les révélations de la veille, il n'eut pas à se creuser les méninges pour trouver un sujet. Il se pencha pour attraper un morceau de porc.

— Une chose m'étonne. Tu m'as toujours dit que tu étais originaire de Roselle, mais hier tu as évoqué Tarquinia. D'où viens-tu réellement ?

Le mosaïste faisait tourner sa cuillère dans son écuelle de fèves.

— Je suis bien né à Roselle, mais je suis allé vivre à Tarquinia à l'âge de dix ans.

Son ami haussa les sourcils.

— Pourquoi ?

Abandonnant sa vaine tentative, Heiasun s'adossa à ses coussins.

— Mon père était potier, mais il avait peu de clients. J'ai passé la plus grande partie de mon enfance à enfreindre les lois en braconnant pour nourrir ma famille.

L'entrepreneur sourit.

— Décidément, tu es un délinquant.

Aucune lueur n'éclaira le regard du jeune homme.

— Je n'avais pas le choix. Je tremblais de peur, mais je ne voulais pas voir mes parents mourir de faim.

Il repoussa ses cheveux blonds en soupirant.

— Comment ai-je pu croire que l'existence valait que l'on se batte pour elle ?

Velthur frémit, puis se hâta de poursuivre ses questions.

— Est-ce pour cela que vous avez déménagé ?

Le mosaïste accepta de répondre d'un ton monocorde.

— Mon père s'est engagé dans les troupes qui allaient combattre les Romains aux côtés de nos alliés, mais craignant des représailles sur la ville, il a demandé à ma mère de partir pour Tarquinia où l'un de ses confrères nous accueillerait durant son absence. Il s'agissait de Pumpu. À Tarquinia, nous vivions mieux. Comme Pumpu gagnait bien sa vie, je n'avais plus besoin de braver la mort, mais nous savions que ce n'était que provisoire.

Son ami fit signe aux esclaves de présenter les desserts à Heiasun.

— Pourtant, vous y êtes restés.

Le jeune homme acquiesça.

— Oui, parce que mon père a été tué durant une bataille. Pumpu a gardé ma mère près de lui, avant de l'épouser quelques mois plus tard. Moi, j'étais déjà chez Tarxi qui m'avait pris en apprentissage.

L'entrepreneur croqua dans une pomme.

— Finalement, c'était une chance pour vous.

Le mosaïste fixait le plafond.

— Sans doute, mais il m'a fallu du temps pour le comprendre.

Un domestique attira son attention sur le récipient, tandis que Velthur l'observait avec affection.

— Évidemment ! Tu aimais ton père, je suppose.

Heiasun se remit sur le côté, appuyé sur un coude.

— Bien entendu. C'est Aranth qui m'a aidé à surmonter ma peine.

« Et maintenant, c'est à mon tour de te soutenir », pensa son ami sans l'exprimer à haute voix. Il se contenta de hocher la tête en regardant le jeune homme grappiller dans les raisins sans en porter un seul grain à sa bouche.

— Termine tes fruits pour que les domestiques puissent débarrasser.

Le mosaïste repoussa le plat avec une grimace.

— Je n'ai plus faim.

Son ami fronça les sourcils en constatant à quel point il avait maigri.

— Comme d'habitude, tu n'as rien avalé.

Heiasun alla se planter devant l'une des fenêtres en tournant le dos à la pièce pour ne pas voir les esclaves recenser chacun des ustensiles utilisés pour le repas, en particulier les couteaux, afin de s'assurer qu'il n'en avait pas subtilisé un. Cette surveillance qui ne se relâchait jamais lui paraissait plus insupportable encore que la prison, mais il avait appris à ses dépens qu'il n'avait aucun moyen d'y échapper. Dès qu'il essayait de s'éloigner pour trouver un peu de solitude, un domestique surgissait sur son chemin pour le retenir jusqu'à ce que Velthur l'eût rejoint. Même si le personnel se faisait très discret, le jeune homme sentait des yeux fixés sur lui en permanence, ce qui le rendait nerveux. La nuit non plus, il n'était pas seul, puisque son ami dormait dans sa chambre, tandis que des esclaves veillaient devant la porte au cas où il voudrait sortir.

Deux jours plus tard, Cneve Thanursiannas fut accueilli avec effusion par Velthur soulagé de partager ce fardeau avec lui, alors que le mosaïste se montrait poli, sans enthousiasme. Le magistrat nota avec inquiétude la tunique qui flottait sur son corps décharné, mais son expression égarée lui parut un nouveau symptôme de mauvais augure. Pourtant, il n'émit aucune remarque avant d'en savoir davantage sur les événements survenus depuis l'arrivée des jeunes gens.

La soirée se déroula de manière un peu contrainte. L'entrepreneur brûlait de se confier à son hôte, mais il ne pouvait le faire devant Heiasun, alors le *princeps*, qui percevait la gêne de son invité, tenta d'entretenir la conversation malgré le peu de réaction du jeune homme. À la fin du repas auquel le mosaïste avait peu touché, au grand dam de ses amis, des inconnus pénétrèrent dans le triclinium en portant des instruments de musique, puis se placèrent en arc de cercle face aux convives. Cneve les désigna en souriant.

— J'ai amené quelques musiciens. J'ai pensé que ce serait un divertissement agréable.

Velthur battit des mains, pendant que les concertistes accordaient leurs instruments.

— Quelle bonne idée !

Heiasun bondit de son lit d'apparat en hurlant.

— Non !

Sous les regards médusés des deux hommes, il se précipita vers la porte, mais tomba dans les bras du domestique qui s'était interposé. En le rejoignant, l'entrepreneur constata avec inquiétude qu'il sanglotait sans se débattre, alors il le prit par les épaules.

— Allons, allons ! Calme-toi. Viens avec moi, tu as besoin de te reposer.

Il le conduisit jusqu'à sa chambre en le soutenant tellement le jeune homme tremblait, il l'aida à s'allonger sur la couche, puis il envoya un esclave préparer une potion apaisante. Le mosaïste roula sa tête sur l'oreiller.

— Je ne peux pas supporter la musique. Cela me rappelle toujours Aranth.

Velthur mêla ses doigts aux siens.

— Te souvenir de cet ami que tu aimais tant est plutôt positif. Tu étais heureux à cette époque.

Épuisé, Heiasun battit des paupières.

— La musique fait toujours remonter tant de choses que je voudrais oublier.

Son ami se pencha vers lui.

— Cela pourrait t'en libérer, au contraire. Tu devrais essayer.

Les dernières couleurs désertèrent le visage du jeune homme.

— Non !

L'entrepreneur eut peur de le voir s'évanouir.

— Bon, bon ! Je n'ai rien dit.

Comme le domestique revenait dans la chambre, Velthur se hâta d'administrer le remède au malade, puis attendit qu'il s'assoupît avant de rejoindre Cneve qui le dévisagea avec angoisse.

— Comment va-t-il ?

L'entrepreneur s'installa dans un fauteuil.

— Je lui ai donné une potion calmante. Il dort pour le moment.

Le notable croisa les jambes.

— Hum ! Je n'ai pas l'impression qu'il se porte mieux depuis qu'il est là. Au contraire, il me semble encore plus mal.

Velthur secoua la tête.

— Ce n'est pas tout à fait exact. J'ai enfin réussi à lui faire avouer ce qui l'a poussé au désespoir. C'est pourquoi il est si tourmenté depuis.

Le *princeps* posa les bras sur les accoudoirs.

— Racontez-moi ça.

Il écouta le récit en silence, tandis que son visage devenait de plus en plus sévère à mesure que parlait son interlocuteur.

— C'est un complot abominable. Cet homme est maudit par les Dieux, j'en suis sûr.

L'entrepreneur se frotta le menton.

— Je le pense aussi, mais c'est Heiasun qui souffre. Comment pouvons-nous l'aider ? J'admets que je me sens impuissant.

Cneve fixait le rectangle de la fenêtre que la nuit coloriait de noir.

— Ce n'est pas facile dans son cas. Il n'a besoin d'aucun bien matériel. Je crois qu'il lui faut surtout de la chaleur humaine, et des gens sur qui s'appuyer.

Velthur eut une moue de dépit.

— Mais il nous a, tous les deux. Ma présence ne lui offre aucun réconfort, et il se méfie de vous. Notre sollicitude lui pèse plus que tout.

Le notable opina.

— Maintenant que vous m'avez raconté sa tragédie, j'ai bien l'intention d'y faire référence. Il me semble que le secret ou les allusions voilées ne peuvent que lui faire encore plus de mal. Nous devons dédramatiser la situation.

L'entrepreneur fit la grimace.

— Il ne supporte pas d'en parler. Le lendemain, il m'en voulait de lui avoir arraché la raison de son affliction.

Le *princeps* se redressa.

— Qu'importe ! C'est bien ainsi qu'il convient d'agir.

Au matin, le soleil brillait dans un ciel d'un bleu immaculé, comme lavé par la pluie des derniers jours. L'air était tiède malgré la proximité de l'hiver, ce qui avait incité les jeunes gens à sortir dans le parc pour profiter de cette douceur quasi printanière, mais comme tout était encore humide, ils avaient dû s'abriter dans le pavillon d'été. Heiasun laissait courir ses prunelles ternes sur le paysage avec une expression lointaine, tandis que son ami l'observait avec cette inquiétude qui ne le quittait jamais, lorsque Cneve survint.

— Bonjour à vous deux ! Comment allez-vous aujourd'hui ?

Le jeune homme sursauta.

— Bien, merci.

Le notable s'installa près de lui.

— Ce n'est pas l'impression que vous donnez.

Le mosaïste contemplait à nouveau le décor avec indifférence.

— Ah, vraiment ?

Le *princeps* se rapprocha de lui en adoptant un ton de confidence.

— Votre ami m'a tout raconté. Je suis horrifié par ce qui vous est advenu, et très en colère d'apprendre qu'une telle injustice puisse exister dans une ville étrusque.

Heiasun jeta un regard noir à Velthur qui l'accueillit d'un air imperturbable. Cneve poursuivit sur sa lancée.

— Ne lui en veuillez pas. En réalité, vous avez eu tort de garder tout cela en vous depuis si longtemps. Ces souvenirs vous ont empoisonné. Vous auriez dû en parler dès votre arrivée.

Le jeune homme s'était raidi.

— Pour me faire arrêter ?

Le notable écarta les bras.

— Certainement pas ! Maintenant que l'on en discute, je me rappelle que nous avons reçu un messager de Tarquinia à cette époque. Il était question d'un fugitif recherché par les autorités de cette cité, mais nous n'avons pas donné suite. Leur mentalité ne nous a jamais plu. De toute façon, je ne vous demande pas de le crier sur la place publique, mais de vous confier à vos amis.

L'entrepreneur se pencha en avant.

— Penses-tu vraiment que je t'aurais dénoncé ?

Le mosaïste passa une main sur son visage en soupirant.

— Oh, non ! Je n'ai pas envie de le mentionner, c'est tout.

Il avait espéré mettre un terme à la conversation, mais le *princeps* ne l'entendait pas ainsi.

— Et bien, c'est une erreur. D'ailleurs, je veux tous les éléments afin de pouvoir agir s'ils viennent vous chercher noise jusqu'ici.

Heiasun eut une moue sceptique.

— Le croyez-vous vraiment ?

Cneve ne le quittait pas des yeux.

— On ne sait jamais. Je vous écoute !

N'ayant pas d'autre choix, le jeune homme évoqua la machination avec réticence, mais le notable l'interrompit en lui posant des questions précises, afin de l'obliger à entrer dans le détail de l'histoire au lieu de l'effleurer.

Retour à Faleries

Hiver 293 — 292 av. J.-C.

La villa était en effervescence. Depuis le matin, les esclaves allaient et venaient dans un ballet bien réglé, rangeaient ce qui était encore à l'extérieur, couvraient le mobilier de certaines pièces avec de grandes toiles pour le protéger de la poussière, avant d'en clore les fenêtres et la porte à clef. Pourtant, dans d'autres quartiers de la vaste demeure, les domestiques se consacraient toujours au service de leurs hôtes. Velthur observait cette animation d'un air songeur.

— C'est assez curieux. On dirait que la maison s'endort pour l'hiver.

Assis près de lui dans un salon encore ouvert, Heiasun opina.

— Elle est comme certains animaux qui hibernent. Cneve n'y réside que du printemps à l'automne. Et encore, l'intendant m'a avoué que d'habitude elle est fermée bien plus tôt dans la saison. Il ne l'a laissée en fonctionnement que pour nous.

Son ami sourit.

— C'est vraiment quelqu'un de bien. Je le connaissais de nom, bien sûr, mais je n'imaginais pas qu'il puisse être aussi généreux.

Le jeune homme s'appuya contre son dossier.

— Oui. Il existe peu de gens comme lui.

L'entrepreneur le contempla avec affection.

— En tout cas, il fait des miracles. Je n'aurais jamais réussi à te redonner le goût de vivre aussi vite que lui. En fait, j'aurais plutôt échoué.

Le mosaïste secoua la tête.

— Ne dis pas ça ! Je sais ce que je te dois. Tu es un véritable ami.

Velthur dressa l'index.

— Lui aussi.

Heiasun croisa ses doigts sur ses genoux.

— Oui. Je ne pourrai jamais vous rendre tous vos bienfaits.

Son ami rayonnait.

— Ta guérison est notre récompense. Et pourtant, au départ, je ne croyais pas beaucoup dans ce qu'il préconisait. Je craignais que te faire retracer cette histoire ne puisse qu'accroître tes tourments.

Le jeune homme triturait sa tunique sans s'en rendre compte.

— C'était vrai et faux à la fois.

L'entrepreneur opina en se remémorant avec un pincement de cœur les difficiles moments qu'ils avaient traversés. Dès le début du séjour du magistrat, le mosaïste avait été la proie de cauchemars provoqués par l'évocation de ses souvenirs, mais Cneve n'avait pas cédé en expliquant à Velthur qu'il fallait insister pour le libérer de ses fantômes. Alors, même après son départ, l'entrepreneur avait forcé Heiasun à parler de Tarquinia malgré le mal qu'il lui faisait. Pendant des *nones*, le jeune homme en avait été tellement malade qu'il tenait à peine debout, si bien qu'il ne quittait sa chambre que pour aller s'allonger sur un lit d'apparat dans la grande salle.

Durant tout ce temps, le magistrat était revenu au moins toutes les *nundines* pour offrir son amitié au mosaïste très éprouvé, tout en le poussant sans cesse à exhumer son passé. Au bout d'un mois, le pouvoir blessant de ces allusions s'était émoussé, si bien qu'Heiasun avait pu les aborder sans frémir, puis raconter ses pensées et ses sentiments avec une certaine distance. Enchanté de constater cette amélioration qu'il n'espérait plus, son ami avait continué ses incursions dans des réminiscences de moins en moins douloureuses.

Alors que l'on arrivait au premier tiers de l'hiver, les jeunes gens se préparaient à rentrer à Faleries pour y reprendre leurs activités. Songeur, le jeune homme s'approcha de la fenêtre en se souvenant de la période durant laquelle la surveillance autour de lui s'était peu à peu relâchée, ce qui lui avait permis de se déplacer dans le domaine sans avoir en permanence quelqu'un auprès de lui. Au début de son séjour, il avait convoité cette solitude qu'on lui refusait, mais quand on la lui avait accordée, il s'était rendu compte qu'elle n'avait plus le moindre attrait à ses yeux. Désormais, les serviteurs ne s'assuraient plus qu'il ne manquait pas de couteau lorsqu'ils débarrassaient la table, pourtant le mosaïste s'en moquait, tout comme il ne ressentait plus l'absence de celui offert par Tarxi comme une insulte. Il savait qu'il le retrouverait chez lui à son retour.

L'entrepreneur l'observait avec attention, mais sans éprouver cette inquiétude qui ne l'avait pas quitté durant si longtemps. Même lorsqu'il était ainsi perdu dans ses pensées, Heiasun ne présentait plus un visage tourmenté qui faisait mal à voir.

— À quoi médites-tu ?

Le jeune homme pivota.

— Je me disais que j'ai cessé de me sentir prisonnier avant même que vous abandonniez votre surveillance de tous les instants.

Velthur opina.

— J'admets que c'était difficile à vivre, mais c'était la seule façon d'empêcher que tu recommences.

Le mosaïste revint vers lui.

— Je sais. De toute façon, c'était une période où, quoi que vous fassiez, je ne l'aurais pas supporté. J'ai la sensation d'avoir erré dans un cauchemar permanent depuis mon départ de Tarquinia. Il me semble que durant ces deux années, le soleil n'a jamais brillé.

Son ami fit la grimace.

— Je m'en veux de n'avoir rien fait avant.

Un éclair malicieux éclaira les prunelles vertes d'Heiasun.

— Crois-tu vraiment que je t'aurais laissé faire ?

L'entrepreneur secoua la tête.

— J'aurais pu essayer, au moins.

Le jeune homme s'assit auprès de lui.

— Tu n'aurais réussi qu'à briser notre amitié. Je n'étais pas capable d'admettre que tu avais raison, alors j'aurais cessé de te voir. Tout simplement.

Velthur le fixa d'un air songeur.

— Il aurait fallu que l'on rencontre Cneve plus tôt.

Le mosaïste haussa les épaules.

— Bah ! On ne refait pas le passé. C'est terminé, maintenant.

Son ami posa une main sur son bras.

— Et j'en suis bien heureux.

Cneve arriva pour le prandium qu'ils partagèrent dans une atmosphère sereine contrastant avec les premières *nones* du séjour des jeunes gens. Le magistrat les observa avec cordialité.

— Alors, êtes-vous prêts à rentrer ?

L'entrepreneur but une gorgée de vin.

— Absolument ! Je dois dire que j'ai hâte de reprendre mon ouvrage.

Heiasun mordit avec appétit dans sa viande.

— Moi aussi. C'est vraiment charmant de ta part d'avoir convaincu Thefarie Vipiiennas d'attendre notre retour pour continuer les travaux de sa maison, plutôt que de s'adresser à quelqu'un d'autre.

Le notable lui lança un clin d'œil complice.

— Vous êtes les meilleurs. Il le sait bien. D'ailleurs, Heiasun, je dois t'avouer quelque chose.

Le jeune homme se raidit.

— Tu m'inquiètes.

Le *princeps* saisit sa coupe.

— J'ai laissé entendre que tu avais été victime d'un complot, et que c'est pour cette raison que tu es venu t'installer à Faleries. Bien sûr, je n'ai donné aucun détail, mais ne t'étonne pas de l'attitude des gens à ton égard.

Le jeune homme s'appuya contre ses coussins en oubliant son écuelle.

— Était-ce vraiment nécessaire ?

Cneve l'enveloppa d'un regard affectueux.

— Il fallait bien expliquer ta disparition subite.

Soudain alarmé, le mosaïste se redressa.

— As-tu raconté… ce que j'ai fait ?

Le notable esquissa un geste retenu.

— Si je ne l'avais pas fait, tes cicatrices auraient parlé à ma place.

Heiasun baissa les yeux sur ses poignets que barraient deux lignes claires, larges et profondes, qui ne souffraient pas deux interprétations.

— Je n'y avais pas pensé. Je devrais peut-être les cacher.

Pendant que le *princeps* poussait doucement l'assiette vers le jeune homme pour l'inciter à finir sa part, Velthur fit la grimace.

— Sur un chantier, cela ne me paraît guère possible. Quoi que tu mettes, cela te gênera forcément.

Le mosaïste accepta de terminer ses légumes.

— Oui, sans doute…

Ils reprirent la route en début d'après-midi dans le grand chariot de Cneve, afin d'arriver en ville avant la nuit qui tombait de bonne heure en cette saison. Tandis que son ami et le magistrat bavardaient, Heiasun se remémorait le calvaire du voyage qui l'avait amené au latifundium. Il l'avait effectué en litière, allongé sur des coussins, pourtant chaque secousse, même légère, lui avait semblé insupportable. Comme il avait refusé de séjourner chez le notable selon la proposition de celui-ci, ses amis avaient agi d'autorité en lui faisant avaler une potion qui l'avait plongé dans un état second, grâce à laquelle ils l'avaient transporté sans qu'il se débattît. À son réveil, en réalisant ce qu'on lui avait infligé, il s'était fâché, mais aucun des deux n'en avait tenu compte. L'entrepreneur se tourna vers lui.

— Tu es bien calme. Est-ce que ce retour t'inquiète ?

Le jeune homme sourit.

— Non, pas du tout. Je me disais que je préfère le trajet dans ce sens.

Le notable, qui ne connaissait les prunelles de l'artisan que ternes, s'émerveillait devant les reflets dorés qui les illuminaient maintenant.

— Il est vrai que tu n'as pas fait l'aller de ton plein gré. Mais le regrettes-tu ?

Le mosaïste secoua la tête.

— Certes, non !

Lorsqu'ils atteignirent le sentier dans lequel le magistrat avait rencontré Heiasun et son intendant, il raconta la scène au jeune homme en avouant qu'il avait été satisfait de pouvoir l'aider. Le mosaïste ne lui en demanda pas la raison, il la connaissait déjà. Son nouvel ami, qui était sans enfant, lui avait révélé qu'il avait toujours rêvé d'avoir un fils comme lui, ce qui l'avait mis un peu mal à l'aise au souvenir de Pumpu qu'il considérait comme son second père. Ils arrivaient à la grande route venant du nord, bondée comme toutes les *nundines*, depuis laquelle ils apercevaient la colline sur laquelle était implantée Faléries. Le *princeps* la désigna.

— Nous y serons dans peu de temps.

Ses compagnons acquiescèrent d'un air distrait, troublés par l'attitude des passants qui saluaient à peine le notable, mais détaillaient Heiasun. Surpris par les remarques qu'on lui adressait, le jeune homme répondait à chacun avec amabilité, assurait qu'il allait bien à ceux qui s'inquiétaient de sa santé, tout en enfouissant ses mains sous sa toge pour dissimuler ses cicatrices. Velthur observait la scène avec incrédulité.

— C'est incroyable. As-tu fait une annonce publique ?

Cneve s'esclaffa.

— Bien sûr que non ! Mais j'ai l'impression que la rumeur s'est répandue beaucoup plus loin que je le pensais.

Le mosaïste baissa la voix pour qu'on ne l'entendît pas.

— Comment se fait-il que tous ces gens s'intéressent à moi ? Je ne les connais même pas.

Le notable écarta les bras avec amusement.

— Si tu n'avais pas été aveugle et sourd, tu aurais constaté que tu es assez célèbre dans la cité. N'oublie pas que tu es notre seul mosaïste. Et, je ne parle pas des demoiselles qui te dévorent des yeux pour d'autres raisons…

Heiasun rougit soudain.

— Ne raconte pas n'importe quoi.

L'entrepreneur se mit à rire en regardant son ami d'un air malicieux.

— Ça, je l'avais aussi remarqué.

Gêné, le jeune homme haussa les épaules, puis détourna la tête afin d'échapper aux sourires amicaux de ses compagnons.

Lorsqu'ils passèrent la porte de la ville, les gardes de faction s'inclinèrent devant le *princeps* avec déférence, mais adressèrent aussi des saluts chaleureux au mosaïste qui leur répondit en cachant son étonnement face à cette popularité dont il n'avait pas eu conscience jusque-là. L'équipage se rendit d'abord dans la villa d'Heiasun, où ses amis pénétrèrent avec lui afin de s'assurer qu'il n'avait aucune réticence à s'y réinstaller. L'intendant ainsi que tout le personnel l'accueillirent avec une joie sincère, soulagés de constater qu'il était remis. Pendant que le jeune homme s'étendait dans le triclinium avec Velthur en attendant qu'on leur apportât du vin chaud, Cneve prit son intendant à part pour lui expliquer qu'il ne fallait plus le surveiller au risque de compromettre son rétablissement. Le domestique promit de se tenir à sa place pour ne pas offenser son maître.

Quelques instants plus tard, les trois hommes trinquèrent pour célébrer la guérison du mosaïste. Le magistrat eut un geste large.

— Te voilà de retour chez toi.

Heiasun jeta un coup d'œil circulaire.

— Je crois que c'est la première fois que je considère cette maison comme la mienne.

Son ami joignit les mains.

— Je suis certain qu'à partir de maintenant, ton travail sera encore plus brillant qu'avant.

Le jeune homme esquissa une grimace amusée.

— Il redeviendra correct, tu veux dire.

Le *princeps* reposa son gobelet.

— En tout cas, une chose est sûre : ta reprise d'activité ne doit pas nous empêcher de nous voir.

Le mosaïste l'observa avec curiosité.

— N'en as-tu pas assez de me consacrer toutes tes *nundines* ?

Cneve changea de position.

— Pas du tout.

L'entrepreneur eut un sourire en coin.

— Ta femme ne doit pas en penser autant.

Le notable fourragea dans sa chevelure claire.

— Thanachvil ne s'en est jamais plainte. Mais elle attend de te rencontrer avec impatience. D'ailleurs, je n'ai pas l'intention de m'imposer toutes les *nones*.

Heiasun leva une main.

— De toute façon, je ne veux pas te fuir. J'apprécie beaucoup ta compagnie.

Le *princeps* lui retourna un clin d'œil malicieux.

— Enfin ! J'aurais au moins réussi cela, au bout de tant de temps.

Le jeune homme baissa la tête.

— Je suis désolé.

Cneve finit son gobelet.

— Tu n'as pas à l'être. Je sais bien ce que tu craignais. Mais ne t'inquiète pas : nul ne viendra m'assassiner.

Le mosaïste frissonna.

— Je l'espère bien.

Lorsque ses amis furent repartis, Heiasun reprit possession de sa maison en passant d'une pièce à l'autre comme s'il découvrait la demeure pour la première fois. Malgré les deux ans de cauchemar qu'il y avait coulés, rien ne le rebutait dans cette villa où il éprouvait un sentiment de bien-être et de sécurité. En sortant dans le jardin que le soir assombrissait, il eut même la sensation que dans ce bel endroit, il pourrait se construire une vie meilleure que la précédente. Serein, il ne sentait pas de regard posé sur lui comme dans le latifundium de Cneve, pourtant son intendant l'observait derrière une fenêtre, débordant de bonheur en le voyant aussi calme. Au bout d'un moment, le domestique se décida à briser la solitude de son maître, si bien qu'il pénétra à son tour dans la cour intérieure pour se diriger vers lui en serrant un petit objet. Le jeune homme le fixa d'un air intrigué.

— Que m'apportes-tu là ?

En s'inclinant, l'esclave tendit le couteau qu'il avait tenu caché depuis la tentative de suicide du mosaïste. Celui-ci sourit.

— Merci. Il risquerait de me manquer demain sur le chantier.

Soulagé de n'avoir pas reçu de reproches à ce sujet, l'intendant se contenta de suggérer à son maître de se rendre dans la salle d'eau pour se débarrasser de la poussière du voyage. Avant de suivre ce conseil, celui-ci lui demanda de lui procurer des rubans assez larges qu'il nouerait sur ses poignets pour dissimuler ses cicatrices.

Le lendemain, Heiasun rejoignit son ami sur le terrain où commençait à s'élever la villa de Thefarie Vipiiennas. Velthur l'accueillit gaiement, lui fit visiter les parties les plus avancées, puis précisa en plaisantant que les sols étaient encore en terre battue, parce que l'artisan qui devait les habiller lui avait fait faux bond. Le jeune homme fronça les sourcils d'un air réprobateur que démentaient ses prunelles pétillantes.

— Il a bien peu de conscience professionnelle.

Son ami se mit à rire.

— C'est aussi mon avis.

Ils continuèrent leur tour sous l'œil médusé des ouvriers qui n'avaient jamais vu le mosaïste badiner de cette façon, puis ils se dirigèrent vers l'endroit où l'entrepreneur rangeait ses documents relatifs à la construction. Heiasun se pencha sur les projets détaillés, mais ses dessins lui arrachèrent un grognement de douleur.

— C'est nul ! Tout est à refaire !

Velthur parut surpris.

— Pourtant, Thefarie les a approuvés.

Le jeune homme feuilletait les croquis avec une moue de dégoût.

— Je lui en proposerai d'autres. Je ne peux quand même pas accomplir un ouvrage d'aussi mauvaise qualité.

Son ami l'observa avec inquiétude.

— Nous sommes déjà très en retard.

Le mosaïste secoua la tête.

— Cela ne me prendra pas longtemps. Nous commencerons la pose des revêtements de pierre dès aujourd'hui. Pendant ce temps-là, je préparerai une nouvelle esquisse pour la salle de réception qui est la plus avancée. Si notre client l'accepte, nous produirons les tesselles aussitôt, ce qui nous permettra d'amorcer la composition très rapidement.

L'entrepreneur empila ses dossiers d'un geste machinal.

— Si tu le dis…

Heiasun se dirigea vers la sortie.

— Tu ne m'as jamais vu travailler lorsque je suis en forme. Fais-moi confiance.

Il mit en route le pavement des pièces qui l'intéressaient, puis il rentra chez lui en promettant à Velthur de revenir dans la soirée avec une première proposition. Sa réapparition prématurée obligea l'intendant à cacher son angoisse, mais elle disparut lorsqu'il s'enferma dans son bureau pour se pencher sur ses dessins avec concentration.

Le jeune homme œuvra toute la journée en se faisant servir le prandium dans son tablinum afin de ne pas s'interrompre, si bien qu'il termina avant que la grisaille du crépuscule recouvrît la ville. Alors, sans s'accorder un instant de repos, il repartit vers le chantier en priant pour que son ami eût convaincu leur client de l'attendre. Craignant une brouille entre le mosaïste et Thefarie, l'entrepreneur avait déployé toute sa persuasion, d'autant qu'il doutait lui-même du résultat. Pourtant, ce fut avec soulagement qu'il accueillit Heiasun.

— Ah, te voilà enfin ! Nous nous demandions si tu nous avais oubliés.

Le jeune homme sourit, ce qui lui valut un regard stupéfait du notable.

— Pas du tout ! Mais il fallait que je fasse quelque chose de propre.

Perplexe, le client s'avança.

— Montrez-nous cela.

Le mosaïste déplia ses papyrus, mais ses explications furent couvertes par les cris d'admiration des deux hommes devant les dessins au thème original. Velthur écarta les bras.

— Je n'ai jamais rien vu d'aussi beau.

Penché sur les esquisses, Thefarie eut une exclamation spontanée.

— Pourquoi ne m'avez-vous pas proposé cela dès le départ ?

Heiasun pâlit.

— Euh… Je…

Gêné, il détourna la tête sans trouver quoi répondre, mais le notable avait déjà réalisé sa gaffe, si bien qu'il se hâta de reprendre la parole.

— C'est magnifique ! Où pensez-vous placer cette mosaïque ?

Le jeune homme s'était ressaisi.

— Dans la salle de réception, si cela vous convient.

Le client s'illumina.

— Ce sera parfait.

Le mosaïste posa une main sur son croquis.

— Si vous êtes d'accord, je remplacerai tous les projets initiaux par de nouveaux qui seront meilleurs.

Thefarie ne pouvait s'arracher à sa contemplation.

— Quand je vois celui-ci, je ne peux qu'approuver.

Heiasun échangea un coup d'œil avec son ami ravi.

— Très bien ! Je vous les soumettrai à mesure qu'ils seront terminés.

Le notable se redressa enfin.

— Ne vous inquiétez pas si cela retarde un peu la construction. Je ne suis plus à quelques mois près.

Le jeune homme lui adressa un sourire, dans lequel on ne distinguait plus que le reflet de son ancienne tristesse, puis les artisans repartirent ensemble, tandis que leur client montait dans la litière qui l'attendait.

Jamais les ouvriers du mosaïste n'avaient dû accomplir un travail aussi délicat en si peu de temps, mais l'ambiance détendue que leur patron faisait régner sur le chantier, grâce au caractère enjoué qu'ils lui découvraient, leur permettait d'y faire face sans appréhension. Lorsque la découpe et la pose de certaines tesselles aux formes tarabiscotées s'avéraient trop difficiles, Heiasun les faisait lui-même en réunissant ses employés autour de lui afin de leur apprendre ces finesses qu'ils n'avaient jamais approchées. N'ayant plus d'inquiétude au sujet des délais, l'entrepreneur les observait de loin en s'émerveillant du talent de son ami, mais il s'attendrissait surtout devant les sentiments de plus en plus forts qui le liaient à ses hommes. Il repensait aux confidences du jeune homme sur les circonstances de sa fuite de Tarquinia, sans plus s'étonner du dévouement de son ancien personnel qui avait dû connaître la même chose que ce qu'il avait sous les yeux.

Chaque fois qu'il venait visiter sa future demeure, Thefarie Vipiiennas se réjouissait de la voir enfin avancer. Il en faisait volontiers le tour avec l'entrepreneur, mais il finissait toujours par s'immobiliser devant les mosaïques en cours de pause qu'il déclarait plus belles encore que sur les documents, ce qui mettait mal à l'aise le mosaïste devant ces louanges qu'il trouvait outrées.

— Je ne fais que mon métier.

Son client se campait face à la scène qui se révélait peu à peu.

— Et bien, vous le faites beaucoup mieux que les autres.

L'existence souriait à nouveau à Heiasun, enfin libéré de ses fantômes. Il acceptait de sortir avec Velthur, se rendait à des cérémonies publiques, ou assistait à des représentations théâtrales en l'honneur de la divinité dont c'était la fête, puis il terminait la soirée dans une taverne dont il appréciait l'atmosphère chaleureuse. Pourtant, sa vie sociale ne s'arrêtait pas là. Selon sa promesse, Cneve Thanursiannas avait invité les deux amis chez lui pour des repas intimes auxquels ne prenait part que sa femme en plus des trois hommes. Il n'agissait pas ainsi parce qu'il avait honte de s'afficher avec des artisans, mais parce qu'il désirait ménager le jeune homme qui avait beaucoup souffert de l'arrogance et du mépris des notables de Tarquinia. C'est pourquoi il préférait l'accoutumer d'abord à fréquenter sa villa, avant de lui faire rencontrer certains de ses confrères dont il était sûr qu'ils adopteraient le mosaïste.

Comme certains murs de la villa avaient atteint leur hauteur maximale, l'entrepreneur avait prévenu le charpentier et le couvreur qu'ils pourraient bientôt entrer en action. Le mosaïste avait souvent côtoyé le premier des deux qui avait monté les charpentes de toutes les maisons sur lesquelles il avait œuvré depuis son arrivée à Faleries, mais il fit la connaissance du second qui venait de s'installer dans la cité. Velthur l'avait choisi de préférence à son confrère habituel en admirant une couverture qu'il avait restaurée au printemps précédent à la suite d'une tornade. Heiasun apprécia tout de suite cet homme d'âge mûr, au sourire franc et ouvert, qui semblait aussi expert dans son métier que lui dans le sien. Son ami l'amena un matin dans la pièce où il travaillait.

— Heiasun, je te présente Arruns Mezenta.

Le jeune homme se remit debout pour lui serrer la main.

— Soyez le bienvenu.

Le couvreur de taille moyenne, plutôt trapu, dut lever la tête pour croiser son regard.

— Je suis très honoré de rencontrer enfin celui dont tout le monde parle.

Le mosaïste soupira, tandis que l'entrepreneur pouffait de rire.

— Je préférerais que les gens changent de sujet de conversation.

Arruns se figea devant la mosaïque en cours de pose, avec une lueur d'émerveillement dans ses prunelles marron.

— Oh ! C'est vraiment magnifique ! Jamais je n'en ai vu de si belles !

Velthur s'efforça de soulager son ami qui supportait mal ces marques d'admiration.

— Votre travail est tout aussi soigné, dans votre partie, que celui d'Heiasun. Vos tuiles sont superbes.

Un peu gêné, l'artisan glissa ses doigts dans ses cheveux châtains parsemés de fils blancs.

— Je fais de mon mieux.

Le jeune homme fixa son interlocuteur.

— Est-ce que vous les fabriquez vous-même ?

Le couvreur opina.

— Oui. Je préfère contrôler mon ouvrage du début à la fin.

Le mosaïste sourit.

— C'est aussi ma philosophie.

L'entrepreneur eut un petit rire.

— Vous êtes faits pour vous entendre.

Il ne s'était pas trompé. Quand Arruns se joignit à eux pour le prandium, Heiasun et lui se lancèrent dans une discussion technique sur les mérites comparés des divers matériaux qu'ils utilisaient pour leurs créations, si bien que Velthur se mit à crier grâce.

L'arrivée sur le chantier des nouveaux intervenants amena davantage d'effervescence, mais grâce au doigté des deux amis qui dirigeaient l'ensemble de la construction, les ouvriers des différents corps de métier cohabitèrent en harmonie. Ils entretenaient d'excellentes relations avec leurs confrères, dont certains, comme Arruns, devinrent des amis. Un matin, alors qu'ils se concertaient pour l'organisation du travail de la journée, l'entrepreneur ne put retenir son étonnement.

— J'ignorais que tu savais gérer un chantier avec autant de talent.

Le jeune homme haussa les sourcils.

— C'est vrai ? Je ne le faisais pas avant ?

Velthur posa ses mains sur les papyrus étalés.

— Mais non ! Tu suivais mes ordres sans discuter.

Le mosaïste esquissa une grimace malicieuse.

— Cela te change, alors.

Son ami acquiesça gaiement.

— Oui, mais en bien ! D'autant que tu es meilleur que moi dans la répartition des tâches. Tu as de l'expérience, cela se voit.

Heiasun lissa la toile de lin qu'il tenait.

— Tarxi m'a très vite laissé diriger la besogne. J'ai même conduit un chantier avec Aranth. Son dernier, hélas !

Désireux d'effacer l'ombre qui s'était glissée dans les prunelles de son ami, l'entrepreneur lui tapa sur l'épaule.

— Et bien, maintenant, c'est avec moi.

Le jeune homme sourit.

— Oui, et j'en suis très heureux.

La fresque

Printemps 292 av. J.-C.

Heiasun se laissait doucher sans un mot, le visage tendu, ignorant les attentions de son jeune esclave qui avait l'impression de revenir aux plus sombres heures du passé. N'y tenant plus, il rompit ce silence pesant, tout en enveloppant le jeune homme dans un grand drap pour le sécher.

— Voulez-vous que je vous masse, maître ?

Le mosaïste refusa d'un signe de tête.

— Je n'ai pas le temps.

Sans oser insister, le domestique pénétra dans la chambre pour sortir les vêtements que porterait Heiasun ce jour-là. Tout en s'activant, il jetait de fréquents regards vers son maître qui finit par s'en apercevoir, alors il sourit.

— Ne t'inquiète pas, Laru. Je suis toujours un peu nerveux lorsque j'applique de la mosaïque sur un mur. C'est beaucoup plus compliqué que sur une dalle.

L'esclave eut un soupir de soulagement.

— Ah ! Je préfère ça.

Pour ne pas affoler son personnel, le jeune homme contint sa fébrilité en songeant que ce n'était pas la première fois qu'il se lançait dans une telle aventure, qu'à sa connaissance, aucune tesselle n'était tombée, mais il quitta quand même sa maison le cœur serré, avec le regret de ne pas avoir de travail administratif à effectuer, bien qu'il n'aimât guère cela.

Ses ouvriers, qui n'avaient jamais posé de mosaïque que sur le sol, l'attendaient avec impatience sur le chantier, curieux d'apprendre comment l'on réalisait un tel prodige. Résigné, le mosaïste les emmena dans la salle d'eau pour leur enseigner ce procédé qu'il tenait de Tarxi. Pourtant, comme chaque fois, son angoisse disparut à mesure que les petits cubes de pierre trouvaient leur place sans peine dans la composition qu'il avait conçue. Derrière lui, il percevait des murmures d'admiration, ainsi que des chuchotements excités, alors il se retourna en adoptant un air sévère qui n'impressionna personne.

— Avez-vous compris la méthode ?

La plupart hochèrent la tête, tandis qu'une minorité reculait en redoutant de mettre la main à une tâche aussi difficile. Heiasun s'écarta sur le côté.

— Bien ! Alors, voyons ce dont vous êtes capables.

Il fit avancer les hommes l'un après l'autre, pour leur tendre une tesselle qu'il leur demandait de fixer à l'endroit qu'il désignait. Certains y réussissaient du premier coup, d'autres devaient s'y reprendre à plusieurs fois avant d'y arriver, mais les derniers se révélaient incapables d'accomplir cette besogne. Alors, il envoya les moins doués continuer les poses au sol, tandis qu'il conservait les meilleurs, sans cesser pour autant de travailler sur la mosaïque. Il avait pour habitude d'effectuer lui-même cet ouvrage délicat qui constituait la vitrine de son talent. Pendant qu'il s'activait, tout en gardant un œil sur ses aides, il repensait à la scène mythologique qui ornait le mur extérieur de la villa de Tarxi, en songeant qu'il devrait en faire autant sur la sienne. La peinture décorant sa façade commençait à s'écailler sous les agressions climatiques, si bien que la remplacer pour en faire son enseigne semblait plus judicieux que la restaurer à l'identique. Pendant un instant, il hésita avec la crainte que cela incitât tous ses clients à lui réclamer des mosaïques murales, avant de réaliser que la publicité orchestrée par Thefarie aurait le même effet. Le notable enchanté l'avait déjà averti qu'il avait l'intention d'amener toutes ses relations pour qu'elles admirent la beauté des fresques.

Un sifflement d'émerveillement le fit se retourner pour apercevoir Velthur qui se tenait à l'entrée de la pièce.

— Je n'imaginais pas que ce serait aussi superbe.

Le jeune homme fit la moue.

— Ce n'est que le début.

Son ami ne pouvait détacher son regard de l'image qui se dévoilait.

— Alors, qu'est-ce que ça donnera lorsque tout sera terminé ?

Le mosaïste se pencha pour attraper une nouvelle tesselle.

— N'as-tu donc rien d'autre à faire ?

L'entrepreneur s'esclaffa.

— Non. En fait, je venais te chercher pour le prandium, mais je constate que tu as oublié l'heure.

Surpris, Heiasun se redressa.

— Est-il déjà si tard ?

À ce moment, Arruns pénétra dans la salle d'eau, mais il se figea de stupeur en découvrant les prémices de la création.

— Ce n'est plus de l'artisanat, c'est de l'art !

Le jeune homme se dirigea vers la porte.

— Ne vous emballez donc pas comme ça. On va manger ou vous restez plantés là ?

Amusés par sa gêne, ils le suivirent dans le local dont ils avaient fait leur quartier général, où ils s'installèrent en sortant leurs repas des paniers préparés par leurs esclaves. Le couvreur attaqua sa viande froide.

— Je n'avais jamais vu de mosaïque murale. Il faut dire que dans ma ville, le seul mosaïste ne semblait guère compétent. Ses compositions étaient toujours très simples, parce qu'il ne savait pas faire mieux, je suppose.

Velthur but un peu d'eau.

— Où étais-tu avant de nous rejoindre ?

Arruns accepta l'outre qu'il lui tendait.

— À Roselle.

Le mosaïste sursauta.

— Comment ?

Perplexe, le couvreur observa les regards écarquillés qui lui faisaient face.

— Pourquoi cela vous étonne-t-il ? Parce que c'est loin ?

Heiasun rompit son pain.

— Je suis originaire de Roselle.

Arruns haussa les sourcils.

— Je croyais que tu venais de Tarquinia.

Le jeune homme renoua ses rubans d'un geste machinal.

— Oui, mais je suis né à Roselle. J'en suis parti lorsque j'avais dix ans.

Le couvreur eut un petit rire.

— Quelle coïncidence ! Comment s'appelait ton père ?

Le mosaïste saisit son gobelet.

— Cicu Churcles. Il était potier.

Arruns réfléchit un instant.

— Non, cela ne me dit rien. Mais c'était une grande ville, si bien que l'on ne pouvait pas connaître tout le monde. Maintenant, il n'y a plus que des ruines, paraît-il.

Heiasun acquiesça.

— Oui, j'ai appris ça. C'est bien triste !

Le prandium terminé, le jeune homme retourna à sa mosaïque qui lui prendrait plusieurs *nones* de travail, d'autant que ses adjoints n'étaient pas encore expérimentés. Pourtant, s'il avait espéré la composer dans le calme, il déchanta très vite. Dès le premier jour, un défilé d'admirateurs s'établit dans la future salle d'eau. Non seulement ses confrères venaient béer devant son œuvre, mais Thefarie amenait sans cesse de nouveaux amis pour leur faire découvrir cette merveille. L'on s'extasiait sur le bassin rectangulaire dans lequel les occupants de la villa se baigneraient au lieu de fréquenter les thermes publics ; l'on appréciait les banquettes de pierre placées tout autour de la pièce, sur lesquelles il serait agréable de lézarder en profitant de la chaleur d'étuve induite par l'hypocauste ; mais les visiteurs finissaient toujours par rester en contemplation devant la scène qui se continuait d'une paroi à l'autre, dans un dégradé de nuances assorties. La surenchère de louanges à laquelle se livraient les spectateurs amusait les ouvriers fiers de contribuer à un tel chef-d'œuvre, alors que le mosaïste ne les entendait même pas. Chaque jour, il refusait les offres mirobolantes des notables qui le suppliaient de décorer leurs demeures, en expliquant qu'il avait déjà pris des engagements. Un après-midi, Velthur regarda leur client repartir, accompagné de ses compagnons dépités de n'avoir pas réussi à convaincre Heiasun.

— Te voilà assuré d'avoir du travail jusqu'à la fin de tes jours.

Le jeune homme soupira.

— Si je les écoutais, j'embaucherais une foule d'ouvriers.

Son ami enjamba les morceaux de marbre qui formeraient la bordure de la piscine.

— Sans aller jusque-là, tu pourrais quand même agrandir un peu ton entreprise.

Le mosaïste piqua une nouvelle tesselle.

— J'y ai déjà pensé. Si je trouve un employé comme celui que j'avais à Tarquinia, qui soit capable de diriger un chantier sous mes ordres, je constituerais une deuxième équipe.

L'entrepreneur contempla la fresque dont il ne se lassait jamais.

— Cherche dans les nouveaux arrivants.

Heiasun se déplaça en le forçant à s'écarter.

— Je m'en occuperai lorsque j'aurai terminé la pose.

Le printemps doux et ensoleillé offrait des conditions de travail idéales aux artisans qui appréciaient de ne pas devoir faire face à un climat défavorable, alors que la gestion du flot de visiteurs leur causait déjà des soucis d'organisation.

Durant la dernière *none* de velxitna[63], Cneve envoya une invitation aux deux amis pour les calendes d'apiras[64], en précisant qu'ils se rendraient ensemble à la fête d'Uni. Perplexe, le jeune homme n'imaginait

---

[63] 12 au 20 avril

[64] 21 avril

pas que le magistrat pût abandonner ses confrères pour rester avec son ami et lui en une telle occasion. Lui-même n'avait pas encore mis les pieds dans un temple depuis qu'il était à Faleries, alors il accepta sans enthousiasme. Velthur, qui allait souvent prier les dieux, lui affirma que sa présence à une telle célébration lui attirerait la faveur divine, grâce à laquelle il retrouverait le bonheur. Sceptique, le mosaïste se contenta d'opiner pour ne pas froisser les convictions de son ami, mais il n'y croyait guère.

Ce matin-là, les jeunes gens rejoignirent le *princeps* et son épouse qui leur offrirent des rafraîchissements avant le départ pour le sanctuaire. Heiasun jouait avec son verre.

— Je ne voudrais pas te causer de problème. Ne te sens pas obligé de demeurer à nos côtés. Il ne faudrait pas que l'on te blâme pour avoir négligé tes obligations.

Le notable lui adressa un clin d'œil complice.

— Ne t'inquiète pas. Votre présence rendra cette corvée moins fastidieuse.

Amusé, le jeune homme sourit, tandis que l'entrepreneur affichait un air réprobateur.

— Je comprends.

Cneve se tourna vers Velthur.

— Que cela ne te choque pas. Je respecte les Dieux, même si ces interminables cérémonies m'ennuient.

Ils partirent tous les quatre dans le véhicule du magistrat qui les déposa devant l'entrée du domaine sacré malgré la foule qui s'y pressait. Thanachvil les quitta pour rejoindre un groupe d'amies, mais alors qu'ils s'avançaient en direction du sanctuaire, le *princeps* fut interpellé par nombre de ses confrères d'humeur bavarde. Peu désireux de rester plantés au milieu de la pelouse, les jeunes gens continuèrent à marcher en attendant qu'il les rattrapât. L'entrepreneur saisit le bras du mosaïste.

— Regarde donc ! C'est Arruns là-bas.

Heiasun plissa les yeux pour mieux voir.

— Mais oui ! Tu as raison. Qui est donc cette femme avec lui ?

Velthur la détailla.

— Son épouse, peut-être ?

Le jeune homme eut une moue dubitative.

— Elle me paraît bien jeune.

Ils s'approchèrent du couvreur dont le visage s'éclaira d'un sourire en les reconnaissant.

— Mes amis ! Je n'imaginais pas vous rencontrer ici.

Le mosaïste eut un geste vague qui fit scintiller l'un des bracelets d'or remplaçant ses rubans lors des grandes occasions.

— Nous avons été invités.

Son ami esquissa une plaisante grimace.

— Mais notre ami a été harponné par quelques connaissances.

Arruns hocha la tête.

— Ah, d'accord ! Venez, que je vous présente ma fille Venai.

La demoiselle les salua avec timidité, tandis qu'ils s'inclinaient en lui adressant quelques mots anodins. L'entrepreneur admira la silhouette petite, mais bien proportionnée de la jeune fille, qui lui rappela les poupées avec lesquelles jouait sa sœur quand elle était petite. Une chevelure châtain bouclée encadrait son visage aux traits fins, éclairé par des prunelles brunes en amande, au regard malicieux. Velthur constata sans surprise qu'à l'abri de ses cils baissés, la fille du couvreur dévorait Heiasun des yeux.

Ce fut le moment que choisit Cneve pour les rejoindre en s'essuyant le front.

— Ouf ! J'ai bien cru qu'ils ne me lâcheraient jamais.

L'entrepreneur se tourna vers lui.

— Cneve, je te présente Arruns Mezenta, le couvreur qui travaille avec nous sur la maison de Thefarie, ainsi que sa fille.

Le magistrat les salua avec jovialité.

— Je suis très heureux de vous rencontrer.

Arruns cacha sa stupéfaction en découvrant que ses collègues fréquentaient des gens aussi haut placés, mais le *princeps* ne lui laissa pas le temps de s'étonner. Avec un geste d'adieu, il entraîna ses invités vers le sanctuaire en parlant d'abondance. Debout près de son père, Venai les suivit d'un regard désappointé avant de se détourner en soupirant.

Les artisans étaient habitués à écouter les cérémonies publiques du fond du bâtiment, quand ce n'était pas depuis l'extérieur à cause de la foule trop dense, aussi furent-ils un peu gênés lorsque l'assistance s'écarta devant eux pour leur permettre d'accéder au premier rang. Ils se retrouvèrent au milieu des premiers citoyens de Faleries, où ils ne se sentaient pas à leur place, pourtant Heiasun fut surpris de constater que la mentalité des nobles de la cité était bien différente de celle des Tarquiniens. Ils furent accueillis avec amabilité, sans que quiconque s'offusquât de voir le magistrat les présenter comme des amis. Ceux qui avaient visité la villa en construction avec Thefarie reconnurent le jeune homme, si bien qu'ils le félicitèrent à nouveau pour son talent, tandis que leurs pairs réclamaient une description de la mosaïque. Face à son ami qui s'efforçait de garder une bonne contenance, Velthur eut du mal à retenir son fou rire, mais en se détournant, il s'aperçut que le *princeps* semblait s'en amuser aussi. Le mosaïste fut soulagé quand la célébration commença.

Les jeunes gens se faufilèrent derrière Cneve qui sortait du sanctuaire par une petite porte sur le côté en compagnie de quelques-uns de ses collègues. Ensemble, ils gagnèrent l'entrée du domaine où Thanachvil et les épouses de ces magistrats les attendaient près du chariot. Le *princeps* fixa ses confrères.

— Est-ce que vous me suivez, ou bien préférez-vous passer par chez vous avant de venir ?

Aucun n'hésita.

— Nous te suivons.

Les artisans échangèrent des regards intrigués, mais montèrent dans le véhicule sans faire de commentaires. Dès qu'ils eurent démarré, l'entrepreneur se pencha vers le notable.

— Peut-être devrions-nous rentrer. Avec tout le monde que tu as invité, nous ne voulons pas te déranger davantage.

Cneve agita la main d'un geste menaçant que démentait son expression amusée.

— Si tu dis encore un mot dans ce sens, je te balance sur la rue. J'ai organisé ce repas pour vous faire rencontrer mes meilleurs amis.

Heiasun jouait avec ses bracelets.

— Tu aurais pu nous prévenir.

Le *princeps* secoua la tête.

— Certainement pas ! Vous ne seriez pas venus. Surtout toi, d'ailleurs ! Mais nous ne sommes pas à Tarquinia ici. Tu t'en rendras vite compte.

Le jeune homme se fit songeur.

— J'ai déjà constaté qu'ils ne semblaient pas choqués lorsque tu nous as présentés comme des amis.

Le notable sourit.

— C'est un bon début.

Alors que la villa du magistrat apparaissait au détour de la voie, le mosaïste baissa les yeux vers ses poignets en se félicitant d'avoir pensé à remplacer ses rubans habituels par des bijoux, comme il le faisait chaque fois qu'il sortait afin de moins exciter la curiosité.

La journée fut agréable. Les convives s'intéressèrent aux jeunes gens sans la moindre trace de condescendance, discutèrent avec eux comme avec des égaux, au point d'aborder tous les sujets en ignorant la politique du secret pratiquée par les dirigeants de Tarquinia. Au cours de la conversation, Heiasun eut la douleur de découvrir que tous les invités connaissaient son histoire, bien que personne n'eût l'indélicatesse de l'évoquer. Par chance, son ami et lui se tenaient au courant des événements touchant leur pays, si bien qu'il fut surtout question de la situation de l'Étrurie et de ses rapports avec Rome. Étendu sur un lit d'apparat, Kaisie Alvethnas, un magistrat de cinquante et un ans, saisit sa coupe de vin.

— La reddition de Roselle est un rude coup pour nous.

Le jeune homme reposa son couteau avec surprise.

— La reddition ? Je croyais que la ville avait été détruite.

Le magistrat passa une main sur ses cheveux gris.

— Pas totalement, mais elle a perdu la majeure partie de ses habitants, entre ceux qui ont été tués et ceux qui ont été emmenés en esclavage. Comme les Romains occupent le rivage, les survivants, qui végètent au milieu des ruines, se voient refuser l'accès à la mer.

Velthur, qui n'avait jamais été reçu chez des notables, enviait l'attitude naturelle de son ami qu'il s'efforçait d'imiter au mieux. Il leva les yeux vers l'orateur d'un air perplexe.

— Dans quel but ?

Kaisie fit la grimace.

— Pour s'approprier tout le commerce maritime. Mais ce qui les intéresse le plus, ce sont les métaux que l'on extrait de l'île d'Elbe.

Le mosaïste opina.

— Ah, oui, bien sûr ! Ils servaient, entre autres, à faire des armes pour nos soldats. Cela doit être très gênant de ne plus en posséder le contrôle.

Le magistrat but une gorgée.

— C'est le moins que l'on puisse dire.

Son voisin se pencha pour grappiller dans les plats.

— J'ai appris récemment que le consul romain, Fabius, a réussi à capturer le général samnite, Caius Pontius.

Cneve fronça les sourcils.

— Cela ne m'étonne pas. Il le cherchait sans répit depuis la destruction de leur capitale, Aquilonia. Nous avons perdu nos meilleurs alliés.

Heiasun fixa sa coupe comme s'il y trouvait la réponse.

— Pontius… N'est-ce pas le général qui a vaincu les Romains aux Fourches caudines[65] avec l'aide des Gaulois ?

Karkana Velianas lui jeta un coup d'œil admiratif.

— Oui, c'est ça. Vous êtes très cultivé ! Mais celui dont vous parlez est mort, celui-ci est son fils.

Le jeune homme ignora le compliment.

— Effectivement, c'est vieux. C'était avant ma naissance.

Le *princeps* s'esclaffa.

— Voilà pourquoi nous sommes tous des fossiles sauf vous deux.

Mal à l'aise, le mosaïste porta une main à ses lèvres.

— Oh, désolé ! Ce n'est pas ce que je voulais dire.

Kaisie lui adressa le regard amical de ses prunelles bleues.

— Ce n'est rien. Nous l'avons bien compris.

Karkana, qui avait cinquante-trois ans, revint à leurs préoccupations.

— L'année dernière, nous avions espéré que les Dieux nous débarrasseraient de nos ennemis. Une grave épidémie de peste s'est déclarée

---

[65] 320 av. J.-C.

dans Rome, ce qui aurait pu les affaiblir assez pour qu'ils nous laissent tranquilles.

L'entrepreneur prit un gâteau dans le plat que lui tendait un esclave.

— Mais cela ne s'est pas passé de cette façon, n'est-ce pas ?

Le magistrat s'assombrit.

— Non, hélas ! Ils ont obtenu la protection du Dieu grec, Asclépios, qui guérit les malades. Je crois même qu'ils sont en train de lui faire construire un temple.

Cneve croqua une datte.

— En matière de religion, ils ne paraissent pas très informés. On m'a relaté que l'année dernière, ils avaient inauguré un sanctuaire en l'honneur de Turan qu'ils appellent Vénus, uniquement parce qu'ils ont découvert ce culte chez nous.

L'un de ses collègues fit la moue.

— Et pourtant, nos Dieux nous abandonnent pour aller s'installer chez eux.

Velthur se tourna vers son ami.

— C'est ce que tu m'as raconté.

Tandis qu'Heiasun acquiesçait, Kaisie joignit les mains.

— Décidément, vous connaissez beaucoup de choses. Vous êtes aussi savant que talentueux.

Le jeune homme rougit.

— Je m'intéresse à ce qui se passe dans mon pays, c'est tout.

Le *princeps* l'enveloppa d'un regard affectueux.

— C'est tout à ton honneur.

Lorsque les convives se séparèrent, tout le monde émit le désir de revoir les jeunes gens qui durent promettre d'accepter les invitations qu'on leur adresserait. Pendant qu'ils s'éloignaient ensemble, l'entrepreneur s'émerveilla à l'idée que leur vie sociale deviendrait plus animée, mais cela n'enthousiasmait guère son ami qui préférait une existence plus calme. Pourtant, les magistrats étant plus âgés, il n'avait pas à craindre de se retrouver dans des fêtes débridées comme celles qu'aimait Tite.

Quelques *nones* plus tard, les deux amis s'installaient dans leur pièce réservée pour le prandium lorsque Arruns parut sur le seuil d'un air nonchalant qui contrastait avec sa hâte habituelle. Velthur le fixa avec étonnement.

— Que t'arrive-t-il aujourd'hui ? N'aurais-tu pas faim ?

Le couvreur écarta les mains.

— Oh, si ! Mais j'ai oublié mon repas.

Le mosaïste poussa son panier.

— Nous partagerons.

Arruns se plaça près de lui.

— C'est très généreux de ta part, mais j'ai envoyé un de mes ouvriers à la maison pour prévenir ma fille. Elle me l'apportera bientôt.

Il s'était écoulé à peine quelques minutes, lorsque Venai pénétra dans la pièce avec un peu d'hésitation. Les deux hommes se levèrent pour la saluer, tandis que son père se saisissait du plat qu'elle tenait. L'entrepreneur désigna un bloc de pierre qui attendait d'être taillé.

— Bonjour, Mademoiselle. Asseyez-vous ici. Vous avez bien quelques instants à nous consacrer ?

Elle obtempéra avec timidité.

— Euh… Oui, bien sûr !

Arruns avala une bouchée.

— Hum ! C'est excellent, comme toujours. Tu es un vrai cordon-bleu.

Adossé au mur, Heiasun sourit.

— Votre mère doit être fière de vous.

Une lueur de tristesse ternit les prunelles marron.

— Je n'ai plus de mère.

Le couvreur but un peu d'eau.

— Ma femme est morte il y a deux ans, c'est pourquoi nous avons quitté Roselle. Nous voulions fuir les souvenirs, c'est ce qui nous a sauvés.

Le jeune homme baissa le nez vers son prandium.

— Je suis désolé de vous avoir rappelé ces pénibles moments.

La jeune fille s'était déjà reprise.

— Oh, non ! Ce n'est rien. C'est du passé, maintenant.

Navrée de constater que le mosaïste ne relevait pas les yeux, elle regarda autour d'elle en cherchant une nouvelle approche.

— Ainsi, c'est la villa que vous construisez. Je ne l'imaginais pas comme ça.

Velthur, qui avait fini de manger, écarta les bras.

— Désirez-vous la visiter ?

Elle esquissa un petit signe de tête.

— J'aimerais bien.

Avant que l'entrepreneur se fût mis debout, Arruns se tourna vers Heiasun.

— Je lui ai beaucoup parlé de ta composition murale. Accepterais-tu de la lui montrer ?

Le jeune homme rangea ses affaires.

— Bien volontiers.

Velthur se garda de faire le moindre commentaire, mais il commençait à concevoir quelques soupçons sur l'enchaînement un peu trop opportun des événements, qui offrait à la demoiselle l'occasion de se trouver seule avec le beau jeune homme.

Inconscient de la manœuvre, le mosaïste entraîna la visiteuse vers la salle d'eau terminée, en lui indiquant les endroits les plus stables pour poser ses pieds. Il ouvrit la porte qu'il avait verrouillée pour éviter que des importuns y pénètrent sans autorisation, puis s'effaça pour laisser passer Venai qui regarda autour d'elle avec curiosité, avant de se figer devant le décor.

— Oh ! C'est superbe ! Mon père m'en avait parlé, mais je n'imaginais pas une telle beauté.

Appuyé au chambranle, Heiasun se sentait écœuré jusqu'à la nausée par ces compliments incessants.

— Je suis heureux que cela vous plaise.

Les yeux sur la fresque, elle ne remarqua pas sa lassitude.

— En ferez-vous d'autres ?

Il croisa les bras.

— Pas sur cette maison, mais on me l'a demandé pour de prochains chantiers.

Songeuse, elle s'approcha du mur pour le caresser de la main.

— Cela prend du temps, je suppose…

Il jeta un coup d'œil vers l'extérieur.

— Oui. Presque deux mois pour celle-ci. Maintenant que c'est fini, je pourrai me consacrer à d'autres tâches pour mon entreprise.

Elle se retourna en cachant son inquiétude.

— Cela signifie-t-il que vous ne viendrez plus dans cette villa ?

Il se redressa.

— Beaucoup moins, en tout cas. Mes ouvriers sont capables d'effectuer seuls la pose au sol.

Elle revint vers lui.

— Mon père prétend que les siens ne font rien de bon quand il n'est pas là.

D'un geste galant, il lui tint la porte pendant qu'elle sortait, puis il la referma à clef.

— Il n'est pas toujours facile de trouver des employés consciencieux, mais j'ai eu cette chance. Voulez-vous visiter le reste de la construction ?

Elle accepta en s'efforçant de ne pas montrer sa déception de n'avoir plus l'occasion de rencontrer le jeune homme qui hantait ses rêves depuis qu'elle avait fait sa connaissance au sanctuaire.

Pendant ce temps, l'entrepreneur adressait un sourire complice à Arruns.

— Dis-moi que c'est un pur hasard si tu as oublié ton repas.

Le couvreur prit une expression contrite.

— J'avoue que non. Depuis notre entrevue au temple, elle ne cesse de me parler d'Heiasun. Alors, j'ai fini par organiser ce complot bien innocent.

Velthur se tapota les lèvres.

— J'espère qu'elle ne va pas au-devant d'une déconvenue.

Arruns le fixa d'un air alarmé.

— Le crois-tu vraiment ?

L'entrepreneur haussa les épaules.

— Il a déjà été blessé par une femme, si bien qu'il ne me semble pas prêt pour une nouvelle histoire. Pourtant, rien ne me ferait davantage plaisir que de le voir tomber amoureux.

L'installation

Été 292 av. J.-C.

Assise au sommet de la colline, Larthia se perdait dans la contemplation de Tarquinia qu'elle estimait plus belle que Roselle. Dans cette cité plus grande et plus peuplée que la ville de son enfance, la mendicité était interdite, si bien que l'on n'était pas arrêté à chaque pas par des miséreux qui s'accrochaient à vos vêtements. Même si une partie de la population vivait avec peu de chose, personne n'y mourait de faim, c'est pourquoi nul braconnier ne transgressait la loi par nécessité. Cette paix sociale avait pour conséquence des rues propres et bien entretenues, des maisons riantes même dans les bas quartiers, ainsi qu'une atmosphère sereine qui lui paraissait délicieuse. Songeuse, la jeune femme balayait les toits du regard en se demandant si l'un d'eux abritait l'homme qu'elle désirait tant retrouver. Depuis son arrivée, elle s'était livrée à une discrète enquête qui n'avait rien donné, mais elle ne désespérait pas de le revoir un jour, maintenant qu'ils habitaient dans la même ville. La voix joyeuse de Tanaquil retentit derrière elle.

— Je savais bien que je te découvrirais là !

La prêtresse se laissa tomber dans l'herbe auprès de son amie.

— Que trouves-tu donc de si intéressant à cet endroit ?

La jeune femme désigna le panorama.

— Cette vue magnifique.

Tanaquil poussa un soupir.

— C'est vrai que c'est beau, surtout avec la mer à l'arrière-plan, mais le chemin pour venir est un peu trop escarpé pour moi.

Larthia lui jeta un coup d'œil taquin.

— Tu l'as grimpé, pourtant.

La prêtresse fit la grimace.

— Seulement parce que je n'avais pas le choix. Arnti m'envoie te prévenir qu'un conseil exceptionnel aura lieu cet après-midi.

La jeune femme haussa les sourcils.

— À quel sujet ?

Tanaquil eut un geste vague.

— Ça, je ne sais pas.

Résignée, Larthia se leva.

— Bien ! Je suppose qu'il vaut mieux que je redescende.

En posant leurs pieds avec précaution pour ne pas dévaler la pente, les deux amies reprirent le raidillon qui menait à une petite barrière ouvrant sur le domaine de Turan. Larthia avait ôté ses sandales pour que ses orteils nus s'accrochent mieux aux aspérités du sentier, alors que Tanaquil dérapait sans cesse à cause de ses semelles trop lisses. La prêtresse poussa un soupir de soulagement lorsqu'elles arrivèrent sur l'herbe qui entourait les bâtiments du temple. Elle étira ses muscles contractés par l'exercice.

— La prochaine fois, j'enverrai une novice plus souple que moi.

Son amie suivit du regard les courbes de son corps replet.

— Au contraire, tu devrais m'accompagner plus souvent. Cela te ferait du bien de bouger davantage.

Sa compagne eut un léger rire.

— Tout le monde ne peut pas être long et mince comme toi.

En souriant, la jeune femme abandonna Tanaquil pour se diriger vers son appartement, afin de se laver avant d'enfiler les vêtements plus formels qui symbolisaient son rang dans la hiérarchie du sanctuaire. Elle se souvenait toujours avec gratitude de l'accueil de la supérieure lorsqu'elle était venue la trouver en secret après leur fuite de Roselle. Arnti Caecina avait tout de suite accepté de leur donner asile en approuvant les précautions prises par Larthia pour cacher leur arrivée à la population.

— Il ne faut pas que la moindre rumeur parvienne aux oreilles des Romains.

Alors, elle avait averti les consuls de Tarquinia en privé afin d'obtenir leur protection, puis elle avait fait entrer les réfugiés dans la ville durant la nuit, avant de les intégrer dès le lendemain parmi le personnel du temple. Dans sa grande générosité, elle avait tenu à ce que la jeune femme conserve son rang de grande prêtresse, si bien qu'elle lui avait offert la seconde place dans la hiérarchie, ce qui avait causé quelques frictions vite réprimées. Larthia avait hésité à lui avouer qu'elle était d'origine plébéienne, mais elle y avait renoncé en se rendant compte que cela provoquerait des remous importants dans la bonne société tarquinienne. Pendant quelque temps, elle avait pensé que certaines de ses propres religieuses se plairaient à le divulguer, avant de réaliser que les épreuves affrontées ensemble avaient soudé le groupe, au point que les survivantes de Roselle ne se confiaient pas à leurs consœurs malgré la sollicitude qu'on leur témoignait.

Les clients du temple avaient découvert peu à peu l'arrivée de nouvelles prêtresses dont ils ignoraient la provenance, tandis que Larthia était accueillie avec amitié par les supérieurs des autres sanctuaires, si bien qu'elle commençait à être reçue chez les notables de la cité qui la croyaient issue de leur classe. Elle n'en tirait ni orgueil ni fierté, restait sur ses gardes pour ne pas commettre d'impairs, tout en s'inspirant de l'histoire d'Urgulania pour répondre aux questions sur sa famille. Elle avait constaté que les relations étaient distendues entre les dirigeants tarquiniens et ceux de Roselle, si bien que personne ne pouvait contrôler la véracité de ce qu'elle racontait.

Tout en s'habillant pour le conseil, elle s'interrogeait sur les raisons de cette assemblée inhabituelle qu'elle trouvait trop semblable à l'invitation des consuls de Roselle pour les prévenir de la menace qui pesait sur eux. Elle tentait de se persuader qu'une pareille catastrophe ne pouvait pas arriver à Tarquinia qui était alliée de Rome depuis longtemps, mais l'angoisse persistait au fond d'elle.

Une heure plus tard, elle pénétra dans la salle de réunion en souriant, puis traversa la pièce pour saluer ses consœurs qu'elle n'avait pas vues de la journée, sans laisser paraître son inquiétude. Lorsque la supérieure ouvrit la séance, elle s'assit à sa place en constatant avec soulagement qu'aucun intervenant extérieur n'était présent, ce qui semblait confirmer que le sujet ne concernait que leur domaine. Debout à l'extrémité de la table, Arnti les balaya du regard.

— Je vous ai rassemblées aujourd'hui pour vous annoncer une grande nouvelle. Le seigneur Spurinna a résolu de léguer une forte somme à notre temple.

La voisine de Larthia croisa ses mains.

— Évidemment ! Le pauvre n'a plus d'héritier depuis le lâche assassinat de son fils.

La jeune femme écarquilla les yeux.

— Oh ! C'est terrible !

La supérieure tapa sur le plateau.

— La question n'est pas là ! Nous devons décider à quoi nous affecterons cet argent.

Ainsi rappelées à l'ordre, les grandes prêtresses se concentrèrent sur leur problème. Elles émirent plusieurs propositions, dont certaines parurent stupides à Larthia, avant qu'Arnti tranchât en faveur d'un projet d'embellissement du sanctuaire qui mit tout le monde d'accord. Pourtant, la brusquerie avec laquelle elle avait interrompu les considérations sur l'histoire du donateur intrigua la jeune femme qui ne comprenait pas pourquoi il n'était pas permis d'exprimer de la compassion pour cet homme blessé. En quittant la salle, elle songea qu'elle finirait bien par en entendre parler à nouveau.

Ce soir-là, après la cena, quelques grandes prêtresses se réunirent à l'extérieur pour profiter de la douceur de l'air en invitant Larthia à se joindre à elles. Ceicnai, une religieuse d'âge mûr, se frotta les mains.

— Arnti nous a vraiment annoncé une excellente nouvelle.

La jeune femme opina gaiement.

— Oui, le temple avait bien besoin d'un coup de jeune.

Thanicu, l'une de ses plus jeunes compagnes, soupira.

— J'aurais quand même préféré que l'argent vienne d'ailleurs.

La doyenne fronça les sourcils.

— Il est inutile de relancer cette controverse.

Installée sur un banc de pierre, Larthia fixa ses consœurs.

— Excusez-moi, mais j'ai du mal à comprendre pourquoi ce sujet semble tabou.

Sa voisine acquiesça.

— C'est vrai que tu es arrivée bien après le drame.

Ceicnai placée en face d'elle se pencha.

— Tite, le fils du seigneur Spurinna, s'était lié d'amitié avec un entrepreneur qui avait construit sa villa. Mais un jour, on l'a trouvé assassiné dans sa chambre. Selon les vigiles, ce serait cet artisan qui l'aurait tué pour lui voler une statuette en or représentant Turan, mais rien n'a été prouvé.

Thanicu eut une moue de dédain.

— Bien sûr que c'est lui ! Pourquoi se serait-il enfui sinon ?

La jeune femme s'efforçait de démêler le fil.

— Il a disparu, vous voulez dire ?

Ceicnai secoua la tête.

— Pas du tout ! Il a été arrêté, mais il a protesté de son innocence, et l'on n'a jamais mis la main sur la figurine, ni sur lui ni dans sa maison.

Assise dans l'herbe, Thanicu s'adossa au tronc derrière elle.

— Il bénéficiait de complicités, grâce auxquelles il s'est évadé avant son procès en assassinant le gardien. Nul n'a pu le retrouver.

Ceicnai croisa les bras.

— Rien ne démontre qu'il ait commis ce meurtre. Ce sont plus probablement ceux qui l'ont libéré.

Larthia l'observa avec étonnement.

— Le connaissais-tu pour le défendre ainsi ?

Ceicnai sourit.

— Pas du tout ! Mais je n'aime pas voir condamner un homme sans preuve.

Thanicu fit la grimace.

— Tite l'invitait à ses réceptions malgré les réticences de ses amis, le protégeait d'eux, le préférait même aux personnes de sa classe, et voilà le résultat ! Qu'est-ce qui lui a pris d'aller fréquenter des plébéiens ? On ne peut pas se fier à ces individus-là.

La doyenne dressa l'index.

— Ce n'est pas vrai ! Il y a des gens honnêtes et dignes de confiance parmi eux. Assez sur ce sujet maintenant ! Cela tourne toujours en dispute.

Peu intéressée par cette histoire, la jeune femme se garda bien d'insister, mais elle songea qu'elle avait eu raison de cacher ses origines à ses compagnes.

La nouvelle de cette donation se répandit dans le domaine, à la grande joie du personnel, de la plus âgée des prêtresses jusqu'aux novices tout juste arrivées. Le temple de Turan de Tarquinia était bien plus vaste que celui de Roselle, mais ses religieuses bénéficiaient de moins d'estime à cause de la misogynie romaine qui commençait à s'infiltrer dans la ville. Beaucoup d'hommes fréquentant le sanctuaire oubliaient qu'ils accomplissaient un acte sacré, certains s'autorisaient même à maltraiter les prêtresses en les considérant comme des prostituées de luxe. Arnti se battait contre cette mentalité pervertie avec quelques succès grâce aux consuls qui comptaient parmi ses amis proches, mais elle craignait de perdre la bataille si les mœurs romaines continuaient à gagner du terrain.

Comme elle n'était plus supérieure, Larthia avait dû à nouveau recevoir des clients, ce qui lui avait permis de constater par elle-même cette différence entre la cité de son enfance et celle-ci. Pourtant, au contraire de ses anciennes subordonnées, elle ne s'en plaignait pas. Elle savourait ce contact avec de nombreuses personnes auxquelles elle pouvait poser des questions qui la mèneraient à Heiasun, elle en était certaine. Pourtant, elle devait admettre qu'elle ne possédait pas beaucoup de détails susceptibles de l'aider à trouver le jeune homme. Elle ignorait à quoi il ressemblait, elle ne savait pas quel métier il exerçait, et même, à sa grande honte, elle avait dû s'avouer qu'elle avait oublié son nom de famille. Souvent, le soir avant de s'endormir, elle tentait de faire ressurgir dans son esprit l'image presque effacée de l'enfant qu'il avait été, mais elle doutait des caractéristiques physiques dont elle avait été si sûre. Avait-il vraiment des cheveux aussi clairs et brillants que dans sa mémoire ? Et ces yeux d'un vert soutenu n'étaient-ils pas une création de son imagination ? Elle en arrivait à se dire qu'elle l'avait peut-être déjà croisé dans la rue sans le reconnaître, si bien qu'elle se demandait si elle avait raison de vouloir le retrouver à tout prix. Chaque fois, une protestation jaillissait du plus profond de son être pour lui affirmer qu'elle ne devait pas baisser les bras, bien qu'elle sût qu'il ne se la rappellerait pas.

Un après-midi de la fin d'hermi[66], la jeune femme interrogea l'homme qui se rhabillait, en espérant que sa satisfaction le pousserait à lui répondre avec complaisance.

— Connaissez-vous un artisan qui serait originaire de Roselle, mais qui aurait fait son apprentissage ici ?

N'étant pas sûre de ses souvenirs, elle n'osait pas entrer dans des détails qui risqueraient de l'éloigner de l'objet de sa quête. Le client leva la tête avec surprise.

— Pourquoi le cherchez-vous ?

Elle croisa les bras avec calme.

— C'est le frère d'une amie, à qui j'ai promis d'essayer de le retrouver.

Elle avait préparé cette explication avant même de commencer à prospecter, sachant qu'elle devait couvrir ses traces puisque tout le monde ignorait qu'elle venait de cette ville. L'homme se frotta le menton.

— Attendez… Oui, je crois que ça me dit quelque chose. Il me semble qu'il exerce du côté de la porte nord.

Elle sourit.

— C'est vague.

Il acquiesça, tout en renouant sa ceinture.

— Oui, je m'en rends compte. Ah, mais j'y pense ! Il est très ami avec le marchand qui vend des vases et des lampes à huile sur le forum.

Sans montrer son trouble, la prêtresse s'avança.

— C'est une piste intéressante. Je vous remercie.

Le cœur battant, elle regagna son appartement en essayant de contenir sa joie d'avoir obtenu un renseignement précis pour la première fois. Elle tentait de se raisonner en songeant qu'il ne s'agissait peut-être pas d'Heiasun, qu'elle allait au-devant d'une déception, mais elle ne pouvait empêcher un fol espoir de l'envahir.

Comme Arnti réclamait sa présence pour finaliser les projets engagés grâce à l'argent du seigneur Spurinna, elle dut attendre pour continuer ses investigations, si bien qu'il s'écoula presque une *none* avant qu'elle se dirigeât enfin vers le forum. Elle avançait vite, sa longue robe lui battant les chevilles, tandis qu'elle s'efforçait de réprimer son énervement à l'idée qu'elle rencontrerait bientôt un ami d'Heiasun. Pourtant, lorsque les bâtiments entourant la place publique apparurent au bout de la rue, elle ralentit en sentant la panique monter en elle, au point qu'elle suffoquait. Alors, elle s'arrêta, s'appuya contre un mur, s'obligea à inspirer profondément pour se calmer, soulagée malgré tout que personne ne la vît dans cet état. Elle reprit son chemin en adoptant un maintien plus digne de son rang, les doigts accrochés à sa robe pour

---

[66] 21 août — 20 septembre

les empêcher de trembler, avec le regret que l'on ne fût pas en hiver pour les enfouir dans ses manches.

Elle gravit les quelques marches qui menaient au forum, longea le péristyle d'un pas mesuré en saluant au passage les notables qu'elle connaissait, mais ne put contenir un frémissement en découvrant l'échoppe qu'elle cherchait. Le marchand vantait à un client les mérites de ses lampes à huile qui n'avaient pas leurs pareilles dans toute la cité, selon ses dires. Alors qu'elle hésitait à s'arrêter, une voix haut perchée retentit à ses oreilles.

— Madame Cupsnei ! Quel plaisir de vous rencontrer ici !

Cachant sa contrariété, Larthia se tourna vers la femme qui dressait sa petite taille devant elle. Titei Lecu, épouse d'un haut magistrat de la ville, l'observait avec attention de ses prunelles vert pâle, alors elle afficha une expression cordiale.

— J'en suis enchantée, moi aussi.

La commère se rapprocha en adoptant un ton confidentiel.

— J'ai appris que notre ami Spurinna vous a fait un don très important. Cela doit vous faire grand bien.

La jeune femme opina.

— Oui, c'est une bénédiction.

La patricienne repoussa une mèche rousse échappée de sa tresse.

— Oh ! Il a toujours été un homme pieux. Son fils aussi, d'ailleurs, malgré sa vie de débauche. C'est pourquoi ce qui lui est arrivé semble si terrible. Il ne méritait pas ça.

La prêtresse se demandait si son interlocutrice parlait du père ou du fils.

— Certainement pas !

Titei la scruta avec une attention gênante.

— Arnti vous a dit, bien sûr, que nous organisions une petite réception lors des prochaines *nundines* ? Nous espérons bien que vous l'accompagnerez.

Larthia, qui se serait bien passée d'une telle corvée, sourit.

— Je vous remercie. C'est très aimable à vous. J'y serai bien entendu.

La commère s'illumina.

— Vous ne sauriez imaginer à quel point j'en suis heureuse.

La jeune femme esquissa une mimique contrite.

— Excusez-moi, mais j'ai quelques courses à faire avant de rentrer au temple.

La patricienne se recula.

— Oh, bien sûr ! Nous nous verrons en fin de *none*, alors.

Tandis que son interlocutrice s'éloignait, la prêtresse se tourna vers l'échoppe pour constater que le client était parti. Alors, elle s'avança, ce qui éveilla l'attention du marchand.

— Bonjour, belle dame ! Est-ce que mes vases vous intéressent, ou bien mes lampes ?

Un seul coup d'œil avait permis à Larthia de noter que sa camelote n'était pas de bonne qualité, mais c'était surtout les manières du vendeur qui la hérissaient à tel point qu'elle doutait qu'Heiasun pût être ami avec lui. Pourtant, n'ayant que ce début de piste, elle se décida à continuer avec un peu d'appréhension.

— Non, je ne désire qu'un renseignement. Vous êtes ami, m'a-t-on dit, avec un artisan originaire de Roselle qui a fait son apprentissage ici.

Aussitôt, l'homme devint méfiant.

— Que lui voulez-vous ?

La jeune femme se fit rassurante.

— Juste le rencontrer. Une amie venant de la même ville que lui m'a suppliée d'aller le voir, parce qu'elle espère qu'il est son ami d'enfance.

Le commerçant ne baissait pas sa garde.

— Pourquoi ne le fait-elle pas elle-même ?

La prêtresse écarta les mains.

— Parce qu'elle n'ose pas. Elle a peur d'être déçue.

Le marchand haussa les épaules.

— Bon, bon ! Vous le trouverez dans la rue qui mène à la porte sud. Il a un atelier dans lequel il travaille le métal. C'est le seul du quartier, vous ne pouvez pas vous tromper.

Elle lui adressa un sourire lumineux.

— Je vous remercie.

Larthia s'éloigna en se demandant s'il s'agissait de l'homme qu'elle cherchait ou bien si elle se fourvoyait. Elle ignorait comment son ami d'enfance avait évolué, mais elle avait toujours pensé qu'il avait suivi un chemin parallèle au sien, si bien qu'elle était incapable de l'imaginer avec un comportement aussi grossier que ce commerçant. Pendant un instant, elle hésita à poursuivre pour ne pas être déçue, puis elle comprit qu'elle ne pouvait rester dans cette incertitude, si bien qu'elle se résolut à affronter la vérité.

En regagnant le domaine sacré, elle se rendit chez la supérieure afin de lui parler de l'invitation lancée par l'épouse du magistrat dans l'espoir qu'elle lui fournirait un prétexte pour refuser. Assise à son bureau, Arnti pianota sur le plateau d'un air songeur.

— Elle me l'avait dit. Bien des gens désirent te rencontrer dans notre cité, mais rassure-toi, personne ne te posera de questions indiscrètes sur tes origines.

La jeune femme s'adossa au mur.

— Oh, je sais bien ! Personne n'a le mauvais goût d'évoquer mon apparition subite dans la ville. On se contente d'admettre que mes ancêtres sont issus d'une famille de Roselle.

La supérieure opina.

— C'est la même chose pour vous toutes, et cela vous protège efficacement contre les espions romains.

La prêtresse triturait sa robe d'un geste machinal.

— Alors, tu me conseilles de t'accompagner ?

Arnti hocha la tête.

— Bien sûr ! Si tu ne venais pas, ce serait considéré comme un affront impardonnable.

Larthia leva les mains.

— D'accord, d'accord ! Je ne veux offenser personne.

Avec la mise en route des premiers travaux, les préparatifs pour la réception, ainsi que ses propres activités au sein du temple, la jeune femme n'avait pas une seconde de libre pour se rendre à l'adresse indiquée par le marchand du forum. Elle dut donc se résigner à attendre que la soirée fût passée avant de poursuivre ses recherches. Pour répondre à l'invitation des *principes*, la prêtresse eut recours aux services des couturières du domaine qui lui confectionnèrent une tenue digne de son rang, qu'elle assortit avec les bijoux apportés de Roselle à l'effigie de la déesse. Ses longs cheveux auburn avaient été ramassés en un lourd chignon, sur lequel était posé un chapeau orné de rubans colorés du plus bel effet. La supérieure la complimenta sur son bon goût avant de monter avec elle dans la litière qui les emmena jusqu'à la villa de Culsu Vibenna.

Dès leur arrivée, Larthia eut le plaisir de surprendre un éclair d'admiration dans le regard de leur hôte, tandis que son épouse se répandait en louanges sur la forme et la décoration originale de leurs robes. Laissant Arnti bavarder avec son mari, Titei Lecu conduisit la jeune femme à travers les salles de réception pour lui présenter les personnes qu'elles croisaient. Elle s'arrêta devant un homme d'âge mûr à l'expression sévère.

— Voici le seigneur Spurinna.

La prêtresse dissimula sa curiosité sous un vernis de politesse.

— Je suis très honorée de vous rencontrer. J'ai été impressionnée par votre générosité envers notre temple.

Il eut un sourire teinté de tristesse.

— Oh, ce n'est rien ! Je n'aime pas le manque de respect dont certains font preuve en ce moment envers votre culte. J'espère que mon geste les ramènera à plus de considération.

Larthia aurait volontiers parlé davantage avec lui, mais la maîtresse de maison l'entraînait déjà plus loin en écartant des gens de leur passage sans hésitation. Elle désigna un jeune couple.

— Je vous présente madame Ramtha Zicu, ainsi que son mari.

La jeune femme eut à peine le temps de formuler quelques civilités avant de continuer ce périple au milieu des commensaux. Son hôtesse adressa un sourire complice à une convive.

— Voilà monsieur Teithurna Marcni et son épouse, madame Vetia Tarchnei.

Celle-ci tendit le bras pour la retenir.

— Attends un peu, Titei ! Toi, tu es toujours pressée, mais je désire échanger plus de deux mots avec ta charmante invitée.

La maîtresse de maison céda.

— Bon, bon ! Si tu veux.

Vetia se tourna vers la prêtresse.

— J'ai entendu parler de vous. J'avoue que je mourais d'envie de vous rencontrer.

Larthia fit pétiller ses prunelles bleues.

— J'en suis flattée.

Grâce à sa fréquentation des notables de Roselle, la jeune femme avait appris à se comporter avec désinvolture devant ces nobles arrogants, ce qui lui permettait maintenant de faire illusion sans difficulté, au point de se sentir sur un plan d'égalité avec eux. Souvent, elle se remémorait ses parents qui affichaient une timidité maladive en face de ces hauts personnages, en utilisant un langage qui ne laissait planer aucune équivoque sur leurs origines. Vetia jeta un coup d'œil à leur hôtesse qui rongeait son frein.

— Il faudra que nous trouvions l'occasion de bavarder plus au calme.

La prêtresse acquiesça.

— Ce sera avec plaisir.

En suivant Titei, elle songea que cette jeune aristocrate ne pensait pas un mot de ce qu'elle lui avait dit, ce qui lui était indifférent. Elle salua d'autres patriciens dont elle ne retint pas les noms, puis elle arriva au fond du plus vaste des salons où un couple siégeait sur des fauteuils, entouré d'un groupe de gens qui se conduisaient avec une grande déférence. La maîtresse de maison eut un geste de triomphe.

— Voici l'un de nos deux consuls.

Larthia s'inclina, tandis que le dignitaire l'invitait à s'asseoir auprès de lui.

— Je suis heureux de faire votre connaissance. Notre chère Arnti ne tarit pas d'éloges sur vous.

La jeune femme croisa ses mains sur ses genoux.

— Je lui suis très reconnaissante de sa généreuse hospitalité.

Le magistrat l'enveloppa d'un regard chaleureux.

— J'apprécie qu'elle puisse s'appuyer sur quelqu'un de compétent. Ses adjointes n'étaient pas à la hauteur, ce qui me souciait beaucoup.

La prêtresse accepta la coupe de vin que lui offrait un esclave.

— C'est la moindre des choses que j'essaie de lui rendre ses bienfaits. Sans elle, mon personnel aurait fini par périr sous les coups des Romains. Elle a redonné un foyer à mes religieuses. Les voir sourire à nouveau est mon plus beau cadeau.

Le consul l'observait d'un air pensif.

— Vous êtes toute dévouée à votre fonction. Je ne doute pas que vous ayez été une supérieure de grand talent. Je vous félicite d'ailleurs d'être parvenue à sauver tous ceux qui dépendaient de vous dans ces circonstances difficiles.

Une ombre passa dans les prunelles de Larthia.

— Nous avons tous fait de notre mieux. J'aurais aimé avoir des nouvelles de mes confrères, mais je conçois que ce ne soit pas possible.

Le magistrat but une gorgée.

— Ceux qui ont réussi se montrent aussi discrets que vous. Aucune rumeur ne s'est répandue dans le pays.

La jeune femme opina.

— Oui, cela vaut mieux pour eux. En tout cas, je vous remercie de votre protection.

Le consul reposa sa coupe.

— C'est la moindre des choses. Ce n'est pas parce que nous avons signé un pacte d'alliance avec Rome que nous ne sommes plus étrusques. En aucun cas, nous ne nous retournerons contre nos frères. Ici, vous ne risquez plus rien.

Les recherches

Été — hiver 292 av. J.-C.

Après la réception des Vibenna, Larthia fut tellement demandée qu'elle n'eut pas un instant de liberté pour continuer ses recherches. De nouveaux clients attirés par sa beauté se présentèrent, mais elle revit surtout beaucoup de gens ayant participé à la soirée, qui regrettaient que Titei ne leur eût pas permis de converser avec elle. La jeune femme fut surprise de découvrir Vetia à l'entrée du domaine sacré à peine une *none* plus tard, alors qu'elle n'avait pas ajouté foi à sa déclaration d'amitié. Impressionnée par l'assurance tranquille de la prêtresse, la patricienne s'était fait accompagner par son amie Ramtha, dont la présence la confortait dans sa démarche. Elle s'assit sur une curule sans un regard pour la pièce qui servait aux religieuses à accueillir les visiteurs, puis adressa un sourire engageant à son hôtesse.

— Notre amie Titei ne tient pas en place, mais elle ne se rend pas compte que ses invités n'apprécient guère d'être bousculés ainsi. Dans ses soirées, il est difficile de parler plus de deux minutes avec les gens, c'est pourquoi elles sont si fatigantes.

Larthia eut une mimique amusée.

— J'avoue que j'en garde le souvenir d'un tourbillon de visages. Le seul moment de calme a été cette conversation avec le consul.

Vetia s'esclaffa.

— Évidemment, elle n'a quand même pas osé vous interrompre.

Ramtha pouffa de rire.

— Parfois, je me demande si elle n'en serait pas capable. Mais si son mari est nommé consul, je crains qu'elle n'ait plus de limites.

Son amie nota que la jeune femme ne se joignait pas à leur badinage, alors elle redevint sérieuse.

— En tout cas, je suis contente que cela nous ait permis de nous rencontrer. Je sais ce qui vous est arrivé, et je vous plains de tout mon cœur.

La prêtresse secoua la tête.

— Il ne faut pas. J'ai eu le grand bonheur de pouvoir sauver tout le personnel du temple de Turan. C'était mon devoir, bien sûr, mais sans Arnti, je n'aurais pas pu l'accomplir. Tous les jours, je rends grâce à la Déesse pour cela.

Ramtha l'observa d'un air émerveillé.

— Vous êtes admirable.

Vetia se pencha en avant.

— Mais vous aviez une famille, n'est-ce pas ? Ne ressentez-vous pas de peine de l'avoir perdue ?

Larthia écarta les mains.

— Évidemment ! Mais on ne peut aller contre le destin. Nous avons retrouvé un foyer, et la sécurité. Bien peu parmi les survivants de Roselle peuvent en dire autant.

La patricienne posa les bras sur les accoudoirs.

— Vous m'impressionnez.

La conversation cordiale qui s'ensuivit rapprocha tellement les trois jeunes femmes, que les patriciennes promirent de revenir bientôt. Accoutumée à la fréquentation de dignitaires depuis son entrée au temple de Turan, la prêtresse trouvait naturel de lier amitié avec des nobles qui l'auraient dédaignée si elles avaient eu connaissance de ses origines modestes. Pourtant, elle n'avait pas la sensation de renier ses parents, mais au contraire de faire honneur à l'éducation qu'ils lui avaient donnée.

Quelques jours plus tard, elle quitta le domaine à la recherche de l'artisan dont on lui avait parlé. Elle descendit la colline pour s'engager dans des rues éloignées des beaux quartiers, intriguée de constater à quel point c'était différent des secteurs miséreux de Roselle. Ici, les maisons ne menaçaient pas de s'écrouler au moindre éternuement, les portes et les volets de bois tenaient droit sur leurs gonds, les peintures ne s'écaillaient pas. Pourtant, quand elle s'enfonça dans un entrelacs de venelles étroites et sombres, elle frissonna en songeant que la vie d'Heiasun ne s'était pas autant améliorée qu'il l'avait espéré. Elle se sentait presque honteuse de sa position élevée, alors qu'il continuait à mener une existence difficile dans cette ville moins accueillante qu'il le croyait.

Lorsque la porte des remparts apparut au loin, elle réprima son émotion à l'idée qu'elle n'était plus qu'à quelques pas de lui. Lentement, elle remonta la rue en examinant chaque bâtisse pour déterminer celle qui l'intéressait, jusqu'à ce que des coups réguliers sur du métal lui indiquent la bonne adresse. Alors, elle pénétra dans l'atelier comme on se jette à l'eau.

— Bonjour Madame ! Puis-je vous aider ?

L'homme, qui avait abandonné sa besogne pour la recevoir, affichait un sourire qu'elle trouva sympathique. Pourtant, elle était déçue en le découvrant plus petit qu'elle, avec une chevelure moins claire que dans sa mémoire, tandis qu'il posait sur elle un regard délavé qui n'avait rien de séduisant.

— Je me suis peut-être trompée. Êtes-vous vraiment originaire de Roselle ?

Il ne parut pas surpris.

— Ah ! C'est vous. Mon ami m'a prévenu que quelqu'un désirait me voir.

Il tira deux tabourets relégués contre le mur, s'installa sur l'un d'eux en invitant Larthia à s'asseoir sur l'autre.

— Je suis bien né à Roselle, mais je n'en ai aucun souvenir. Mes parents ont quitté cette ville alors que j'étais très jeune.

La jeune femme en conçut un soulagement immédiat.

— Alors, ce n'est pas vous que je cherche. L'homme en question a vécu à Roselle durant les dix premières années de sa vie.

Il sourit.

— Non, ce n'est pas moi. N'avez-vous pas davantage de détails ? Comment il s'appelle, par exemple ?

Elle eut un soupir découragé.

— Hélas ! J'ai oublié le nom que l'on m'a donné. Je sais qu'il est artisan, mais j'ignore son métier.

Il se frotta le menton d'un air dubitatif.

— Ce ne sera pas facile de le retrouver avec si peu de précisions. On trouve un certain nombre de personnes qui viennent de Roselle, mais les gens ne s'en vantent pas. On ne l'apprend qu'au hasard de la conversation. Je crois quand même qu'il y a un potier originaire de cette ville dans le nord de Tarquinia.

La prêtresse se souvint que le père d'Heiasun exerçait cette profession.

— Oui, ça pourrait coller.

Elle se leva.

— Je vous remercie d'avoir pris le temps de me recevoir.

À son tour, il se mit debout.

— De rien ! Je regrette de n'avoir pas pu vous aider davantage.

Rassurée que cet artisan ne fût pas l'homme dont elle rêvait toujours, Larthia quitta l'atelier, bien décidée à poursuivre ses recherches jusqu'à ce qu'elle le localisât. Pourtant, cette fausse piste l'avait préparée à se perdre souvent avant de le retrouver, tout en l'avertissant que la réalité pouvait se révéler moins glorieuse que ce qu'elle imaginait.

La jeune femme regagna le domaine de Turan en réfléchissant à la meilleure manière de ratisser cette zone plus large pour repérer le potier dont elle n'avait ni le nom ni l'adresse. Pourtant, ce métier lui donnait l'impression d'aller dans la bonne direction. Fouillant dans des souvenirs presque effacés, elle crut entendre une voix lui rappeler que l'enfant et sa mère devaient s'installer chez un collègue du père. Dans ce cas, il était probable que cet homme lui eût transmis son savoir-faire, puis son atelier lorsqu'il avait cessé de travailler. D'ailleurs, ne l'avait-elle pas vu ce potier, quand la mère d'Heiasun était revenue prendre ses affaires ? C'était lors de cette rencontre qu'elle avait été informée de l'entrée de son ami en apprentissage, mais elle ne parvenait plus à se remémorer les détails, si jamais on lui en avait fourni.

Après la fête chez les Vibenna, bien des gens de la haute société se montrèrent désireux de connaître Larthia, si bien qu'elle fut invitée à de nombreuses soirées. Cela s'ajoutant à ses devoirs au temple, ainsi qu'aux visites qu'elle recevait, ne lui laissait guère de temps pour se consacrer à ces recherches qu'elle pratiquait en secret pour ne pas dévoiler ses origines. Avec ou sans Ramtha, Vetia revint bavarder avec elle d'autant plus souvent que les jeunes femmes s'étaient découvert beaucoup d'intérêts en commun. La prêtresse raconta en détail sa fuite de Roselle avec tout le personnel du sanctuaire, tandis que la patricienne frissonnait à l'écoute des parties de cache-cache mortelles avec les soldats romains. De son côté, Vetia déplorait en plaisantant de n'avoir rien vécu de passionnant. Elle parlait de son mariage avec Teithurna comme du seul événement marquant de son existence, en passant sous silence ses démêlés avec Murina, qui lui rappelaient de trop mauvais souvenirs.

L'automne était arrivé avec son cortège de pluies et de froid, mais Larthia ne s'en plaignait pas, au contraire cela lui permettait de traîner dans les ruelles du nord de la ville, enveloppée dans un long manteau noir à capuche qui dérobait son visage. Elle pouvait détailler les façades, voire revenir plusieurs fois au même endroit, sans attirer l'attention des habitants. Ses vêtements de patricienne ainsi dissimulés, elle était libre d'arpenter ce quartier plébéien comme si elle en faisait partie. Pourtant, elle ne trouvait pas de potier dans ces rues animées, comme si les ménagères tarquiniennes n'utilisaient pas de vaisselle, mais elle n'osait pas interroger quelqu'un de peur de devoir fournir des explications qu'elle préférait taire. Alors, elle y retournait chaque fois qu'elle pouvait se réserver un moment de tranquillité, en racontant à ses amies étonnées de la voir sortir aussi souvent qu'elle avait besoin de se promener dans la cité pour s'y sentir chez elle.

Le mois de xesfer[67] était bien entamé lorsqu'elle tomba en arrêt sur le trottoir en découvrant un peu plus loin devant elle des céramiques exposées sur un volet de bois. Enfin, sa longue traque l'avait conduite à l'atelier dont elle souhaitait qu'il fût celui d'Heiasun. Par prudence, elle s'avança en se remémorant sa première déception afin de ne pas trop y croire. Très vite, elle s'immobilisa à nouveau en repérant un homme d'âge mûr assis près de la porte, qui transmettait son savoir à un garçon lui ressemblant tellement qu'il était difficile de ne pas l'identifier comme son fils. Alors, elle s'éloigna sans l'aborder, en désespérant de retrouver son ami d'enfance.

N'ayant plus de piste, la jeune femme recommença à questionner ses clients au cas où l'un d'eux pourrait lui offrir des renseignements plus fiables que ceux qu'elle avait obtenus jusque-là. Mais son statut de grande prêtresse ne la mettait en contact qu'avec des notables de haut rang qui laissaient le soin à leurs secrétaires de recruter les artisans dont ils avaient besoin.

Alors que l'hiver débutait, Tanaquil la rejoignit dans un coin de la salle où elle préparait un dessin sur une large toile de lin.

— Que t'arrive-t-il ? Depuis quelques *nones*, je te trouve triste et silencieuse.

Larthia lui jeta un coup d'œil surpris.

— Tu te trompes.

Son amie s'assit près d'elle.

— Non, je ne crois pas. Tu ne sors plus et tu ne reçois plus non plus. Que s'est-il passé ? Où est cette jeune patricienne ?

La jeune femme haussa les épaules.

— Tu te fais des illusions. Vetia est très occupée en ce moment, elle m'avait prévenue qu'elle ne pourrait pas venir avant la grande fête de Tinia. Mais j'ai encore vu Ramtha hier.

Tanaquil écarta les bras.

— Mais tu restes enfermée ici en permanence.

Larthia sourit.

— Avec le temps qu'il fait, cela t'étonne ?

Son amie fit la moue.

— La pluie ne te gênait pas avant.

La jeune femme trempa son calame dans l'encre.

— Peut-être, mais en plus, il fait très froid. Je n'ai pas envie de tomber malade.

Tanaquil émit un sifflement réprobateur.

— Ce ne sont que des excuses.

Larthia releva la tête d'un air indigné.

---

[67] 21 octobre — 20 novembre

— Certainement pas ! Allons ! Cesse donc de t'inquiéter pour moi. Je me porte très bien, je t'assure.

Son amie se remit debout sans insister.

— Si tu le dis…

Quelques *nones* plus tard, la jeune femme accepta une nouvelle invitation en songeant que cela lui changerait les idées. Elle était heureuse qu'Arnti fût de la partie, d'autant que sa présence lui permettait de se sentir plus à l'aise au milieu de ces nobles arrogants. Si bien que ce fut avec un plaisir qu'elle n'avait pas éprouvé depuis longtemps qu'elle se prépara pour la fête.

En descendant de litière, elles furent accueillies avec amabilité par un couple qui les convia à entrer dans la villa. La supérieure posa une main sur le bras de son amie.

— Larthia, je te présente notre hôte, Larezu Haspnas, ainsi que sa charmante épouse.

La jeune femme les salua, remarqua le regard admiratif du notable, puis suivit Arnti qui traversait déjà l'atrium en direction des salles de réception. Ayant assisté à de nombreuses soirées depuis son arrivée, la prêtresse retrouva beaucoup de gens qu'elle connaissait, si bien qu'elle fut arrêtée à chaque pas par des convives désireux de converser avec elle. Elle fut un peu déçue de constater que Vetia ne s'y trouvait pas, mais n'osa pas en demander la raison de crainte de commettre un impair. Une coupe à la main, Titei s'approcha d'elle.

— Cette maison est magnifique, mais vous n'avez pas vu celle qu'habitent les parents de Larezu.

Larthia la fixa avec étonnement.

— Qu'a-t-elle de si spécial ?

Son interlocutrice leva les bras.

— Des mosaïques sublimes ! Et pas seulement sur le sol, mais également sur les murs.

Un notable près d'elles opina avec une expression d'approbation.

— Il est vrai que nous avions un mosaïste exceptionnel. C'était plus un artiste qu'un artisan.

La prêtresse but une gorgée de son vin.

— Est-il mort ?

L'homme secoua la tête.

— Pas à ma connaissance.

Non loin d'eux, une jeune femme avait suivi la conversation.

— Je voudrais bien qu'il le soit ! Ce monstre ne mérite pas de vivre !

Le notable lui adressa un sourire patelin.

— Calmez-vous, ma chère. Vous savez bien que rien n'a jamais été prouvé.

Cet échange rappela à Larthia le récit que lui avaient fait ses compagnes d'un crime impliquant un artisan, aussi regarda-t-elle la patricienne d'un air pensif en se demandant s'il s'agissait bien de cette histoire. Titei se haussa sur la pointe des pieds pour lui chuchoter à l'oreille.

— Elle était fiancée à Tite Spurinna. C'est pourquoi elle déteste autant ce mosaïste.

La prêtresse se tourna vers elle avec curiosité.

— Il l'a tué, n'est-ce pas ?

Son interlocutrice eut une moue dubitative.

— C'est ce que l'on a prétendu, mais d'autres rumeurs ont couru. En réalité, je ne crois pas qu'il ait commis ce meurtre. C'était un jeune homme tout à fait charmant.

Devant elles, la jeune femme s'énervait.

— Personne d'autre n'aurait pu l'assassiner. Après tout ce que Tite a fait pour lui, je ne peux pas admettre une telle horreur.

Le notable semblait ennuyé.

— Changeons de sujet.

L'ancienne fiancée ne l'écoutait pas. Elle tendit le bras.

— Tiens ! Il lui avait présenté Larezu, par exemple. N'est-ce pas ?

Leur hôte, qui les rejoignait, sourit.

— De qui parlez-vous ?

La patricienne était rouge de colère.

— De ce Heiasun Churcles !

Larezu s'assombrit.

— Effectivement, Tite me l'avait recommandé. Mais cette maison que j'avais fait rénover, je n'ai pas pu m'y installer après ce qui s'est déroulé. Ce sont mes parents qui l'occupent. Pourtant, je n'aurais jamais cru ça de lui.

Le magistrat dressa l'index.

— Il existe un fort doute.

Leur hôte fronça les sourcils.

— Je ne conçois pas qui d'autre aurait pu commettre ce crime. D'ailleurs, il a pratiquement été pris sur le fait.

Larthia n'écoutait plus la conversation. Pétrifiée, elle avait identifié le nom jeté par l'ancienne fiancée de Tite comme étant celui de son ami d'enfance. Incapable d'aligner deux pensées cohérentes, elle se détourna, marcha vers la porte comme une somnambule, sans reconnaître les visages qui se tournaient sur son passage. Dans le jardin, elle s'assit sur un banc luisant d'humidité, les yeux fixés sur le bassin qu'elle ne voyait pas.

Une voix l'appela, des mains se plaquèrent sur ses épaules, la secouèrent pour la ramener à la réalité. Alors, elle leva la tête pour découvrir le regard anxieux de sa supérieure.

— Larthia ! Qu'est-ce qui t'arrive ? Es-tu malade ?

Elle frotta son front.

— Je ne sais pas.

Arnti essaya de la remettre sur ses pieds.

— Ne reste pas ici, tu prendras froid.

La jeune femme ne bougea pas.

— Non, non, ça va.

La supérieure se pencha vers elle.

— Désires-tu rentrer ?

La prêtresse acquiesça.

— Peut-être.

Désorientée, elle souhaitait que ces gens qui lui faisaient horreur disparaissent, elle avait envie de crier, mais aussi de se replier sur elle-même pour ne plus penser. Comme Arnti lui saisissait le bras, elle se mit debout, la suivit jusqu'à la porte, s'emmitoufla en frissonnant dans le manteau qu'un esclave lui posait sur le dos, sans remarquer la présence de Larezu et de sa femme qui s'entretenaient avec la supérieure d'un air inquiet. Elle monta dans la litière qui les ramena au temple, mais garda la tête baissée durant tout le trajet, perdue dans le tumulte de son esprit qui ne s'apaisait pas.

Lorsqu'elles arrivèrent au domaine de Turan, Arnti la conduisit dans son appartement où elle tenta de l'emmener vers la chambre, mais Larthia se dégagea.

— Que fais-tu ?

La supérieure la scrutait avec sollicitude.

— Je crois qu'il vaut mieux te coucher. Ensuite, je préviendrai le médecin.

La jeune femme s'écarta.

— Non ! Je n'en ai pas besoin. J'ai juste envie de dormir.

Arnti hésita.

— En es-tu sûre ? Veux-tu que je te prépare une infusion calmante ?

La prêtresse se dirigea vers sa chambre.

— Non, non ! Va-t'en, s'il te plaît.

Comme Larthia semblait déterminée à refuser toute intervention, la supérieure se retira avec réticence, inquiète de la laisser seule, mais sachant qu'elle ne pouvait la forcer à accepter de la compagnie. Dès que la porte se fut refermée, la jeune femme se dévêtit avant de se rouler en boule sur le lit, incapable de voir clair dans le tourbillon de ses pensées. Elle croyait ne pas réussir à trouver le sommeil, mais le choc avait été si rude qu'elle s'assoupit presque sur l'instant.

Elle se redressa d'un coup de rein pour échapper aux cauchemars dont il ne lui resta que le souvenir d'une menace diffuse. Il faisait encore noir, alors elle sauta de la couche pour gagner la fenêtre où elle évalua la course des étoiles qui se rapprochaient de l'aube. Pourtant, elle revint se pelotonner sous les couvertures afin de tenir à l'écart le monde extérieur, tandis que d'innombrables questions sans réponse tournaient dans son esprit. Elle ne pouvait admettre que son ami d'enfance eût commis un crime aussi abominable que celui dont on l'accusait, si bien qu'elle s'efforça de rassembler tout ce qu'on lui avait raconté afin de reconstituer l'histoire complète. Le point essentiel semblait être qu'il avait lié amitié avec le fils d'un haut magistrat, puis l'aurait tué pour le dépouiller d'après les dires de certaines prêtresses. Durant leurs jeunes années, il avait souvent ignoré les lois, mais c'était pour nourrir sa famille, pas pour le plaisir de mal se conduire. Larthia secoua la tête. Non, cela ne tenait pas debout. Si elle devait ajouter foi à ce qu'on lui avait relaté à la soirée, le jeune homme avait beaucoup de talent, ce qui lui valait d'être très demandé, alors il devait bien gagner sa vie, donc il n'avait nul besoin de voler. D'ailleurs, l'homme près d'elle avait insisté sur le fait qu'il subsistait de nombreux doutes sur sa culpabilité, et Titei lui avait parlé de rumeurs désignant sans doute un autre suspect. Bien sûr qu'il n'avait rien fait ! Pas Heiasun !

Des bruits de pas se rapprochèrent, puis un coup léger fut frappé à la porte qui s'ouvrit sans attendre. La voix d'Arnti n'était qu'un murmure.

— Larthia ? Tu vas bien ?

Avec résignation, la jeune femme repoussa les couvertures en faisant le geste de se lever. La supérieure tendit le bras.

— Non, non ! Reste tranquille ! Aujourd'hui, je te dispense de tes obligations rituelles. Comment te sens-tu ?

Sans discuter, la prêtresse se recouvrit.

— Assez bien.

Scrutant son visage avec anxiété, Arnti nota ses traits creusés et les cernes bleuâtres sous ses yeux.

— As-tu dormi, au moins ? Tu me parais épuisée.

Larthia hocha la tête.

— Mais oui. Je viens seulement de me réveiller.

La supérieure lui posa une main sur l'épaule.

— Et bien, repose-toi. Je vois bien que tu en as besoin.

La jeune femme fut soulagée de ne pas rejoindre ses compagnes, tellement elle craignait de ne pas pouvoir cacher son trouble. Alors, elle adressa un pâle sourire à Arnti qui lui promit de repasser dans la journée, avant de quitter la pièce.

La prêtresse replongea dans ses souvenirs en cherchant tous les arguments favorables à son ami pour affermir sa certitude qu'il était innocent. La lumière dorée du matin, qui envahissait la chambre, adoucissait sa peine en ralentissant la folle sarabande de ses pensées. Un oiseau perché sur une branche basse poussait son hymne au soleil qui la berçait de ses trilles joyeux, tandis que son inquiétude s'effilochait.

Du fond de sa somnolence, elle perçut des pas légers qui s'approchaient, puis s'éteignaient. Elle sourit en se disant qu'Arnti tenait toujours ses engagements.

Les propos de Larezu la frappèrent soudain en brisant sa sérénité. N'avait-il pas affirmé qu'Heiasun avait été pris sur le fait ? Non, ce n'était pas possible. Elle avait mal compris. Pourtant, le doute s'insinuait en elle, tandis que de nouvelles questions la taraudaient. Pourquoi son ami avait-il fui au lieu de faire éclater son innocence ? Sans doute pouvait-il expliquer tous ses gestes et se disculper, alors pourquoi ne l'avait-il pas fait ? Elle grogna de désespoir avec l'impression qu'elle ne trouverait plus jamais de réconfort. Mais à sa grande surprise, des mains se posèrent sur elle alors qu'elle supposait être seule. Elle ouvrit les yeux pour découvrir Tanaquil penchée sur elle avec inquiétude.

— Ça ne va pas ?

Larthia se remit sur le dos.

— Tanaquil ! Que fais-tu ici ?

Son amie s'assit au bord du lit.

— Arnti m'a demandé de veiller sur toi. Comment te sens-tu ?

La jeune femme détourna le regard.

— Bien, bien !

Tanaquil fronça les sourcils d'un air soucieux.

— Non, je ne crois pas. Tu as une mine à faire peur.

Sans écouter les protestations de la malade, son amie envoya un esclave préparer une potion calmante en cuisine, puis l'obligea à la boire en affirmant qu'elle ne voulait pas voir son état s'aggraver.

Larthia dut reconnaître que la méthode était efficace. Le lendemain, elle fut assez bien pour se lever en parvenant à dissimuler ses tourments. Elle continuait à s'interroger sur les circonstances qui avaient conduit à ce drame, ainsi que sur l'implication d'Heiasun, mais elle n'osait pas relancer le sujet qui semblait provoquer des débats passionnés dès qu'il était abordé. Pourtant, elle se promit de découvrir la vérité sans savoir comment elle s'y prendrait.

Quelques jours plus tard, profitant d'une journée ensoleillée, la jeune femme grimpa sur le sommet de la colline pour y chercher la solitude. Assise sur l'herbe, elle contempla les toits de la ville comme elle l'avait souvent fait depuis son arrivée, en réalisant pour la première fois que l'homme qui occupait toutes ses pensées n'était nulle part entre ces murs. Elle sourit en songeant aux vaines investigations qu'elle avait menées, sans se douter qu'il lui suffisait de prononcer son prénom pour qu'on la renseignât.

— Si tu souris, c'est que ce n'est pas si grave que ça.

La prêtresse sursauta, puis se retourna pour identifier l'intruse.

— Oh, Vetia ! Tu m'as fait peur.

La patricienne s'approcha en reprenant son souffle.

— Désolée, ce n'était pas mon intention. On m'a dit que je te trouverais ici. C'est bien haut pour chercher la tranquillité.

Larthia désigna le panorama d'un large geste.

— J'aime ce point de vue.

Son amie vint se planter près d'elle.

— Il est vrai que c'est beau. J'ai appris que tu as été malade. Que s'est-il passé ?

La jeune femme haussa les épaules.

— Oh, rien du tout. J'étais juste un peu fatiguée.

Vetia s'esclaffa.

— Bien sûr ! C'est pourquoi tu as semé la panique dans la soirée de Larezu. Je ne parle même pas de l'air soucieux des religieuses que j'ai rencontrées, lorsque l'on mentionne ton nom.

La prêtresse fit la grimace.

— Je vois que les nouvelles circulent vite.

Son amie lui adressa un clin d'œil complice.

— Tu commences à être connue dans la cité, alors les gens papotent.

Larthia arrangea les plis de sa robe.

— Et bien, rassure-toi : je me porte bien.

Vetia l'enveloppa d'un regard scrutateur.

— Tant mieux, mais j'aimerais que ça ne se reproduise pas trop souvent.

La jeune femme opina.

— Moi aussi.

Son amie s'installa à côté d'elle pour admirer le paysage en lui racontant les insignifiantes anecdotes qui constituaient sa vie depuis son mariage. La prêtresse l'écouta avec attention, heureuse de ce bavardage qui lui faisait oublier ses préoccupations. Un instant, elle songea à l'interroger pour obtenir un récit plus détaillé de l'histoire d'Heiasun, mais elle y renonça de crainte que son amie lui demandât pourquoi elle s'intéressait à cet événement du passé.

La révélation

Printemps — été 291 av. J.-C.

Larthia avait abandonné ses courses à travers la ville, de la même manière qu'elle n'interrogeait plus ses clients pour dépister un artisan dont elle savait qu'il n'était plus dans la cité. Aussi fut-elle assez surprise lorsque l'homme qui l'avait envoyée sur le forum y fit allusion.

— Avez-vous retrouvé l'artisan que vous cherchiez ? Est-ce que les renseignements que je vous ai fournis vous ont aidée ?

Elle sourit.

— J'ai découvert celui que vous évoquiez, mais ce n'était pas le bon. Merci quand même.

Il enfila sa tunique.

— Dommage ! Si j'entends parler de quelqu'un d'autre, je penserai à vous.

D'un geste machinal, elle glissa une mèche auburn derrière son oreille.

— Ne vous donnez pas cette peine. Après vérification, il apparaît que l'artisan en question n'habite pas à Tarquinia. Mon amie a confondu les noms des villes.

Il agrafa sa toge.

— Ah ? Très bien.

La jeune femme se demandait toujours comment obtenir une version complète de l'histoire sans attirer l'attention sur son intérêt pour ce drame. Elle songeait que seuls les magistrats qui avaient instruit l'affaire en appréhendaient les tenants et les aboutissants, mais il lui paraissait impossible d'aller les interroger, d'autant qu'elle ne savait même pas qui ils étaient. D'autre part, la mention du mosaïste provoquait tant de polémiques qu'elle désespérait de trouver les gens qu'il avait fréquentés depuis son enfance, persuadée qu'ils nieraient l'avoir connu pour ne pas risquer d'ennuis. Pendant un moment, elle caressa l'idée de retrouver sa mère avant de réaliser qu'il l'avait sûrement emmenée lorsqu'il s'était enfui. La prêtresse devait bien s'avouer qu'elle butait toujours sur cette évasion qui semblait prouver la culpabilité d'Heiasun, mais se refusait à admettre que son ami d'enfance eût pu tuer autre chose que du gibier.

Pour fêter la nouvelle année qui coïncidait avec l'arrivée du printemps, Vetia et son époux organisèrent une réception à laquelle Larthia fut conviée. Depuis son malaise chez Larezu Haspnas, la jeune femme avait assisté à un grand nombre de soirées qui s'étaient bien terminées, si bien que l'on avait oublié cet incident. Comme Arnti ne faisait pas partie des amies de la maîtresse de maison, la prêtresse se rendit seule à cette invitation. Teithurna Marcni, l'époux de Vetia, l'accueillit avec cordialité.

— Soyez la bienvenue chez nous.

Larthia, qui estimait le jeune homme charmant, sourit.

— Je suis enchantée de vous revoir.

Vetia surgit à ce moment.

— Te voilà enfin ! Viens donc par ici.

Elle entraîna son amie vers l'intérieur de la villa sans laisser à son mari le temps de répondre à leur invitée. La jeune femme eut une moue de désapprobation.

— Ce n'est pas très poli de planter là ton époux.

La patricienne s'esclaffa.

— Bah ! Il s'en remettra.

La prêtresse s'engagea dans l'atrium.

— Je trouve tes manières un peu cavalières. C'est ton mari, quand même. Tu pourrais lui témoigner un peu plus de respect.

Vetia passa un bras sous le sien.

— Ne te méprends pas, je l'aime bien, mais c'est ma façon d'être.

Larthia la fixa avec stupeur.

— Tu l'aimes bien ! Pourquoi l'as-tu épousé si tu n'es pas amoureuse ?

Son amie soupira.

— C'est compliqué. Il m'a permis de me sortir d'une situation épineuse, dans laquelle je me suis fourrée toute seule. Je lui serai éternellement reconnaissante pour cela.

La jeune femme esquissa une grimace malicieuse.

— Il était le héros qui vient sauver la mortelle en détresse. Serait-il le fils de Tinia, comme Hercle, le demi-dieu ?

Vetia eut un petit rire.

— Pas vraiment. D'ailleurs, je ne lui en ai dit que le minimum. Mais je suis une épouse loyale, et le resterai toute ma vie.

La prêtresse hocha la tête.

— Alors, c'est bien.

Vetia l'entraîna dans les salles de réception où Larthia se fit harponner par Titei Lecu qui brûlait de lui raconter les derniers potins. La jeune femme avait bien pensé à interroger la commère en sachant qu'elle serait ravie de lui relater toute l'histoire d'Heiasun, en y adjoignant les rumeurs invérifiables ayant circulé à l'époque, mais comme elle ne la rencontrait que dans les soirées, elle y avait renoncé. L'expérience de la réception de Larezu avait été douloureuse, si bien qu'elle ne voulait pas entendre à nouveau les participants y mettre leur grain de sel pour affirmer les pires horreurs sur son ami d'enfance. Alors, elle se contenta des anecdotes croustillantes que distillait avec délectation l'épouse de Culsu Vibenna en y ajoutant les commentaires pleins d'esprit qui égratignaient sans pitié ses victimes. La prêtresse reconnaissait que ce n'était guère charitable, mais elle avait appris à apprécier ces bavardages montrant sous un autre jour les *principes* imbus d'eux-mêmes qui terrorisaient les miséreux dont elle avait fait partie. Elle n'était plus impressionnée par ces gens-là, au point qu'elle riait d'eux avec indulgence, maintenant qu'elle discernait leurs défauts.

Pourtant, Larthia profita de l'arrivée de Teithurna pour échapper à Titei, dont la conversation roulant sur ces petites méchancetés finissait par la lasser. Elle accompagna son hôte dans un autre secteur de la grande salle, tenant à la main la coupe de vin à laquelle elle n'avait pas touché. Il adopta un air grave qui lui parut émouvant.

— Je suis content que vous soyez amie avec Vetia. Depuis qu'elle vous fréquente, je la trouve plus gaie, plus animée aussi.

La jeune femme sourit.

— Je l'apprécie beaucoup. Grâce à son amitié, je me sens moins isolée dans cette ville.

Il opina.

— Alors, c'est bien. Mais ne vous fiez pas à son air indépendant, elle n'a pas toujours été heureuse, bien qu'elle n'en parle jamais.

La prêtresse le fixa avec surprise.

— Je vois que vous la connaissez bien.

Il plongea ses prunelles noisette dans celles de son interlocutrice.

— J'aime profondément ma femme, et je ferai tout ce qui est en mon pouvoir pour la combler.

Larthia lui retourna un regard sérieux.

— Vous êtes le mari rêvé.

Comme Vetia arrivait, ils changèrent de sujet, mais cette conversation laissa songeuse la prêtresse qui se demandait si le jeune homme n'en savait pas plus long que ne le croyait son épouse. Elle hésita à en toucher deux mots à son amie, puis se ravisa en se disant que leurs histoires de couple ne la concernaient pas.

Le début du printemps se révéla doux et humide, ce qui multiplia les affections dans toutes les couches de population. Au contraire de ses consœurs qui ne se consacraient qu'à leur ministère, Larthia débordait de ses attributions en s'occupant des pauvres et des malades, auxquels elle apportait réconfort et médicaments. Elle se mit donc à arpenter la cité avec Tanaquil et Velxai pour rendre visite aux miséreux qui n'avaient pas les moyens d'appeler un prêtre guérisseur. C'était quand même avec un pincement au cœur qu'elle s'enfonçait dans les ruelles des bas quartiers qu'elle avait parcourues lorsqu'elle cherchait Heiasun, bien qu'elle n'en laissât rien paraître devant ses compagnes.

Un matin après la cérémonie, la jeune femme retrouva ses amies dans une petite salle où elles préparaient leurs sorties.

— Qu'avons-nous, aujourd'hui ?

Tanaquil consulta les notes qu'elle avait prises.

— Un vieil homme qui vit seul depuis des années. Il a attrapé un refroidissement qui s'est aggravé en l'obligeant à garder le lit.

Velxai joignit les mains.

— Le pauvre ! Je préfère me représenter mon père mort au combat, plutôt que l'imaginer survivant misérablement.

La prêtresse se retourna vers la porte.

— Allons voir cet homme.

Elles se dirigèrent vers la porte nord, près de laquelle Larthia avait tourné pendant si longtemps, à la recherche d'un potier qui n'avait rien de commun avec son ami d'enfance. Chaque fois qu'elle rencontrait les voisins des gens qu'elle visitait, la jeune femme se demandait s'ils étaient capables de jeter un peu de lumière sur l'existence d'Heiasun, ce qui lui permettrait de comprendre quel cheminement il avait suivi pour en arriver là. Pourtant, sachant qu'ils se fermeraient si elle osait aborder ce sujet, elle se gardait bien d'y faire allusion.

Tanaquil s'arrêta devant une petite maison qui avait dû être belle, mais montrait des signes de délabrement, comme si son propriétaire avait perdu les moyens de l'entretenir. Elle poussa le battant dont les gonds grincèrent, puis pénétra dans une première pièce à peu près vide qu'elle traversa pour gagner une chambre guère plus meublée. Leur client était allongé sur une paillasse, rouge de fièvre, la respiration difficile, tandis qu'un homme à peine moins âgé se tenait à son chevet d'un air soucieux. Il se leva à leur entrée.

— Bonjour. Je suis bien content de vous voir. Son état ne semble pas s'améliorer.

La prêtresse lui adressa un sourire réconfortant.

— Nous nous occuperons de lui au mieux. Êtes-vous de sa famille ?

L'homme secoua la tête.

— Non, il n'en a plus. Je ne suis qu'un voisin. Mon nom est Pumpu Alfi.

Larthia lui jeta un coup d'œil intrigué, avec l'impression que son visage et son nom lui disaient quelque chose, mais elle musela cette sensation en songeant qu'elle ne pouvait pas l'avoir déjà rencontré, étant donné que les hommes de la plèbe ne fréquentaient pas le temple. Alors, elle se tourna vers le malade dont ses compagnes frictionnaient la poitrine avec un onguent pour le décongestionner. La jeune femme demanda à Pumpu de faire chauffer de l'eau afin qu'elle pût préparer son remède, puis sortit les herbes appropriées de sa besace.

— Je vous en laisserai. Ainsi, vous pourrez composer cette décoction pour qu'il en boive régulièrement. Vous le masserez avec ce baume deux fois par jour. La fièvre devrait tomber rapidement.

Le potier inclina la tête.

— Merci, vous êtes très généreuse.

La prêtresse restait penchée sur sa cuisson.

— Nous repasserons dans deux jours pour voir comment il va. Gardez-le bien au chaud en évitant les courants d'air.

Lorsque la potion fut prête, Tanaquil souleva l'alité tandis que Velxai l'aidait à avaler le liquide sous le regard attentif de Pumpu qui s'émerveillait de trouver autant d'altruisme chez ces religieuses. Larthia l'impressionnait non seulement par son maintien réservé, mais surtout par la force intérieure que l'on percevait chez elle. Il songea que pour une fille de notable, elle ne semblait pas avoir été gâtée comme c'était souvent le cas, mais instruit par les déboires d'Heiasun, il demeura sur une prudente réserve.

Lorsque les soins furent terminés, les trois jeunes femmes prirent congé du potier en réitérant leurs recommandations, puis se dirigèrent vers la maison de leur deuxième client de la journée, suivant la routine qui s'était établie depuis le début du mauvais temps. Elles regagnèrent le domaine sacré pour le prandium où elles retrouvèrent leurs compagnes qui ne s'intéressaient guère à leur activité, quand elles n'en plaisantaient pas. Les prêtresses n'y prenaient pas garde, sachant qu'il n'y avait aucune méchanceté dans ces remarques, mais évitaient de parler de leurs malades en public. L'après-midi, elles se consacraient à leurs devoirs envers le temple, selon ce qui avait été organisé avec Arnti qui n'admettait ces entorses à la règle que si le sanctuaire n'en pâtissait pas.

Deux jours plus tard, elles eurent la douleur de constater que l'alité n'avait pas survécu malgré leurs médications. D'ailleurs, comme la pluie persistait, bien des patients trop faibles succombaient aux fièvres qui se répandaient avec une rapidité alarmante, ce qui incita les autorités à mettre en place un vaste plan de soins et de prévention pour juguler l'épidémie. Devant la peine sincère de Larthia, Pumpu ne put s'empêcher de se montrer réconfortant.

— Vous avez fait tout ce qui était possible pour le guérir. Mais il était trop peu nourri pour pouvoir résister à ce mal. Je faisais ce que je pouvais pour l'aider, ce qui n'a pas suffi, malheureusement !

La jeune femme soupira.

— Je voudrais pouvoir sauver tous les miséreux, mais je sais que c'est utopique. Protégez-vous. Il ne faudrait pas que vous tombiez malade à votre tour.

Le potier haussa les épaules en souriant.

— Oh, ça n'aurait pas beaucoup d'importance. Moi non plus, je n'ai plus de famille.

La prêtresse n'insista pas, mais elle ressentit une tristesse inexplicable à l'idée que cet homme sympathique fût seul au monde.

Le mois d'anpili[68] apporta enfin un climat plus sec qui enraya l'épidémie et guérit les derniers patients, à la grande satisfaction de Larthia et de ses compagnes. N'ayant plus besoin d'arpenter la cité tous les jours, la jeune femme put passer plus de temps avec ses amies, tout en se promenant pour son plaisir. Elle se consacra davantage à l'administration du temple avec Arnti qui lui déléguait bon nombre de tâches dans lesquelles elle excellait, aussi se rendait-elle souvent sur les nouvelles constructions qui commençaient à prendre forme. Pourtant, elle continuait à recevoir certains notables haut placés ou fortunés qui pouvaient se permettre d'exiger les attentions de la grande prêtresse. En général, il s'agissait d'une clientèle d'habitués qu'elle connaissait bien, mais il lui arrivait parfois de découvrir de nouveaux visages appartenant à de riches propriétaires terriens qui quittaient rarement leurs latifundia. Ce fut donc dans cette catégorie qu'elle classa l'homme qui entra dans sa pièce de réception un après-midi de la fin du mois. Il était plutôt jeune, offrait un physique qui aurait pu être agréable s'il avait soigné sa tenue, mais elle éprouva un sentiment instinctif de répulsion envers lui, qu'elle ne comprit pas elle-même. Il était ivre, ce qui n'avait rien de ragoûtant, mais elle avait souvent eu affaire à des clients dans le même état sans ressentir un tel mépris irraisonné. Pourtant, elle se comporta comme si de rien n'était, sachant qu'elle ne pouvait pas le rejeter sans une cause sérieuse.

Comme elle s'y attendait, l'homme fut incapable de l'honorer, aussi dut-elle s'employer à calmer la colère qu'il exprimait, en y mettant toute la délicatesse dont elle pouvait faire preuve. Il bomba le torse d'un geste ridicule, tout en bafouillant.

— Tu ignores à qui tu t'adresses. Je suis Murina Tolumni.

Il l'avait dit d'un ton si pompeux qu'elle s'efforça de prendre un air impressionné pour qu'il ne s'énervât pas à nouveau, bien qu'elle n'eût pas la plus petite idée du motif pour lequel il fanfaronnait ainsi.

---

[68] 21 mai — 20 juin

— Je suis un homme très puissant. Elle ne se doute pas à quel point. Elle s'imagine s'être débarrassée de moi, mais elle se trompe lourdement.

Larthia écarquilla les yeux.

— Mais de qui parles-tu ?

Il leva un bras trop vite, ce qui le déséquilibra, si bien qu'il partit de côté avant de s'accrocher à un coffre pour ne pas tomber.

— De Vetia, bien sûr. Elle croit pouvoir se moquer de moi, mais elle le regrettera.

La jeune femme frémit, puis se pencha en avant, bien décidée à obtenir que cet ivrogne s'épanchât pour protéger son amie.

— Qu'est-ce qu'elle t'a fait ?

Il se redressa, puis zigzagua jusqu'au lit sur lequel il s'écroula.

— La garce a rompu nos fiançailles. Elle a fait de moi la risée de la ville. J'ai dû m'exiler, mais je me vengerai.

La prêtresse esquissa une moue, tout en s'interrogeant sur ce qu'elle pouvait faire.

— Penses-tu que ce soit sage ?

Le poivrot, qui ne l'avait pas entendue, ricana.

— D'ailleurs, j'ai déjà ma revanche. Il mourra, son bel amour.

Larthia tentait de suivre avec peine.

— Qui ? Teithurna ?

Murina lui jeta le regard flou de ses prunelles grises.

— Hein ? C'est qui celui-là ? Mais non ! Le mosaïste !

La jeune femme frémit d'angoisse sans comprendre en quoi Heiasun pouvait être impliqué dans cette sombre histoire, mais elle était sûre qu'il s'agissait bien de lui. L'homme s'illumina soudain en fixant le mur devant lui.

— Il ne s'en sortira pas. C'est imparable !

Elle se rapprocha en adoucissant sa voix pour qu'il s'expliquât.

— Qu'as-tu fait ?

Il esquissa le geste de frapper quelqu'un avec un poignard.

— J'ai tué Spurinna. Son sang était partout. J'ai plongé mon couteau encore et encore. C'est bien fait ! Il me méprisait. De quel droit ?

L'ivrogne se mit à rire comme un dément, les yeux exorbités, tout en faisant des moulinets avec ses bras qui le firent tomber de tout son long sur le lit.

— J'ai fait appeler ce… Heiasun, comme si Tite le demandait. Puis, j'ai prévenu les vigiles qui l'ont trouvé auprès du cadavre.

La prêtresse se força à ne pas montrer son horreur.

— Mais il se défendra.

Le poivrot se redressa avec difficulté.

— J'ai volé une statuette en or pour l'accuser. Je suis le plus intelligent ! Je la garde toujours sur moi pour qu'on ne la découvre pas.

Comme Larthia perdue dans ses pensées ne répondait pas, il se fâcha.

— Je suis le plus fort ! Elle est anéantie, et ce misérable plébéien aussi.

Elle acquiesça pour le calmer.

— Mais oui. Bien sûr !

Satisfait, Murina s'allongea avec un sourire béat, puis s'endormit d'un sommeil aviné. Alors, la jeune femme se leva sans bruit, gagna l'endroit où il avait déposé ses vêtements qu'elle fouilla pour retrouver la figurine enfermée dans un sachet en tissu. Elle resta un instant à contempler l'objet dans ses mains d'un air perplexe, sachant que si elle le subtilisait, l'homme s'en rendrait compte dès qu'il serait dessaoulé, ce qui ne lui apporterait que des ennuis sans aider son ami. Pourtant, elle était trop proche de la preuve qui innocentait Heiasun pour reculer, si bien qu'avec un coup d'œil vers le lit pour s'assurer que l'ivrogne cuvait encore, elle quitta la pièce pour se diriger d'un pas pressé vers son appartement. Le cœur battant, elle extirpa la statuette de son étui en frémissant devant les traces sanglantes laissées par les doigts de l'assassin, puis la cacha au fond d'un coffre. Elle se planta devant une étagère supportant des bibelots, sur laquelle elle choisit une figurine en bronze de taille et de poids équivalents à celle de Turan, qu'elle enferma dans le sachet de tissu. Enfin, elle revint auprès du dormeur qui ronflait pour remettre l'étui là où elle l'avait pris, tout en adressant une prière à la déesse afin qu'elle empêchât le meurtrier de s'apercevoir de la substitution. Puis, elle ressortit pour se rendre dans le local des domestiques affectés à cette partie du domaine, afin de les prévenir qu'elle n'avait pas réussi à réveiller son client ivre mort.

Elle demeura sur ses gardes durant les jours suivants de crainte que Murina l'accusât de lui avoir volé un objet précieux, mais rien ne troubla le calme du temple. Afin que les esclaves ne découvrent pas la statuette en or, elle l'avait à nouveau glissée dans un sachet en tissu, avant de la ranger dans une grande jarre qui lui servait à archiver certains papyrus administratifs. Comme personne, à part elle, ne touchait à ces documents, elle se sentait à peu près assurée que la présence de l'étui resterait méconnue. Pourtant, les raisons qu'avait cet ivrogne de tuer Tite pour incriminer Heiasun ne lui paraissaient pas claires. Il avait bien mentionné Vetia, mais la prêtresse doutait qu'il s'agît de son amie puisqu'il semblait ignorer qui était Teithurna.

L'été commençait à peine, lorsque la patricienne vint rejoindre Larthia au sommet de la colline qui surplombait le sanctuaire. La jeune femme l'accueillit avec plaisir, mais son attitude contrainte alerta son amie.

— Que t'arrive-t-il ?

La prêtresse émit un rire bref.

— J'ai reçu un curieux client la *none* dernière. Il s'appelle Murina Tolumni.

Vetia pâlit.

— Murina… Je croyais qu'il avait quitté la ville.

Larthia lui adressa un rapide coup d'œil.

— Ainsi, tu le connais.

La patricienne se voûta.

— Il te l'a dit, je suppose. Cela explique ton air distant. Mais sache que tu ne me condamneras jamais aussi durement que je le fais moi-même.

La jeune femme secoua la tête.

— Je ne te juge pas ! En réalité, je n'ai pas bien compris ce qu'il m'a raconté. Il était ivre et se vantait d'avoir assassiné Tite Spurinna pour faire accuser le mosaïste à cause de toi.

Vetia se tordit les doigts.

— Bon ! Je te relate tout, cela vaudra mieux.

Elle se lança dans un récit assez décousu, mentionna des noms que la prêtresse n'avait jamais entendus, revint en arrière pour préciser un détail oublié, avant de sauter à autre chose, si bien que son amie finit par jeter l'éponge.

— Attends, attends ! Je suis complètement perdue. Heiasun était ton amant, n'est-ce pas ?

La patricienne opina.

— Oui, tant qu'il travaillait sur l'extension de la maison de mon père, mais c'était terminé lorsque Tite a été tué. Il ne m'aimait pas. C'est moi qui lui courais après.

Larthia fronça les sourcils.

— Mais quelle ombre pouvait-il faire à Murina ?

Vetia soupira.

— Aucune, mais cet imbécile était persuadé que j'avais rompu nos fiançailles à cause de lui. Je n'ai jamais pu lui faire admettre qu'il n'en était rien. C'est pourquoi j'ai accepté d'épouser Teithurna, mais il était trop tard. Alors, j'ai rassemblé les ouvriers d'Heiasun, ainsi que son beau-père, puis, ensemble, nous l'avons fait évader, sinon il n'aurait pas échappé à la peine de mort.

La jeune femme parut surprise.

— Ne pouvais-tu révéler la vérité ?

La patricienne écarta les mains.

— Je l'aurais fait si cela avait pu le sauver, mais je n'avais aucune preuve.

La prêtresse se tapota les lèvres.

— Sais-tu où il se trouve maintenant ?

Vetia lissait les plis de sa robe avec application.

— Non. Je n'ai jamais cherché à l'apprendre de peur de mener les vigiles jusqu'à lui. J'espère simplement qu'il est heureux aujourd'hui. En souvenir de lui, je m'occupe de Pumpu comme il le faisait. Je veille à ce qu'il ne manque de rien, et je lui rends visite de temps en temps.

Larthia tressaillit.

— Pumpu Alfi ?

La patricienne releva les yeux.

— Oui. C'est son beau-père. Le connais-tu ?

La jeune femme contemplait le paysage d'un air lointain.

— Je l'ai rencontré au chevet d'un malade. Je comprends maintenant ce qu'il me rappelait. Ainsi, il avait fini par se marier avec sa mère.

Vetia écarquilla ses prunelles noires.

— Mais de quoi parles-tu ?

La prêtresse rougit.

— Moi aussi, j'ai des aveux à te faire. Tout d'abord, j'ai récupéré la statuette en or que l'on accusait Heiasun d'avoir volée. Murina l'avait sur lui, dans un sachet de tissu. Je l'ai remplacée par une autre en bronze.

La patricienne s'illumina.

— Voilà qui est formidable, cela devrait permettre de l'innocenter. Mais pourquoi as-tu fait cela ? En quoi cette histoire te concerne-t-elle ?

Larthia croisa les bras.

— Heiasun et moi avons grandi ensemble à Roselle. Il avait promis de m'épouser, mais il est parti pour Tarquinia où il m'a oubliée.

Vetia détailla sa compagne avec curiosité.

— Mais il était fils de potier. Comment vous connaissiez-vous ?

La jeune femme eut un léger sourire.

— Je suis fille d'artisan, moi aussi, en réalité. Mon père faisait des paniers.

Si la patricienne s'en étonna, elle ne montra aucune réprobation.

— Alors, tu as menti ? Tu n'as jamais été la supérieure du temple de Turan.

La prêtresse se redressa.

— Oh, que si ! Mes compagnes n'auraient jamais couvert un tel mensonge. J'ai bien été choisie pour succéder à Urgulania. J'ai seulement évité de mentionner que je suis issue de la plèbe, afin de me faire accepter plus facilement.

Vetia posa une main sur le genou de son amie.

— Tu as bien fait. Nos chers dirigeants ont l'esprit tellement étroit qu'ils t'auraient rejetée sans même faire l'effort de te connaître. Ne t'inquiète pas : je ne dirai rien.

Larthia lui adressa un regard reconnaissant.

— Qu'entreprendrons-nous pour Heiasun ?

La patricienne n'hésita pas.

— Comme tu possèdes maintenant la preuve de son innocence, nous devons le retrouver. J'essaierai de me renseigner discrètement, parce que Teithurna ignore tout cela.

La jeune femme opina.

— Je tenterai, moi aussi, d'en apprendre davantage, mais il ne faudrait pas donner l'alarme à Murina.

Vetia fit la grimace.

— Il a quitté la cité peu après le meurtre de Tite, j'espère qu'il n'est pas revenu vivre ici. De toute façon, je le saurai facilement, et je te tiendrai au courant.

La prêtresse se recoiffa d'un air pensif.

— D'accord ! Je crois que je rendrai visite à ce Pumpu.

La patricienne se remit debout.

— Bonne idée ! Tu verras, c'est un homme de bien.

Les deux amies reprirent le raidillon qui les ramena au temple, puis se séparèrent avec un sourire de connivence qui leur procura l'impression d'être devenues des conspiratrices.

Quelques jours plus tard, comme l'activité se ralentissait durant l'été, Larthia se rendit dans le quartier où elle avait soigné le vieil homme, heureuse d'avoir un prétexte pour se renseigner au sujet de l'ancien potier. En arrivant devant la maison délabrée, la jeune femme fut si surprise de la trouver en réfection qu'elle s'immobilisa sur le trottoir en se demandant si elle ne s'était pas trompée d'adresse. Un homme sortit du logis, jeta un coup d'œil sur la façade que l'on reblanchissait, puis avisant la visiteuse, il s'avança vers elle d'un air avenant.

— Bonjour, Madame. Puis-je vous aider ?

Elle désigna la bâtisse.

— Je suis venue dans ce secteur traiter un patient qui par malheur a succombé. Il me semblait que c'était dans cette demeure, mais j'ai dû m'égarer.

L'inconnu la fixa avec curiosité.

— Pas du tout, mais comme il n'avait pas d'héritier, j'ai pu y installer ma famille. Qu'est-ce qui vous amène ici ?

Elle eut un geste vague.

— Je cherche le voisin qui avait veillé sur le malade. Il s'appelait Pumpu Alfi, si ma mémoire est bonne.

L'homme s'éclaira.

— Bien sûr ! Qui ne connaît pas Pumpu dans le quartier ? Il passe son temps à s'occuper des miséreux, c'est un homme très charitable. Continuez tout droit, puis tournez à gauche. Vous le trouverez dans la troisième maison à votre droite.

La prêtresse le remercia, puis suivit la direction qu'il lui avait indiquée. Elle n'eut aucune difficulté à découvrir la demeure de Pumpu, mais au moment de frapper à la porte, elle retrouva pour un instant sa timidité d'enfant. Pourtant, lorsque le potier apparut sur le seuil, elle fut rassurée par son sourire amical.

— Entrez donc ! Votre visite est un plaisir.

Elle pénétra dans une pièce cossue démontrant que la générosité de Vetia n'était pas un vain mot.

— Vous vous souvenez de moi.

Il lui désigna un siège.

— Bien sûr, vous êtes la prêtresse qui soigne les miséreux. Je ne risque pas d'oublier votre dévouement.

Elle le regarda prendre place en face d'elle, puis se décida.

— Cette fois, je viens vous voir pour un motif personnel. Je m'appelle Larthia Cupsnei, et suis originaire de Roselle. Cela vous dit-il quelque chose ?

Il haussa les sourcils.

— La petite fille que Culni et moi avions aperçue en allant débarrasser les affaires de Cicu. Ainsi, vous êtes arrivée à Tarquinia. J'ai bien peur qu'il ne soit trop tard, hélas ! Heiasun n'est plus ici. D'ailleurs, Culni vous avait menti à son sujet, ce que j'ai toujours désapprouvé. Il vous avait bel et bien effacée de sa mémoire.

La jeune femme opina d'un air serein.

— Je sais. Je suis au courant de toute l'histoire par Vetia qui est devenue mon amie. Mais j'ai certaines choses à vous apprendre…

Lorsque la prêtresse rentra au temple ce soir-là, elle se sentait réconfortée par sa conversation amicale avec Pumpu. Comme elle l'avait pensé lors de leur rencontre au chevet du malade, le potier était quelqu'un de très agréable, avec lequel elle avait sympathisé, si bien qu'elle se promettait de le revoir aussi souvent qu'elle le pourrait.

La vie de couple

Été — hiver 291 av. J.-C.

Debout dans la salle d'eau, Heiasun attendait que son esclave l'enduisît d'un onguent parfumé en contenant son impatience.

— As-tu bientôt fini, Laru ?

Le valet opina.

— Oui, maître. Ne vous énervez pas, vous ne serez pas en retard.

Le jeune homme soupira en se retournant sous la pression des doigts du domestique.

— J'aurais dû organiser la cérémonie ici comme j'en avais l'intention, au lieu d'écouter Cneve.

Le serviteur parut choqué.

— Oh non, maître ! La fête sera bien plus belle chez lui.

Comme l'esclave avait terminé, le mosaïste laissa retomber ses bras.

— Oui, tu as sans doute raison.

Le domestique lui présenta une tunique bleu pâle, ferma un collier d'or à son cou et des bracelets de même métal à ses poignets, puis drapa sur ses épaules une toge en tissu léger, avant de brosser ses cheveux courts dans l'espoir de discipliner ses boucles rebelles. Quand Heiasun sortit dans l'atrium, il croisa les regards admiratifs de son personnel regroupé pour l'occasion, alors il sourit en se dirigeant vers la porte devant laquelle l'attendait sa litière, tandis que fusaient les vœux de bonheur. Tout en s'installant dans ce véhicule bien trop beau pour un artisan selon ses dires, il regretta de ne pouvoir faire le trajet à pied afin de calmer un peu sa nervosité.

En ce jour des calendes de turane[69], Heiasun Churcles épousait Venai Mezenti, la fille d'Arruns, après plus d'un an de rencontres d'abord épisodiques, puis de plus en plus fréquentes. Au fil du temps, le jeune homme avait appris à apprécier la fille du couvreur, dont la timidité cachait un esprit vif et ouvert à l'évolution de leur monde. Lorsque leur relation était devenue sérieuse, il lui avait raconté son histoire, ainsi qu'à son père, afin qu'il ne subsistât aucune zone d'ombre. Arruns et Venai s'étaient montrés très choqués de ce qu'on lui avait fait subir, mais ils n'avaient pas douté de son innocence. De son côté, Velthur leur avait expliqué à quelles extrémités ce drame avait poussé son ami, puis il avait conseillé à la jeune fille de ne pas lui poser de questions sur les rubans qu'il portait toujours aux poignets, en soulignant à quel point le sujet demeurait douloureux.

Lorsqu'il avait appris la nouvelle, Cneve Thanursiannas avait décrété que la célébration aurait lieu chez lui, qu'il se chargeait de tous les frais, puis il avait offert cette litière à Heiasun en arguant qu'il lui fallait un véhicule plus adapté à une femme que son chariot de transport. Le jeune homme avait eu beau protester qu'il avait les moyens de financer la cérémonie et la réception qui suivrait, le magistrat lui avait remontré que ce n'était pas au futur marié de supporter l'organisation de ses propres noces. La coutume voulait que les parents du fiancé y pourvoient, mais comme le mosaïste n'en avait plus, le *princeps* avait décidé de se substituer à eux pour ce jour exceptionnel. Si Arruns s'était déclaré très impressionné de pénétrer dans la villa de l'un des dirigeants de Faleries, Venai, elle, l'appréhendait tellement qu'elle était allée jusqu'à demander à Heiasun d'annuler la fête. Longtemps, ils en avaient débattu jusqu'à ce que le jeune homme à bout d'arguments lui assenât qu'après leur union, elle devrait bien s'habituer à fréquenter ces gens hauts placés qui le considéraient comme un ami. Elle avait réalisé qu'elle le perdrait si elle refusait de s'adapter à la vie qu'il menait, alors elle avait cédé avec la crainte de paraître gauche et maladroite dans cette société raffinée.

Le mosaïste mit pied à terre devant la villa de Cneve, puis suivit l'intendant qui le conduisit dans l'atrium principal où le prêtre d'Uni avait déjà dressé l'autel. Le magistrat rayonnant s'avança à sa rencontre.

— Heiasun ! Tu es superbe ! Viens par ici, nos amis ne tarderont pas à arriver.

Le jeune homme contempla les décorations qui enrichissaient encore la pièce.

— Fallait-il vraiment organiser une réception aussi grandiose ?

Cneve passa un bras autour de ses épaules.

---

[69] 21 juillet

— Mais naturellement ! Elle est à la mesure de la joie que j'éprouve à te voir prendre enfin le chemin du bonheur.

Le mosaïste fit quelques pas avec lui.

— Je sais que tu fais tout cela par amitié, mais Venai risque d'être terrifiée en découvrant autant de monde.

Le *princeps* sourit, tandis que son épouse embrassait le fiancé d'un geste familier.

— Cette petite est charmante. Ne t'inquiète pas pour elle. Elle s'y fera bien plus vite que tu ne le penses.

Heiasun soupira.

— Je l'espère, en tout cas. Issue de Roselle, elle est habituée à ce qu'il y ait des barrières infranchissables entre les classes.

Le magistrat s'arrêta au bord de l'impluvium.

— Elle constatera que notre société est bien plus ouverte.

Les invités arrivaient par petits groupes, saluaient le maître et la maîtresse de maison, congratulaient le héros de la fête, puis se dispersaient dans la demeure en attendant la mariée que peu de gens connaissaient. Tout cela ne rassurait guère le jeune homme qui guettait la porte pour être le premier à l'accueillir, mais lorsqu'elle parut, Cneve le retint avant de s'avancer avec sa femme à la rencontre du père et de la fille avec un sourire avenant.

— Soyez les bienvenus dans cette maison. Je suis heureux de vous recevoir chez moi.

Arruns s'inclina.

— C'est un honneur pour nous.

Thanachvil enveloppa la fiancée d'un regard appréciateur.

— Ma chère, vous êtes resplendissante !

Venai rougit.

— Vous êtes trop aimable.

Elle portait une longue robe sur laquelle étaient peints des motifs floraux, ses cheveux châtains séparés en plusieurs tresses volaient autour de son visage au moindre mouvement, tandis que ses yeux bruns maquillés pour la première fois étincelaient. La jeune fille arborait une parure de bijoux en or offerte par Cneve, que son fiancé détailla avec surprise. Pourtant, comme le prêtre les appelait devant l'autel pour commencer la cérémonie, il se plaça auprès d'elle sans poser de questions.

Les convives se rendirent ensuite dans l'une des salles de réception, où l'on servit des rafraîchissements avant de passer à table, afin que chacun pût féliciter le jeune couple. Heiasun enlaça sa femme de peur qu'elle se sentît perdue devant ces hauts dignitaires, mais il ne tarda pas à oublier son rôle de protecteur devant les cadeaux de grand prix qui s'amoncelaient, tandis que tous les invités l'étreignaient avec amitié. Confondu, il regardait ces trésors sans oser faire remarquer qu'ils étaient trop beaux pour lui, mais en jetant un coup d'œil vers son épouse, il découvrit qu'elle contemplait les présents avec un plaisir manifeste. Alors, il se contenta de remercier les généreux donateurs comme s'il s'agissait de la chose la plus naturelle du monde, tandis que Venai s'associait à lui avec un enthousiasme spontané qui lui attira des sourires attendris. En tournant la tête, le jeune marié avisa son beau-père qui semblait très impressionné, alors il douta de parvenir à le recevoir en même temps que ses amis patriciens.

Ils pénétrèrent ensuite dans le triclinium, où Thanachvil et ses amies réussirent à détendre la mariée, si bien que rien ne ternit l'ambiance joyeuse de la fête. Seul Arruns ne se mettait pas au diapason malgré les amabilités que lui adressaient les invités, mais cela passa presque inaperçu au milieu des propos enjoués. Lorsque arrivèrent les desserts, des jongleurs, des musiciens et des danseuses apportèrent un divertissement bienvenu, tandis que les convives quittaient les lits d'apparat sur lesquels ils s'étaient engourdis durant le repas. Comme Venai était retournée dans l'autre salle de réception pour recenser les cadeaux avec la maîtresse de maison, Karkana Velianas vint s'asseoir auprès d'Heiasun.

— Ta femme est tout à fait charmante. Je pense que tu l'as bien choisie.

Le jeune homme eut un sourire amusé.

— Merci. Ton approbation me va droit au cœur.

Son ami dressa l'index d'un air sérieux.

— C'est important un couple équilibré, parce que l'amour ne suffit pas. Quand on est jeune, on ne le sait pas toujours.

Une ombre passa dans les prunelles vertes du mosaïste.

— Je crois que je l'ai compris.

Le magistrat l'observa avec compassion.

— Oui, bien sûr. Toi, tu as déjà beaucoup vécu. Un peu trop pour ton jeune âge, je dirais.

Heiasun s'était déjà repris.

— J'ai quand même vingt-sept ans.

Karkana sourit.

— Et moi, j'en ai deux fois plus. En tout cas, je te souhaite beaucoup de bonheur.

Le jeune homme posa une main sur sa joue lisse.

— Je suis confus, vous vous êtes tous montrés tellement généreux.

Son ami lui donna une tape affectueuse sur l'épaule.

— Simplement parce que nous t'apprécions. Tu le mérites !

Cneve s'approcha en reprochant à Karkana de monopoliser le jeune marié, ce qui fit rire tout le monde. Très vite pourtant, le mosaïste se rendit compte que chacun manœuvrait pour lui parler en particulier, comme s'il était important d'afficher l'amitié que l'on éprouvait pour lui. Un peu plus tard, Venai rayonnante reparut en compagnie de Thanachvil, puis se pendit à son bras en souriant, beaucoup plus à l'aise que lors de son arrivée. Elle balaya du regard la multitude autour de son époux.

— Vous êtes tous tellement gentils. J'espère que nous aurons le plaisir de vous recevoir chez nous pour vous remercier de toutes vos bontés.

Kaisie Alvethnas se fit le porte-parole de ses pairs.

— Nous viendrons volontiers. Heiasun pourra te confirmer que nous avons toujours accepté ses invitations.

Le jeune homme serra sa femme contre lui.

— Et je souhaite que cela dure longtemps.

Dans son coin, Arruns se disait qu'il perdait deux fois sa fille, mais elle semblait si radieuse qu'il n'en ressentait aucune amertume. Au contraire, il songeait que grâce à ce mariage, elle avait une chance de fréquenter des gens qu'elle n'aurait jamais rencontrés autrement.

En quittant la villa de Cneve, la jeune mariée s'émerveilla devant la litière offerte par le *princeps*, puis s'installa dedans en adressant des gestes de la main aux spectateurs regroupés à la porte de la demeure. Lorsque les rideaux eurent été refermés, elle se blottit contre son époux en posant la tête sur son épaule.

— C'est vraiment le plus beau jour de ma vie. Je n'aurais jamais imaginé que je serais si heureuse.

Heiasun lui caressa la joue avec tendresse.

— Je suis content que tu te sois bien entendue avec mes amis. J'avais peur que tu ne dépasses pas ta timidité.

Venai resserra ses bras autour de lui.

— J'étais très impressionnée, mais ils se sont montrés tellement simples, que je me suis vite sentie à l'aise.

Le jeune homme lui donna un baiser.

— Ils ne sont pas arrogants comme les notables de Tarquinia. Par contre, ton père semblait pétrifié.

Elle eut un sourire indulgent.

— Pour lui, les barrières entre les différentes classes sociales sont infranchissables.

Le mosaïste opina.

— Je le pensais aussi, mais Cneve m'a prouvé le contraire.

Les domestiques firent un accueil triomphal à leur maîtresse, tellement ils étaient enchantés de découvrir leur maître plus gai qu'ils ne l'avaient jamais vu. Pendant la journée, ils avaient reçu les quelques esclaves affectés au service de la jeune femme, les avaient installés dans leurs quartiers, puis ils avaient changé le mobilier de la chambre d'Heiasun qui devenait la chambre conjugale. Ils firent admirer les modifications au jeune couple qui les félicita.

La vie s'organisa dans la villa du mosaïste. Venai trouva ses marques sans difficulté, même si elle avait appris à entretenir une demeure plus petite que celle de son époux. D'ailleurs, l'intendant savait l'orienter avec délicatesse lorsqu'elle se sentait dépassée par l'imposante domesticité qu'il lui fallait diriger. De son côté, le jeune homme prit le temps de se consacrer à l'agrandissement de son entreprise en embauchant de nouveaux employés afin de pouvoir accepter deux chantiers à la fois. Il avait eu l'intention de s'en occuper dès que la mosaïque murale de Thefarie Vipiiennas avait été posée, mais les fréquentes visites de Venai sur la villa en construction l'avaient amené à suspendre ce projet qui l'aurait éloigné du chantier. Maintenant, il appréciait cette tâche qui l'obligeait à rester chez lui la plupart du temps afin de recevoir les candidats, ce qui lui permettait de se glisser hors de son tablinum entre deux rendez-vous pour embrasser sa femme. Pourtant, s'il dénichait assez facilement des ouvriers qualifiés, il ne parvenait pas à recruter un responsable capable de gérer un chantier. Il revint sur la question un soir où Velthur était venu manger avec eux.

— J'ai bien peur de devoir abandonner cette idée.

Son ami se régalait d'un râble de lapin.

— Ce serait dommage, quand même. Ne te décourage pas si vite, tu finiras bien par trouver.

Heiasun prit son gobelet.

— Je crois que j'aurai bientôt épuisé les ressources de Faleries.

L'entrepreneur essuya ses doigts pleins de graisse.

— As-tu fait savoir que tu cherchais quelqu'un ?

Le jeune homme fixait son vin d'un air absent.

— Oh, oui ! J'en ai parlé à tous les gens que je connais, et les candidats que j'ai reçus ont également diffusé la nouvelle. D'ailleurs, beaucoup d'entre eux sont venus parce qu'ils ont appris mon offre par leurs compagnons.

Son épouse fit la grimace.

— Je ne te verrai pas beaucoup si tu ne repères personne.

Le mosaïste releva la tête avec surprise.

— Ça ne changera pas grand-chose.

Velthur se tapota les lèvres.

— C'est vrai. Soit Heiasun se partagera entre les deux chantiers, soit il devra quand même superviser le travail du responsable. Je ne sais pas ce qui vaudra le mieux.

Le jeune homme reposa son verre.

— Il faudra simplement que je modifie mon organisation.

Quelques jours plus tard, Karkana Velianas se présenta à la porte de la villa, accompagné d'un homme très intimidé. Il se fit conduire dans le bureau du maître de maison, en laissant son compagnon attendre dans l'atrium.

— Je ne veux pas te déranger longtemps, mais je crois que je t'apporte la solution à ton problème.

Perplexe, le mosaïste délaissa son écritoire pour se lever.

— Tes visites sont toujours un plaisir. Qu'est-ce qui t'amène ?

Le magistrat eut un geste en direction de l'extérieur.

— Tu sais que je suis chargé de m'occuper des nouveaux arrivants dans notre ville. C'est à moi qu'ils s'adressent pour obtenir de l'aide.

Heiasun s'adossa au mur.

— Oui. Velthur m'en avait parlé lorsque je suis moi-même arrivé.

Son ami sourit.

— Mais tu ne m'as jamais contacté.

Le jeune homme secoua la tête.

— Je n'en ai pas eu besoin. Velthur m'a mis en relation avec ses clients, ce qui m'a permis de travailler presque tout de suite.

Karkana retourna son pouce vers l'atrium.

— Et bien, ce n'est pas le cas pour l'homme qui attend dehors. Il vient de Volsinies. Depuis que cette cité a signé un pacte d'alliance avec Rome, les artisans vivotent ou meurent de faim tellement l'économie de la ville stagne. Alors, il s'est décidé à s'exiler dans l'espoir de trouver un emploi qui lui procure sa subsistance.

Le mosaïste croisa les bras.

— Qu'ai-je à voir là-dedans ?

Le magistrat passa une main dans sa tignasse brune.

— Il est artisan-mosaïste. À Volsinies, il était établi à son compte, mais il ne demande pas mieux que d'œuvrer pour toi. Son nom est Caeles. Acceptes-tu de le recevoir ?

Heiasun se redressa en fixant son ami avec inquiétude.

— Volontiers, mais qu'arrivera-t-il s'il ne me convient pas ?

Une lueur d'amusement apparut dans les prunelles de Karkana, d'un vert plus terne que celles de son vis-à-vis.

— Pas de problème ! Je n'ai pas l'intention de t'imposer qui que ce soit. Je me contente de te le présenter. Si tu n'en veux pas, je m'efforcerai de lui trouver autre chose, c'est tout.

Le jeune homme hocha la tête.

— Bon, fais-le entrer.

Le magistrat se tourna vers la porte.

— Je m'en vais. Il viendra m'annoncer plus tard le résultat de votre entretien. Surtout, n'aie aucun scrupule. Je sais qu'il te faut quelqu'un de très qualifié.

Le mosaïste vit un homme maigre, plus âgé que lui, pénétrer avec gaucherie dans la pièce, mais son visage à l'expression ouverte le disposa en sa faveur. Alors, il l'invita à s'asseoir en face de lui, l'interrogea sur ses réalisations antérieures en formulant ses questions de manière à ce qu'il précisât les détails techniques qui indiqueraient son niveau. À mesure que le candidat décrivait son ouvrage, Heiasun se rendait compte que son interlocuteur était aussi passionné que lui. Quand il fut satisfait des réponses obtenues, il sortit certains de ses dessins afin d'aborder des points plus complexes, mais lorsqu'il déroula le premier, Caeles poussa un cri d'admiration.

— Oh ! C'est magnifique ! Avez-vous réellement composé une telle mosaïque ?

Le jeune homme sourit.

— Absolument ! Mes ouvriers viennent d'en terminer la pose.

Le candidat caressa le papyrus.

— Jamais je n'ai créé de telles merveilles. Mon travail était beaucoup plus classique. Je me contentais de reprendre les thèmes rebattus. Je n'ai pas autant de talent que vous, j'en ai peur.

Le mosaïste plaça des poids sur les coins du document pour qu'il restât plat.

— Je ne vous demanderai pas de concevoir la décoration. J'ai besoin d'un excellent technicien et, surtout, de quelqu'un qui sache diriger un chantier en mon absence.

Caeles le dévisagea avec étonnement de ses yeux gris.

— Avez-vous une seconde activité ?

Heiasun s'esclaffa à cette idée.

— Pas du tout ! J'ai tellement de commandes que, pour y répondre, je dois mettre sur pied une seconde équipe sous les ordres d'un bon contremaître.

Son interlocuteur opina d'un air entendu.

— Alors, vous n'effectuez plus jamais de pose. Cela ne vous manque-t-il pas ?

Le jeune homme feuilleta ses croquis.

— En réalité, je n'ai pas abandonné la pose, mais je me limite aux mosaïques murales.

Le candidat sursauta.

— Pardon ? Vous faites des compositions verticales ?

Le mosaïste eut une grimace amusée, tout en sortant la représentation de l'une d'elles.

— Mais oui ! Tout le monde m'en réclame.

Caeles écarquilla les yeux d'émerveillement devant la fresque, puis il s'assombrit.

— Je ne saurai pas faire ça.

Heiasun ramassa son esquisse.

— Aucune importance ! Seuls quelques-uns de mes ouvriers y parviennent.

Après cet entretien qui lui donna toute satisfaction, le jeune homme décida d'emmener Caeles sur le chantier en cours afin de découvrir comment il se comportait. Il le présenta à ses employés, expliqua que l'étranger postulait pour le poste de contremaître, puis il s'excusa en annonçant qu'il devait discuter de quelque chose avec Velthur. Pourtant, il se contenta de raconter les dernières nouvelles à son ami, puis revint s'appuyer contre une colonne d'où il avait une bonne vue sur la pièce où il avait laissé Caeles. L'artisan observait le travail des ouvriers, se renseignait sur les techniques de taille qu'il ne connaissait pas, s'agenouillait pour passer la main sur la mosaïque déjà constituée avec une admiration qu'il n'essayait ni d'étaler ni de cacher. L'un des poseurs cria en lâchant ses instruments, tandis que son index se mettait à saigner, alors Caeles se précipita vers le blessé, tout en envoyant l'un de ses camarades chercher de l'eau, puis il nettoya la plaie avant de faire un pansement serré afin d'arrêter l'hémorragie.

— Il faudrait des feuilles d'acanthe pour appliquer sur la blessure. Savez-vous où on peut en trouver ?

Le mosaïste s'était approché sans bruit.

— Oui. Nous avons ici une petite pharmacie pour faire face aux cas d'urgence. Ses compagnons s'occuperont de lui. Je vous félicite, vous avez été très efficace.

Le candidat se releva, un peu désorienté, mais le sourire d'Heiasun le rassura.

— Cet accident n'était pas prémédité, mais il est tombé à pic pour me montrer comment vous réagissiez quand un problème apparaît.

Son interlocuteur haussa les sourcils.

— Il me semble évident de prendre soin de mes employés.

Le jeune homme l'entraîna vers la sortie.

— C'est aussi mon avis, mais ce n'est pas toujours le cas. Je connais des artisans qui tyrannisent leur personnel, exigent une besogne impeccable sans se soucier des écueils qui peuvent surgir, et jettent les hommes dehors au moindre incident.

Caeles glissa ses doigts dans ses cheveux d'un blond terne en soupirant.

— J'en ai rencontré aussi. Ces gens sont odieux.

Le mosaïste lui adressa un regard amical.

— Oui. Je pense que nous ferons du bon ouvrage ensemble.

Le candidat eut un mouvement de recul.

— Vous m'embauchez parce que je ne traite pas les ouvriers comme des chiens ? Pourtant, chacun d'entre eux est bien meilleur que moi pour la taille et la pose des mosaïques.

Heiasun balaya la remarque d'un geste.

— La technique, cela s'apprend. Je vous retiens parce que vous aimez vraiment ce métier, c'est une évidence, et parce que vous êtes humain.

Caeles joignit les mains avec incrédulité.

— Oh, merci ! Je n'aurais jamais rêvé de pouvoir travailler sur d'aussi belles compositions.

Le jeune homme s'arrêta sur le trottoir.

— Allez avertir Velianas qu'il n'a plus à se faire de souci pour vous. Je vous attendrai ici demain matin.

Le nouveau contremaître le remercia avec effusion, puis s'éloigna d'un pas alerte en direction du forum, tandis que le mosaïste retournait prendre des nouvelles de l'ouvrier blessé.

L'adaptation fut plus rapide que prévu, à la grande satisfaction d'Heiasun, tellement son employé montrait de passion pour leur profession. Il voulait tout connaître des techniques utilisées par l'équipe, posait de nombreuses questions au jeune homme, mais aussi aux façonniers sans en ressentir la moindre honte, même s'il était censé les diriger bientôt. Cette attitude le rendit sympathique aux yeux de tout le monde, ce qui facilita les rapports entre l'arrivant et les anciens.

Le mois de celi[70] se terminait lorsque le mosaïste accepta la demande d'un notable qui le harcelait depuis longtemps pour qu'il créât les fresques de sa villa. Considérant que Caeles était assez formé, Heiasun lui laissa la gestion du chantier en cours pour se consacrer à l'étude de ses prochaines compositions, à la grande joie de Venai qui préférait les moments où il demeurait à son bureau. Ce test se révéla concluant, si bien que le jeune homme présenta son contremaître au client en précisant que c'était à lui qu'il devait s'adresser pour tout ce qui concernait le chantier. Le magistrat n'apprécia guère d'avoir affaire à un subalterne, mais il s'inclina, tout en se promettant d'exiger la présence du patron au premier incident.

Les embauches récentes avaient doublé les effectifs de l'entreprise, mais par prudence, le mosaïste mélangea les nouvelles recrues avec des employés expérimentés dans les deux équipes qu'il constitua. Cette disposition permettait que l'ambiance restât la même sur les chantiers, les anciens transmettant leur conscience professionnelle aux jeunes pour que tout se déroulât bien. Durant les premières *nones* de cette nouvelle organisation, Heiasun passa d'un site à l'autre afin de s'assurer qu'aucun problème ne surgissait hormis les habituels soucis du métier. Lorsqu'il se rendit compte que même son client n'avait pas de doléances à émettre, il relâcha sa surveillance, soulagé de retrouver un rythme de travail moins dense.

De son côté, Venai était ravie de profiter un peu plus de la présence de son époux, d'autant que la saison froide approchant, les propriétaires de latifundia rentraient prendre leurs quartiers d'hiver dans la cité, ce qui signifiait le retour de la vie mondaine. Maintenant que la jeune femme avait surmonté sa timidité, elle se réjouissait d'assister à ces fêtes qui la faisaient rêver lorsqu'elle était petite. Alors, sans même demander son avis à Heiasun, elle accepta toutes les requêtes qui leur

---

[70] 21 septembre — 20 octobre

étaient adressées, puis se complut à choisir des robes du soir qui flattaient sa beauté, pleine de gratitude pour le mari qui lui offrait une telle opulence.

Un peu étonné par le revirement de son épouse, le jeune homme n'émit aucune protestation en découvrant que toutes les *nundines*, ainsi que nombre de ses soirées étaient occupées par des réceptions, puisqu'il la savait heureuse. Pourtant, ces invitations s'ajoutant à ses journées de labeur ne tardèrent pas à lui peser, d'autant qu'il n'appréciait guère la mentalité futile qui régnait dans ces réunions. Au fil des *nones*, sa fatigue augmenta au point qu'il lui devint difficile de se lever le matin, mais comme son volume de travail ne diminuait pas, il l'ignora.

L'hiver débutait quand Venai, qui surveillait les esclaves débarrassant les reliefs du repas, jeta un coup d'œil surpris à son mari.

— C'est bizarre. Je ne t'ai jamais vu t'endormir après le prandium.

Le mosaïste, qui somnolait sur son lit d'apparat, sursauta.

— Comment ?

La jeune femme fronça les sourcils.

— Tu me parais épuisé. J'ai l'impression que la direction de deux chantiers à la fois ne te réussit pas.

Heiasun soupira en passant une main sur son visage.

— Je crois surtout que ce sont toutes ces sorties.

Son épouse se rapprocha.

— Pourquoi donc ? Y en a-t-il davantage que l'année dernière ?

Le jeune homme se redressa en s'étirant pour chasser sa lassitude.

— Je n'en sais rien. Je n'y assistais jamais avant.

Venai écarquilla les yeux.

— Quoi ? Mais je pensais que c'était ton habitude. Ne recevais-tu pas d'invitations ?

Le mosaïste se mit debout.

— Oh, si ! Mais je les refusais presque toutes. Je ne me rendais qu'à celles de Cneve et de quelques autres, seulement aux *nundines*.

La jeune femme s'alarma.

— Alors, c'est de ma faute. J'annulerai tout ce que nous avons de prévu.

Heiasun se dirigea vers la porte.

— Certainement pas ! Si cela te fait plaisir, nous continuerons. Je m'y ferai.

Quelques jours plus tard, alors qu'il travaillait dans son bureau, le jeune homme vit les caractères se brouiller sur son papyrus. Il se frotta les yeux pour rétablir sa vision sans y parvenir, alors il redressa la tête, étonné de découvrir que la pièce tournait autour de lui. Perplexe, il voulut poser son écritoire, mais le sol ondulait tellement qu'elle tomba.

Il se mit à genoux avec l'intention de se lever, sans comprendre pourquoi les coussins semblaient monter vers lui.

Des premières années de son maître à Faleries, l'intendant avait conservé l'habitude de jeter un coup d'œil dans le bureau chaque fois qu'il passait devant la fenêtre. C'est ainsi qu'il l'aperçut gisant au milieu de ses affaires éparpillées. Affolée, Venai envoya quérir un médecin, puis s'installa au chevet de son mari pour l'attendre. Le diagnostic du praticien fut sans appel : le malade était dans un état d'épuisement total. La jeune femme se reprocha d'avoir perdu de vue l'essentiel dans sa quête d'amusements, alors elle consacra tous ses soins à son époux en oubliant le reste. Pendant plusieurs jours, il n'ouvrit que rarement les yeux, puis il récupéra peu à peu.

Une none plus tard, alors qu'il commençait à se rétablir, Venai s'assit près de son lit.

— Tout est de ma faute. C'est moi qui t'ai rendu malade en ne tenant pas compte de ton métier. Je m'en veux tellement.

Appuyé contre des oreillers, il nota le regard coupable de son épouse.

— Mais non ! J'aurais dû comprendre que c'était trop. Je désirais te faire plaisir, alors moi aussi, j'ai fait abstraction de mon travail. C'était stupide.

Elle posa une main sur la sienne.

— J'ai tout annulé. Désormais, je n'accepterai plus une seule invitation sans t'en avoir parlé avant. Je te le promets.

Il mêla ses doigts aux siens.

— Nous trouverons le rythme de vie qui nous convient à tous deux.

La candidature

Printemps — automne 290 av. J.-C.

Les rayons du soleil doraient les toits d'une lumière rose qui annonçait une soirée tiède en ce début de printemps, lorsque Heiasun quitta le chantier pour regagner sa villa. Velthur le suivit des yeux en souriant avant de prendre lui-même le chemin de sa demeure, heureux de constater que tout était rentré dans l'ordre depuis l'alerte de l'hiver précédent. Les amoureux s'étaient adaptés l'un à l'autre, en réussissant à concilier les exigences du métier qu'adorait le jeune homme avec la vie mondaine qui attirait son épouse.

Après un passage par la salle d'eau où son esclave le massa afin de détendre ses muscles trop sollicités, le mosaïste rejoignit sa femme qui l'attendait pour la cena dans le triclinium. Elle leva la tête pour l'embrasser.

— Ta journée a-t-elle été bonne ?

Il remarqua que ses yeux brillaient.

— Excellente, et toi ?

En souriant, elle suivit ses gestes.

— Oh, moi aussi.

Il s'allongea sur son lit d'apparat.

— Tu me sembles encore plus rayonnante que d'habitude.

Avec un petit rire, elle grignota une miette de pain.

— C'est que j'ai une grande nouvelle à t'apprendre.

Il but une gorgée de vin.

— Je t'écoute.

Les yeux fixés sur lui, elle se pencha en avant.

— Je suis enceinte.

Il se rassit brutalement.

— Quoi ? Un enfant !

Aussitôt, elle parut inquiète.

— N'es-tu pas content ? N'en voulais-tu pas ?

Il posa ses pieds par terre.

— Euh… si ! Mais tu ne m'en avais rien dit.

Mal à l'aise, elle se mordilla les lèvres.

— J'attendais d'être sûre pour ne pas te susciter de faux espoirs.

Il se leva en tentant de reprendre ses esprits.

— C'est une merveilleuse nouvelle.

Pourtant, ce fut d'un air absent qu'Heiasun alla lui donner un baiser en appuyant la main sur son ventre plat sans parvenir à se convaincre de la présence d'un futur être. Sa propre enfance n'avait pas été heureuse malgré l'amour de ses parents, aussi se sentait-il désorienté à l'idée de devoir élever un rejeton. Venai l'observait avec anxiété.

— Vraiment, tu ne sembles pas content.

Il retourna à sa place en soupirant.

— Laisse-moi le temps de m'y faire. Je ne sais pas comment cela s'est passé pour toi, mais moi, je n'ai pas un bon souvenir de mes jeunes années.

Pour se donner une contenance, elle piocha dans les plats devant elle.

— Mes parents n'étaient pas riches, aussi fallait-il rogner sur tout pour nous en sortir. Mais ce ne sera pas le cas pour nous, n'est-ce pas ? Tu gagnes très bien ta vie.

Le jeune homme opina, tout en renouant ses rubans par habitude.

— Oui, tu as raison. Il grandira dans de meilleures conditions que nous.

Songeur, il repensa à son ami Aranth, lui aussi fils d'artisan, mais qui avait eu une enfance protégée à mille lieues de la sienne. Avec un frisson d'orgueil, il réalisa qu'il avait maintenant les moyens de procurer la même chose à son héritier. Alors, il sourit à son épouse.

— Je suis stupide ! Notre enfant ne manquera de rien, nous pouvons lui offrir tout ce que nous n'avons pas eu. Bien sûr que c'est une bénédiction.

Rassérénée, la jeune femme s'illumina.

— Nous devrons quand même éviter de trop le gâter. D'ailleurs, les Dieux nous en enverront peut-être plusieurs. Qui sait ?

Le mosaïste s'esclaffa.

— Commençons déjà par un, nous verrons ensuite.

Le lendemain matin, il se rendit sur le chantier avec encore plus d'impatience que d'habitude tellement il avait hâte d'annoncer la grande nouvelle à ses amis, mais il s'était trop pressé, si bien qu'il était arrivé avant tout le monde. Alors, il fit le tour des salles déjà construites, contrôla chacune des mosaïques afin de s'assurer qu'elles ne présentaient aucun défaut, puis il termina par la composition murale à peine entamée, qu'il vérifia avec encore plus de sévérité puisqu'il s'agissait de son propre travail. Une voix résonna derrière lui.

— Tu es déjà là ! Bientôt, tu coucheras ici.

Il se releva avec amusement.

— Pas de risque ! Je ne laisserais pas ma femme en ce moment.

Tandis qu'ils revenaient ensemble vers leur pièce de réunion, Velthur le scruta avec curiosité.

— Pourquoi maintenant en particulier ?

Heiasun tendit le bras.

— Je te le dirai dès que nous aurons rejoint Arruns.

Son ami haussa les sourcils.

— Est-ce tellement important ?

Le couvreur se retourna en les voyant franchir le seuil.

— De quoi parlez-vous ?

L'entrepreneur s'avança.

— Heiasun se montre bien mystérieux ce matin.

Le jeune homme sourit.

— Je voulais vous l'apprendre à tous les deux : Venai attend un enfant.

Arruns essuya une larme.

— Ça, c'est une grande nouvelle.

Velthur tapa sur l'épaule de son ami.

— Mes félicitations ! Ainsi, tu deviendras papa.

Le mosaïste écarta les bras.

— Cela me fait tout drôle.

La rumeur circula sur le chantier, si bien que durant toute la journée, des ouvriers congratulèrent le futur père qui fut très touché de ces manifestations d'amitié. Le soir venu, Arruns accompagna Heiasun afin de passer la soirée avec sa fille et son gendre comme il le faisait souvent, aussi heureux que le jour où le jeune homme lui avait demandé la main de Venai.

À partir de ce moment, le mosaïste se montra encore plus attentionné envers son épouse, il veilla à ce qu'elle n'en fît pas trop pour ne pas se fatiguer, tout en accablant les domestiques de recommandations pour les périodes où il était absent. Cette surprotection agaça vite la jeune femme qui se sentait en forme, si bien qu'elle ne voyait pas pourquoi elle devait prendre autant de précautions. Un soir où il s'empressait auprès d'elle, elle finit par éclater.

— Arrête tout de suite, Heiasun ! Je ne suis pas malade !

Il eut un geste de recul.

— Pourquoi t'énerves-tu comme ça ?

Elle s'assit sur son lit d'apparat.

— Parce que je ne suis pas devenue une petite chose fragile depuis que je suis enceinte. Laisse-moi respirer !

Désemparé, il glissa ses doigts dans ses boucles blondes.

— Je souhaite seulement que tu sois bien.

Elle soupira.

— D'accord ! Mais je serais encore mieux, si tu m'oubliais un peu. Jamais je ne tiendrai neuf mois si tu m'étouffes ainsi, ou si les domestiques me surveillent sans arrêt. Je veux rester libre de mes mouvements.

Il alla s'allonger en face d'elle pour la cena.

— Bon, bon !

En souriant, Venai lui lança un coussin à la tête.

— Je sais que tu désires bien faire, mais tu pourrais me comprendre un peu. Je suis sûre que si l'on essayait de t'empêcher de bouger, même pour ton bien, tu n'apprécierais guère.

Le souvenir de ce que Velthur et Cneve lui avaient fait après sa tentative de suicide lui revint avec force.

— À vrai dire, je l'ai déjà vécu.

En décelant l'ombre douloureuse dans son regard, elle réalisa à quoi il faisait allusion.

— Mais tu me fais confiance, n'est-ce pas ? Tu ne crois pas que j'accomplirais quelque chose de néfaste pour notre enfant ?

Il repoussa ces réminiscences toujours déchirantes.

— Non ! Bien sûr que non ! Je cherche seulement à te protéger. Mais tu as raison : je me rends compte que je t'étouffe. Je ne dirai plus rien.

Le jeune homme reprit son attitude habituelle qui avait toujours été attentionnée sans dépasser la mesure, ce qui allégea leurs rapports. Pourtant, la future mère n'était pas au bout de ses peines. Lorsqu'elle se rendait sur le chantier en cours, comme elle aimait à le faire de temps en temps, c'était son père qui s'affolait à la voir marcher au milieu des gravats. En riant, son mari devait voler à son secours pour lui permettre de se promener dans la construction à sa guise sans qu'Arruns la poursuivît de reproches.

Au fil des mois, Venai s'arrondissait, ce qui ne l'empêchait pas d'organiser des réceptions pour les amis de son époux qui étaient devenus les siens au fil du temps. Les jeunes gens appréciaient de s'entretenir avec ces patriciens cultivés qui les changeaient des conversations limitées des autres artisans. C'est ainsi qu'au début de l'automne, un bon nombre de magistrats se réunirent chez Heiasun au retour des latifundia dans lesquels ils avaient passé l'été. Kaisie Alvethnas s'avança sous le péristyle pour donner une chaleureuse accolade au mosaïste.

— C'est un véritable plaisir de se retrouver tous ensemble après ces mois de séparation.

Le jeune homme opina gaiement.

— Je suis tout à fait d'accord.

Karkana Velianas les rejoignit en scrutant leur hôte.

— Toi aussi, tu devrais prendre des vacances, sinon tu t'épuiseras comme l'année dernière.

Heiasun sourit.

— Mais je l'ai fait. Cneve nous a invités durant quelques *nones* dans son latifundium.

Kaisie leva son verre.

— Ça, c'est très bien. L'année prochaine, vous viendrez chez moi.

Karkana saisit la coupe que lui offrait un esclave.

— Pourquoi n'achèterais-tu pas une propriété dans la campagne ?

Le jeune homme eut une moue dubitative.

— Je n'aurais pas le temps d'y aller assez souvent pour que ce soit intéressant.

Cneve Thanursiannas apparut entre les buissons.

— Ou alors, il faudrait que tu délègues davantage.

Le mosaïste fit la grimace.

— J'aime mon métier ! Cela me manquerait de ne pas l'exercer.

Son ami eut un sourire en coin.

— Tu pourrais faire autre chose.

Devinant un double sens derrière les remarques de ses interlocuteurs, Heiasun afficha un air méfiant.

— Quoi donc ?

Cneve but une gorgée, puis se décida.

— Prendre une part active dans le gouvernement de la cité, par exemple.

Le jeune homme tressaillit.

— Pardon ?

Kaisie se campa sur ses jambes.

— Oui. C'est une proposition que nous voulions te soumettre. Tu devrais te présenter aux prochaines élections pour le poste de tribun de la plèbe.

Le mosaïste s'adossa à la colonne derrière lui.

— Mais je n'ai jamais fait de politique. Pourquoi quelqu'un voterait-il pour moi ? D'ailleurs, je ne crois pas que cela me plairait.

Karkana l'enveloppa d'un regard amical.

— Je pense que beaucoup de gens te choisiraient au contraire. Tu es très apprécié dans la ville. Les plébéiens te considèrent comme un modèle, et les personnes de notre classe admirent ton ouverture d'esprit.

Cneve sourit.

— Quant à savoir si cela te conviendrait, tu dois essayer pour le découvrir.

Désorienté, Heiasun les fixa l'un après l'autre.

— Vous me prenez de court.

Kaisie secoua la tête.

— Pas du tout ! Les élections auront lieu à la fin de l'hiver. Cela te donne tout le temps d'y réfléchir. Si tu te décides, tu devras quand même faire campagne.

Les yeux baissés vers la coupe qu'il faisait tourner entre ses mains, le jeune homme ne répondit pas. Cette proposition ne l'enchantait guère, pourtant il voulait en parler avec ses proches pour obtenir leur avis. Comprenant qu'il fallait laisser l'idée faire son chemin, les magistrats se dirigèrent vers le triclinium en commentant les dernières nouvelles, afin de permettre à leur ami de se ressaisir. Kaisie fronça les sourcils.

— Notre situation devient de plus en plus critique. Le général Manius Curius Dentatus vient de soumettre les Sabins. Voilà encore des alliés en moins.

Cneve dressa l'index.

— C'est bien pire que cela ! Rome occupe le Samnium, ainsi que le Picenum jusqu'à la côte est. Nous sommes encerclés de tous côtés.

Karkana s'écarta devant un esclave chargé d'un lourd plateau.

— Oui, d'autant que le territoire des Sabins a été intégré dans celui de Rome. Les populations ont obtenu la citoyenneté romaine, si bien que nous n'avons plus rien à espérer de ce côté.

Cneve s'effaça pour que le mosaïste pénétrât le premier dans la pièce.

— J'ai entendu dire que Dentatus, qui est consul cette année, veut lotir les campagnes de la Sabine au profit de la plèbe romaine.

Heiasun se retourna avec surprise.

— Cela m'étonnerait que le Sénat accepte cette idée. Il considère que seuls les habitants de Rome sont de véritables citoyens.

Karkana le rejoignit.

— Je crois effectivement qu'il résiste. Mais les consuls finiront par l'emporter. Ils ont besoin de terres pour s'assurer la paix sociale. Quel meilleur moyen que d'offrir des propriétés dans les colonies à des Romains qui y feront souche ?

Le jeune homme leur indiqua leur place avant de s'allonger à son tour.

— C'est vrai. En se mêlant à la population locale, ils empêcheront toute révolte contre Rome.

Kaisie s'appuya contre ses coussins en soupirant.

— Cela risque bien d'être notre cas d'ici peu. Notre civilisation disparaîtra, absorbée par celle de nos puissants voisins.

Cneve adopta une pose digne.

— Qui aurait imaginé qu'une si petite cité deviendrait un tel danger ? S'ils l'avaient su, les anciens rois étrusques auraient dû se liguer pour la détruire.

Karkana haussa les épaules.

— Il est inutile de réécrire l'histoire. C'est ainsi, et nous ne pouvons plus y faire grand-chose.

Comme la maîtresse de maison apparaissait en compagnie de leurs épouses, ils se lancèrent dans une conversation plus légère.

Durant les jours qui suivirent cette réception, le mosaïste repensa souvent à la proposition de ses amis sans parvenir à la trouver plus judicieuse que lorsqu'ils l'avaient formulée. En passant sa vie en revue, il se disait que rien de ce qu'il avait fait ne lui donnait le droit de s'exprimer au nom des autres, mais quand il revenait sur l'accusation des Tarquiniens, il songeait que bien des gens s'y opposeraient s'ils en avaient connaissance. Cette perspective lui semblait tellement absurde qu'il ne pouvait se résoudre à la révéler à ses proches de peur qu'ils se moquent de sa vanité. Pourtant, Venai ne tarda pas à se rendre compte que quelque chose le tracassait, si bien qu'elle insista pour en apprendre la raison sans écouter ses dénégations. Un après-midi, elle se campa face à lui dans son bureau en ignorant pour une fois les impératifs de son travail.

— Je ne devinerai jamais pourquoi, dès qu'il s'agit d'une chose importante, tu refuses de me mettre au courant ! Me considères-tu comme une idiote incapable de comprendre ?

Un peu agacé, il reposa son calame.

— Mais pas du tout ! C'est justement parce que c'est insignifiant que je n'ai pas envie d'en parler.

Elle plaqua ses poings sur ses hanches, tandis que son ventre rond pointait en avant.

— Je ne te crois pas ! Tu ne serais pas aussi tourmenté si ce n'était qu'un détail. Confie-moi ce que c'est.

Il eut un geste vague.

— C'est sans intérêt.

Elle le menaça de l'index.

— Tu ne te débarrasseras pas de moi aussi facilement. Je continuerai jusqu'à ce que tu me racontes tout.

Il la regarda arpenter son tablinum, puis céda avec réticence.

— Bon ! Lors de la dernière réception, nos amis m'ont incité à me présenter aux prochaines élections pour briguer le poste de tribun de la plèbe. Voilà !

Elle se figea de stupeur.

— Mais c'est formidable ! Et tu ne voulais pas m'en informer. Pourquoi ?

Il tripotait ses rubans d'un air absent.

— Parce que c'est absurde. Enfin, me vois-tu discourir au nom des autres ?

Elle se rapprocha avec enthousiasme.

— Bien sûr ! Avec ta popularité, tu seras certainement élu.

Il pianota sur son écritoire en regrettant sa confidence.

— Non ! Je ne le ferai pas.

Fine mouche, elle le dévisagea.

— As-tu consulté Velthur et mon père ?

Il parut surpris.

— Non, à quoi bon ?

Elle sourit.

— Fais-le, et tu prendras ta décision après. De toute façon, si tu ne leur dis rien, je m'en chargerai.

Il soupira.

— Tu es un vrai tyran.

Elle se pencha pour l'embrasser.

— Pense au bien que tu pourras faire si tu représentes la plèbe.

Vaincu, Heiasun invita son meilleur ami et son beau-père afin de discuter à l'abri des oreilles indiscrètes. Comme il ne parvenait toujours pas à s'imaginer dans un tel rôle, il tenta de se persuader que son épouse s'était laissé emporter par ses sentiments, mais que les deux hommes lui tiendraient un autre langage. Pourtant, il craignait qu'ils l'encouragent à leur tour, ce qui ne lui offrirait plus guère le choix. Quand ils furent installés autour de la cena, le jeune homme considéra ses proches.

— Je vous ai fait venir pour vous entretenir d'un sujet particulier.

Velthur eut un petit rire.

— Quel ton solennel ! On croirait que tu fais un discours au Grand Conseil.

Venai fit une grimace malicieuse.

— C'est presque ça.

Le mosaïste jouait avec sa cuillère comme s'il s'agissait d'un calame. Il releva les paupières, puis se lança.

— Cneve m'incite à me présenter aux élections pour devenir tribun de la plèbe.

Arruns le scruta avec des yeux ronds, tandis que l'entrepreneur sifflait doucement.

— Pour une surprise…

Heiasun rougit.

— Je sais que c'est absurde, mais Venai voulait absolument que je vous en parle.

Son ami s'était déjà repris.

— Non ! Ce n'est pas aberrant du tout. En fait, c'est même un aboutissement logique.

Le jeune homme le fixa d'un air alarmé.

— Alors, tu penses que je dois le faire ?

Velthur acquiesça avec sérieux.

— Oui. Je crois que ce serait une excellente chose pour la plèbe dans son entier. Quel est ton avis, Arruns ?

Le couvreur opina.

— Je suis d'accord. Nous avons besoin de quelqu'un de charismatique pour nous représenter. La noblesse t'écoutera, parce que tu es bien introduit dans leur milieu. Ils te respectent déjà. Et comme ta réputation s'est répandue dans la ville, tu seras élu sans difficulté.

Le mosaïste s'adossa à ses coussins en soupirant.

— Je ne m'attendais pas à ce que vous m'y encouragiez.

L'entrepreneur l'observa avec curiosité.

— Pourquoi ? N'aurais-tu pas envie de le faire ?

Heiasun se tourna pour lui faire face.

— Je n'aurais aucune crédibilité à m'exprimer au nom des autres. De quel droit demanderais-je aux gens de me faire confiance ? Ma vie est loin d'être exemplaire.

Son ami piocha dans le plat d'un geste machinal.

— Tu as beaucoup d'expérience malgré ton jeune âge.

Le jeune homme esquissa un rictus amer.

— Peut-être, mais pas celle qu'il faudrait. Que diraient-ils s'ils apprenaient que je suis accusé de meurtre ?

Velthur se redressa avec indignation.

— Oh, voyons ! C'est une machination. Tu le sais bien.

Le mosaïste détourna la tête.

— Oui, mais je ne peux pas le prouver.

Pour éviter qu'il s'égarât dans ces souvenirs toujours douloureux, Arruns intervint.

— Cela n'a aucune importance ! Personne ne s'attendra à ce que tu étales ta vie au grand jour. C'est ce que tu es capable de faire qui compte vraiment, et là, nul n'a le moindre doute sur tes compétences.

L'entrepreneur vida son gobelet de vin.

— Tu es en position d'aider les autres. Pourquoi ne voudrais-tu pas le faire ?

D'un air absent, Heiasun prit un fruit.

— Évidemment, si tu le conçois comme ça…

Dans son coin, Venai souriait avec fierté. Elle ne s'était pas mêlée à la discussion, afin que son époux ne lui reprochât pas d'avoir influencé leurs invités, mais elle voyait se réaliser ce qu'elle avait prévu dès le début. Le jeune homme était beaucoup plus connu dans la cité qu'il ne l'imaginait, si bien qu'il n'avait aucune idée de l'impact qu'il pourrait avoir sur les décisions des magistrats lorsqu'il ferait partie de leur caste. En insistant pour qu'il parlât de cette proposition à leurs proches, la jeune femme était sûre que ceux-ci parviendraient à le convaincre de s'engager dans cette aventure qui ne pouvait qu'être bénéfique.

Quelques jours plus tard, le mosaïste se rendit chez Cneve pour lui annoncer qu'il acceptait de se présenter aux élections, tout en reconnaissant qu'il se sentait perdu devant les responsabilités qui lui incomberaient s'il était choisi. Assis sur une curule de son salon, le *princeps* se hâta de le rassurer en lui affirmant qu'il le guiderait dans ses premiers pas de représentant du peuple, puis il lui indiqua ce qu'il devait faire pour entamer sa campagne.

— Comme tu le sais peut-être déjà, le dépôt des candidatures se fait en automne, entre le premier et le dernier jour de cette saison. C'est pourquoi nous t'avons incité à te déclarer dès notre retour de vacances. Ensuite, le vote aura lieu durant l'hiver pour chaque magistrature annuelle, afin que les députés puissent prendre leurs postes dès le premier jour de l'année, qui débute à l'équinoxe de printemps, c'est-à-dire aux calendes de velxitna[71].

Installé près de lui, Heiasun ne ressentait qu'indifférence pour le sujet.

— J'avoue que je l'ignorais. Je ne me suis jamais vraiment intéressé à la façon dont nos dirigeants étaient nommés.

Cneve croisa les jambes en souriant.

— Pour commencer, je t'accompagnerai au Grand Conseil pour que tu t'y inscrives. Ensuite, pour que tu ne supportes pas tous les frais de la campagne, j'organiserai quelques réceptions afin de te présenter à ceux de mes collègues que tu ne connais pas encore.

Le jeune homme s'assombrit.

— Je sens que j'aurai moins de temps à consacrer à mon travail. Mes clients ne seront pas contents.

Son ami opina.

— Je te conseille de trouver un moyen pour déléguer davantage tes responsabilités.

Le mosaïste eut un grognement.

— C'est plus facile à dire qu'à faire. J'ai déjà eu beaucoup de chance de recruter Caeles, mais il n'y en a pas deux comme lui.

Le magistrat lui adressa un regard apitoyé.

— Peut-être pourrais-tu le promouvoir ? Il faudrait aussi que tu rencontres ceux de tes confrères qui sont les plus influents dans leur milieu, afin d'établir une relation étroite avec ceux que tu représenteras.

Découragé, Heiasun se voûta.

— Pourquoi dois-je accomplir tout ça ? Je suis bien tranquille dans mon coin. D'autres le feront sûrement mieux que moi. Je n'ai jamais désiré les honneurs.

Le *princeps* lui donna une tape amicale sur l'épaule.

---

[71] 21 mars

— Je le sais, et c'est pourquoi tu es un homme précieux. Tu rempliras tes devoirs en conscience, au contraire de beaucoup d'autres qui ne pensent qu'à s'enrichir au détriment de ceux qui leur font confiance.

Résigné, le jeune homme suivit Cneve dans les rues de Faleries pour se rendre sur le forum, où se trouvait le bâtiment dans lequel se réunissait le Grand Conseil qui présidait aux destinées de la cité. Comme toujours, il y avait foule sur cette place publique formant le centre de la ville, où il était de bon ton d'être vu. Les deux amis se frayèrent un chemin entre les différents groupes qui stagnaient un peu partout, sans pouvoir éviter de se faire happer au passage par des relations du magistrat cherchant à connaître les dernières nouvelles. Au grand dam du mosaïste, le patricien ne jugea pas utile de taire la raison de leur présence, aussi annonça-t-il la candidature d'Heiasun comme une grande chance pour leur cité. Après cette révélation, tout le monde l'observa avec attention tout en le félicitant de s'engager ainsi pour le bien de la communauté, ce qui le mit très mal à l'aise.

Au fond de l'espace rectangulaire se dressait un monument précédé par un large escalier qui donnait accès à une plateforme bordée de colonnes, au fond de laquelle s'ouvraient les doubles battants protégeant la salle du conseil. Pourtant, le jeune homme et son guide bifurquèrent sur la gauche pour atteindre une petite porte menant à un bureau dans lequel ils furent reçus par un homme revêche. Celui-ci les fixa avec méfiance avant de s'enquérir de la raison de leur visite, puis sortit un rouleau de toile de lin lorsque Cneve lui eut répondu. D'une voix sèche, le fonctionnaire réclama l'identité complète du mosaïste, ainsi que le métier qu'il exerçait, il les nota en bas d'une liste de noms déjà conséquente, puis il précisa que la demande suivrait son cours, tout en rangeant son registre.

En se retrouvant sur les marches extérieures, encore tout étourdi par cet accueil peu aimable, Heiasun laissa son regard errer sur la foule toujours aussi compacte qui encombrait le forum, tandis qu'une folle envie de fuir l'envahissait. Alors, il indiqua une ruelle sur sa droite.

— Nous devrions passer par le côté.

Son ami opina.

— Si tu préfères, mais il faut que tu changes d'attitude, Heiasun !

Tout en dévalant l'escalier, le jeune homme lui jeta un coup d'œil étonné.

— Que veux-tu dire ?

Le magistrat tendit le bras.

— Chaque fois que j'ai évoqué ta candidature, tu t'es recroquevillé comme si tu craignais qu'on te l'interdise. Ce n'est pas ainsi que tu dois te présenter.

Le mosaïste baissa la tête.

— Tous ces gens qui me jaugent, cela me gêne.

Le *princeps* l'examina avec sérieux.

— Parce que, tel que je te connais, tu ne considères pas que tu sois à ta place, mais tu as tort.

Heiasun releva les yeux d'un air perdu.

— Le crois-tu vraiment ?

Cneve lui adressa un sourire réconfortant.

— Bien sûr ! Combien de fois serai-je obligé de te répéter que tu feras beaucoup plus de bien à la cité qu'un quelconque magistrat qui cherche la gloire pour lui-même ? Mais pour cela, il faut que tu en sois convaincu et que tu en persuades les autres. Donc, tu dois te montrer aussi sûr de toi que lorsque tu parles de ton métier.

Le jeune homme frissonna.

— Mais je suis tellement ignorant.

Son ami lui posa une main sur l'épaule.

— Je t'apprendrai tout ce que tu as besoin de savoir, ainsi tu te sentiras aussi à l'aise là-dedans qu'avec une mosaïque.

Le tribun

Hiver — printemps 289 av. J.-C.

Installée sur son lit, le dos calé par des coussins, Venai plaça le nouveau-né contre son sein, puis le regarda téter avec attendrissement. Lorsque la porte s'ouvrit, elle leva la tête en souriant à son mari qui entrait en coup de vent.

— Vois comme elle a bon appétit.

Le jeune père lui lança un coup d'œil distrait.

— Elle est magnifique, ma chérie.

Il alla vers un coffre dont il souleva le couvercle, en sortit une toge épaisse qu'il jeta sur ses épaules, puis revint vers le lit pour embrasser son épouse qui fit la grimace.

— Je n'aurais jamais dû te pousser à te présenter aux élections. Depuis, je ne te vois plus.

Il eut un geste vague.

— J'ai tant de choses à faire et à apprendre. Je file, sinon Cneve m'attendra.

Dans l'atrium, Heiasun resserra sa toge autour de lui avec un frisson tellement le vent glacé s'infiltrait partout, si bien que ce fut avec un certain soulagement qu'il se blottit dans la litière dont les rideaux le protégeaient du froid. Tout au long du trajet, il se récita les dernières leçons dispensées par le magistrat, en s'efforçant de ne pas s'emmêler dans les innombrables lois qui régissaient le fonctionnement de la cité, quand elles ne se recoupaient pas. Depuis le dépôt de sa candidature, le jeune homme n'avait plus une minute à lui, d'autant que le *princeps* lui enseignait bien davantage que ce qu'il avait besoin de connaître. L'on aurait pu s'en étonner, mais Cneve savait que le mosaïste ne serait à l'aise dans son nouveau statut que s'il maîtrisait tout ce qui tournait autour.

En dehors des moments passés avec son répétiteur improvisé, Heiasun s'occupait de réorganiser une fois de plus son entreprise, afin de se dégager le temps nécessaire à son futur rôle politique. Après un long entretien avec Caeles, il avait réussi à convaincre celui-ci de devenir son adjoint, ce qui avait obligé le jeune homme à recruter deux contremaîtres qui dirigeraient les équipes sous le contrôle de son second. Dans cette nouvelle répartition des tâches, le mosaïste ne se chargerait plus que de concevoir les réalisations qu'il proposerait aux clients, mais ne composerait même plus les créations murales, à son grand regret. Pour le consoler, Venai lui rappelait que son mandat ne durerait qu'un an, ce qui lui permettrait de reprendre ses activités par la suite, mais Velthur sceptique soulignait que les magistrats appréciés étaient réélus pendant des années.

Pourtant, ce qui désolait le plus Heiasun, c'était qu'il n'avait guère eu le temps de faire connaissance avec sa fille née à la fin de l'automne. Au contraire de son épouse, il n'avait pas été déçu en apprenant que l'enfant n'était pas un garçon, puisqu'il estimait hasardeux de vouloir fonder une dynastie en une époque aussi troublée. Alors, pour laisser à Venai le loisir de s'habituer au sexe du bébé, il avait choisi lui-même le prénom au lieu de la presser pour qu'elle le fît. C'est ainsi que la petite se nommait Fasti, d'après la sœur de l'un de ses camarades d'enfance de Tarquinia, qu'il avait toujours trouvée très belle. Pourtant, il ne pouvait que lui jeter un vague coup d'œil lorsque sa mère l'allaitait, mais la plupart du temps, l'enfant dormait durant les rares périodes où il était chez lui.

Le *princeps* l'attendait dans son bureau comme tous les jours, avec une pile de toiles de lin sur lesquelles étaient recopiées les principales lois de la cité. Le jeune homme s'installa en face de lui, prêt à répondre aux questions qui commençaient chaque leçon pour vérifier qu'il avait bien compris et retenu les thèmes déjà étudiés. Ensuite venait la découverte de nouveaux sujets sur lesquels Cneve dissertait à loisir en examinant tous les aspects de chaque règle ainsi que ses applications pratiques, jusqu'à ce que son élève en eût saisi toutes les subtilités. Enfin, les deux hommes se réservaient toujours un moment pour discuter de matières annexes avant que le mosaïste repartît vers ses propres activités.

À la fin de la leçon, Heiasun se pencha vers son ami.

— J'aimerais que tu m'expliques comment se déroule le scrutin.

Le magistrat changea de position.

— Et bien, actuellement, chacun d'entre nous vote pour ou contre chaque candidat pour tous les postes à pourvoir, puis à la fin de l'hiver, nous ferons le décompte des voix favorables et défavorables. L'élu sera celui qui aura remporté une différence positive.

Le jeune homme fronça les sourcils.

— Mais si plusieurs candidats obtiennent un résultat positif, que faites-vous ?

Le *princeps* écarta les mains.

— Alors, l'élu sera celui qui aura le plus grand nombre. Et si jamais deux postulants ont le même solde, ce qui n'est jamais arrivé, on optera pour le plus âgé des deux.

Le mosaïste observait la pièce d'un air songeur.

— En fait, cela se résume à gagner le plus de voix favorables.

Cneve acquiesça.

— Pas seulement. Lorsque le choix est fait, il est présenté aux augures du temple de Tinia qui valident ou non l'élection.

Heiasun le regarda d'un air incertain.

— Crois-tu que les Dieux m'agréeraient si j'étais nommé ?

Son ami sourit.

— Bien sûr ! D'ailleurs, cela prouverait avec éclat que tu n'as commis aucun crime. En fait, je suis presque sûr que tu seras élu.

Le jeune homme triturait ses rubans.

— Même si c'est le cas, ce ne sera que pour un an.

Le magistrat eut une moue dubitative.

— Je ne pense pas. Cela m'étonnerait beaucoup que ta prestation ne donne pas toute satisfaction au Grand Conseil.

Le mosaïste parut surpris.

— Et alors ? On ne me réélira pas si je ne suis pas candidat, n'est-ce pas ?

Le *princeps* croisa les bras.

— Non, mais tu subiras des pressions importantes si tu ne veux pas te représenter.

Heiasun se frotta le front avec découragement.

— Dans quoi me suis-je fourré ?

Cneve posa une main sur son genou.

— Allons ! Ce n'est pas si terrible ! D'ailleurs, qui sait ? Tu apprécieras peut-être cette fonction.

Le jeune homme soupira.

— Mais je n'ai même pas le temps de m'occuper de ma fille. C'est à peine si je l'ai vue depuis sa naissance.

Son ami se fit réconfortant.

— Lorsque tu auras acquis toutes ces connaissances, tu auras beaucoup plus de loisirs, je te le promets.

Le mosaïste le quitta pour rejoindre un chantier qui venait de démarrer. Il s'y entretint avec Caeles qui lui fit un rapport sur l'avancée des travaux dans une autre villa, puis l'emmena faire le tour du propriétaire en commentant les difficultés auxquelles il s'était heurté, ainsi que les solutions qu'il y avait apportées. Heiasun le félicita pour son efficacité, fit rectifier quelques détails que son regard infaillible avait détectés, puis reprit le chemin de sa maison en toute hâte afin de se plonger dans la conception de nouvelles mosaïques.

Aux *nundines* suivantes, comme presque chaque *none*, Heiasun et Venai se rendirent dans la villa de l'un de leurs amis qui organisait une réception afin qu'ils rencontrent les électeurs du jeune homme. Comme Cneve Thanursiannas avait montré l'exemple avec des repas de gala les jours de repos, les autres l'avaient imité par amitié pour le mosaïste, convaincus que leur aide ne pourrait que l'avantager par rapport à ses concurrents. Même Thefarie Vipiiennas s'y était mis, à la grande surprise d'Heiasun qui ne l'avait jamais considéré comme un proche. Le couple devait bien reconnaître que ces invitations leur évitaient de recevoir chez eux, ce qui préservait un peu leur vie de famille, mais surtout n'écornait pas leur budget qui n'aurait pas pu supporter un tel train.

Durant ces réceptions, le jeune homme était souvent interrogé sur les lois par des gens qui essayaient de jauger ses qualités et ses connaissances afin de choisir leur candidat en toute objectivité. Lors des premières rencontres, l'on avait admis qu'il pût être intimidé par ces sujets dont il n'avait pas l'habitude, mais comme l'on approchait de la fin du vote, personne ne tolérait plus qu'il fît des erreurs. Lorsque des interlocuteurs retors tentaient de le déstabiliser en entrant dans des subtilités qui dépassaient le cadre de ses futures attributions, le mosaïste éprouvait une immense gratitude pour Cneve qui l'avait si bien préparé à ce genre de difficulté. Loin de la peur panique qui l'avait saisi sur le forum le jour où il avait déposé sa candidature, il avait l'impression de mieux maîtriser ces nouveaux domaines de jour en jour.

Les témoignages d'amitié ne s'arrêtaient pas là. La rumeur s'était vite répandue dans la ville qu'Heiasun briguait un mandat de tribun de la plèbe, si bien que beaucoup de ses confrères venaient lui rendre visite pour l'assurer de leur soutien. Ils détaillaient au jeune homme les malversations dont s'était rendu coupable le magistrat qui convoitait le titre pour la dixième fois, avant d'affirmer qu'ils se sentiraient enfin bien représentés si le mosaïste l'emportait. Dans la rue, de nombreux ouvriers, auxquels s'ajoutaient même des miséreux, abordaient Heiasun pour lui exprimer l'espoir qu'ils plaçaient en lui. Le jeune homme accueillait toutes ces manifestations avec émotion, mais redoutait de décevoir ces braves gens si le résultat des élections n'était pas celui qu'ils escomptaient.

Quand il profitait d'une soirée tranquille avec sa femme, il lui confiait ses doutes.

— Toute cette histoire me dépasse. Je ne sais plus ce que je dois souhaiter. Tant de gens comptent sur moi, autant parmi la noblesse que dans le peuple, que j'en arrive à désirer être élu. Mais d'autre part, cette fonction me paraît de plus en plus lourde à mesure que je m'instruis davantage, si bien que je voudrais que l'on m'oublie.

Elle lui souriait avec assurance.

— Tu seras élu, et tu réussiras très bien. Je constate que tu es de plus en plus à l'aise avec ces lois dont tu ignorais le premier mot avant ta candidature. Tu finiras par être aussi brillant dans la magistrature que dans la mosaïque.

Il lui prenait la main avec émotion.

— Ta confiance me touche beaucoup. Pourtant, j'aimerais en être aussi certain que toi.

Le dépouillement du scrutin se fit le dernier jour de l'hiver dans une ambiance fiévreuse que le jeune homme ne connaissait pas. Il en avait entendu parler bien sûr, mais n'imaginait pas l'excitation qui secouait les gens massés sur la place trop petite pour accueillir tant de monde ni les disputes qui surgissaient au moindre mot parmi cette population plutôt tranquille d'ordinaire. Il dut aborder le forum par le côté, puis gagner le bâtiment du Grand Conseil sous la protection d'une escorte armée comme tous les candidats, pour ne pas être étouffé par la populace qui voulait les voir de plus près.

Dans le bâtiment régnait un calme recueilli qui contrastait avec l'animation du dehors. Les magistrats réunis sur les gradins arboraient les insignes de leurs fonctions, même ceux qui transmettaient leur charge, tandis que les candidats étaient debout à l'entrée de la grande salle dans l'attente de la proclamation des suffrages. Le chef de séance se leva lorsque tout le monde fut arrivé, s'avança au milieu de l'hémicycle, déplia le rouleau qu'il tenait à la main, puis se mit à lire, un par un, les noms des élus. Chaque fois qu'il ne s'agissait pas d'une réélection, l'on invitait le successeur à rejoindre le député sortant sans procéder à la passation des pouvoirs qui n'aurait lieu que le lendemain après la confirmation des augures.

Heiasun attendait son tour avec une certaine indifférence maintenant que l'on avait atteint le moment crucial. Il n'avait presque pas dormi la nuit précédente tellement il balançait entre le désir et la crainte, si bien qu'il ne se sentait plus la force de souhaiter un résultat déterminé. En jetant un coup d'œil à l'assemblée, il avait remarqué le sourire fugitif que lui adressait Cneve, ainsi que l'expression peu amène d'Akiu, le tribun qu'il supplanterait peut-être, mais il n'en tira aucune conclusion. Les yeux baissés, il écoutait distraitement la litanie que dévidait le héraut, si bien qu'il sursauta en entendant prononcer son nom, puis releva la tête d'un air égaré. Cette fois, la plupart des magistrats souriaient, tandis que le chef de séance lui indiquait la place qu'il devait prendre d'un geste autoritaire. Alors, il s'avança pour rejoindre le tribun déchu qui le foudroya du regard sans pouvoir manifester son mécontentement.

À la fin de la cérémonie, un joyeux brouhaha se substitua au silence de rigueur, tandis que les députés se congratulaient. Comme la plupart des sortants avaient choisi de ne pas se représenter, ils félicitaient leurs remplaçants sans arrière-pensées en promettant déjà de les aider à se retrouver dans les dossiers en cours. Pourtant, Akiu, qui perdait tous ses moyens de s'enrichir malhonnêtement, ne voyait pas la situation du même œil. Le jeune homme, qui avait entendu parler de ses malversations, s'attendait à ce qu'il lui adressât des reproches hargneux, mais comme Kaisie Alvethnas venait lui donner l'accolade avec enthousiasme, l'ancien tribun fut obligé de faire bonne figure. D'ailleurs, ce fut un défilé de notables radieux qui complimentèrent Heiasun en l'assurant de leur soutien dans tous les domaines.

Une fois le calme revenu, l'assemblée se montra sur le haut de l'escalier afin de présenter les nouveaux élus au peuple. Les acclamations se faisaient plus ou moins nourries en fonction de la popularité du magistrat, ainsi que du poste qu'il occuperait, mais lorsque le chef de séance en arriva à Heiasun, une véritable ovation monta de la foule, ce qui prouva sans ambiguïté qu'il était bien le représentant désiré par la plèbe. Le jeune homme salua en souriant avec une aisance qui amusa Cneve devinant sa surprise devant un tel plébiscite.

Ensuite, tout le monde se dispersa en attendant le rendez-vous du lendemain au temple de Tinia, qui validerait les nominations. Le mosaïste s'éloigna en compagnie du *princeps*.

— Que se passerait-il si les augures ne m'agréaient pas ?

Son ami secoua la tête.

— Ils le feront. Je n'ai aucun doute là-dessus.

Heiasun n'en était pas si sûr, mais il préféra ne pas insister.

— Cela s'est-il déjà produit ?

Le magistrat réfléchit.

— Je crois que oui, mais c'est très rare.

Le jeune homme lui jeta un regard de côté.

— Que fait-on alors ?

Cneve écarta les bras.

— On procède à une nouvelle élection.

Le mosaïste resta un instant silencieux.

— Akiu n'a pas l'air enchanté de devoir me céder la place.

Le *princeps* s'esclaffa.

— Évidemment ! Plusieurs plaintes ont été déposées contre lui durant ses mandats, si bien qu'en perdant son immunité parlementaire, il se retrouvera devant la justice.

Heiasun ouvrit de grands yeux.

— Je n'avais pas pensé à ça.

Son ami l'observa avec affection.

— Toi aussi, tu en bénéficieras.

Le jeune homme accueillit la précision avec indifférence.

— Cela m'est bien égal, je n'ai pas l'intention de mal me conduire.

Le magistrat lui posa une main sur l'épaule.

— Non, bien sûr. Mais cela te protégera des fausses plaintes, si jamais tu déplais à quelqu'un.

Le mosaïste frissonna.

— Oh ! J'espère que non. Une fois m'a suffi.

Ils se séparèrent un peu plus loin pour se diriger vers leurs logis respectifs. Lorsqu'il arriva chez lui, Heiasun vit son épouse courir vers lui avec impatience tellement elle avait hâte de connaître le scrutin.

— Alors ?

Il pénétra sous le péristyle d'un air sombre.

— Je suis élu.

Son peu d'enthousiasme la fit rire.

— N'importe qui d'autre prendrait un air aussi désolé pour le résultat inverse. Décidément, toi, tu n'es pas comme tout le monde. Comment les gens ont-ils accueilli la nouvelle ?

Il s'arrêta près d'un buisson dont les bourgeons cachaient encore leurs couleurs.

— Presque tous les magistrats m'ont félicité, sauf mon prédécesseur qui faisait grise mine, et le peuple m'a fait une véritable ovation.

Elle battit des mains.

— C'est merveilleux ! Fêtons ça !

Il croisa les bras.

— Non ! Attendons demain.

La jeune femme, qui cherchait déjà un esclave du regard, pivota vers lui.

— Pourquoi donc ?

Il passa ses doigts sur les branches dépouillées.

— Parce que mon élection ne sera définitive que lorsque les augures l'auront confirmée.

Elle fit la moue.

— Bah ! Ce n'est qu'une formalité.

Il se détourna vers son tablinum.

— Je préfère quand même en être sûr.

Le jeune homme tenta de travailler le reste de la journée, mais il ne put se concentrer sur ses esquisses. Son esprit retournait sans cesse dans la salle du Grand Conseil où il exercerait ses nouveaux talents. Non content de lui enseigner les lois de la cité, Cneve l'avait également entraîné à l'art délicat de la rhétorique en lui apprenant à prononcer des discours convaincants, ainsi qu'à réfuter les arguments de ses contradicteurs avec subtilité. Il se sentait prêt, mais n'arrivait pas à se persuader qu'il faisait partie des dirigeants de Faleries. Avec un pincement au cœur, il repensa à Pumpu qu'il avait dû laisser derrière lui en quittant Tarquinia. Il aurait tellement aimé partager sa réussite avec lui.

Le lendemain, le mosaïste se prépara avec soin, tandis que sa femme faisait de même, puis ils montèrent dans la litière qui les mena au temple où aurait lieu la passation des pouvoirs. Les députés étaient réunis sur le parvis du sanctuaire en attendant que débutât la cérémonie, tandis que les retardataires prenaient leur place sans bruit pour ne déranger personne. Venai frissonna devant le regard mauvais que jetait Akiu à son mari, mais elle se contenta d'adopter la même attitude recueillie que les autres épouses.

Les augures parurent en majesté, descendirent les marches du sanctuaire, puis appelèrent les élus, un à un. Comme l'affirmait Cneve, cet agrément n'était qu'une formalité. Chacun des postulants fut confirmé dans son rôle sans provoquer d'étonnement. Pourtant, lorsque vint son tour, Heiasun s'avança en appréhendant que sa présence grippât cette machine bien huilée, si bien qu'il sentit ses genoux trembler en recevant l'approbation des prêtres. Des esclaves s'approchèrent pour fixer de larges bandes de tissu rouge sur sa tunique immaculée, puis ils posèrent sur ses épaules la toge *prétexte* blanche bordée de pourpre, l'ensemble indiquant sa condition de magistrat. Un peu étourdi par cet accomplissement, le jeune homme vit son prédécesseur lui tendre la clef de son bureau dans les bâtiments administratifs, ce qui symbolisait la transmission de la fonction.

En revenant vers son épouse, le mosaïste découvrit qu'elle se redressait avec une fierté qu'il ne lui connaissait pas, ce qui lui fit craindre qu'elle devînt orgueilleuse à cause de son nouveau statut. Pourtant, il suivit le reste de la cérémonie sans un mot tellement il avait du mal à digérer ce changement de classe auquel il n'était pas préparé.

Alors qu'il reprenait le chemin de la sortie, Karkana Velianas se porta à sa hauteur avec un sourire complice.

— Cette tenue te sied à ravir.

Heiasun baissa les yeux vers les rayures écarlates.

— J'avoue que je ne m'y sens pas encore à l'aise.

Cneve les rejoignit à son tour.

— Tu t'y feras plus vite que tu ne le penses.

Venai, qui demeurait accrochée au bras de son époux, leur désigna quelque chose.

— Regardez ! Pourquoi ces vigiles se précipitent-ils vers Akiu ?

Le petit groupe augmenté de Kaisie s'intéressa à la scène. Devant la porte du domaine sacré que venait de franchir l'ancien tribun, des représentants des forces de l'ordre l'entouraient avec sévérité, tandis que l'homme protestait avec véhémence en faisant de grands gestes. Le dernier arrivé enfouit ses mains dans sa toge pour les protéger de la fraîcheur de l'air.

— Ils l'arrêtent, je suppose. Il ne l'a pas volé, si vous voulez mon avis.

Le jeune homme fronça les sourcils avec inquiétude.

— Mais comment pourra-t-il me transmettre ses dossiers, s'il est en prison ?

Cneve haussa les épaules.

— Il ne l'aurait pas fait, de toute façon. Rien de ce dont il s'est occupé ne doit être en règle. Il aurait eu bien trop peur que tu mettes ton nez dans ses petites magouilles.

Le mosaïste désemparé balaya ses amis du regard.

— Comment me débrouillerai-je, alors ?

Cneve se frotta le menton.

— Ils saisiront tous ses documents, puis te redonneront ce qui entre dans tes attributions dès qu'ils les auront utilisés contre lui. En attendant, il vaut mieux que tu crées tes propres bordereaux.

Heiasun soupira en songeant que cette aventure commençait encore plus mal que ce qu'il avait redouté.

— Je dois donc démarrer à partir de rien.

Karkana secoua la tête.

— Mais non ! Tu auras accès aux archives de tes prédécesseurs.

Comme ils avaient atteint la porte du domaine, chacun se dirigea vers son véhicule, non sans donner rendez-vous au jeune homme le lendemain pour la première séance du Grand Conseil. Akiu avait déjà été emmené dans le char des vigiles, à la grande joie de l'assistance. Venai se serra contre son époux avec tendresse.

— Cette fois, c'est fait. Tu vois que les augures ont bien confirmé ton élection.

Le mosaïste opina.

— Oui. J'admets que cela m'a soulagé. J'aurais mal supporté l'humiliation d'être désavoué en public.

Elle glissa ses doigts dans les boucles blondes.

— Il n'y avait aucune raison.

Il jeta un coup d'œil par l'interstice du rideau de la litière.

— Sans doute…

Elle l'enlaça en cherchant comment l'égayer.

— Pourquoi es-tu toujours si peu sûr de toi-même ? Tout le monde reconnaît tes immenses qualités.

Heiasun esquissa un rictus.

— Un peu trop, peut-être.

De retour chez eux, la jeune femme commanda un repas de fête pour célébrer la réussite de son époux, pendant qu'il se hâtait d'ôter ses beaux vêtements pour en enfiler de moins éclatants. Puis, il se rendit dans son bureau où il resta penché sur son travail jusqu'à ce que l'intendant lui annonçât que le prandium était servi. En pénétrant dans le triclinium, il ne put retenir une grimace devant les fleurs qui le décoraient, ainsi que la vaisselle d'apparat qui brillait sur les tables. Il s'allongea d'un air contraint.

— Fallait-il vraiment faire autant d'histoires pour si peu ?

Venai le contempla d'un œil amoureux.

— Tu viens d'entrer dans le milieu des magistrats. Notre situation changera beaucoup à partir de maintenant. Dans notre pays où les barrières entre les différentes classes sociales sont presque imperméables, c'est un véritable tour de force. Cela méritait bien qu'on le célèbre.

Il attaqua sa viande sans enthousiasme.

— Cela te permettra de traiter les épouses de mes confrères par le mépris, et de renier tes origines.

Elle se redressa avec indignation.

— Certainement pas ! Où vas-tu chercher une idée pareille ?

Il plongea sa cuillère dans son écuelle de légumes.

— Il m'a suffi de te regarder au temple pour remarquer à quel point tu étais fière.

Elle continuait à le fixer avec incrédulité.

— Je suis fière de toi, de tout ce que tu as accompli. Est-ce mal ?

Ses prunelles vertes dérivèrent sur la fenêtre d'un air absent.

— Je n'ai encore rien fait.

Avec amusement, elle leva sa coupe de vin.

— Tu as créé une entreprise florissante, tes mosaïques magnifiques prouvent que tu es un véritable artiste, et maintenant, tu t'engages pour défendre les malheureux. Voilà ce que j'admire chez toi. Notre changement de statut social ne signifie qu'une seule chose pour moi : il nous permettra d'offrir de meilleures chances à nos enfants que ce que nous avons connu. C'est tout.

Le jeune homme lui sourit.

— Alors, je me suis trompé. En toute sincérité, je préfère ça.

Elle fit signe aux esclaves d'apporter le dessert, puis observa son mari avec gravité.

— Je n'oublierai jamais d'où je sors. Je ne voudrais pas faire de peine à mon père.

Le lendemain, le mosaïste retourna au Grand Conseil, paré de ses beaux atours, pour prendre part à sa première réunion. Il y retrouva ses amis qui lui confirmèrent l'arrestation d'Akiu, puis lui apprirent que la perquisition de son domicile avait servi à mettre la main sur les preuves de ses malversations. À la demande du chef de séance, chacun gagna sa place, tandis que comme chaque début d'année, les nouveaux arrivants étaient invités à venir à la tribune pour se présenter à leurs collègues et expliquer comment ils voyaient leurs attributions. Heiasun fit un discours remarqué sur les droits et les devoirs qui lui incombaient, tout en soulignant qu'il commencerait par démêler l'écheveau embrouillé des escroqueries de son prédécesseur. Un tonnerre d'applaudissements lui démontra l'appui de ses nouveaux confrères, ce qui le rassura sur la suite.

Après la réunion, il se rendit dans le bâtiment administratif qui bordait le forum en formant un angle droit avec celui du Grand Conseil. Accompagné de Cneve qui tenait à le soutenir de son amitié pour son premier contact avec ce métier, il ouvrit la porte dont Akiu lui avait donné la clef. La pièce, dans laquelle les deux amis pénétrèrent, était très vaste, mais remplie de coffres contenant des rouleaux de papyrus, dont certains très anciens, ainsi que d'innombrables toiles de lin pliées. Contre le mur du fond, un empilement de coussins sur une natte indiquait l'endroit où s'installait l'occupant des lieux pour travailler. Le jeune homme avait l'impression de se noyer.

— Devrai-je consulter tout ça ?

Son ami sourit.

— Mais non ! Il s'agit d'une partie des archives de ton ministère. Tous ces dossiers sont datés, ce qui te permettra de constater qu'ils sont presque tous clos. J'imagine que les affaires en cours sont dans le coffre là-bas.

Le tribun se dirigea vers le coin qu'il désignait.

— Oui, tu as sans doute raison.

Il s'agenouilla devant le meuble, souleva le couvercle, puis sortit une première toile sur laquelle il déchiffra la date.

— Ce bordereau est tout récent.

Le *princeps* opina.

— Alors, c'est ça ! Désires-tu que je reste avec toi pendant que tu prendras connaissance de ces documents ?

Heiasun commençait à trier les dossiers.

— Cela ne me semble pas nécessaire. Toi aussi, tu as du travail à faire. Je ne voudrais pas abuser de ton temps.

Il s'installa sur les coussins en jetant un coup d'œil autour de lui.

— J'aurais dû penser à apporter mon écritoire. D'ailleurs, je crois que je personnaliserai un peu ce tablinum.

Cneve se rapprocha.

— Akiu y passait rarement, c'est pourquoi il ne l'a pas fait. Alors, laisse-moi au moins remédier au manque le plus criant.

Le jeune homme avait bien remarqué que son ami portait un paquet volumineux depuis qu'ils avaient quitté la salle du conseil, mais n'imaginant pas que cela pouvait le concerner, il n'y avait accordé aucun intérêt. Pourtant, le magistrat déroula le tissu qui enveloppait son fardeau pour révéler une écritoire en bois ouvragé de grand prix, équipée de tout le matériel nécessaire pour le travail de bureau. Le tribun écarquilla les yeux.

— Oh ! C'est beaucoup trop beau pour moi.

Le *princeps* posa le cadeau sur ses genoux.

— Certainement pas ! C'est un objet adapté aux besoins de l'un des dirigeants de notre belle cité.

Heiasun caressa les fines gravures avec admiration.

— Je n'arrive pas à concevoir que ce qualificatif puisse m'être appliqué.

Cneve eut un petit rire.

— Tu t'y feras. Je dois dire que ton discours m'a beaucoup impressionné. Et je ne suis pas le seul. Avec un tel programme, personne ne regrettera de t'avoir choisi.

Le jeune homme devint grave.

— Je l'espère ! J'ai bien l'intention de me montrer à la hauteur de ma fonction.

Lorsque son ami eut gagné son propre bureau, le tribun se plongea dans les dossiers de son prédécesseur pour constater sans surprise qu'aucun d'entre eux n'était complet, ce qui lui annonçait une énorme masse de travail pour tout remettre en ordre.

Un espoir

Été — hiver 289 av. J.-C.

Assise sur les coussins de la salle, un verre d'eau à la main, Larthia soupira.

— J'ai bien peur que nous ne le retrouvions jamais.

Pumpu l'enveloppa d'un regard réconfortant.

— Allons, ma chère petite ! Ne te décourage pas aussi vite. Il est forcément quelque part.

Elle eut un geste du bras.

— Oui, mais où ? Il peut très bien avoir quitté l'Étrurie pour se réfugier dans un autre pays.

Le potier jeta un coup d'œil par la porte ouverte.

— Tout est possible, mais je ne le crois pas. À mon avis, il est dans l'une des villes que vous n'avez pas encore explorées.

La prêtresse esquissa une moue de dépit.

— C'est difficile. Nous devons être très prudentes pour ne pas éveiller l'attention. Il y a peu de gens à qui nous pouvons faire confiance. Et puis s'il a changé de nom et de métier, comment le reconnaîtront nos envoyés ?

Le vieil homme se pencha vers elle.

— Je sais que cela exige beaucoup d'adresse et de patience, mais je me fie à vous. Vous y parviendrez.

Elle but une gorgée.

— Si seulement nous pouvions y aller nous-mêmes.

Pumpu s'adossa au mur derrière lui.

— Crois-tu que cela suffirait ? Rappelle-toi le mal que tu as eu pour remonter sa trace ici même.

La jeune femme baissa les yeux vers ses doigts qui trituraient le devant de sa robe. Depuis deux ans, Vetia et elle se livraient à des recherches discrètes pour retrouver Heiasun sans succès pour le moment, ce qui la faisait douter chaque jour un peu plus. Elles avaient d'abord pensé à recruter les anciens employés du jeune homme, qui auraient été les mieux placés pour le reconnaître, mais le potier le leur avait déconseillé en expliquant qu'il était toujours sous surveillance, ce qui impliquait que tous les proches du mosaïste l'étaient aussi. Alors, elles s'étaient rabattues sur des jeunes gens qui n'avaient pas froid aux yeux, mais n'avaient jamais vu Heiasun, si bien que Vetia l'avait décrit aussi précisément que possible, puisque Larthia ignorait à quoi il ressemblait. En écoutant son amie, la prêtresse avait compris que ses souvenirs ne l'avaient pas trompée, tout en réprimant le désir fou qui la poussait vers lui. Depuis, les messagers visitaient chaque ville du pays en s'enquérant du jeune homme par son nom, son métier, et son physique, afin de ne négliger aucune piste, mais pour le moment, ils n'avaient rien trouvé.

La jeune femme termina son gobelet.

— De toute façon, nous ne cesserons jamais d'enquêter.

Le vieil homme opina d'un air attendri.

— Je n'en doute pas.

En regagnant le temple de Turan, un peu plus tard, Larthia se composa un visage serein, afin que personne ne devinât ses tourments, au risque de compromettre l'entreprise. Même Tanaquil, son amie la plus proche au sein du domaine sacré, ignorait tout de ses liens avec le réprouvé, bien que la prêtresse la sût discrète, pour ne pas lui attirer d'ennuis si jamais les autorités découvraient ces recherches illégales. Velxai, l'ancienne novice de Roselle qui lui était restée très attachée, se précipita vers elle dès qu'elle eut passé le portail.

— Arnti te réclame.

La jeune femme haussa les sourcils.

— Pour quelle raison ?

Sa consœur écarta les mains.

— Je n'en ai aucune idée. Elle requiert que tu ailles la voir dès ton retour.

Larthia pénétra dans le tablinum de la supérieure avec la crainte que celle-ci eût éventé son secret, mais elle fut rassurée devant son sourire.

— Ah, te voilà ! J'ai un service à te demander.

La prêtresse rejoignit Arnti assise sur la natte où elle travaillait.

— Bien sûr ! Tout ce que tu veux.

Celle-ci s'esclaffa.

— Ne dis pas ça sans savoir. Tu pourrais le regretter.

La jeune femme repoussa en arrière sa chevelure auburn.

— Certainement pas de ta part.

Arnti redevint sérieuse.

— J'aimerais que tu me remplaces pour diriger la cérémonie en l'honneur de Turan la *none* prochaine.

Larthia acquiesça avec étonnement.

— Volontiers. Mais aurais-tu des ennuis ?

La supérieure se mit debout.

— Pas moi. Ma mère est très malade, si bien que je dois me rendre à son chevet, mais comme elle habite assez loin, je ne pourrai pas être revenue à temps pour la fête.

La prêtresse l'étreignit avec émotion.

— Oh, je suis désolée ! Prends tout ton temps, je m'occuperai du temple en ton absence.

Arnti lui adressa un regard reconnaissant.

— Merci ! Je savais que je pouvais compter sur toi. Viens, que je te transmette les dossiers en cours.

La jeune femme l'accompagna jusqu'à un coffre fermé à clef.

— Quand pars-tu ?

La supérieure souleva le couvercle.

— Demain, à la première heure.

Les deux prêtresses passèrent le reste de la journée à parcourir les affaires courantes, ainsi que les divers problèmes qui surgissaient dans l'administration d'un établissement aussi important. Tout en travaillant avec celle qui était devenue une amie au fil des ans, Larthia songea qu'elle préférait sa situation élevée dans la hiérarchie à la direction d'un sanctuaire avec tous ses soucis. Par chance, Arnti n'avait que trente-cinq ans, si bien que sa succession ne serait pas à envisager avant longtemps.

Lorsque Vetia vint lui rendre visite quelques jours plus tard, la jeune femme eut un peu de mal à se libérer pour la recevoir tellement elle avait de besogne. La patricienne s'assit sur une curule avec un clin d'œil complice.

— Aurais-tu occis Arnti pour prendre sa place ?

La prêtresse soupira.

— Sûrement pas ! Ce n'est que provisoire. Je l'admire de faire face à tant de tâches importantes. À Roselle, j'étais moins occupée, mais il faut reconnaître que le domaine était bien moins grand.

Son amie jeta un coup d'œil circulaire.

— Où est-elle ?

Larthia croisa ses mains sur ses genoux.

— Partie au chevet de sa mère malade. Je la remplace le temps de son absence, mais j'avoue que j'ai hâte qu'elle revienne. Comment vas-tu ?

Vetia sourit.

— J'ai deux nouvelles à t'annoncer.

La jeune femme se fit attentive.

— Je t'écoute.

La patricienne pressa ses doigts sur son ventre.

— Tout d'abord, j'attends un enfant.

La prêtresse s'illumina.

— Mes félicitations ! Qu'en dit Teithurna ?

Son amie eut un petit rire.

— Il est fou de joie. Depuis le temps que nous sommes mariés, il commençait à désespérer. Moi aussi, d'ailleurs. Les Dieux nous ont fait languir.

Larthia fixa la statuette de Turan qui trônait dans la pièce.

— Je prierai pour que tout se passe bien.

Vetia baissa la voix.

— Merci. La deuxième nouvelle devrait te faire encore davantage plaisir. L'un de nos messagers vient de rentrer de Fiesole. Il pense avoir trouvé Heiasun.

La jeune femme retint son souffle.

— En est-il sûr ?

La patricienne se mordilla les lèvres.

— Pas complètement. Il a découvert là-bas un jeune homme qui correspond à la description que je lui ai donnée. Mais si c'est bien Heiasun, il a changé de nom et de métier.

La prêtresse resta silencieuse un instant.

— C'est assez vraisemblable. Il aura voulu tout tenter pour qu'on ne l'identifie pas.

Son amie jouait avec la ceinture de sa robe.

— C'est aussi mon avis.

Larthia la scruta.

— Que faisons-nous maintenant ?

Vetia se redressa.

— Je ne sais pas encore. Je n'ai rencontré notre homme qu'hier, aussi n'ai-je pas eu le temps de concevoir un plan, mais je m'y attellerai dès aujourd'hui. Je te tiendrai au courant des possibilités.

La jeune femme ramena une mèche derrière son oreille.

— Entendu ! Il faudrait s'assurer que c'est bien lui, puis établir un contact discret.

Après le départ de sa visiteuse, la prêtresse se remit à ses activités avec davantage d'enthousiasme, tandis que son esprit lui déroulait le film des retrouvailles avec son ami d'enfance qu'elle brûlait de revoir. Elle avait abandonné ses rêves de petite fille depuis longtemps, c'est pourquoi elle ne se leurrait pas sur la pérennité des sentiments qui les liaient tant d'années auparavant. Elle ne croyait même pas qu'il la reconnaîtrait ou qu'il se souviendrait d'elle, mais comme elle avait le pouvoir de l'innocenter, elle espérait au moins qu'il lui manifesterait de la gratitude.

La nuit était tombée depuis plusieurs heures lorsqu'elle put enfin refermer les dossiers du jour pour regagner son appartement, épuisée par ce labeur incessant. Après un passage rapide par la salle d'eau pour s'y rafraîchir, elle s'écroula sur son lit, prête à glisser dans un sommeil réparateur. Mais alors qu'elle flottait dans une douce somnolence, le visage de Pumpu s'imposa à son esprit en lui faisant prendre conscience qu'elle n'avait pas songé à le prévenir des dernières nouvelles. Vetia ne lui en ayant pas parlé non plus, elle en conclut que son amie n'y avait pas davantage pensé, ce qui la désolait d'autant plus qu'elle n'avait pas le temps de lui rendre visite en ce moment.

Larthia dirigea la cérémonie en l'honneur de Turan en présence de la plupart des notables tarquiniens qui n'auraient raté pour rien au monde une telle occasion de se pavaner en public. Dans l'assistance, la jeune femme aperçut Vetia et son mari à qui elle adressa un discret sourire, mais également Culsu Vibenna, ainsi que son épouse, Titei, très occupée à papoter avec ses voisins. Comme les consuls se montraient aussi attentifs que recueillis, Larthia se concentra pour ne pas commettre d'erreurs, mais elle s'amusa à imaginer les réflexions piquantes de la redoutable commère.

Une autre *none* se passa sans nouvelles d'Arnti, ce qui commençait à inquiéter sa remplaçante rongeant son frein dans le bureau qu'elle quittait rarement à cause de la masse de travail à accomplir. Cette absence prolongée ne lui disait rien qui valût, mais comme elle ignorait où vivait la mère de la supérieure, elle ne pouvait pas envoyer quelqu'un se renseigner. L'été tirant à sa fin, elle se mit à vérifier les réserves du temple pour l'hiver, nota ce qui manquait pour préparer les commandes, tout en songeant que bientôt les communications deviendraient plus difficiles si le temps se dégradait. Les intendants des domaines campagnards appartenant au sanctuaire lui faisaient leurs rapports à mesure que les récoltes se terminaient, ce qui lui permettait de constater que les surplus seraient importants. Se fiant à ce qu'Arnti avait fait les années précédentes, la prêtresse établit la liste des rentrées, puis elle calcula les quantités qui pouvaient être vendues.

On venait de passer les calendes de celi[72] lorsque quelqu'un pénétra sans frapper dans le tablinum où Larthia était penchée sur son écritoire. Absorbée par ses comptes, la jeune femme se contenta de demander à son visiteur d'attendre, sans lever la tête.

— Je ne voudrais surtout pas t'empêcher de faire mon travail.

La prêtresse sursauta.

— Arnti !

La supérieure s'assit en souriant.

— C'est bien moi.

---

[72] 21 septembre

Larthia déposa son écritoire près d'elle.

— Enfin, tu es de retour ! Comment vas-tu ?

Arnti eut un geste vague.

— Aussi bien que possible. Je suis désolée d'avoir tant tardé, mais j'ai dû enterrer ma mère.

La jeune femme l'observa avec compassion.

— Je suis navrée de l'apprendre. À vrai dire, je m'inquiétais pour toi.

Arnti croisa ses mains sur ses genoux.

— C'est ça que j'admire chez toi. Combien parmi mes prêtresses auraient souhaité que je ne revienne pas, pour prendre ma place ? Mais ce n'est pas ton cas, bien au contraire.

La prêtresse se leva pour remplir deux gobelets d'eau, puis en offrit un à l'arrivante.

— Diriger ce temple implique de plus grandes responsabilités qu'à Roselle. C'est un travail harassant que je ne t'envie pas du tout. Par contre, j'ai fait de mon mieux en m'inspirant de tes documents de l'année dernière. J'espère que je n'ai pas commis trop d'erreurs.

La supérieure se désaltéra avec plaisir.

— Je suis persuadée que tu as accompli tous ces devoirs à la perfection.

Larthia se tourna pour attraper un dossier.

— Je te montre…

Arnti se remit debout.

— Pas tout de suite. Laisse-moi au moins me rafraîchir et me restaurer. Ensuite, je serai à toi.

La jeune femme prit soudain conscience de la robe pleine de poussière de sa supérieure toujours si soignée.

— Bien sûr ! Prends tout le temps que tu veux. Nous pourrons voir ça demain si tu préfères. Repose-toi aujourd'hui.

La prêtresse apprécia de retrouver un rythme de vie plus paisible, alors elle consacra les premiers jours à se détendre, tout en prévoyant de rendre visite à Pumpu pour lui apprendre les dernières nouvelles. Pourtant, elle n'avait pas exécuté son projet, que Vetia revenait en contenant son excitation. Celle-ci nota que Larthia l'invitait à s'asseoir dans son propre triclinium cette fois.

— Tu es moins occupée, semble-t-il.

La jeune femme sourit.

— Arnti est enfin rentrée. Cela me soulage beaucoup.

La patricienne eut une mimique amusée.

— Tu n'es pas comme celles qui briguent le titre sans en imaginer les inconvénients.

La prêtresse secoua la tête.

— Certainement pas ! Je suis bien contente que notre supérieure soit assez jeune pour tenir sa place encore longtemps. Je n'aimerais pas être choisie pour la remplacer. Mais n'as-tu rien à me raconter ?

Son amie joignit les mains.

— Oh, que si ! Nous avons beaucoup de chance.

Larthia la dévisagea.

— Pourquoi ?

Vetia rayonnait.

— Il se trouve qu'un excellent ami de Teithurna est parti s'installer à Fiesole. Je l'avais oublié, mais lorsqu'il m'en a parlé l'autre jour, j'ai réussi à lui suggérer que ce serait une bonne idée de lui rendre visite.

La jeune femme s'éclaira.

— Alors, vous irez à Fiesole ?

La patricienne se mit à rire.

— Absolument ! Nous prenons la route la *none* prochaine, parce qu'il ne veut pas attendre que ma grossesse soit trop avancée pour voyager.

La prêtresse se releva pour étreindre son amie.

— C'est formidable ! Je souhaite que tu retrouves Heiasun.

Celle-ci opina.

— Je ferai mon possible.

Ce nouvel espoir ragaillardit Larthia qui pria Turan avec ferveur pour qu'elle guidât Vetia sur la piste du jeune homme qu'elles cherchaient. Elle saisit la première occasion pour se rendre chez Pumpu, tout heureuse des bonnes nouvelles qu'elle lui apportait. Le potier l'accueillit avec chaleur.

— Cela faisait un moment que tu n'étais pas venue. Je sais bien qu'un vieil homme comme moi n'est pas une compagnie très attirante.

Elle l'embrassa.

— Ne dis pas ça ! Tu m'as beaucoup manqué, mais ma supérieure s'est absentée longtemps en me laissant la responsabilité du temple. Je n'avais pas une minute à moi.

Il lui indiqua un siège.

— C'est une marque d'estime et de confiance.

Elle fit la grimace.

— Oui, mais j'aurais préféré que cet honneur échoie à quelqu'un d'autre.

Il l'observa avec affection.

— Tu étais la plus qualifiée puisque tu as déjà dirigé un sanctuaire à Roselle.

Elle lissa un pli de sa robe.

— Mais celui-ci est beaucoup plus grand, si bien qu'il demande davantage de travail. Enfin, elle est revenue maintenant. Je peux me délasser.

Pumpu apporta un pichet et des verres qu'il posa sur une petite table sans cacher son émotion.

— Et tu as pensé à moi.

Elle sourit, mais ne put contenir plus avant son impatience.

— As-tu rencontré Vetia, ces temps-ci ?

Il remplit les gobelets.

— Non, pas depuis plusieurs mois.

Elle suivait ses gestes, l'esprit ailleurs.

— Alors, tu ignores qu'elle attend un enfant.

Le potier lui tendit sa boisson d'un air ravi.

— C'est une merveilleuse nouvelle ! Elle s'inquiétait beaucoup de ne rien voir venir. Je sais qu'elle redoutait de ne pas pouvoir donner d'héritier à son époux.

Elle but une gorgée.

— Oui, je suis très heureuse pour elle. Mais il y a autre chose : nous supposons avoir localisé Heiasun.

Pumpu, qui s'était assis en face d'elle, la fixa avec attention.

— Où donc ?

Elle fit tourner son verre entre ses doigts.

— À Fiesole. Selon l'émissaire, il aurait changé de nom et de métier, mais notre homme l'aurait reconnu d'après la description de Vetia.

Le potier se frotta le menton.

— Il faudrait en être sûr.

Elle opina.

— Ce sera bientôt chose faite. Vetia et son époux prennent la route cette *none* pour Fiesole.

Il haussa les sourcils.

— Je croyais que Teithurna n'était pas au courant de vos recherches.

Elle eut un sourire en coin.

— Non. Il se rend là-bas pour revoir un ami qui s'est exilé dans cette ville.

Pumpu la considéra avec admiration.

— Bien joué ! Tenez-moi au courant du résultat de vos démarches.

Elle se pencha pour lui presser la main avec tendresse.

— Naturellement ! Tu es aussi concerné que nous.

À partir de ce moment, la jeune femme se réveilla chaque matin avec l'espoir d'obtenir des nouvelles de son amie dans la journée, et s'endormit le soir en priant pour qu'elle revînt le lendemain. Elle continuait à remplir ses devoirs, tout en secondant Arnti qui avait tant apprécié la besogne qu'elle avait accomplie durant son absence, qu'elle lui déléguait maintenant un certain nombre de tâches. Comme son statut l'exigeait, elle recevait aussi des clients, mais redoutait de revoir Murina, bien qu'il ne se fût jamais plus montré. Enfin, comme l'automne s'avançait en apportant son lot de maladies saisonnières, la prêtresse avait recommencé ses courses à travers la ville pour soigner les miséreux comme tous les ans.

Un matin de xesfer[73], alors que Larthia venait chercher le travail du jour, la supérieure l'invita à s'asseoir.

— J'ai bien réfléchi. Il me semble qu'il faut procéder à certains changements dans l'organisation du temple.

La jeune femme la fixa avec surprise.

— Ah ? Lesquels ?

Arnti désigna les dossiers qui s'empilaient sur son bureau.

— Je te prendrai comme adjointe.

La prêtresse esquissa une grimace inquiète.

— Je n'aurai jamais le temps de tout faire.

La supérieure lui posa une main sur l'épaule.

— Ne t'en fais pas. Je sais à quel point tes visites aux pauvres gens comptent pour toi, si bien que je ne t'en priverais pour rien au monde.

Larthia contemplait les documents d'un air songeur.

— Comment ferai-je pour caser tout ce labeur dans une journée ?

Arnti fit quelques pas dans la pièce.

— En tant que supérieure adjointe, tu ne seras plus tenue de recevoir des clients. Ton statut sera semblable au mien avec un peu moins de responsabilités. Acceptes-tu ?

La jeune femme n'hésita pas.

— Oui. J'ai constaté à quel point ton travail est écrasant, alors si je peux alléger un peu ton fardeau, je suis d'accord.

La supérieure eut un rictus amusé.

— Merci, Larthia. Comme toujours, tu ne vois que les devoirs, et pas les honneurs qui vont avec.

La prêtresse se releva avec une moue de dédain.

— Je m'arrête à ce qui est important.

Arnti ouvrit un coffre dont elle sortit un rouleau de papyrus sur lequel elle avait inscrit la nouvelle hiérarchie.

— Comme j'aimerais que toutes mes religieuses soient comme toi.

L'annonce de cette promotion fut plutôt bien accueillie par le personnel du temple, mais quelques prêtresses estimèrent qu'Arnti aurait dû attribuer ce poste en fonction de l'ancienneté. Pourtant, peu désireuses de bousculer leur petite vie tranquille, elles se gardèrent bien de protester en découvrant la masse d'obligations qui accompagnait le titre. Larthia réorganisa ses journées afin d'y intégrer les tâches administratives qui lui étaient échues, en appliquant à cette besogne le sérieux qu'elle mettait en toute chose, sans que ce surcroît de travail lui fît oublier son attente fiévreuse.

Vetia et Teithurna ne rentrèrent qu'au début de l'hiver, alors que le froid rendait les chemins peu praticables. La jeune femme l'apprit lors d'une soirée donnée par Larezu Haspnas, mais elle dut patienter encore

---

[73] 21 octobre — 20 novembre

un moment avant que son amie vînt lui rendre visite. Songeuse, elle la regarda s'installer sur des coussins dans son bureau.

— Je ne pensais pas que vous resteriez là-bas si longtemps.

La patricienne secoua la tête.

— Moi non plus. Dis-moi, Arnti aurait-elle à nouveau déserté son poste ?

La prêtresse haussa les sourcils.

— Non, pourquoi ?

Vetia désigna les documents.

— Parce qu'il me semblait que tu n'avais plus besoin de travailler comme ça.

Larthia s'appuya contre son dossier.

— Elle m'a prise comme adjointe. Maintenant, nous nous partageons les tâches.

Son amie sourit.

— Comment se faire avoir !

La jeune femme balaya la remarque d'un geste.

— Cela ne me dérange pas de l'aider, bien au contraire. Raconte-moi plutôt ton voyage.

La patricienne changea de position.

— L'ami de Teithurna était ravi de nous voir, si bien qu'il nous a accueillis royalement. Il nous a présentés à tous ceux qui comptent dans la cité. Ce n'était que soupers fins et grandes réceptions. Je crois bien que nous y serions restés tout l'hiver si je n'avais pas été enceinte, mais je tenais à ce que mon enfant naisse à Tarquinia.

La prêtresse contenait mal son impatience.

— Je suis contente pour vous, mais as-tu retrouvé Heiasun ?

Vetia s'assombrit.

— Hélas, non ! En prétextant que j'avais besoin de faire de l'exercice pour le bien de mon enfant, j'ai pu me promener seule dans la ville. J'ai arpenté les rues en suivant les indications données par notre messager, ce qui n'a pas été facile, mais j'ai fini par tomber sur l'homme en question. Ce n'était pas notre ami. Il ne lui ressemblait pas du tout. À part des cheveux blond terne et des yeux clairs, il n'avait rien de conforme à ma description.

Larthia se voûta.

— Alors, tout est perdu.

Son amie abattit sa paume sur son genou.

— Pas du tout ! Nous continuerons. Il reste beaucoup de cités qui n'ont pas encore été visitées par nos enquêteurs.

La jeune femme fixa la fenêtre d'un air lointain.

— J'imagine que cette accusation inique doit lui peser. J'aimerais tant lui ôter ce fardeau.

La patricienne crispa ses mâchoires.

— Nous y parviendrons.

Malgré son ventre qui s'arrondissait, Vetia n'aurait raté pour rien au monde les réceptions qui se succédaient durant l'hiver. La prêtresse l'y retrouvait souvent, puisqu'elle était aussi invitée aux événements importants de la vie mondaine. Lorsque l'une d'elles avait rencontré un messager ayant exploré une nouvelle ville, elle en murmurait le résultat à l'autre sans y ajouter de commentaire de peur que quelqu'un interceptât leurs propos.

Vetia venait d'annoncer à son amie qu'Heiasun ne se trouvait pas à Arezzo, lorsque Titei leur tomba dessus avec son manque de délicatesse habituel.

— En voilà des manières de vous isoler dans les coins. On dirait des conspiratrices.

Larthia sourit.

— Mais oui ! Nous complotions activement.

La commère la dévisagea avec une expression passionnée.

— Ah ! Et peut-on savoir à quel sujet ?

La jeune femme prit un air sérieux, tandis que son amie retenait son fou rire.

— C'est un secret, mais comme c'est toi, je te le révèle : Vetia s'interroge au sujet du nom de son futur enfant, donc je lui faisais quelques suggestions.

Titei ne put contenir son désappointement.

— Est-ce tout ?

Vetia croisa les mains sur son ventre.

— Que croyais-tu donc ? Que nous parlions de secrets d'État ? Nous ne sommes pas en position d'en connaître.

L'épouse de Culsu secoua la tête.

— Non, bien sûr ! En fait, je pensais que vous étiez au courant du dernier scandale que nous a concocté le fils du consul.

Les deux amies échangèrent un clin d'œil complice, nullement étonnées par les paroles de Titei qui ne s'intéressait qu'aux ragots croustillants concernant les gens les plus en vue. Sachant qu'elle brûlait de répandre son histoire, Vetia lui en offrit l'occasion.

— Qu'a-t-il donc encore fait ?

La commère exultait.

— Il vient de rompre ses fiançailles parce que, selon lui, les parents de la fille sont proromains.

La prêtresse fit la moue.

— Ils ne seraient pas les seuls. Mais est-ce vrai ?

L'épouse de Culsu écarta les mains.

— La demoiselle jure que non, et ses parents parlent de le poursuivre en justice pour diffamation.

Larthia fronça les sourcils.

— On ne lance pas de telles accusations sans preuve.

Son amie opina.

— C'est le moins que l'on puisse dire.

Titei redressa sa petite taille avec une mimique méprisante.

— Il n'est plus à ça près. Mais la vérité, c'est qu'il a batifolé avec la fille d'un haut magistrat, qui serait tombée enceinte. La famille demande réparation naturellement.

Vetia picora dans un plat de fruits posé sur un meuble près d'elles.

— La pauvre ! Se retrouver mariée avec un tel coureur de jupons, cela doit être l'enfer.

La prêtresse fixa sa coupe de vin à laquelle elle avait à peine touché.

— Elle aurait mieux fait d'y réfléchir à deux fois avant de coucher avec lui. Turan l'a bien punie.

Titei la scruta avec intérêt.

— Est-ce que tu ne recueilles pas de telles jeunes filles imprudentes ?

Le visage de Larthia se ferma.

— Les raisons qui poussent nos filles à s'engager au service de Turan sont confidentielles. C'est un choix personnel qui ne regarde qu'elles.

Dépitée, la commère eut un geste vague.

— Oh, pardon ! Je ne voulais pas me montrer indiscrète. En tout cas, je ne crois pas que tu admettras celle-ci.

Vetia croqua un raisin.

— Je ne sais pas ce qu'il vaut mieux pour elle. Épouser ce vaurien, ou devenir une religieuse respectée ?

La prêtresse prit une datte avec une grimace sceptique.

— Je ne pense pas qu'elle ait cette option. Ses parents s'efforceront de la marier à tout prix, surtout s'il y a un enfant.

À ce moment, Teithurna vint les rejoindre, ce qui soulagea les deux jeunes femmes que cette conversation pleine de fiel rendait mal à l'aise.

La naissance

Printemps — été 288 av. J.-C.

Larthia soupira en rejetant ses lourds cheveux en arrière avec le regret de ne pas les avoir relevés en chignon afin qu'ils lui tiennent moins chaud. Elle repoussa d'un geste impatient les rideaux de sa litière dans l'espoir qu'une légère brise vînt la rafraîchir, mais constata avec dépit qu'il n'y avait pas un souffle d'air. En cette fin d'apiras[74], elle rentrait d'une réunion avec ses confrères des autres temples tarquiniens, qui s'était révélée d'autant plus pénible que la chaleur rendait les désaccords plus agressifs. Depuis qu'Arnti l'avait élevée au rang de supérieure adjointe, elle s'était rendu compte avec amusement que sa consœur se délestait sur elle des tâches qu'elle détestait. La jeune femme s'acquittait de ses devoirs avec sérieux, mais elle avait souvent l'impression d'être revenue au temps de Roselle, lorsqu'elle dirigeait toute seule le sanctuaire de Turan.

Son regard errait sur les rues désertes à cause de la touffeur qui incitait les habitants à se terrer entre les murs retenant encore un peu de fraîcheur. Alors que ses porteurs attaquaient la montée vers le domaine sacré, elle crut déceler un mouvement à la périphérie de sa vision, mais en tournant la tête, elle ne contempla que des trottoirs vides. Elle en conclut qu'il s'agissait d'un mirage provoqué par la lumière crue de l'après-midi, si bien qu'elle s'appuya contre les coussins en rêvant à une douche.

La prêtresse mit pied à terre devant l'entrée du temple, tandis que les esclaves emportaient la litière vers le bâtiment où l'on rangeait les

---

[74] 21 avril — 20 mai

véhicules appartenant au sanctuaire. L'extrémité de la haie qui entourait la propriété s'écarta pour laisser apparaître un homme d'une cinquantaine d'années qui la fixait d'un air suppliant. Intriguée, Larthia s'approcha de l'inconnu.

— Qui êtes-vous ? Pourquoi me suivez-vous ?

Il baissa la tête en chuchotant.

— J'aimerais vous parler, mais à l'abri des regards parce que je suis surveillé.

Elle jeta un coup d'œil circulaire sans voir personne, mais invita l'homme à l'accompagner à l'intérieur du domaine, en restant sous le couvert des arbres afin qu'on ne le remarquât pas.

Lorsqu'ils eurent atteint un endroit protégé, inaccessible de l'extérieur, la jeune femme se retourna vers son compagnon.

— Ici, vous êtes en sécurité. Que me voulez-vous ?

Il s'adossa à un tronc.

— Je m'appelle Afuna. Je travaillais avec Heiasun Churcles. Pumpu, que je rencontre de temps en temps, m'a révélé que vous le cherchiez pour l'innocenter. L'avez-vous trouvé ? Je désire tant que vous réussissiez.

Comme le potier ne lui avait jamais parlé de cet ouvrier, la prêtresse le dévisagea en hésitant à lui faire confiance, mais elle devait admettre que Pumpu n'avait aucune raison d'évoquer les anciens employés du mosaïste. Afuna comprit ses réticences, alors il se hâta de lui donner les précisions qui prouveraient ses dires.

— J'ai fait partie du commando qui l'a libéré. Sous les ordres de madame Tarchnei, nous avons maîtrisé les gardes de la prison. C'est moi qui ai tué le geôlier parce qu'il menaçait d'ameuter tout le quartier. Ensuite, madame Tarchnei a conduit Heiasun jusqu'à une petite porte non gardée des remparts, pendant que nous surveillions les rues alentour afin de les avertir si une patrouille venait vers eux. Pumpu attendait dehors auprès du véhicule fourni par madame Tarchnei pour permettre à Heiasun de fuir. Vous voyez que vous pouvez me faire confiance. Seuls ceux qui ont pris part à son évasion savent cela.

Cette histoire correspondait mot pour mot à ce que Vetia avait raconté à son amie presque trois ans auparavant, si bien que Larthia se sentit rassurée sur les intentions de son visiteur.

— Très bien ! Alors, je vous répondrai. Nous ne l'avons pas encore localisé malgré nos recherches. Mais nous n'abandonnons pas.

L'ouvrier joignit les mains.

— Vous devez réussir. Ce qu'on lui a fait est une chose abominable. Il faut absolument réparer cette injustice.

Elle opina.

— J'en suis pleinement convaincue.

Afuna se redressa.

— Merci de m'avoir reçu. Je ne viendrai plus vous importuner pour ne pas éveiller les soupçons de ceux qui me surveillent. Mais j'avais besoin d'être sûr que vous iriez jusqu'au bout. Désormais, j'attendrai que Pumpu m'annonce la bonne nouvelle.

La jeune femme sourit.

— Je souhaite que ce soit le plus rapidement possible.

Lorsque le visiteur fut reparti, la prêtresse put regagner son appartement pour se livrer aux délices d'une douche fraîche, tout en réfléchissant à ce qui s'était passé. Le regard implorant de l'homme lorsqu'il l'avait suppliée d'innocenter Heiasun l'avait beaucoup émue, ainsi que sa voix basse et ardente. Le drame avait eu lieu bien des années auparavant, mais il semblait que, pour ceux qui l'avaient vécu, il se fût produit la veille tellement cette injustice les avait indignés. Pour que tant de gens lui restent fidèles après si longtemps, il fallait que le jeune homme les eût marqués en profondeur, ce qui était aussi son cas, s'avoua Larthia avec un pincement au cœur.

Quelques jours plus tard, la jeune femme se rendit chez Pumpu comme elle le faisait souvent. Le vieil homme la fit asseoir dans la petite pièce qui lui servait de salle de séjour, puis lui offrit une boisson fraîche.

— Comment vas-tu, ma chère enfant ? Et Vetia ?

La prêtresse fit la moue.

— Elle supporte assez mal cette canicule. Je voudrais bien que le temps se refroidisse un peu, sinon elle aura des difficultés à tenir encore un mois comme ça.

Le potier acquiesça.

— Il est vrai qu'une telle chaleur n'arrange rien.

Larthia avala une gorgée.

— J'ai reçu une bizarre visite il y a quelques jours. Un certain Afuna est venu me demander si nous avions retrouvé Heiasun.

Pumpu fronça les sourcils.

— Afuna ? Oui, je le connais bien. Il avait appris son métier avec Tarxi, puis a commencé par l'enseigner à Heiasun avant de le seconder lorsqu'il a repris l'entreprise. Mais il n'aurait pas dû aller te voir, cela risque d'alerter les vigiles.

Elle s'appuya contre son dossier.

— Il s'est montré très prudent. Je crois qu'il avait réussi à semer ses suiveurs avant d'arriver au temple.

Le potier la fixa avec curiosité.

— Lui as-tu donné les réponses qu'il attendait ?

Elle eut un geste vague.

— J'ai d'abord hésité, mais il m'a raconté comment vous avez fait évader Heiasun, avec des détails qu'il n'aurait pas pu posséder s'il n'en avait pas fait partie. Alors, je lui ai dit où nous en sommes.

Le vieil homme soupira.

— Bon, d'accord, tu as bien fait. Mais ne recommence pas, même si d'autres viennent te voir.

Elle secoua la tête.

— Certainement pas ! Je sais bien que ce serait dangereux. Surtout que les autorités sont informées de nos relations.

Pumpu l'enveloppa d'un regard affectueux.

— Oui, mais ce n'est pas un problème. Nous nous sommes rencontrés au chevet d'un malade, et nous continuons à nous occuper des miséreux ensemble ou chacun de notre côté. C'est une situation tout à fait normale. D'ailleurs, comment pourrait-on imaginer qu'une aristocrate fréquente un plébéien dans un autre but que la charité ?

Elle sourit avec amusement.

— Quand tu le dis, cela me fait bizarre d'être assimilée aux gens de la noblesse. Pourtant, au temple ou dans les réceptions, cela me semble tout naturel.

Le potier vida son gobelet.

— Tu vaux mieux que beaucoup d'entre eux.

La canicule se termina par des orages d'une rare violence qui provoquèrent des dégâts importants dans Tarquinia en rendant les déplacements aléatoires. Les petites maisons mal construites des bas quartiers avaient été les plus touchées, mais les secours se soucièrent en priorité des villas des nantis, tandis qu'ils débarrassaient rapidement les routes desservant les temples et les bâtiments administratifs. De son côté, la jeune femme alla visiter les blessés en escaladant les tas d'immondices déposés par les eaux au milieu des voies, sans se préoccuper des toits affaissés et des murs branlants qui menaçaient de s'effondrer. Aidée de Tanaquil, Velxai et quelques autres religieuses qu'elle avait réussi à convaincre, elle croisait souvent Pumpu qui travaillait au dégagement des ruines avec tous les hommes disponibles.

Vers le milieu d'anpili[75], alors qu'elle sortait de l'abri de fortune sous lequel on avait installé les blessés qui n'avaient plus de foyers, Larthia vit apparaître un homme bien habillé, dont le visage n'exprimait que dégoût pour cet endroit où il aurait bien voulu ne jamais mettre les pieds.

— Êtes-vous madame Larthia Cupsnei ?

Elle opina.

— C'est bien moi.

Il eut un geste de prière.

— Monsieur Marcni m'envoie vers vous. Il vous supplie de venir tout de suite au chevet de son épouse qui est au plus mal.

La jeune femme tressaillit.

---

[75] 21 mai — 20 juin

— Vetia ! Que lui est-il arrivé ?

Il écarta les bras.

— Son accouchement ne s'est pas bien passé.

Elle chercha son adjointe du regard.

— Je vous suis. Tanaquil ! Je te confie la responsabilité du groupe.

Son amie n'hésita pas.

— Compte sur moi. Va vite !

La prêtresse accompagna le messager qui semblait heureux de quitter ces quartiers dont il avait dû ignorer l'existence jusque-là. Pourtant, occupée à recenser les remèdes dont elle disposait dans sa besace pour faire face à toutes les éventualités, elle ne songea pas à lui reprocher son mépris vis-à-vis des miséreux qui vivaient là.

Dans le vestibule de la villa, Teithurna vint à sa rencontre, les bras tendus et le sourire aux lèvres, mais elle remarqua tout de suite les cernes d'anxiété sous ses yeux.

— Merci d'avoir accouru si rapidement. Je suis sûr que tu peux la sauver.

Larthia s'engagea dans l'atrium d'un pas vif.

— Comment va-t-elle ?

Il marchait près d'elle en se tordant les doigts.

— Un prêtre guérisseur est auprès d'elle, mais il se montre très pessimiste.

Ensemble, ils pénétrèrent dans la chambre où le religieux psalmodiait ses prières auprès du lit sur lequel gisait Vetia pâle et immobile. La jeune femme se pencha sur son amie, mais la malade ne réagit ni à sa présence ni au contact de ses mains.

— Que s'est-il passé exactement ?

Le mari éploré se rapprocha.

— L'enfant est né sans trop de peine, mais c'est après que la situation s'est gâtée. Elle a perdu beaucoup de sang avant que l'accoucheuse parvienne à arrêter l'hémorragie.

La prêtresse se tourna vers le guérisseur.

— Et que lui avez-vous donné ?

Il secoua la tête.

— Je n'ai rien pu lui faire avaler.

Sans insister, Larthia sortit des herbes de sa besace, qu'elle tendit à Teithurna en demandant qu'on préparât une décoction. Dès que le remède fut prêt, elle s'assit sur le lit, cala Vetia contre elle, puis versa le liquide dans sa gorge avec une infinie patience. Quand elle eut terminé, elle rallongea la malade avec douceur, puis se remit debout.

— Il faudra recommencer à intervalles réguliers durant toute la journée. Je reviendrai demain matin, mais préviens-moi si son état s'aggrave.

Teithurna esquissa un pâle sourire.

— Entendu ! Merci, Larthia.

Elle posa une main sur le bras de son interlocuteur.

— Pourrais-je voir ton enfant, maintenant ? Est-ce une fille ou un garçon ?

Il se détourna vers la porte.

— Un garçon. Je l'ai appelé Thanirsie.

Elle s'étonna de son apathie.

— Un bien joli nom.

Le jeune homme emmena la prêtresse jusqu'à la chambre de l'enfant qui dormait dans son berceau sous la surveillance de sa nourrice. En se penchant sur le bébé pour s'assurer qu'il se portait bien, Larthia se fit la réflexion que le père aurait dû se montrer fier de cet héritier qui perpétuerait la dynastie, mais l'état angoissant de sa femme semblait annihiler tout autre sentiment. Elle lui adressa un regard réconfortant.

— Ton fils va bien. Il est vigoureux et en bonne santé.

Le patricien ne s'éclaira pas.

— Tant mieux.

La jeune femme se rapprocha de lui.

— Moi non plus, je ne veux pas perdre mon amie. Nous nous battrons tellement qu'elle finira par guérir.

Teithurna frotta son front en soupirant.

— J'aimerais tant y croire.

La prêtresse prit sa main entre les siennes.

— Tu dois garder l'espoir, sinon nous n'y parviendrons pas.

Il essuya une larme.

— Elle était tellement heureuse à l'idée de devenir mère.

Larthia adopta un ton ferme.

— Elle élèvera son enfant, je te l'assure.

Pourtant, en rejoignant le domaine sacré, la jeune femme dut s'avouer qu'elle n'en était pas convaincue. Devant l'état de Vetia, elle craignait que ses remèdes se révèlent inefficaces, aussi se promit-elle de fouiner dans sa réserve de simples dès son retour, dans l'espoir d'en trouver de plus actifs.

Elle avait à peine franchi les limites du temple, que Tanaquil se précipitait vers elle.

— Comment va-t-elle ?

La prêtresse ne cacha pas sa tristesse.

— Très mal, hélas !

Son amie se planta devant elle.

— Puis-je t'être utile ?

Larthia tendit le bras.

— Viens avec moi, tu me suggéreras un traitement plus puissant.

Ensemble, elles inspectèrent les étagères sur lesquelles séchaient les herbes médicinales récoltées durant le printemps, tout en cherchant les meilleures combinaisons de plantes pour aider la malade à se remettre.

Pourtant, lorsque la jeune femme arriva au chevet de son amie le lendemain, elle constata qu'une forte fièvre s'était déclarée. Elle se tourna vers Teithurna.

— Pourquoi ne m'as-tu pas appelée tout de suite ?

Il écarta les mains.

— Personne ne s'en était rendu compte.

Elle eut une moue sceptique.

— Oh, voyons ! Hier, elle était très pâle, alors qu'aujourd'hui, elle est rouge et brûlante.

Il contempla son épouse.

— Il n'y a pas longtemps, sinon je l'aurais remarqué quand je suis venu tout à l'heure.

La prêtresse envoya une esclave préparer une décoction à base de poudre d'écorce de saule qu'elle fit avaler à la malade, puis elle demanda aux domestiques de frictionner leur maîtresse afin d'éliminer la sueur malsaine. Enfin, elle accrocha au cou de Vetia une amulette à l'effigie de Turan sans ôter la représentation de Thalna que l'accoucheuse avait mise à sa patiente avant la naissance, les deux déesses étant réputées pour travailler ensemble lorsqu'il s'agissait de protéger une femme en couches.

Les jours se succédaient, d'autant plus remplis d'angoisse, que la malade ne réagissait pas aux traitements que lui administrait son amie. Lorsque la fièvre augmentait encore, Vetia murmurait des mots sans suite, parmi lesquels Larthia était la seule à reconnaître le nom d'Heiasun. La jeune femme passait toutes ses journées auprès de sa patiente avec la bénédiction d'Arnti qui comprenait son anxiété. Elle ne retournait au temple que pour y prendre de nouvelles provisions de simples, quand Tanaquil ou Velxai ne se chargeaient pas de lui en apporter afin qu'elle ne quittât pas son amie.

Une *none* s'était écoulée depuis l'accouchement lorsque la porte de la chambre s'ouvrit devant Pumpu.

— Je viens seulement d'apprendre ce qui lui arrive. Dis-moi qu'elle s'en sortira.

Assise auprès du lit, la jeune femme soupira.

— Je voudrais bien.

Il s'approcha pour scruter la figure de la malade.

— Je me demandais pourquoi je ne te voyais plus, alors j'ai posé la question à l'une de tes compagnes.

La prêtresse passa une main sur son visage.

— Je suis désolée de n'avoir pas pensé à te prévenir.

Il s'empara d'une chaise pour s'installer près d'elle.

— Ce n'est rien. La soigner est beaucoup plus important.

Larthia se pencha pour essuyer le front en sueur de Vetia.

— Si seulement cette fièvre pouvait reculer. Mais il semble que mes remèdes soient inefficaces.

Le potier plaqua ses paumes sur ses genoux.

— Alors, elle est entre les mains des Dieux.

Avec lassitude, la jeune femme s'appuya contre son dossier.

— Hélas ! Lorsque la température monte comme si elle n'allait plus s'arrêter, son cœur s'emballe tellement que j'ai peur qu'il lâche. Je la soutiens autant que je le peux, mais je crains que cela ne suffise pas.

Le vieil homme fronça les sourcils.

— Teithurna est-il au courant ?

Elle jeta un coup d'œil inquiet vers la porte.

— Je n'ose pas le lui dire. Il est déjà effondré devant la maladie de sa femme, alors comment réagirait-il s'il apprenait qu'elle risque de mourir à tout instant ?

Pumpu opina.

— Tu n'as pas tort. Penses-tu qu'il n'y ait vraiment plus d'espoir ?

La prêtresse fixa les traits creusés de son amie.

— Tant qu'elle est en vie, il en reste toujours, mais il est faible. De toute façon, si elle survit, elle en gardera des séquelles importantes, j'en ai peur.

Le potier dodelina du chef.

— C'est terrible ! Elle qui était si contente d'attendre un enfant.

Larthia luttait contre les larmes.

— Je sais. Je ne peux même pas imaginer que je pourrais la perdre. Cela a été si soudain.

Le lendemain, Tanaquil apporta un pot en terre bouché qu'elle tendit à la jeune femme interloquée.

— Qu'est-ce que c'est ?

Son amie eut un sourire timide.

— Une nouvelle préparation dont j'ai trouvé la formule dans les archives du temple. Hier, en rentrant, je suis allée fouiner dans les vieux documents en me disant qu'il y avait peut-être des recettes que nous ignorions. Après tout, nos ancêtres ont toujours été réputés pour leurs connaissances dans le domaine médical.

La prêtresse prit le récipient.

— Au point où nous en sommes… Que dois-je en faire ?

Après que la religieuse lui eut expliqué comment utiliser le médicament, la prêtresse mit en place le nouveau protocole de soins sans vraiment y croire. Pourtant, comme tout le reste avait échoué, elle était disposée à essayer ce remède surgi du passé en sachant qu'il s'agissait de leur dernière chance de sauver la malade.

Toute la journée, elle suivit les prescriptions transmises par Tanaquil en refusant d'admettre qu'elle ne constatait aucun changement dans l'état de Vetia. Le soir venu, elle finit par s'avouer que l'absence de pic fiévreux apparaissait comme la seule différence avec les traitements précédents, ce qui n'était sans doute qu'une coïncidence. Alors, comme son amie semblait s'être encore affaiblie depuis le matin, elle ne rentra pas au temple de crainte que sa patiente ne passât pas la nuit.

Larthia se redressa avec difficulté, toutes ses articulations raidies par la position inconfortable qui était la sienne dans ce fauteuil placé auprès du lit. En clignant des paupières, elle nota que la flamme des lampes à huile avait baissé, ce qui signifiait qu'on avait dépassé le milieu de la nuit. Quelque chose l'avait tirée de sa somnolence sans qu'elle pût dire ce que c'était. De l'autre côté de la couche, Teithurna dormait dans un fauteuil semblable au sien, ses sourcils froncés indiquant qu'il n'était guère plus à l'aise qu'elle. Un frôlement sur sa main appuyée au bord du lit lui fit tourner les yeux vers la malade, mais elle se figea de stupeur en croisant son regard.

— Vetia ! M'entends-tu ?

La voix de son amie n'était qu'un souffle.

— Oui.

La jeune femme se pencha davantage.

— Comment te sens-tu ?

Les paupières de la malade papillotaient.

— Fatiguée…

La prêtresse sourit.

— Alors, repose-toi.

Mais leurs murmures avaient alerté le jeune homme qui se redressa soudain en contemplant son épouse avec incrédulité.

— Vetia ! Est-elle sauvée ?

Larthia acquiesça.

— Je crois que oui.

La malade les observa l'un après l'autre.

— Sauvée… de quoi ?

La jeune femme lui caressa la joue.

— Nous te le raconterons plus tard, lorsque tu iras mieux. Pour l'instant, dors !

Il fallut encore longtemps pour que la patricienne reprît le dessus sur la maladie qui avait failli l'emporter, mais la prêtresse ne quitta guère son chevet durant tout ce temps. Elle félicita Tanaquil de son heureuse initiative, puis adapta le traitement autour de ce remède qu'elle se promettait de continuer à utiliser. Dès que Vetia eut récupéré, Larthia lui relata les pénibles moments qu'elle leur avait fait traverser, en passant sous silence les éventuelles séquelles de l'affection. Lorsque la malade commença à se lever, la jeune femme regagna le domaine sacré pour assumer à nouveau ses devoirs, mais elle persista à rendre visite à son amie tous les jours afin de surveiller sa convalescence.

On arrivait aux ides d'acalva[76], pourtant la chaleur restait supportable. Les deux amies étaient installées dans une pièce de la villa remplie de coussins, sur lesquels elles se reposaient, tandis que Vetia contemplait avec amour le petit garçon endormi qu'elle tenait dans les bras.

— Bien sûr, j'ai failli perdre la vie en le mettant au monde, mais je ne regrette rien. Être mère est la plus belle chose de l'existence.

La prêtresse observait le tableau d'un air attendri.

— Je te crois sur parole.

Son amie fit la grimace.

— Par contre, tu n'imagines pas comme je déplore de ne pas pouvoir le nourrir moi-même.

Larthia haussa les épaules.

— C'est un petit désagrément par rapport aux risques que tu as courus. Tu es en vie, et tu pourras l'élever à ta convenance. C'est le principal.

La patricienne opina.

— Bien sûr ! J'aime beaucoup le prénom que lui a choisi Teithurna. Et puis, je me rattraperai avec le prochain.

Comme la jeune femme ne répondait pas, Vetia leva la tête pour découvrir qu'elle regardait par la fenêtre comme si elle n'avait pas entendu.

— Que t'arrive-t-il, Larthia ?

La prêtresse soupira en ramenant ses prunelles sur elle.

— Je suis navrée, mais il vaut mieux que tu oublies cette idée.

Son amie écarquilla les yeux.

— Quelle idée ? De quoi parles-tu ?

Larthia l'observait avec commisération.

— Tu n'auras pas d'autre enfant. Il ne faut plus que tu tombes enceinte.

La patricienne s'assombrit.

— Pourquoi ? J'avais espéré en avoir plusieurs.

La jeune femme écarta les mains.

— Cette maladie a beaucoup ébranlé ton organisme. Tu dois faire attention à ta santé qui ne sera plus jamais comme avant. L'essentiel est de ménager ton cœur. Une nouvelle grossesse te serait fatale.

Vetia remit son fils dans son berceau d'un air abattu.

— Tu ne me l'avais jamais expliqué.

La prêtresse lui pressa le bras d'un geste amical.

— Non, parce que je sais que c'est difficile à admettre. Mais tu as la chance que ton enfant soit robuste.

Son amie arrangea les plis de sa robe.

---

[76] 3 juillet

— Que dira Teithurna ? Je ne suis vraiment pas la femme qui lui convient.

Larthia sourit.

— Il est déjà au courant, mais il s'en moque. La seule chose qui compte à ses yeux, c'est que tu sois en vie.

La patricienne joignit les mains sur sa poitrine.

— C'est vraiment un amour.

Vetia fut guérie à la fin de l'été, mais son mari et son entourage continuèrent à veiller sur sa santé fragile avec une constance qui la faisait grincer des dents. Pumpu lui rendait visite, ainsi que Larthia qui lui répétait les nouvelles dont elle avait eu connaissance. Quand Culsu Vibenna fut nommé consul, elles s'amusèrent en essayant d'imaginer comment se comporterait Titei qui était désormais en position d'être informée de tout ce qui se passait dans la cité. Un après-midi de la fin d'hermi[77], la jeune femme assise dans le pavillon d'été avec son amie reposa son gobelet d'un air animé.

— J'ai appris que le roi d'Égypte, Ptolémée, vient de mettre en route un grand projet. Il a fondé une bibliothèque à Alexandrie, dans laquelle il a l'intention de réunir tout le savoir du monde.

La patricienne s'esclaffa.

— Cela me semble un peu extrême. Comment rassemblera-t-il toutes ces connaissances ?

La prêtresse s'adossa aux coussins.

— On raconte qu'il a envoyé des messagers dans tous les pays pour y acheter autant d'ouvrages que possible. Il demande également à pouvoir recopier tous les volumes qu'on ne veut pas lui céder.

Vetia haussa les sourcils.

— Mais à quoi cela servira-t-il ?

Larthia eut un geste vague.

— La bibliothèque fera partie du Museion, un ensemble qui comprendra un temple dédié aux Muses, une académie, ainsi qu'une université. Ptolémée prévoit d'y inviter tous les grands savants de notre monde.

Son amie parut amusée.

— Quand je vois tes yeux briller ainsi, j'imagine que tu aimerais y être conviée, toi aussi.

La jeune femme hocha la tête.

— J'adorerais y aller, mais je n'ai aucune chance d'admirer cette merveille un jour.

La patricienne se mordillait les lèvres.

— Non, et c'est très bien ainsi. Nous avons un sujet de préoccupation bien plus immédiat, n'est-ce pas ?

La prêtresse redevint sérieuse.

---

[77] 21 août — 20 septembre

— Tu as raison. Nous devons retrouver Heiasun. À ce propos, sais-tu où se trouve ton ancien soupirant ?

Vetia secoua la tête.

— Non. Lorsque tu l'as vu, il venait rendre visite à ses parents, mais depuis, il a à nouveau disparu. Il semble qu'il n'ait rien dit de ce qu'il faisait, même pas à ses proches.

Après cet intermède imposé par la maladie de la jeune mère, les deux amies relancèrent leurs recherches en essayant de se convaincre qu'elles approchaient enfin de leur but.

Une séance au Conseil

Printemps 287 av. J.-C.

Heiasun tendit une dernière toile de lin pliée à Caeles assis en face de lui, parapha le rouleau de papyrus ouvert sur son écritoire, puis le scella avant de le glisser dans une grande jarre près de lui.

— Je crois que nous avons terminé pour aujourd'hui.

Son adjoint opina.

— Je le pense aussi. Je suis sûr que je n'aurai aucun mal à convaincre notre futur client de signer, lorsqu'il verra ces dessins superbes.

Le jeune homme jeta un coup d'œil à la clepsydre posée sur une console, se mit debout, puis attrapa sa toge.

— C'est parfait ! Je file, sinon je serai en retard.

Il quitta le tablinum pour suivre d'un pas rapide le péristyle, puis enfila le couloir menant vers l'avant de la maison. Venai, qui sortait d'une pièce située de l'autre côté de l'atrium, le rejoignit en courant pour nouer les bras autour de son cou.

— En as-tu pour longtemps, cette fois ?

Il l'embrassa.

— Pour la journée, j'en ai peur. Les enfants sont-ils levés ?

— Fasti prend son jentaculum, quant à Acvilna, il finira par casser le dos de sa nourrice à force de vouloir toujours marcher sans tenir encore sur ses pieds par lui-même.

Il se dirigea vers le vestibule.

— J'espère être rentré assez tôt pour les voir avant que tu les couches.

La litière attendait dans la rue comme tous les matins, prête à le conduire au Grand Conseil, à son bureau du forum, ou bien vers tout autre endroit où il avait à faire. Ce jour-là, il avait rendez-vous avec

Cneve Thanursiannas et quelques autres, avec lesquels il formait une commission chargée d'étudier les dernières réformes proposées. Une fois de plus durant le trajet, il parcourut les documents qu'on lui avait transmis, en hochant la tête, tandis que son opinion se renforçait. Dans son esprit s'élaboraient déjà les arguments qu'il exposerait à ses pairs pour obtenir l'amendement de ce projet qu'il n'envisageait pas de ratifier sous sa forme actuelle.

Il venait d'entamer son troisième mandat en tant que tribun de la plèbe, ce qui lui paraissait naturel. Depuis longtemps déjà, il maîtrisait ses attributions jusque dans les moindres détails, entretenait d'excellentes relations avec ses collègues, et savait emporter l'adhésion du Grand Conseil au terme de discours étayés avec rigueur. Durant la première année, parce qu'il se montrait discret, certains avaient cru qu'il serait facile de l'influencer ou de le soudoyer, mais ils avaient vite déchanté en découvrant que rien ne pouvait le faire dévier du droit chemin. Sa première action avait été de réparer les injustices commises par son prédécesseur, avant de s'attaquer aux problèmes de ceux qu'il représentait, ce qui lui avait attiré une considération générale, ainsi que la reconnaissance de la population. Lorsqu'il sortait dans la rue autrement que derrière les rideaux fermés de sa litière, les nombreux témoignages de respect et d'affection qu'il recevait de la part des gens qu'il croisait lui réchauffaient le cœur en lui procurant le courage de continuer cette double vie exigeante.

Il dirigeait toujours son entreprise de mosaïque, s'occupait lui-même des études pour les nouveaux contrats, réalisait les dessins des scènes qui seraient composées par ses ouvriers. Pour cela, il se levait tôt le matin pour réserver à son métier les heures calmes de l'aube, ainsi que parfois celles du soir lorsqu'il avait d'importants projets à concevoir. Le reste de la journée était consacré à ses activités de magistrat qui l'emmenaient aux quatre coins de la cité, quand ce n'était pas dans la campagne. Au milieu de tout ça, il parvenait malgré tout à se ménager quelques précieux moments pour la vie de famille entre son épouse adorée et les deux enfants qu'elle lui avait donnés.

Le véhicule s'arrêta devant la villa de Cneve, chez qui se déroulait la réunion. En descendant de sa litière, Heiasun rencontra Kaisie Alvethnas qui vint le saluer avec un sourire affectueux.

— Alors, mon cher, je parie que tu nous as encore préparé quelques objections de derrière les fagots. Je crois bien que tu n'es pas capable de ratifier une seule loi sans vouloir l'améliorer.

Le jeune homme acquiesça d'un air sérieux.

— Les lois sont faites pour le bien du peuple. Encore faut-il qu'elles atteignent leur but.

Son ami eut un petit rire.

— Je pourrais me sentir vexé si je ne savais que tu nous inclus dedans lorsque tu évoques le peuple.

Le tribun parut surpris.

— Bien sûr ! Je parle de la population dans son entier.

Kaisie passa son bras sous celui d'Heiasun pour l'entraîner vers la demeure dans laquelle on les attendait. L'intendant les conduisit vers la pièce dédiée à ces réunions informelles, où ils retrouvèrent le maître des lieux, ainsi que certains de leurs amis. Lorsque le chef de séance du Grand Conseil demandait des volontaires pour former une commission, les magistrats qui se proposaient se regroupaient toujours par affinités, si bien que les mêmes personnes recréaient sans cesse les mêmes cercles. C'était à ces coteries dont la composition ne variait guère que l'on confiait tour à tour les études préalables que nécessitait chaque prise de décision importante. Au début de son premier mandat, cette disposition avait choqué le jeune homme convaincu que cette absence de changement ne pouvait pas favoriser des délibérations objectives. Pourtant, quand il avait acquis assez d'autorité pour être en mesure d'émettre la suggestion de légiférer sur ces coutumes, il s'en était abstenu parce qu'il préférait collaborer avec ses amis plutôt qu'avec des gens qu'il connaissait à peine. Il s'était vite rendu compte qu'il pouvait gagner assez facilement ses proches à sa cause, alors qu'il craignait d'obtenir moins de succès auprès de ses autres collègues. C'était la raison pour laquelle il s'accommodait de ce système, même s'il savait qu'il aurait dû être modifié afin d'accroître son efficacité.

La séance terminée, Cneve se renversa contre les coussins.

— Je trouve que nous avons bien travaillé.

Karkana fit une grimace malicieuse.

— Et comme toujours, Heiasun nous a amenés là où il le voulait. Je ne serais pas étonné que tu aies une âme de dictateur.

Le jeune homme se redressa avec indignation.

— Certainement pas !

Le *princeps* se leva en coupant court à la discussion.

— Allons donc nous délasser un peu. Nous l'avons bien mérité.

Ils s'allongèrent sur les lits d'apparat, tandis que les domestiques leur servaient un repas arrosé de vins fins, qu'ils savourèrent en entamant une conversation très éloignée des sujets qu'ils venaient d'étudier. Kaisie piocha dans les plats devant lui.

— J'ai appris qu'à Rome, ils ne parviennent pas à se mettre d'accord aussi facilement que nous.

Le maître de maison reposa sa coupe.

— Mais oui ! J'ai entendu ça. Il paraît que le peuple se révolte.

Karkana sourit.

— C'est parce qu'ils n'ont pas un tribun de la plèbe aussi intègre et efficace qu'Heiasun.

Le jeune homme abandonna sa cuillère.

— En fait, ils demandent l'application d'un décret voté il y a trois ans, qui prévoyait l'attribution de parcelles situées dans le territoire des Sabins à des membres de la plèbe. Toute la population n'appartenant pas à la noblesse s'est retirée sur le mont Janicule qui se trouve en terre étrusque, sur la rive ouest du Tibre. La ville s'est vidée en laissant les magistrats seuls et sans ressource, puisque plus rien n'est produit.

Kaisie écarquilla les yeux.

— Comment fais-tu pour être toujours au courant de tout ?

Le tribun but un peu de vin.

— Je me renseigne.

Cneve hocha la tête.

— Mais oui ! Il a raison. Quintus Hortensius, qui vient d'être nommé dictateur par les consuls, est chargé de régler rapidement cette crise.

Heiasun adopta une position plus confortable.

— Il a fait une proposition qui devrait être acceptée par les représentants du peuple. Il offre une amnistie générale, l'allègement des dettes pour ceux qui sont étranglés financièrement, et prévoit de donner force de loi aux plébiscites en supprimant l'obligation de les faire ratifier par le Sénat.

Karkana esquissa une moue réprobatrice.

— Cela renforcera encore la puissance de la plèbe face aux aristocrates. Il ne faudrait pas non plus qu'ils aillent trop loin, sinon Rome deviendra vite ingouvernable.

Le *princeps* dépiauta sa viande.

— Il est vrai que leur république possède un équilibre fragile.

Kaisie finit son écuelle de légumes.

— Le peuple n'a pas les capacités nécessaires pour influer sur le gouvernement.

Le jeune homme relaça les rubans de ses poignets qui se dénouaient sans cesse.

— La populace, dans son ensemble, obéit à des meneurs pas vraiment éclairés. Bien sûr, ils pourront toujours se débarrasser des éléments les plus incontrôlables en les envoyant sur les terres sabines, mais je pense qu'ils doivent surtout harmoniser les pouvoirs.

Karkana leva sa coupe dans sa direction.

— Tu devrais aller t'en occuper. Je suis sûr que tu réussirais rapidement à les mettre d'accord.

Amusé, le tribun prit un fruit.

— J'ai assez d'ouvrage ici.

Cneve agita l'index.

— De toute façon, on ne le leur donnera pas. Nous avons besoin de lui à Faleries.

Heiasun s'esclaffa.

— Peut-être accepterez-vous de me laisser décider pour moi-même ?
Et c'est moi que l'on traite de dictateur ?

Après ce prandium qui s'était prolongé comme souvent, le jeune
homme se rendit à son bureau du forum pour y travailler sur les dossiers qui arrivaient chaque jour. Très vite après sa première élection, il
avait dû embaucher un secrétaire tellement le nombre des demandes
n'avait cessé d'augmenter, bien qu'il n'en eût trouvé que très peu dans
les archives de son prédécesseur. Pour comprendre la raison de ce
changement, il s'était livré à une discrète enquête, grâce à laquelle il
avait appris que les gens du peuple ne s'adressaient plus à Akiu parce
qu'ils le savaient vénal et perverti.

Il entra dans la pièce d'un pas rapide.

— Combien de dossiers aujourd'hui, Lauci ?

Le scribe leva la tête.

— Une dizaine.

Le tribun s'approcha.

— Y a-t-il des requêtes particulières ?

Le secrétaire tendit le bras.

— Non, rien de grave. J'ai classé les courriers en fonction de leurs sujets. Les rouleaux sont posés à côté de votre écritoire.

Heiasun gagna son poste de travail.

— Merci.

Il s'installa sur les coussins, déroula le premier papyrus, dont il se
mit à déchiffrer les pattes de mouche en regrettant que l'expéditeur eût
fait l'effort de la rédiger. Il préférait les documents venant d'un écrivain
public dont les lettres étaient toujours claires et bien formées, mais
beaucoup de ses solliciteurs s'ingéniaient à composer eux-mêmes leurs
missives, en considérant cette attention comme une marque de politesse. Un long moment, il s'usa les yeux sur les caractères hermétiques.

— Je n'y comprends rien.

Avec un soupir, il lâcha le papyrus qui s'enroula dans un froisse-
ment caractéristique.

— Pourquoi ces gens ne réalisent-ils pas que c'est illisible ?

Le scribe sourit.

— Je me doutais que vous auriez du mal. Alors, je l'ai recopié au
propre.

Abandonnant son poste de travail, il s'approcha du jeune homme
pour lui tendre un autre rouleau couvert de son écriture bien structu-
rée. Le tribun lui adressa un regard de gratitude pour la délicatesse avec
laquelle il procédait quand cette situation se présentait. Chaque fois
que Lauci découvrait un pli sibyllin, il le retranscrivait, mais gardait le
double pour lui afin de ne pas blesser la fierté d'Heiasun qui parvenait
à décrypter la majorité de sa correspondance. Ce n'était que lorsque le
jeune homme s'avouait vaincu qu'il produisait la copie avec naturel,

comme s'il répondait à une demande de son maître. Au début de leur collaboration, il s'était d'ailleurs arrangé pour lui faire comprendre que savoir lire les pires écritures faisait partie de sa formation, ce qui avait rassuré le tribun sur ses propres compétences.

Quelques jours plus tard, alors que la chaleur d'anpili[78] annonçait déjà l'été, Heiasun exposa le résultat des travaux de la commission devant le Grand Conseil avec une éloquence que beaucoup de ses collègues lui enviaient. Dans leur groupe, c'était toujours lui qui était choisi pour cette corvée. Ses amis reconnaissaient qu'ils n'avaient pas son aisance à la tribune, si bien qu'ils se déclaraient incapables d'emporter l'adhésion des magistrats aussi brillamment que lui. Son intervention se termina sur une salve d'applaudissements laissant présager l'adoption des mesures qu'il préconisait sans opposition.

À la fin de la séance, Cneve le rejoignit en jouant des coudes au milieu des élus qui se dirigeaient vers la sortie.

— Tu as encore réussi ! Pourtant, je pensais que cette fois-ci, il y aurait des résistances.

Le jeune homme haussa les épaules.

— Je sais que nous bousculons les coutumes, mais tout le monde admet qu'elles sont dépassées.

Ils quittèrent la salle sans se presser, tandis que des bribes de conversation s'entremêlaient autour d'eux. Un vent tiède leur balaya le visage en apportant jusqu'à eux la rumeur extérieure lorsque les huissiers ouvrirent les lourdes portes qui protégeaient ce haut lieu de pouvoir. Le *princeps* se tourna vers le tribun.

— Accepterais-tu de venir manger avec moi ?

Heiasun eut un geste en direction du bâtiment qui bordait la place.

— Je ne suis pas encore passé à mon bureau. Il faut que je vérifie qu'il n'y a rien d'urgent.

Son ami sourit.

— Avec toi, c'est toujours le travail d'abord. J'ai envie de me détendre maintenant que nous avons fait voter ces réformes.

Le jeune homme opina.

— Je ne dis pas non. J'aimerais juste voir Lauci avant.

Le notable écarta les bras.

— La cité ne risque pas de s'écrouler si tu t'offres quelques heures de repos. Allons…

Une voix de stentor l'interrompit.

— Heiasun Churcles !

Les magistrats éparpillés devant l'entrée du Grand Conseil se retournèrent d'un air interloqué, les commerçants établis sous le péristyle entourant la place publique se plantèrent entre les colonnes pour mieux

---

[78] 21 mai — 20 juin

voir, et la foule qui peuplait le forum se tut. Tout le monde cherchait qui avait bien pu se permettre d'apostropher ainsi un tribun respecté, tandis que les expressions se faisaient réprobatrices. Perplexe, le jeune homme s'avança en haut des marches, pour découvrir un petit groupe de cavaliers arrêté au pied de l'escalier, dont le personnage central le dévorait des yeux avec une joie mauvaise. Le visage de l'inconnu lui rappelait quelque chose sans qu'il parvînt à le situer.

— Qui êtes-vous ?

L'homme esquissa un salut exagéré.

— Je me nomme Marcus Tullius, délégué de Rome auprès de votre gouvernement.

Le tribun l'examinait avec curiosité.

— Comment me connaissez-vous ?

Le Romain eut un rictus carnassier.

— Oh ! Je sais beaucoup de choses sur vous, que vos amis semblent ignorer.

Heiasun frissonna devant cette menace informulée, tandis que la main de Cneve se posait sur son épaule. Sans qu'il l'eût remarqué, les autres magistrats l'avaient entouré, en devinant au regard cruel de l'inconnu que leur collègue était en danger. Karkana adopta un ton glacial.

— Comment se fait-il que nous n'ayons jamais entendu parler de vous, si vous êtes vraiment envoyé par Rome ?

Tullius parut mécontent que l'on mît en doute sa parole.

— J'arrive à l'instant dans votre cité. J'avais l'intention de me présenter devant votre conseil lorsque je vous ai vus sortir.

Kaisie le toisa sans aménité.

— Avez-vous rencontré nos consuls ?

Le délégué eut un geste agacé.

— Non, pas encore.

Le président de l'assemblée lui fit signe de partir.

— Alors, vous devez commencer par là ! Quant à nous, nous vous recevrons lors de la séance de demain. En attendant, veuillez ne plus importuner nos membres !

Le Romain s'énervait.

— Vous ne savez pas à qui vous avez donné asile.

Le haut magistrat eut une moue de dédain.

— Nous sommes informés du nécessaire.

Tullius crispa ses mains sur ses rênes.

— La présence de cet homme déshonore votre vénérable assemblée.

Cneve se pencha vers son ami pétrifié.

— Qui est-ce ? Le connais-tu ?

Le jeune homme bougea à peine les lèvres.

— Non. Il me semble que je l'ai déjà vu, mais je ne me souviens pas où.

Karkana fit un pas en avant d'un air courroucé.

— De quel droit osez-vous insulter l'un de nos membres les plus éminents ?

Le délégué s'appuya sur le pommeau de sa selle.

— Parce que vous ignorez qui il est vraiment. Pour commencer, c'est un artisan.

Un rire général lui répondit, tandis que le président de l'assemblée s'esclaffait.

— La belle affaire ! C'est le meilleur de notre ville, et un tribun de la plèbe exemplaire !

La figure du Romain se tordit de fureur lorsqu'il réalisa que devant la tenue d'Heiasun, il s'était imaginé à tort que le jeune homme s'était fait passer pour un rejeton de la noblesse. Alors, aveuglé par sa hargne, il perdit toute prudence.

— C'est un meurtrier ! Il a tué le fils d'un magistrat tarquinien, mais il a réussi à échapper à la justice.

Heiasun chancela sous le coup, tandis que toute couleur désertait son visage. Cneve glissa un bras autour de ses épaules pour le soutenir.

— Ici, tu n'as rien à craindre. Tout le monde sait que c'est faux.

Lors de la première élection du jeune homme, le *princeps* avait pris soin de diffuser sa véritable histoire, c'est pourquoi des protestations indignées éclatèrent dans le groupe des magistrats. Laissant son ami appuyé contre une colonne, Cneve, qui n'était pas encore intervenu, s'avança d'un air sévère.

— C'est un mensonge ! Une machination abjecte ! Celui qui attente à la dignité de l'un de nos magistrats devra répondre de diffamation devant la justice.

Le président de l'assemblée hocha la tête.

— C'est un fait ! Je ne pense pas que vous soyez agréé en tant que représentant de Rome, mais je suis sûr que nous vous offrirons l'hospitalité de nos geôles.

Tullius serra les poings.

— Je n'ai fait que dire la vérité ! Prenez contact avec les dirigeants tarquiniens, ils vous confirmeront que c'est exact.

Trop concentré sur son désir de salir Heiasun, l'homme ne s'était pas rendu compte que la population présente sur le forum s'était regroupée autour de lui et de ses compagnons pour leur interdire toute possibilité de quitter les lieux. Les autres Romains ne comprenaient rien à ce qui se passait, mais ils remarquèrent les expressions fermées des gens qui les entouraient, si bien qu'ils commencèrent à s'inquiéter pour leur sécurité. Cneve scrutait l'inconnu avec attention.

— Comment un Romain serait-il au courant des affaires internes d'une cité étrusque ? Qui êtes-vous réellement ?

Une voix féminine empêcha l'homme de répondre.

— Un renégat ! Un individu qui trahit son pays pour se mettre au service de ses ennemis !

Tout le monde tourna la tête dans la direction d'où venait cette intervention. De la foule s'extirpèrent deux jeunes femmes qui montèrent les marches pour rejoindre les magistrats. Les yeux d'Heiasun s'agrandirent dans son visage trop pâle.

— Vetia.

Kaisie, qui s'était approché de lui pour remplacer Cneve, se pencha pour chuchoter à son oreille.

— La connais-tu ?

Le jeune homme tentait de se ressaisir sans y parvenir.

— Oh, oui ! C'est à cause d'elle que tout s'est produit.

Les nouvelles arrivantes se placèrent en haut de l'escalier afin que tous puissent les voir, sans un regard pour Tullius qui s'était décomposé en les découvrant.

— Je m'appelle Vetia Tarchnei, et voici Larthia Cupsnei qui est grande prêtresse de Turan. Nous arrivons toutes deux de Tarquinia.

Un peu perdu, le président les détaillait.

— En quoi cette affaire vous concerne-t-elle ?

Vetia leva les bras.

— Parce que nous sommes les seules à posséder l'entière vérité. Le vrai nom de cet homme est Murina Tolumni. C'est lui le meurtrier qui a ourdi ce complot afin d'envoyer Heiasun à la mort.

Le tribun fixa celui qui avait détruit sa vie, en réalisant qu'il l'avait plusieurs fois croisé à Tarquinia sans jamais savoir qui il était.

— Murina ! Alors, c'est lui !

Les magistrats s'entreregardèrent avec perplexité devant cette histoire qui s'amplifiait de manière inattendue. Le président fronça les sourcils.

— C'est une accusation grave. Pouvez-vous en apporter la preuve ?

Il avait posé la question à Vetia, mais ce fut Larthia qui prit la parole.

— J'ai reçu cet individu au temple. Il était ivre mort et s'est vanté devant moi d'avoir assassiné Tite Spurinna afin de faire condamner le mosaïste Heiasun Churcles.

Le jeune homme la contemplait d'un air songeur, tandis que quelque chose s'agitait dans sa mémoire. Son nom lui rappelait de vagues évocations, bien qu'il ne pût la situer. Déstabilisé, Murina ne contrôlait plus sa voix qui dérapait dans les aigus.

— C'est faux ! Je ne me souviens pas d'avoir jamais vu cette femme !

Cneve esquissa une moue de mépris.

— Bien sûr ! Si vous étiez saoul, vous ne pouvez pas vous la remettre.

Constatant que l'affaire tournait à son désavantage, l'homme commençait à désespérer.

— Elle ment !

Cette affirmation provoqua un murmure de réprobation parmi l'assistance, tandis que le président se fâchait.

— La parole d'une prêtresse est sacrée !

Larthia croisa les bras avec calme.

— De toute façon, je peux prouver ce que j'avance. L'on a soutenu que monsieur Churcles avait tué Tite Spurinna pour s'emparer d'une statuette en or représentant la déesse Turan. Mais cet individu m'a confié que l'objet était en sa possession et qu'il le gardait toujours sur lui afin que personne ne le découvre.

Instinctivement, Murina porta la main à sa taille pour sentir l'étui dissimulé sous ses vêtements. Soudain furieux, il dégaina son glaive.

— Si quelqu'un essaie de me fouiller, il le regrettera !

La jeune femme exhiba une pochette accrochée sous son manteau.

— Ce ne sera pas nécessaire. Après que monsieur Tolumni m'eut avoué son forfait, j'ai profité de ce qu'il s'était endormi pour subtiliser la précieuse statuette et la remplacer par une autre en bronze. Voici la preuve de son crime !

Elle brandit la figurine en or massif qu'Heiasun reconnut aussitôt, tandis que l'arme tombait des mains du meurtrier tellement stupéfait qu'il en oublia de se défendre. D'un mouvement machinal, Murina sortit le sachet en tissu de sa cachette, qu'il ouvrit pour révéler la statuette en bronze dont venait de parler Larthia. Il s'empourpra de fureur.

— Voleuse ! Vous n'aviez pas le droit de toucher à mes affaires !

La prêtresse se tourna vers les magistrats d'un air grave.

— C'est la déesse qui m'a inspiré ce geste salvateur. Remarquez les traces de sang que les doigts de l'assassin ont imprimées sur cet objet.

Le président examina le bibelot.

— J'admets que vos accusations sont solides. Mais pourquoi cet homme aurait-il agi ainsi ?

Vetia se rapprocha de son amie.

— Il l'a fait pour se venger de moi. J'avais rompu nos fiançailles après avoir découvert à quel point il est abject. Dans son esprit malade, il s'est imaginé que c'était à cause de monsieur Churcles qui travaillait à ce moment-là chez mon père, mais c'est faux ! J'étais déjà engagée avec celui qui est désormais mon mari et le père de mon fils.

Comprenant qu'il était perdu, Murina voulut s'enfuir, mais se rendit compte à cet instant que la foule qui l'entourait ne lui offrait aucune issue. Alors, il jeta un coup d'œil à ses compagnons en supputant leurs chances de se libérer à coups de glaive, jusqu'à ce qu'il s'aperçût que ceux-ci s'étaient éloignés de lui pour ne pas cautionner ses forfaits. Furieux, il tenta de pousser son cheval sans se soucier des gens qu'il risquait d'écraser, si bien que des hommes l'arrachèrent à sa monture. Il se débattit en réalisant soudain qu'il avait lâché son arme, ce qui le laissait sans défense contre la populace déchaînée. Cneve étendit les bras.

— Arrêtez ! Cet homme sera jugé pour ses crimes !

Le *princeps* fit signe aux vigiles qui se tenaient sur les marches, tandis que la foule s'écartait pour permettre aux forces de l'ordre de s'emparer du meurtrier qui ne désarmait pas.

— Cette garce m'a humilié ! Elle doit payer, et lui aussi !

Le président considéra Murina avec dégoût.

— Mettez-le en prison pendant que nous décidons de ce qu'il convient de faire.

Cneve revint vers Heiasun en lui souriant avec affection.

— C'est terminé. Maintenant, plus personne ne t'accusera injustement.

Les explications

Printemps 287 av. J.-C.

Le silence régnait sur le forum pendant que les vigiles le traversaient en emmenant leur prisonnier. L'assistance les observait sans se rendre compte que les compagnons du prévenu en profitaient pour s'éclipser par une ruelle latérale de crainte que la colère de la foule se reportât sur eux après son départ. Lorsque les soldats et le meurtrier eurent disparu, le président se tourna vers les jeunes femmes qu'il invita à pénétrer dans le bâtiment afin de clarifier la situation, tandis que les magistrats s'empressaient de regagner leurs places dans la salle du Grand Conseil, la tête pleine d'interrogations en suspens. Étourdi par ces révélations en cascade, Heiasun les suivait plus lentement, accompagné par Cneve qui le couvait d'un œil inquiet.

Aussi à l'aise, l'une que l'autre, Vetia et Larthia s'installèrent à la tribune, face aux gradins remplis de notables curieux qui les scrutaient avec attention. Elles notèrent le visage défait du jeune homme que certains magistrats entouraient comme pour le soutenir, mais elles se gardèrent bien d'afficher leur intérêt. Avec calme, elles expliquèrent l'histoire en détail, puis répondirent aux questions qu'on leur posait sans paraître étonnées que le tribun n'intervînt pas. La patricienne ne raconta pas ses aventures avec des artisans afin que nul ne devinât qu'il y avait bien eu quelque chose entre le mosaïste et elle, tandis que la prêtresse laissait croire qu'elle était tarquinienne pour cacher ses anciennes relations avec Heiasun. Elle était rassurée qu'il ne la reconnût pas, ainsi il ne risquait pas d'affaiblir son témoignage par une réaction intempestive.

Durant toute la séance, le jeune homme silencieux joua avec les rubans qui ceignaient ses poignets, tout en écoutant les deux femmes exposer les événements dont le souvenir lui était toujours douloureux. Ses collègues en avaient entendu parler, mais ils n'en connaissaient que les grandes lignes, si bien que cet interrogatoire dans l'intérêt de la justice finit par s'égarer sur des chemins plus tendancieux qui frisaient l'indiscrétion. Alors, le président de l'assemblée coupa court avant que la réunion dérapât.

— Je vous remercie, Mesdames, de votre intervention déterminante.

Il se tourna vers le tribun.

— Monsieur Churcles, confirmez-vous la version de ces dames ?

Heiasun fit l'effort de se redresser.

— Absolument !

Le président lui adressa un regard amical.

— Parfait ! Alors, maintenant nous avons une décision à prendre : que devons-nous faire de ce criminel ?

Cneve se pencha en avant.

— Je suggère qu'on l'envoie aux autorités tarquiniennes. C'est à eux de le juger pour ce meurtre abject.

Des murmures d'approbation lui répondirent, tandis que les jeunes femmes se souriaient en voyant leurs espoirs les plus fous se réaliser. Le chef de séance balaya la salle des yeux.

— Qui est pour cette proposition ?

Il comptabilisa le nombre de mains tendues, puis il sourit à son tour.

— Nous atteignons presque l'unanimité, donc la résolution est adoptée. Il sera conduit à Tarquinia sous bonne garde dès demain. J'en référerai à nos consuls et leur demanderai d'écrire une lettre explicative qui sera expédiée à leurs homologues tarquiniens. Mesdames accepteront sans doute de témoigner devant le tribunal.

Vetia hocha la tête.

— Naturellement !

Le président croisa les bras.

— Bien ! En ce qui concerne le Grand Conseil de Faleries, l'affaire est close.

Les magistrats se levèrent, satisfaits d'en avoir terminé avec cette histoire compliquée, mais surtout très heureux d'avoir restauré l'honneur de leur collègue qu'ils appréciaient tous. Ils quittèrent la salle avec un salut aimable pour les visiteuses, tout en jetant un coup d'œil vers le tribun qui se remettait debout, entouré de ses amis. N'ayant pas d'autre choix, le jeune homme se dirigea vers Vetia et Larthia, alors qu'il désirait plus que tout rentrer chez lui pour oublier cet épisode. En le voyant s'avancer, le président s'éloigna par discrétion, si bien qu'il ne resta plus dans la grande pièce que les deux jeunes femmes, Heiasun et ses proches. Le jeune homme avait du mal à reprendre pied dans la réalité.

— Je ne sais comment vous remercier.

Ce fut Vetia qui répondit tandis que Larthia dévorait des yeux son ancien ami.

— Nous sommes heureuses d'être arrivées à temps.

Devant l'indécision de son ami, Cneve intervint, sachant qu'il fallait un terrain neutre pour cette réunion.

— Je vous invite à manger chez moi.

La patricienne l'observa avec surprise.

— C'est très aimable de votre part.

Le tribun désigna le magistrat d'un geste machinal.

— Je vous présente Cneve Thanursiannas. Il est l'un des *principes* de notre cité.

Tandis que les jeunes femmes saluaient, Kaisie s'adressa à la cantonade.

— Je pense que nous partirons. Vous avez besoin de rester en petit comité.

Cneve acquiesça d'un signe de tête, sans qu'Heiasun parût avoir perçu la remarque, si bien que Karkana et son ami s'éloignèrent sur-le-champ. Le *princeps* fixa tour à tour les deux amies.

— Alors, acceptez-vous de m'accompagner ?

Vetia opina.

— Volontiers.

Le magistrat sourit en jetant un coup d'œil au jeune homme.

— Très bien, allons-y ! Et ne me dis pas que tu veux voir Lauci.

Le tribun tressaillit.

— Pardon ? Lauci ? Oh, non !

En soupirant, il passa une main sur son visage d'un air absent. Sans insister, son ami le saisit par le bras pour l'entraîner vers l'extérieur, suivi par les deux jeunes femmes qui échangeaient des regards entendus.

Par chance, Cneve s'était rendu au Conseil en charrette ce jour-là, au lieu de prendre sa litière qui aurait été trop petite pour les emmener tous, si bien qu'ils purent s'installer face à face sur les bancs de bois. Comme nul ne parlait, Vetia se raccrocha à la réflexion du *princeps*.

— Qui est Lauci ?

Heiasun restait lointain.

— Mon secrétaire.

Le magistrat fronça les sourcils d'un air soucieux, mais ne fit aucune remarque, tandis que le silence persistait jusqu'à leur arrivée à la villa. Dans l'atrium, ils rencontrèrent Thanachvil qui s'apprêtait à partir. Cneve se chargea des présentations.

— Mon épouse.

Elle porta une main à sa joue.

— Vous venez manger ? Oh ! Je suis navrée de ne pas vous avoir attendus.

Soulagé, son mari la poussa presque vers la porte.

— Ce n'est rien. Cela s'est décidé à la dernière minute. Tu sortais, je crois ?

Elle fit le geste d'enlever son manteau.

— Oui, mais je peux annuler.

Avec douceur, il l'en empêcha.

— Surtout pas ! Fais ce que tu avais prévu, nous nous débrouillerons très bien sans toi.

Larthia intervint de son ton le plus mondain.

— Ne vous en faites pas pour nous. Nous ne voulons pas perturber votre journée.

Convaincue, la brave dame s'en alla en déclarant qu'il faudrait remettre ça à une prochaine fois, ce qui lui attira des sourires polis de la part des deux jeunes femmes. Dès qu'elle fut partie, le maître de maison conduisit ses invités dans le triclinium, tandis que les domestiques s'activaient pour leur servir quelques en-cas en attendant que le repas fût prêt. Lorsque les convives furent installés sur les lits d'apparat, Cneve secoua avec douceur le jeune homme muet.

— Je sais mieux que personne à quel point cette histoire te bouleverse, mais ces dames espèrent un peu plus d'attention de ta part.

Le tribun se redressa.

— Oui, pardon !

Vetia le scruta avec curiosité.

— Il y a presque huit ans qu'a eu lieu cette lamentable affaire. Il me semble que depuis, tu as parcouru un sacré chemin. Comment cela peut-il encore t'affecter autant ?

Les prunelles vertes d'Heiasun s'égaraient vers la fenêtre.

— Déjà huit ans…

Surprise, la jeune femme n'eut pas le temps d'insister pour obtenir une véritable réponse, que le *princeps* tirait d'un geste vif sur l'un des rubans du jeune homme afin de révéler la profonde cicatrice qui barrait son poignet. Les visiteuses poussèrent une exclamation d'horreur, tandis que le tribun couvrait la ligne blanche avec sa main d'un air embarrassé. L'émotion fit oublier sa réserve à Larthia.

— Par tous les Dieux ! Heiasun, qu'as-tu fait ?

Le jeune homme, qui ne s'attendait pas à ce qu'elle le tutoyât ainsi, la regarda avec stupéfaction, tandis que Cneve se mettait à rire.

— Je devinais bien qu'il y avait autre chose là-dessous. Quel est votre rôle exact dans cette histoire ?

La prêtresse rougit.

— Tout ce que j'ai dit est vrai.

Le magistrat acquiesça.

— Je n'en doute pas un instant. Mais vous n'avez pas tout raconté. Je vous trouve bien généreuse et désintéressée. Peut-être un peu trop.

Le tribun la dévisagea.

— Je vous ai déjà rencontrée, n'est-ce pas ?

Gênée, elle lissa sa robe.

— Il y a des années de cela, nous nous connaissions bien.

Songeur, il s'efforçait de remonter le temps.

— Des années ?

Elle se mordilla les lèvres.

— À Roselle.

Le souvenir se précisa dans l'esprit d'Heiasun. Il revoyait un lac dans lequel il était interdit de pêcher, ce qu'il faisait quand même, des bois regorgeant de gibier que l'on ne pouvait chasser, et une petite fille qui l'empêchait d'attraper un lièvre en lui disant que c'était dangereux. Même son prénom lui revint.

— Larthia !

Elle hocha la tête.

— C'est bien moi.

Le regard du *princeps* allait de l'un à l'autre.

— Alors, vous êtes amis d'enfance, n'est-ce pas ?

La jeune femme réprima sa nostalgie.

— Oui. Jusqu'à l'âge de dix ans, nous ne nous sommes pas quittés pour ainsi dire.

Cneve se tourna vers le jeune homme.

— Tu ne m'avais jamais parlé d'elle. Moi qui croyais que tu n'avais pas de secrets pour moi.

Le tribun effleura Larthia d'un coup d'œil navré.

— J'avais occulté ces années-là. Roselle n'est qu'un nom pour moi, cela ne m'évoque plus rien. Ma vie a vraiment commencé à Tarquinia.

La prêtresse sourit d'un air rassurant.

— Je savais que tu m'avais oubliée. Pumpu me l'avait dit.

Heiasun tressaillit.

— Pumpu ! Comment va-t-il ?

Vetia leva une main.

— Oh, très bien ! Il est en excellente forme et occupe ses jours à aider les miséreux.

Larthia prit un air attendri.

— Nous nous retrouvons souvent au chevet des malades.

Comme les esclaves qui faisaient le service venaient de sortir, Cneve coupa court à la discussion qui s'égarait.

— Peut-être serait-il temps de remettre les choses à leur place ? Voulez-vous nous expliquer comment vous êtes arrivées ici par miracle,

Mesdames ? Ensuite, nous vous raconterons les péripéties de l'installation d'Heiasun dans notre ville.

Le jeune homme lui lança un regard malheureux sans ébranler son ami persuadé que pour se débarrasser de l'injustice qu'il avait subie, il devait en passer par là. D'ailleurs, les jeunes femmes adhérèrent avec enthousiasme à cette proposition, si bien qu'il n'eut d'autre choix que d'écouter leurs récits respectifs. Ce fut avec une immense surprise qu'il découvrit les efforts qu'elles avaient fournis, chacune de son côté, puis ensemble, pour le retrouver et l'innocenter. Le *princeps* fronça les sourcils.

— Comment avez-vous surgi pile au bon moment ?

Vetia eut un petit rire.

— Il ne s'agit que d'une heureuse coïncidence. Pour parvenir à nous libérer, toutes deux, nous avons dû planifier ce voyage depuis plusieurs *nones* en donnant des explications quelque peu fantaisistes à nos proches.

Larthia eut un geste vague.

— En arrivant dans cette ville, nous avons demandé à un quidam où nous pourrions trouver Heiasun. Il nous a indiqué la direction du forum.

La patricienne reposa sa coupe.

— La présence d'une telle foule nous a un peu étonnées. Nous nous sommes avancées pour voir ce qui se passait, et c'est alors que j'ai reconnu Murina. En entendant les horreurs qu'il proférait, je suis intervenue. C'est tout !

Le tribun eut un soupir ému.

— Je n'aurais jamais imaginé que vous puissiez en faire autant pour moi.

Cneve l'enveloppa d'un coup d'œil amical.

— C'est curieux comme tu ne parviens jamais à concevoir que l'on puisse éprouver de l'affection pour toi. Cela te mène à des extrémités que l'on aurait aimé éviter.

Heiasun s'appuya en arrière d'un air gêné, tandis que Vetia cessait de grappiller dans ses plats.

— Racontez !

Pour épargner son ami, le *princeps* prit la parole d'un ton calme. Il narra avec précision les événements qui s'étaient succédé depuis l'arrivée du mosaïste à Faleries, ce qui les rendait d'autant plus dramatiques qu'il les exposait sans effet particulier. Suspendues à ses lèvres, les deux amies ne pouvaient s'empêcher de réagir par moment, les yeux fixés sur le jeune homme qui ne les regardait pas. Tout en écoutant ce récit, Larthia contemplait son ancien ami en songeant qu'il était encore plus beau que ce qu'elle avait pu imaginer d'après les descriptions de Vetia. Elle réalisait qu'elle n'aurait pas pu ne pas le reconnaître si elle l'avait croisé par hasard, tellement il lui paraissait semblable au garçon dont elle avait gardé le souvenir.

Lorsque le magistrat se tut, Vetia secoua la tête.

— C'est abominable !

Cneve sourit.

— Heureusement, il y a plus gai. À toi de raconter la suite, Heiasun !

Le tribun se redressa d'un air un peu perdu, comme s'il revenait de très loin, mais il remarqua les prunelles des jeunes femmes dirigées sur les rubans qu'il avait renoués. Vetia joignit les mains.

— Dis-moi qu'aujourd'hui, tu vas bien.

Il opina.

— Oh, oui ! Si seulement cet affreux bonhomme n'était pas venu réveiller ces pénibles réminiscences, tout serait parfait.

Larthia contenait l'élan qui la poussait vers lui.

— Comment es-tu devenu tribun ?

Pour la première fois, il esquissa un sourire qui la fit fondre.

— Par la faute de Cneve, comme toujours !

Son ami mima l'indignation.

— Je n'étais pas le seul ! Venai était d'accord avec moi.

Vetia fronça les sourcils.

— Qui est Venai ?

Heiasun attrapa sa coupe de vin.

— Mon épouse.

Les jeunes femmes sursautèrent.

— Tu es marié !

Rien n'échappait au magistrat qui les observait.

— En convolant, il a brisé bien des cœurs, croyez-moi.

Le jeune homme haussa les épaules.

— N'importe quoi !

Pourtant, l'expression de la patricienne était éloquente.

— Je l'imagine sans peine. À commencer par les nôtres !

Le tribun eut une grimace de découragement.

— Tu ne vas pas t'y mettre !

Larthia, qui cachait mieux ses sentiments, s'interposa.

— Et bien, raconte-nous tout.

Heiasun se lança dans une narration tellement succincte que Cneve dut s'en mêler pour l'empêcher de passer des pans entiers de sa vie sous silence. Le jeune homme gêné eut beau protester que tout cela manquait d'intérêt, son ami l'obligea à détailler ses succès en tant que mosaïste, sa réputation grandissante, l'augmentation de ses effectifs pour répondre aux nombreuses demandes, puis souligna le raz-de-marée qui avait présidé à sa première élection. Le tribun, de son côté, préférait parler de sa rencontre avec Venai, de la naissance de ses enfants, de la fidélité de ses amis, et de la gentillesse des gens envers lui, qu'il trouvait toujours étonnante. Le magistrat amusé raconta le combat de son ami pour rendre les lois de la cité plus équitables et plus efficaces, ainsi que les victoires qu'il obtenait dans ce domaine grâce à son éloquence. Vetia écarquilla les yeux.

— Ça, c'est curieux ! Je t'imagine assez mal prenant la parole en public. Tu m'as toujours paru si réservé.

Larthia secoua la tête.

— Non. Moi, ça ne me surprend pas. Je me rappelle bien tes révoltes devant les injustices qui avaient cours à Roselle. Combien de fois t'ai-je dit que tu ne pouvais pas refaire le monde ? Et bien, je me trompais visiblement !

Heiasun changea de position.

— Est-ce vrai ? J'étais comme ça ? Je ne m'en souviens pas du tout.

Cneve dressa l'index.

— Voilà pourquoi tu réussis aussi bien. Madame Tarchnei a raison, tu as été obligé de dépasser ta retenue, ce qui n'a pas été facile, mais ensuite ta véritable nature s'est exprimée.

Vetia sourit d'un air amusé.

— Si nous avions su qu'il serait si simple de te trouver, nous n'aurions pas pris autant de précautions, mais nous craignions que tu aies changé de nom et de métier.

Le jeune homme écarquilla les yeux.

— Cela ne m'est jamais venu à l'esprit.

Son ami hocha la tête avec compassion.

— Ce n'est guère étonnant. Tu te sentais tellement mal que tu souhaitais être rattrapé et condamné.

Le tribun s'appuya contre ses coussins en passant une main sur son visage.

— Tu as sans doute raison, même si je ne m'en rendais pas compte.

Larthia résista au désir de lui poser une main sur le bras.

— Heureusement que tu as des amis dévoués. J'ai été étonnée de constater que ceux qui t'entouraient à Tarquinia ne vivaient que dans l'espoir de te voir enfin innocenté.

Heiasun la fixa avec stupeur.

— Qui donc ?

Elle but un peu de vin.

— Tes anciens ouvriers, par exemple. Un certain Afuna est venu me voir pour me supplier de ne pas abandonner avant de t'avoir trouvé.

Il s'attendrit.

— Afuna ! Je l'aimais beaucoup.

Après ces mutuelles explications, il fallut revenir au présent. Murina serait envoyé à Tarquinia le lendemain sous bonne garde, ce qui annonçait la tenue d'un procès pour meurtre, auquel les deux jeunes femmes devraient assister en tant que témoins. Pourtant, le *princeps* affirmait que les autorités tarquiniennes voudraient rencontrer le jeune homme, ne serait-ce que pour le réhabiliter, ce qui n'enchantait guère le principal intéressé. Vetia se tapota les lèvres.

— Ta maison a été saisie avec tous tes biens, mais tu pourrais sûrement obtenir réparation.

Le tribun balaya la suggestion d'un geste.

— Je ne désire rien. J'ai tout ce dont j'ai besoin ici.

La prêtresse mangea une datte.

— Tu pourrais revoir Pumpu.

Heiasun fit la moue.

— Je préférerais le faire venir à Faleries.

Cneve grignota un gâteau au miel.

— Nous aviserons. Mais si tu reçois une invitation de Tarquinia, il te sera difficile de ne pas y répondre.

Comme l'après-midi s'avançait, Heiasun commença à s'inquiéter pour la besogne qu'il avait négligée trop longtemps.

— Je dois rejoindre Lauci, il se demande sans doute où je suis passé.

Le magistrat lui adressa un clin d'œil malicieux.

— Cela m'étonnerait. Toute la ville est au courant de cette histoire à l'heure qu'il est. D'ailleurs, il est bien possible qu'il y ait assisté en direct depuis la fenêtre de ton bureau. Personne ne s'attend à ce que tu travailles aujourd'hui.

Le jeune homme eut une grimace soucieuse.

— Il le faut bien, sinon les dossiers s'accumuleront.

Cneve frappa sa cuisse de sa paume.

— Tu t'en occuperas demain. Et vous, Mesdames ? Vous ne regagnerez pas Tarquinia ce soir, n'est-ce pas ? La nuit tombera bientôt.

Vetia jeta un coup d'œil par la fenêtre.

— J'ai peur qu'il se fasse tard.

Larthia approuva d'un signe de tête sans préciser que son amie et elle avaient prévenu leurs proches qu'elles seraient absentes au moins deux jours, peut-être davantage. Le *princeps* désigna sa maison d'un large geste.

— Et bien, permettez-moi de vous offrir l'hospitalité.

Le tribun prit soudain conscience de la situation.

— Ah, non ! C'est à moi de le faire.

Les jeunes femmes se gardèrent bien de montrer le plaisir que leur procurait la déclaration d'Heiasun, mais elles acceptèrent sans hésiter de loger chez lui en plaisantant qu'il était agréable d'être ainsi désirées. Pourtant, le sourire discret du magistrat leur prouva qu'il avait deviné leurs sentiments.

Venai fut un peu surprise de voir revenir son époux plus tôt qu'elle ne l'attendait, et avec deux compagnes qu'elle ne connaissait pas. Le jeune homme fit les présentations avec un naturel qui indiqua aux deux amies que son épouse n'était pas portée sur la jalousie.

— Voici Vetia Tarchnei et Larthia Cupsnei.

La jeune femme les accueillit avec amabilité sans montrer de curiosité sur la raison de leur présence. Avec efficacité, elle s'occupa de leur installation, tout en entretenant une conversation cordiale qui excluait les sujets trop personnels. Pourtant, les visiteuses avaient intercepté le coup d'œil complice que Venai avait jeté à son mari avant de les entraîner vers leurs chambres, ce qui leur avait appris à quel point le couple était soudé.

Lorsque la cena fut servie, ils se réunirent dans le triclinium où le tribun se lança dans un récit aussi court que possible des événements de la journée, mais son épouse, accoutumée à sa façon d'éluder les évocations gênantes, l'interrompit pour lui poser des questions précises dont les réponses lui procurèrent une compréhension générale de la situation. Ensuite, la jeune femme se tourna vers les convives avec un sourire.

— Je suis enchantée qu'Heiasun vous ait convaincues de passer la nuit ici.

Vetia lui retourna un regard chaleureux.

— Nous ne saurions assez vous remercier pour votre charmant accueil.

Venai s'assura que le service était impeccable, puis elle leva sa coupe.

— J'ai entendu parler de vous, bien sûr. Je suis ravie de vous rencontrer enfin.

Elle se garda d'ajouter que la description un peu amère du jeune homme lui paraissait bien éloignée des sacrifices consentis par la patricienne pour le protéger et l'innocenter. Mal à l'aise, Vetia rougit en baissant la tête. Pour ne pas l'embarrasser davantage, la maîtresse de maison s'intéressa à Larthia.

— Ainsi, vous êtes originaire de Roselle. J'y ai moi-même passé une grande partie de ma jeunesse.

La prêtresse haussa les sourcils.

— Oh ! Vraiment ? Comment avez-vous survécu à l'attaque des Romains ?

Venai fit un geste de la main.

— Mon père et moi avions déjà quitté la ville lorsque c'est arrivé. Êtes-vous partie à Tarquinia pour vous marier ?

Larthia s'esclaffa.

— Pas du tout ! Je suis prêtresse de Turan. J'ai fui Roselle la nuit de l'assaut en emmenant tout le personnel du temple.

La maîtresse de maison claqua des doigts.

— Oh, j'y suis ! C'est vous qui avez été nommée supérieure du temple, alors que vous n'êtes pas issue de la noblesse. Tout le monde en a parlé.

La jeune femme opina.

— C'est exact.

Vetia reposa sa cuillère.

— Ce que l'on n'a jamais divulgué à Tarquinia. Nos chers magistrats sont tellement stupides qu'ils ne la recevraient plus.

Le tribun, qui les écoutait d'un air absent, s'obligea à revenir dans la conversation.

— Ça, c'est vrai. Je constate que toi aussi, tu as fait ton chemin. Mais pourquoi as-tu choisi d'entrer au service de Turan plutôt que d'autres Dieux ?

Ce fut au tour de Larthia de rougir. Même à Vetia, elle n'avait jamais raconté cette partie de son histoire, si bien que son amie avait évité le sujet en se doutant qu'il y avait anguille sous roche. Pourtant, comme Heiasun avait laissé Cneve leur relater les heures les plus noires de son existence, la prêtresse comprit qu'il serait déloyal de sa part d'esquiver cette épreuve qu'il avait déjà traversée. Alors, le cœur serré, elle leur narra son calvaire en frissonnant à l'évocation de ces souvenirs qu'elle avait enfouis au plus profond d'elle-même. Vetia soupira.

— La vie ne vous a épargnés ni l'un ni l'autre.

Le jeune homme fit tourner sa coupe entre ses doigts d'un air triste.

— C'est de ma faute si tu ne t'es pas mariée.

Larthia se redressa.

— Non ! S'il fallait blâmer quelqu'un, ce serait plutôt ta mère. Je me serais fait moins d'illusions si elle m'avait dit la vérité te concernant. Mais plus rien de tout cela n'a d'importance aujourd'hui.

Venai fit signe aux esclaves de resservir à boire.

— Je suis bien d'accord. Fêtons plutôt vos retrouvailles.

La soirée fut joyeuse. Après la cascade de révélations qui s'étaient succédé depuis le midi, ils avaient besoin d'un peu de légèreté, alors ils se racontèrent des anecdotes amusantes ayant eu lieu dans leurs cités respectives. La maîtresse de maison décrivit ses relations avec les épouses de magistrats en reconnaissant qu'elle s'était d'abord sentie très intimidée de fréquenter des personnages aussi haut placés, avant de se rendre compte que certaines de ces femmes étaient plus stupides que ses amies plébéiennes. Vetia abonda dans son sens, tandis que Larthia évoquait Titei et son goût pour les commérages, tout en évitant de rappeler les disputes que l'épouse de Culsu aimait provoquer en mentionnant le nom d'Heiasun. Le tribun, lui-même, malgré sa discrétion, se laissa aller à narrer quelques bévues commises par ses collègues au Grand Conseil, ce qui divertit beaucoup son auditoire. Venai riait de bon cœur.

— Il faut que vous soyez là pour qu'il me révèle cela. D'habitude, il ne parle jamais de ce qui se passe dans l'antre du pouvoir.

Heiasun haussa les épaules.

— Il n'y a pas grand-chose à raconter. Ce sont des sujets arides qui ne se prêtent guère à la plaisanterie.

Vetia lui adressa un clin d'œil malicieux.

— Est-ce qu'il t'arrive de te détendre parfois ?

Il parut surpris.

— Mais oui ! Nous partons en vacances l'été.

Son épouse acquiesça.

— C'est vrai. Nous séjournons souvent dans le latifundium de Cneve, parfois aussi chez Kaisie, ou Karkana. Mais il y a peu, nous avons visité une propriété à vendre dans un endroit charmant, que nous achèterons peut-être.

La patricienne hocha la tête.

— Cela me semble une excellente idée.

Le jeune homme prit un fruit.

— Au début, je ne voulais pas, parce que je n'ai pas le temps d'y passer plusieurs mois d'affilée comme nos amis. Mais j'ai changé d'avis depuis la naissance des enfants. Venai pourra y résider durant l'été, et je la rejoindrai lors des moments de calme.

La jeune femme eut un petit rire.

— Ce qui est plutôt rare.

Ils se couchèrent assez tard ce soir-là. Les invitées répugnaient à mettre fin à la veillée tellement elles craignaient de ne plus jamais revoir Heiasun après leur retour à Tarquinia.

Le procès

Printemps 287 av. J.-C.

Sur le chemin du retour vers Tarquinia, les jeunes femmes doublèrent un petit groupe de soldats qui convoyaient un prisonnier, dans lequel elles reconnurent Murina. Celui-ci, qui avait perdu toute sa superbe, leur lança un regard haineux, mais n'osa pas les invectiver à cause des gardiens qui n'hésitaient pas à le frapper, comme l'indiquaient ses vêtements déchirés. Malgré la rancœur qu'il lui inspirait, Vetia en conçut une certaine pitié.

— Je le déteste plus que je ne saurais dire, j'ai désiré de toutes mes forces qu'il soit arrêté pour le meurtre de Tite Spurinna, et pourtant je le plains. C'est assez illogique.

Larthia opina d'un air songeur.

— Il ne reçoit que ce qu'il mérite, mais toi, tu n'as pas le cœur mauvais. C'est pourquoi tu n'aimes pas voir un homme souffrir, même le pire d'entre eux.

La patricienne pianota sur le rebord du char.

— Il sera condamné à mort.

Son amie fronça les sourcils.

— Cela vaut mieux. Heiasun et toi ne serez jamais en sécurité tant que cet homme sera en vie. Il voudra se venger de vous.

Vetia posa sa main sur le bras de la prêtresse.

— De toi aussi, maintenant. C'est toi qui as apporté la preuve définitive de son crime.

Une fois arrivées, les deux amies se séparèrent pour regagner leurs pénates, après avoir décidé d'attendre que la justice les convoquât au lieu d'aller trouver les autorités. Pourtant, sachant que le choc risquait d'être rude pour tous ceux qui ignoraient leurs démarches, elles prévoyaient de prévenir leurs proches. Larthia retrouva le temple de Turan avec un plaisir qu'elle ne soupçonnait pas, heureuse de se rendre compte, après toutes ces émotions, qu'elle y était à sa place. Alors qu'elle traversait la pelouse qui s'étendait entre le sanctuaire de la déesse et le bâtiment des logements, Tanaquil surgit.

— Te voilà de retour ! Alors, raconte ! Où es-tu partie ? Qu'as-tu fait ?

La jeune femme s'esclaffa.

— Tu es bien curieuse.

Son amie la scruta d'un air intrigué.

— Pourquoi fais-tu tant de mystères ?

La prêtresse secoua la tête.

— Oh, non ! Je n'en fais pas. Mais il faut d'abord que je passe voir Arnti. Laisse-moi me rafraîchir après cette longue route.

Tanaquil acquiesça, tout en agitant un index qui se voulait menaçant.

— Bon, d'accord ! Mais tu me feras un récit complet.

Larthia prit le temps de se laver pour se débarrasser de la poussière du chemin, puis d'enfiler des vêtements propres, avant de se rendre dans le bureau de la supérieure, sachant qu'elle la trouverait encore en train de travailler en cette fin d'après-midi. Arnti leva les yeux à son entrée, lui sourit et lui indiqua un siège auprès d'elle.

— Est-ce que ce voyage a donné les fruits que tu espérais ?

La prêtresse croisa ses mains sur ses genoux.

— Davantage encore. Je dois t'en informer parce que, dès demain, l'histoire se répandra dans la cité.

Impressionnée par le sérieux de son adjointe, la supérieure abandonna sa besogne.

— Je t'écoute.

Larthia lui raconta les événements sous l'angle que Vetia et elle avaient décidé d'adopter, en passant sous silence l'ancienne amitié qui la liait à Heiasun, afin que son témoignage parût objectif. Elle ne parla pas de Cneve, mais évoqua l'invitation du jeune homme en la mettant sur le compte de sa gratitude, puisqu'il n'était pas question non plus de reconnaître son aventure avec la patricienne. Arnti lui prêta l'oreille avec attention sans l'interrompre une seule fois, puis lorsque la jeune femme se tut, elle poussa un profond soupir.

— Ainsi, c'était Murina Tolumni, le meurtrier. Je n'en suis pas vraiment étonnée, il a toujours été instable. Je crois, d'ailleurs, qu'il y a des cas de démence dans sa famille.

La prêtresse but un peu d'eau.

— Comme je détiens la preuve formelle de l'innocence de cet artisan, je pense que je serai appelée à témoigner.

La supérieure opina.

— Naturellement, tu dois le faire. Je suis heureuse qu'il soit blanchi. Cette histoire m'avait toujours paru douteuse. Je te félicite de ta présence d'esprit.

En quittant le tablinum, Larthia fut à nouveau interceptée par Tanaquil accompagnée de plusieurs de ses consœurs, dont Velxai, qui se montraient très intriguées. Amusée, la jeune femme céda sous le feu roulant des questions, mais son récit fut souvent interrompu par les exclamations de ses compagnes.

De son côté, Vetia rentra chez elle où elle trouva son mari qui se déclara enchanté de son retour, mais se contenta de lui demander si elle avait fait bon voyage. Bien qu'elle eût mis au point avec son amie une version précise des événements, la patricienne se donna un moment de répit avant d'affronter l'affection un peu trop perspicace de son époux. Pourtant, sachant qu'elle ne pouvait le repousser au lendemain, elle aborda le sujet lorsqu'ils se retrouvèrent pour la cena.

— Il faut que je te parle de ce périple. La nécessité en était un peu différente de ce que je t'ai dit.

Il sourit.

— Je m'en doutais. Mais je ne voulais pas te brusquer en insistant.

Un peu dépitée de ne jamais réussir à le leurrer, elle relata la même histoire que celle entendue par Arnti quelques heures auparavant. Comme la supérieure avant lui, Teithurna écouta en silence sans laisser paraître la moindre réaction afin de ne pas troubler son épouse. Quand elle se tut, il se frotta le menton.

— Je vois. C'est la version que vous présenterez au tribunal. Elle me semble parfaite. Je n'y trouve aucune faille.

Alarmée, la jeune femme se redressa.

— Qu'est-ce que tu racontes ?

Avec tendresse, il posa une main sur la sienne.

— Allons, ma chérie. Votre intérêt pour ce mosaïste est tout sauf impersonnel. Il a été ton amant, n'est-ce pas ?

Vaincue, elle soupira.

— Tu m'énerves ! Je ne peux vraiment rien te cacher.

Il l'enveloppa d'un regard passionné.

— C'est parce que je t'aime. Je ne te juge pas, d'ailleurs. J'estime que tu avais le droit de profiter de ta jeunesse. Ton amie a également un lien personnel avec ce jeune homme, j'en suis certain.

Mal à l'aise, elle baissa la tête.

— Oui, c'est vrai.

Il but un peu de vin.

— Ne me dis rien ! Cela ne me concerne pas. Mais sache que je vous soutiendrai si jamais de mauvaises langues suggèrent que vous n'êtes pas objectives.

Elle contempla sa silhouette mince, son visage aux traits réguliers, ses mèches châtain en désordre, avant de s'arrêter sur ses prunelles noisette dont l'expression chaleureuse la réconfortait toujours, tandis qu'un soupçon s'insinuait dans son esprit.

— Depuis combien de temps as-tu deviné nos investigations ?

Il glissa ses doigts dans sa chevelure.

— En fait, je me suis douté de quelque chose quand tu m'as parlé de Fiesole. Alors, j'ai fait allusion à mon ami pour te donner un prétexte d'y aller. Lorsque j'ai constaté que tu sortais seule tous les jours, j'ai compris que tu cherchais quelqu'un. Il ne m'a pas fallu longtemps pour déterminer de qui il s'agissait. À partir de ce moment-là, je me suis appliqué à faciliter tes démarches. J'étais même prêt à couvrir vos traces, mais je dois avouer que vous avez été très habiles.

Elle le considéra avec admiration.

— Tu es vraiment un mari parfait.

Il lui caressa la joue.

— Et toi, une épouse loyale.

Au matin, Larthia se rendit au sanctuaire pour le réveil de la déesse comme tous les jours, mais si elle se montra recueillie, en réalité ses pensées vagabondaient bien loin de là. Elle avait passé une très mauvaise nuit habitée par l'image de son ami d'enfance qu'elle était satisfaite d'avoir retrouvé, bien que cette rencontre lui eût prouvé sans ambiguïté qu'il était hors de sa portée. Lorsqu'elle avait commencé ses recherches, elle n'avait entretenu aucune illusion sur leurs futures relations, puisqu'elle ne pouvait rompre ses vœux, mais elle avait espéré au moins faire revivre leur amitié d'antan. Pourtant, elle avait vite compris, devant la gentillesse un peu distante du jeune homme, que si ses souvenirs étaient plus que fragmentaires, il n'avait aucun désir de les raviver. D'ailleurs, elle devait s'avouer que cela valait mieux, parce que le spectacle de cette vie de famille heureuse l'avait renvoyée à ses rêves d'adolescente qu'elle croyait avoir enterrés. Elle se remémora leur départ de Faleries, quand Heiasun avait pris congé d'elles avec une certaine impatience, alors qu'il venait de définir le travail du jour avec Caeles, et se préparait à partir pour son bureau où l'attendait son secrétaire. Venai, elle, avait mis davantage de temps pour leur faire ses adieux, en suggérant que ce serait agréable de se revoir, ce qui avait fait froncer les sourcils de son époux d'un air réprobateur qui ne leur avait pas échappé. Les jeunes femmes appartenaient pour lui à un passé révolu qu'il ne souhaitait pas voir s'immiscer dans son existence actuelle.

Toujours perdue dans ses pensées, la prêtresse rejoignit son propre tablinum dans lequel elle trouva une pile de documents à traiter qui l'obligèrent à se concentrer sur des problèmes plus immédiats. Pourtant, la matinée avait à peine atteint son milieu, qu'un vigile se présenta, nerveux de pénétrer dans un tel environnement, face à quelqu'un de haut rang. Cachant son amusement, Larthia l'invita à s'asseoir, mais il se contenta de lui tendre un rouleau cacheté. La jeune femme lut le message, puis releva la tête d'un air sérieux.

— Le juge principal désire me rencontrer. Très bien ! Dites-lui que je lui rendrai visite cet après-midi, si cela lui convient.

Il s'inclina avec déférence.

— Je n'y manquerai pas.

Elle retint un sourire en le regardant s'éloigner d'un pas si rapide qu'il semblait fuir, puis elle se replongea dans son travail en essayant de repousser les spéculations sur l'entretien à venir.

Vetia, de son côté, n'éprouvait pas ces états d'âme, bien au contraire. La conversation avec son mari lui avait permis de découvrir qu'elle pouvait partager avec lui bien plus qu'elle ne l'avait imaginé. Elle se sentait tellement réconfortée qu'elle attendait avec impatience la convocation du tribunal, certaine d'être capable d'affronter n'importe quoi et d'en sortir victorieuse. C'est pourquoi elle accueillit, elle aussi, le messager avec amabilité, puis lui répondit également qu'elle se rendrait devant le juge l'après-midi même.

Ce fut avec un sourire amusé que les deux jeunes femmes se rencontrèrent devant le bâtiment qui abritait l'administration judiciaire de Tarquinia. Larthia désigna les fenêtres.

— Le juge croira que nous nous sommes donné le mot.

Son amie haussa les épaules.

— Bah ! Quelle importance ? De toute façon, nous avons agi de concert.

Elles entrèrent dans la bâtisse où elles furent admises dans le bureau d'un homme qu'elles connaissaient pour l'avoir côtoyé dans de nombreuses réceptions. Il ne parut ni surpris ni gêné qu'elles se soient présentées ensemble, mais se contenta de les inviter à s'asseoir avant d'aborder le sujet qui les réunissait.

— Vous ne serez pas étonnées d'apprendre que des soldats de Faleries m'ont amené Murina Tolumni hier soir, sous l'inculpation de meurtre sur la personne de Tite Spurinna.

Vetia sourit.

— Pas du tout !

Il tapota un papyrus posé sur son bureau.

— Bien entendu ! La lettre des consuls décrit très clairement les événements qui ont eu lieu dans cette ville, mais j'aimerais que vous me racontiez l'histoire à votre manière.

— Volontiers !

Se relayant l'une l'autre, les jeunes femmes reprirent la genèse du drame en commençant par Vetia qui expliqua le mobile de l'assassinat, puis Larthia exposa comment elle s'était trouvée par hasard en possession de la preuve accablante, avant qu'elles concluent en narrant leurs recherches décevantes. La patricienne avait minimisé ses relations avec Heiasun, tandis que la prêtresse s'était exprimée comme si elle n'avait jamais rencontré le jeune homme avant leur récent voyage, mais leur interlocuteur ne devina pas qu'elles lui cachaient leurs véritables motivations. Il se tourna d'abord vers Vetia.

— Cela correspond. Cet individu ne m'a jamais plu. J'avoue que je n'ai pas compris pourquoi votre père avait agréé sa demande en mariage. Vous avez bien fait de rompre vos fiançailles, sinon il aurait été capable de vous tuer aussi. Cette affaire démontre qu'il est fou, tout comme certains membres de sa famille.

La jeune femme serra ses mains l'une contre l'autre.

— Je me suis toujours sentie un peu responsable de la mort de Tite.

Le juge secoua la tête.

— Il ne faut pas ! Les gestes d'un dément sont imprévisibles. Mais grâce à vous, l'honneur d'un innocent sera lavé de tout soupçon. Madame Cupsnei, vos actes sont vraiment inspirés par les Dieux.

La prêtresse inclina la tête en souriant.

— L'avez-vous interrogé ? A-t-il avoué son crime ?

Il eut une moue de dédain.

— Oh ! Il passe plus de temps à vous insulter, toutes deux, qu'à répondre à nos questions de façon intelligente. Mais il a quand même raconté le meurtre de monsieur Spurinna dans ses moindres détails, comme si c'était un exploit. Maintenant, il menace de vous tuer, l'une et l'autre, ainsi que ce malheureux artisan, mais vous ne risquez plus rien. Il n'échappera pas à la peine de mort.

Vetia soupira.

— Je suis navrée que l'on en arrive là, mais j'admets qu'il me terrifie.

Le magistrat lui posa une main sur l'épaule d'un geste paternel, puis observa Larthia.

— Madame Cupsnei, acceptez-vous de me remettre la fameuse statuette qui constitue la preuve formelle de l'assassinat ?

Elle acquiesça.

— Je me doutais que vous la demanderiez. C'est pourquoi je l'ai apportée.

Elle produisit l'étui en tissu dans lequel était enveloppée la précieuse figurine, qu'elle tendit au juge. Il le prit avec précaution.

— Je vous remercie. Elle vous sera restituée après le procès.

Surprise, elle le fixa.

— Mais non ! Cette statuette ne m'appartient pas. C'est au père de la victime qu'elle doit être donnée.

Il haussa les sourcils.

— Ah, très bien ! Je le note.

Après cet entretien, les deux amies se rendirent ensemble chez Pumpu auquel elles voulaient révéler leurs aventures. Le potier les reçut avec plaisir, les écouta en manifestant son bonheur qu'elles aient réussi au-delà de leurs espérances, mais il s'affligea des épreuves qu'Heiasun avait traversées.

— Rien ne peut être parfait en ce monde. La tristesse et la joie sont toujours mêlées. Mais je suis quand même très heureux que les bonnes nouvelles l'emportent sur les mauvaises. Je pense que je rendrai visite à Heiasun après le procès.

Vetia s'adossa aux coussins.

— Il en sera enchanté. Bien plus, en tout cas, que de nous voir.

Le vieil homme lui tapota le genou.

— Ne soyez pas amères. Les souvenirs que vous représentez le perturbent trop pour qu'il puisse apprécier votre présence.

La prêtresse se mordilla les lèvres.

— C'est certain. Je crois qu'il ne sert à rien d'essayer de faire revivre le passé. La situation doit rester en l'état, cela vaut mieux pour nous tous.

La patricienne leva une main.

— Nous ne lui reprochons rien. C'était une simple constatation.

***

À Faleries, Heiasun s'était plongé dans un travail acharné pour rattraper le retard dans ses dossiers, provoqué par cette journée déstabilisante. Comprenant que c'était sa façon de repousser les fantômes qui l'assaillaient, son épouse et ses amis lui avaient manifesté leur affection au lieu d'essayer de l'en empêcher. Lors de la réunion du Grand Conseil, ses collègues s'étaient montrés encore plus amicaux que d'habitude, mais n'avaient fait aucune allusion aux événements de la veille. En ouverture de séance, le président annonça que des Romains s'étaient présentés aux consuls de la cité en expliquant qu'ils ignoraient qui était le soi-disant Marcus Tullius. Ils s'étaient excusés pour le scandale qu'ils avaient causé sans le vouloir, avaient déclaré qu'ils rentraient sur Rome pour faire un rapport, puis qu'ils reviendraient avec un autre délégué plus fiable. Ensuite, l'assemblée s'était penchée sur les sujets à l'ordre du jour, sans plus évoquer cette affaire que tout le monde considérait comme close.

Deux jours plus tard, le jeune homme reçut une lettre émanant de Tarquinia, signée des consuls eux-mêmes, qui l'invitait à venir assister au procès de Murina Tolumni en lui promettant de blanchir son nom des accusations infamantes. Très inquiet, il leva la tête vers son épouse qui le regardait lire sans rien dire.

— Ils demandent que j'aille à Tarquinia. Que dois-je faire ?

Elle écarta les mains.

— Il me semble que c'est la moindre des choses. Ils te doivent au moins des excuses publiques.

449

Le tribun passa ses doigts tremblants sur son front.

— Qu'est-ce que ça changera ? Je n'ai pas envie de retourner là-bas. Cet endroit ne me rappelle que de mauvais souvenirs.

Elle l'observa d'un air pensif.

— Parles-en avec Cneve. Tu sais qu'il est toujours de bon conseil. De toute façon, je t'accompagnerai à Tarquinia.

L'après-midi même, Heiasun était installé dans son tablinum au-dessus du forum, la tête penchée sur son écritoire, concentré sur un dossier délicat, lorsqu'un visiteur pénétra dans la pièce sans se faire annoncer. Constatant que son arrivée n'avait pas été remarquée, le nouvel arrivant traversa le bureau pour poser une main sur l'épaule du jeune homme, sous le regard amusé de Lauci.

— Eh bien, Heiasun ! Est-ce ainsi que l'on accueille ses visiteurs ?

Le tribun sursauta.

— Oh, Cneve ! Tu m'as fait peur. Je ne t'ai pas entendu entrer.

Son ami sourit.

— Je le vois bien. Dis-moi, Tarquinia n'a toujours donné aucune nouvelle ?

Heiasun le fixa d'un air soupçonneux.

— Venai t'aurait-elle envoyé un message ?

Le *princeps* écarquilla les yeux.

— Venai ? Non ! Pourquoi ?

Le jeune homme remit son calame dans l'eau.

— Parce que j'ai reçu une lettre aujourd'hui, et qu'elle m'a conseillé d'en parler avec toi.

Cneve s'assit près de lui.

— Ta femme ne m'a pas contacté. Seulement, j'étais sûr qu'ils t'écriraient bientôt.

Le tribun se tordit les doigts.

— Ils m'invitent à assister au procès de Murina.

Son ami l'observa avec gravité.

— Alors, tu dois t'y rendre.

Heiasun soupira en s'adossant au mur derrière lui.

— Je n'en ai aucune envie.

Le *princeps* lui saisit les poignets en scrutant ses traits un peu pâles.

— Si tu n'y vas pas, il subsistera toujours un doute sur ton innocence dans l'esprit des gens. Je t'accompagnerai si tu le désires.

Le jeune homme esquissa un léger sourire.

— Venai a déjà prévu de venir avec moi.

Cneve opina.

— Bien entendu ! C'est ton épouse, elle doit être à tes côtés. Mais si ma présence peut te réconforter, je ferai volontiers le déplacement.

Quelques jours plus tard, Heiasun, Venai, Cneve et Thanachvil prenaient la route de Tarquinia dans le char du *princeps*, afin d'assister au procès du meurtrier. N'ayant pas d'accointances particulières avec ses homologues tarquiniens, le magistrat avait d'abord réservé des chambres dans une auberge de la ville, mais le consul Culsu Vibenna lui avait envoyé un message le conviant avec ses compagnons à résider chez lui durant leur séjour dans la cité. Le jeune homme mal à l'aise aurait décliné l'invitation si son ami n'avait souligné qu'il ne pouvait s'y soustraire sans vexer le dignitaire, alors il s'était résigné à l'accepter.

À leur grande surprise, la réception fut beaucoup plus chaleureuse qu'ils ne l'imaginaient. Ils passèrent une agréable soirée, durant laquelle il ne fut pas question de l'assassinat ni de l'audience afin de ne pas alourdir l'ambiance, mais leur hôte trouva le moyen de glisser qu'il n'avait jamais vraiment adhéré à la thèse de la culpabilité d'Heiasun. De son côté, Titei essaya d'obtenir de Venai et Thanachvil quelques anecdotes de Faleries qu'elle aurait pu répandre parmi son groupe d'amies, mais par prudence, les visiteuses se cantonnèrent à des considérations générales.

Le lendemain, ils se rendirent ensemble au tribunal. Avec stupeur, le jeune homme découvrit pourquoi le plus haut magistrat de la cité avait désiré sa présence. Il se doutait bien qu'il ne serait pas relégué au milieu de l'assistance, mais il n'avait pas envisagé d'être installé dans la loge particulière des dirigeants tarquiniens. C'est pourtant là qu'on le fit asseoir avec ses proches pour démontrer que l'élite croyait en son innocence. Suivant les conseils de son ami, il avait revêtu sa tunique laticlave sur laquelle il avait drapé sa toge prétexte, ce qui soulignait son statut de magistrat identique à celui de Cneve habillé de même. Comme à Faleries, lors de certaines occasions, le tribun avait remplacé ses rubans habituels par des bracelets en or qui provoquaient moins d'étonnement.

Vetia et Larthia accompagnées par Teithurna s'établirent aux premières places, après avoir salué Culsu et ses invités. Au grand amusement de Cneve, aucune des deux ne marqua trop d'intérêt pour Heiasun, ce qui soulageait le jeune homme, préférant oublier les sentiments qu'elles avaient laissé paraître lors de leur rencontre.

Après une rapide prière aux dieux afin qu'ils guident les magistrats vers la vérité, le juge principal donna l'ordre de faire entrer le prévenu. Tandis qu'on lisait l'acte d'accusation, Murina fixait les deux jeunes femmes d'un air menaçant, ainsi que le tribun dont les prunelles erraient dans la salle. Comme il l'avait craint, Heiasun était assailli par les souvenirs de sa détention, durant laquelle il s'attendait à comparaître comme inculpé. Aujourd'hui, les rôles étaient inversés. Celui qui avait voulu sa mort serait condamné, alors que lui-même apparaissait devant le peuple avec une position sociale à laquelle il n'aurait jamais aspiré. Pourtant, le traumatisme était si profond qu'au lieu de se réjouir de sa réhabilitation, il rêvait d'être à mille lieues de là. Il sentit qu'un regard insistant le vrillait venant du public, si bien qu'il tourna les yeux vers le quidam en se demandant de qui il pouvait bien s'agir.

Vetia se leva pour répéter son témoignage en ignorant le rictus de fureur de son ancien fiancé, puis ce fut au tour de Larthia d'expliquer dans quelles circonstances elle avait récupéré la fameuse statuette, mais le jeune homme n'écoutait pas celles qui avaient tant fait pour l'innocenter. Il fixait le visage à peine vieilli de l'homme qu'il avait aimé comme un père, impatient que l'audience se terminât pour le retrouver. Bien d'autres le contemplaient sans qu'il en eût conscience : l'ancienne fiancée de Tite qui l'avait tant haï, mais qui découvrait son erreur ; Larezu Haspnas, son dernier client tarquinien, qui regrettait de l'avoir condamné trop vite ; le père de Tite qui avait toujours douté de sa culpabilité ; tous ceux qui s'étaient déchirés autour de son nom sans même le connaître ; mais aussi ses anciens ouvriers qui espéraient pouvoir lui parler un moment.

Le juge se tourna vers Murina pour l'inviter à présenter sa défense afin de respecter l'équité du procès, mais l'écroulement de son plan avait fait basculer la raison du criminel. Au lieu d'essayer de se trouver des circonstances atténuantes, il se mit à invectiver tout le monde en affirmant que c'était un complot contre lui, avant de s'en prendre à Vetia. Devant le peuple horrifié, il dévoila les rouages tordus de son esprit malade, évoqua en ricanant le meurtre de Tite et sa haine du mosaïste, ce qui acheva de convaincre les plus sceptiques.

Lorsqu'il eut réussi à le faire taire, le magistrat annonça un verdict qui n'étonna personne. L'assassin était condamné à être enterré vivant comme la loi le prévoyait pour les crimes les plus graves. Pourtant, tout le monde fut surpris quand Murina se réjouit de la sanction en pivotant vers Heiasun qu'il fixa avec une intense jubilation, ce qui prouvait qu'il n'avait rien compris.

Le jeune homme quitta la salle en silence, assez secoué par cette confrontation pénible, mais alors qu'il allait monter dans le char du consul avec les siens, un homme s'approcha de lui avec timidité. Sans hésitation, le tribun se jeta dans ses bras.

— Pumpu ! Je suis tellement heureux de te retrouver.

Le potier l'étreignit avec émotion.

— Tu m'as beaucoup manqué.

Heiasun tourna la tête vers le véhicule dans lequel on l'attendait, puis regarda à nouveau son beau-père sans savoir que faire, mais Pumpu trancha pour lui.

— Je ne veux pas te retarder. J'avais juste envie de t'embrasser. Je te rendrai visite à Faleries, si tu le permets.

Le jeune homme sourit.

— Bien sûr ! Quand tu le désires.

Pumpu lui pressa le bras avec tendresse.

— Alors, à bientôt.

Le potier s'éloigna en laissant le tribun libre de rejoindre son hôte et ses proches, puis disparut à leurs yeux tandis que le char se dirigeait vers la villa de Culsu. Celui-ci haussa les sourcils.

— Voilà un homme plein de tact.

Heiasun s'éclaira.

— C'est mon beau-père. Le second mari de ma mère. J'ai toujours eu beaucoup d'affection pour lui.

Le magistrat opina.

— Je constate que c'est réciproque.

Lorsqu'ils furent installés dans l'un des salons de la demeure, le consul aborda le dernier chapitre de l'affaire.

— Désormais, tout le monde sait que vous n'êtes pour rien dans la mort de Tite Spurinna, mais il me semble que ce n'est pas suffisant. Nous vous devons des dédommagements pour le préjudice que cette histoire vous a causé. Votre maison et tous vos biens avaient été saisis, alors je vous propose de vous les rembourser.

Le jeune homme secoua la tête.

— C'est inutile. J'ai eu la chance de pouvoir reconstruire ma vie à Faleries, si bien que je n'ai besoin de rien.

Son hôte fit tourner sa coupe de vin entre ses doigts.

— Cela ne me paraît pas équitable. Si vous n'acceptez rien, nous resterons toujours vos débiteurs.

Cneve jeta un coup d'œil insistant à son ami.

— C'est tout à fait exact. Il faut clore cette affaire de façon définitive.

Le tribun réalisa qu'il agissait de même pour les dossiers qu'il traitait à Faleries, alors il se rendit.

— Très bien. Dans ce cas, donnez cette somme à Pumpu, ainsi nous serons quittes.

Culsu ne put cacher son soulagement.

— Entendu.

Au matin, les deux couples reprirent le chemin de leurs foyers sans un regard en arrière. Le *princeps* adressa un sourire fraternel à son ami.

— Alors, Heiasun, est-ce bien fini, cette fois ?

Le jeune homme s'adossa au bord du char d'un air détendu que ses proches ne lui connaissaient pas.

— Je crois que oui. Désormais, je peux aller de l'avant sans que rien ne me retienne. Cette accusation injuste restait en suspens, comme un cauchemar endormi, mais toujours menaçant. Maintenant, j'ai retrouvé le contrôle de ma vie.

Venai se blottit contre lui en pensant à ses enfants qu'elle était impatiente de rejoindre. Elle savait que les ombres qui obscurcissaient parfois leur existence venaient d'être détruites, si bien qu'elle pouvait enfin envisager l'avenir avec un optimisme serein.